유령이
쓴
책

GHOSTWRITTEN
by David Mitchell

Copyright ⓒ David Mitchell, 1999
Korean Translation Copyright ⓒ MUNHAKDONGNE Publishing Corp., 2009

This Korean edition is published by arrangement with
Curtis Brown UK, London, through Duran Kim Agency, Seoul.
All Rights Reserved.

이 책의 한국어판 저작권은 듀란 킴 에이전시를 통해
Curtis Brown Group, Ltd.와 독점 계약한 (주)문학동네에 있습니다.
저작권법에 의해 한국 내에서 보호를 받는 저작물이므로
무단 전재 및 무단 복제를 금합니다.

이 도서의 국립중앙도서관 출판시도서목록(CIP)은
e-CIP 홈페이지(http://www.nl.go.kr/cip.php)에서 이용하실 수 있습니다.
(CIP제어번호: CIP2009000441)

데이비드 미첼 장편소설 ─ 최용준 옮김

유령이 쓴 책

문학동네

존에게

그리고 나, 그토록 많은 것을 안다고 주장하나,
샘 안에 있으면서도 샘물을 놓쳤을 수 있지 않겠는가?
어떤 이는 말하길,
설령 그렇다 할지라도 우리는 결코 모를 터이며
또한 신들에게 우리는 여름에
사내아이들이 죽이는 파리와도 같은 존재라 하며,
또 어떤 이는 말하길,
신이 쓰다듬어 주지 않는다 해도
참새들은 깃털 하나 잃지 않는다고 한다.

손튼 와일더, 『산 루이스 레이의 다리』

차
례

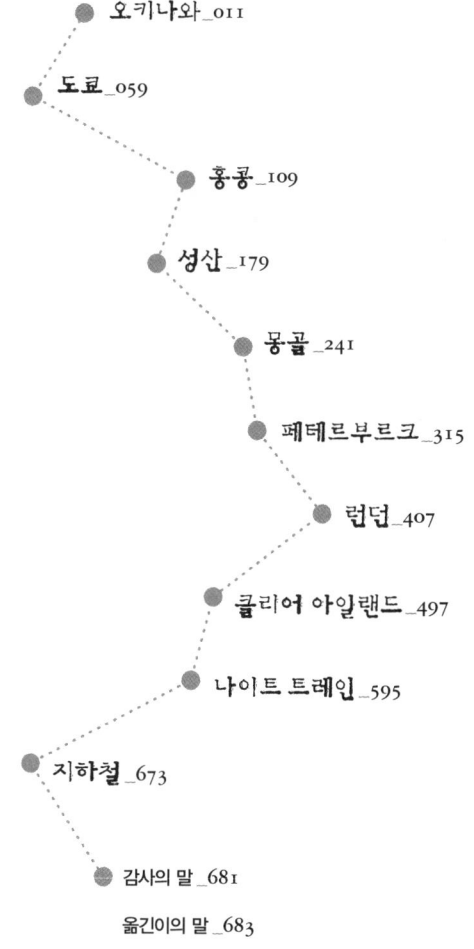

오키나와

Okinawa

누가 내 목덜미를 친 거야?

주위를 둘러보았다. 선팅된 유리문이 쉭 하며 닫혔다. 빛이 밝았다. 텅 빈 호텔 로비에서 플라스틱 양치류가 아주 부드럽게 위아래로 흔들렸다. 햇살이 내리꽂히는 주차장에는 아무런 움직임도 없었다. 그 뒤로, 줄지어 선 야자나무와 창공이 보였다.

"손님?"

다시 돌아보았다. 프런트의 접수원이 펜을 내 쪽으로 내민 채 기다리고 있었다. 여자의 웃음은 유니폼만큼이나 말끔하게 다려져 있었다. 접수원의 화장한 얼굴에 모공이 보였고, 배경음악 아래 깔린 침묵과 그 침묵 아래 깔린 채근이 들렸다.

"고바야시입니다. 좀 전에 공항에서 전화를 했습니다. 방을 예약하려고요."

손바닥이 따끔거렸다. 약간의 고통.

"아, 네, 고바야시 씨……."

만약 이 여자가 내 말을 믿지 않으면? 불순한 자들은 호텔에 묵을 때 항상 가짜 이름을 댄다. 잘 모르는 사람과 간통 같은 걸 하기 위해.

"여기에 이름과 주소를 적어주세요, 손님. 그리고 직업이?"

나는 붕대 감은 손을 보여줬다. "대신 써주셔야 할 것 같네요."

"물론이죠…… 저런, 어쩌다 그러셨나요?"

"문틈에 끼였습니다."

접수원은 동정하는 태도로 움찔하더니 서류를 자기 쪽으로 돌렸다.

"직업이 어떻게 되시나요, 고바야시 씨?"

"소프트웨어 개발자입니다. 계약에 따라 여러 회사에서 프로그램을 개발하죠."

접수원이 얼굴을 찡그렸다. 직업난의 양식에 맞지 않았던 것이다.

"알겠습니다. 정해진 회사는 없고, 그러면……"

"제가 지금 일하는 회사 이름을 적도록 하지요."

쉬웠다. 우리 알파 공동체의 기술 분과가 증거를 만들어놓을 터였다.

"됐습니다, 고바야시 씨. 오키나와 가든 호텔에 오신 것을 환영합니다."

"고맙습니다."

"오키나와에는 사업차 오신 건가요, 아니면 관광차 오신 건가요, 고바야시 씨?"

여자 웃음에 미심쩍어하는 기색이 있었나? 얼굴에 의심이 서려 있었나?

"일도 보고 관광도 하려고 겸사겸사 왔습니다." 알파파 조종 목소리로 내가 말했다.

"여기 머무시는 동안 즐겁게 지내시길 바랍니다. 여기 열쇠 있습니다, 307호입니다. 뭔가 도움이 필요하시면 주저 말고 얘기해주십시오."

당신이? 날 도와?

"고맙습니다."

불순, 불순. 이곳 오키나와 사람들은 절대 순수한 일본인이 아니었다. 더 약한, 조상이 다른 사람들이었다. 내가 몸을 돌려 엘리베이터로 걸어가는 동안, 여자가 싱글거리고 있다고 내 ESP가 말해줬다. 나에게 어떤 능력이 있는지 알았다면 싱글거리지 못했을 텐데. 때가 되면 알게 되겠지. 다른 모든 사람들처럼.

이 거대한 호텔에는 움직이는 이가 단 한 명도 없었다. 조용한 복도는 나른한 오후를 따라 쭉 뻗어 있었고, 지하묘지처럼 텅 비어 있었다.

호텔 방은 답답했다. 내가 속한 알파 공동체의 성소(聖所)에서는 에어컨이 금지되어 있었다. 알파파를 해치기 때문이다. 성소에 있는 형제자매들과 결속을 보이기 위해 나는 에어컨을 끄고 창문을 열었다. 커튼은 드리운 채 그냥 두었다. 누군가 망원렌즈로 방안을 들여다보려 할지도 모를 일이었다.

창밖으로 태양의 눈을 바라보았다. 나하는 천박하고 추한 도시였다. 도시 뒤쪽으로 태평양이 만들어낸 푸른 띠만 없었다면 나하는 도쿄의 여타 촉수들과 다를 바 없었다. 잠재의식에 정부의 명령을 전송하는 적백색 텔레비전 수상기는 이곳에도 빠짐없이 있었다. 창문 없는 사원처럼 솟아서 불순자들을 현혹해 복종케 하는 백화점들 역시 마찬가지였다. 공기와 상수원에 독소를 내뿜는 도심 지역과 공장들. 자질구레한 쓰레기가 들어찬 쓸모없는 땅에 버려진 냉장고들. 불순자들의 도시에 덕지덕지 달라붙어 있는 추함이라니! 나는 곪아버린 쓰레기를 힘찬 빗자루질로 쓸어내 지구를 최초의 땅으로 돌려놓는 상상을 한다. 그러면 알파 공동체는 우리가 누릴 만한 지구를, 생존자들이 영원히 간직할 세상을 창조하리라.

정화의식을 치르고 욕실 거울로 얼굴을 살펴보았다. 넌 대단한 생존자야, 퀘이사! 사무라이의 후예임을 분명하게 보여주는 뚜렷한 이목구비, 아치형 눈썹, 매부리코. 퀘이사, 선구자. 우연을 지배하시는 세렌디피티 성하(聖下)께서 내게 예지적인 이름을 골라주셨다. 즉 내 역할은 신념의 우주 가장자리, 어둠 속에서 홀로 맥동하는 것이다. 길을 선도하는 이, 전령이 되는 것이다.*

환기장치 팬이 윙윙거렸다. 윙윙 소리 뒤편 어디선가 여자아이가 흐느끼는 소리가 들렸다. 일그러진 세상에는 슬픔이 너무 많다. 나는 면도를 하기 시작했다.

아침 일찍 일어나 잠시 여기가 어딘가 어리둥절했다. 꿈이 퍼즐

---

* 퀘이사란 맥동성이라는 뜻의 천문학 용어. 보통 우주의 가장자리에 있다고 생각하는 아주 멀리 있는 천체.

조각으로 변해 주위에 떨어졌다. 꿈에 고등학교 시절 담임이었던 이케다 선생과 가장 못된 불량배 두셋이 나왔다. 나의 생물학적 아버지 역시 나왔다. 불량배 놈들이 반 아이 모두에게 나를 죽은 사람 취급하도록 시켰던 일이 생각났다. 그날 오후 소문이 학교 전체에 퍼져, 모든 아이들이 내가 안 보이는 척했다. 내가 뭐라고 말을 해도 안 들리는 척했다. 이케다 선생이 이 소문을 들었다. 사회가 어린 영혼들의 보호자로 임명한 그 사람은 어떤 조치를 취했을까? 그 나쁜 자식은 학급회의 시간에 내 장례식을 주관했다. 심지어 향까지 피우고 장송곡을 부르게 했다.

우연을 지배하는 분께서 내 인생을 비춰주시기 전까지 나는 무방비 상태였다. 나는 흐느꼈고 제발 이제 그만하라고 비명을 질렀다. 하지만 아무도 나를 보지 않았다. 나는 죽었다.

잠에서 깼을 때는 발기로 괴로운 상태였다.

감마파 방해가 너무 많았다. 나는 발기가 가라앉을 때까지 우연을 지배하는 분의 사진 아래서 명상을 했다.

만약 불순자들이 원하는 것이 장례식이라면, 당신께서 왕국을 지배하게 되기 전 도래할 백야(白夜) 동안에 충분히 치를 수 있을 터였다.

애도하는 이 없는 장례식이 되리라.

나는 혹시 있을지 모를 미행을 따돌리기 위해 이리저리 모퉁이를 돌고 사람들 사이를 누비며 중심가인 코쿠사이 도리로 걸어갔다. 아쉽게도, 몸을 투명하게 만들기에는 알파파 포텐셜이 여전히 너무 낮았기 때문에 낡은 방식으로 미행을 따돌려야 했다. 따라오는 사람이 아무도 없는 게 분명해졌을 때 슬쩍 게임 센터로 들어가 공중전화 박스에서 전화를 했다. 공중전화는 도청당할 위험이 훨씬 적다.

"형제님, 저 퀘이사입니다. 국방부 장관님을 연결해주십시오."

"물론입니다, 형제님. 장관님께서 기다리고 계십니다. 최근 임무에 성공하신 걸 축하드립니다."

나는 수화기를 들고 잠시 기다렸다. 국방부 장관은 우연을 지배하는 분께서 가장 총애하는 인물이다. 제국 대학을 졸업한 장관은 우연을 지배하는 분의 부르심을 받기 전까진 판사로 일했다. 우연을 지배하는 분께서는 타고난 지도자이시다.

"아, 퀘이사, 훌륭해. 몸은 괜찮은가?"

"우연을 지배하는 분의 은총 덕에 언제나 건강합니다. 알레르기도 극복했고 지난 아홉 달 동안 사소한……"

"그렇다니 기쁘네. 우연을 지배하는 분께서는 자네의 깊은 신앙에 매우 감동하셨네. 매우 말이야. 우연을 지배하는 분께서는 지금 자네의 영혼에 대해 묵상하며 칩거중이시네. 자네 영혼만을 위해 말일세. 자네 영혼이 더 강하고 풍요로워지도록 말이야."

"장관님! 제가 깊이 감사드린다는 말씀 꼭 전해주십시오."

"기꺼이 그렇게 하겠네. 자네는 그럴 자격이 있어. 이건 무수히 퍼져 있는 불순자들과 벌이는 전쟁이고, 이 전쟁에서 보여준 용기 있는 행동은 꼭 인정받고 보상을 받네. 자, 얼마나 오랫동안 가족과 떨어져 있어야 할지가 궁금하겠군. 내각에서는 이레면 충분하다고 보고 있네."

"알겠습니다, 장관님."

나는 깊이 머리 숙여 인사했다.

"뉴스는 보았나?"

"저는 불순자들의 거짓말은 피하고 있습니다, 장관님. 뱀이 자진해서 뱀 부리는 사람의 목소리를 유심히 들을 이유가 있겠습니까? 비록 제 몸은 성소에서 멀리 떨어져 있지만 마음속에는 우연을 지배하는 분의 가르침을 깊이 새기고 있습니다. 보나 마나 뻔합니다. 말벌 떼를 휘저었으니 난리가 났겠지요."

"사실이네. 불순자들은 입에 불순한 거품을 물고 테러에 대해 이야기하고 있네. 불쌍한 짐승들. 거의 측은할 지경이네, 거의 말이야. 우연을 지배하는 분께서 예언하셨듯이, 놈들은 이 사태가 자신들이 저지른 죄 탓이라는 점을 깨닫지 못하고 있네. 자부심을 갖게, 퀘이사. 자네가 선택된 법무 장관들 가운데 한 명이었다는 점을 말이야! 그분께서 내린 서른아홉번째 성스러운 계시를 생각해보게. 희생적 행위에 대한 자부심은 죄가 아니라 자신에 대한 존중이니라. 하지만 바짝 엎드려 지내게. 불순자들 속에 섞여 있도록. 관광도 좀 하고. 자네 경비는 충분하리라 보네만."

"너그러운 말씀 감사합니다만, 일용품만 있으면 됩니다."

"아주 좋아. 이레 뒤에 다시 연락을 취하도록. 우리 사랑하는 형제가 집에 돌아오는 걸 환영해주려고 동료들이 기다리고 있다네."

한낮의 자기 정화와 명상을 위해 호텔로 돌아왔다. 크래커와 해초 스낵, 캐슈너트를 조금 먹고 방 바깥에 있는 자판기에서 녹차를 사 마셨다. 점심식사 뒤 다시 밖으로 나오자 불순한 접수원이 지도를 주었고, 나는 관광할 곳을 하나 골랐다.

일본 해군 본부는 북쪽으로 나하를 굽어보는 언덕 위, 관목이
우거진 공원 지하에 자리하고 있었다. 너무 꼭꼭 숨어 있는 곳이라
이차대전 때 일본을 침략한 미국인들은 오키나와를 점령하고 삼
주가 지나서야 우연히 이곳을 발견할 수 있었다. 미국인들은 그리
똑똑한 인종이 아니다. 눈앞에 뻔히 보이는 것도 알아차리지 못한
다. 십 년 전 미 대사관은 뻔뻔하게도 우연을 지배하는 분의 비자
발급을 거부했다. 물론 이제 우연을 지배하는 분께서는 부분 공간
변환 기술을 써서 원하는 곳은 어디든 오가실 수 있다. 그분은 아
무런 방해도 받지 않고 백악관에 몇 번을 갔다 오셨다.
　입장권을 사고 계단을 따라 내려갔다. 어둡고 서늘한 기운이 나
를 반겼다. 어딘가 파이프에서 물방울이 똑똑 들었다. 당시 미국인
침략자들이 놀랄 일이 하나 더 있었다. 사천 명의 일본군이 명예를
지키기 위해 자결했다. 미국인 침략자들이 도착하기 이십 일 전 일
이다.
　명예. 불순자들로 우글거리는 우상투성이 천한 세계가 명예에
대해 뭘 알겠는가? 굴 속을 걸으며 손끝으로 벽을 톡톡 쳐보았다.
수류탄 폭발로, 그리고 거점을 삼기 위해 군인들이 했던 곡괭이질
로 생긴 벽의 흉터를 만져보았다. 나는 벽과 진정한 혈연관계를 느
꼈다. 성소에서 느꼈던 것과 같은 혈연관계였다. 강화된 내 알파파
로 벽 속 영혼에 남아 있던 알파파를 흡수했다. 나는 시간의 자취
를 잃을 때까지 굴 속을 방황했다.
　그렇게 고결한 장소를 떠나려 하던 찰나, 관광객을 태운 버스가
도착했다. 나는 관광객들을 슬쩍 보았다. 사진기와 포테이토칩 봉
지, 간사이 지방 특유의 멍청한 표정과 무딘 정신, 집파리만도 못

한 알파파 수용력. 정화액 한 병이 아직 남아 있어서 계단 아래로 슬쩍 던지고 사람들을 가둬둘 수 있으면 좋겠다는 생각이 들었다. 그러면 도쿄에서 돈에 눈이 먼 이들이 깨끗해졌던 것과 마찬가지로 이 사람들도 깨끗해질 수 있을 것이다. 그렇게 한다면 수십 년 전 신념을 지키다 죽은 젊은 군인들의 영혼을 달랠 수 있으리라 (나 역시 불과 사흘 전에 그런 각오를 했었다). 저 군인들은 전쟁 뒤 우리 땅을 망친 꼭두각시 정부에 배반당했다. 디즈니와 맥도날드를 위한 시장으로 발전하는 사회에 우리 모두가 배반당했듯이 말이다. 이 모든 희생이 무엇을 위한 것이란 말인가? 미국이 무적의 항공모함을 만들 수 있도록 하기 위해서.

그러나 지금은 남은 정화액이 없고, 그래서 떠들어대며 똥을 싸고 번식하는 불결한 천치들을 참아야만 했다. 문자 그대로, 불순자들 때문에 나는 숨이 막혀 헐떡였다.

나는 야자나무들이 들어선 언덕을 걸어 내려왔다.

*

왼쪽 손바닥에는 알파파 수신점이 있다. 우연을 지배하는 분께서 나를 개인 수신자로 허락하셨을 때 내 손을 펴서 당신의 검지로 이 수신점을 가볍게 누르셨다. 나는 상쾌한 전기 충격 같은 독특한 진동을 느꼈고, 나중에 집중력이 네 배가 된 것을 알게 되었다.

삼 년 반 전, 그 엄청나게 중요한 날엔 비가 내렸다. 후지 산에서 구름이 행진해 왔고, 성소 주변 굽이진 농지를 가로질러 서풍이 불어왔다. 그보다 열두 주 전에 나는 알파 공동체 가입 프로그램에 등록했고 이날 아침 공동체 재무부 차관과 일을 하나 마친 참이었다. 나는 물질주의 감옥에서 자신을 석방시키는 서류에 서명했다. 이제 내 집과 동산, 저축, 연금, 골프 회원권, 자동차는 공동체 소유가 되었다. 나는 상상했던 것보다 훨씬 더 자유로워졌다. 짐작했던 대로 내 가족은, 불결한 생물학적 가족, 즉 피부 가족은 이런 나를 이해하지 못했다. 그 사람들은 모든 것을 성공과 실패로만 평가했으며, 이곳 성소에서 나는 그 사람들의 판단 기준을 가차없이 분질러버렸다. 내가 어머니로부터 받은 처음이자 마지막 편지에는 아버지가 유언장에서 내 이름을 빼버렸다는 내용이 적혀 있었다. 하지만 우연을 지배하는 분께서 일흔한번째 신성한 계시에서 말씀하셨듯이, 저주받은 자들의 분노는 성산(聖山)을 갉아먹는 쥐새끼만큼이나 무력하다.

어쨌든 그 사람들은 나를 결코 사랑하지 않았다. TV에서 보지 않았다면 그들은 사랑이라는 단어의 존재조차 알지 못했으리라.

우연을 지배하는 분께서 보안부 장관을 대동하고 계단을 내려오셨다. 그분께서 사무실로 가까이 오자 하얀 빛이 퍼져나갔다. 처음에는 샌들 신은 발과 보라색 법의가 보였고, 이윽고 우아한 자태가 시야에 들어왔다. 우연을 지배하는 분께서는 텔레파시를 통해 내가 누구이며 무슨 일을 했는지 아시고는 웃음을 지어 보이셨다.

"나는 구루니라."

그리고 내가 무릎 꿇고 성스러운 루비 반지에 입 맞출 수 있도록 허락하셨다. 자석이 북극을 느끼듯 나는 그분의 알파파 방사를 느낄 수 있었다.

"스승이여, 제가 집을 찾았습니다." 내가 대답했다.

우연을 지배하는 분께서는 깨끗하고 아름답게 말씀하셨고, 눈동자에서 단어들이 나왔다.

"너는 불순자들의 소굴에서 자신을 해방시켰구나. 어린 형제여. 오늘 너는 새로운 가족의 일원이 되었도다. 이전 네 피부 가족의 한계를 넘어 새로운 정신의 가족에 합류하였다. 오늘부터 네게는 일만 명의 형제자매가 생겼노라. 세상이 끝날 때면 이 수는 수백만으로 불어날 것이다. 그리고 불어나고 불어나 모든 나라의 뿌리가될 것이다. 우리는 바깥의 땅에서 비옥한 대지를 발견하여 모든 세계가 우리 품 안에 들어올 때까지 가족이 불어날 것이다. 이는 예언이 아니라 피할 수 없는 미래의 사실이다. 국경도 고통도 없는우리의 나라에 가장 최근에 들어온 아이야, 어떻게 생각하느냐?"

"행운이옵니다, 우연을 지배하는 분이시여. 제가 겨우 이십대의나이로 진실의 샘물을 마실 수 있다니 큰 행운이옵니다."

"내 어린 형제여, 행운이 너를 여기로 데려온 것이 아님을 우리둘 다 알고 있느니라. 너를 우리에게 데려온 것은 사랑이니라."

이윽고 우연을 지배하는 분께서는 내게 키스하셨고, 나는 영생의 입에 입술을 맞췄다.

스승께서 말씀하셨다. "혹시 알겠느냐, 교육부 장관이 보고했듯이 너의 알파파 증폭이 계속 빠르게 진행된다면 미래에 아주 특별한 임무를 부여받게 될지도 모른다⋯⋯"

내 심장이 더욱더 빠르게 뛰었다. 나를 염두에 두시다니! 아직초심자일 뿐인데, 나를 염두에 두어주시다니!

커피숍에서, 상점과 사무실과 학교에서, 쇼핑몰에 설치된 거대한 화면에서, 모든 토끼장 아파트에서 사람들은 정화에 대한 뉴스를 보았다. 내 방을 청소하러 들어온 종업원도 그 일에 대해 떠들어대며 입을 다물지 않았다. 나는 그 여자가 떠들게 내버려두었다. 여인은 내 생각이 어떤지 물었다. 나는 나고야에서 온 컴퓨터 시스템 엔지니어일 뿐이며 그런 일에 대해서는 아무것도 모른다고 대답했다. 무관심만으로는 그 여인을 떼어놓을 수 없었다. 여인은 내게 분노할 것을 강요했다. 의심을 피하기 위해 가벼운 연극이 필요하리라. 여인은 알파 공동체를 언급했다. 우리가 이미 여러 번에 걸쳐 경고했음에도, 혐오스런 대중매체들이 나병 걸린 손으로 우리를 손가락질하고 있는 듯했다.

오후에 샴푸와 비누를 사기 위해 외출했다. 접수원은 로비에 등을 돌리고 텔레비전에 몰두해 있었다. 텔레비전은 더러운 거짓말이고, 인간의 알파파 피질을 망가뜨린다. 그렇지만 몇 분 정도 본다고 해를 입진 않을 것 같아서 나는 접수원과 같이 텔레비전을 보았다. 스물한 명이 정화되었고 수백 명이 반(半) 정화되었다. 정화되지 않은 사람들에 대한 명백한 경고.

접수원이 말했다. "일본에서 이런 일이 벌어지다니 믿을 수가 없어요. 미국이라면 몰라도 어떻게 여기서 이런 일이 벌어졌을까요?"

'전문가' 그룹이 '잔인함'에 대해 논하고 있었다. 전문가 중에는 열아홉 살짜리 팝 스타와 도쿄 대학의 사회학과 교수도 있었다. 왜 일본인들은 오직 팝 스타와 교수 이야기에만 귀 기울일까? 텔레비전은 같은 장면만 반복해 보여주고 있었다. 불순자들이 손수건으로 입을 막고 구역질을 하고 눈을 격하게 문지르며 지하철역에서 달려나오는 장면이었다. 우연을 지배하는 분께서 서른두번째 성스러운 계시에서 말씀하셨듯이 만약 네 눈이 죄를 지으면 눈을 뽑아버려라. 정화로 인해 해방된 뒤 가만히 누워 있는 정화된 자들의 사진. 그러나 무지한 탓에 흐느끼는 그들의 피부 가족들. 수상의 모습으로 장면 전환. "이 잔인무도한 짓을 저지른 범인을 정의 앞에 데려올 때까지" 멈추지 않겠노라고 맹세하는, 불순자 가운데 가장 멍청한 바보.

이런 위선에 속는단 말인가? 불변성을 지닌 인간의 영혼을 체계적으로 도살하는 것이 현대 세계에서 벌어지는 진짜 잔인한 짓임을 사람들은 모른단 말인가? 알파 공동체의 행동은 우리 시대의 진정한 괴물에 대한 반격일 뿐이다. 진화 과정중 기나긴 전쟁에서 운명적으로 승리할 수밖에 없는 우리의 최초의 전투.

왜 사람들은 비옥함을 보지 못하는 걸까? 단순한 정치인, 뇌물을 받고 뒤통수를 치는 은밀한 거래나 해대는 바퀴벌레, 자신이 빠져 발버둥치는 똥구덩이에 대해 아무 생각조차 하지 못하는 영혼. 어떻게 저런 깨끗하지 못한 하급인들이 감히 우연을 지배하는 분께 뭔가를 강요할 생각을 할 수 있을까? 자유자재로 모습을 안 보이게 하실 수 있는 보살, 요가 비행자, 물속에서도 숨을 쉬는 성스러운 존재. 그분과 그분의 종복을 '정의' 앞에 데려온다고? 우리가 바로 행동하는 법무장관인 것을! 물론 나는 아직 알파파 비율이 높지 않아 염동력을 쓰거나 텔레파시로 몸을 감추지는 못하지만, 지금 나는 정화의 장소에서 수백 킬로미터 떨어져 있다. 여기 있는 나를 찾아볼 생각은 전혀 하지 못할 터다.

나는 서늘한 로비를 빠져나왔다.

한 주 내내 바짝 엎드려 지냈지만 모습을 나타내지 않으면 사람들 관심을 끌게 될 수도 있었다. 나는 사업상 미팅이 있는 척 월요일부터 금요일까지 날마다 정확히 오전 여덟시 삼십분이 되면 호텔 프런트 앞을 지나면서 짧게 "안녕하세요?" 하고 인사했다.

시간이 느릿느릿 지나갔다. 이 섬을 전염시킨 군 기지의 미군들은 번화가를 뻐기며 걷고, 상당수는 우리 여인을, 자그마한 천 쪼가리 말고는 아무것도 걸치지 않은 일본인 여성을 데리고 다닌다. 오키나와 남자들은 이런 외국인을 흉내낸다. 나는 백화점을 돌아다니며 끊임없이 갈구하고 물건을 사는 행렬을 관찰했다. 다리가 아플 때까지 걸어다녔다. 그늘진 커피숍에 앉기도 했다. 그곳 책장은 마음을 쓰레기로 만드는 잡지들의 무게로 휘어 있었다. 나는 자기 것이 아닌 물건을 사고파는 실업가의 대화를 엿들었다. 계속 걸었다. 우연을 지배하는 분께서 내면의 눈을 열어주시기 전까지 내가 그러했듯이 덜컹대며 단조롭게 돌아가는 파친코 기계를 입을 헤벌리고 멍하니 바라보는 흔해빠진 바보들. 기념품 가게를 돌며 아무도 정말로 원하지 않는 싸구려 물건이 든 상자를 사는 본토에서 온 관광객들. 허가도 없이 보도에 시계와 싸구려 보석을 펼쳐놓고 파는 평범한 외국인들. 나는 전자오락실을 걸어다녔다. 독에 절은 아이들이 방과 후 모여 사악한 사이보그, 유령, 좀비 들이 싸우는 화면을 뚫어져라 노려보고 있었다. 어느 곳에나 있는 똑같은 상점들…… 버거킹, 베네통, 나이키…… 전 세계 어디를 가도 번화가는 똑같아지고 있어. 나는 뒷골목을 걸었다. 똑같은 해를 예순 번 살아온 가정주부들이 요를 말리고 있었다. 얼굴이 얽은 도공이 물레 쪽으로 몸을 굽히고 있었다. 입에서 담배를 떼지도 않고 기침을 해가며 죽어가는 남자가 계단 아래에서 어린이용 세발자전거를 고쳤다. 이가 하나도 없는 여인이 가족 사당 앞 꽃병에 새 꽃을 꽂았다.

어느 날 오후에는 오래된 류쿠 궁에 갔다. 뜰에는 음료수 자판기가 있고 파는 것이라곤 열쇠고리와 필름뿐인 '신성한 사무라이'라는 가게가 있었다. 고대의 성벽은 도쿄에서 온 고등학생들로 우글거렸다. 머리를 기르고 귀를 뚫고 눈썹을 뽑은 남자아이들은 여자아이 같아 보인다. 여자아이들은 휴대폰에 대고 거미원숭이처럼 깔깔거리며 웃는다. 저런 것들을 싫어하라, 그리고 세상을 싫어해야 한다, 퀘이사.

아주 좋아, 퀘이사. 세상을 미워하자.

나하에서 유일하게 평화로운 장소는 항구뿐이었다. 보트, 섬 주민, 여행객, 거대한 짐배가 보였다. 나는 언제나 바다를 좋아했다. 내 생물학적 삼촌은 종종 나를 요코하마에 있는 항구에 데려갔다. 우리는 배의 국적과 소속 항을 찾아보기 위해 휴대용 지도를 가져가곤 했다.

물론 그건 전생의 일이다. 진정한 내 아버지가 나를 집으로 부르기 전의 일.

정오의 자기 정화를 마치고 알파파 최면 상태에서 빠져나왔을 때, 빙둘러 가시가 난 그림자가 거미로 응결됐다. 거미를 변기에 넣고 물을 내리려 했을 때 놀랍게도 거미가 알파파 메시지를 전송했다! 물론 우연을 지배하는 분께서 거미를 이용해 내게 말씀을 하시는 것이었다. 구루께서는 장난꾸러기 같은 유머 감각을 가지고 계시다.

"용맹스럽구나, 퀘이사, 내 선택한 자여. 용맹과 굳건함, 이것이 너의 운명이니라."

나는 거미 앞에 무릎 꿇었다.

"저를 잊지 않으시리라는 것을 알고 있었습니다, 스승님."

내가 대답했다. 그리고 거미가 내 몸을 기어다니도록 했다. 이 윽고 나는 거미를 조그만 단지에 넣었다. 내 작은 형제를 먹일 수 있도록 파리 잡는 끈끈이를 사겠다고 결심했다. 우리는 모두 우연을 지배하는 분의 전령이다.

사람들이 여전히 '종말의 날 사교 집단'에 대해 추론을 한다. 얼마나 짜증나는 일인가! 알파 공동체는 종말이 아니라 삶을 대표한다. 공동체는 사교도가 아니다. 사교도는 노예를 만들지만 공동체는 해방시킨다. 사교도의 지도자는 뱀 혀가 달린 사기꾼이며 무대 뒤에는 창녀들이 소속된 전용 하렘과 롤스로이스 선단이 있다. 나는 구루의 사생활을 언뜻 볼 수 있는 특권을 누렸다. 여자는 한 명도 보이지 않았다! 우연을 지배하는 분께서는 섹스라는 끈끈한 거미줄로부터 자유로우셨다. 우연을 지배하는 분의 부인은 단지 그분의 아이를 낳기 위해 간택되었을 뿐이다. 구루께서는 내각 구성원들의 젊은 아들들과 총애하는 젊은 제자들에게 당신의 수수한 가정적 욕구를 시중들어도 좋다고 허락하셨다. 이런 행운아들은 스승께서 축복을 내리기 위해 강림하실 때면 언제고 좌선을 통한 알파파 상태에 도달할 수 있도록 묵상용 허리감개만 걸치고 있다. 그리고 성소 전체에 걸쳐 캐딜락은 겨우 세 대뿐이다. 우연을 지배하는 분께서는 불순자들을 사로잡은 물질주의 악마를 언제 쫓아내야 하는지, 바깥세상의 수렁에 스며들 트로이 목마로 이런 망상을 언제 이용해야 하는지를 잘 알고 계신다.

알파 공동체에 대한 의심을 없애기 위해 우연을 지배하는 분께서는 기자들이 성소에 와 알파파 강화 상태에 있는 형제자매들을 찍게 하셨다. 우리 화학 시설도 검사해보게 하셨다. 과학부 장관은 우리가 비료를 만들고 있다고 설명했다. 장관은 농담으로 우리는 채식주의자이기 때문에 오이를 많이 키워야 한다고 했다! 나는 형제자매들을 알아보았다. 형제자매들은 스크린에 비친 형체를 통해 나에게 용기를 북돋는 텔레파시 메시지를 보내고 있었다. 나는 크게 소리내어 웃었다. 불순자 TV 뉴스 하이에나들은 알파 공동체를 걸고넘어지려 했지만, 형제자매들이 내게 메시지를 보내기 위해 자기들을 이용하는 줄은 전혀 모르고 있었다. 보안부 장관이 인터뷰에 응했다. 현명하게도 장관은 알파 공동체가 이번 정화와 아무런 관련이 없다고 했다. 우연을 지배하는 분이 열세번째 성스러운 계시에서 가르치신 대로, **지옥의 군주만큼 똑똑해야만 악마를 따돌릴 수 있다.**

무지한 불순자들 인터뷰 방송 가운데 가장 황당한 건 변절자들이었다. 알파 공동체가 사랑으로 반갑게 맞이하였으나 그것을 거부하고 성소 밖 똥으로 가득한 세상으로 다시 굴러떨어진 자들. 우연을 지배하는 분의 무한한 자비는 이런 구더기들도 살아가도록 허락하셨다. 만약 이것을 '삶'이라고 할 수 있다면 말이다. 알파 공동체를 중상하지 않는다는 조건이었다. 만약 이 조건을 어기고 언론에 성소에 대한 거짓 씨앗을 뿌리면 보안부 장관은 이들과 그 가족들을 정화해도 된다는 허가를 내려야만 하리라.

텔레비전에서는 변절자들을 모자이크 처리했지만 영상 변조는 내 알파 몫의 능력을 속일 수 없다. 한 명은 마유미 아오이로, 나와 함께 알파 공동체에 들어왔던 사람이다. 마유미는 우연을 지배하는 분께 입에 발린 말만 했지만, 가입 프로그램이 시작하고 여덟 주째 되던 날 아침 일어나보니 도망치고 없었다. 우리는 모두 마유미가 경찰 끄나풀일 거라고 의심했다. 성소에서의 생활에 대한 마유미의 거짓말을 듣다가 나는 텔레비전을 껐고 다시는 텔레비전을 보지 않겠다고 결심했다.

첫번째 전화를 하고 일주일 뒤에 나는 성소에 전화를 했다. 모르는 목소리가 전화를 받았다.

"안녕하세요. 퀘이사입니다."

"아, 퀘이사. 정보부 장관님은 오늘 아침 바쁘십니다. 저는 차관입니다. 전화를 기다렸습니다. 히스테리가 확산되는 것을 보셨습니까?"

"네, 차관님."

"네, 당신의 정화 작전은 너무 성공했다고 할 수 있을 정도입니다. 그런 것 같기도 합니다. 우연을 지배하는 분께서 제게 명령하시길, 당신이 두 주 더 몸을 숨기고 있도록 하라셨습니다."

"저는 모든 일에 우연을 지배하는 분께 복종합니다."

"추가로, 좀더 먼 지역으로 가 있으라는 명령도 하셨습니다. 단지 예방 조치일 뿐입니다. 불순자들 경찰에서 일하는 우리 형제들이 말하길, 당신에 대한 정보가 배포되었다고 합니다. 은밀하고 교활하게 행동해야 합니다. 공식적으로, 우리는 당신이 한 가스 공격과 우리의 관계를 부정하고 있습니다. 이로써 새로운 형제자매들과 함께하는 알파 공동체를 강화할 시간을 벌 수 있을 겁니다. 이 전술은 나가노 현에서 작년에 있었던 우리의 정화 실험에서도 먹혀들었습니다. 이런 말똥구리들을 속여넘기는 게 얼마나 쉬운 일인지!"

"사실입니다, 차관님."

"혹시라도 체포될 경우, 이번 공격에 대한 모든 책임은 당신에게 있는 걸로 해야 하며, 정신착란 때문에 알파 공동체에서 쫓겨난 뒤 오직 자신의 뜻에 따라 행동했다고 주장해야만 합니다. 그러면 우연을 지배하는 분께서 당신을 감금 상태에서 텔레포트로 구해오실 겁니다."

"당연합니다, 차관님. 저는 모든 일에 우연을 지배하는 분께 복종합니다."

"당신은 알파 공동체의 커다란 자산입니다, 퀘이사. 다른 질문 있습니까?"

"대정화 계획 2단계가 시작되었는지 궁금합니다, 차관님. 우연을 지배하는 분의 가르침을 학교 교과 과정에 포함하도록 요구하기 위해 우리 요가 비행자들을 의회 건물로 보내셨는지요? 만약 너무 오래 지체되면, 불순자들이 아마도……"

"퀘이사, 본분을 잊었습니까? 언제부터 당신 책무에 알파 공동체 대외 정책 대변이 포함되었습니까?"

"제 실수를 깨달았습니다, 차관님. 용서해주십시오. 잘못했습니다."

"당신은 이미 용서받았습니다, 우연을 지배하는 분의 귀한 아들이여! 가족으로부터 멀리 떨어졌기에 외로운 것이겠지요?"

"네, 차관님. 그러나 형제자매들이 뉴스 방송을 통해 보내준 알파파 메시지를 받았습니다. 그리고 제가 명상하는 동안 우연을 지배하는 분께서 제 도피 생활을 위로하는 말씀을 해주셨습니다."

"좋습니다! 두 주만 더 있으면 충분할 겁니다, 퀘이사. 만약 돈이 떨어지면 통상 암호를 써서 알파 공동체 첩보부에 연락하십시오. 그 외에는 조용히 지내십시오."

"한 가지 더 있습니다, 차관님. 변절자 마유미 아오이……"

"정보부 장관님께서 이미 알고 계십니다. 무지한 불순자 쓰레기들은 영원히 봉해질 겁니다. 지금하고 있는 조사가 잠잠해지면 보안부 장관님께서 행동에 나서실 겁니다. 아마도 우리가 과거에 너무 자비를 베푼 게 아닌가 싶습니다. 우리는 지금 전쟁중입니다."

성열(星熱)이 한창 따가운 오후에 부두로 걸어가 매대에서 보트 운항표를 집어들었다. 나는 늘 책보다는 지도가 좋았다. 지도는 대꾸하지 않는다. 절대 지도를 버리지 말라. 섬들이 신호를 보냈다. 하늘빛 푸른 바다 속 특급 에메랄드들이. 나는 쿠메지마라고 이름 붙인 섬을 골랐다. 서쪽으로 반나절 거리였으며, 너무 작지도 않기에 방문객이 눈에 띈다거나 하는 일은 없을 터였다. 그곳으로 가는 보트는 하루에 한 번뿐이었고, 아침 여섯시 사십오분에 출발했다.

나는 다음날 표를 샀다.

그날 남은 시간을 부두에 앉아 보냈다. 나는 주위를 돌아다니는 타락한 영혼들의 존재도 잊은 채 우연을 지배하는 분의 성스러운 계시를 모두 암송했다.

마침내 해가 지면서 진홍색으로 흔들렸다. 날이 어두워지는 줄도 모르고 있었다. 호텔까지 걸어와서 접수원에게 내 볼일이 끝났으며 다음날 아침 일찍 오사카로 갈 거라고 말했다.

도쿄의 전철은 가축을 실은 트럭처럼 사람들로 우글거렸다. 옷으로 싸인 고기, 고기로 싸인 장기로 우글거리는 전철. 침묵과 땀. 어떤 멍청한 놈 때문에 유리병이 깨질까 다소 걱정이 되었다. 우리 과학부 장관은 정확히 어떻게 이 꾸러미가 작동하는지 알려주었다. 봉인을 뜯고 버튼 세 개를 동시에 누르면 빠져나갈 수 있는 일 분의 여유가 주어진 뒤 솔레노이드가 병을 깨뜨리고, 그 뒤 세상의 대정화가 시작된다.

꾸러미를 선반에 올려놓고 일 분을 기다렸다. 나는 알파 텔레파시에 집중했고, 도쿄의 여러 전철역에 있는 동료 정화원들에게 격려의 메시지를 보냈다.

주위 사람들을 유심히 살펴보았다. 처음으로 정화될 영광을 얻은 불순자들. 어리석은. 가엾은. 피곤한. 마음이 썩은. 끝없는 거짓말, 고통, 무지의 소용돌이 속에서 허우적대는 노새들. 내 옆으로 몇 인치 떨어진 곳에 털모자를 쓰고 엄마 등에 업힌 아기가 보였다. 아이는 침을 흘리며 자고 있었고 젖내가 났다. 모자에 수놓인 분홍색 미니마우스로 짐작컨대 여자아이였다. 목련 꽃 핀 고독한

'가정'에서 노년과 휠체어 말고는 아무것도 기대할 것이 없는 연금수령자들. 탐욕과 협잡으로 무장한, 아마도 인생 전성기에 있을 젊은 봉급생활자들.

저 하층민들의 생사가 내 손에 달려 있었다! 저들이 뭐라고 할까? 나를 만류하기 위해 어떤 노력을 할까? 어떤 식으로 곤충 같은 자기 삶을 정당화할까? 어디에서 시작할 수 있을까? 어떻게 올챙이가 신에게 말을 걸 수 있을까?

꾸러미가 흔들리며 삐걱댔고, 불빛이 잠시 갈색으로 바뀌었다.

아직 더 기다려야 한다.

나는 그날 아침 우연을 지배하는 분의 말씀을 떠올렸다. "나는 우주에서 가장 먼 곳 그 너머에서 다가오는 혜성을 보았노라. 새로운 지구가 다가오고 있도다. 인간 쓰레기들의 심판이 다가오고 있도다. 그와 더불어 우리가 조금만 도우면 인간 쓰레기들이 불행에서 빠져나오게 도와줄 수 있도다. 자녀들이여, 너희들은 신이 선택하신 대리인이다."

우리가 전철역으로 가던 마지막 순간, 우연을 지배하는 분께서 내 예지력을 강화시켜주셨다. 삼 년이라는 짧은 기간 내에 우연을 지배하는 분은 예루살렘에 들어가실 것이었다. 같은 해, 메카가 항복하고 교황과 달라이 라마가 우연을 지배하는 분과 대화를 나누고 싶어할 것이었다. 러시아와 미국의 대통령은 우연을 지배하는 분의 보호를 청원한다.

이윽고 그해 7월이 되면 전 세계 관측소에서 혜성을 관측한다. 혜성은 해왕성을 스치듯 지나 지구로 다가와 달을 가리고 전 세계 비행장과 산맥과 도시 위 하늘에서 한낮에도 이글거리는 모습을 드러낸다. 불순자들은 밖으로 뛰쳐나와 이 마지막 신비를 환영한다. 그리고 그것이 불순자들의 최후가 될 터였다! 지구는 혜성에서 나오는 극초단파 찜질을 당할 것이다. 오직 높은 알파 몫이 있는 자들만이 극초단파를 막을 수 있다. 불순자들은 구역질을 하고 눈을 파내고 뼈까지 익어버린 살냄새로 악취를 풍기며 죽는다. 생존자들은 낙원을 건설하기 시작한다. 우연을 지배하는 분께서는 자신을 신으로 드러내시게 된다. 번데기의 껍질을 벗고 나비가 되어 나타나시는 것이다.

나는 성글게 짜인 천으로 된 스포츠 가방을 더듬어 봉인을 찢어 연다. 스위치를 켜고, 삼 초 동안 스위치를 눌러야 타이머가 작동한다. 하나, 둘, 셋. 새로운 지구가 오고 있다. 역사가 재깍거린다. 나는 가방을 잠그고 발 옆에 놓은 다음, 발뒤꿈치 뒤 의자 아래에 슬쩍 밀어넣는다. 객차에는 사람이 너무 빽빽이 차 있어 내 행동을 알아차리는 좀비는 하나도 없다.

우연을 지배하는 분의 뜻.

전철이 역으로 들어서고……

바닥에 있는 수리용 통로 뚜껑 아래에서 소음이 들려오지만, 나는 감히, 감히 그 말을 들을 용기가 나지 않는다. 설사 이 소음이 말이 된다 해도, 지금은 아니다. 아직은 아니다. 결코 아니다. 이 소음은 언제 끝난단 말인가?

나는 에스컬레이터를 탄 사람들 행렬에 섞여 그곳을 떠난다.

어깨 너머로 열차는 연기 자욱한 어둠 속으로 가속해간다.

*

손바닥이 따끔거리며 땀에 젖어 있었다. 갈매기 한 마리가 창틀을 따라 뽐내며 걷다가 안을 들여다본다. 잔인한 얼굴이다.

"성함이 어떻게 되시나요, 손님?"

여관을 운영하는 나이든 여자는 사당의 귀신처럼 인상을 쓰며 싱긋 웃는다. 이 여자는 왜 싱글거리는 걸까? 날 초조하게 하려고? 이에는 검게 치석이 꼈을 뿐더러 이 사이가 벌어져 시커멓다.

"도쿠나가입니다. 분타로 도쿠나가입니다."

"도쿠나가…… 멋진 이름이군요. 제왕의 기운이 있어요."

"그런 생각은 한 번도 해본 적이 없군요."

"어떤 일로 오신 건가요, 도쿠나가 씨?"

질문과 질문. 불순자들은 질문 좀 그만할 수 없는 건가?

"평범한 직장인입니다. 유명한 회사는 아닙니다. 도쿄 외곽에 있는 작은 컴퓨터 회사의 부장입니다."

"도쿄요? 도쿄에서 오셨다고요? 저는 본토는 한 번도 가본 적이 없답니다. 도쿄에서 여기로 많이들 놀러 오신답니다. 지금처럼 비수기에는 아니지만요. 둘러보시면 알 거예요. 거의 빈방이죠. 저는 본토에는 일 년에 한 번밖에 안 가요. 손자손녀를 만나러요. 열넷이나 된답니다. 물론 오키나와 본토를 말하는 거예요. 일본 본토가 아니라요. 거기는 가보려고 꿈에도 생각해본 적이 없답니다!"

"그렇군요."

"사람들 말로는, 도쿄가 아주 크다더군요. 나하보다 더 크대요. 부장님이시라고요? 어머니와 아버지가 퍽 자랑스러워하시겠네요! 세상에, 정말 근사하네요. 아시겠지만, 이 빌어먹을 서류에 좀 적어주셔야 한답니다. 저는 이런 걸로 손님을 괴롭히고 싶지 않지만 제 딸이 꼭 하라고 그러네요. 모두 면허랑 세금과 관계가 있답니다. 정말 짜증나죠. 그래도 어쩔 수가 없네요. 쿠메지마엔 얼마나 오래 계실 건가요, 도쿠나가 씨?"

"두 주 정도 머물 생각입니다."

"그러세요? 세상에, 하실 일이 충분히 있었으면 좋겠네요. 여기는 아주 큰 섬은 아니잖아요. 낚시랑 서핑이랑 스노클링이랑 스쿠버다이빙을 하실 수 있어요…… 하지만 그런 것들 말고는 이곳의 생활은 아주 조용하답니다. 아주 느리고요. 그냥 짐작이지만 도쿄 같지는 않을 거예요. 사모님이 보고 싶어하지 않으실까요?"

"아니오."

여자 입을 닥치게 할 시간이다.

"사실은, 전 여기 특별 휴가로 온 겁니다. 제 아내가 지난달에 세상을 떴거든요. 암으로요."

쭈그렁 할멈의 얼굴이 어두워지더니 손으로 입을 막았다.

여자의 목소리가 속삭임으로 바뀌었다.

"어머, 세상에…… 그러세요? 어머, 세상에…… 제가 이래요. 큰 실수를 했네요. 제 딸애가 무척이나 부끄러워할 거예요. 뭐라고 말을 해야 할지……"

여자는 미안하다는 듯 씨근거렸고, 여자의 숨이 새우 비린내 같은 악취를 뿜었기 때문에 두 배로 짜증이 났다.

"걱정 마세요. 아내는 죽어서 마침내 고통에서 해방되었으니까요. 잔인한 해방이지만 해방은 해방이죠. 당황하지 마세요. 하지만 전 조금 피곤하군요. 제 방이 어딘지 알려주시겠습니까?"

"네, 물론이지요······ 슬리퍼는 여기 있고요. 목욕탕으로 안내해드릴게요. 여기가 식당이고요. 이쪽으로 오세요, 불쌍한 양반 같으니······ 세상에, 그런 일을 겪으셨다니······ 그러나 제대로 된 섬에 오셨어요. 쿠메지마는 상처받은 사람들에게 아주 좋은 장소랍니다. 저는 늘 그렇게 생각해왔어요······"

저녁 정화 뒤, 나는 피곤했고 피곤을 풀 알파파가 전혀 남아 있지 않았다. 나는 내 나약함을 저주하며 침대로 가 거의 바닥 모를 깊은 잠에 빠졌다.

나는 동굴에 있었다. 철로와 파이프가 설치된, 거대하고 황폐한 동굴. 내 업무는 동굴을 순찰하며 그 깊숙한 곳에 사는 악마를 감시하는 일이었다. 상관이 내게 걸어왔다.

"여기서 뭐 하는 건가?"

"명령에 복종하고 있습니다."

"어떤 명령 말인가?"

"이 동굴을 순찰하라는 명령입니다."

상관은 잇새로 휘파람을 불었다.

"평소처럼, 성소에 새로운 위협이 나타났네. 악마는 자네에 대해 알아야만 자네를 이길 수 있어. 익명성만 유지된다면 모든 것이 다 잘될 거야. 자, 순찰관, 자네 이름을 대게나."

"퀘이사입니다."

"그리고 예전 삶에서 이름은 뭐였지? 본명 말이야."

"다나카입니다. 게이슈케 다나카입니다."

"자네 알파파 값은 얼마인가, 게이슈케 다나카?"

"16.9입니다."

"태어난 곳은?"

돌연 나는 덫으로 걸어들어가고 있다는 사실을 깨닫는다! 내 상관은 악마였고, 나를 없애버리기 위해 조사중이다. 내 마지막 방어 수단은 상대방 정체를 눈치챘다는 사실을 숨기는 것이다. 내가 계속 허둥대고 있는데 터널 아래편에서 다른 사람이 걸어온다. 여인은 비올라 케이스와 꽃을 들고 있으며, 전에 어디선가 본 적이 있는 사람이다. 내가 깨끗해지기 전 시절에 만났던 사람이다. 내 상관으로 변장한 악마는 여인에게 돌아서 내게 했던 것과 같은 계략을 쓰기 시작한다.

"악마에 대해서 못 들어봤나? 누구 허락을 받고 이곳을 돌아다니는 거지? 자네 이름, 주소, 직업을 대게. 즉시!"

여인을 구하고 싶다. 아무 계획도 없이 나는 여인의 팔을 잡고, 우리는 뛴다. 공기의 흐름보다도 더 빠르게.

"우리가 왜 뛰고 있는 건가요?"

언덕 위에서 나무 기둥이 땅으로 꺼져들어가는 모습을 지켜보는 외국인 여자.

"미안합니다! 설명할 시간이 없었어요! 아까 그 상관은 진짜 상관이 아니었어요. 변장한 거죠. 이 동굴에 사는 악마였습니다!"

"착각하신 거예요!"

"네? 당신이 그걸 어떻게 알죠?"

우리는 서로 깍지를 낀 채 뛰고 있었고, 나는 처음으로 여인의 얼굴을 본다. 여인의 옆얼굴은 웃고 있으며, 자신이 한 무척 으스스한 농담을 내가 알아듣길 기다리고 있다. 나는 악마의 진짜 얼굴을 보고 있다.

다음날 아침 나는 섬을 둘러보기 위해 일찍 여관을 나섰다. 바다는 뿌연 터키석 색이었다. 모래는 하얗고 뜨거웠고 비옥했다. 처음 보는 종류의 새들이 있었고 연어처럼 분홍색인 나비들도 있었다. 연인 둘이 허스키 개를 끌고 해변을 산책했다. 남자는 여자에게 뭔가를 계속해 속삭였고, 여자는 계속 웃었다. 개는 둘이 막대를 던져주길 바랐으나, 너무 멍청해서 연인 가운데 한 명에게 막대를 먼저 가져다주어야 한다는 사실을 모르고 있었다. 둘이 지나갈 때, 나는 둘 모두 결혼반지를 끼고 있지 않다는 사실을 눈치챘다. 나는 조그맣고 더러운 가게에서 점심으로 먹을 주먹밥과 차가운 차 한 캔을 샀다. 무덤 위에 앉아 점심을 먹으며 내가 마지막으로 어딘가에 속했던 때가 언제인지 생각해보았다. 내 말은, 성소를 제외하고 말이다. 나는 수령이 오래된 녹나무와 줄에 묶여 있는 염소 한 마리가 서 있는 들판을 지났다. 농부들 라디오에서는 듣기 거북한 대중음악이 흘러나와 거리를 떠돌았다. 농부들은 챙 넓은 밀짚모자를 쓴 채 땀을 뻘뻘 흘렸다. 공터에 버려진 자동차들은 녹슬어 있었고, 라디에이터 위로 식물이 자랐다. 인가에서 멀리 떨어진 외로운 곳에 등대가 보였다. 그곳으로 걸어갔다. 맹꽁이자물쇠가 채워져 있었다.
사탕수수 농부가 길가에 차를 세우더니 태워다주겠다고 했다. 나는 다리가 아팠기 때문에 그 제안을 받아들였다. 농부가 날씨 이야기를 시작했다. 사투리가 너무 심해 무슨 말을 하는지 알아듣기 불가능할 지경이었지만 나는 적당히 맞장구를 쳐주었다. 이윽고 농부는 나에 대해 얘기하기 시작했다. 어느 여관에 묵고 있는지, 얼마나 있을 예정인지, 내 이름과 직업을 알고 있었다. 심지어 죽은 아내에 대해 위로를 하기까지 했다. 농부는 '컴퓨터'라는 단어를 쓸 때마다 따옴표로 그 단어를 감쌌다.

여관으로 돌아와보니 예의 그 소문 만들기 사업이 한창이었다. 카운터에서 텔레비전이 번쩍번쩍하며 조용히 깜박였다. 커피 테이블에는 녹차 다섯 잔이 김을 내고 있었다. 그 둘레 낮은 의자에는 어부로 보이는 남자, 남자 같은 자세로 앉은 푸른 작업 바지 차림의 여자, 가는 입술의 마른 여자, 한 쪽 눈썹에 포도송이 모양 커다란 혹이 덜렁거리는 남자가 앉아 있었다.

여관을 운영하는 노파는 재판장이라도 된 듯 위세가 당당했다.

"난 그 사건이 났던 날 텔레비전을 아직도 기억하고 있다우. 그 불쌍한 사람들이 입에 손수건을 대고 비틀거리고…… 악몽이었지! 어서 오세요, 도쿠나가 씨. 사건이 나던 날 도쿄에 계셨나요?"

"아니오, 일 때문에 요코하마에 있었습니다."

혹시 하는 생각에 사람들 마음을 읽어보았다. 나는 안전했다.

어부가 담배에 불을 붙였다.

"사건 다음에는 좀 어떤가요?"

"사람들이 정말 많이 놀랐죠."

작업 바지를 입은 여인이 고개를 끄덕이며 팔짱을 꼈다.

"하지만 미치광이들에게는 그게 종말의 시작인 것 같아요."

"무슨 뜻인가요?" 나는 흥분하지 않았을 때의 목소리를 유지

했다.

어부는 놀란 듯 보였다. "뉴스 못 봤어요? 경찰이 놈들을 습격했어요. 그럴 때도 됐죠. 알파 공동체의 자산도 동결됐어요. 놈들의 소위 국방부 장관이란 자가 탈퇴한 회원들의 살인 혐의로 기소되었고, 다섯 명은 가스 테러에 관련돼서 체포됐어요. 다섯 명 가운데 둘은 유치장에서 목을 매달았고요. 놈들이 남긴 유서가 또다른 놈들을 체포할 증거가 되었죠. 제 신문 보시겠어요?"

나는 움찔하며 거짓으로 뒤죽박죽이 되어 있는 종이로부터 몸을 피했다. "아니오, 괜찮습니다. 그럼 구루는 어떻게 됐습니까?"

산불로 가지는 탈 수 있지만 순수한 마음으로부터 새로운 성장이 싹트노라.

"누구요?"

혹부리가 고무 덩어리 같은 돌출부를 덜렁였다. 나는 무릎으로 남자 목을 누르고 잘 드는 가위로 혹을 잘라내고 싶었다.

"공동체 지도자요."

"아, 그 새끼! 그놈은 도망쳐 숨었어요. 완전히 겁쟁이에요!"

혐오감 때문에 혹부리가 목이 멘 소리를 냈다. 천사들이 멸시당하는 이 세상은 구역질 나는 동물원이 되어가고 있으니.

"그놈은 순 악마예요. 지옥에서 온 악마."

"완전히 걸어다니는 악마라니까요! 여기 있습니다, 도쿠나가 씨." 노파가 내게 녹차를 따라주었다.

나는 방으로 돌아가 생각을 정리해보고 싶었지만 뉴스가 좀더 필요했다.

"그자는 자기를 추종하는 사람들을 갈취했어요. 그리고 아버지처럼 행동하면서 자기 대신 더러운 일을 하라고 시키고 사악한 생각들을 실행에 옮기고는 결과는 책임지지 않고 도망치죠."

이자들의 무지에 숨이 막혔다! 내가 이 인간 쓰레기들을 이해시킬 수만 있다면 좋으련만!

작업 바지를 입은 여자가 말했다. "이해가 안 가요. 어떻게 그런 일이 일어날 수 있어요. 그 사람뿐이 아니잖아요. 알파 공동체에는 좋은 대학을 나오고 좋은 환경에서 자란 똑똑한 사람들도 있을 텐데요. 경찰, 과학자, 선생님, 변호사들도요. 모두 존경받는 사람들이잖아요? 어떻게 그런 사람들이 알파 공동체라는 말도 안 되는 단체에 들어가서 살인자가 된 거죠? 세상에 그렇게 못된 곳도 있어요?"

"세뇌죠, 세뇌." 혹부리가 모두를 가리키며 말했다.

마른 여자가 찻잔의 용 문양을 살펴보더니 입을 열었다. "딱히 살인자가 되겠다고 선택하는 건 아니에요. 내면의 자아를 포기하겠다고 선택한 거죠."

난 이 여자가 싫었다. 여자의 목소리는 몸이 아닌 근처에 있는 방 어딘가에서 나는 듯했다.

"무슨 말인지 전혀 못 알아듣겠군요." 작업 바지를 입은 여인이 말했다.

"사회생활은," 마른 여자가 말하는 방식을 보니 이 여자가 선생이라는 사실을 알 수 있었다. "외적 자아의 포기라고 할 수 있어요. 우리는 일정한 자유를 포기하고 그 대가로 문명을 얻는 거죠. 우리는 아사, 강도, 콜레라 따위로부터 보호를 받죠. 공정한 거래예요. 태어난 날부터 우리를 대신해 교육체계가 그 거래에 서명을 했죠. 하지만, 우리 모두에게는 어느 정도까지 이 계약을 존중할지 결정하는 내면의 자아가 있죠. 이 내면의 자아는 우리 자신의 책임이에요. 저는 공동체에 있는 많은 젊은 남녀들이 이 내면의 책임을 구루에게 넘겨준 게 아닌가 싶어요. 그 사람을 기쁘게 하기 위해 말이죠. 그리고 보세요." 여자는 신문을 넘겼다. "이게 그런 식으로 넘겨받은 내면의 책임을 가지고 이 사람이 한 짓이죠."

"자기 의견에 꽤 확신이 있어 보이는군요." 내가 꼬집어 말했다.

마른 여인은 내 눈을 똑바로 보았다. 나 역시 여자 눈을 똑바로 보았다. 성소의 우리 누이들은 겸손을 배웠다.

"하지만 왜요?" 어부가 파이프에 불을 붙였고, 담배를 빨아들이느라 뺨이 부풀었다가 쑥 들어갔다.

마른 여인은 어부의 질문에 답하며 나를 보았다. "자신에게 물어봐야 할 겁니다. 아마 여러 가지 답이 있겠죠. 자기 비하나 속박을 벗어난 사람도 있을 거고요. 두렵거나 외로워서 그랬을 수도 있죠. 끈끈한 동지애를 갈망하는 사람도 있을 거고요. 박해를 받으면 그런 게 생기니까요. 작은 연못에서 큰 물고기 행세를 하고 싶은 사람도 있겠죠. 마법을 원한 사람도 있을 거고요. 노력하면 성공한다는 약속을 지켜주지 못한 선생과 부모에게 복수를 하고 싶었던 사람도 있겠죠. 그 사람들은 약속이 실현되었을 때도 절대로 빛이 바래지 않는, 좀더 빛나는 신화가 필요한 거죠. 신자들이 넘기는 자유의지는 값싼 대가일 뿐이에요. 자기들의 새로운 세상에서는 의지가 필요하지 않을 테니까요."

이따위 소리를 더이상 참고 들을 수 없었다.

"아마도 그쪽에 대해 너무 많이 읽으신 거 같군요. 어쩌면 그 사

44

람들은 구루를 사랑했기 때문에 그랬을 수도 있습니다."

나는 단숨에 차를 들이켰다. 차는 너무 썼고 나는 혀를 뎄다.

"제 방 열쇠를 받을 수 있을까요?"

노파는 천천히 내게 열쇠를 건넸다.

"오래 걸으셔서 피곤하신 모양이네요. 손님이 등대 근처에 있는 걸 제 사촌댁이 봤다더군요."

섬의 비밀은 본토 사람들에게는 감춰져 있지만 섬사람들에게는 절대로 그렇지 않다.

나는 침대에 누워 흐느꼈다.

내 형제자매들이 자살을 하다니! 동료 정화자 가운데 누가 마지막 장애물에 걸려 넘어진 걸까? 그리고 왜? 우리는 영웅이었다! 불순한 세상의 종말이 오기까지 겨우 몇 달밖에 안 남았는데! 천국이 그토록 가까이 다가왔는데! 나는 국방부 장관이 체포됐다는 사실에 더 놀랐다. 국방부 장관은 자기 몸을 분자로 바꿔 벽을 통과할 수 있을 정도로 알파파 수치가 높았다.

단지에 담긴 거미가 죽었다. 왜, 왜, 왜, 왜?

저녁 정화 뒤 어촌 동네를 걸었다. 아이들이 비명을 지르며 이해할 수 없는 놀이를 하고 있었다. 십대들은 최신 유행 차림으로 거리를 누비고 다녔다. 잡지에서 본 도쿄 십대들을 그대로 따라했으리라는 것은 의심할 바 없었다. 어머니들은 슈퍼마켓 바깥에서 수다를 떨며 서 있었다. 나는 그들에게 고함치고 싶었다. 세상은 이제 곧 종말이 오며 백야가 되면 너희들 모두는 극초단파에 튀겨질 것이다! 바에서 오키나와 음악이 울려퍼졌다. 모두 정신없고 신경을 곤두서게 하는 음악이었다······ 그리고 거리 끝에서 만난 것은 산, 바다, 밤이었다.

자갈투성이 해변을 걸었다. 플라스틱 부표들, 여자 엉덩이를 닮은 바다 코코넛, 유목과 엉켜 있는 쓰레기들, 깡통, 병, 고무장갑, 세제통. 칠이 벗겨져 가라앉은 채 다시는 떠오르지 못한 배가 내는 신음과 불평이 들렸다. 저 멀리 그림자 하나에 불이 들어왔다.

요란한 파도, 그리고 물을 빨아들이는 자갈 해변에서 우연을 지배하는 분께서 내게 말씀하신다. 텔레파시가 가능한데 왜 전화를 쓰겠는가? 우연을 지배하는 분께서는 정화자 퀘이사가 가장 큰 역할을 했다고 믿는다 말씀하셨다. 일백마흔세번째 성스러운 계시에서 예언되었듯, 박해의 시기가 시작되었다. 주께서 말씀하시길, 내가 백야 동안 믿음 강한 자들을 이끌 목자가 되리라 하셨다. 그리고 혜성이 새로운 지구의 도래를 알린 뒤에 나는 우연을 지배하는 분의 오른 편에서 그분의 이름으로 정의와 지혜를 관장하리라 하셨다. 나는 그분을 위해서라면 죽음도 불사하겠노라고 답했다. 아들이 아버지를 사랑하듯 우연을 지배하는 분을 사랑하며, 아버지가 아들을 보호하듯 우연을 지배하는 분을 보호하겠노라고 말씀드렸다. 수백 마일 저쪽에서 우연을 지배하는 분께서 웃음지으셨다. 혜성은 크리스마스에 이곳에 올 터였다. 새로운 지구는 이제 얼마 멀리 있지 않았다. 인류애의 공동체는 더욱 깨끗한 섬에 함께 모일 것이고, 생존자들은 나를 '퀘이사 장로'라 부를 터였다. 약자를 괴롭히는 일은 없을 터였다. 희생시키는 일도 없을 터였다. 이 기적이고 하찮고 믿음 없는 불순자들은 모두 무지에 젖어 튀겨질 터였다. 우리는 파파야, 캐슈너트, 망고를 먹고 전통악기와 아름다운 도기 만드는 법을 배울 터였다. 우연을 지배하는 분께서는 우리의 알파파 수치에 따라 짝을 지어주실 것이고 우리에게 고급 알파파 기술을 가르쳐주실 것이며, 우리는 다른 별들을 방문하는 환상적 여행을 할 터였다.

나는 무릎을 꿇고 우연을 지배하는 분의 격려에 감사를 드렸다. 탁 트인 만 위로 달이 떠올랐고 우리가 여행할 별들이 하나둘씩 나타났다.

털모자를 쓰고 엄마 등에 포대기로 싸여 있던 아기가 눈을 떴다. 그 눈은 내 눈이었다. 그리고 내 눈에 반사된 것은 아기의 얼굴이었다. 아기는 내가 무엇을 할지 알고 있었다. 그리고 내게 그러지 말라고 부탁했다. 하지만 혜성이 오면 어쨌든 아기는 죽을 운명이야, 퀘이사! 넌 불순자의 땅에서 고생하는 아기의 고통을 덜어줘야 해! 분명 이 순수한 아기는 새로운 지구의 공동체에서 다시 태어날 터였다! 자신을 정화하고 너의 믿음을 단단히 뿌리내려라, 깊고 빠르게!

시계라디오의 LED가 오전 한시 삼십분을 표시했다. 엉터리 가라오케가 벽을 뚫고 울려댔다. 나는 땀에 젖은 시트에 감긴 채 완전히 잠에서 깼다. 두통이 송곳으로 관자놀이를 후벼팠다. 감마파 간섭 때문에 내장이 요동쳤다. 나는 비틀거리며 화장실로 갔다. 내 똥은 시커먼 석유 범벅이었다. 나는 빼빼 마른 선생을, 그 여자의 콧대를 꺾으려면 무슨 말을 했어야 하는지 생각했다. 내 눈은 닳아

빠진 리놀륨이 만들어낸 미로 무늬를 따라 헤맸다. 나는 살갗이 견딜 수 있는 한 가장 뜨거운 물로 샤워를 했다.

아무도 없는 로비 자판기에서 담배를 샀다. 알파 공동체에서 입회식을 치른 뒤 처음이었다. 나는 불을 붙이고 방으로 돌아왔다. 나는 잠시 깨어 있을 터였다.

*

손바닥이 더러워졌다. 나는 하루에 열아홉 번 자기 정화를 하지만 피부에 뭔가 문제가 생겼다. 나는 아침마다 텔레비전 시청에 몰두했다. 공동체를 불법단체로 규정해 해산시키려는 소송이 진행 중이었다. 공동체 기록보관소를 뒤져 찾아낸 내 이름과 사진이 화면에 나왔다. 다행히도, 머리를 밀고 알파 강화기를 달고 있는 사진이었기에 별로 나와 비슷해 보이지 않았다. 나는 도쿄 정화자 가운데 체포되지 않은 유일한 인물이다. 내 피부 아버지 어머니가 으르렁대는 일군의 기자들을 피해 피부 누이의 자동차에 쫓겨 들어가는 모습을 보았다. 모든 장면에 밝은 조명이 비치고 있었다. 우연을 지배하는 분은 집단학살을 계획, 실행하고 사기, 납치 및 제1급 신경 물질 소지 혐의로 구속되셨다. 뉴스는 우연을 지배하는 분께서 불순자 요원들에 의해 자동차로 몰리듯 들어가시는 모습과 우연을 지배하는 분의 피를 요구하는 폭도들 사이를 헤치고 나아가는 자동차를 계속해 보여주었다. 뉴스는 이 장면을 불길한 음악과 함께 계속 보여주며 바보들에게 우연을 지배하는 분이 마치 다스 베이더 같은 악당이며 미워하고 무서워해야 하는 존재라는 생각을 심어주려 했다. 다른 각료들 역시 체포되었다. 각료들은 사형 대신 무기징역을 받으려는 속셈에서 서로를 비난하고 있었다. 교육부 장관이 나를 비난했다. 심지어 우연을 지배하는 분의 부인조차 자신은 가스 제조에 대해 아무것도 알지 못했다며 우리 스승을 비난했다. 그 여자는 정화에 대해서 무척이나 열정적이었는데 말이다! 어떤 뉴스 채널에서는 로스앤젤레스로 개떼들을 보내 베벌리힐스에 있는 고급 학교에서 기숙사 생활을 하고 있는 우연을 지배하는 분의 아들들을 취재했다.

나는 부두에서 성소로 전화를 했다.

"이름, 직위, 현재 위치를 대도록."

차가운 목소리가 말했다. 경찰. 비록 알파파 수치가 초파리만큼 작고 아무리 멀리 떨어져 있다 해도 우리는 경찰을 언제나 쉽사리 알아차릴 수 있다. 전화를 끊었다.

하지만 안 좋았다. 나는 일본에서 추방당했다. 내 여권은 공동체 외무부가 가지고 있었기에 러시아나 한국의 형제자매들 도움을 얻는 것도 불가능했다. 돈이 떨어졌다. 물론 내게는 돈이 없다. 공동체에 입회한 뒤 나는 마지막 동전 하나까지 모두 헌납했다. 내 피부 가족은 나와 의절했으며 나를 설득하려 했다. 눈먼 인생일 때 사귀었던 피부 친구들 역시 그렇게 하려 했다. 하지만 나는 전혀 슬프지 않다. 백야가 오면 그 사람들은 자신이 뿌린 대로 거둘 터. 공동체가 내 진정한 가족이다.

내게는 마지막 수단이 있었다. 공동체 첩보부였다. 매스미디어는 첩보부를 체포했다는 이야기를 전혀 하지 않았으니 아마 첩보부원들은 알맞은 때에 지하로 숨었을 것이다. 나는 비밀번호를 누르고 암호문을 말했다.

"개에게 먹이를 주어야 합니다."

나는 성소에서 정화 훈련 때 배운 대로 아무 말 없이 수화기를 들고 있었다. 전화를 추적할 수 있는 충분한 시간이 지난 뒤, 저편의 첩보부원이 전화를 끊었다. 곧 지원이 도착하리라. 만 엔짜리 뻣뻣한 지폐 다발을 들고 공중부양자가 파견되리라. 내 알파파 흔적을 훑어서 내가 섬을 혼자 어슬렁거리고 다닐 때나 아니면 야자나무 숲에서 잠들어 있을 때 나를 찾아내리라. 그리고 공중부양자가 도착할 때 나는 아마도 부처나 가브리엘처럼 빛을 발하며 깨어나리라.

쿠메지마는 더럽고 상피붙은 감옥이다. 생각해보니, 이 돌덩어리는 한때 류큐 제국이 중국과 통상하던 중심지였다. 향료, 노예, 산호, 상아, 비단을 실은 배들. 칼, 코코넛, 대마. 사람들 함성이 부산한 항구를 채우고, 나이든 여인들은 시장에서 저울, 과일과 말린 물고기 더미를 펼쳐놓고 쭈그리고 앉아 있었을 것이다. 얌전한 젖가슴의 여자아이들은 거무스름한 창문 밖, 화분 너머로 몸을 내밀고 약속하고 속삭이고……

이제 그 모든 것은 사라졌다. 오래전에. 아득한 수평선 저 너머에 있는 강자들이 권력을 두고 티격태격한 결과로 오키나와는 싸움에서 진 쪽이 이긴 쪽에 한 궁상스러운 사죄의 증거물이 되었다. 아무도 인정하지 않지만 섬은 이제 죽어가고 있다. 젊은이들은 본토로 가고 있다. 정부 보조와 농작물 가격 조작이 없다면 섬은 붕괴될 터였다. 본토 반전 운동가들이 미국인 강간범을 섬에서 쫓아냈을 때 경제는 천천히 지지직거리며 숨을 거두었다. 물고기들은 공장 트롤선이 모두 잡아올렸다. 길은 어디로도 통하지 않았다. 공장 건설 계획이 시작되었지만 콘크리트 조각과 자갈 더미, 훌쩍한 가시투성이 잡초로 끝이 났다. 우연을 지배하는 분의 계획을 실행하기에 적당한 장소였다! 나는 사람들을 깨워주고 싶었다. 백야와 새로운 지구에 대해 이야기해주고 싶었으나 지금 상태에서 위험을 감수하며 주목을 끌 수는 없었다. 내 마지막 방어막은 평범함이었다. 평범함이 사라졌을 때, 내게는 목소리에 실리는 알파파 포텐셜 말고는 나를 보호할 아무런 장치도 없었다.

구레나룻을 기른 섬 경찰이 어제 말을 건넸다. 스노클 가게를 지나가는데 그 앞에서 경찰이 몸을 굽혀 구두끈을 매고 있었다.

"휴가는 어떠십니까, 도쿠나가 씨?"

"아주 평온합니다. 고맙습니다."

"부인 이야기는 참으로 유감입니다. 정말 끔찍이도 힘드셨겠군요."

"위로해주셔서 고맙습니다."

나는 경찰관을 쫓아내기 위해 알파 강제력에 집중하려 했다.

"그래서 내일 떠나시는 겁니까, 도쿠나가 씨? 여관에 있는 모리 아주머니 말로는 여기 두 주 동안 머무르셨다더군요."

"솔직히 말하면 며칠 더 있으려고 생각하고 있습니다."

"정말요? 회사에서 돌아오라고 하지 않나요?"

"사실 저는 새로운 컴퓨터 시스템으로 일하고 있습니다. 여기서

도 도쿄에서처럼 일할 수 있죠. 솔직히 말해 영감을 얻기에는 평화
와 고요가 더 도움이 되지요."

경찰관은 생각에 잠긴 듯 고개를 끄덕였다.

"제 생각에…… 이곳 고등학교에서 얼마 전에 컴퓨터 동아리를
시작했습니다. 제 형수가 그곳 교장이죠. 오에 부인이라고 합니다.
모리 부인의 여관에서 이미 만나보셨을 겁니다. 제 생각에…… 오
에 부인은 너무 예의를 차리다보니 아마도 선생님께 시간을 내달
라는 청을 드리지 못하셨을 것 같습니다만……"

나는 기다렸다.

"컴퓨터 수업 때 시간을 좀 내주셔서 진짜 컴퓨터 회사에서 일
하는 것이 어떤가 이야기해주시면 학교로서는 정말 영광일 겁니
다……"

덫이 감지됐다. 하지만 지금 거절하는 것보다는 나중에 빠져나
가는 것이 더 안전했다.

"당연히 해드려야죠."

"정말 친절하시군요. 다음에 형을 보면 말하겠습니다……"

해변에서 나는 저번의 허스키 개를 만났다. 우연을 지배하는 분
께서 내게 말씀하시기 위해 녀석이 짖게 하셨다.

"무엇을 기대했더냐, 퀘이사? 호모 세렌디피토우스*의 시대를
그렇게 쉽게 열 수 있으리라고 생각했더란 말이더냐?"

"아닙니다, 구루여. 하지만 구루의 석방을 요구하기 위해 요가

---

* 우연을 지배하는 인간들.

비행자들이 백악관과 유럽 의회로 언제 가는지요?"

"달걀을 먹거라, 신실한 자여."

"달걀 말입니까, 구루여?"

"달걀은 부활의 상징이니라, 퀘이사. 그리고 오렌지 로켓 아이스캔디를 먹도록 해라."

"그것은 무엇을 상징하옵니까, 구루여?"

"아무것도 상징하지 않는다. 하지만 비타민 C가 많이 들어 있다."

"말씀대로 하겠습니다, 구루여. 하지만 요가 비행자들은……"

들려오는 답은 녹슨 기름통 더미 뒤에서 돌연 뛰어나오며 짖는 개 소리와 연인들의 의아해하는 시선뿐이었다. 우리 셋은 혼란스러운 표정으로 서로를 보았다. 개는 한쪽 다리를 들어올리고 트랙터 타이어에 오줌을 누었다. 바다는 무심히 파도 소리를 들려주었다.

털모자를 쓴 여자 아기, 그 아기는 나를 보며 웃었다. 왜 아기는 나를 보며 웃었을까? 단순한 안면근반사가 분명했다. 아기는 꼬르르거리며 나를 보고 웃었다. 아기 어머니는 아기가 누구를 보고 웃는지 살펴보더니, 역시 나를 보며 싱긋 웃었다. 눈이 따뜻했다. 나는 마주 웃어주지 않았다. 그리고 나는 둘이 내게 웃어주지 않았으면 좋았을 텐데 하고 바랐다. 둘이 살아남았을까? 아니면 가스에 둘 다 죽었을까? 만약 둘이 떠나지 않았다면 꾸러미에서 나온 가스가 둘의 콧구멍과 눈과 폐를 관통해……

엄마. 아빠.

하지만 우리는 단지 우리를 방어했을 뿐이었다! 내가 정보부에 배속되던 어느 날이었다. 우리 자매 한 명의 피부 친척인 불순자 삼촌이 자매가 자기 가족의 농장과 땅을 팔지 못하도록 법원에 금지처분 신청을 냈다. 그 삼촌이라는 자는 재산법 변호사였다. 첩보부는 심문을 하기 위해 자매의 피부 삼촌을 데려왔다. 우연을 지배하는 분께서는 그 남자가 불순자들이 보낸 첩자라는 사실을 단박에 아셨다. 암살 계획을 꾸민 듯했다. 가소롭기도 하지! 우연을 지배하는 분께서 삼십 년 전 티벳을 여행하실 적에 아루파다투*라는 순수한 의식이 당신께 이주했으며 육체의 사슬을 끊고 영혼이 자유로워지는 비밀을 알려주었다는 사실을 성소에 있는 우리 모두는 알고 있었다. 이것이 우연을 지배하는 분께서 성산에 오르시게 된 시작이었다. 설사 우연을 지배하는 분의 육신이 다치더라도 당신께서는 낡은 몸을 버리고 다른 몸으로 영혼을 옮기실 수 있다. 내가 호텔과 섬을 바꾸듯 쉽사리 말이다. 우연을 지배하는 분께서는 자신을 암살하려던 자의 몸으로 이주하실 수도 있었다.

어쨌든, 이 변호사는 자백제 주사를 맞고 모든 것을 고백했다. 남자의 임무는 무취의 독을 식당 밥솥에 넣는 것이었다. 우연을 지배하는 분의 부인께서 직접 취조를 하셨다고 들었다.

보라! 우리는 오직 자신을 방어할 뿐이었다.

손톱이 푸석푸석해지고 있다.

---

* 무색계(無色界). 욕망과 물질을 완전히 초월한 관념의 세계.

나는 등대 부근을 걸어다니며 오후를 보냈다. 나는 바위에 앉아 파도와 새들을 보았다. 태풍이 대만을 강타한 뒤 중국 연안으로 움직이고 있었고 오키나와 수평선에 흐릿하게 나타났다. 서쪽으로 구름이 몰려들었고 바람이 일었다. 우연을 지배하는 분께서는 나와 의논을 하셨고 결정도 내려졌다. 무엇이 잘못된 것일까? 몇 달 뒤, 그리고 내 알파파 수치가 25가 되면 나는 지구에서 이백번째로 높은 자가 된다. 우연을 지배하는 분께서 개인적으로 내게 장담하셨다. 나는 우연을 지배하는 분의 영육을 약간 먹은 적이 있다. 가입 프로그램에서 개종자 일등을 한 뒤 나는 구루의 정액이 담긴 시험관을 상으로 받았다. 그것을 마신 뒤 내 감마파 저항력은 확 높아졌다. 나는 화장실 청소 담당에서 빠져나와 정화자가 되었다. 내 생애 처음으로, 나는 의미 있는 존재가 되었다.

버려진 헛간의 녹슨 양철지붕이 바람에 덜컥거리며 이리저리 흔들렸다.

잘못된 건 아무것도 없었다. 잘못된 건 아무것도 없어, 퀘이사. 우연을 지배하는 분의 눈에 네가 띄게 된 건 네 믿음 덕분이야. 네 믿음이 박해의 날들과 새로운 지구로 가는 끔찍한 백야의 날들을 버틸 수 있도록 인도해줄 거야. 네 믿음이 지금 널 키워줄 거야.

이 황량한 섬, 내 주변의 모든 것은 가루가 되고 있다. 나는 나하에 머물렀어야만 했다. 눈 내리는 지역이나 혹한의 홋카이도, 아니면 나 같은 사람이 완전히 파묻힐 수 있는 대도시에 머물렀어야 했다. 이케다 선생은 어떻게 됐을까? 궁금했다. 세상의 가장자리에서 떨어진 사람들은 결국 어떻게 끝장날까?

태풍의 기후.

나는 계속 커튼을 드리우고 있다. 우리 국방부 장관께 들은 얘기에 따르면, 불순자 정부는 갈매기를 스파이로 훈련시키고 두개골에 마이크로 카메라를 설치한다고 했다. 아주 오래전 프리메이슨을 설립하고 중국인들이 역사의 우물을 오염시킬 수 있도록 자금을 댄 정치인과 유대인의 명령으로 지구 전역을 돌며 공동체를 감시하는 미국의 비밀 위성은 말할 필요도 없다.

나는 인가에서 멀리 떨어진 외로운 곳에 있는 등대에 등을 기대고 앉아 있었다. 자동차가 헤드라이트로 나를 찾으며 다가왔다. 숨을 곳을 찾아봤다. 한 군데도 없었다. 갈매기 한 마리가 나를 지켜보았다. 잔인한 얼굴을 하고 있었다. 푸른색과 하얀색으로 칠해진 자동차가 다가와 섰다. 숨을 장소를 찾기에는 너무 늦었다. 차문이 열리고 차안에서 희미한 불빛이 새어나왔다.

나를 찾은 것이다! 남은 평생을 감옥에서……

하지만, 너무 이상하게도 나는 모든 것이 끝났다는 생각에 긴장이 풀렸다. 적어도 더이상 도망치지 않아도 되었다.

운전자는 벌써 앞좌석의 물건들을 치우고 있었다. 그리고 몸을 앞으로 기울였다.

"도쿠나가 씨인가요?"

나는 무서운 얼굴로 고개를 끄덕이고 나를 체포할 사람에게 걸어갔다.

"당신을 찾고 있었습니다. 저는 오타라고 합니다. 항무관입니다. 요 전날 제 아내의 학교에서 강연을 하는 것에 대해 제 동생과 이야기하셨다고 들었습니다. 마을까지 태워다드릴까요? 아마 하루 종일 걸으신 뒤라 피곤하실 겁니다."

나는 그 말에 동의했지만 자리에 앉아 안전 벨트를 매면서도 여전히 몸이 떨렸다.

"제가 지나가서 다행입니다…… 태풍 경고가 있었거든요. 뭔가 세상의 종말이라도 맞은 양 웅크리고 있는 모습을 보았답니다. 그래서 생각했죠. 혹시 도쿠나가 씨가 아닐까 하고 말입니다. 오늘 저녁은 기분이 좋지 않으신가 보죠?"

"네."

"아마 지쳐서 그럴 겁니다. 이곳 섬 공기는 머리를 맑게 하기에는 좋지만, 여하튼 너무 오래 걸으셨고…… 부인 소식을 들었습니다. 정말 유감입니다."

"죽음은 삶의 일부인걸요."

"철학처럼 들리는군요. 하지만 생각을 집중하기가 쉽지는 않으실 겁니다."

"전 괜찮습니다. 집중을 잘하거든요."

남자는 도로 중앙에 서 있는 염소 때문에 브레이크를 밟고 경적을 몇 번 울렸다. 염소는 거드름을 피우며 우리를 향해 콩콩거리더니 벌판으로 걸어갔다.

"칼리굴라가 또 빠져나왔다고 베스호 부인에게 말해줘야겠군요. 염소는 뭐든지 먹어버린다니까요! 집중을 잘하신다고요. 멋지군요, 멋져요. 이곳에 계시면서 스쿠버다이빙을 안 해보시면 범죄입니다. 제가 듣기로는 저희 섬의 산호초가 북반구 태평양 연안에서 가장 멋지다더군요. 그건 그렇고, 진짜로 컴퓨터 분야에서 일하는 분이 와서 강연을 해준다니까 아이들이 아주 좋아하고 있습니다. 유감스럽게도 아는 건 별로 없지만 그래도 똑똑한 아이들입니다. 내일 저녁식사를 같이 했으면 싶다고 아내가 말하더군요. 시간이 되시면 말입니다. 그래서 말인데요, 도쿠나가 씨. 당신에 대해 조금만 이야기를 해주시겠습니까……"

이 섬에 있는 모든 길이 결국은 그러하듯 길이 항구 주변으로 굽어졌다.

구름이 별들을 하나씩 지우기 시작했다.

도쿄
Tokyo

봄은 늦게 왔고, 나도 늦었다. 통근자들은 옷깃과 우산을 세우고 일터로 흘러들어갔다. 뒷길에 줄지어 선 벚나무는 곰보처럼 울퉁불퉁했으며 아침 빗물을 뚝뚝 흘렸다. 나는 열쇠를 꺼내 덜거덕거리며 셔터를 올리고 가게 문을 열었다.

물이 끓는 동안 우편함을 살펴보았다. 우편주문 몇 통, 좋았다. 청구서, 청구서들. 나빴다. 나가노에 사는 단골이 내가 한 번도 못 들어본 희귀 음반들에 대해 묻는 내용 몇 가지. 공문서. 완벽하게 평범한 아침. 우롱차를 마실 시간. 지난달 다케시는 시나가와의 경매에서 다양한 종류가 섞인 음반 한 상자를 샀고 나는 그 상자에서 아주 귀한 마일즈 데이비스 음반을 발견해 틀었다.

그 음반은 보석이었다. 〈You Never Entered My Mind〉는 행복하면서 또한 비참했다. 흠잡을 데 없는 약음 작업 덕분에 트럼펫은 한 줄기 소리로 여과되어 나왔다. 불쾌한 태양이 구름 뒤로 사라졌다.

이번주의 첫 손님은 외국인이었지만 미국인인지 유럽인인지 아니면 오스트레일리아인인지 알 수가 없었다. 서양인은 모두가 똑같아 보이기 때문이다. 호리호리하고 여드름이 많은 외국인이었다. 하지만 그 남자는 단순히 구경만 하는 사람이 아니라 진정한 수집가였다. 눈에 광기가 번득였고 은행원이 지폐를 세듯 길게 늘어선 음반들을 손가락으로 빠르게 튀겨나갔다. 남자는 케니 버렐의 〈Stormy Sunday〉와 1973년 녹음한 듀크 조던의 〈Flight to Denmark〉 신보를 샀다. 남자는 또한 멋진 티셔츠를 입고 있었다. 마천루 주위로 박쥐가 날고 박쥐가 날아간 경로를 따라 별이 뿌려져 있는 그림이었다. 나는 남자에게 어디서 왔는지 물었다. 남자는 아주 고맙다고 대답했다. 서양인들은 일본어를 배우질 못한다.

잠시 뒤 다케시가 전화했다.

"사토루! 어제는 잘 쉬었어?"

"아주 평온했죠. 오후에는 색소폰 연습을 했고요. 그 뒤 코지와 잠시 돌아다녔어요. 타로를 도와 양조장에서 술을 가져왔고요."

"우체통에 어마어마한 수표가 있지는 않던?"

"죄송해요, 그런 건 없었어요. 하지만 멋진 청구서들은 있었죠. 주말은 어땠나요?"

다케시가 기다리던 질문이었다.

"웬일로 그런 질문을 다 하고! 지난 금요일 롯폰기에서 끝내주는 물건을 만났거든."

다케시의 침샘에서 침이 분비되는 소리가 들리는 듯했다.

'이런 여자를 잡아. 스물다섯.' 이 숫자는 다케시에게 완벽한 나이로, 그러면 여자와 열 살 차이가 났다. 특히 '약혼한 여자'는 다케시에게 어떠한 책임감도 느끼지 않으면서 간통을 한다는 전율을 더해주었다. '나보다 잃을 게 많은 여자와 섹스를 하라'는 게 다케시의 좌우명이었다.

"새벽 네시까지 클럽을 누볐지. 토요일 오후에 일어나보니 치요다 근방 호텔에서 옷을 뒤집어입고 있더라고. 어떻게 거기까지 갔는지 모르겠어. 여자가 샤워를 마치고 벌거벗은 채 갈색 피부에서 물을 뚝뚝 흘리며 나오더라고. 그리고 여자가 여전히 그걸 갈망하지 않았더라면 아쉬울 뻔했지!"

"천국이었겠군요. 다시 만날 건가요?"

"당연히 다시 만나지. 이건 첫눈에 사랑에 빠진 거라고! 오늘 저녁 이치가야에 있는 프랑스 레스토랑에서 같이 식사할 거야."

이치가야에 있는 러브호텔에서 만날 거라는 뜻이었다.

"정말로 그 엉덩이를 봤어야 하는데! 종이봉투 안에 금방이라도 터질 듯 잘 익은 복숭아가 들어 있는 것 같은, 그런 엉덩이였어. 살짝만 자극을 줘도 완전히 폭발하더라고! 사방이 죽이고 말이야!"

내가 알아야 할 것보다 좀더 상세한 설명.

"약혼한 여자인가요?"

"응, 상대는 후지쯔 복사기 잉크 카트리지 연구 개발 부서 샐러리맨이라는군. 여자 아버지 쪽 부서장이 아는 사람이 중매해서 소개받았대."

"운은 따르는 사람한테만 따른다니까요."

"아, 괜찮아. 네가 모르는 게 뭔지 알아? 그 여자는 멋진 아내가 될 거야, 장담해. 평생 주부가 되기 전에 욕망을 불태우는 밤을 며칠 보내는 거야."

내가 보기에 그 여자는 골칫거리 같았다. 별거중인 아내를 돌아오게 하려고 애썼던 게 겨우 두 주 전이라는 사실을 다케시는 잊은 듯했다. 비가 계속 내리며 손님을 막고 있었다. 비는 살살 내리다가 이윽고 세차게 내렸고 다시 살살 내렸다. 전화선을 타고 들리는 전기 잡음. 〈Blue in Green〉에서 들리는 지미 콥의 퍼커션.

다케시는 여전히 전화를 끊지 않고 있었다. 내가 뭔가 말을 해야 할 차례인 듯했다.

"그 여자 어땠어요? 그러니까, 성격이요."

다케시가 말했다.

"아, 좋아."

마치 내가 새로 나온 밥통에 대해 물은 듯한 반응이었다.

"자, 난 이제 그만 전화를 끊고 부동산 중개인 사무소에 가서 일처리를 해야 해. 그쪽도 일을 느슨히 처리하거든. 책임자를 좀 닦달해야 할 거 같아. 음반 많이 팔아서 내가 돈 좀 왕창 벌게 해줘. 필요하면 내 핸드폰으로 전화하고……"

나는 그런 적이 한 번도 없다. 다케시가 전화를 끊었다.

도쿄에는 이천만 명이 살고 일한다. 도쿄는 너무나 거대해서 어디에서 끝나는지 아무도 정확히 알지 못한다. 평지를 채운 지는 이미 오래되었고 이제는 서쪽으로 산맥을 올라가고 있고 동쪽으로는 도쿄 만부터 도쿄가 되었다. 도쿄는 자신을 새로 쓰길 멈춘 적이 단 한 번도 없다. 거리 안내 책자는 나오는 순간 벌써 낡은 것이 되어버린다. 도쿄는 키가 크고 또한 깊으며 넓게 퍼져 있다. 도쿄에서는 사람들 머리 위와 발 아래로 늘 무언가가 움직이고 있다. 사람, 비행기, 자동차, 인도, 지하철, 사무실, 고층 건물, 전력선, 파이프, 아파트. 이 모든 것이 합쳐 엄청난 중량을 만든다.

사람들은 자신이 함몰되는 것을 막기 위해 무엇인가 해야지 그렇지 않으면 그냥 잡동사니가 되거나 동굴 속 개미가 되고 만다. 작은 도시에 사는 사람들은 자기 존재를 깨닫고 자신을 다른 사람들과 격리하기 위한 자기만의 공간을 가질 수 있다. 하지만 도쿄에서는 불가능하다. 도쿄에서는 회장, 갱, 정치인, 황제가 아닌 이상 절대로 자기만의 공간을 가질 수 없다. 지하철에서는 몸과 몸을 부대껴야 하고, 전철에서는 손잡이 하나를 여럿이 나눠써야 한다. 아파트 창문으로는 다른 아파트 창문 말고는 아무것도 보이지 않는다.

아니, 도쿄에서는 자기 머릿속에 자신의 공간을 만들어야 한다. 사람들은 각기 다른 방법으로 이런 공간을 만든다. 땀, 운동, 고통도 한 방법이다. 이런 사람들을 체육관이나 잘 정돈된 수영장에서 볼 수 있다. 작고 낡아빠진 공원에서 뛰는 모습을 볼 수 있다. 공간을 만드는 또다른 방법은 텔레비전이다. 소리가 귀에 거슬리는 번쩍이는 공간. 언제나 밝은 조명이 있고 언제 웃어야 하는지 가르쳐주기 때문에 절대로 웃음을 놓치지 않을 수 있는, 재미와 농담이 가득한 곳. 정성껏 편집한 덕분에 사람들을 너무 근심하게 만들지는 않지만 또한 외국에서 태어나지 않아서 다행이라고 생각하게 할 정도로는 근심하게 하는 세계 뉴스. 음악과 함께 나오면서 누구를 미워하고 누구를 안되었다고 생각하고 누구를 비웃어야 하는 지 말해 주는 뉴스.

다케시의 공간은 환락가이다. 클럽, 바, 그리고 그곳에 사는 여인들.

다른 공간도 많이 있다. 도쿄의 시민인 우리 마음속에 있는 이런 공간들이 모여 보이지 않는 도쿄를 만든다. 인터넷, 만화, 할리우드, 종말론 교파, 이런 것들이 도쿄에서 사람들이 개인적으로 찾아갈 수 있는 공간이며 소중하게 여기는 곳이다. 어떤 사람은 자기 공간을 솔직하게 털어놓으며 언제나 열어둔다. 어떤 사람은 그 공간을 숲속에 있는 정원처럼 감추어둔다.

자기만의 공간이 없는 사람은 결국 철로에 몸을 던진다.

내 공간은 재즈를 통해 존재한다. 재즈는 멋진 공간을 만들어준다. 색과 감각은 눈이 아니라 소리를 통해 온다. 눈이 보이지 않으면서 더 많은 것을 보는 것과 비슷하다. 이것이 내가 여기 다케시의 가게에서 일하는 이유이다. 평범한 말로 설명할 수 있는 그런 종류가 아니다.

전화가 울렸다. 마마 상.

"사토 군, 아키코와 도모미가 요즘 유행하는 무시무시한 독감에 걸렸어요. 그리고 아야카는 여전히 몸이 약간 안 좋고."

아야카는 지난주에 낙태를 했다.

"그래서 내가 일찍 바를 열어야 해요. 사토 군 혼자 저녁 먹을 수 있을까?"

"전 열아홉이에요! 물론 저녁 정도는 혼자 찾아먹을 수 있다고요!"

마마 상은 까마귀처럼 깔깔 웃었다.

"착한 아이라니까."

마마 상이 전화를 끊었다. 나는 빌리 홀리데이의 기분을 느꼈다. 죽기 전해, 헤로인과 진이 담긴 병과 함께 녹음한 〈Lady in Satin〉. 파멸의 기운을 담은, 10월의 오보에 같은 목소리.

나는 진짜 어머니가 궁금했다. 그리워하는 건 아니다. 그리워하는 건 소용없는 짓이다. 마마 상은 내 진짜 어머니가 필리핀으로 추방된 뒤 다시는 일본으로 들어올 수 없었다고 말했다. 가끔이지만, 나는 진짜 어머니가 누구이고 어떻게 살고 있으며 나에 대해 생각하는지 궁금했다.

내가 태어났을 때 아버지는 열여덟 살이었다고 마마 상은 말해줬다. 그 말은 내가 당시 아버지만큼 나이를 먹었다는 뜻이다. 물론 아버지는 희생자 역할이었다. 비자를 얻기 위해 남자를 유혹해 목에 송곳니를 박은 외국인 여자, 그리고 그 여자에게 능욕당한 무고한 사람. 내가 사립탐정을 고용할 정도로 돈을 많이 벌기 전까지는 아마 절대 진실을 알지 못할 거다.

아버지가 한번은 나를 찾아왔다고 나는 확신한다. 삼십대 후반의 멋진 남자. 군화처럼 생긴 장화와 겹게 무두질한 스웨이드 재킷. 한쪽 귀를 뚫고 있었다. 나는 어느 순간부터인가 남자를 인식했지만, 나는 그냥 음악가라고 생각했다. 남자는 가게를 둘러보더니 마침 우리가 가지고 있는 칙 코리아 음반을 찾아달라고 했다. 남자는 그 음반을 샀고, 나는 음반을 포장했고, 남자는 가게를 나갔다. 그러고 나서야 남자가 나와 닮았다는 사실을 깨달았다.

그리고 나는 도쿄만 한 도시에서 둘이 우연히 만날 확률을 계산해보려 했지만 계산기 소수점 자릿수가 모자랐다. 그래서 나는 내가 아버지에 대해 궁금한 것처럼 아버지 역시 나에 대해 궁금했기 때문에 신분을 숨기고 나를 보러온 거라고 생각했다. 우리 같은 고아들은 되도록 냉정함을 유지하려 애쓰지만 만약 낭만적 공상을 할 여유가 생긴다면, 우와, 낭만적이 된다. 내가 진짜 고아라거나 고아원에서 지냈다는 뜻은 아니다. 언제나 마마 상이 나를 돌봐주었다.

비를 느껴보려고 잠시 밖으로 나갔다. 마치 입김을 맞는 듯했다. 배달용 밴이 날카롭게 브레이크를 밟더니 손수레를 밀고 있는 노파에게 경적을 울려댔고, 노파는 밴을 노려보며 주문을 걸듯 허공에 두 손을 휘저어댔다. 밴은 짜증난 정신병자처럼 다시 한번 경적을 울려댔다. 자신이 무척이나 매력 있다고 생각하는, 그리고 분명 돈 많은 남편을 두었을 밍크 코트 입은 다리 긴 여인이 털이 복실복실한 개와 함께 성큼성큼 가게 앞을 지나갔다. 개는 하얀 이빨 사이로 거대한 혀를 축 늘어뜨리고 있었다. 여인은 나와 잠시 눈이 마주쳤고, 그 누구도 그다지 오랜 시간을 바치지 않을 게 분명한 비좁은 가게에 고등학교 졸업생이 자기 젊음을 쑤셔박고 있는 모습을 보며 지나갔다.
이곳이 내 장소이다. 또다른 빌리 홀리데이 음반. 빌리 홀리데이는 〈Some Other Spring〉을 노래했고, 청중들은 오래전에 사라진 시카고 여름밤의 열기 속으로 자신들 역시 사라질 때까지 손뼉을 쳤다.

전화.

"어이, 사토루. 나야, 코지."

"잘 안 들려. 거기 무슨 소동이라도 벌어지고 있는 거야?"

"대학 구내식당에서 전화하는 거야."

"공학 시험은 어떻게 됐어?"

"뭐, 나 정말로 열심히 했잖아."

잘 본 거다.

"축하해! 신사에 갔다온 게 효과가 있었네, 그렇지? 결과는 언제 나와?"

"서너 주 정도 뒤에. 시험이 끝난 게 기쁠 뿐이야. 하지만 축하를 하기에는 너무 일러…… 어이, 엄마가 오늘 저녁에 스키야키 파티를 하실 거야. 아빠가 이번주에 도쿄로 돌아오시거든. 네가 와서 같이 먹었으면 하시더라고. 그럴 수 있어? 만약 시간이 너무 늦어지면 여동생 방에서 자도 돼. 동생은 오키나와로 수학여행 갔어."

나는 음…… 아하…… 하고 속으로 말했다. 코지의 부모님은 좋고 솔직한 분들이지만 내 삶을 제대로 바꿔주는 게 자신들의 의무라고 생각한다. 두 분은 내가 음반과 색소폰과 지금의 장소에 만족하고 있다는 사실을 믿을 수 없어한다. 두 분의 염려 밑에 깔린 감정은 연민이다. 연민보다는 차라리 부모가 없는 상황을 감수하는 편이 나는 더 낫다.

하지만 코지는 내 친구이다. 아마도 유일한 친구일 것이다.

"가고말고, 뭘 가져갈까?"

"아무것도 필요 없어. 몸만 오라고."

자, 그러면 어머니를 위해서는 꽃다발을, 아버지를 위해서는 술을 가져가면 되겠군.

"그럼 일 끝나고 갈게."

"오케이. 그때 보자."

"안녕."

맬 월드런을 들을 시간이었다. 오후가 되자 청과물 가게가 일찍 문을 닫았다. 길 건너편 가게 주인이 하얀 무, 당근, 연근이 든 상자들을 가게 안으로 옮겼다. 주인은 셔터문을 내리며 나를 보더니 차분하게 고개를 끄덕였다. 이 남자는 절대 웃지 않는다. 트럭이 몸을 떨자 비둘기 몇 마리가 흩어졌다. 〈Left Alone〉의 모든 음색이 뚝 떨어졌다. 깊은 우물 속으로 떨어지는 납 방울들. 재키 맥린의 색소폰이 공기를 맴돌았고 그 음은 너무나 슬펐기에 간신히 바닥을 떠날 수 있었다.

문이 열렸고 비에 씻긴 공기 냄새가 났다. 여고생 네 명이 들어왔는데, 그 가운데 한 명이 완전히, 완전히 달랐다. 그 아이는 퀘이사, 즉 맥동성처럼 보이지 않게 맥박쳤다. 내 말이 바보 같다는 건 알지만, 그 아이는 그랬다.

바보 세 명이 카운터로 뛰어들었다. 내가 보기에 셋은 예뻤지만 붕어빵 틀에서 찍어내기라도 한 듯 똑같았다. 머리털 길이가 같았고 립스틱 색깔도 같았고 똑같은 교복 아래 몸의 곡선도 같았다. 셋의 리더는 귀엽게 꾸몄지만 싸가지 없는 목소리로 최신 십대 무뇌충이 부른 최신 히트곡을 달라고 했다. 그러나 나는 다른 애들에게는 관심을 기울이지 않았다.

나는 다케시나 코지와 달리 여자를 설명할 줄 모른다. 마치 듀크 피어슨의 〈After the Rain〉처럼, 그래, 그 아이는 그 곡처럼 아름답고 순수했다.

창문 옆에 서서 바깥을 보고 있었다. 바깥에 뭐가 있는 걸까? 그 아이는 반 친구들 때문에 당황했다. 그리고 당연히 그래야만 했다! 그 아이는 진짜로 살아 있었지만 다른 아이들은 그 옆에 선 종이인형이었다. 그 아이가 자라기까지 진실된 일들이 벌어졌을 것이고, 나는 그 일들을 알고 싶고 책을 보듯 읽고 싶었다. 지금까지 느껴본 중 가장 낯선 감정이었다. 그저 계속 생각만 했다. 사실, 내가 무슨 생각을 했는지 모르겠다. 내가 무엇인가 생각을 하기는 했는지도 확신할 수 없다.

그 아이는 음악을 듣고 있었다! 자신이 움직이면 음악이 사라지기라도 할 듯 두려워하는 듯했다.

"어이, 있어 없어?"

종이인형 하나가 꽥꽥거렸다. 그렇게 짜증나는 목소리를 내려면 무척 오래 연습했을 게 분명하다.

다른 마분지인형이 킥킥거렸다.

또다른 인형의 핸드폰이 울렸고 그 인형이 전화를 받았다.

그 아이에게 집중하지 못하게 방해하는 세 명에게 화가 났다.

"여기는 수집가용 음반 가게야. 전철을 타고 쇼핑몰에 가면 찾는 물건을 파는 장난감 가게가 있어."

돈 많은 시부야 여자아이들은 송로버섯을 먹고 자란 잡종개들이다. 마마 상의 가게에 있는 여자들은 모두 어떻게 생존해야 하는지를 배웠다. 단골손님이 떨어져 나가지 않게 하고 외모를 유지하고 고결함을 유지해야 했으며 때로는 상처를 입었다. 하지만 그 여자들은 그런 모습을 밖으로 내보일 줄 알았고 자신을 존중했으며 서로를 존중했다. 나는 그 여자들을 존중한다. 그들이 진짜 사람이다.

하지만 잡지에서 나온 듯한 이 아이들은 진실한 면이 하나도 없다. 잡지에서 배운 표정을 짓고 잡지에서 배운 말을 하고 잡지에 나온 장신구를 달고 다닌다. 이 아이들은 이렇게 되기로 선택했다. 이 아이들을 비난해야 할지 말아야 할지 모르겠다. 상처 입는 것은 좋은 일이 아니다. 하지만 보라! 잡지처럼 얇고 번들거리고 똑같은 일회용 인간들을.

"좀 화가 난 거 같네? 여자친구에게 차였어?"

리더가 카운터에 몸을 기대더니 내 얼굴 가까이 몸을 기울였다. 나는 이 아이가 이 얼굴을 술집, 자동차, 러브호텔에서 써먹는 모습을 상상했다.

다른 아이가 깔깔대며 비명을 지르더니 내가 뭔가 재치 있는 응답을 하기 전에 그 아이를 끌어냈다. 아이들은 함께 문으로 갔다.

"내가 말했잖아!"

세번째 아이는 여전히 휴대폰에 대고 이야기하고 있었다.

"여기가 어딘지 모른다니까. 어떤 더러운 건물 뒤쪽에 있는 지저분한 곳이야. 넌 어디야?"

"넌 안 가?"

허공을 물끄러미 보며 맬 월드런을 듣고 있던 아이에게 리더가 말했다.

'안 돼.' 온 힘을 다해 내가 생각했다. '안 간다고 말해. 그리고 함

께 내 공간에 머물러줘.'

리더가 말했다.

"안 갈거냐고 묻잖아."

귀머거리인 걸까?

"가야지." 생생한 목소리로 여자아이가 말했다. 아름답고 진실한 목소리.

'나를 봐.' 내가 원했다. '나를 봐, 제발. 단 한 번만 나를 똑바로 봐.'

아이가 떠나면서 어깨 너머로 나를 보았고 내 심장은 쿵쿵 뛰었다. 아이는 친구들을 따라 거리로 나갔다.

＊

벚나무에서 싹이 나고 있었다. 봉인된 나무껍질을 뚫고 밤색 눈이 돋아나 부풀어올랐다. 비둘기들이 깃털을 세우고 목둘레로 주름장식을 만들었다. 비둘기에 대해 아는 게 더 많았으면 좋았을 거란 생각이 든다. 놈들이 저렇게 점잖게 걷는 건 짝짓기를 위한 걸까 아니면 그냥 원래 저렇게 걷는 걸까? 학교 수업에서나 써먹기 좋은 지식일 게다. 몽골에서라면 전혀 쓸모 없는 지식일 테지. 바깥 공기는 더 따뜻하고 축축해졌다. 바깥에 있어도 마치 텐트 안에 있는 듯했다. 착암용 드릴이 몇 집 너머 콘크리트를 깨대고 있었다. 다케시는 머지않아 서핑용품점과 스키용품점이 문을 열 거라고 했다. 도쿄에 서퍼와 스키어가 얼마나 있는 걸까?

나는 찰리 파커 선집을 걸고 착암기 소음을 없애기 위해 소리를 크게 높였다. 찰리 파커, 서서히 녹아들며 비틀리는 음색, 잔인함을 아는 자. 〈Relaxin' at Camarillo〉〈How Deep is the Ocean?〉〈All the Things You Are〉〈Out of Nowhere〉〈A Night in Tunisia〉.

나는 그 아이에게 캘리코를 입혔고, 그 아이는 북아프리카로 통하는 문을 따라 빠져나갔다.

나처럼 주변과 다르고 별난 존재는 이곳에서는 죄인이나 마찬가지이다.

한번은 코지와 함께 록폰기에 간 적이 있다. 코지는 당구를 쳤고 스코틀랜드에서 온 여자 둘과 이야기를 나누게 되었다. 나는 여자들이 어딘가의 엉터리 영어학교 선생이라고 생각했지만 알고 보니 '스트리퍼'였다. 코지는 영어를 정말로 잘했고, 반에서 늘 상위권이었다. 영어는 여자들이나 공부하는 과목이었기에 나는 열심히 공부하지 않았지만 재즈를 알게 된 뒤로는 집에서 따로 공부했다. 위대한 음악가들의 인터뷰를 읽고 싶었는데 그들이 모두 미국인이었기 때문이었다. 물론 읽기와 말하기는 완전히 별개다. 그래서 코지가 대부분 통역을 했다. 어쨌든 여자들은 자기들이 온 곳에서는 모두가 정말 완전히 다르게 보이려 애쓴다고 말했다. 누구와도 다른 머리 색깔로 염색하고 아무도 입지 않는 옷을 사고 아무도 모르는 음악을 듣는다. 이상하다. 그러더니 왜 이곳 여자들은 모두 똑같아 보이는지 물어왔다. 코지가 대답했다.

"여자니까! 왜 경찰은 다 똑같아 보일까? 당연히, 경찰이니까."

이윽고 한 명이 왜 일본 아이들은 미국 아이들을 따라하려고 애쓰는지 물어왔다. 옷, 랩 음악, 스케이트보드, 머리. 나는 일본 아이들이 미국을 따라하는 것이 아니라, 부모들의 일본을 거부하는 것이라고 말해주고 싶었다. 그리고 일본에서 생겨난 반문화가 없기 때문에 가장 가까이에 있는 반문화를 취한 것뿐이며, 그게 하필이면 미국 것이라고 말해주고 싶었다. 미국 문화가 우리를 이용하는 것이 아니었다. 우리가 미국 문화를 이용하는 것이었다.

코지는 마지막 부분을 통역하려다 실패했다.

나는 둘에게 내면의 공간에 대해서 물어보려 했다. 관계가 있는 듯했기 때문이었다. 그러나 이곳 아파트가 얼마나 조그만지, 영국에 있는 집들은 어떻게 모두 중앙난방이 되어 있는지에 대한 답만 얻었을 뿐이었다. 이윽고 여자들의 남자친구들이 나타났다. 지독히 덩치가 커다란 미 해군 고릴라들이었다. 남자들은 맘에 안 든다는 듯 경멸하는 눈으로 우리를 보았고 코지와 나는 바에서 한잔할 시간이라고 결정내렸다.

그러나 그 여자들 말은 틀렸다. 여기는 확실히 다르다. 고등학교 내내 사람들은 부모님 문제로 나를 괴롭혔다. 아르바이트를 구하는 것 역시 쉬운 적이 없었다. 한국인 부모를 두고 있는 것만큼이나 힘들었다. 사람들은 알아낸다. 부모님이 사고로 죽었다고 얘기하는 것이 더 쉬웠을 수도 있지만, 멍청이들 때문에 거짓말하고 싶지는 않았다. 더구나 누가 죽었다고 말을 하면 그 말 때문에 그 사람이 정말로 일찍 죽게 된다. 도쿄에서 소문은 텔레파시처럼 빨리 퍼진다. 도시는 거대하지만 누군가를 알고 있는 누군가는 언제나 존재한다. 익명은 우연을 감싸버리지 않는다. 오히려 우연을 더욱 눈에 띄게 만들 뿐이다. 아버지가 최근에 가게로 찾아왔었다고 믿는 이유도 그 때문이다.

초등학교 이래로 나는 툭하면 싸우곤 했다. 종종 졌으나 그건 문제가 아니었다. 마마 상의 경호원인 타로는 늘 말하길, 싸우고 지는 것이 싸우지 않고 고통을 당하는 것보다 낫다고 했다. 설사 싸워서 졌더라도 용기는 다치지 않고 다시 솟아나기 때문이다. 타로는 사람들은 언제나 용기 있는 자를 존경하며, 겁쟁이조차 겁쟁이는 존경하지 않는다고 했다. 타로는 또한 나보다 키가 큰 상대를 박치기하는 법, 무릎으로 낭심을 가격하는 법, 상대방 손 관절 빼는 법을 가르쳐주었고, 덕분에 고등학교에서는 누구에게도 크게 괴롭힘당하지 않았다. 한번은 풋내기 야쿠자들이 학교 밖에서 나를 기다리고 있었다. 내가 놈들의 부하 하나를 코피 나게 했기 때문이다. 나는 아직까지도 마마 상에게 그 일을 고자질한 게 누구인지 모르겠다. 아마 가장 유력한 건 코지일 것이다. 여하튼 마마 상은 그날 타로를 보내 나를 데려오게 했다. 타로는 놈들이 뒷골목에서 나를 빙 둘러쌀 때까지 기다렸다가 어슬렁거리며 나타나 놈들 일곱을 겁주어 쫓아냈다. 이제 그 일을 생각해보니 타로는 그 누구보다도 내게 아버지 같은 존재였다.

피처럼 붉은 재킷을 입고, 피부가 거칠어 보이는 남자가 나를 무시하며 들어왔다. 남자는 찰스 밍거스 칸을 발견하더니 수집가용 음반을 포함해 그 칸에 있는 앨범 삼분의 이를 사고 만 엔짜리 지폐들을 휴지처럼 집어던졌다. 베이스 리듬에 따라 사내의 눈알이 맥동하는 것만 같았다. 남자는 산 앨범들을 카운터에서 손수 조립한 마분지 상자에 담아가지고 떠났다. 에누리를 원하면 기꺼이 들어줄 생각이었지만 남자는 값을 깎으려 하지 않았고 나는 돈뭉치와 함께 가게에 남았다. 이 좋은 소식을 전해주기 위해 다케시에게 전화를 했다. 오늘 저녁 다케시가 돈을 가지러 가게로 오는 게 제일 나을 듯했다. 나는 다케시에게 현금 유통 문제가 있는 것을 알고 있었다.

다케시가 헐떡였다.

"아, 멋지군! 바로 그거야. 정말 아주, 아주, 아주 좋은 소식이야!"

목소리 뒤로는 편두통처럼 들리는 환각성 음악이 깔려 있었고 여자가 간지럼 태우는 소리가 들렸다.

적당치 않은 시간에 전화를 했다는 생각을 하며 인사를 하고 전화를 끊었다. 하지만 이제 겨우 아침 열한시였다.

코지는 고등학교 때 반에서 가장 똑똑했고, 그 때문에 코지 역시 따돌림을 받았다. 코지는 훨씬 더 좋은 고등학교에 들어가야 했지만, 열다섯 살 때까지 아버지가 늘 전근을 다녔기 때문에 성적을 유지하기가 쉽지 않았다. 하지만 코지는 운동엔 완전히 젬병이었다. 맹세컨대, 삼 년 동안 나는 코지가 야구공 맞추는 걸 단 한 번도 본 적이 없었다. 한번은 힘껏 방망이를 휘두르자 방망이가 손에서 빠져나가 미사일처럼 허공을 가르더니 경기를 감독하던 이케다 선생에게 곧장 날아갔다. 이케다는 미시마 유키오를 숭배했다. 비록 어느 작가의 작품이든 이케다 선생이 평생 책을 한 권이라도 끝까지 읽은 적이 있는지 의심스러웠지만 말이다.

나는 허리가 끊어져라 웃어댔고, 그래서 다른 누구도 웃지 않는다는 사실을 눈치채지 못했다. 그 대가로 남은 학기 내내 코지와 함께 화장실을 청소해야 했다. 그때 나는 코지가 피아노를 좋아한다는 사실을 알았다. 나는 테너 색소폰을 연주한다. 이렇게 해서 나는 코지를 알게 되었다. 잔소리 많은 선생과 도쿄 교육 시스템 중 가장 더러운 화장실을 통해.

단골손님인 후지모토 씨가 점심시간에 찾아왔다. 문에 단 종이 울리더니 공기가 확 움직이고 가게에 있는 모든 종이들이 바스락거렸다. 언제나처럼 후지모토 씨가 껄껄거렸다. 후지모토 씨가 껄껄거리는 이유는 나를 만나 기쁘기 때문이었다. 후지모토 씨는 내게 줄 책이 든 작은 꾸러미를 카운터에 올려놓았다. 언젠가 책값을 내려고 애써봤지만 후지모토 씨는 절대로 책값을 받지 않았다. 책이 재즈 음반 상담료라고 말한다.
"후지모토 씨! 오늘 일은 잘되시나요?"
"끔찍해!"
후지모토 씨는 오직 한 가지 목소리, 아주 우렁찬 목소리를 낸다. 마치 후지모토 씨의 가장 큰 두려움이 자기 말을 남들이 못 듣는 것인 듯. 후지모토 씨가 진짜로 껄껄거릴 때는 그 소리에 사람이 뒤로 밀려나는 듯한 기분이 들 지경이다.
내가 일하는 가게는 오테마치의 사무실 지역과 오차노미주 근방의 출판사 지역 정중앙에 있었기에 우리 샐러리맨 고객은 대부분이 두 곳 가운데 하나에서 일하는 사람들이다. 두 지역의 사람들은 확실하게 차이가 난다. 엄청난 돈을 다루는 사람에게는 특별한 표정이 있다. 일종의 구슬 같은 반짝임과 허기. 정확히 표현하기는 어렵지만 분명 차이가 있다. 말이 난 김에 하는 말인데, 돈도 '내면 공간' 가운데 하나이다. 돈은 자신의 가치를 매기는 방법이다.

하지만 출판사 쪽 샐러리맨은 종종 지나치게 유쾌해하는 경향이 있다. 후지모토 씨가 최고의 견본이다. 후지모토 씨는 정기적으로, 형편없는 말장난을 한다. 예를 들어보자.

"안녕, 사토루 군! 다케시에게 이곳 페인트를 새로 칠하라고 말해 주지 않을래? 색이 바랜 거 같아."

"그렇게 생각하세요?"

클라이맥스가 다가오는 냄새가 난다.

"확실해! 정말로 허름하다고!"

에?

"시디! CD! 시-디!"*

나는 그 썰렁함에 몸을 움찔하고, 후지모토 씨는 그런 나를 보고 껄껄거린다. 썰렁하면 할수록 더 좋은 것이다.

이번 점심시간에 후지모토 씨는 뭔가 리 모건 분위기 비슷한 것을 찾고 있었다. 나는 행크 모블리의 〈A Caddy for Daddy〉를 추천했고, 후지모토 씨는 즉시 샀다. 나는 후지모토 씨의 취향을 알고 있다. 소박한 블루스 풍에 광기가 스며 있는 것이면 무엇이든 좋아했다. 잔돈을 거슬러주는데 돌연 후지모토 씨가 심각해졌다. 후지모토 씨는 좀더 격식을 차린 말투로 바꾸면서 묵직한 안경을 벗더니 렌즈를 닦기 시작했다.

"내년에 대학에 응시할 건가?"

---

* 허름하다는 뜻의 seedy와 CD의 발음이 같은 것을 이용한 말장난.

"아니오, 안 할 겁니다……"

"그렇다면, 뭔가 특별한 직업을 생각하고 있어?"

후지모토 씨는 예전에도 이 얘기를 꺼낸 적이 있다. 다음에 무슨 말이 나올지 짐작이 갔다.

"지금으로서는 특별한 계획이 없습니다. 그냥 좀 기다려보려고요."

"물론, 사토루, 이건 내가 관여할 문제가 아니야. 그러니 내가 자네 계획을 방해하는 걸 용서해줘. 하지만 내가 묻는 유일한 이유는 우리 사무실에 마침 빈자리가 몇 개 나서 그러는 거야. 좋은 자리는 아니야. 실은 그냥 좋게 말해 편집 보조 자리야. 하지만 만약 그 자리에 지원할 생각이라면 기꺼이 추천해주겠어. 내가 서류전형 없이 인터뷰 단계까지는 가게 할 수 있어. 기회가 될 수 있을 거야. 나도 그런 식으로 시작했거든. 모든 사람들은 때때로 한 단계 위로 올라가야 할 필요가 있는 거야."

나는 가게를 둘러보았다.

"아주 고마우신 제안이에요, 후지모토 씨. 어떻게 대답을 드려야 할지 모르겠네요."

"생각해보라고, 사토루. 나는 교토로 며칠 출장을 갈 거야. 돌아올 때까지는 인터뷰를 하지 않을 거야. 만약 이 가게 문제가 걸린다면 내가 대신해서 자네 고용주와 이야기를 해볼게…… 다케시는 자네를 무척이나 존중하고 있기 때문에 앞길을 가로막으려 하지 않을 거야."

"아니오. 그걸 걱정하는 게 아니에요. 고맙습니다. 진지하게 생각해보겠습니다. 고맙습니다…… 책은 얼마인가요?"

"무료야. 자네가 상담해주는 비용이지. 그냥 견본 몇 권이야. 주위에 공짜로 나눠주는 책들. 이런 문고판 고전은 서가에서 금방 사라지지. 자네가 『위대한 개츠비』를 좋아한다고 했던 게 기억났어. 가져온 책들은 무라카미가 새로 번역한 피츠제럴드 단편집, 얼마 전에 출간한 거야. 『파리 대왕』, 이건 아주 재미있어, 그리고 새로 나온 가르시아 마르케스 책이야."

"정말 친절하세요."

"별말씀! 그리고 출판사 쪽을 진지하게 생각해보라고. 세상에는 훨씬 더 나쁜 직장도 많아."

나는 그 아이를 처음 본 뒤로 날마다 그 아이 생각을 했다. 하루에 스무 번이나 서른 번 아니면 마흔 번쯤. 나도 모르게 그 아이 생각을 하고 있었고, 겨울날 아침 따뜻한 물로 샤워하던 도중에 밖으로 나오고 싶지 않은 것처럼, 그 생각을 그만두고 싶지 않았다. 나는 손가락으로 머리털을 훑어내렸고, 팻츠 나바로의 CD를 손거울 삼아 내 얼굴을 눈여겨보았다. 그 아이도 나와 같은 마음일까? 나는 그 아이가 어떻게 생겼는지조차 정확히 기억할 수가 없었다. 매끄러운 피부, 높은 광대뼈, 가는 눈. 중국 황후 같았다. 사실 그 아이 생각을 할 때 아이의 얼굴을 생각하지는 않았다. 그 아이는 아직 이름이 붙지 않은 색채로 그냥 그곳에 존재했다. 막연한 느낌.

자신에게 화가 났다. 그 아이를 다시 볼 수 있을 리 없다. 여기는 도쿄다. 게다가 설사 그 아이를 다시 만난다 하더라도 왜 그 아이가 내게 털끝만큼이라도 관심을 보인단 말인가? 내 마음은 한 번에 오직 한 가지 생각만 할 수 있다. 뭔가 가치 있는 생각을 하는 것이 나으리라.

후지모토 씨의 제안을 생각해보았다. 여기서 난 뭘 하는 것일까? 코지는 자기 삶을 살아가고 있었다. 고등학교 같은 반이었던 아이들은 모두 대학이나 회사에 들어갔다. 코지의 어머니가 내게 아이들 소식을 꾸준히 알려주었다. 나는 무엇을 하고 있는 걸까?

바깥에서 휠체어에 앉은 남자가 불쑥 나타났다.

어이, 어이. 여기는 내 공간이라고, 기억해둬. 재즈를 들을 시간이다.

짐 홀과 빌 에반스의 〈Undercurrent〉. 평소에는 조용히 느릿느릿 나무 아래를 흘러가다가, 바람이 스치면 물결이 이는 냇물 같은 앨범. 또다른 노래들에서는 내해(內海)에 닿아 반짝이는 화음들.

그 여자아이도 그곳에 있었다. 벌거벗은 등을 드러내고 물결을 따라 떠다니며 헤엄치고 있었다.

나는 녹차를 타고 혼란스러운 오후 속 점차 붐비는 교통 상황을 지켜보았다. 밖에서 코지가 얼간이처럼 싱긋거리며 창문을 두드리더니 얼굴을 유리에 대고 눌렀다. 꼭 통통한 욕심꾸러기 같아 보였다.

나는 싱긋 되웃어주어야 했다. 코지가 특유의 걸음걸이로 성큼성큼 들어왔다.

"완전히 정신이 빠져 있네. 미스터 도넛 들렀다 왔어. 바닐라 엔젤 도넛, 오케이?"

"고마워, 차 좀 줄께. 어제 멋진 키스 재릿 앨범이 들어왔어. 꼭 들어봐야 돼. 즉흥연주를 그렇게 잘하다니 도저히 믿기지가 않아."

"천재의 특징이지. 나중에 한잔할 생각 있어?"

"어디서?"

"몰라, 젊은 남자의 육체를 찾아 어슬렁거리는 묘령의 아가씨들이 많이 나타나는 곳이면 어디든. 학생회관 바 같은 곳? 하지만 네가 존재의 의미를 찾느라 바쁘면 다른 날도 되고. 담배 피울래?"

"그래. 앉아."

코지는 자신을 다케시처럼 인정사정없는 바람둥이로 생각하고 싶어하지만 실제 코지는 바닐라 엔젤 도넛처럼 달콤할 뿐이다. 내가 코지를 좋아하는 이유 가운데 하나이다.

우리는 불을 붙였다.

"코지, 첫눈에 사랑에 빠진다는 걸 믿어?"

코지는 느긋이 기대 앉아 의자를 뒤로 흔들며 늑대 같은 웃음을 지었다.

"어떤 여자인데?"

"아니, 아니, 아니, 아니야. 아무도 없어. 그냥 물어본 거야."

철학자 코지가 위쪽을 응시했다. 마침내 코지가 담배연기로 고리를 만들었다.

"첫눈에 반한 욕망은 믿어. 어느 정도는 독해야 해. 안 그러면 그냥 진드기가 되어버려. 진드기는 매력 없다고. 그리고 네가 어떻든 간에, 네가 어떻게 느끼는지 여자가 모르게 해. 안 그러면 끝이라고."

"그래, 그래. 예를 들어 너처럼 말이지. 지난번 사랑에 빠졌을 때는 아기 사슴만큼이나 아주 독하더라. 하지만 진지한 경우에는?"

또다시 담배연기 고리.

"하지만 진지한 경우라…… 글쎄, 사랑은 정보에 근거해야만 하지 않아? 누군가를 사랑하려면 그 상대를 깊이 알아야 해. 그러니 첫눈에 반한 사랑이란 건 모순적인 말이야. 처음 본 순간 상대방에게서 신비한 방법으로 기가바이트 분량의 정보를 다운로드받지 않는다면 말이야. 하지만 별로 가능할 것 같진 않잖아, 안 그래?"

"음, 몰라."

나는 친구에게 차를 따라주었다.

*

돌연 벚꽃이 그곳에 있었다. '분홍색'이나 '흰색'이라는 단어로 설명하기에는 너무나 섬세한 색깔로 우리 머리 위 허공을 거품으로 채우는 마술. 이름도 없는 뒷골목에 서 있는 그토록 우중충한 나무가 어떻게 그토록 별천지스러운 무엇인가를 만들어낼 수 있을까? 내 이해의 한계를 넘는, 연례 마술.

엘라 피츠제럴드를 위한 아침이었다. 결국 세상에는 멋진 일들이 있다. 위엄, 세련됨, 따뜻함, 유머가 전혀 기대하지 않던 곳에 있었다. 심지어 나이가 들고 다리절단수술을 받고 휠체어에 앉아 있으면서도 엘라는 첫눈에 사랑에 빠진 여고생처럼 노래를 했다.

전화가 울렸다.

"다케시야."

"안녕하세요, 사장님, 잘 지내셨어요?"

"일진이 사나워. 아주 아주 엉망이야."

"유감이군요."

"난 바보야. 지독한 바보야. 지독히, 지독히 바보야. 남자는 왜 이러는 걸까?"

다케시는 취했고 나는 아직 아침 차를 마시는 중이었다.

"이런 충동은 어디서 오는 걸까, 사토루? 말해줘봐!"

마치 내가 답을 알고 있으면서도 일부러 알려주지 않는다는 듯한 태도였다.

"평범한 침실에서 몸이 끈적끈적해지도록 레슬링을 하고 이로 문 자국 몇 개가 생기고 운이 좋으면 삼 초짜리 오르가즘을 얻고, 삼십 분 동안 기분좋게 졸다가 깨어나면 돌연 자신이 수백만 마리 정자와 여섯 해짜리 결혼을 변기에 씻어내리고 누워 있는 음탕한 놈이라는 걸 깨닫게 되지. 왜 우리는 이렇게 하도록 정해진 걸까, 왜?"

나는 정직하면서 동시에 위안이 되는 답을 생각해낼 수 없었다. 그래서 정직하게 대답했다.

"모르겠어요."

다케시는 같은 이야기를 연달아 세 번 했다.

"아내가 점심식사를 하러 나가자고 잠시 들렀어. 이런저런 상의를 하고, 어쩌면 화해도 할 생각이었을 거야…… 나는 아내에게 꽃다발을 사줬고, 아내는 어디선가 봐두었던 줄무늬 재킷을 사줬어. 물론 지독히 별로지. 하지만 아내는 내 옷 사이즈를 기억하고 있었어. 인디언들이 피우는 평화의 담뱃대 같은 거였어. 우리가 막 나가려는 순간, 아내는 화장실에 갔고 거기서 뭘 찾아냈는지 알아?"

나는 하마터면 "간호사 시체요"라고 말할 뻔했으나 말하지 않는 것이 좋겠다고 생각했다.

"뭔데요?"

"핸드백이었어. 그리고 실내복이랑. 간호사 거 말이야. 그리고 립스틱으로 써놓은 메시지도 있더라고. 거울에 말이야."

"뭐라고 써놓았는데요?"

다케시가 다시 한 잔 술을 따르면서 얼음이 깨지는 소리가 들렸다.

"그건 네가 알 바 아니고. 하지만 아내는 그걸 읽고 나서 태연히 거실로 걸어가서 내게 사준 재킷에 보드카를 붓고는 불을 붙인 뒤 떠났어. 재킷은 쪼그라들어 녹아버렸고."

"문자의 힘은 대단하군요."

"시끄러, 사토루. 내가 다시 네 나이였으면 좋겠어. 그때는 모든 것이 무척이나 단순했는데 말이야. 내가 뭘 한 걸까? 이 신화는 어디서 온 걸까?"

"무슨 신화요?"

"모든 남자를 괴롭히고 있는 신화 말이야. 암흑과 섹스와 신비가 없는 삶이란 반쪽 인생에 지나지 않는다고 말하는 신화 말이야. 왜? 그리고 내가 천상에서 내려온 아름다운 여인을 찾아다니는 것도 아니고 말이야. 그 여자는 그냥 멍청하고 발정난 간호사일 뿐인데…… 왜?"

나는 겨우 열아홉 살이다. 작년에 고등학교를 졸업했다. 그런 걸 내가 알 턱이 없다.

다케시 말을 계속 듣고 있자니 무척이나 측은했다. 다행히 그때 마마 상과 타로가 가게로 들어왔고, 나는 다케시의 대답할 수 없는 질문에 대답하지 않고 전화를 끊었다.

만약 마마 상이 새라면 친절하고 하얀 까마귀였을 것이다.

타로는 새가 아니었을 것이다. 타로는 탱크였을 것이다. 내가 태어나기 수십 년 전부터 타로는 모든 곳으로 마마 상을 따라다니며 호위했다. 둘의 관계는 내가 절대로 이해할 수 없을 만큼 깊었다. 나는 둘이 찍은 60년대와 70년대 사진을 본 적이 있다. 둘은 나름대로 아름다운 한 쌍이었다. 이제 둘을 보고 있노라면 허약한 여주인과 충실한 불독이 떠오른다. 소문에 따르면 타로는 젊은 시절 야쿠자를 위해 여러 가지 잡일을 했다. 채무 회수 같은 거 말이다. 타로는 아직도 그쪽 세계에 다재다능한 친구들이 있고 그런 친구들은 마마상이 요정 '와일드 오키드'의 보호비를 낼 때 아주 쓸모가 있다. 마마 상은 60퍼센트 할인을 받는다. 내가 일본 국적을 얻을 수 있었던 것도 그런 친구들 가운데 시청과 연줄이 있는 사람이 힘을 써준 덕분이었다.

마마 상이 내게 도시락을 가져다줬다.

마마 상이 딱딱한 목소리로 말했다.

"오늘 아침 늦게 일어났지요? 그 빌어먹을 소란 때문에 말이에요."

"미안해요. 어젯밤에 마지막 손님이 떠난 게 언제였나요?"

"미쓰비시 직원들이었어요. 새벽 세시 삼십분이나 뭐 그 정도…… 그 가운데 한 명이 유미 쨩에게 완전히 빠졌답니다. 다음 주 토요일에 데이트를 하자고 우기더라고요."

"유미 쨩은 뭐라고 했나요?"

"미쓰비시 직원들은 제때 돈을 지불해요. 정해진 유흥비가 있어서 매달 그 돈을 다 써야 할 필요가 있지요. 나는 유미 쨩이 데이트를 하겠다면 고급스러운 곳에서 옷을 한 벌 사주겠다고 약속했답니다. 게다가 남자가 결혼을 했기 때문에 복잡해지지도 않을 거고요."

타로는 탈출 경로를 찾는 경호원처럼 가게를 훑어보았다. "어젯밤에 코지와 나갔었나?"

"네, 어제 좀 많이 마셨어요. 그래서 늦잠을 잔 거예요."

타로가 크게 껄껄거렸다. "걔는 좋은 놈이야, 코지 말이야. 꽤 착실하게 사는 놈이지. 계집애들을 만났어?"

"만난 남자가 스포츠카에 선팅은 했는지 궁금해하는 부류들이죠 뭐."

타로가 헛기침을 했다. "여자에게는 머리가 전부가 아니야. 오늘 아침에도 아야카가 말했는데 네 나이 때는 좀더 젊음을 발산해야 하는 거야. 너처럼 그러면 건강에……"

"타로, 사토루를 그냥 내버려둬요."

마마 상은 만족한 표정으로 내게 웃어 보였다.

"바깥에 벚꽃이 장관이지 않아요? 타로와 나는 쇼핑을 갔다가 우에노 공원에서 벚꽃 구경을 할 거랍니다. 오늘 오후 벚꽃놀이에 오라고 나카모리 부인의 여자애들이 우리를 초대해서요. 그애들이 너무 짓궂게 놀지 못하게 말려야 하거든요. 아, 맞다, 그러고 보니 생각나네요. 나카모리 부인이 혹시 사토루 군과 코지가 다음주 일요일 자기네 바에서 연주해줄 수 있는지 물어봐달라고 했어요. 자기네 밴드의 트럼본 연주자가 동물원에서 다쳤다고 하네요. 꼬치꼬치 캐묻지는 않는 게 좋겠다고 생각했어요. 그 불쌍한 사람이 6월까지는 팔을 구부릴 수 없기 때문에 밴드가 공연할 수 없게 됐대요. 나카모리 부인에겐 코지의 학교 일정이 어떤지 잘 모르겠다고만 말해뒀어요. 사토루 상이 나카모리 부인에게 오늘이나 내일 정도 전화해주지 않을래요? 이제 가요, 타로. 떠나야 해요."

타로는 내가 읽던 책을 집어들었다. "이건 뭐야, 『보바리 부인』? 에, 그 프랑스 놈? 믿겨져요, 마마 상? 우리가 육 년 동안 이 아이를 공부하게 하려고 했지만 실패했는데 이제 직장에서 책을 읽고 있네요."

타로는 내가 줄친 부분을 조금 읽었다.

"다른 사람의 우상을 건드릴 때는 신중해야만 한다. 손을 타면 도금이 벗겨지기 때문이다."

타로는 그 문장을 놓고 잠시 생각했다. "웃기네, 책이라니. 그래요, 마마 상, 가야겠네요."

"점심 가져다주셔서 고맙습니다."

마마 상이 고개를 끄덕였다. "아야카가 만들었어요. 장어구이죠. 아야카는 사토루 상이 장어구이를 무척 좋아한다는 걸 알고 있어요. 나중에 고맙다고 하는 거 잊지 말고요. 그럼 이따 봐요."

하늘이 밝아졌다. 나도 우에노 공원에 가고 싶다고 생각하면서 도시락을 먹었다. 마마 상의 여자들은 재미있다. 마마 상의 여자들은 나를 어린 동생처럼 대한다. 벚나무 아래 커다란 자리를 펼쳐놓고 옛날 노래에 가사를 새로 붙여 부르겠지. 여기가 아닌 시부야에 있는 술집에서 만취한 외국인들을 본 적이 있다.

외국인들은 술에 취하면 짐승이 된다. 일본인은 절대 그러지 않는다. 좀더 쾌활해지기는 하지만 절대 폭력적이 되지는 않는다. 일본인은 술을 마시면 분이 가라앉는다. 외국인은 술을 마시면 더 분노에 차는 듯 보인다. 그리고 외국인들은 다른 사람들 앞에서 키스도 한다! 외국인들이 서로 혀를 붙이고 남자는 여자의 젖가슴을 더듬는 장면을 본 적이 있다. 술집에서 모두가 보는 데서 말이다! 나는 그런 것에 절대 익숙해질 수 없다. 마마 상은 외국인이 오면 늘 타로에게 가게가 다 찼다고 말하게 시키거나 아니면 터무니없는 봉사료를 물려 다시는 오지 않게 한다.

음반이 끝났다. 나는 마지막 남은 장어구이 한 점과 밥과 피클을 먹었다. 아야카는 도시락을 제대로 만들 줄 안다.

등이 아팠다. 등이 아프기에는 난 아직 너무 젊다. 최근 이 의자가 정말로 이상하다. 불편해서 가만히 앉아 있을 수가 없다. 다케시가 지금의 경제 위기를 벗어나면 새 의자를 하나 사달라고 할 참이다. 하지만 오래 기다려야 할 것 같다.

다음에 어떤 음반을 틀까 생각했다. 다케시가 카운터 뒤 바닥에 남겨놓고 간 정리되지 않은 음반 상자를 뒤져보았지만 내가 아는 음반이 하나도 없었다. 하지만 당연히 뭔가 적당한 것을 찾을 수 있어야만 했다. 가게에는 음반이 만 이천 장 있다. 나는 내가 더이상 음악이 필요하지 않은 상황을 겁낸다는 사실을 깨달았다.

오후에는 꽤 바빴다. 그냥 둘러보는 사람도 많았지만 사는 사람도 많았다. 굉장히 빨리 일곱시가 되었다. 나는 현금을 정리한 뒤 매상을 작은 사무실에 있는 금고에 넣고 경보장치를 켜고 사무실 문을 닫았다. 도시락과 『보바리 부인』, 오늘의 빌려갈(이 직업의 특권이다) 베니 굿맨 CD 하나를 가방에 넣고 가게 문을 잠궜다.

바깥에서 셔터를 내리고 있는데 안에서 전화벨 소리가 들렸다. 제길! 처음에는 못 들은 척하고 싶었지만 그랬다가는 누가 전화를 한 건지 저녁 내내 궁금하리라는 것을 알고 있었다. 아마도 나는 사람들에게 전화를 해서 누가 나에게 전화를 했는지 물어볼 것이고, 그랬다가는 왜 내가 처음에 전화를 받지 않았는지 설명을 해야만 할 것이었다…… 제길, 가게 문을 다시 열고 전화를 받는 쪽이 더 쉽겠다.

그 이후로 나는 이 장면을 여러 번 생각해봤다. 만약 그때 전화가 울리지 않았다면, 그리고 만약 내가 다시 들어가 전화를 받기로 결심하지 않았다면 그 뒤 일어난 모든 일들이 일어나지 않았을지도 모른다.

모르는 목소리. 부드럽고, 걱정에 잠긴 목소리.

"퀘이사입니다. 개에게 먹이를 주어야 합니다!"

뭐라고? 나는 좀더 들어보았다. 전화기에서 파도가 치는 듯한 잡음이 들려왔다. 아니, 파칭코 장에서 나는 잡음인가? 나는 아무 말도 하지 않았다. 이런 괴짜들에게는 아무런 대꾸도 하지 않는 것이 최고였다. 더이상 아무 말도 들리지 않았다. 마치 뭔가 기다리고 있는 듯했다. 그래서 나는 좀더 기다렸고, 이윽고 어리둥절하며 전화를 끊었다. 거참.

가게 문이 다시 열렸을 때 나는 문에서 뒤돌아 있었다. 종이 울렸고, 나는 생각했다. '어이쿠. 제발 여기서 좀 나갑시다요!' 나는 돌아섰고, 누구인지 아는 순간, 하마터면 뒤로 넘어져 레스터 영의 한정판 박스 세트 위에 쓰러질 뻔했다. 다케시의 '재즈 홀' 바닥이 부풀어올랐다.

'너구나!' 여자아이는 어두침침한 가게 안을 자세히 살피고 있었다.

여자아이가 내게 말하고 있었다. 그 아이가 정말로 이곳에 왔다. 혼자 돌아왔다. 나는 머릿속으로 이 장면을 무척이나 여러 번 상상했지만 그때마다 상황을 주도하는 건 나였다. 나는 그녀가 무슨 말을 하는지 거의 알아듣지 못했다. 그 아이가 정말로 돌아왔다!

"아직 열었나요?"

"……네!"

"연 거 같지 않은걸요. 불이 꺼졌어요."

"……네! 에, 닫으려고 했어요. 하지만 닫기 전까지는 분명 연 거죠. 보세요!"

나는 다시 불을 켰다.

"됐죠."

나는 좀더 침착하게 말했으면 했다. 안 그러면 고등학생처럼 보일 테니까.

"집에 가는 걸 방해하고 싶지 않아요."

"방해라니요. 아니에요, 전혀 아니에요. 에, 천천히 보세요. 들어오세요."

"고맙습니다."

여자아이 안에 살고 있는 여자아이가 자기 눈을 통해 내 눈 너머 내 안에 살고 있는 나를 보았다.

"전……" 내가 입을 열었다.

"이건……" 여자아이가 입을 열었다.

"먼저 말하세요." 둘이 동시에 말했다.

내가 말했다. "아니오, 먼저 말하세요. 숙녀가 먼저죠."

"제가 미쳤다고 생각하겠지만, 전 열흘 전에 여기에 왔었어요. 그리고……"

여자아이는 무의식 중에 뒤꿈치 볼록한 부분을 바닥에 좌우로 비비고 있었다.

"그리고 그때 튼 음악이 있었는데…… 그 음악이 머리에서 떠나질 않아요. 피아노와 색소폰이었어요. 제 말은, 그 음악이나 저 또는 당시에 대해 기억할 아무런 이유도 없지만……"

여자아이가 말꼬리를 흐렸다. 말하는 방식에는 뭔가 이상한 부분이 있었다. 억양이 이리저리 흔들렸다. 그런 억양이 사랑스러웠다.

"두 주일 전이었어요. 정확히요. 더하기 두 시간이군요."

여자아이가 기뻐했다. "절 기억하고 있어요?"

나도 모르게 소리내어 웃고 있었다. "물론 기억하죠."

"저는 짜증나는 사촌이랑 걔 친구들과 같이 이곳에 왔어요. 그 아이들은 저를 바보 취급하죠. 제가 반은 중국인이라서요. 어머니

는 일본인이셨어요. 아버지는 홍콩계 중국인이고요. 집은 홍콩이
에요."

변명하는 기색은 조금도 없었다. 나는 순수한 일본인이 아니니까
맘에 안 들어도 참으시길. 나는 〈In a Silent Way〉에서 토니 윌리엄
이 드럼 치는 걸 생각했다. 아니, 나는 그걸 생각하지 않았다. 몸속
어디선가 느꼈다.

"어, 그건 문제가 안 돼요. 저도 반은 필리핀 사람이에요. 그때
음악은 맬 월드런의 〈Left Alone〉이었어요. 그거 다시 듣고 싶어
요?"

"괜찮나요?"

"당연히 괜찮죠…… 맬 월드런은 제가 모시는 신 가운데 한 명
이라고요. 신전에 갈 때마다 그 사람 앞에 무릎을 꿇죠. 도쿄와 비
교해서 홍콩은 어때요?"

"외국인들은 홍콩이 더럽고 시끄럽고 비좁다고 하지만, 사실 세
상에 홍콩 같은 곳은 아무데도 없어요. 어디에도요. 카오룽 반도에
너무 오래 있었다 싶으면 섬들로 탈출할 수도 있죠. 란타우 섬에는
커다란 부처상이 언덕에 앉아 있어요……"

잠깐, 나는 누군가 쓴 이야기 속 등장인물이 된 이상한 느낌이
들었지만 곧 그 느낌 역시 사라졌다.

*

벚꽃이 폈다가 거의 졌다. 아직 부드럽고 연약한 새로 돋은 녹

색 잎은 뒷골목에 줄지어 선 나무들에 매달려 말라가고 있었다. 만돌린과 시타르처럼 활기차고 밝았다. 통근자들이 지나갔다. 외투를 입은 사람은 한 명도 보이지 않았다. 재킷 없이 나온 사람도 있었다. 부정할 수 없다. 봄은 이미 예전에 왔다.

전화가 울렸다. 코지가 대학 매점에서 건 전화였다.

"그래, 그 아이 누구야?"

"누구?"

"장난치지 말고! 누구 말하는지 잘 알잖아! 어젯밤 나카모리 부인 가게에 앉아서 네가 연주하는 음 하나하나에 황홀해하던 아이 말이야! 보자…… 이름이 '도모'로 시작해서 '요'로 끝나던가. 뭐라고 했는지 가물거리네. 아, 그래, 그거다. 도모요."

"아, 그 아이……"

"그런 식으로 말하지 말라니까! 너희 둘이 웃으면서 눈길 주고받는 걸 내가 봤다고."

"네 상상이야."

"서로 눈길을 주고받았다니까! 바 전체가 그 모습을 봤어. 해삼이라도 알아차렸겠다. 그애 아버지도 분명 알아차렸을 거야. 타로도 눈치챘고. 나중에 나한테 그애가 누군지 물어보더라고. 난 타로가 나한테 알려줄 거라 기대했는데 말이야. 타로가 널 족치라군. 타로는 자기가 원하는 걸 얻는 사람이니까, 지금 난 널 족치고 있는 중이야."

"별로 알려줄 게 없어. 사 주 전에 처음 가게에 들렀고 지난주에 다시 찾아왔어. 우린 그냥 음악 이야기만 했고 지난주에 한두 번인가 데이트를 했어. 그게 다야."

"네 말은, 한 번인가 일곱 번 정도 데이트를 했다는 뜻이로군."

"뭐, 일이 어떻게 진행되는지 너도 알잖아."

"내가 참견하고 싶어하거나 그런 건 아냐. 단지 어제 물어볼 기회가 없었거든. 그런데, 에, 너, 그러니까, 그애 리본 자르고 포장지는 벗겨본 거야?"

"그 아이는 숙녀야!"

"아, 그래. 하지만 모든 숙녀는 여자라고."

"아니, 안 했어."

"넌 늘 굼떠, 사토루. 왜 안 했는데?"

"왜냐하면……"

나는 같은 우산을 쓰고 내 더플코트로 몸을 감싸고 있던 도모요의 몸을 기억한다. 영화를 보는 내내 손을 잡고 있던 모습을 기억한다. 자기 앞 항아리에 동전을 넣을 때까지 받침대 위에 꼼짝 않고 서 있다가 다음 동전이 떨어지자 표정과 자세를 바꾼 거리 예술가의 모습을 지켜보던 도모요가 눈을 초승달처럼 가늘게 뜨며 깔깔 웃던 모습을 기억한다. 볼링장에서 내 공이 가장자리에 빠졌을 때 웃지 않으려 애쓰던 그 아이 모습을 기억한다. 우리 얼굴 위로 떨어지는 벚꽃을 맞으며 우에노 공원에 자리를 깔고 누워 있던 모습을 기억한다. 그 아이가 이 방에서, 이 의자에 앉아, 내가 가장 좋아하는 음악을 마치 숙제를 하듯 진지하게 듣던 모습을 기억한다. 그 아이가 집중할 때의 얼굴, 거의 공책에 닿을 정도로 늘어져 있던 머리카락을 기억한다. 엘리베이터가 층 사이를 지날 때 그 아이 목덜미에 키스하던 장면을, 그리고 돌연 문이 열리자 번개처럼 몸을 떼던 장면을 기억한다. 그 아이가 내게 홍콩에 있는 자기 금붕어에 대해, 어머니에 대해, 삶에 대해 해준 이야기를 기억한다. 심야 버스에서 내 어깨에 기대 잠든 그 아이를 기억한다. 탁자 너머로 그 아이를 보던 모습을 기억한다. 도쿄 평원에 있는 언덕에 왕을 묻던 고대 조몬인에 대해 이야기하던 그 아이 모습을 기억한다. 나카모리 부인의 바에서 코지와 내가 그전까지 한 번도 연주해보지 못했던 〈Round Midnight〉을 연주했을 때 그 아이의 얼굴을 기억한다. 나는 기억한다……

"모르겠어, 코지. 아마 맘만 먹으면 할 수 있었기 때문에 안 한 걸 거야."

진짜로? 쉬웠을 것이다. 그냥 러브호텔로 스르륵 들어가기만 하면 되니까. 내 몸은 분명 그것을 원했다. 하지만…… 하지만 뭐?

"뭐라고 확실하게 말할 수가 없네. 수줍어서 그러는 건 아니야, 모르겠어."

코지가 점잔빼는 소리를 냈다. 드문 경우지만 뭔가 이해하지 못하는 상황일 때 늘 내는 소리다.

"그래, 내가 언제 그 아이를 다시 볼 수 있어?"

나는 침을 삼켰다.

"아마 그럴 수 없을 거야. 그 아이는 홍콩에 있는 국제학교로 돌아가야 해. 친척들을 만나려고 아버지와 함께 이 년에 한 번씩 와서 몇 주 정도만 머물거든. 우리 현실이 그래."

그 말에 코지는 나보다 더 낙담한 듯했다. "그거 끔찍하군! 이번에는 언제 돌아간대?"

손목시계를 봤다. "삼십 분쯤 뒤에."

"사토루! 그애를 잡아!"

"난 그렇게 생각…… 내 말은, 내 생각에……"

"생각은 관둬! 뭔가 하라고!"

"어떻게 하라고? 납치라도 할까? 그 아이는 자기 인생 계획이 있어. 홍콩에 있는 대학에서 고고학을 공부할 거야. 우리는 만났고 서로 친구로 아주 많이 좋아했고 이제 헤어진 거야. 원래 그렇잖아. 편지는 쓸 수 있어. 어쨌든 사랑에 빠졌다거나 아니면 뭐 그런……"

"삐 삐 삐."

"그건 뭐야."

"아, 미안. 내 거짓말 탐지기가 울리는 소리야."

나는 옛날 빅밴드 듀크 엘링턴 앨범을 들었다. 그 음악을 듣고 있으니 태엽장치 축음기, 우스꽝스러운 콧수염, 이차대전 이전의 할리우드 뮤지컬들이 떠올랐다. 그 음반을 듣고 있으면 대개 기분이 좋다. 멍청한 낙관주의와 함께 덜컹거리는 〈Take the 'A' Train〉.

나는 내 찻잔 바닥의 흐릿한 호수를 우울한 눈으로 바라보았고, 그날 쉰흔번째로 도모요를 생각했다.

전화가 울렸다. 도모요 전화라는 것을 알 수 있었다. 도모요였다. 전화 뒤편으로 비행기 소리와 탑승 안내 방송이 들렸다.

"안녕." 도모요가 말했다.

"안녕."

"공항에서 거는 거야."

"뒤에서 비행기 뜨는 소리가 들려."

"어젯밤에 '잘 있어'라고 제대로 말을 못해서 미안해. 키스하고 싶었어."

"나도 그래. 하지만 모두가 거기 있었고 모든 게……"

"어젯밤에 나카모리 부인 바에 나랑 아버지를 초대해줘서 고마워. 아버지도 고맙다고 하셔. 어제 마마 상과 타로와 이야기하던 것처럼 아버지가 다른 사람과 즐겁게 이야기하는 모습을 본 건 참 오래간만이야."

"나도 둘이 그렇게 즐겁게 이야기를 하는 걸 본 건 참 오래간만이야. 셋이서 무슨 이야기들을 했던 거야?"

"일이겠지, 짐작이야. 아버지가 나이트클럽에 약간 관심이 있어. 우리 둘 다 공연이 맘에 들었어."

"그건 공연이 아니야! 그냥 나랑 코지라고."

"너희 둘 다 정말 훌륭한 뮤지션이야. 아버지는 계속 네 이야기를 하셨어."

"에…… 코지는 잘해. 덕분에 내 소리가 그런대로 들어줄 만한 거야. 코지가 이십 분 정도 전에 전화했어. 우리가 어제 바에서 너무 딱 달라붙어 있던 게 아니었으면 좋겠어. 코지는 우리가 좀 노골적이었다고 생각하네."

"그건 걱정 마. 그리고 좋은 소식! 아버지가 에둘러 말하셨는데, 네 휴가 때 우리집에 놀러와도 된다셔. 그리고 원한다면 네가 색소폰 연주할 바도 알아봐주실 거야."

"아버지가 아셔, 우리 관계를?"

"모르겠어."

"다케시는 딱 잘라 휴가라고 하며 주지 않아…… 적어도 내가 휴가를 달라고 요청한 적은 없었어."

"이런……"

도모요가 화제를 바꿨다.

"그렇게 잘할 때까지 얼마나 걸린 거야?"

"난 잘하는 게 아니야. 존 콜트레인이 잘하는 거야! 잠깐……"

나는 존 콜트레인과 듀크 엘링턴이 연주하는 〈In a Sentimental Mood〉를 틀었다. 매캐하며 정중한 느낌. 우리는 잠시 함께 음악을 들었다. 도모요에게 해주고 싶은 이야기가 너무 많았다.

긴박한 신호가 연달아 들렸다.

"돈이 다 됐어. 뭔가…… 이런 제길. 안녕!"

"안녕!"

"돌아가면 내가……"

외로운 신호음.

점심시간에 후지모토 씨가 와 나를 보고 껄껄댔다.

"안녕, 사토루 군!"

후지모토 씨는 아주 기분이 좋았다.

"푸른 하늘이야. 그냥 지켜보라고! 말해보게, 이 쪼그만 귀염둥이를 어떻게 생각하는지 말이야."

후지모토 씨는 작은 책 꾸러미를 카운터 위에 올려놓고 자랑스러운 표정으로 눈썹을 아치 모양으로 만들며 나비넥타이를 매만졌다.

기괴한 물방울무늬의 개구리 녹색 나비넥타이.

"정말 독특하군요."

후지모토 씨는 몸 전체를 들썩이며 웃었다.

"사무실에서 누가 제일 정나미 떨어지는 넥타이를 가지고 있는지 시합을 하고 있어. 아마 내가 이겼을 거야."

"교토는 어땠나요?"

"아, 교토야 늘 똑같지. 절과 사원, 인쇄업자와 회의. 자기들에게 독점권이 있다고 여기는 뻔뻔한 소매점 주인들. 돌아오니 좋아. 한번 도쿄인이면 영원히 도쿄인이지."

나는 연습해두었던 말을 꺼냈다.

"후지모토 씨, 마마 상에게 면접을 볼 수 있도록 도와주시겠다던 후지모토 씨의 친절한 제안에 대해 말씀드렸더니 이걸 선물로 드리라고 주셨어요. 마마 상은 후지모토 씨와 동료분들이 벚꽃놀이에 가서 드실 수 있지 않을까 생각하셨어요."

나는 카운터 위에 커다란 정종병을 올려놓았다.

"사케! 맙소사, 이건 정말 큰 놈이군! 한참 먹겠는걸. 직원이 잔뜩 있는 사무실이라도 말이야! 정말 친절하시네."

"아뇨, 친절하신 건 후지모토 씨죠. 제가 너무 무식해서 너그러우신 제안을 받아들일 수 없어 죄송해요."

"아니야, 아니야. 전혀 불쾌하지 않아. 정말이야…… 어차피 지나가는……"

후지모토 씨가 열심히 눈을 끔벅이며 정확한 단어를 찾았고, 결국 단어를 찾지 못하자 껄껄거렸다.

"난 조금도 자네를 나쁘게 생각하지 않아. 나중에 나처럼 되길 원하는 게 아니잖아, 그렇지?"

후지모토 씨는 내가 생각하는 것보다 훨씬 더 그쪽 일이 재미있다고 생각했다.

"제가 이런 말 할 처지는 아니지만, 저는 후지모토 씨처럼 되는 게 전혀 싫지 않은걸요. 좋은 직장에 다니시잖아요. 한번 보면 절대 잊을 수 없는 나비넥타이도 있고요. 세계에서 가장 멋진 재즈 음반을 즐기는 훌륭한 취향도요."

후지모토 씨는 잠깐 웃음을 멈추고 먼 산을 보았다.

"벚꽃 끝물이야. 나무에 달려 있는 동안 벚꽃은 계속 더욱 완벽해지지. 그리고 마침내 완벽해지면 지는 거야. 그리고 물론 벚꽃이 땅에 떨어지면 완전히 짓뭉개지지. 그러니 벚꽃이 지면서 공중에서 이리저리 흩날릴 때만 아주 잠깐 가장 완벽한 거야…… 내 생각에는 오직 우리 일본 사람만이 그걸 이해할 수 있다고 봐, 안 그래?"

밴 한 대가 '시미즈에게 투표하세요. 부패에 대항해 싸울 용기가 있는 유일한 후보입니다'라고 새된 소리로 으르렁대며 술 취한 배트모빌처럼 지나갔다. 시미즈는 절대 배반하지 않습니다. 시미즈는 절대 배반하지 않습니다. 시미즈는 절대 배반하지 않습니다.

후지모토 씨는 허공에 손을 저으며 말했다.

"왜 이런 일이 벌어지는 걸까? 텔레비전에서 지하철 가스 공격 현장을 보고, 눈먼 거북이 특공대 같은 가면을 쓴 경찰들이 조사하는 모습을 보며 이해하려고 애는 쓰지만…… 대체 왜 이런 일들이 일어나는 걸까? 뭐가 이렇게 세상을 이해하기 어렵게 방해하는 건지……"

나는 후지모토 씨의 질문이 진짜로 질문인지 확신이 안 갔다.

"답을 아세요?"

후지모토 씨가 어깨를 으쓱했다.

"모르지, 몰라. 가끔 이 질문이 유일한 질문이고 다른 질문들은 그냥 그 질문에 흘러들어가는 지류라는 생각이 들어."

후지모토 씨는 손으로 숱적은 머리를 쓸어올렸다.

"'사랑'이 답이 아닐까?"

나는 생각을 하려 애썼지만 계속 상상만 떠올랐다. 자동차 뒷창을 통해 밖을 내다보는 아버지를, 내가 아버지라고 상상했던 남자를 떠올렸다. 나비칼*을, 그리고 삼사 년 전 언젠가 맥도날드에서 나오다가 그 건물 9층에서 도로로 회사원이 떨어졌던 것을 생각해냈다. 그 남자는 내가 서 있는 곳에서 삼 미터 떨어진 곳에 누워 있었다. 남자는 놀라 입을 딱 벌리고 있었다. 짙은 액체가 입에서 도로로, 부러진 이와 안경 사이로 똑똑 떨어졌다.

나는 도모요의 눈썹과 코와 농담과 억양을 생각했다. 홍콩행 비행기에 있는 도모요.

"그런 지혜를 갖추기에 저는 너무 어린 듯해요."

후지모토 씨가 싱긋 웃으며 실눈이 되었다.

"자넨 영리해."

후지모토 씨는 〈I Let a Song Go Out of My Heart〉가 아름답게 실린 조니 하트먼의 옛날 음반을 하나 사고 가게를 나섰다.

돌연 모기 한 마리가 내 귀 쪽으로 다가와 믹서기 가는 듯한 윙

---

* 손잡이가 두 개 달린 접이식 주머니칼.

소리가 났다. 나는 머리를 비키며 작은 벌레를 찰싹 내리쳤다. 모기의 계절이었다. 휴지 조각으로 모기 잔해를 문질러 닦고 있을 때 현재 다케시와 관계가 소원한 부인이 풍성한 머리 위로 선글라스를 밀어올리며 행진하듯 들어왔다. 다케시의 아내는 빈틈없이 차려입은 남자와 같이 들어왔고, 나는 그 남자를 보는 순간 변호사라는 사실을 감지했다. 둘은 주위를 둘러보았다. 예전에 다케시가 내게 이 일을 제안했을 때 나는 치요다에 있는 둘의 아파트에서 저녁 시간을 같이 보냈지만, 이제 다케시의 부인은 고개를 까닥한 것말고는 나를 모르는 체했다. 변호사는 내 존재 자체를 무시했다.

"그이는," 다케시의 아내가 전처의 독특한 쏩쓸함을 담으며 대명사를 발음했다. "가게는 세만 들었어요. 하지만 물건들은 꽤 값어치가 나가요. 적어도 그이는 늘 그렇다고 자랑했어요. 하지만 진짜 큰돈은 미장원에 들어가 있어요. 이곳은 그냥 취미일 뿐이에요. 그이의 수많은 취미 가운데 하나죠."

변호사가 이의를 제기했다.

둘은 가게를 나가기 위해 몸을 돌렸다. 다케시의 아내가 문을 통과하면서 나를 보았다.

"이 일에서 뭔가 배울 수 있을 거야, 사토루. 감정을 바탕으로 네 인생을 바꿀 만한 중요한 결정은 절대로 하지 마! 차라리 카스테라로 만든 집을 저당 잡히는 게 나아. 기억해둬."

그리고 다케시의 아내는 가버렸다.

나는 쳇 베이커의 음반을 올려놓으며 다케시의 아내가 한 말을 생각해보았다. 다급한 기운이 전혀 없이 여유 있고 느긋한 트럼펫음. 그리고 부드러운 진공에서 도(道)처럼 웅얼거리는 목소리. 재미있는 밸런타인, 넌 사랑이 무엇인지 모르지, 나는 너 없이도 아주 잘 지내지.

전화가 울렸다. 다케시의 엄청 흥분한 목소리. 또 술에 취해 있었다.

"그 사람들 못 들어오게 해! 그 미친 암소를 절대로 들이지 마!"

"누구요?"

"그 여자! 그 여자랑 남의 뒤통수나 치며 피를 빠는 더러운 변호사 말이야. 그놈은 원래 나를 대리해야 했다고! 그 둘이 식칼로 내 고환을 도려낼 거야! 절대 가게 물건들을 못 보게 해! 장부를 보여주지 마. 그건 불법이야. 그리고 루이 암스트롱 한정판을 숨겨놔. 그리고 메이든 보이지 골드 음반도. 네 반바지 안에다 숨겨놓거나 아니면……"

"다케시!"

"뭐?"

"안됐지만, 약간 늦었어요."

"뭐!"

"이미 왔다 갔어요. 그냥 몇 초 정도 둘러보고, 변호사가 가게를 봤어요. 장부는 안 봤고 아무 감정 같은 것도 안 했어요."

"이런, 끝내주는군, 아주 끝내줘, 끝내줘. 완전 난장판이야. 그 여자는 두 발로 걸어다니는 광우병 걸린 암소야. 그리고 그 발로……"

다케시가 전화를 끊었다.

햇살이 부드럽게 콧노래를 흥얼거렸다. 어리고 가는 가지와 굵은 가지의 그림자가 뒷담을 배경으로 그 어느 때보다 가볍게 흔들렸다. 옛날, 마마 상의 여자 두셋이 나를 데리고 호수로 뱃놀이를 갔던 때를 생각했다. 내 가장 오래된 기억 가운데 하나.

당신만의 공간은 당신을 제정신으로 있게 해주지만 또한 당신을 외롭게 할 수도 있다.

나는 무엇을 하려 했던 걸까? 나는 셔츠를 걷어올리고 팔뚝을 보았다. 팔뚝에는 어제 오후 도모요가 파란색 펜으로 그린 뱀이 있었다. 나는 도모요에게 물었다. 왜 뱀이야? 도모요는 자기 농담을 내가 알아듣지 못했다는 듯 나를 보며 소리내어 웃었다.

두 가지 생각이 내 공간에 나타났다.

우리가 함께 자지 않은 이유는 섹스가 우리 뒤의 입구를 닫고 우리 앞에 있는 출구를 열 것이기 때문이라고 첫번째 생각이 말해주었다.

두번째 생각은 내가 무엇을 해야 하는지 아주 확실하게 말해줬다.

어쩌면 다케시의 아내가 옳을지도 모른다. 어쩌면 개인에 대한 감정을 바탕으로 중요한 결정을 내리는 것은 위험할지도 모른다. 다케시는 했던 말을 하고 또 한다. 섹스를 한 번 할 때마다 아침이 되면 꼭 네 배로 값을 치르게 된다고 다케시는 말한다. 하지만 다케시든 다케시의 아내든 아무에게나 설교를 늘어놓을 사람이 아니다. 만약 사랑 때문이 아니라면 왜 그러겠는가?

나는 시계를 보았다. 세시였다. 도모요는 수천 킬로미터와 시간대 하나를 건너 저편에 있었다. 가게 카운터에 내가 건 국제전화 요금에 해당하는 돈을 놓고 가면 되겠지.

"딱 맞춰 걸었네."

마치 내가 골목 어귀에 있는 담배 자판기 옆에서 전화를 한다는 듯 도모요가 아무렇지도 않게 말했다.

"보고 싶었어?"

"아주 조금, 아마도."

"거짓말! 내 목소리 듣고 놀라지도 않는 것 같은데."

도모요 목소리에 배인 웃음을 들을 수 있었다.

"응, 언제 올 거야?"

그래서 우리는 내가 무슨 비행기를 탈지에 대해, 우리가 함께 어디를 갈 것인지, 도모요가 아버지께 어떻게 털어놓아야 할지, 얼마 안 되는 내 저축을 너무 많이 쓰지 않으려면 내가 어떻게 해야 하는지에 대해 이야기했다. 이제까지 그 어느 때보다도 천국에 가까이 다가간 느낌이 들었다.

홍콩

Hong Kong

달, 달, 오후의 달······

내 머릿속에는 자명종이 울리기 직전에 엄지로 자명종을 끄도록 손에 신호를 보내는 장치가 있다. 아침마다, 전날 위스키를 얼마나 마셨든지 상관없이, 몇 시에 잠이 들었든 상관없이, 이 장치는 한 번도 실패하지 않는다. 잊고 있었다.

씨팔. 끔찍하고도 끔찍한 꿈이었다. 자세한 부분은 기억나지 않고 기억하고 싶지도 않다. 사무실이 급습을 당했다. 휴 루엘린이 중국 경찰, 그리고 이제는 늙은 예전의 스카우트마스터*(이 자의 볼보에 한 번 탄 적이 있다)와 함께 사무실로 쳐들어왔다. 모두 롤러블레이드를 신고 있었고, 나는 거래 번호 1390931에 관련된 수많은 파일을 갑작스레 지우느라 허둥댔고 계속해 암호를 잘못 넣

---

* 보이스카우트의 어른 지도자.

고 있었다. K-A-T-Y-F-R-B, 아니, K-T-Y, 아니, K-A-T-Y-F-O-R-B-W, 아니야. 그리고 나는 다시 쳐야만 했다. 놈들은 건물을 한 층씩 뒤지며 올라왔고, 놈들이 지나간 곳에선 커피잔이 엎질러지고, 고개를 돌렸던 선풍기가 다시 이쪽을 향하고, 지불하지 않은 전화요금 청구서가 공중에 날리고, 황혼에 박쥐가…… 창문이 열리고 사십 일 밤낮으로 바람이 지독하다. 컴퓨터 옆 마우스는 꼼짝도 하지 않고 더블클릭이 되지 않는다. 이런 내용이었나? 뭐가? 잊어버렸다.

예전에도 컴퓨터 꿈을 꾸었던가? 무슨 꿈을 꾸었는지 일기장에 계속 적어놓고 싶었지만 그랬다가는 어느 날 나를 물 먹이는 데 쓰일지도 모른다. 나는 터무니없는 기사를 써대는 기자들과 슈퍼마켓에 진열된 포르노에 대해 논하는 범죄심리학자들을 떠올렸다. 처음으로 컴퓨터 꿈을 꾼 사람이 누구였는지, 어디였는지, 언제였는지 궁금하다. 컴퓨터는 사람 꿈을 꾼 적이 있는지 궁금하다.

뿔테 안경 휴 루엘린. 이 자식은 어제 처음 만났을 뿐인데 벌써 초대받지도 않은 남의 잠재의식에 들어왔다.

씨팔. 초침이 다시 재깍거린다. 연을 날리고 놀다가 집에 갈 시간이 되면 연줄을 되감듯, 초침이 매끄럽게 돌아가며 내 인생을 감고 있다. 이런 씨팔. 아침 여유 시간이 갉아먹히고 있다. 어젯밤에 느꼈던 심란한 기분이 또다시 드는 아침. 얼굴은 갈라져 부활절 달걀 껍질마냥 부서질 준비가 되어 있다. 그리고 설상가상으로, 분명, 한바탕 감기로 앓아누우리라. 씨팔놈의 홍콩, 나는 찐만두 같은 느낌으로 홍콩에서 인생의 절정기를 낭비하고 있다. 이제 곧 부활절이 다가온다. 진정해, 닐, 샤워 정도는 할 수 있다고. 따뜻한

물 샤워가 재주를 부려줄 거야. 지랄. 서두르면 다 할 수 있겠지만 그럴 만큼 중요할 게 뭐 있겠어.

침대에서 몸을 끌어내려 차가운 와플이 담긴 접시 쪽을 본다. 씨팔! 그 여자가 오늘 오면 이걸 치우겠지. 적어도 집에 돌아왔을 때는 뭔가 음식이 날 기다리고 있었으면. 중국 음식이겠지만 적어도 다시 와플을 먹어야 하지는 않을 거야.

거실로. 응답기에 메시지가 하나 와 있다. 다행히 잠자기 전에 잊지 않고 취침 기능을 켜놓았다. 안 그랬으면 훨씬 더 잠을 설쳤을 것이다. 소파에 있는 온갖 잡동사니들을 바닥에 쓸어내리고 '실행' 버튼을 누른 뒤 소파에 눕는다……

"일어나, 해가 떴어, 닐! 나 에이브릴이야. 어젯밤엔 아무 말도 없이 사라져줘서 고맙군 그래. 아홉시 삼십분에 왜 씨의 변호사들과 회의가 있다는 걸 잊지 말라고. 그리고 테오가 그 전에 자세한 브리핑을 원해. 그러니 여덟시 사십오분 정각까지 출근하는 게 좋을 거야. 커피 한잔 하라고. 곧 봐."

에이브릴. 멋진 이름을 한 멍청한 탕녀.

너무 편안히 늘어져 있지 말자고, 닐. 하나, 둘, 셋, 일어나! 내가 말했다.

"일어나!"

부엌으로. 넘치는 쓰레기통에 낡은 필터를 집어던진다. 씨팔, 찌꺼기가 사방으로 튀겼다. 흠, 미안, 가정부 양. 새 필터, 신선한 커피 가루, 권장량보다 더 많이. 인심이 후하시네요. 전원을 켠다. 닐 삼촌을 위해 진득한 방울이 똑똑 듣는구나, 우리 예쁜이. 그래야지. 잊고 있었다, 냉장고를 연다. 레몬 반 개, 진 세 병, 한 달 전에 유통기한이 지난 우유 반 병, 마른 강낭콩, 그리고…… 와플. 하느님이 보우하사 아직도 와플이 남아 있다…… 와플을 토스터 속에 넣고. 침대로 돌아가자, 닐. 옷장에는 가정부가 매주 일요일에 걸어놓는 그와이 로*의 피부, 하얀 셔츠가 걸려 있고 모두 깔죽깔죽 보풀이 일어 있다. 만약 그 계집애가 또 옷장에서 셔츠를 맘대로 끄집어내면 좆나게 화를 내야지…… 그 계집애는 관심을 끌기 위해서는 무슨 일이든 할 것이다.

아니, 이건 괜찮아. 깔끔하게 한 줄로 걸려 있군. 박서 쇼츠**, 바지가 어제 놓아둔 대로 의자에 걸려 있다. 싸구려 파이프 의자. 퀸 앤 의자***가 그립다. 그 의자는 이 아파트에서 나보다 나이가 많은 유일한 존재였다. 케이티의 흔적이 조금 더 사라졌다. 셔츠와 조끼, 재킷을 입고, 뭔가 빠졌다. 벨트다. 벨트가 어디 있더라.

"오케이. 좆나게 재미있군. 벨트가 어디 있지?"

거실에서 에어컨이 웅웅거린다.

"난 이제 거실로 갈 거야. 만약 소파 팔걸이에 벨트가 없으면 난 좆나게 화를 낼 거고."

나는 거실로 간다. 소파 팔걸이에 있는 벨트를 찾아낸다.

"씨팔, 다행이군."

나는 샤워를 하지 않고 옷을 입었음을 깨닫는다. 몸에서 냄새가 지독하게 나고, 오늘 아침에는 대만 컨소시엄에서 온 아무개라는 면상과 회의를 해야 한다.

---

* 백인을 속되게 일컫는 광둥어.
** 남자용 통이 넓은 팬티.
*** 둥그런 테두리의 등받이가 있고 S자 모양의 다리가 달린 의자.

"넌 얼간이야, 닐."

그리고 아무도 그 말에 반대하지 않는다. 자기 스스로를 얼간이라고 부르면 누구도 여기 반대하지 않는다. 샤워를 하면 남은 여유 시간을 모두 써버릴 터다. 아침 일정을, '일정'을 태엽장치처럼 정확히 지키지 않으면 마지막 페리를 놓칠 것이고, 그러면 뭔가 그럴 듯한 변명거리를 지어내야만 한다.

에어컨을 끈다.

"씨팔 이제 겨우 5월이야. 얼려 죽이고 싶은 거야? 누굴 미치게 하려는 거야?"

욕실에서 나는 바디 숍 병과 함께 그 계집애가 평상시 치던 장난의 흔적을 발견한다. 케이티는 늘 펌프가 달린 병에 들어 있는 액체 비누를 샀고, 가정부도 그걸 산다. 펌프는 제대로 작동했었다. 그 계집애가 펌프를 눌러대는 걸 재밌어하기 전까지는 말이다. 그 흔적은 사방 벽에, 변기에, 샤워실 바닥에, 그리고 아마도 내가 방금 셔츠를 놓은 곳에도 있을 것이다. 자위로 사정한 정액처럼 사방에 흔적이 스며 있다.

"좆나게 재미있군. 이 지저분한 것들을 네가 치울 생각이야?"

재미있군. 그 계집애는 케이티가 남겨놓고 간 화장품들을 절대로 만지지 않는다. 오직 내 물건만 건드린다. 왜 나는 여성용품들을 그냥 내버리지 않는 걸까? 선반에는 아직도 탐폰 한 상자가 놓여 있다. 아니, 두 상자다. 대형과 중형. 가정부는 절대 탐폰을 건드리지 않는다. 왜 그러는지 이해할 수가 없다. 아마 중국 풍습인 모양이다. 아기에게 기저귀를 채우지 않고 아무 때고 아무 곳에서나 똥을 싸게 하는 것처럼 말이다. 하지만 가정부는 애프터 셰이브

파우더나 로션, 입욕제를 버릴 때는 아무런 양심의 가책을 느끼지 않는다. 하긴, 평소에는 아무렇지도 않다가 왜 이때만 양심의 가책을 느끼겠는가?

샤워물이 내 머리를 흠뻑 적신다. 적시고, 샴푸칠하고, 문지르고, 헹구고, 린스 칠하고, 펌프가 고장난 바디 숍 병에서 스며나온 걸 손가락으로 찍어바르고, 거품을 내고, 헹군다. 나는 오롯이 이 분을 내게 투자한다. 샤워는 지금, 이 분이라는 시간을 쓴 대가는 나중에.

수건으로 몸을 말리면서 배를 집어넣어보지만, 요즘에는 별 차이를 보이지 않는다. 닐, 언제부터 이렇게 심해진 거야? 스트레스를 받으면 몸무게가 줄어야 한다고. 물론 스트레스로 몸무게가 주는 건 확실하지만, 와플, 설탕에 절인 과일, 담배, 위스키가 90퍼센트인 식사 칼로리가 스트레스로 인한 감소분보다 더한 게 분명했다. 임신한 것 같아 보인다.

"으!"

나는 움찔한다. 만약 케이티가 임신을 했더라면…… 뭔가 달라졌을까? 도망칠 수 있을 때 도망을 치거나 아니면 더 괴로워했을까? 내가 지금보다 더 괴로워하는 것이 가능할까? 그리고…… 괴로움 때문에 죽지 않는 것이 가능할까? 모르겠다. 모른다.

뭔가 타고 있다! 씨팔, 다리미다!

아니, 나는 다리미 스위치를 켜지 않았다. 이건 와플 연기다. 씨팔, 끝내주는군. 씨팔, 아침식사가 없다 이거군. 침착해, 닐, 이제 이 와플은 못 쓴다고. 너무 구운 와플. 와플이 와플이 아닌 건 언제일까? 와플이 씨팔놈의 숯 조각이 되어버렸을 때지. 난 그냥 커피에 설탕을 잔뜩 넣을 거야. 액체 아침식사야.

거실로. 검은색으로 조금씩 흐르는 액체가 문 아래로 보이고 그 게 피라는 생각이 든다. 누구 피야? 그 계집애? 이 아파트에서 무 슨 일이 벌어지든 간에 난 더이상 놀라지 않는다. 이윽고 난 액체 가 진갈색인 것을 알아차린다. 씨팔, 끝내주는군. 필터를 한 장이 아니라 두 장을 넣었고 그렇게 되면 무슨 일이 벌어지는지는 누구 나 알걸, 안 그래, 닐?

부엌으로. 커피머신을 *끄고* 토스터를 *끄고* 생각을 *끄고*. 아침식 사로 물 한 잔이라니 멋지지 않아, 닐? 이런, 고마워 눈물이 날 지 경이야, 닐. 깨끗한 잔이 없음. 오케이. 물 한 사발. 멋져.

"맛있게 드세요, 닐!"

나는 내 부엌 왕국을 조사한다. 키스 문*이 한 달간 우리집에 와 있었던 것 같은 형국이다. 아니, 그렇지 않다. 키스 문이라면 이보 다는 깨끗하게 해놓았을 터. 미안, 가정부 양, 나중에 보상을 하도 록 하지.

"씨팔, 가정부는 내가 확실히 보상하도록 할 거야, 안 그래?"

넥타이를 매고 일하러 가라고, 닐. 눈이 길게 찢어지고 돈벌이 에 능한 사람들을 정도 이상으로 기다리게 하면 안 되지. 무슨 아 침이 이 모양인지. 심지어 오늘 날씨가 어떤지 보려고 창문을 내다 보지조차 못했어. 무선호출기를 본다. 건조하고 구름 낌. 그렇다면 우산은 필요 없군. 언제나 변함없는, 날씨 같지도 않은 아시아 날 씨. 잊고 있었다. 나는 이미 어떤 풍경일지 알고 있다. 안개에 가려

---

* 록 그룹 'Who'의 드러머.

뿌옇고 헐벗은 언덕 비탈, 무기력한 바다.

에어컨을 끈다. 또다시. 어머니가 개를 위해 그러했듯이, 나는 그 계집애를 위해 알람시계 라디오를 켜둔다. 침실에서 광둥어로 방송되는 경제 뉴스가 들린다. 나는 그 계집애가 라디오를 좋아하는지 아닌지 모른다. 어떤 때는 라디오를 끄고, 어떤 때는 끄지 않는다. 어떤 때는 방송 채널을 바꾼다.

"얌전히 있어야 해."

서류가방을 움켜쥐고, 열쇠 꾸러미를 집어들고 끈을 풀지도 않고 신발에 발을 우겨넣으며 내가 말한다.

케이티는 언제나 대답했었다. 말 잘 듣고 있지요, 대장 아저씨.

그 계집애는 절대 대답하지 않는다.

대답 안 할 거야? 안 할 거야? 흠, 안 하는군……

엘리베이터가 내려오고 있었다. 하느님 감사합니다. 안 그랬다간 페리로 가는 버스를 놓칠 뻔했다. 문이 열렸다. 나는 남자뿐인 공간에 비집고 들어섰다. 반은 황인종, 반은 백인종, 하여튼 모두가 금융 지역 종족이다. 그렇지 않으면 이곳에서 살 만한 여유가 없다. 엘리베이터 공간에 양복, 애프터 셰이브, 가죽, 헤어 무스, 그리고 뭔가 질긴 냄새가 섞여 났다. 아마 방향을 제대로 못 잡은 테스토스테론이겠지. 아무도 아무 말 하지 않았다. 아무도 숨쉬지 않았다. 나는 돈벌이에 능한 다른 놈들 좆에 내 좆이 닿지 않도록 하기 위해 돌아섰고, 엘리베이터가 닫히기 전에 내 아파트 문을 보았다. 144호.

예전에 펭 부인이 말했다.

"안 좋은데요. 중국어로 '4'는 '죽음'을 뜻해요."

"평생 4를 피하고 살 수는 없어요." 케이티는 이렇게 말했다.

"맞아요. 하지만 또다른 문제가 있어요." 슬픔에 젖은 눈을 감으며 펭 부인이 말했다.

"뭔데요?" 내게 살짝 웃어 보이며 케이티가 말했다.

"엘리베이터요." 매섭게 눈을 뜨며 펭 부인이 말했다.

내가 말했다. "우리집은 14층이에요. 엘리베이터를 쓰면 안 된다는 건 아니겠죠?"

"하지만 엘리베이터가 바로 문 앞이라고요!"

"그래서요?"

케이티는 더이상 웃지 않았다.

"엘리베이터 문은 아가리입니다! 행운을 먹어버리죠. 이런 곳에 살면 불행이 따라와요."

위를 올려다보자 먼지 낀 유리에 내가 내려다보는 모습이 보였다. 움직이지 않는 머리 꼭대기들 사이에 내가 있었다. 내 영혼이 빠져나와 걷는 것 같았다.

"그리고 두 분은 란타우 섬에 사시잖아요." 좀더 생각해보고 펭 부인이 덧붙였다.

팅, 벨이 울렸다.

"란타우 섬이 어때서요? 한때는 세상이 아름다웠다고 자신을 속이며 홍콩에서 살 수 있는 유일한 곳인걸요."

"우리는 수맥을 싫어해요. 너무 북쪽이고, 너무 동쪽이에요."

팅, 벨이 울렸다. 팅, 팅, 팅. 2층, 1층. 어쨌거나. 버스가 기다리고 있었다. 우리는 모두 뛰어서 길을 건넌 뒤 버스에 탔다. 제임스 본드 음악이 머리에서 꽝꽝 울렸다. 전쟁놀이에서 군인처럼 차려입고 수송 트럭에 타는 소년들이 떠올랐다 .

버스에는 앉을 자리가 없었지만 상관없다. 버스를 타고 있노라니 영국에서 낡은 서클 라인*에 꽉 끼어 앉던 기억이 떠올랐다. 이제 크리켓 시즌이 시작되겠지. 내가 이 버스를 좋아하는 이유이다. 버스에 탄 순간부터 사무실에 들어가는 순간까지 모든 것은 내 손을 벗어나 있다. 나는 그 무엇도 결정할 필요가 없다. 좀비가 될 수도 있다.

어떤 씹새끼의 휴대폰이 내 고막을 두드리기 전까지는 말이다. 너무 짜증난다! 받아, 받으란 말이야! 귀머거리 새끼, 전화를 받으란 말이야, 이 씹새끼야! 왜 모두들 날 보는 거야? 그렇다, 내 전화다. 이런 일들이 처음 일어났을 때는 무척이나 멋져 보였다. 단지 휴대폰 소리가 미결수에 붙은 전자 감시장치처럼 멋지다는 사실을 사람들이 깨달았을 때는 너무 늦었을 뿐이다.

나는 전자가 전선을 따라 여행을 마친 뒤 공간을 지나 내 귀에 오도록 전화를 받았다.

"여보세요? 브로즈입니다."

자, 이제 이 버스에 탄 모든 멍청이들은 내 이름이 브로즈라는 걸 안다.

"닐, 나 에이브릴이야."

"에이브릴."

하긴 누구겠는가? 에이브릴은 아마 사무실에서 잤을 것이다. 내

---

* 런던의 지하철.

가 어젯밤인지 오늘 새벽인지 여하튼 일 잔치에서 떠나올 때도 에이브릴은 여전히 대만 포트폴리오 일을 열심히 하고 있었다. 자딘 펄에는 이 건을 담당하는 변호사 무리가 잔뜩 있다. 캐번디시 홀딩스에는 나, 에이브릴 그리고 우리(아니, 내) 아파트를 빌릴 때 일처리를 제대로 하지 못해 쓸데없이 보증금을 많이 내게 한 밍이 있었다. 중국인인 것만으로도 충분히 나쁘며, 부동산업자는 더욱 나쁘지만, 중국인 부동산업자는 악마의 첩자다. 이들은 부동산업자가 아니라 변호사가 됐어야 마땅하지만, 아마 지금 하는 일에서 더 많은 돈을 벌고 있을 것이다. 씨팔놈의 대만 포트폴리오! 그 무엇보다도 나는 세부규정을, 약관을, 속임수를 걱정해야만 했다. 에이브릴이 이 일을 담당하게 돼서 아마 잘된 거겠지만, 씨팔, 가끔 그 여자는 내 속을 긁을 때가 있다. 런던에서는 1월에 에이브릴을 이곳으로 보냈고, 에이브릴은 아주 예리했다. 나는 삼 년 전에 왔다.

"잘 잤어?"

"아니."

아마 에이브릴은 내가 어젯밤에 일찍 떠난 것을 사과하길 바라고 있으리라. 어제가 아니라 오늘 아침이라고. 오전 한시. 이른 아침. 맞다. 에이브릴은 씨팔, 그걸 잊었다.

"미키 콴 파일 때문에 전화했어."

"그게 왜?"

"찾을 수가 없어."

"이런."

"어디 있지? 어젯밤에 네가 가지고 있었잖아. 집에 가기 전에 말이야."

엿 먹어라, 에이브릴.

"어제 저녁에 가지고 있었지. 내가 집으로 가기 여섯 시간 전에
말이야."

"네 책상에 없어. 길런 사무실에도 없고. 그러니 네 사무실 어딘
가에 있을 거야. 어제 오후 이후로는 아무도 손대지 않았으니까 말
이야. 혹시, 혹시 잘못 분류해놓은 거 아냐? 또 어디 밑에 놓은 거
아냐? 서랍이나 그런 곳에 안 뒀어?"

"나 지금 란타우 섬에서 버스 타고 있어, 에이브릴. 여기서는 내
사무실이 안 보인다고."

나는 양복과 넥타이 그리고 안 듣는 척하고 있는 얼굴들로 된
벽 뒤로 누군가 킬킬거리는 소리를 들었다고 생각한다. 미치과
앙—이처럼 킬킬댄다. 어쩌면 웃음소리가 아니라 그냥 기침소리
였을 수도 있다.

에이브릴은 유머 감각이 없기로는 살아 있는 표본이라 할 수 있
다. 에이브릴 별명을 벽창호라고 붙여야겠다.

"가끔 네가 이해가 안 가. 맞아, 버스에서 사무실을 볼 수는 없
지, 닐. 나도 아주 잘 알고 있어. 하지만 네가 '또다시' 잊어버렸을
경우를 대비해 해주는 말인데 말이지, 호레이스 청과 테오는 오십
이 분, 아니 오십일 분 뒤에 경과 보고를 받아보길 원해. 넌 여기에
없지, 아직 란타우 섬에서 버스를 타고 있으니 말이야. 그리고 삼
십팔 분이 지나야 여기에 도착할 거고. 만약 네가 아직 아침식사
전이고, 도넛을 먹으려고 잠시 어딘가에 들른다면 사십일 분이 걸
릴 거고 말이야. 청 씨는 늘 십 분 일찍 나와. 그 말은 네가 상쾌하

게 사무실 문을 들어서는 순간 나는 경과 보고를 완전히 마쳐야 한다는 뜻이야. 그러기 위해서는 난 미키 콴 파일이 필요하다고, 지금 당장."

나는 한숨을 쉬었고 무안을 줄 만한 대답을 생각해보았으나 찾을 수 없었다. 요즘 유행하는 감기에 걸려 정신이 혼미한 모양이다.

"네 말이 다 맞아, 에이브릴. 하지만, 솔직히, 정말로, 진짜로, 진심으로, 참말로 그 파일이 어디 있는지 모른다고."

버스가 이리저리 흔들렸다. 테니스 코트와 국제학교, 만의 굴곡, 뜨뜻미지근한 아시아 풍 흰색으로 칠한 고기잡이 정크선이 얼핏 보였다.

"네 컴퓨터에 복사본이 있지, 그렇지?"

갑자기 정신이 버쩍 들었다.

"있어, 하지만……"

"네 컴퓨터에서 그 파일 복사해서 내 프린터로 잽싸게 인쇄할게. 스무 장 정도밖에 안 되지, 응? 그러니 그냥 네 암호만 말해줘."

"미안하지만, 그렇게는 할 수 없어, 에이브릴."

에이브릴이 생각에 잠긴 동안 잠시 정적이 흘렀다.

"미안하지만, 넌 그럴 수 있어, 닐."

언제, 어디서였는지는 기억할 수 없지만, 토끼 껍질이 벗겨지는 장면을 본 기억이 난다. 칼은 흡사 지퍼를 내리는 듯 보였다. 방금 전까지 꾸벅꾸벅 졸고 있던 벅스 버니 씨는 다음 순간 뼈드렁니부터 성기까지 기다란 핏덩이가 되었다.

"하지만……"

"설사 인터넷에서 스웨덴 도미네트릭스* 하드 코어 포르노를 다운받았다 해도 비밀을 지킬게."

아무리 조용히 말하려 해도, 열 명은 내 말을 들을 터였다.

"이런 식으로 내 암호를 말해줄 수는 없어. 비밀 유지 서약 위반이라고."

"닐, 아직 눈치 못 챈 모양이네. 아니, 솔직히 넌 모르고 있어. 아니면 어젯밤에 집에 갔을 리가 없으니 말이야. 지금 우린 이번 계약 건에서 실패하기 직전이라고. 대만 포트폴리오는 팔천이백만 달러짜리야. 더치 바링스와 시티뱅크 모두 밤마다 발코니 아래에서 우리보다 더 달콤하게 노래 부르고 있어. 만약 방콕과 도쿄에서 미키 콴이 본 손해를 우리가 보상해주지 못하면 우리는 그냥 역사의 뒤안길로 사라지는 거야. 그리고 캐번디시 회장은 그 이유가 뭔지 정확하게 알게 될 거야. 내가 대신 죄를 뒤집어쓰지는 않을 거고. 넌 아마 남은 평생 버밍엄에 있는 맥도널드나 관리하면서 행복하게 지내겠지만 난 그보다는 야망이 크다고. 자, 어서 암호를 대! 여기 도착해 바꾸면 되잖아. 네 '비밀 유지 서약 위반' 은 고작해야 사십구 분밖에 안 돼. 이봐! 날 못 믿으면 누굴 믿겠어?"

내가 믿을 수 있는 사람은, 씨팔, 아무도 없다고. 나는 머리 위로 재킷을 올리고 겨드랑이 아래로 휴대폰을 잡았다. 콰지모도**가 된 브로즈.

"K-A-T-Y-F-O-R-B-E-S."

---

* 사도-마조히즘 관계에서 사디즘 역을 하는 여자.
** 〈노트르담의 곱추〉에 나오는 곱추.

하드디스크를 뒤지지 말라고 에이브릴에게 말하지 말자. 그 말을 하면 오히려 에이브릴이 하드디스크를 뒤지게 하는 효과만 낳을 뿐이다.

"자, 이제 만족해?"

칭찬할 만하게도, 에이브릴은 놀라지 않았다. 하지만 에이브릴이 놀렸으면 난 더 행복했을 것이다. 나는 이제 남들에게 동정받는 단계까지 온 건가?

"알았어. 테오의 사무실에서 보자. 네 컴퓨터에 아무도 손대지 못하게 할게."

버스가 디스커버리 만 항구에 도착했다. 언제나처럼, 터보 페리가 기다리고 있다. 누구도 서두를 필요가 없다. 지금 첫번째 벨이 울리고 있다. 일 분 뒤에 두번째 벨이 울리리라. 이 분 뒤에는 세번째 종. 페리는 삼 분 동안 떠나지 않을 것이고, 버스에서 보트까지는 육십 초 미만이 걸린다. 만약 승차권을 준비해놓았다면 말이다. 그리고 우리는 모두 승차권을 가지고 있다. 도요타 랜드크루저를 페리에 싣기에도 충분한 여유이다. 쉬익 하며 버스 문이 열리고, 군대가 분열행진하듯 승객들이 한 명씩 내리자 버스가 흔들린다.

그 계집애가 여기 버스 안에 있었나? 내 손을 잡고? 왜 난 그 계집애가 하루 종일 아파트에 머물러 있을 거라고 늘 안심했을까? 그 계집애가 주변을 어슬렁거릴 거라고 예상하는 편이 더 논리적이다. 그 계집애는 시선 끄는 것을 좋아한다.

내버려둬, 널. 그건 네 아파트야. 네가 '쉬는' 곳이야. 달리 있을 곳이 없으니까 거기로 가는 거야. 그 계집애를 데리고 홍콩 섬으로 가지 말 것. 그 계집애는 아마 물을 건널 수 없을 거야. 중국인들이 뭔가 그런 얘기를 하지 않았나? 중국 유령들은 점프를 못해[*]. 그러니까 성스러운 장소에 계단이 있는 거지. 그리고 물도 건너지 못해. 안 그래?

　개찰구까지 스무 걸음. 에, '아침의 위기' 께서는 이제 들고 계시던 리볼버를 내려놓은 것 같군. 정말로 고소당할 만한 자료들은 내 하드디스크 깊숙이 들어 있고, 에이브릴이 내 컴퓨터 이곳저곳을 쑤셔볼 시간은 절대 없지. 그럴 이유가 없으니까. 그리고 에이브릴은 너무 멍청해. 거래번호 1390931의 내역이 점차 복잡해질수록 보안장치는 더욱 정교해지고, 하나만 삐끗해도 전체가 흔들거릴 정도로 내 거짓말은 더욱 엄청나졌다. 사실인즉슨, 이튼 학교 같은 멍청한 곳에서 배운 바보들이라도 희미하게나마 냄새를 맡을 수 있을 게 분명한데도, 덴홀름 캐번디시의 아첨꾼들은 진실을 알고 싶어하지 않는다. 걱정하지 마, 닐. 에이브릴은 우리의 소중한 미키 콴 파일을 인쇄할 거야. 길런은 갈라진 도로를 메울 수 있을 정도로 진한 커피를 끓일 거고. 나는 지나치게 열성적인 회계감사관에 대한 시시한 이야기나 꾸며대며 테오를 속여야지. 대부분의 상관이 그렇듯 테오는 너무 대단한 분이신지라 세세한 질문 같은 건 하지 않을 거야. 테오는 이중혜지[**]를 하는 일본 은행 관계 자본이 어쩌고 하면서 캐번디시 법무과를 속일 거야. 그러면 그쪽에서는 증권거래소가 다음 회계 분기 동안 자체 정리정돈을 할

---

[*] '백인들은 점프를 못해'라는 흑인들의 비아냥에서 나온 말.
[**] 투자자가 가격 변동 위험으로부터 자신의 이익을 보호하기 위해 이미 보유하고 있거나 또는 장래에 보유(또는 매각)하려는 현물 포지션에 대하여 동일한 수량의 반대 포지션을 선물과 옵션 둘 다 취하는 것을 의미한다.

필요가 있다는 말을 확실히 들었다는 따위 헛소리를 해대면서 짐 허시를 속일 거고, 짐 허시는 요즘 중국인들이(이건 사실이다) 캐번디시 홀딩스에 대해 불미스러운 소문을 퍼뜨리고 있지만 자신은 캐번디시 홀딩스가 완전히 깨끗하다는 점을 전적으로 그리고 모든 면에서 확신한다고 맹세하는 따위 말로 휴 루엘린과 자본이 전사찰단을 속일 것이며, 그리고 요즘에는 경찰학교 쪽 학위가 없어도 홍콩 인민 경찰을 구워삶으려면 어떻게 하면 되는지 정도는 쉽게 알 수 있다. 안 그런가, 동지, 에? 그리고 우와, 우리는 모두 억대 보너스를 받을 거고, 그 가운데 수천은 이미 써버렸고, 나머지는 다음 열여덟 달 동안에 자동차, 부동산, 유흥장 따위로 사라지겠지. 너는 또 한번 해낸 거야, 닐. 낭떠러지에서 돌아온 거지. 아홉 개의 목숨? 구백구십 하고도, 씨팔, 아홉 개는 더 있다고. 모든 것이 잘돼가고 있어.

두번째 벨이 울렸어, 닐. 육십 초가 남은 거지. 닐? 왜 페리를 타지 않는 거야?

분명 토할 것 같을 때 드는 기분, 그리고 뭘 먹었기에 이런 기분이 드는가에 대한 궁금함. 난 토할 만큼 먹지도 못했어.

뭐가 문제야? 그 계집애가 날 붙들고 있는 거야? 내 팔을 잡아 끌어?

아니, 이건 그 계집애와 아무 관계가 없어. 그 계집애가 여기 있다면 난 알 수 있어, 그리고 그 계집애는 지금 여기 없어. 그리고 그 계집애는 내게 뭔가 강요할 수 없어. 내가 선택해. 내가 주인이야. 그게 규칙이라고.

그 계집애보다 더욱 놀랄 만한 게 있었다.

지난밤, 에이브릴과 나는 해운왕 왜 씨에게 브리핑할 내용을 준비중이었다. 컴퓨터가 눈을 좆나게 괴롭히고 있었으며 점심으로 BLT 샌드위치*를 먹은 뒤로 아무것도 먹지 못했기 때문에 허기 그리고 텅 빈 위가 쪼그라드는 동안 몇 번이고 찾아온 어지럼증을 참고 있었다. 자정 무렵 현기증이 심해졌다. 캐번디시 타워 바로 건너편에 있는 패스트푸드점으로 내려가 메뉴 중에서 가장 큰 트리플 버거 두 개를 시키고 커피에 각설탕 열 개를 넣었다. 혀로 단맛을 음미하며 커피를 마셨다. 설탕이 들어가자 내 피는 대천사 가브리엘처럼 노래를 불렀다. 이건 정상이 아니야, 닐. 씨팔, '정상' 따위는 엿이나 먹으라지.

나는 자동차를, 사람들을, 거리를 따라 늘어서 서로 높이를 경쟁하는 건물들을 보았다. 저 멀리, 거대한 공기펌프가 저절로 쑤욱 올라갔다가 쉬잇 소리를 내며 내려가는 소리가 들렸다…… 나는 네온사인을 바라보며 사인 문구들을 가락을 붙여 읽어보고 또 읽어본다. 패스트푸드점에서는 수년 전 라이오넬 리치가 눈먼 소녀에 대해 부른 노래가 흘러나왔다. 정말 눈물나게 하는 노래다. 나는 텔포드에서 친구네 파티에 갔다가 산더미같이 쌓인 외투 옆에서 이 노래를 들으며 총각 딱지를 뗐다. 텔포드에서 내가 뭘 했는지는, 씨팔, 아무도 모른다. 텔포드에서는 사람들이 무엇을 하는가 따위는, 씨팔, 아무도 모른다.

남자아이 한 명과 여자친구가 들어왔다. 남자는 버거와 콜라를 주문했고 여자는 바닐라 셰이크를 주문했다. 남자는 쟁반을 들고

---

* 베이컨, 양상추, 토마토로 속을 넣은 샌드위치.

빈자리를 찾아 주위를 둘러보다 자기를 보고 있던 나와 눈이 마주쳤다. 남자는 초조하게 다가오더니 식탁을 같이 써도 되겠냐고 영어로 물었다. 중국식 영어가 아니었다. 지나인들은 우리와 같이 앉느니 차라리 죽으려 할 터였다. 그렇지 않으면 우리가 있는 것을 인식조차 하지 못하고 그냥 꾸역꾸역 먹기만 한다. 그래서 나는 담배를 재떨이에 떨며 고개를 끄덕였다. 남자는 영어로 침착하게 고맙다고 말했다.

"상큐 베리 모치."

내가 보기에 여자는 분명히 중국인이었지만, 둘은 일본어로 이야기했다.

남자는 색소폰 케이스와 비행기 수화물표가 아직도 붙어 있는 작은 배낭을 가지고 있었다. 둘은 이제 갓 고등학교를 졸업한 듯했다. 남자는 한참 잠이 모자라 보였다. 둘은 요즘 대부분 중국 아이들과 달리 서로 껴안거나 더듬거나 하지 않았다. 둘은 그냥 식탁 위로 손만 잡고 있었다. 한마디도 알아들을 순 없었지만 둘이 우연에 대해 이야기하고 있지 않을까 짐작했다. 둘은 무척이나 행복해 보였다. 둘 사이에서 섹스가 팽팽하게 긴장을 하며 떨었고, 그 때문에 나는 둘이 아직 섹스를 하지 않았다고 생각했다. 처음 몇 번이 지나면 생겨나는 나태한 소유권의 주장은 보이지 않았다.

바로 그 순간, 만약 메피스토펠레스가 "닐, 만약 네가 저 아이가 될 수 있다면 네 영혼을 영원히 지옥의 군주께 바친다고 맹세하겠어?"라고 했다면 나는 "씨팔, 기꺼이 그러지"라고 대답했을 것이다. 쪽발이 아이라도 상관없다.

나는 차고 있던 롤렉스를 보았다. 자정에서 십오 분이 지났다.

무슨 삶이 이런가?

내가 잘못 생각했다. 하늘은 황량한 흰색이 아니다…… 상아빛
이 아닌가. 산 위에서 연마된 태양은 진주처럼 하얗고 면병*처럼
얇은 빛으로 불탄다……

그리고 바다는 텅 빈 게 아니다. 바다 가장자리에는 바로 섬들
이 있다.

우리 머리 위에 4층 더 위로 있는 펭 부인의 방에 새로 걸린 두
루마리 족자에 부드럽게 가해진 붓질.

흠흠, 잊고 있는 거 같아서 하는 말인데, 닐, 네 신용카드 청구서
를 보면 빌 게이츠라도 움찔할 거라고. 그리고 네 소유라고 생각했
던 돈 대부분이 이혼 위자료로 사라질걸? 이런 일을 하는 변호사
들이라면 왜 씨와의 약속 같은 건 절대 놓치지 않을 거야. 그런 대
만 해운왕들은 마천루를 순식간에 나타나게 했다가 사라지게도
할 수 있는 막강한 정치가들과 아침을 먹는다고.

세번째 벨이 울리기 십 초 전이고 문이 내려가고 있어. 네 실존
주의적 고민은 점심시간에 하라고. 그런데 최근 점심시간을 가져
본 게 언젯적 일이더라? 어쨌든 간에 지금은 당장 저 빌어먹을 보
트를 타라고! 같은 말 두 번 하지 않을 테니까.

남자 한 명이 가게들 사이 작은 통로를 질주한다. 앤디 뭐시기
이다. 란타우 폴로 클럽에 가입했을 때 가볍게 인사를 주고받은 적
이 있다. 이 씨팔놈의 섬을 통털어 봐도 씨팔놈의 조랑말 한 마리

---

* 가톨릭 교회에서 쓰는 성체용 빵.

찾아볼 수 없다. 남자의 랄프 로렌 넥타이는 살아 있는 뱀처럼 펄럭이고 구두 끈은 풀려 있었다. 이런, 앤디 뭐시기, 조심해야겠어. 넘어져 정수리가 깨질 수도 있고 그러면 만사 끝장이다.

"배를 멈춰! 기다려!"

이런, 이런, 앤디 아무개는 올리비에의 로렌스*이다.

그 계집애도 이런 식으로 날 지켜보는 건가? 이렇게 무관심하고, 조롱이 가득한 시선으로?

버스 운전사의 동생의 사돈의 팔촌쯤 되어 보이는 중국인 수위가 스위치를 누르자 회전식 출입문이 닫힌다. 공기를 가르며 날아가던 앤디 뭐시기는 출입문 봉 앞에서 가로막히고 이성을 잃은 죄수나 낼 신음 소리가 들린다.

"제발요!"

중국인 수위는 '보트 출발'이라 적힌 표지판을 향해 머리를 아주 살짝 까닥인다.

"들여보내줘요!"

수위는 고개를 젓고, 앤디 뭐시기는 커피 부스로 물러난다.

앤디 뭐시기가 홀짝거리며 휴대폰을 더듬더듬 찾다가 떨어뜨린다. 그는 저쪽으로 걸어가더니 래리에게 얘기를 꾸며내 변명을 하고 억지로 웃는 척한다.

터보 페리는 부두에서 떠나고 웅웅 소리가 멀어진다.

난 가끔 사람들이 이해가 안 된다.

---

* 로렌스 올리비에와 아라비아의 로렌스를 합쳐 한 말장난.

*

케이티는 내게 공항까지 배웅 나오지 말라고 고집했다. 케이티
의 비행기는 오후에 있었고, 정신없는 금요일이었다. 직장의 내 책
상에는 위태위태하게 쌓인 계약서들이 금방이라도 무너질 듯한
협곡을 이루고 있었다. 그래서 케이티가 떠나던 날, 우리는 평상시
보다 일찍 버스를 탔고 부두 카페에서 커피를 마셨다. 이 카페다,
이곳. 창가 좌석에서는 앤디 뭐시기가 노트북 컴퓨터를 꺼내 수폭
전쟁이라도 막으려는 듯 열심히 자판을 두드려대고 있다. 저렇게
구부정하게 앉아 있으면 늙은 말처럼 등이 굽게 된다. 아니, 앤디
뭐시기는 모른다. 하지만 앤디가 앉아 있는 곳은 케이티와 내가 장
엄한 이별을 펼쳐 보였던 바로 그 자리이다.
　노엘 코워드* 풍의 장엄한 이별이 아니었다. 닐 브로즈와 케이
티 포브스는 무척이나 호감 안 가는 연기를 했다. 둘 다 아무 할 말
이 없었고, 아니 모든 일에 대해 할 말이 있었지만 한마디 말도 없
이 몇 밤을 지내고 나자 우리는 돌연 둘 사이에 뭔가 이야기할 가
치가 있는 것은 하나도 없다는 사실을 알게 되었다. 우리는 공항
시설, 식물에 물 주기, 케이티가 런던으로 돌아가면 곧바로 하고
싶은 일들에 대해 이야기한 듯하다. 마치 우리 둘은 전날 밤 만나
카오룽 호텔에서 섹스를 하고 막 일어난 듯했다. 하지만 솔직히
말해, 사실을 알게 된 뒤 우리는 지난 오 개월 동안 섹스를 하지 않
았다.

---

* 영국의 극작가 겸 배우.

씨팔, 그건 끔찍하고 끔찍했다. 케이티는 나를 떠나려는 참이었다.

최선을 다해 기억을 해내보자면 우리는 어떤 것들에 대해서 얘기를 하지 않았다. 우리는 펭 부인이나 그 계집애에 대해 언급하지 않았다. 우리는 누구의 '결함'(씨팔, '결함'이라니, 수천 년간 불임이 존재해왔는데 '결함'이라는 단어보다 더 좋은 단어 하나 만들어내지 못했단 말인가)인지도 말하지 않았다. 케이티는 자비를 베푸는 데 익숙했다. 우리는 치료, 병원, 입양 절차 따위 '우회적인 해결 방법들'에 대해 이야기한 적이 한 번도 없었다. 둘 다 그럴 마음이 없었고 지금도 없기 때문이다. 내 짐작이다. 만약 자연이 우리 결합의 산물을 만들어줄 수 없다면 우리도 그러고 싶지 않았다. 우리는 '이혼'이라는 단어를 언급하지 않았다. 산이 그곳에 있는 것처럼 이혼은 현실이자 가까이 있었기 때문이다. 우리는 '사랑'이라는 단어를 언급하지 않았다. 그건 너무나 아픈 일이었다. 나는 케이티가 먼저 그 말을 꺼내길 기다렸다. 아마 케이티는 내가 먼저 말하기를 기다렸을 것이다. 우리 것이지 못했던 그 단어는 어쩌면 우리보다 칠팔 년 뒤에 태어난 눈이 초롱초롱하고 삑삑 소리를 내는 후배들 몫인지도 모른다. 어젯밤 패스트푸드점에서 보았던 그 아이들처럼. 사랑은 그런 아이들을 위해 존재한다. 서른을 넘은 우리 같은 노땅은 아니다. 사랑 따위는 잊어버려라.

그날도 페리를 탈 사람들을 위한 벨이 울렸다. 그리고 나는 바로 이곳, 분홍색 바다 위에 서서 그 소리를 들었다. 나는 이곳을 잘 알고 있다. 날마다 이 주변을 걸어다니기 때문이다. 이곳은 케이티를 끌어안고 아마도 작별 키스를 해야 하지 않을까 생각했던 바로 그곳이다.

"이제 페리에 타야 하지 않겠어?" 케이티가 말했다.

오케이, 만약 그게 케이티가 원하는 거라면야.

내가 말했다. "잘 가. 당신과 결혼해서 좋았어."

나는 말을 뱉는 순간 후회했고, 아직도 후회한다. 헤어지며 던지는 독설같이 들렸다. 케이티는 몸을 돌려 걸어갔고, 만약 그때 내가 케이티에게 달려갔으면 우리가 지금과 완전히 다른 우주에서 살게 되었을지, 아니면 그냥 내 코뼈만 부러지고 말았을지 나는 가끔 궁금하다. 나는 절대 알 수 없었다. 나는 페리 보트의 벨 소리를 따랐다. 부끄럽게도 페리가 떠나가는 동안 나는 해변에 케이티가 있는지 찾아보지 않았고 따라서 케이티가 손을 흔들어주었는지 알지 못한다. 케이티를 내가 아는데, 손을 흔들지 않았으리라. 어쨌든, 케이티를 잊는 데 사십오 초가 걸렸다. 사우스 차이나 비즈니스 뉴스 5면의 열 줄짜리 기사가 내 관심을 끌었다. 새로 생긴 중-미-영 연합 조사체인 자본이전사찰단이 실크로드 그룹이라는 무역회사 사무실을 급습했다. 일반인들에게는 잘 알려진 곳이 아니지만 나는 아주 잘 알고 있는 곳이다. 나는 위에서 지시한 대로 직접 지난주 금요일 1390931 계좌에서 실크로드 그룹으로 일억 천오백만 달러를 보냈다.

이런…… 씨팔.

그곳에는 나 말고 아무도 없었다.

방파제와 항구 마을에서 나오는 길은 폴로 클럽으로 연결되어 있었다. 오늘은 깃발들이 축 늘어져 있다. 폴로 클럽을 지나면 길은 오솔길이 된다. 오솔길은 해변으로 연결되어 있었다. 해변에서 오솔길은 더 좁은 소로로 바뀌어 해안을 따라 구불구불 펼쳐진다. 나는 그 소로를 따라 가 본 적이 없기 때문에 어디로 이어지는지 알지 못했다. 옹이 진 손으로 그물을 엮던 어부가 고개를 들었고 우리는 잠시 눈이 마주쳤다. 잊고 있었다. 내가 사는 빌어먹을 단기 임대 타운 밖의 사람들은 란타우 섬에서 한평생을 산다는 사실을.

아버지는 주말이면 나를 데리고 낚시를 가곤 했다. 스노도니아* 어딘가에 있는 우울한 저수지였다. 아버지는 전기공이었다. 정직한 직업, 진짜 직업이었다. 배전판을 설치하고 조명을 연결하고 전기의 위험을 모르는 사람들이 엉성하게 해놓은 DIY 작업을 깔끔하게 정리해 집을 태워먹지 않게 해주는 직업이었다. 아버지는 장인의 격언을 잔뜩 알고 있었다.

"사람에게 물고기를 주면 말이다, 닐, 그 사람에게 하루 먹을 걸 준 거란다. 하지만 낚시하는 법을 가르쳐주면 평생 먹을 걸 주는 거지."

폴리테크닉 대학에서 경영학을 공부할 거라고 아버지에게 말했을 때도 우리는 그 호수에 있었다. 아버지는 그저 고개를 끄덕이며 말했다.

"은행 같은 좋은 직장을 얻을 수 있을 게다."

그리고 배를 풀었다. 그것이 내가 아직도 걷고 있는 길의 시작이었을까? 마지막으로 함께 낚시를 갔을 때 나는 아버지에게 캐번디시 홍콩에 직장을 잡았으며, 월급은 예전 학교 교장 선생 월급의

* 영국의 국립공원.

세 배나 된다고 했다.

"엄청나구나, 닐. 네 엄마가 아주 자랑스러워할 게다."

나는 아버지로부터 더 큰 반응을 원했지만 아버지는 그때 은퇴를 한 상태였다.

사실을 말하자면, 나는 낚시가 지겨웠다. 텔레비전으로 축구를 보고 싶었다. 하지만 어머니는 내가 아버지와 함께 낚시를 가야 한다고 주장했고, 그래서 나는 그렇게 했으며, 지금은 그렇게 했던 것이 기쁘다. 심지어 요즘에도 '웨일스'라는 단어는 참치 달걀 샌드위치와 연한 밀크티의 맛, 추운 산맥이 병풍처럼 둘러선 탁한 호수를 바라보던 아버지의 기억을 떠올리게 한다.

그 계집애의 출현은 냉장고 소음 같았다. 듣기도 전에 익숙해져 버리는 소리. 찬장이 열려 있고 에어컨이 켜져 있고 커튼은 활짝 젖혀져 있었지만 나는 그 계집애의 존재를 알기 전까지 얼마나 오랫동안 그런 일들이 일어나고 있었는지 알 수 없었다. 케이티와 함께 살았기 때문에 더 늦게 깨달은 것이다. 케이티는 그 계집애가 한 일을 내가 했다고 생각했으며, 나는 그 계집애가 한 일을 케이티가 했다고 생각했다. 그 계집애는 영화와는 달리, 극적인 방식으로 나타나지는 않았다. 방을 가로질러 덤벼들지도, 기계에 숨어 있지도 않았으며, 컴퓨터 화면에 엉뚱한 글이 나타나 있거나 냉장고 자석 글씨가 모여 이상한 메시지를 만들지도 않았다. 〈폴터가이스트〉나 〈엑소시스트〉에서 나왔던 장면 같은 것은 없었다. 오히려 아주 조금씩 자라나기 때문에 너무 늦어지기 전까지는 진단이 불가능한 질병과 비슷했다. 사소한 일들, 숨겨진 사물들. 옷장 위에 놓인 꿀벌, 식기세척기 속에서 찾아낸 책, 이런 종류의 일. 열쇠, 그 계집애는 열쇠를 유별나게 좋아했다. 그 계집애는 단 한 번도 시끄럽게 나타나지 않았다. 케이티와 나는 심지어 그 계집애의 존재를 확신하기 전부터도 '아, 또 그 유령인가봐' 하는 식으로 농담을 주고받았다. 하지만 결국 그 계집애는 내 일생 동안 있었던 모든 사건들을 다 합쳐놓은 것보다도 더 큰 영향을 우리 셋에게 끼쳤다고 생각한다.

윙윙거리던 소음이 뚜렷한 소리로 바뀌던 그날을 기억한다. 지난 가을, 일요일 오후였다. 그때 나는 집에 있었다. 케이티는 동네에 있는 슈퍼마켓으로 쇼핑을 갔다. 나는 소파에 늘어져 한 눈으로는 신문을, 한 눈으로는 광둥어로 더빙된 〈다이하드 3〉을 보고 있었다. 그리고 돌연, 내 앞 양탄자 위에 웬 조그만 계집애가 배를 깔고 엎드려 수영을 하는 척하고 있다는 사실을 깨달았다.

나는 그 계집애가 거기 있다는 것도 알았고 거기 그런 계집애는 없다는 것도 알았다. 결론은 애매했다.

공포가 내 목덜미에 대고 숨을 쉬었다.

건물 반이 날아갔다. 브루스 윌리스를 믿지 않는 멍청한 요원이 말했다.

"FBI 요원이 더 필요해."

이성이 내 시선을 끌기 위해 마구 손을 흔들어댔다. 이성은 내게 명령하길, 이상한 일이 전혀 없는 것처럼 행동하라고 했다. 어떻게 하지? 비명을 지르며 아파트를 빠져나가서…… 어디로? 언젠가는 다시 아파트로 돌아와야만 했다. 케이티도 생각해야만 했다. 유령이 아침, 점심, 저녁으로 우리를 지켜보고 있다고 케이티에게 말해야 하는 걸까? 이 유령이 물러가고 나면 또 무엇이 들어올까? 나는 신문 기사를 마저 읽는 척 애를 썼다. 마치 몽골어로 쓰인 신문 같았다.

공포가 터져나오는 것을 간신히 막았지만 그것은 이제 온몸에 울리고 있었다.

네 아파트에 유령이 있어! 유령이 있다고, 내 말 들려?

계집애는 여전히 거기서 헤엄치고 있었다. 이제 등을 대고 누워 있었다. 나는 신문을 내려야 했다.

계집애가 저기 보이면 내가 미쳤다는 뜻인가? 아니, 보이지 않으면 미쳤다는 뜻인가?

내가 저 계집애에 대해 아는 게 뭐가 있지? 아는 거라고는 나를 위협하지 않는다는 것뿐.

나는 신문을 접고 계집애가 있다고 생각한 곳을 바라보았다. 아무도, 그리고 아무것도 없었다.

봤지?

이성이 잘난 체하며 말했다.

닐, 넌 미치고 있는 거야.

이성이 말했다.

나는 부엌으로 단호히 걸어갔다. 등뒤로 계집애가 킥킥거리는 소리가 들렸다.

지랄하네.

공포가 이성에게 말했다.

현관문 자물쇠가 가볍게 달그락거렸고 케이티의 열쇠가 짤그랑거리는 소리가 바깥 복도에서 울려퍼졌다. 케이티는 열쇠를 떨어뜨렸다. 나는 문으로 걸어가 열어줬다. 케이티는 몸을 숙이고 있었기 때문에 내 표정을 볼 수 없었다. 다행이었다.

"휴!" 몸을 곧게 펴며 웃는 얼굴로 케이티가 말했다.

"어서 와. 그거 샴페인이야?" 내가 말했다.

"샴페인, 가재, 양고기야, 대장 아저씨. 잤지, 그렇지? 멍한 표정이네."

"어…… 응. 내가 설마 당신 생일을 또 잊은 건 아니겠지?"

"아니야."

"그럼 뭐야?"

"당신을 먹이려고. 그래야 당신이 정자를 많이 만들 거고 섹스하고 싶은 기분이 들 거 아냐. 나, 아이를 가지기로 했어. 당신 생각은 어때?"

정말 케이티다웠다.

나는 다 쓰러져가는 어부의 오두막들로 둘러싸인 황량한 땅에서 있었다. 소로는 갈라지고 또 갈라졌다. 애꾸눈의 검은 개가 의심스럽다는 눈으로 나를 노려보았다. 나는 개가 사슬에 묶여 있기를 바랐다. 저 녀석이 광견병에 걸려 있을 확률은 얼마일까? 개 주인들 상당수는 분명 광견병에 걸린 것처럼 보이는데 말이지. 자그마한 오두막만큼이나 커다란 양배추 뒤로 여자가 서 있었다.

"대부처에게 가는 거죠?"

나는 여인의 마당에서 머뭇거리고 있었다. 발목 주위로 진흙이 묻어 있고, 펜실베이니아에서 건너온 신발, 밀라노에서 만든 실크 넥타이, 여자가 지난 삼 년 간 보아온 돈보다 훨씬 값어치가 나갈 일본제, 미국제 물건들이 들어 있는 서류가방을 들고 있는 외국인 악마. 여인은 무슨 생각을 했을까?

"네." 내가 말했다.

여인은 뭉뚝한 야채로 길 하나를 가리켰다.

"고맙습니다."

그 길은 처음에는 또렷했지만 깊숙이 들어가자 점차 흐릿해졌다. 나뭇잎, 가지, 새싹, 뿌리혹, 가시, 덤불. 에메랄드와 오팔처럼 노래하는, 평범한 흙빛 새. 마른 풀. 흙, 돌, 널려 있는 바위, 땅밑에서 움직이는 벌레 들.

나는 미처 생각하지 못했다. 날은 이제 막 뜨거워지기 시작했다.

헬리콥터 소리가 들렸고 나는 헤드셋을 한 에이브릴과 길런이 헬리콥터에서 밖으로 몸을 내밀고 쌍안경을 눈에 대는 모습을 상상했다. 에이브릴은 교통방송 통신원처럼 마이크를 붙잡고 있을지도 몰랐다. 나는 낄낄거렸다. 뭔가 펄쩍 뛰어오르더니 덤불 속으로 쿵하고 떨어졌다. 나는 깜짝 놀라 몸이 굳었지만 더이상 아무 소리도 들리지 않았다. 생각나는 게 하나 있었다. 란타우 섬에 뱀이 있던가?

9월에는 삼십일이 있지,
4월, 6월 그리고 11월도.
그리고 씨팔 나머지들……

벌레들이 땀을 마시려 내 머리 주위에 몰려들어 웅웅거렸다.

가정부에 대해 이야기할 때다.

확실히 하자. 가정부를 들이자는 생각을 처음에 한 건 케이티였다. 나는 한 번도 가정부를 원하지 않았고 그 여자를 고르지도 않았으며 처음 여섯 달 동안, 즉 지난 겨울이 될 때까지 얼굴 한번 보지 못했다. 심지어 케이티가 영국으로 돌아갈 때까지도 나는 가정부와 아무런 관계도 아니었다. 캐번디시에는 베개를 부풀리고 아이들을 학교에 데려갔다가 다시 데려오는 이상의 목적으로 가정부를 고용하는 무리가 있다. 캐번디시에 있는 사람들 대부분은 필리핀 사람을 고용한다. 영주권이 없으므로 고용주에게 더 고분고분하기 때문이다. 또한 가정부들은 고용주에게 잘 해야만 고용주가 홍콩을 떠날 때 자신을 다른 사람에게 소개해 줄 확률이 크다는 사실을 알고 있다.

아마도 케이티는 이런 소문을 부녀회에서 들은 모양이었다. 아마도 그 때문에 케이티가 중국인 가정부를 고른 모양이었다. 케이티가 가정부를 들이고 싶다고 했을 때 나는 깜짝 놀랐다. 케이티는 가문으로 보자면 케임브리지의 중상층 가정에서 자랐지만 소득면에서 봤을 때는 살아가기 위해 가문의 이름을 이용하고 또한 아이를 좋은 학교에 보내려면 허리띠를 졸라매야 하는 중하층 출신이었다. 여하튼 우리는 귀족들의 모임이 아닌, 런던에 있는 법률회사에서 처음 만났다.

하지만 우리는 여기 식민지에 나와 있다. 물론, 정확히 말하자면 과거의 식민지이다. 나는 케이티가 부녀회 말에 솔깃했다는 점에 실망했다. 하지만 케이티가 지적한 대로 나는 내가 어지른 것을

치우는 사람이 아니다. 게다가 임신하게 되면 안정을 취해야 한다
는 말에 딱히 뭐라 반박할 수 없었다. 나는 케이티가 문화의 가교
역할에 심취한 동시에 중국 정신의 이해를 취미 삼았던 게 아닐까
하는 의심이 들었다.

만약 내 의심이 맞다면 케이티에게 그 취미는 아주 나쁜 결과를
가져왔다. 케이티는 그 취미에서 슬픔만을 얻었고 어느 순간 그
슬픔은 내게로 넘어왔다. 케이티는 가정부에게 선물을 주었지만
가정부는 고맙다는 말 한마디 없이 선물을 받았다. 케이티가 말하
길 가정부네 가족이 본토에서 굶주리고 있기 때문에 돈이 더 필요
하다는 암시를 이리저리 뚝뚝 흘리고 다닌다고 했다. 케이티는 가
정부가 밤이 되면 돈을 더 벌기 위해 호스티스 바에서 일하지 않
나 의심했다. 확실하진 않지만 금 귀고리 한 쌍이 사라졌다고 생
각했다. 돌이켜보건대 그건 우리 유령 딸아이가 한 일이 아니었을
까 한다.

"가정부가 맘에 안 들면 해고해."

"굶주리는 가족은 어떻게 하고?"

"그건 당신이 마음 쓸 문제가 아니야! 당신은 바운티풀 부인*이
아니야."

"진짜 변호사처럼 말하네."

"아침 점심 저녁으로 우는 소리를 하는 건 당신이라고."

"당신이 가정부와 이야기를 했으면 좋겠어, 닐."

"내가 왜?"

---

* 조지 파르쿠하의 희극 『멋쟁이들의 전략』에 등장하는 돈 많고 자비로운 여인.

"내가 해봤는데 내 말은 들은 척도 안 해. 이쪽 문화권 여자는 남자만 존경해. 그냥 자신감 있게 하면 돼. 이번 토요일에 휴가를 주고 대신 일요일에 오라고 할게. 그때 당신이 여기 있어줘."

"하지만 그건 당신 귀고리야."

그런 식으로 말하면 안 되었다.

케이티를 진정시키고 난 다음, 나는 뭐라 말하면 되냐고 물었다.

"우리가 바라는 기준이 있다고 말해줘. 처음에 고용했을 때 확실하게 말하지 않은 거 같다고 해."

"그냥 게을러빠진 여자라 그럴지도 몰라. 내가 말하면 효과가 있을 거라고 생각하는 이유가 뭔데?"

"그 여자는 중국인이니까. 누가 고용주인지 확실하게 하면 말을 들을 거야. 그 여자는 나를 발가락에 낀 때만큼으로도 안 여겨. 테오의 아내가 얘기해줬어. 같은 문제를 겪었거든. 가정부가 당신 말을 모두 알아듣는지는 문제가 안 돼. 당신 목소리와 음색에서 다 이해할 수 있거든."

그래서 다음 일요일, 나는 가정부를 만났다. 보다시피, 우리 둘을 만나게 한 건 케이티다.

나는 일반적인 청소부의 모습을 예상했다. 가정부는 가정부일 뿐이었다. 그녀는 스물여덟이나 아홉쯤으로 보였다. 흰색과 검정색으로 된 작업복에 검은 타이츠 차림이었다. 타이츠 재질 때문에 땀이 많이 나는 모양이었다. 내가 눈을 마주치지 않으려 애쓰며 후다닥 말을 하는 동안 여자는 무심하게 듣고 있었다. 머리털은 요염했으며 피부는 거무스름했다. 이십 초 동안 같은 방에 머문 뒤 나는 이 여자와 내가 결국은 섹스를 할 것이며 여자도 그 사실을 알리라는 것을 알았다.

그리고 그후 임신을 위해 케이티와 세 번이나 섹스를 하고 난 밤에도 나는 눈을 감고 내 아래 깔려 있는 가정부를 그리곤 했다.

오솔길은 트라피스트 수도원 뒤 자줏빛 하늘을 향해 가파르게 나 있었다. 이곳 하늘이 이렇게 넓은지 처음 알았다! 재킷을 벗어 어깨에 걸쳤다. 나는 아직도 서류가방을 가지고 다녔다.

바위를 찾아 위에 앉았다. 심장이 더블베이스처럼 울리고 있었다. 약을 좀 먹어야 하는 건가?

캐번디시 사람들을 담당하는 중국인 돌팔이 의사가 말했다.

"이 약을 하루에 세 번 드시면 괜찮아질 겁니다."

내가 말했다. "이게 뭔데요?"

의사가 말했다. "분홍색 약이 든 병, 녹색 약이 든 병, 파란색 약이 든 병 하나씩입니다."

건배, 의사 선생. 깜박하고 안 먹을 것 같군요.

연금술이 하늘을 바꾸었다. 납빛으로 흐리멍덩하던 하늘을 태양이 반짝이는 은빛으로 바꾸어놓았다. 그리고 그 은빛은 푸른 수의로 갈아입었다. 결국 오늘도 멋진 날이 될 것이었다.

근처에 있던 털 달린 바위가 고개를 들더니 눈을 끔벅댔다. 놈은 슬픈 듯 나를 보더니 음매거렸다. 먹으려던 게 아닌 암소를 이렇게 가까이서 본 게…… 언제적 일이더라…… 알게 뭔가? 기억나는 건 웨일스였다는 것뿐이었다. 옅은 안개 속에서도 홍콩이 저 멀리서 반짝였다. 마천루, 구조물 들이 정글속 나무들처럼 위쪽으로 요란스레 떠들어댔다.

내 휴대폰이 울렸고 나는 순간 경련을 했다. 씨팔, 내가 뭘 하고 있는 거야! 하느님, 절 깨워 주세요! 제발요!

암소가 우울하게 음매거렸다. 씨팔, 씨팔, 씨팔 제곱의 씨팔 제곱 같으니. 나는 '13'이 '일천삼백만 달러'를 뜻하는 세계에 사는 변호사인데 수학 보충수업을 빼먹은 학생처럼 지금 일을 빼먹고 도망치고 있다! 그 대만인! 생각해! 심각한 내용이면서도 그럴듯하기 때문에 사람들이 거짓말이라고 생각하지 않을 만한 변명이 뭐가 있을까? 납치? 아니, 심장마비? 에이브릴은 내가 약물치료중인 것을 안다. 뇌졸중? 생각해! 심각하고 격렬하고 온몸을 꼼짝할 수 없을 정도로 토해서 페리 보트를 탈 수 없었고 병원에 가야 했다. 그러려면 영수증이 필요하고 믿을 만한 증인도……

대답해! 대답해!

나는 '응답' 버튼을 누르고 말했다. 에…… 닐, 이제는 무슨 문제인지 결정해야 할 때가 되지 않았을까? 에…… 아무것도 없다. 나는 닐의 심장 박동 소리를 듣는다. 마치 이웃 계곡에서 수류탄이 터지는 듯한 소리다.

"닐? 닐?"

에이브릴이다, 당연하지.

"닐, 어디야?"

커다란 파리가 내 무릎 위에 앉는다. 고딕 양식의 세발자전거. 경련이 멈췄다.

"닐, 내 말 들려? 치앙 윤이 여기 있어. 아주 예절 바르게 행동하고는 있지만 너한테 얼마나 중요한 일이 있기에 오늘 회의에 늦는지 궁금해하고 있다고. 나도 궁금하고. 그리고 짐 허시도 궁금해해. 그래, 그리고 만약 치앙 윤이 네 소중한 시간을 할애할 만큼 중요한 인물이 아닐 수 있다면 말야, 상트페테르부르크에서 그레고르스키 씨가 벌써 두 번이나 전화했고 지금은 심지어 아홉시가 넘었다는 걸 알아둬."

롤렉스 시계를 보았다. 이런, 이런, 시간이 화살처럼 지나갔군. 암소가 인상을 찌푸렸다. 근처에서 소똥 냄새가 났다.

"전화 받고 있는 거 알아, 닐. 숨소리가 들려. 변명이 그럴듯해야 할 거야. 정말로 그럴듯해야 할 거야. 왜냐면 이번에는 페리가 뒤집혔다는 정도가 아니면 빠져나갈 구멍이 없다고, 닐. 내말 듣고 있는 거야, 닐? 좋아, 닐, 만약 말을 할 수 없는 상황이라면 전화기를 두 번 두드려, 알았어?"

아하! 에이브릴의 경멸 속에 혹시 하는 걱정이 스멀거리고 있었다. 나는 킬킬거렸다. 에이브릴, 언제나 임기응변이 뛰어난 여자. 에이브릴은 뭐가 어찌되었든 에이브릴이다.

"닐, 웃을 일이 아니야! 넌 우리 최대 계약 건수를 멋지게 망쳐놓고 있다고! 들어본 중에 가장 큰 계약이라고! 캐번디시에게 보고할 거야. 이 책임을 내가 질 거라고 생각하면 오산이야!"

아, 아가리 좀 닥쳐라. 나는 전화기를 끈 뒤 따뜻한 바위에 올려놓았다.

말똥가리가 선회하고 있었고, 모루 모양 구름이 있었다.

당신은 놈들이 오는 모습을 절대 볼 수 없다. 놈들은 남들이 보지 않고 지나치는, 그리고 먼지를 털어내지 않는 곳에 숨어 있다. 놈들은 거대하게 자라고, 그 동안 당신은 놈들의 진짜 모습은 물론

이고 존재에 대해 꿈에서조차 알지 못한다. 그리고 어느 날, 때가
되면 당신도 모르는 사이에 힐끗 보게 되고 빗장이 풀리면서……

에이브릴이 무선호출기로 연락을 했다. 맙소사, 나는 통신장비
로 완전 무장을 하고 있었다. 치아가 엉망인 남아메리카 산적들을
학살한 존 웨인이 힘든 하루를 마치고 권총띠를 풀듯, 호출기를 빼
냈다. 서류가방을 열었다. 미키 콴 파일(이크!)과 휴 루엘린의 명
함이 있었다. 호출기와 휴대폰을 서류가방에 넣었다. 나는 일어서
서 팔을 힘차게 돌려 서류가방을 허공에 던졌다. 서류가방은 멋진
포물선을 그렸다. 호출기 소리가 여전히 들렸다. 돈이 많이 드는,
가냘프게 울어대는 새끼 고양이처럼. 서류가방은 산비탈에 부딪
히더니 몇 번 튕겨오르면서 경사면을 굴러갔다…… 커다란 호를
그리며, 부딪히는 누구든 죽일 수 있을 듯이 빠르게, 마마 라이온
처럼, 체조 선수처럼, 쥐처럼, 『파리 대왕』에 나오는 피기처럼.
서류가방은 마치 무게가 나가지 않는 물건처럼 잠시 아침 햇살
에 걸려 있었다.
이윽고 서류가방은 갈매기처럼 바다로 곤두박질쳤다.

*

케이티가 깜박하고 가정부를 해고하지 않은 듯했다.
케이티가 떠나고 첫째 주 어느 날 밤, 집에 와보니 빨랫감이 사
라지고 설겆이가 말끔하게 정리되어 있었고 화장실과 욕실 청소

가 되어 있었고 창문은 반짝거렸다. 심지어 가정부는 내 셔츠까지 다려놓았다. 앵두처럼 작은 중국 젖꼭지에 축복이 있기를.

나는 가정부를 해고할 생각이 전혀 없었다. 평일이었고 다이어리에 들어찬 스케줄로 정신이 하나도 없었다. 심각했다. 케이티가 떠난 자리를 가정부가 메우는 데는 얼마 걸리지 않았다.

가정부는 일요일 아침에 왔다. 나는 소파에 누워 〈세서미 스트리트〉를 보고 있었다. 열쇠 소리가 들렸고, 가정부가 집주인인 양 들어왔다. 앞치마는 입고 있지 않았다.

가정부는 문을 잠그더니 곧장 내게 걸어와 무릎을 꿇고는 내가 무생물이라도 되는 양 한 손으로 내 성기를 만지기 시작했다. 빅버드, 어니, 버트*는 A가 자기 이름을 말하게 하는 마법의 E 노래를 부르고 있었다. 나는 키스를 하려 했지만, 가정부는 손으로 내 얼굴을 뒤로 밀고 성기를 더욱 단단히 움켜잡았다. 가정부는 내 티셔츠를 벗기고 바지를 발밑까지 내렸다. 솜씨가 좋은 여자였다. 황소 코에 달린 코뚜레를 잡듯 고환 사이 살갗을 잡고 나를 침실로 데리고 가더니 침대에서 케이티가 눕던 자리에 나를 눕혔다. 가정부는 바지를 벗고 내 흉곽 위에 무릎을 벌리고 앉았다. 나는 가정부의 단추를 끄르기 시작했으나 그녀는 쯧쯧거리며 나를 때리더니 내가 저항을 멈출 때까지 음낭에 손톱을 파묻었다. 이윽고 가정부는 처음으로, 그리고 거의 마지막으로 말을 했다.

"말해봐. 날 원한다고, 케이티 그년을 원하는 게 아니라고."

"그래, 맞아."

---

* 어린이 프로인 〈세서미 스트리트〉의 등장인물들.

"말로 해!"

"널 원해, 케이티를 원하는 게 아니야."

"말해, 케이티 그년은 쓰레기라고, 내가 진짜 여자라고."

나는 그럴 수 없었다.

여전히 내 고환을 움켜잡은 채, 가정부는 한 손으로 웃옷을 벗고 브라를 끌렀다. 다른 방에서 계집애가 낄낄거리는 소리가 들렸다. 이야기 속에 나오는 뭔가처럼 가정부의 젖꼭지가 커지고 검어졌다.

"케이티는 쌍년이었어. 쓰레기야. 당신이 진짜 여자야."

"넌 돈을 줄 수 있어. 그년 물건을 줘버려. 모두, 선물로."

"케이티가 벌써 많이 가지고 갔어."

"물건을 많이 남기고 갔어. 이제 내 거야, 그렇게 말해."

가정부의 손이 내 성기를 더듬어 올라가며 더 꽉 움켜쥐었다.

"이제 당신 거야."

가정부는 내 손을 자기 가슴에 올려놓았다.

"말해. 당신은 제 주인님이십니다."

"당신은 제 주인님이십니다."

의례, 의식, 계약의 노래를 마치고 가정부는 내게 돌진했다. 일 초의 몇분의 일 정도 피임을 생각했지만 따뜻함과 촉촉함, 리듬이 멀리 더 멀리 나를 몰고 갔다.

한번은 내가 위로 올라가려 했지만 가정부가 나를 제지하고 팔꿈치로 밀더니 다시 내 위로 올라왔다.

그후, 선풍기가 우리 몸 위에서 윙윙거렸다. 정열은 모두 사라지고 썰물의 냄새만 남았다. 나는 느꼈다…… 내가 무엇을 느꼈는지 나는 모른다. 아마 아무것도 느끼지 않았으리라. 〈세서미 스트리트〉 주제곡이 끝났다.

가정부가 일어나더니 케이티의 화장대 앞에 앉았다. 가정부는 서랍을 열고 산호 목걸이를 꺼내더니 목에 걸쳤다. 케이티보다 가늘었다.

나는 가정부를 다시 원했다. 이건 돈 이상의 대가를 치러야 하는 일이니 나는 최대한 이윤을 뽑아내는 것이 좋을 터였다. 나는 일어나 화장대 위에서 가정부와 뒤로 섹스를 했다. 우리는 거울을 깨뜨렸다.

가정부와의 섹스는 마약이 되었다. 한번 찔리고 나니 중독이 되었다. 나는 직장에서도 그 여자 생각을 했다. 저녁에 돌아오면 문에 열쇠를 넣을 때 이미 발기가 시작되었다. 현관에서 케이티의 코롱 냄새를 맡을 수 있다면 가정부가 기다리고 있다는 뜻이었다. 만약 냄새가 나지 않는다면, 냄새가 나지 않는다면 위스키로 때워야 했다. 사무실의 휴고 해미시와 테오는 내가 케이티 때문에 아파하는 줄 알고 나를 데리고 몇 번 매드 독스에 술을 마시러 가주려 했지만 사실 케이티는 그다지 자주 머릿속에 떠오르지 않았다. 케이티는 내 마음속의 다른 구획에 살고 있었고, 내가 찾지 않는 한 케이티를 만날 수가 없었다. 가정부는 달랐다. 그 여자는 나를 찾아왔다.

어느 날 저녁 집에 돌아왔을 때, 현관에 펭 부인의 신발이 보였고 나는 문제가 생겼다는 사실을 깨달았다. 펭 부인과 케이티는 식탁에 둘러앉아 있었다. 둘은 호랑이도 제 말 하면 온다는 듯한 표정이었다. 닐 브로즈에 대한 최종 판결이 막 내려진 것이다.

"닐."

교장 선생 같은 목소리로 케이티가 말했다. 좆나게 초조하지만 감정을 잘 억제하고 있는 것처럼 보이고 싶을 때 내는 목소리였다.

"펭 부인이 우리 손님에 대해 이야기해주셨어. 앉아."

나는 맥주를 원했다, 샤워를 원했다, 스테이크와 칩을 원했다, 위성 TV로 맨체스터 유나이티드와 리버풀 경기를 보고 싶었다.

"우선 펭 부인 말을 들어봐!"

이 일이 빨리 끝나면 끝날수록 내 편안한 밤도 빨리 찾아올 터였다.

안절부절 못하며 날 기다리던 펭 부인은 이제 조용히 앉아 있었다. 부인은 범인 식별 절차에 참가해서 용의자를 바라보듯이 나를 보고 있었다.

"이 아파트에 두 분만 계신 게 아니더군요."

"알고 있습니다."

"지금 숨어 있어요. 여자아이고 저를 무서워하는군요."

왜 그런지 뻔했다. 펭 부인의 눈은 검댕 낀 유리 같았다. 부인이 눈을 깜박였을 때, 문들에서 쉬거리는 소리가 들렸다. 맹세할 수 있다.

"세 가지 가능성이 있어요. 지난 수세기 동안 원치 않는데 태어난 아이들이 밤이 되면 란타우 섬에 버려졌어요. 겨울밤과 야생동물의 처분에 맡겨졌죠. 이 아이는 그렇게 예전에 버려진 아이일 가능성이 있어요. 하지만 그런 아이들은 현대식 건물에 들어오는 경우가 거의 없어요. 두번째는, 이차대전 때 홍콩이 일본에 점령되었을 당시 체포된 골칫거리들이었을 확률이 있죠. 그 아이들은 디스커버리 만으로 끌려가 나중에 1970년대에 페이즈 1*이 들어선 여기에 자기 무덤을 파도록 명령받았죠. 아이들은 총을 맞고 그 구멍에 쓰러졌어요. 장난감을 몇 개 훔쳤다고 잡히기도 했어요. 세번째 가능성은 이 아이가…… 영어로 뭐라고 부르는지 모르겠군요. '그와이 로' 남자와 가정부 사이에 태어난 아이일 수도 있어요. 남자가 떠난 후 가정부가 여자아이를 이런 건물에 버린 거죠."

"현대식 모성애로군요."

"닐, 조용히 해!"

"물론 사내아이가 태어나도 수치스러운 일이었지만 계집아이는 그보다 더했어요. 부모가 결혼하고 둘 다 중국인인 경우에도 종종 그런 일은 일어납니다. 부모가 가난할 경우에는 말이죠. 지참금 때문에 살림이 거덜날 수 있거든요. 제 생각에 이 여자아이는 그런 아이인 것 같군요."

왜 둘 다 나를 보는 걸까? 그게 내 잘못이란 말인가?

"또 있어." 케이티가 말했다. "펭 부인 말로는 그 아이가 남자들에게 끌리는 거래. 당신 말이야."

"당신 말이 지금 어떻게 들리는지 알아?"

"펭 부인 말로는, 그 아이가 나를 라이벌로 본대. 그래서 우리가 이곳에 있으면 난 아이를 가질 수 없대. 우린 란타우 섬을 떠나야 해. 유령은 물을 건널 수 없거든."

---

* 홍콩 디스커버리 만에 들어선 주상복합 건물 이름. 페이즈 1부터 페이즈 6까지 지어졌다.

"챈 박사가 브로즈 포브스 주니어가 생기지 않는 약간은 더 그럴듯한 이유를 대주지 않았어?"

씨팔, 이런 말을 하면 안 되는 건데.

"그러니까, 당신 말은, 내가 이 얘기를 전부 꾸며냈다는 거네."

"아니, 가끔, 이 집에서 요기(妖氣)가 느껴지는 건 사실이야. 하지만 센트럴과 빅토리아 피크의 살인적인 임대비는 어쩌고? 돈만 된다면 풍수 따위는 상관없다고 생각하는 쪽은 다름 아닌 중국인들이야. 잊어버려, 케이티. 우리는 이사할 능력이 안 돼. 그리고 카오룽에서 삼합회와 하층민들과 이민자들과 섞여 산다는 건 더 말도 안 돼. 그런 곳에서 아이를 키웠다가는 놈들이 아이를 토막내 바짝 말린 다음 약 재료로 쓸 거라고."

펭 부인이 우리를 지켜봤다. 이 장면을 즐기고 있었다. 맹세할 수 있었다.

내가 말했다. "펭 부인, 부인은 모든 걸 다 알고 계시잖아요. 저희는 어떻게 해야 할까요? 무당을 부를까요?"

빈정대자고 한 말이었는데 부인은 내 말을 진지하게 받아들였다. 펭 부인이 살짝 고개를 저었다.

"보통 상황이라면, 네, 저는 추천할 만한 무당을 많이 알고 있지요. 하지만 이 아파트는 아주 재수가 없기 때문에 구제불능이에요. 이사하셔야 해요."

"우리는 이사 안 가요, 이사 못 갑니다."

펭 부인이 일어섰다. "그럼 저는 가보도록 하지요."

케이티가 일어서서 "좀더 머물면서 차를 더 들지 않으시겠어요?" 비슷한 소리를 했지만, 펭 부인은 이미 현관문을 나서고 있었다.

"조심하세요, 문 저편에 있는 것을 말이에요." 몸을 돌리지도 않으면서 부인이 말했다.

대체 그 소리가 무슨 뜻인지 이해하려고 노력하는 사이, 케이티가 일어서더니 여분의 침실로 갔다. 나는 케이티가 침실 문을 잠그는 소리를 들었다.

광기, 지독한 광기. 나는 맥주를 마시고 소파에 누웠다. 직접 음식을 만들어먹기엔 너무 피곤했다. 고맙군, 케이티, 뭔가 만들어낼 시간이 하루 종일 있었잖아. 만약 여기 그 씨팔 유령이 있으면 그래서 어쨌다고?

이 아파트에 그토록 자물쇠가 많을 줄은 상상도 못했다.

지난밤 패스트푸드점에서 보았던 한 쌍의 아이들, 나는 둘을 계속 생각한다.

케이티와 나. 사랑에 무슨 일이 생긴 걸까?

그게, 사랑은 침대로 갔다. 사랑은 성교를 하고, 하고 또 하고, 정말로 귀두가 헐 때까지 또 했다. 그리고 사랑은 뭔가 다른 할 일이 없나 주위를 둘러보았고, 사랑스런 친구들에게 사랑스런 아이들이 있는 것을 보았다. 그래서 사랑은 같은 일을 하기로 했으나 사랑은 계속 생리를 하고 또 했다. 아무리 씨를 뿌려도 상관없이. 그래서 사랑은 불임 클리닉에 갔고 진실을 알게 되었다. 내가 아는 한, 바로 그날부터 사랑은 뻣뻣해졌다. 그리고 얘들아, 이게 사랑에게 무슨 일이 벌어졌는가에 대한 이야기란다.

나는 패스트푸드점으로 돌아가 두 아이에게 말해주고 싶었다.

154

"너희 둘 다 내 말을 들어봐. 너희는 이러면 안 돼. 너희는 일이 어떻게 돌아가는지 제대로 모른다고."

네가 뭔데 남들보고 이래라저래라 하는 거야, 닐?

그날 저녁 케이티가 전화를 했다. 가정부는 이 분 전에 떠난 상태였다. 나는 막 샤워를 하러가던 중이었고 아직 몸이 끈적거렸다. 여자들은 어떻게 딱 이렇게 타이밍을 맞추는 걸까? 케이티는 자동응답기에 대고 이야기를 했다. 취해 있었다. 나는 케이티가 하는 얘기를 들으며 완전히 알몸으로 거실에 서서 케이티가 싫어했던 가정부와 여러 번 섹스를 한 냄새를 맡고 있었다.

"닐, 당신 거기 있는 거 알아, 난 알아. 여기는 오후 다섯시야. 거기는 몇 신지 모르겠네. 열한시 정도 되겠군."

나도 지금이 몇 신지 몰랐다.

"영국 선수가 윔블던에서 깨지는 것을 보았어…… 그냥 안부인사를 하고 싶었어. 정말 내가 왜 전화했는지는 나도 몰라, 난 잘 있어, 고마워. 어떻게 지내? 난 잘 있어. 아파트를 알아보고 있는 중이야. 다음주 오늘까지는 이즐링턴에 있는 작은 아파트에 대해 결말을 내려고 해. 파이프 소리가 시끄럽기는 하지만 그래도 유령은 없으니까. 미안, 재미없네. 나는 세실의 임시직 취업알선소에서 개인비서 일을 잔뜩 하고 있어. 그냥 손이 녹슬지 않게 하려고 하는 거야. 베른우드는 월 스트리트로 떠났어. 런던 스쿨 오브 이코노믹스 출신 신입이 베른우드의 책상을 물려받았지. 혹시 시간을 내서 퀸 앤 의자를 보내줄 수 있을지 모르겠네. 가격은 얼마 안 해. 당신 여동생과 지난주에 이야기를 했어. 하베이 닉스에서 우연히 마주쳤지 뭐야. 정말 우연이었어…… 당신이 계약 기간을 십팔 개월 더 연장했다고 하더라…… 크리스마스에는 올거야? 만날 수 있으면 좋을 거 같아. 그냥 그렇게 생각했어. 하지만 아마 당신은 사람들을 만나고 뭐 그래야 하겠지…… 그리고 내 보석 몇 가지가 아직 거기 아파트에 남아 있어. 가정부가 보석들을 가지고 중국으로 가버리면 어떻게 해, 안 그래? 가정부한테서 열쇠 받는 걸 잊어버린 거 같아. 열쇠를 바꾸는 게 좋을 거야. 난 괜찮아. 하지만 휴가가 필요해. 사십여 년을 살아오며 난 완전히 지쳤어. 혹시 들어와서 너무 피곤하지 않으면 전화해줘. 지금부터 몇 시간 동안은 복식 결승전을 보고 있을 거야…… 아, 그리고 당신 여동생이 어머니에게 전화를 좀 해달라고 하더라…… 아버지 췌장에 다시 문제가 생겼대…… 그럼 안녕."

나는 케이티에게 다시 전화하지 않았다. 전화를 해 내가 무슨 말을 한단 말인가?

무덤. 무덤의 등은 산을, 얼굴은 바다를 향했다. 태양은 높고 살인적이었다. 나는 넥타이를 풀러 가시나무에 걸어놓았다. 무덤 주인이 누구인지 알아보려 해봤자 아무 소용없다. 수천 개의 중국 상형문자는 세계에서 가장 골치 아픈 쓰기 체계를 구축했다. 나는 술, 산, 강, 사랑, 출구 이렇게 다섯 글자만 읽을 수 있었다. 이런 상형문자야 말로 오랜 세월을 견디며 살아온 **진짜** 중국인, 서로 비슷한 모양을 통해 외국인들에게 그 진의를 숨기고, 큰 간섭을 받지 않고 살아가는 **진짜** 중국인이라는 생각이 들 때가 있다. 마오쩌둥조차 자기네 문자를 현대화하는 데 실패했다.

나는 마지막 봉우리에 난 조그만 내리막길을 따라 걸었다. 짭짤한 냇물, 새들이 앉아 있는 관목, 접시만 한 날개에 얼룩무늬가 있는 나비가 있었다. 나는 한두 번 정도 길을 잃었고, 길이 한두 번 정도 나를 찾아냈다. 길을 따라가자니 브레콘 비콘스*가 떠올랐다. 나는 모든 곳이 기본적으로는 같다는 사실, 그리고 여자 또한 마찬가지라는 사실을 깨달았을 때 성장했다.

이번에는 더 나아갈 곳이 없었다. 가짜 길. 가시덤불과 개밀을 뚫고 돌아가야만 할 터였다. 주저앉아 경치를 바라보았다. 간척지에 들어선 새 공항에 또다시 확장 공사를 하고 있었다. 작은 불도저가 반짝이는 진흙벌에서 놀고 있었다. 손목과 가슴과 엉덩이 골을 따라 땀이 흘러내렸다. 바지는 허벅지에 착 달라붙어 있었다. 지금쯤 약을 먹어야 했지만 약이 든 서류가방은 만 아래 어딘가에 가라앉아 있다.

나를 찾으러 사람을 보냈을까 궁금했다. 아마 밍이겠지. 에이브릴은 내 컴퓨터를 자세히 뒤지느라 바쁠 게 분명했고, 테오 프레이저는 에이브릴 어깨 너머로 구경하고 있을 것이다. 어떤 자료를 찾아내게 될까? 페테르부르크에서 온 모든 이메일들, 어디서 왔는지 듣고 싶지도 알고 싶지도 않았던 일고여덟 자리 금액을 어디인지도 모르는 곳으로 보냈다는 사실?

직접 경험하기 전에는 유령과 산다는 게 어떤 것인지 절대로 알 수 없다. 아침 점심 저녁으로 걱정에 사로잡혀 겁먹고 서성이며 무

---

* 영국 웨일스 지방에 있는 지명.

당에게 전화가 오길 기다릴 거라고 생각하는 사람들이 있을 것이다. 사실은 그렇지 않다. 오히려 성격이 아주 독특한 고양이와 함께 사는 쪽에 가깝다.

지난 몇 달간, 나는 여자 셋과 함께 살았다. 한 명은 유령이었고 이제는 여인이 되었다. 한 명은 여인이었고 이제는 유령이 되었다. 한 명은 유령이었고 언제나 유령일 터였다. 하지만 지금 하는 얘기는 유령 이야기가 아니다. 유령 이야기에서 유령은 배경으로 존재한다. 만약 유령이 전경에 있다면 그건 이미 유령이 아니라 사람이다.

케이티와 내가 언젠가 재미대가리 없는 캐번디시 파티에서 돌아왔을 때였다. 로비에 함께 들어와서 나는 서류가방을 내려놓고 우편함을 확인했다. 편지가 몇 통 있었다. 우리는 봉투를 뜯으며 엘리베이터에 탔다. 반쯤 올라갔을 때 나는 로비 우편함 옆에 서류가방을 두고 온 것을 깨달았다. 14층에 도착했을 때 케이티는 엘리베이터에서 내렸고 나는 다시 내려가 서류가방을 들고 다시 14층으로 돌아왔다. 엘리베이터 문이 열렸을 때 케이티는 여전히 아파트 문 밖에 있었고, 나는 뭔가 아주 잘못되었다는 사실을 깨달았다.

케이티는 창백했고, 떨고 있었다.

"잠겼어. 빗장이 걸렸어. 안쪽에서."

강도. 14층에? 아마 아직도 안에 있을 것이었다. 강도는 아니었다. 우리 둘 다 그걸 알고 있었다. 그 계집애가 돌아온 것이다.

어떻게 알았는지 모르겠지만, 유령을 쫓기 위해 나는 열쇠를 꺼내 몇 번 짤그락거렸다. 그리고 문을 열려고 했다.

어둠 속에서 문이 열렸다.

그날 밤 케이티는 거의 밤새 깨어 있었지만, 내게 아무 말도 하지 않았다. 돌이켜보니, 그것이 끝의 시작이었다.

다시 원래 걷던 길이 나왔다.

언제나처럼 호기심 가득한 사람들을 최대 수용 인원 이상으로 꽉꽉 채운 버스가 지나갔다. 씨팔, 중국인들이 이렇게 빤히 노려보는 방식이라니! 너무나 무례하다! 양복을 입고 한낮에 걸어다니는, 볕에 그을린 외국인을 처음 보는 거야?

태양! 권투장갑으로 두들겨 맞는 기분. 온몸이 바짝 타들어갔다. 헬리콥터가 돌아왔다. 계곡 가장자리에서 웅웅, 쌩쌩 소리가 났다. 나는 이곳에 몇 달 전에 왔어야 했다. 이곳은 나를 기다리고 있었지만, 나는 저승의 강을 건너는 터보 페리를 타고 사무실을 왔다갔다했을 뿐이었다.

가정부는 어디에 살까? 카오룽? 아니면 신계 어디? 항구에서 버스나 노면전차를 타고 한참을 가다가 멋진 가게들이 사라지는 곳에서 내리겠지. 밍이 사는 곳과 비슷하리란 생각이 든다. 노동 착취 공장과 스트립 클럽과 환전상과 레스토랑, 그 밖에 온갖 상점의 더러운 간판이 15층까지 꽉 차 있는 뒷골목 건물. 더러운 하늘을 받치고 있는 서까래에 지나지 않는다. 당연히 소음은 절대로 멈추지 않을 것이다. 중국인의 두뇌에는 소음 필터 장치가 설치되어 있기 때문에 오직 듣고 싶은 소리만 들을 수 있다. 택시, 싸구려 휴대용 스테레오, 사원에서 흘러나오는 찬가, 위성 TV, 메가폰으로 떠들어대는 호객 행위. 골목을 따라가면 쓰레기와 오줌과 딤섬 냄새를 맡을 수 있겠지. 새 셔츠와 면도가 필요해 보이는 사람들이 문앞에서 어슬렁거리며 마약을 팔고 있을 것이다. 위층으로 올라가(이런 곳에서는 엘리베이터가 절대 작동하지 않는다) 일곱 명한 가족이 투닥거리며 TV를 보고 술을 마시는 작은 아파트로 들어선다. 내가 이런 사람들과 같은 도시에서 일을 한다고 생각하니 이상하다. 빅토리아 피크에 있는 작은 궁전들을 생각하니 이상하다. 아마 그 일본아이는 그곳에서 시차에 적응하고 있겠지. 여자아이는 남자아이에게 은쟁반에 받쳐 레몬차를 가져다주겠지. 아니, 가정부가 가져다주겠구나. 둘은 어디에서 만났을지 궁금하다. 궁금하다.

모든 도시마다 그 안에 너무나 많은 도시가 있다.

내가 처음 홍콩에 왔을 때는 케이티가 나와 합치기 전이었고 나는 시차 극복을 위해 하루 휴가를 받았다. 나는 아무렇지도 않았기 때문에 휴가를 시내 구경에 쓰기로 했다. 노면전차를 탔고, 가난을 목도하고 큰 충격을 받았으며, 고가 통로를 걸어다녔다. 시내를 구경하는 동안 오직 정장과 서류가방들 사이에서만 마음이 안정되는 걸 느꼈다. 빅토리아 피크까지 케이블카를 타고 가 그 주변을 걸어다녔다. 부유층 부인들이 떼를 지어 산책을 하고 있었으며, 가정부들은 아이들과 있었고, 십대 커플들은 팔짱을 끼고 다른 십대 커플들을 구경하며 걸어다녔다. 수레 위에 판을 놓고 매대를 설치한 '노점'이 몇 개 있었다. 거기서 지도, 껍질을 까지 않은 땅콩, 중국인과 인도인들이 무척이나 좋아하는 종류의 짭짤하면서 밍밍한 과자를 팔았다. 한 곳에서 영어로 된 지도와 엽서를 팔기에 몇 장

샀다. 돌연 노점 옆에 있던 깡통 더미가 움직이더니 뭔가 중국어로 고래고래 소리 질렀다. 기름과 나이로 인한 주름으로 떡이 된 얼굴이 불쑥 나타나더니 노여운 기색을 띠며 나를 보았다. 나는 깜짝 놀라 펄쩍 뛰었다. 노점 주인이 껄껄거리며 말했다.

"걱정 말아요. 아무 해도 안 끼치니까요."

쓰레기 인간이 나를 향해 으르렁대며 같은 단어를 천천히, 그리고 점점 크게 되풀이했다.

"뭐라고 하는 건가요?"

"구걸하는 겁니다."

"얼마나 달라는 건가요?" 멍청한 질문이었다

"저 친구는 돈을 구걸하는 게 아닙니다."

"그럼 뭘 원하죠?"

"시간을 구걸하고 있습니다."

"시간을 왜요?"

"저 사람이 보기에 당신은 시간을 낭비하고 있기 때문에 남는 시간이 충분하다고 생각하는 거죠."

혀가 바짝바짝 탔다. 몇 시간째 아무것도 마시지 못했다…… 아침식사로 물 한 그릇 마신 게 끝이었다. 대체로 나는 커피와 위스키만 마셨다. 나이 든 농부가 폭죽처럼 보이는 뭔가를 태웠다. 대나무인가? 입자가 굵은 담자색 연기가 거리를 가로질러 떠돌았다. 눈에 눈물이 고였다. 나는 거대한 나무 아래에 있었다. 가지는 사방으로 뻗어 있었지만, 중국 문자가 자기 의미를 숨기듯, 불완전하게 하늘을 가리고 있었다.

부서져 모래로 돌아가고 있는 벽돌담에 붉은 장미가 무성했다. 내가 지나가자 줄에 묶인 개가 신경질적으로 짖어댔다. 송곳니와 돌풍처럼 짖어대는 소리. 개는 내가 유령이라고 생각한 모양이었다. 널어 말리는 요. 중국 대중가요. 지독한 싸구려 풍에 듣기 거슬린다. 가구가 없는 방에 노인 둘이 있었고, 찻잔에서 김이 모락모락 피어올랐다. 둘은 표정도 움직임도 없었다. 뭔가에 대한 기다림. 둘이 있는 방으로 들어가 함께 앉아 있을 수 있으면 좋겠다. 그럴 수만 있다면 내 롤렉스라도 기꺼이 줄 텐데. 둘이 웃으면서 내게 재스민 차를 따라주면 좋겠다. 세상이 그런 식이었으면 좋겠다.

나는 자동차를, 사람들을, 거리에서 서로 크기를 경쟁하는 건물들을 보았다. 저 멀리에서 거대한 공기펌프가 저절로 쑤욱 올라갔다가 쉬잇 소리를 내며 내려가는 소리가 들렸다. 나는 네온사인을 바라보며 사인 문구들에 가락을 붙여 읽어보고 읽어본다. 일본 남자애와 여자친구는 어디론가 사라졌고, 라이오넬 리치는 자신의 달콤한 욕조 안에서 녹아 없어졌다. 내 두번째 햄버거는 차갑게 식고 기름기가 번들거렸다. 먹을 수 없었다. 〈Bohemian Rhapsody〉가 믿기지 않게도 광둥어 버전으로 연주되고 있었다. 왜 씨의 브리핑 작업으로 돌아가야지 안 그러면 에이브릴이 박해받는 순교자 행세를 할 터였다. 딱 한 곡만 더 듣고, 설탕이 잔뜩 들어간 커피를 딱 한 잔만 더 하고, 그리고 착한 어린애로 돌아가겠다고 생각했다. 비틀스가 부르는 〈Blackbird〉였다. 이 노래를 제대로 들어본 건 이번이 처음이었다. 아름답다.
　"닐 브로즈?"

웨일스 억양, 모르는 목소리이지만 친근했다. 작고 뿔테 안경을 쓴, 첩보원처럼 생긴 사람이었다.

"네?"

"제 이름은 휴 루엘린입니다. 테오와 페니 프레이저의 신년 파티에서 만난 적이 있습니다."

"아, 네, 휴······ 네, 그렇군요······"

내가 알 턱이 없었다.

"의자에 좀 앉아도 될까요?"

"그럼요······ 주철 뼈대에 조립해놓은 주형 플라스틱 엉덩이 받침대를 말씀하신다면요. 제 엉망인 기억력을 용서해주십시오, 휴. 어디에서 일하시는지?"

"전에는 자딘 펄과 일했습니다. 지금은 자본이전사찰단에 있습니다."

씨팔. 이제 기억난다. 당시 우리는 럭비, 그다음에는 일 이야기를 했다. 나는 휴를 타고난 아첨꾼으로 분류한 뒤 완전히 잊어버렸다.

"밀렵자가 사냥터 관리인으로 변신한 거죠, 에?"

쟁반을 올려놓으며 휴 루엘린은 싱긋 웃었고, 팔꿈치에 가죽을 댄 코듀로이 재킷 주름을 폈다. 좆나게 웨일스 풍이로군. 베지버거와 스티로폼 잔에 담긴 뜨거운 물, 그리고 그 안에서 피를 흘리고 있는 티백.

"사람들이 흔히 말하죠. 도둑을 잡는 데는 도둑을 써라."

아버지가 종종 하던 말이었다.

"자본이전사찰단의 불시 단속에 대해 읽었습니다. 그게 어디였더라? 실크로드 그룹?"

"그렇죠. 케첩 하나 주시겠어요?"

"카불에 있는 최대 마약 수출상의 돈세탁에 대해 재미있는 소문을 들었습니다. 그게 진짜인가요? 말해보세요, 아무에게도 얘기하지 않겠습니다."

휴는 베지버거를 한입 베어물고 싱긋거리며 몇 번 어적어적거리더니 삼켰다.

"저는 1390931 계좌에 대해 재미있는 소문을 들었습니다."

씨팔. 돌연 내가 먹은 빌어먹을 햄버거를 토해버리고 싶었다. 나는 가볍게 킬킬댔다.

"무슨 말인지 모르겠군요." 씨팔. 거짓말쟁이들이 하는 바로 그대로잖아.

휴는 플라스틱 포크로 티백을 짰다.

"말해보세요. 아무에게도 얘기하지 않겠습니다."

"자전거 자물쇠 번호라도 되나요?"

"아니오. 오직 당신만이 암호를 알고 있는 캐번디시 홀딩스 계좌죠." 휴가 베팅을 했다.

"지금 이건 법적 심문입니까, 체포 영장을 가지고 계신가요?"

"친밀한 대화로 보고 싶은데요."

"루엘린 씨, 당신은 상대가 누구인지 모르고 있습니다."

"브로즈 씨, 저는 당신보다 안드레이 그레고르스키에 대해 더잘 알고 있습니다. 믿으세요. 당신은 속고 있는 겁니다. 놈이 이렇게 하는 걸 전에도 봤습니다. 그자나 덴홀름 캐번디시의 이름이 단한 장의 서류나 단 하나의 컴퓨터 파일에도 나타나지 않는 이유가 뭐라고 생각하십니까? 당신을 좋아하기 때문에? 당신을 믿어서? 당신은 그 사람들의 총알받이일 뿐입니다."

이자가 얼마나 알고 있는 걸까?

"그건 단지 극비 헷지펀드일……"

"당신이 거짓말로 스스로를 옭아매길 원치 않습니다, 브로즈 씨. 당신의 생활이 엉망이 돼버렸다는 걸 알고 있습니다. 하지만 저에게 협조하지 않으면, 이번 주말쯤엔 일이 훨씬 더 나쁘게 돌아갈 겁니다. 저는 당신에게 마지막 탈출구입니다."

"저는 탈출구가 필요없습니다만."

휴 루엘린은 어깨를 으쓱하더니 마지막 베지버거 조각을 삼켰다. 휴 루엘린은 나도 모르는 사이에 버거를 다 먹은 상태였다.

"그러면 우리의 친밀한 대화도 끝을 내야겠군요. 여기 제 명함입니다. 마음을 바꾸시길 강력히 권고합니다. 내일 정오까지요. 좋은 밤 되시길."

문이 흔들리다가 닫혔다. 나는 홀로 남겨져 빌어먹을 햄버거 찌꺼기를 보고 있었다.

나는 캐번디시 타워로 돌아왔으나 로비에서 마음을 바꿨다. 야간 경비원에게 오 분 뒤 에이브릴에게 내가 집에 갔다고 말해달라고 부탁했다. 나는 항구에서 검은색 물 건너편에 가득 들어선 빛나는 마천루들을 바라보며 이십 분 동안 다음 페리를 기다렸다. 란타우 섬으로 돌아와서는, 단지 예방 차원에서, 혹시 카드가 정지될 경우에 대비해 현금인출기에서 내 계좌에 있는 돈의 사분의 삼을 빼냈다. 삼십 분 동안 버스가 오지 않기에 나는 쌀쌀한 밤길을 걸어 집에 있는 페이즈 1까지 돌아왔다.

그 계집애는 아파트에서 기다리고 있었다. 에어컨은 차가운 공기를 내뿜고 있었다.

"씨팔, 미안해! 일이 많았다고!"

분노에 찬 침묵.

"생각할 게 많아! 오케이? 자러가야겠어."

나는 돈을 구두 상자에 넣어 케이티의 화장대 아래칸에 두었다. 가정부가 오기 전에 더 나은 장소를 찾아야 했다. 가정부가 내게 필요한 마약임에는 분명했지만, 그래도 여전히 도둑년이었다.

나는 사당으로 갔다. 물 흐르는 소리가 났다. 용 두 마리가 지키는 샘이 있었다. 위생 따위는 엿이나 먹으라지. 목이 말랐다. 뱃속에서 출렁이는 소리가 날 때까지 물을 들이켰다. 적어도 탈수증으로 죽지는 않을 터였다. 차갑고 깨끗한 샘물에 팔과 얼굴을 담그고 싶었다. 롤렉스를 풀어 용 코에 올려놓고 셔츠를 벗은 뒤 가능한 깊게 상반신을 샘에 담갔다. 물속에서 눈을 떴고, 나는 태양 바로 아래 잔물결의 아랫부분을 보았다.

이제 어디로 가나? 쉬운 길과 가파른 길이 있었다. 쉬운 길을 골랐고, 이십 미터 정도 가니 오물 구덩이 앞에 도착했다. 용이 있는 곳으로 돌아와 가파른 길을 오르기 시작했다. 훨씬, 훨씬 기분이 좋았다. 마치 감기와 싸우던 것을 관두고 그냥 감기에 몸을 내맡긴 듯한 기분이 들었다.

길이 가팔라졌다. 때로 손을 써서 기어올라가야 했다. 나무가 촘촘해지고 인편(鱗片)에 덮이고 축축해졌으며 빽빽한 나뭇잎 사이로 바닥까지 도착한 가는 빛줄기는 레이저처럼 날카롭고 밝았다. 나는 재킷을 벗어 블랙베리 덤불에 올려두었다. 재킷은 이미 찢어져 있었다. 지나가던 중이나 감옥에서 탈출한 사람이 발견하면 좋아하겠지. 하늘은 음치인 새들이 분주히 오가며 보내는 시선으로 가득했다.

시간이 날 잊었다.

나는 롤렉스를 보려다 용 코에 걸쳐놓고 왔다는 사실을 기억해냈다.

몸을 끌어올리기 위해 뿌리를 잡았지만 뿌리는 손에서 빠져나갔고, 길을 따라 몇 미터 아래로 굴렀다. 뭔가 날카로운 소리가 들렸지만 나는 아주 멀쩡했다. 아주 기분이 좋았다. 불사신 같았다.

더 높이 올라가니 집채만 한 바위가 나타났지만 나는 십대처럼 힘차게 바위를 올랐고 곧 정상에서 내 영역을 둘러보았다. 천천히 움직이는 보잉 747이 갈쭉거리는 소음의 칼날로 오후의 피부를 벗기며 당당히 하강했다. 나는 사람들에게 손을 흔들었다. 꼬리에서 햇빛이 반사되었다. 그 계집애도 나와 함께 손을 흔들고 발을 콩콩 굴렀다. 누가 나 때문에 기분 좋아하니 나도 좋았다. 비록 그 계집애가 확실히 존재하는 것은 아니었지만 말이다.

"걘 날 좋아해."

가정부는 거울 앞에서 발가벗고 케이티의 여름 드레스를 몸에 대보며 서 있다. 만약 맘에 들면 입어볼 것이다. 만약 몸에 맞으면 케이티의 루이비통 가방에 넣을 것이다. 만약 그 가방에 넣지 않는다면 버릴 물건들 쌓아놓은 곳에 던져둘 것이다.

나는 살 무게 때문에 침대에 정박한 채 떠 있었다.

"누가 좋아한다고?"

"그 여자애."

"어떤 여자애?"

"당신 아이. 여기 사는 애. 그애는 나를 좋아해. 같이 놀 언니를 원하더라고."

바람이 부드럽게 커튼을 날렸다. 여기 중국인들은 완전히 돌았다.

마지막으로 케이티가 전화를 했을 때, 케이티는 술에 취해 있지 않았다. 나는 그걸 나쁜 신호로 받아들였다.

"안녕, 닐의 응답기, 난 케이티 포브스, 별거중인 닐의 아내야. 어떻게 지내니? 닐이 수화기를 들고 번호 누르는 법을 잊어버린 걸로 미루어 짐작컨대, 네가 무척이나 바쁘겠구나. 닐에게 내가 이제 런던 북동쪽에 있는 으리으리한 집의 소유주가 되어 자랑스럽다고 말해주렴. 아주 오래전부터 비가 지독히 퍼붓는 여름이 되었으며 모든 크리켓 경기는 비로 연기되었다고도. 클룬 박사에게 일주일에 두 번씩 상담을 받고 있으며 아주 효과가 좋다고도 말해주렴. 아키 굿이 내 변호사가 될 거고 이혼서류가 이번 주말까지는 도착할 거라고도 얘기해줘. 닐의 숨통을 끊으려는 게 아니라 단지 합당한 내 몫을 원할 뿐이라고도 얘기해주고. 마지막으로, 만약 닐이 게으른 엉덩이를 움직여 내 퀸 앤 의자를 집으로 보내준다면 우호적인 타협을 할 수도 있다고 말해주렴. 닐은 그게 내가 꼭 되찾기를 원하는 법정 상속 동산이라는 걸 잘 알고 있을 거야. 잘 자렴."

닐 브로즈를 이해하는 열쇠는, 닐에게 여러 공간이 있다는 점이다. 가정부가 한 곳에 있고, 케이티는 다른 곳에 있고, 내 작은 손님은 다른 곳에 있고, 캐번디시 홍콩은 다른 곳에 있고, 1390931 계좌는 또다른 곳에 있다. 각각의 장소에는 닐 브로즈가 한 명씩 살면서 이웃한 닐 브로즈와는 아주 독립적으로 자기 공간을 운영한다. 그게 내가 사는 방식이다. 내 미래는 다른 구획에 있지만 나는 그곳을 들여다보지 않는다. 봤을 때 맘에 들지 않을 거 같기 때문이다.

이상한 일은 가정부가 옳았다는 점이다. 집에 돌아왔을 때 가정부가 있으면 아파트의 분위기는 분명 달랐다. 우레 같은 바그너기보다는 소리 죽인 시벨리우스 분위기였다. 그 계집애가 진짜라면 좋았을 텐데…… 나는 식탁 밑에서 자기 인형과 떠들고 있는 그 계집애를 상상했다. 그애는 우리를 그냥 두었으며 커튼은 내가 쳐둔 그 장소에 그대로 두었다. 어쩌면 나는 그 계집애가 거실 대리석 바닥을 가로질러가며 발에서 내는 쪽 쪽 쪽 소리를 들었는지도 몰랐다.
가정부가 집에 없을 때면 비난하고 무시하는 분위기가 풍겼다. 내가 출장을 갔다왔을 때도 그랬다. 광둥으로 출장 간 적이 있었다. 그곳도 역시 지랄 같았다. 출장에서 돌아오자 그 계집애가 내게 너무 화를 내고 있어서 나는 아무것도 보이지 않는 허공에 대고 사과하며 서 있어야만 했다.

오르막이 끝나고 능선에 도착했다. 녹나무 위로 보이는 부처의 머리가 거의 닿을 듯했다. 대부처였다. 짙푸른 하늘에 둥그렇게 뜬 백금. 이제 나무들은 꿈속에서 보는 나무들 같았다. 그림자 고양이, 고양이 그림자.

내 피부가 웅성거렸다. 내 불멸성이 물러갔다. 태양 아래서 피부가 베이컨으로 바뀌고 있는 모양이다. 발톱이 부러졌다는 생각이 들었다. 신발 속에서 뭔가 축축하고 따뜻한 게 느껴졌다. 내장이 축 늘어졌으며, 아직 기능을 하기는 했지만 피곤한 수영 선수처럼 굼떴다.

왜 달이 그곳에, 당신 위에 있습니까, 부처님? 조용히 이글거리는 햇빛 용광로 아래 으르렁대는 흰색과 파란색. 달, 달, 오후의 달.

나는 과거이자 미래로 발을 들여놓았다. 사람, 관광 마차, 주차장, 기념품 판매대, 광고 게시판, 티켓 판매소 주변에 몰려 있는 사람들(오직 영국인과 슬라브족만이 줄 서는 법을 안다), 오토바이…… 여기 그리고 여기가 아닌 곳. 사람들은 밝게 빛나며 출렁이는 벽 건너편에 서 있었다. 귀에 대고 말을 하듯 옆에서 웅얼웅얼 들려오는 언어들.

부처님 입술은 두툼하고 당당했다. 늘 말을 꺼내려는 찰나의, 그러나 절대로 말을 하지는 않는 모습. 반개한 눈은 세계가 필요로 하는 비밀을 감추고 있었다.

달은 우리들만의 농담을 알아들었다. 신(新), 구(舊), 신, 구. 내가 지금 그 늙은 거지를 만난다면 이렇게 얘기하리라. 미안하지만 당신에게 나누어줄 시간은 없군요. 단 일 분도요. 단 십 초도 없어요.

　그 일본애가 어딘가 바에서, 센트럴이나 카오룽에 있는 바에서 색소폰 연주를 하고 있을지 궁금했다. 그 아이 연주를 듣고 싶었다. 그 아이 여자친구가 그 아이를 지켜보는 모습을 보고 싶었다. 정말로 그러고 싶었다. 이제는 그럴 수 있을 성싶지 않았다. 그 아이들과 이야기를 하며 둘이 어떻게 만났는지 알고 싶었다. 남자아이에게 재즈에 대해서, 존 콜트레인이 왜 그렇게 유명한지 묻고 싶었다. 무척이나 많은 일을 알고 싶었다. 왜 내가 케이티와 결혼을 했는지, 지금은 이혼서류에 서명을 해서 돌려보내는 것이 옳은 일인지 묻고 싶었다. 이제 케이티는 마침내 행복하겠지? 케이티는 누군가 자신을 사랑하는 사람을, 정자가 상당히 많은 누군가를 만났을까? 중년이 되면 케이티는 현모양처가 될까 아니면 술에 찌들어 축 늘어진 아줌마가 되어 있을까? 휴 루엘린이 안드레이 그레고르스키를 체포할까, 아니면 안드레이 그레고르스키가 휴 루엘린을 처치할까? 선박왕 왜 씨는 다른 곳에서 사업을 벌일까? 맨체스터 유나이티드는 프리미어리그에서 우승을 할까? 쿠키 몬스터는 이빨이 빠질까?* 크리스마스가 되면 세상은 끝장날까?

　그 계집애가 근처를 지나갔고 내 목덜미에 입김을 불었으며 바람에 잎이 무수히 떨어졌다. 내 피부는 너무나 뜨거워 더이상 내것

---

* 〈세서미 스트리트〉의 쿠키 몬스터는 이빨이 없다.

같지가 않았다. 낡은 내 안의 새로운 닐이 눈을 떴다. 태양 속의 백금, 그늘 속의 푸른색. 새로운 닐은 밖으로 나와 사방을 걸어다닐 수 있도록, 내 낡은 피부가 떨어져나가기만을 기다리고 있었다. 간이 성마르게 꿈틀거렸다. 심장은 옵션을 검토하고 있었다. 설탕을 처리하는 내장 이름이 뭐였더라?

누가 날 이리로 인도했을까?

아버지라면 덴홀름 캐번디시, 덴홀름 경을 자신이 이해할 수 있는 능력 이상으로 교육받은 사람이라고 설명할 터였다.

"자, 앉게, 나일."

DC는 마치 자신이 나이든 장군이라도 된다는 듯 입술을 모아 내밀었다. 20층 아래에서 바비칸*의 교통이 이 잘난 척하는 늙은 개자식의 극적인 침묵에 방점을 찍었다.

"우리가 홍콩에서 자네에게 맡길 역할을 이해하기 위해 가장 중요한 질문은 이걸세. 캐번디시 홀딩스는 무엇인가?"

아니오, DC. 가장 중요한 질문은 이거죠. 어떤 대답을 듣고 싶으십니까?

안전하게 가야 해, 닐. DC가 지적으로 최상위에 있다고 느끼게 해줘. 네 이름을 외우지도 못할 정도로 멍청하다는 말은 하지 말고.

"최고의 법률투자회사입니다, 덴홀름 경." 좋았어. 통찰력이 있군.

"우리는 회사야. 최고의 회사지. 하지만 그게 다는 아니야, 나

---

* 런던 금융가로 유명한 지역.

일. 아니라고. 우리는 가족이야! 그렇지 않나, 짐?"

짐 허시는 "정확히 본질을 말씀하셨습니다!"라는 웃음을 지었다.

"물론 우리는 가족간 불화가 있었어. 짐과 나는 한창 때 무척 격렬한 논쟁을 벌인 적이 있지, 응, 짐, 그렇지?"

같은 웃음. "그렇습니다. 덴홀름 경." 허시, 능글맞은 미국놈.

"봤지, 나일? 캐번디시에서는 아첨꾼에게 아무것도 주지 않아! 그러나 결국 우리는 극복해냈지, 나일. 어떻게 그렇게 했는지 말해줌세! 우리는 협동의 가치를 이해했기 때문이야. 상호 의존. 상호 신뢰. 상호 지원."

DC는 윈스턴 처칠처럼 시가에 불을 붙이더니 자기 할아버지 초상화를 응시했고, 초상화는 그 시선을 받아 DC를 응시했다. 나는 킬킬거리고 싶었다. 저 사람은 걸어다니는 클리셰였다. 어떻게 이런 멍청이가 오대륙에 사무실이 있는 법률회사를 운영할 수 있을까? 대답은 분명했다. 저 사람은 자기가 이 회사를 운영한다고 믿었다.

"아시아 시장을 주무르기 위해서 꼭 필요한 건…… 저번에 내가 그레인저에게 뭐라고 했더라, 짐?"

"전략을 세우는 단계에서 육감과 열정을 발휘하라고 하신 걸로 기억합니다, D 경."

"육감! 그리고 열정! 그거야. 육감! 그리고 열정! 전략을 세우는 단계에서 말이야! 이제 런던, 뉴욕에 있는 모두가 상황을 알아. 운동장은 평평하고 골대는 세워졌어. 하지만 아시아는 마지막 남은 거친 미개척 지대야. 알아? 중국의 산속에는 타락한 산적이 살면서 번개처럼 급습을 하지. 규제? 그 따위는 잊어버려! 돈을 줘. 한 명도 빼지 말고. 아니, 아시아에서 우리 자회사가 번성을 하게 하려면 아시아인들의 규칙에 따라야 하겠지만, 경기를 더 잘해야 해! 나는 자본 변통에 있어서 독창성에 대해 말하는 거야! 실재하지만 보이지 않는 골대가 어디에 있는지 확실히 알고 있어야 하는 거야! 그래서 어떤 수를 쓰든 점수를 내야 한다고. 내 말 알아듣나, 나일?"

"100퍼센트 알아듣습니다, 덴홀름 경."

이 늙은이가 대체 뭐라고 지껄인 거야?

"나는 홍콩 포트폴리오에 특별 계좌를 추가하고 싶어. 내 조력자를 위한 거야. 페테르부르크에 근거지가 있는 러시아 친구야. 자네도 언젠가 만나게 될 거야. 그 친구로부터 조만간 자네에게 연락이 갈 거야. 멋진 사람이야. 안드레이 그레고르스키라는 친구야. 정말로 거물이지. 과거에 우리 부탁을 몇 번 들어준 적이 있다네."

DC는 책상 앞으로 몸을 숙이더니 옥과 호박을 박아넣고 연꽃과 난꽃을 상감 세공한 정교한 재떨이에 시가 재를 떨었다.

"그레고르스키는 자기 작업에 필요한 계좌를 우리 홍콩 지부에 열어달라고 했네. 자네가 이 일을 책임졌으면 싶어."

"제가 어떻게 하면 됩니까?"

"그 친구가 시키는 건 모두 하게. 액수나 장소, 시기에 구애받지 말고 그대로 해. 자네같이 경험 많은 베테랑에게는 애들 장난이지."

결론이 났다.

"할 수 있을 것 같습니다, 캐번디시 씨."

"이건 우리끼리만 알고 있도록 하자고. 자네, 나, 짐, 그리고 여기 이 할아범만 말이야. 응?"

알겠다. 이 늙은이는 위법 행위를 요구하고 있다.

"중요한 건 단 한 가지야. 단 한 가지만이야."

지금까지 나는 삐걱대는 소리가 DC의 가죽 의자에서 난다고 생각했지만 이제는 정말로 DC의 몸이 삐걱대는 것이 아닌지 궁금했다. DC는 시가로 나를 가리키며 단어 하나 하나를 찔러댔다.

"자네— 배짱이— 있나?"

DC 코 끝의 검은 피지를 빨리 짜야 할 듯했다.

"응? 응?"

나는 금융 변호사이다. 날마다 법을 어긴다.

"지난번에 마지막으로 썼을 때는 확실히 붙어 있었습니다*, 덴홀름 경."

DC는 내 대답을 좋아해야 할지 말아야 할지 고민한다. 이윽고 DC는 내 미간에 침방울을 날리며 웃음을 터뜨린다. 짐 허시 역시 살짝 웃는다. 지역 신문에 나오는 중간 관리인의 판에 박은 듯한 웃음. 그리고 나 역시 같은 웃음을 짓는다.

더 예전으로 가야 하는가?

이건 어떤가? 1840년대 홍콩은 영국 마약 밀매자들에게 점령되었다. 우리 영국은 중국 비단, 자기, 향료를 원했다. 중국인들은 영국의 옷, 도구, 소금에 절인 청어를 원하지 않았고 그걸 누가 비난하겠는가? 중국인들은 필요한 물건이 아무것도 없었다. 우리 해결

---

* 덴홀름은 "Do you have the balls?"라고 물었다. ball은 배짱과 고환 둘 다를 의미한다.

책은 필요한 물건이 있게 하는 것이었다. 우리는 중국민 상당수를 불법인 아편에 중독시켰다. 중국 정부가 우리의 이런 방책에 당연히 반대하자 영국은 중국 정부를 몰아내고 공원에 '개와 중국인 출입 금지'라는 표지가 있는 베이징에 꼭두각시 정부를 세운 뒤, 수입 전진 기지로 홍콩을 차지했다. 생각해보면 정말 좆나게 치사한 짓이었다. 그리고 우리는 중국인이 외국인 혐오증에 걸렸다고 비난한다. 21세기 초 콜럼비아 사람들이 워싱턴에 침입해 헤로인을 합법화하라고 백악관에 압력을 넣는 꼴이다. 그리고 이렇게 말하는 식이다.

"걱정 마시길. 우리는 물러갑니다. 그리고 우리가 있는 동안은 플로리다를 차지하지요, 오케이? 정말 고맙습니다."

홍콩은 세계에서 가장 크고 가장 사람이 많은 대륙의 무역 중심지가 되었다. 이 때문에 타락한 금융 변호사들의 식욕을 자극한다.

아니, 이것은 원인과 결과에 대한 질문이 아니라 그것을 포함해 모든 것에 대한 질문인가?

나는 이런 사람이다, 나는 이런 사람이다, 또한 나는 저런 사람이다, 나는 저런 사람이다.

완전히 엉망인 게 하나도 이상하지 않다. 나는 가능한 미래를 쪼개어 각자 다른 계좌에 넣어두었고 이제 모두 다 써버렸다.

타락한 하찮은 변호사를 위한 커다란 계획들.

내 이마가 포장도로와 키스했다. 잠자는 딸처럼 부드럽다. 나는 태아처럼 몸을 거꾸로 했다. 비명을 지르는 목소리들이 밀물이 되어 내 청각의 갑판을 철렁댄다. 씨팔, 뭐가 어떻게 되고 있는 건가?

오늘 벌어진 터무니없는 일들이 다 무엇을 위해서였는지 이제야 알겠다! 즐겁게!

나는, 씨팔, 죽어가고 있다!

그 점에 대해서는 의심의 여지가 없다. 환생의 단계는 또다시 나를 찾아왔으며, 걷잡을 수 없이 몰려온다.

서른한 살, 그리고 씨팔 나는 죽어가고 있다!

에이브릴은 나와 갈라질 것이다. 그리고 DC가 들으면, 흠, 억대 보너스와 작별 키스를 해야겠다고 생각한다. 케이티는 이것을 어떻게 받아들일까? 이제 끝이다. 아버지?

즐겁게……

그 계집애가 나를 둘러싼 다리와 몸통들을 관통해 내게 다가온다. 나를 내려다보더니 싱긋 웃는다. 그 아이는 내 눈과 가정부의 몸을 빼닮았다. 아이는 내게 손을 내밀고, 우리는 얼빠진 사람들, 충격을 받은 사람들, 흥분한 사람들, 껌을 씹고 있는 사람들을 통과해 간다. 이런 평범한 오후에 무슨 일이 일어났기에 사람들이 이렇게 모인 걸까?

우리는 손을 잡고 계단을 올라가 대부처가 밝게 빛나는 곳으로, 조용한 빛의 눈보라 속에서 더 밝고 더 밝게 빛나는 곳으로 걸어간다.

성산

Holy Mountain

위로, 위로, 위로, 그리고 아래로, 아마도.

성산(聖山)에는 다른 방향이 없다. 왼쪽과 오른쪽, 동서남북은 아랫마을에나 있다. 이곳에서 동서남북 따위는 필요 없다. 정상에 도달하기까지 위로 일만 보가 필요할 뿐이다.

성산에는 이제 길이 깔려 있다. 나는 보곤 한다. 버스와 트럭들이 올라가고 내려온다. 청두와 더 먼 곳에서 살찐 사람들이 차를 운전해 온다. 나는 그 사람들을 본다. 연기, 경적, 소음, 기름. 아니면 잘난 체하는 사모님처럼 택시 뒷좌석에 앉아 온다. 이 사람들은 돈을 사취당해도 할 말이 없다. 자동차를 타고 오는 순례자들? 아무리 부처님이라 할지라도 자동차를 타고 오는 순례자들에게는 아무런 말씀을 안 해주신다. 어떻게 아느냐고? 부처님이 내게 직접 말씀해주셨다.

성산에서는 결국 어제와 내일이 다시 서로 맞물려 돌아간다. 세상은 오랫동안 잊었지만, 산에 거주하는 우리들은 시간의 전경기* 위에서 산다.

나는 여자아이다. 윗층 방 창틀과 나무에 걸린 빨랫줄에 빨래를 널고 있다. 2층 높이라서 도둑이 들 염려가 없으며 원숭이가 우리 물건을 훔쳐가지 못할 거라고 나의 나무는 말했다. 나는 혼자 노래를 하고 있었다. 봄이었고 안개는 짙고 따뜻했다. 정상으로 향하는 길에 이상한 행렬이 순백을 뚫고 나타났다.

행렬은 열 명이었다. 첫번째 사람은 깃발을 들고 있었고, 두번째 사람은 처음 보는 현악기를 들고 있었고, 세번째 사람은 장총을 들고 있었다. 네번째 사람은 안내원이었다. 다섯번째 사람은 석양 색깔의 비단 관복을 입고 있었다. 여섯번째 사람은 다른 사람보다 늙었으며 카키색 군복을 입고 있었다. 일곱번째부터 열번째 사람은 짐꾼이었다.

나는 아버지를 부르러 달려갔다. 아버지는 집 뒤에서 고구마를 심고 있었다. 닭들이 아랫마을에 사는 나이 든 이모들처럼 소동을 부렸다. 아버지와 내가 집 앞으로 나와보니 행렬은 이미 우리 찻집에 도착해 있었다.

아버지 눈이 휘둥그레졌다. 아버지는 급히 땅에 몸을 던지며 나를 끌어당겼다.

"멍청한 년."

아버지가 화를 냈다.

---

* 회전하는 원통형의 경전통.

"독군(督軍)*의 아드님이셔, 머리를 조아려!"

우리는 일행 가운데 한 명이 손뼉을 칠 때까지 무릎을 꿇고 이마를 땅에 댔다. 우리는 고개를 들었다. 이 사람들 가운데 누가 독군의 아들일까? 비단 옷을 입은 남자가 입가에 웃음을 머금고 나를 바라보고 있었다.

안내인이 말했다. "여기 잠시 머물다 가고 싶으십니까, 나리?"

독군의 아들은 내게서 눈을 떼지 않고 고개를 끄덕였다.

안내인이 아버지에게 으르렁댔다. "차를 준비해라! 이 바퀴벌레 소굴에서 가장 좋은 걸로 준비해. 안 그러면 까마귀들이 오늘 밤 네 눈알을 먹게 될 것이다!"

아버지는 벌떡 일어나더니 나를 끌고 식탁 뒤로 갔다. 아버지는 내게 가장 좋은 찻잔을 닦으라고 하며 화로에 새 석탄을 넣었다. 독군의 아들을 본 건 처음이었다.

"그런데 누가 그분인가요?" 내가 물었다.

아버지는 손등으로 내 뺨을 찰싹 때렸다. "그런 건 네가 알 바 아니야." 아버지는 고개를 돌려 나를 비웃고 있는 사람들을 초조하게 흘금거렸다. 귀가 웅웅거렸다. "저기 아름다운 관복을 입고 계시는 멋지게 생긴 분이 그분이야." 저쪽에서 들을 수 있을 정도로 크게 아버지가 중얼거렸다.

스무 살 정도 되어 보이는 독군의 아들은 모자를 벗고 머리를 쓸어넘겼다. 안내인은 우리가 가진 중 가장 좋은 찻잔을 흘깃 보더

---

* 중국 신해혁명 후 총독(總督)이나 순무(巡撫) 대신에 성장(省長)과 함께 각 성에 둔 지방관.

니 눈을 부라렸다.

"어떻게 감히 이따위 걸 내놓을 생각을 할 수 있느냐?"

짐꾼이 에메랄드 비늘과 루비 눈이 박힌 금룡 장식 은 찻잔을 내놓았다. 다른 하인은 식탁을 폈다. 세번째 하인은 얼룩 하나 없는 새하얀 천을 펼쳤다. 꿈을 꾸고 있는 것만 같았다.

"저 여자아이가 차 시중을 들게 하도록." 독군의 아들이 말했다.

차를 따르는 동안 독군의 아들 시선이 내 몸을 훑는 것을 느낄 수 있었다. 아무도 입을 열지 않았다. 나는 한 방울도 흘리지 않았다. 잘했다 칭찬하는 눈빛을 구하며, 혹은 최소한 안심이라도 하기 위해 아버지 쪽을 보았다. 아버지는 자기 자신을 걱정하느라 너무 바빴다. 나는 이해할 수 없었다.

남자들은 또렷하고 매끄러운 표준 중국어로 말했다. 화려하면서도 낯선 단어들이 줄지어 지나갔다. 쑨원이라 불리는 인물과 러시아라 불리는 인물, 유럽이라 불리는 인물에 대한 얘기들이었다. 화력, 세금, 약속. 이 사람들은 대체 어떤 세상에서 온 걸까?

아버지는 내가 걸치고 있던 숄을 벗기더니 머리를 묶고 얼굴을 씻으라고 말했다. 아버지는 내게 차를 좀더 내오게 했다. 아버지는 부러진 젓가락으로 이를 쑤시며 그늘에서 남자들을 주의깊게 관찰하고 있었다.

침묵이 공기를 무겁게 했다. 안개가 가까이 다가왔다. 산기슭은 흰 기운으로 어두워졌다. 오후는 굼뜨다 못해 완전히 멈추었다.

독군의 아들은 다리를 쭉 펴고 등을 활처럼 구부렸다. 보석으로 장식된 이쑤시개로 이를 쑤셨다.

"이렇게 쓴 차를 마시고 나니 빙과를 먹고 싶구나. 너, 어둠 속에 숨어 있는 쥐새끼, 레몬 빙과를 내오도록 하라."

아버지는 무릎을 꿇고 땅에 엎드려 말했다. "저희에게는 빙과가 없습니다, 나리."

독군의 아들은 일행을 둘러보았다. "정말 짜증나는군! 그러면 귤 빙과로 만족하겠노라."

"저희에게는 빙과가 전혀 없습니다, 나리. 정말 죄송합니다."

"죄송? 난 네 죄송을 먹을 수 없어. 넌 쓰레기로 차를 끓여서 내 입맛을 버려놨어. 내 위가 어떤 종류라고 생각하는 거야? 암소 위인 줄 알아?"

독군의 아들은 일행에게 웃으라는 표정을 지었고, 일행은 소리 내어 웃었다.

"좋아. 그런 게 없단 말이지. 그러면 네 딸을 후식으로 먹어야겠군."

독 가시가 들어와 구부러지더니 툭 부러졌다.

아버지가 고개를 들었다.

카키 군복을 입은 남자가 기침을 했다.

"그 기침은 무슨 뜻이지? 아버지께서는 이 지겨운 순례를 하라고 하셨어. 나보고 재미를 보면 안 된다고는 안 하셨다고."

안내원은 아버지를 자기 장화에 붙은 똥이라도 되는 듯 살펴보았다.

"윗층 방을 되도록 깔끔히 정돈해놓도록."

아버지는 목 메는 소리를 냈다. "나리…… 전하, 저는……"

독군의 아들은 말파리가 윙윙대는 흉내를 냈다.

"버러지 같은 것들. 이게 믿겨져? 저놈에게 그릇을 하나 주도록. 내 사돈 쪽 멍청이가 준 결혼 선물인데 난 그 선물이 늘 싫었어. 지참금이야. 촌뜨기 여자애 거시기를 씻어내는 대가로는 차고 넘치지. 태국에서 온 거야. 저런 명품을 주는 거니 저 아이는 처녀여야 할 거다."

"처녀입니다, 전하. 때묻지 않았습니다. 약속드립니다. 하지만 저희는 청혼을 받았습니다. 높은 신분에 있는 청혼자들입니다……"

안내원이 칼을 뽑고 자기 주인을 바라보았다. 독군의 아들은 잠시 생각했다.

"높은 신분의 청혼자들이라고? 목수 정도 되는 놈들이겠군. 좋아. 그릇 두 개를 주도록. 하지만 더이상 흥정은 안 돼, 버러지씨. 벌써 오늘 하루 네 운을 충분히 시험했노라."

"주군의 아량에 대한 세간의 평판은 정확합니다! 주군의 품위가 어떠하신지 들은 사람들이 흠모하는 마음에 흐느끼며 말하는 게 전혀 틀리지 않……"

"좀 닥쳐."

아버지는 날 둘러보았다. "주군 말씀을 들었잖느냐, 애야! 준비를 해라!"

나는 그 사람들의 땀 냄새를 맡을 수 있었다. 뭔가 나쁜 일이 일어나려 하고 있었다. 나는 어디서 아기들이 나오는지 알고 있었다. 왜 달마다 나쁜 피가 새어나오는지에 대해 아랫마을에 사는 이모들이 말해주었다. 하지만……

부처님이 나무 곁에 있는 제단에서 나를 바라보았다. 나는 부처님께 내가 겁내는 것만큼 많이 아프지 않기를 부탁드렸다.

"올라가."

안내인이 칼로 계단을 툭툭 치며 말했다.

"올라가!"

남자가 마지막으로 헐떡인 뒤 침묵이 검은지빠귀와 함께 노래했다. 나는 거기 누워 있었고 눈을 감을 수 없었다. 남자는 눈을 뜰 수 없었다. 나는 어디가 아프며 얼마나 아픈지 꼽아보았다. 사타구니가 찢어진 느낌이었다. 안에 있는 무엇인가가 찢어졌다. 남자가 내 몸에 송곳니를 박고 물어뜯은 곳이 일곱 군데 있었다. 내 목에 손톱을 박았으며 내 머리를 한쪽으로 비틀었고 얼굴을 할퀴었다. 나는 아무런 소리도 내지 않았다. 우리 둘을 위한 모든 소음은 남자만이 냈다. 아팠던 걸까?

마침내 남자가 내 안에서 작아지는 것을 느낄 수 있었다. 이윽고 남자는 마침내 몸을 흔들더니 코를 후볐다. 남자가 내 안에서 나왔고 몇 초 뒤 뭔가 내 안에서 빠져나와 허벅지에 묻었다. 바라보았다. 끈적끈적한 피와 뭔가 허연 것이 하나뿐인 침대보에 얼룩을 남겼다. 남자는 내 옷으로 몸을 닦아내더니 비난하는 눈으로 나를 내려다보았다.

남자가 말했다. "거참, 보기 좋은 꼴은 아니군, 안 그래?"

남자는 옷을 입더니 커다란 신발 앞부리를 내 배꼽에 넣고는 어두침침한 곳에서 나를 내려다보았다. 침이 잔뜩 내 콧등에 튀었다.

"버썩 마른 토끼 같으니."

거미가 서까래 사이 어스름에 실을 자았다.

삐걱대는 계단을 내려가며 남자가 아버지에게 말하는 소리가 들렸다. "어이, 버러지 양반, 오히려 내게 값을 치러야겠는걸. 네 망아지를 가르친 대가로 말이야."

요란한 웃음소리.

만약 내가 사내였다면 단숨에 계단을 내려가 저 남자 등에 칼을 꽂았으리라. 그날 오후, 내게는 한마디 말도 없이 아버지는 그릇들을 팔러 나갔다.

안개 낀 황혼 무렵, 노파가 왔다. 노파는 천천히 힘겹게 계단을 올라 내가 누워 있는 곳으로 왔다. 나는 만약 독군의 아들이 돌아오는 길에 또 나를 원하면 어떻게 그걸 막을지 궁금해하고 있었다.

"걱정하지 말거라." 노파가 말했다.

"저 나무가 지켜줄 거란다. 언제 도망치고 언제 숨어야 할지 저 나무가 말해줄 거야."

나는 노파가 귀신이라는 걸 알고 있었다. 노파의 입술이 움직이지 않고 말이 들려왔고 등불이 노파를 통과했으며 발이 없기 때문이었다. 나는 노파가 착한 귀신이란 것을 알았다. 침대 끝에 있는 서랍장에 앉아 작은 배와 고양이, 그리고 그 주위를 흘러가는 강에 대한 자장가를 불러줬기 때문이었다.

열흘인가 스무날 뒤, 아버지는 동전 한 닢 없이 돌아왔다. 나는 아버지에게 돈에 대해 물었고, 아버지는 내게 채찍질을 하겠다고 겁을 줬다. 사촌들과 겨울을 나며 나는 모든 이야기를 들었다. 아버지는 러산에 가서 내 지참금의 반을 아편과 매춘굴에 썼다고 했다. 나머지 반으로는 옴에 걸린 말을 샀고, 그 말은 마을로 돌아오기 전에 죽었다고 했다.

위층 방 창틀에 이불을 널어 말리고 있는데 사람 목소리가 들렸다. 남자와 여자는 찻집에 도착하고도 내 존재를 전혀 눈치채지 못하고 있었다. 나는 귀를 기울였다. 판자 사이의 구멍으로 잠시 둘을 지켜보았다. 여자는 상인의 딸이나 창녀처럼 화장을 하고 있었다. 여자의 가슴은 아직 밋밋했고 남자는 뭔가를 원할 때의 바로 그 표정을 짓고 있었다. 그리고 여자의 보호자가 보이지 않았다! 여인은 내 나무의 뒤쪽, 여인의 몸에 딱 맞는 움푹한 구멍이 나 있는 껍질에 손을 대고 기대어 있었다. 나무 위로는 봄마다 제비꽃이 잔뜩 피지만 여인은 꽃을 보지 못한다.

남자가 간신히 말했다. "영원히 사랑하겠다고 맹세할게. 정말이야."

남자는 여자 엉덩이에 두 손을 대지만 여자는 그 손을 찰싹 친다.

"내게 줄 라디오 가져왔어?" 여자는 자기가 원하는 것을 얻으려 할 때 쓰는 목소리로 말한다.

"네게 주기 위해 내 생명을 가져왔어."

"네 라디오 가져왔어? 홍콩 방송이 잡히는 작은 은색 라디오 가져왔어?"

나는 발을 절며 계단을 내려가고, 계단과 발목이 삐걱댄다. 둘은 서로가 원하는 것을 얻으려 너무 열중해 있어서 내가 나무 옆 닭장에 다가갈 때까지도 나를 알아채지 못한다.

"차 드릴까요?"

둘은 깜짝 놀라 서로 떨어진다. 커다란 귀가 토마토처럼 붉어진다. 여자는 내가 자기 명예를 지켜줬다고 고마워할까? 아니다. 여자는 남자처럼 두 다리를 넓게 벌리고 서서 전혀 부끄럽지 않다는 표정으로 팔짱을 끼고 나를 본다.

"그래요, 차 줘요."

둘은 찻집을 돌아 문으로 온다. 여자는 다리를 꼬고 앉아 숄더백에서 립스틱과 거울을 꺼낸다. 남자는 여자 맞은편에 앉아 달을 보는 개처럼 그저 여자를 바라본다.

"라디오." 여자가 명령한다.

남자는 자기 가방에서 반짝이는 작은 상자를 꺼내고 기다란 선을 뽑는다. 여자는 그 상자를 받아 옆면을 만진다. 돌연 웬 여자의 목소리가 흘러나오며 사랑과 남풍과 부드러운 버들가지를 노래한다.

"이 여자애는 어디서 나타난 걸까?" 황송하게도 여자가 내 존재를 인정해준다. "마카오에서 요즘 제일 인기 있는 애야. 못 들어봤어?" 여자가 남자를 본다.

"당연히 들어봤지." 퉁명스레 남자가 말한다.

세상에는 내가 절대 이해하지 못할 일들이 있다.

아버지가 비명을 질렀고, 닭들이 놀라 꽥꽥댔다.

"이 갈보! 멍청한 년! 널 위해 그 모든 걸 해줬는데, 그 모든 희생을 했는데 보답한다는 게 겨우 이따위라니! 만약 이게 남자애였으면 독군의 아들께서는 우리에게 많은 선물을 하사하셨을 거다! 잔뜩 주셨을 거라고! 그분의 성에서 살았을 거야! 나는 하인이 딸린 고관으로 임명되었을 거고! 섬에서 키운 과일을 먹을 수 있었을 거야! 하지만 이따위에 누가 선물을 보내겠어!"

아버지는 손가락으로 내 아이의 허리를 찔렀다. 아이가 악을 쓰며 울었다. 태어난 지 겨우 오 분밖에 안 되었는데도 벌써 인생을 배우고 있다.

"넌 멋진 결혼을 할 기회를 헐값에 팔아버렸다고!"

이모가 아버지를 밖으로 데리고 나갔다.

내 나무가 안을 들여다보며 웃고 있었다.

"예쁘지 않니?" 내가 물었다.

우거진 녹색 잎들이 아이 얼굴에 빛과 그림자를 비추었다.

며칠 뒤, 배를 타고 내려가면 사흘 거리에 사는 친척이 내 아이를 기르기로 합의가 되었다. 그들은 큰 살림을 하는 집안이었기에 딸아이 하나 정도 더 키우는 건 그리 문제가 안 되었다. 삼촌은 그곳이 멀리 떨어져 있어서 내가 우리 가문의 명예에 먹칠한 것을 감출 수 있을 거라고 말했다. 물론 내 정절은 영원히 사라졌다. 아마도 몇 년 뒤 돼지치기 홀아비 하나가 나를 데려가 정부로 삼아 늙은 몸을 보살핌 받으라는 꼬임에 넘어가리라. 만약 내게 행운이 따른다면 말이다.

나는 앞으로 절대로 행운 없이 살겠다고 결심했다.

삼촌들은 이구동성으로 일본군이 양쯔 강 하류로 그렇게 멀리 내려오지도 않을 것이며 이렇게 산 높이 올라오지도 않을 것이라 했다. 왜 그렇게 생각하는지 상상이 가는가? 일본군이 사람보다 산소가 더 필요하기 때문에 성산에 절대 올라올 수 없다는 것은 누구나 아는 사실이라는 것이다. 전쟁은 우리와 아무런 관련이 없었다. 아랫마을에 사는 남자들 상당수가 독군에 징집되어 연합군의 일종으로 전쟁터에 나갔지만 그것은 계곡을 벗어나 나에게는 덜 현실적으로 다가오는 세상에서 벌어지는 일이었다. 만주, 몽골 그리고 더 멀리서 벌어지는 일이었다.

삼촌들은 진실과 거짓을 구별하지 못했다. 나는 굴속에 쌀 단지가 놓여 있는 꿈을 꾸었다. 스님에게 그 뜻을 물었더니 부처님이 보내신 충고라고 말해줬다.

성산에 바람이 심해지면 먼 소리는 가까이 울리고 가까운 소리는 멀리 울린다. 찻집이 삐걱거리고 (게으른 아버지는 평생 망치 한번 든 적이 없다) 나무가 삐걱댄다. 그 때문에 우리는 그 사람들이 창문을 두드리고 나서야 알아차렸다.

아버지는 벽장에 숨어 있었다. 나는 초조히 귀를 기울였지만 이미 부처님이 내게 주신 운명이 무엇이든 간에 받아들이기로 체념했다. 숄로 몸을 감쌌다. 찾아온 사람들은 이곳 언어를 쓰지 않았다. 심지어 광둥어나 표준 중국어도 아니었다. 그 사람들은 동물처럼 소리를 냈다. 나는 널빤지에 난 틈으로 사람들을 훔쳐보았다. 등불로는 구별하기 어려웠지만 사람인 것 같아 보였다. 아랫마을에 사는 사촌들이 외국인은 코끼리 코에 머리털은 염색한 원숭이 같다고 말해줬지만 이 사람들은 우리와 많이 비슷해 보였다. 군복에는 두통이 날 정도로 번쩍거리는 계급장이 달려 있었다. 고통처럼 반짝이는 빨간 줄들 사이에 박힌 빨간 점 하나.

불빛이 우리 얼굴을 비추었고, 거친 손이 우리를 계단으로 끌고 갔다. 방은 등불빛, 남자, 뒤집힌 단지와 냄비로 가득했다. 사람들은 우리 돈 상자를 찾아내더니 깨서 열었다. 보고 있으면 머리가 지끈거리는 계급장. 그 위에서 흔들리고 있는 날개 달린 물건. 남자, 남자. 남자들은 늘 냄새가 났다. 아버지와 나는 안경을 쓰고 콧수염이 번들거리는 남자 앞에 끌려갔다.

우리집 생계는 내가 꾸려갔지만 나는 손님을 맞이하지 않고 마루만 바라보았다.

"맛있는 녹차 한잔 하시겠습니까, 나리?" 아버지가 말을 더듬으며 애써 말했다.

우리 앞에 있는 사람은 말을 할 수 있었다. 탈수기에서 쥐어짜여 나오는 듯한 광둥어였다.

"우리는 너희의 해방자다. 우리는 대일본제국의 이름으로 길가에 있는 이 찻집을 징발한다. 성산은 이제 대동아공영의 소유가 되었다. 우리는 유럽 제국주의 악습으로부터 병든 중국을 구해내기 위해 이곳에 왔다. 명예롭고 인종적 순수함이 보존된 독일을 제외한 유럽 말이다."

아버지가 말했다. "아, 그거 좋지요. 저는 명예를 좋아합니다. 그리고 저는 병든 가장입니다."

문이 쾅 하고 열리며 (나는 그게 총소리라고 생각했다) 훈장을 주렁주렁 단 남자가 들어왔다. 번들거리는 콧수염이 훈장 단 남자에게 경례를 하며 동물 울음소리를 냈다. 훈장 단 남자는 아버지를 눈여겨보더니 이윽고 내게 눈을 돌렸다. 남자는 입가에 웃음을 지었다. 남자는 다른 군인들에게 조용한 동물 울음소리를 냈다.

번들거리는 콧수염이 아버지에게 으르렁댔다. "네 찻집에 도망자들을 숨겼지!"

"아닙니다, 나리. 저희는 그 쌍놈의 독군을 싫어합니다! 그놈의 아들이 여기서 제 딸을 강간했습니다!"

번들거리는 콧수염이 이 말을 훈장 단 남자에게 동물 울음으로 번역했다. 훈장 단 남자는 놀라 눈썹을 치키고 으르렁거림으로 답했다.

"너희 딸이 지나는 사람들에게 안위를 제공했다는 말을 들으니 기쁘구나. 하지만 네가 우리 동지인 독군을 헐뜯는 말을 들으니 기분이 나쁘다. 독군은 우리를 도와 공산주의가 만연한 이 계곡을 정화하고 있다."

"물론 제가 한 말은……"

"조용!"

훈장 단 남자가 총을 아버지 입에 끼웠다.

"물어."

남자가 말하면서 아버지 눈을 바라보았다.

"더 세게."

훈장 단 남자가 아버지 턱을 올려쳤다. 아버지는 잇조각을 뱉었다. 훈장 단 남자가 킬킬댔다. 아버지의 피가 바닥에 꽃무늬를 그렸다. 아버지는 미리 연습이라도 한 듯 비틀비틀 뒷걸음치며 물통에 빠졌다.

나를 잡고 있던 남자도 웃었고 그 바람에 잡고 있던 손이 느슨해졌다. 나는 기름병으로 남자 무릎을 후려치고 얼굴 앞에 있던 등불을 방 저편으로 집어던졌다. 등불에 맞은 이가 비명을 지르며 뭔가 떨어뜨려 산산조각을 냈다. 나는 몸을 숙이고 문으로 달렸다. 부처님이 내 손에 놋젓가락을 쥐어주셨고 문에 내 손끝이 닿자 열어주셨으며 내가 나가자 문을 닫아주셨다. 바깥에 남자 셋이 있어서 한 명이 나를 꽉 잡았지만 놋젓가락으로 남자 입 옆을 찔렀더니 놓아주었다. 소로를 따라 일본인 군인들이 쫓아왔지만 달 없는 밤이었고 나는 바위, 굽이, 곰길, 여우길 하나하나를 전부 알고 있었다. 나는 소로에서 빠져나왔고, 군인들이 멀리 사라지는 소리를 들었다.

동굴에 도착할 즈음에는 심장이 천천히 뛰었다. 아래로 성산이 펼쳐져 있었으며 바람이 심한 숲은 꿈속 바다처럼 움직였다. 나는 숄로 몸을 감싸고 잠이 들 때까지 밤의 구멍을 통해 극락의 빛이 빛나는 모습을 지켜보았다.

아버지는 멍이 들어 시커멓지만 일어나 움직이고 있었고 절뚝거리며 찻집 잔해에서 나왔다. 아버지 입이 썩은 감자처럼 보였다.

아버지는 나를 보자 대뜸 얼굴부터 찡그렸다.

"너 때문이다. 그러니 네가 고쳐라. 나는 동생에게 가 있을 테니까. 이삼 일 뒤에 돌아오마."

아버지는 절름거리며 소로를 걸어갔다. 돌아왔을 때, 아버지는 죽기를 기다리는 노인이 되어 있었다. 몇 주 뒤 일이었다.

내 딸은 근방에서 소문난 미인으로 피어났다고 이모들이 말해줬다. 딸아이 후견인은 벌써 청혼을 두 번이나 거절했는데, 딸아이는 이제 겨우 열두 살이었다. 후견인은 목표를 높이 두었다. 만약 국민당 세력이 곧 근방을 점령하면 후견인은 국민당 관리와 결합을 추진할 수도 있었다. 심지어 결혼 협상 항목에 자신을 수지맞는 직위에 임명한다는 조건을 넣을 수도 있었다. 후견인은 사진사를 고용해 딸아이 사진을 찍었으며 고위직에 있는 예비 구혼자들에게 배포했다. 내가 아랫마을에서 겨울을 날 때, 이모 한 분이 한 장을 가져왔다. 딸아이는 머리에 백합을 꽂고 있었고, 순결하고 눈에 보이지 않는 웃음을 머금고 있었다. 자랑스러운 마음에 내 심장이 활활 타올라 절대로 꺼지지 않았다.

내 딸의 아버지, 즉 독군의 아들은 살아생전 딸이 피어나는 것을 한 번도 보지 못했다. 나는 그 점이 전혀 슬프지 않다. 그 사람은 국민당과 연합한 이웃 성의 독군에 참살당했다. 그 사람과 그의 아버지, 그리고 나머지 친족은 포로로 잡혀 결박당해 계곡 아래 교차로에 매달린 뒤 기름에 흠뻑 젖어 산 채로 타 죽었다. 까마귀와 개들이 익은 고기를 서로 먹으려고 싸워댔다.

부처님은 악마들로부터 내 딸을 보호해주겠노라 약속하셨고, 내 나무는 딸아이를 다시 볼 수 있을 거라 약속했다.

멀리, 저 멀리 아래 있는 절에서 종이 울리며 새벽의 외피에 파문이 일었고, 멧비둘기가 숲 가장자리에서 위로, 위로 날았다. 언제나 위로.

*

정부 관리 하나가 안개를 뚫고 아래쪽에서 거들먹거리며 걸어왔다. 산 정상에 가겠거니 짐작했다. 나는 관리의 얼굴을 알아보왔다. 관리의 할아버지와 생김새가 비슷했다. 관리의 할아버지는 마을에서 길과 시장에 널린 똥을 치워 근처 농부들에게 팔며 근근이 먹고살았다. 솔직히 말해 비록 천한 일이기는 했지만 먹고살만했다.

그의 손자가 우리 식탁에 앉더니 가죽가방을 식탁 위에 툭 하고 올려놓았다. 그리고 가방에서 공책, 장부, 철제 돈궤, 대나무 도장을 꺼냈다. 남자는 찻집을 사기라도 할 듯 가끔씩 찻집을 흘긋거리며 공책에 뭔가를 적기 시작했다.

"차, 그리고 국수." 곧 남자가 말했다.

나는 주문받은 음식을 준비하기 시작했다.

내게 자기 사진과 이름이 들어 있는 카드를 보여주며 남자가 말했다.

"이건 내 당증이야. 신분증이지. 몸에서 떼놓은 적이 한 번도 없어."

"왜 자기 사진을 가지고 다니지? 사람들은 사진이 없어도 당신이 어떻게 생겼는지 알 수 있어. 당신을 보면 되니까."

"이 신분증은 내가 이 지역 간부장이라는 걸 뜻하거든."

"내 보기엔 자기들 편한 대로 정해 놓은 것 같군 그래."

"이 산은 주(州) 관광 지역에 포함됐어."

"좀 알아듣기 쉬운 말로 하면 안 돼?"

"산에 오르는 사람들에게 입장료를 받기 위해 등산로에 요금소를 설치할 거야."

"하지만 성산은 태초부터 있어왔다고!"

"이제는 주 자산이야. 보호하기 위해서는 돈이 필요해. 산에 오르는 사람에게 일 위안씩 물리고 외국놈들에게는 삼십 위안을 물릴 거야. 주 자산 지역 안에서 장사하는 사람은 영업허가증을 받아야 해. 당신도 마찬가지고."

나는 국수를 그릇에 담고 찻잎에 끓는 물을 부었다.

"그럼 나한테 그 허가증을 하나 주든지."

"기꺼이. 이백 위안이야."

"뭐? 내 집은 수천 년 전부터 여기 있었어!"

남자는 장부를 넘겼다. "그러면 옛날 임대료까지 물려야겠군 그래."

나는 조리대 위로 몸을 구부리고 남자의 국수에 침을 뱉은 뒤 가래가 잘 섞이도록 국수를 저었다. 그런 다음 파를 약간 썰어 국수 위에 뿌렸다. 나는 국수를 남자 앞에 내려놓았다.

"그런 말도 안 되는 소리는 들어본 적도 없어."

"할멈, 내가 법을 만드는 게 아니야. 이 명령은 베이징에서 직접 내려온 거야. 관광사업은 사회주의 근대화에 있어 으뜸가는 추진력이야. 관광객한테서 달러를 번다고. 당신은 달러가 뭔지도 모르고 경제를 이해하려고 노력조차 안 하지. 그럴 능력이 없으니까. 하지만 이건 알아두라고. 당은 당신에게 돈을 내라고 명령했어."

"아랫마을에 사는 친척들한테 당에 대한 얘기를 전부 들었어! 네 거품 목욕과 번쩍이는 자동차, 새치기, 멍청한 회의, 그리고……"

"인민의 산에서 계속 벌어먹고 싶으면 당장 그 무식한 입 닥쳐! 당은 반세기 이상 조국을 발전시켜 왔어! 모든 사람들이 돈을 내야 해! 심지어 중들도 돈을 내야 한다고! 당신이 뭐야? 아니면 시

198

골에 처박혀 사는 당신네 무지렁이 친척들이 뭔데 건방지게 감히 당 일에 대해 그렇게 잘 안다고 생각하는 거야? 지금 이백 위안을 내. 안 그러면 내일 아침 당 경찰과 함께 와서 이 찻집 문을 닫고 당신은 미납자로 감옥에 처넣을 테니까! 돼지처럼 꼬챙이에 꿰어서 산 아래로 끌고 갈 테니! 부끄러운 줄 알라고! 아니면 빚진 걸 내놔. 뭘 하고 있어? 기다리고 있다고!"

"아마 오래오래 기다려야 할 거야! 나는 이백 위안이 없어! 나는 한 철에 기껏해야 오십 위안을 벌어! 어떻게 먹고살라는 거야?"

관리는 요란스레 국수를 먹어댔다.

"가게 문을 닫고 시골 친척에게 구석에 있는 암퇘지 벼룩이나 잡게 해달라고 부탁해보든가. 그리고 국수가 이렇게 짜지 않으면 아마 더 팔 수 있을걸."

만약 내가 남자였다면 놈을 오물통에 집어던졌을 것이다. 당 관리든 말든 상관없이. 하지만 관리는 나보다 힘이 셌고 관리는 그 점을 알고 있었다.

나는 앞치마에서 십 위안짜리 지폐를 한 장 펼쳤다.

"하는 일이 힘들 거야. 산 위아래 있는 찻집을 다 일일이 조사하고 다녀야 하니까 말이야. 제대로 돈을……"

관리는 녹차로 양치를 하더니 창문에 뱉어버렸다.

"뇌물인가? 부패? 조국의 가슴에 박힌 암이로군! 만약 내가 사회주의의 승리를 하루라도 지체시키는 데 동의할 거라고 여긴다면, 이 나라의 영광스런 운명을 여는 밝은 새 시대에 먹칠을 하는 데 동의할 거라고 여긴다면……"

나는 다시 이십 위안을 펼쳤다.

"이게 내가 가지고 있는 전부야."

남자는 돈을 주머니에 넣었다.

"저 달걀을 삶아서 저기 토마토와 함께 싸놔."

나는 관리가 시키는 대로 해야 했다. 한번 나쁜 놈이면 언제나 나쁜 놈이었다.

안개를 뚫고 스님 둘이 헐떡이며 달려올라왔다. 달리는 스님은 정직한 관리만큼이나 드물다. 스님들을 위해 깨끗한 천을 펼치며 내가 말했다.

"진정들 하세요."

스님들은 고마워하며 고개를 끄덕이고는 앉았다. 나는 부처님의 종에게는 늘 가장 좋은 차를 공짜로 대접한다. 젊은 쪽 스님이 눈에서 땀을 닦았다.

"국민당이 오고 있어요! 이천 명요. 지금 마을엔 아무도 안 남아 있어요. 아주머니의 아버지는 친척네 달구지에 타고 있었고요. 언덕들로 향하고 있었어요."

"전에 벌써 겪어봤어요. 일본인들이 여길 박살냈었죠."

나이든 스님이 말했다. "국민당에 비하면 일본은 문명인들이에요. 국민당은 늑대고요. 음식과 값진 것들을 찾아내 가져갈 수 있는 건 가져가고 가져갈 수 없는 건 태우거나 독을 풀어요. 계곡 아래 마을에선 사내아이의 목을 베더니 물을 못 마시게 하려고 머리를 우물에 넣었어요!"

"왜요?"

"미국이 아무리 폭탄을 퍼부어도 이제 점점 공산주의자들이 중국 전역을 차지하고 있으니까요. 국민당은 밑져야 본전인 거죠. 대만으로 가서 장제스랑 연합한 뒤 작전을 짜서 다시 올 거라고 하더군요. 러산에선 부처님 상의 금박을 벗겨 갔어요."

젊은 스님이 샌들에서 모래를 털어내며 말했다. "정말이에요! 놈들에게 잡히지 마세요! 다섯 시간 정도 여유가 있어요. 모든 걸 숲속 깊숙이 숨기고 돌아올 땐 조심하세요. 뒤처진 놈들도 있으니까요. 제발요! 아주머니한테 무슨 일이 일어나는 걸 보고 싶지 않아요!"

나는 딸아이 안전을 위해 향을 피워달라고 하며 스님들에게 돈을 줬고 스님들은 안개 속으로 달려갔다. 나는 가장 좋은 요리기구들을 내 나무 높은 곳에 숨긴 뒤 부처님께 용서를 빌며 부처상을 제비꽃이 자라고 있는 뒤에 숨겨두었다.

안개가 사라졌고 돌연 가을이 되었다. 바람이 불면 마법사 앞에 선 쥐들처럼 잎들이 오솔길을 굴러다녔다.

나무들은 성산 자체만큼이나 키가 자랐다. 나무 그늘은 극락의 잔디밭이었다.

따라오세요. 유니콘의 눈이 말했다.

손을 제 어깨에 올려놓으세요.

나무껍질과 어둠으로 이루어진 복도를 지나 또다른 나무껍질과 어둠으로 된 복도를 향해 이끌려 나아갔다. 날 안내하는 유니콘은 발굽이 하얗다. 나는 길을 잃었고 길을 잃어 행복했다. 우리는 빛과 정적의 우물 안쪽 바닥에 있는 정원에 도착했다. 옥과 호박이 아로새겨진 정교한 다리 위쪽에서 연꽃과 난초가 부드럽게 흔들렸다. 청동빛과 은빛 잉어가 짙은 색 올빼미와 함께 머리 위로 헤엄쳐 다녔다.

평화로운 곳이구나. 유니콘에게 내가 생각을 보냈다. 잠시 있을래?

엄마. 유니콘이 생각했다. 유니콘의 인간 눈에서 눈물이 점차 커졌다. 엄마, 절 몰라보시겠어요?

나는 이루 말할 수 없는 슬픔을 느끼며 잠에서 깼다.

동굴에 숨어 비를 보며 나는 이야기에 나오는 연인들처럼 새나 조약돌, 고사리, 사슴으로 변할 수 있으면 좋겠다고 생각했다. 사흘째 되던 날, 하늘이 맑았다. 마을에서 피어오르던 연기가 멈췄다. 나는 조심스레 찻집으로 돌아갔다. 또다시 부서져 있었다. 언제나 고역을 치르는 것은 가난한 사람들이었다. 그리고 언제나 가장 큰 대가를 치르는 이는 가난한 여인들이었다. 나는 부서진 것들을 치우기 시작했다. 달리 무슨 방법이 있겠는가?

이른 여름, 공산주의자들이 왔다. 단 네 명뿐이었는데, 여자 둘, 남자 둘이었다. 젊었으며 깔끔한 군복을 입고 권총을 차고 있었다. 내 나무가 그 사람들이 오고 있다고 말해줬다. 나는 여느 때처럼 해먹에서 자고 있는 아버지에게 경고를 했다. 아버지는 한쪽 눈을 떴다.

"제길, 그것들은 늘 똑같아. 배지와 훈장만 다를 뿐이야."

아버지는 가능한 한 최소한의 노력을 들여 살아왔던 것처럼 그렇게 죽어가고 있었다.

공산주의자들은 내 찻집에 앉아도 되는지, 그리고 나와 이야기를 나눌 수 있는지 물었다. 그 사람들은 서로를 '동무'라고 불렀으며 내게 공손하고 부드럽게 이야기했다. 이들 가운데 남녀 한 쌍은 연인이었다. 보자마자 알 수 있었다. 나는 그 사람들을 믿고 싶었지만 내가 이야기하는 동안 그 사람들은 계속 빙긋 웃고만 있었다. 나는 웃는 사람들에게 늘 호되게 당해왔다.

공산주의자들은 내 불평을 들어주었다. 그 사람들은 녹차 말고는 아무것도 원하지 않는 듯했다. 그 사람들은 오히려 뭔가를 주고 싶어했다. 그들은 교육 같은 것을 베풀고 싶어했다. 여자들에게조차 말이다. 중국에 예전부터 퍼져 있던 돌림병을 없애기 위해 의료보험을 주고 싶어했다. 공장의 착취와 땅에 대한 착취를 끝내고 싶어했다. 그리고 기아를 끝내고 싶어했다. 모성의 존엄성을 회복시키고 싶어했다. 그 사람들 말에 따르면, 중국은 더이상 아시아의 병든 나라가 아니라고 했다. 봉건주의라는 것으로부터 새로운 중국이 일어났으며, 새로운 중국은 새로운 지구를 이끌 것이라 했다. 오 년이 지나면 그렇게 되리라고 했다. 프롤레타리아 국제 혁명은 역사적으로 피할 수 없기 때문이라고 했다. 미래에는 모두가 자기 자동차를 갖게 될 거라고 말했다. 우리 아이들의 아이들은 비행기를 타고 일터로 나갈 것이라고 했다. 모두가 필요한 것을 충분히 가지게 될 것이므로 자연스레 범죄는 사라질 거라고 했다.

"당신네 지도자들은 강력한 마법을 부리는 게 분명하군요."

"맞아요." 여자 가운데 한 명이 말했다.

"마르크스, 스탈린, 레닌, 계급 변증법이라는 마법이죠."

내 귀에는 그리 효력 있는 마법같이 들리지 않았다.

아버지가 해먹에서 일어났다.

"차 내와." 아버지가 내게 말했다.

"공산주의자들이 우리 계곡과 산에 조금이나마 질서를 가져와 아주 기쁩니다." 아버지는 여자들을 보며 말을 하고 엄지 손톱으로 이를 쑤셨다.

"국민당 놈들이 제 딸을 강간했습니다." 아버지는 내 쪽으로 고개를 홱 움직였다. "아주 짐승 같은 놈들입니다."

나는 부끄러워 얼굴이 화끈거렸다. 나를 그렇게 한 게 독군의 아들이라는 것을 아버지는 정말로 잊었단 말인가? 사랑에 빠진 여인이 다가오더니 내 손을 잡았다. 그 손이 너무나도 젊고 순수해서 나는 그 손에 닿는 게 두려웠다.

"구시대 정권은 많은 여자들을 범했습니다. 그게 구시대 사람들이 살아가는 방식이었죠. 한국에서는 일본군이 마을에 있는 모든 여자들을 모아 그들에게 일본 이름을 붙이고 전쟁 내내 누워 있게 했습니다. 하지만 이제 그런 시대는 갔습니다."

"맞습니다." 남자 가운데 한 명이 말했다. "중국은 몇 세기에 걸쳐 자본주의와 제국주의에 강간당했습니다. 봉건주의는 여자를 가축으로 분류했습니다. 자본주의는 여자를 가축처럼 사고팔았습니다."

범한다는 게 무슨 뜻인지 당신은 아무것도 모른다고 그 남자에게 말해주고 싶었지만 여자가 무척이나 따뜻하게 대해주었기 때문에 나는 거의 아무 말도 할 수 없었다.

내 나무와 부처님을 제외하고 내게 그토록 따뜻하게 해준 이는 아무도 없었다.

여인은 만약 필요하다면 내게 약을 가져다주겠다고 약속했다. 사람들은 따뜻하고 밝고 용감했다. 사람들은 아버지를 '선생님'이라고 불렀으며 찻값까지 냈다.

"성산에 순례하러 가시는 건가요?"

남자들이 빙그레 웃었다. "당은 종교가 중국인들에게 매어놓은 족쇄를 풀 것입니다. 곧 더이상 순례는 없게 될 겁니다."

"더이상 순례가 없다고요? 그러면 성산은 더이상 성스럽지 않게 되는 건가요?"

"성스럽지 않지요." 사람들이 동의했다. "하지만 여전히 장엄한 산이죠."

그리고 비록 이 사람들의 의도가 진실되더라도 이들이 하는 말을 전혀 귀담아들을 필요가 없다는 사실을 깨달았다.

아랫마을에서 그해 겨울을 날 때, 러산에서 마음 아픈 소식이 전해졌다. 공산주의자들이 내 딸과 후견인 그리고 그의 아내를 혁명의 적으로 지목해 체포를 명령했고 이를 피해 그들은 홍콩으로 달아났다는 것이다. 홍콩에서 중국으로 돌아오는 사람은 아무도 없다는 것을 모두 알고 있었다. 영국인이라 부르는 외국 강도 무리는 홍콩이 낙원이라고 거짓말을 퍼뜨렸지만 그곳에 도착하는 순간부터 모두가 사슬에 묶여 독가스 공장이나 다이아몬드 광산에서 죽을 때까지 강제 노동에 시달렸다.

그날 저녁 내 나무는 딸아이를 다시 볼 수 있을 거라고 장담했다. 어떻게 그게 가능한지 알 수 없었다. 하지만 나는 내 나무가 늘 진실을 이야기하며 단지 아침 빛이 밝아올 때까지 그 말이 이치에 닿지 않아 보일 뿐이라는 사실을 이미 배워 알고 있었다.

뚱뚱한 여자는 뚱뚱함이 강조되는 줄무늬 옷을 입고 있었다. 여자는 김이 모락모락 나는 맛있는 국수를 보더니 내게로 시선을 주었다. 여자는 후루룩 시끄럽게 소리를 내며 국수를 한입 먹고 잠시 머금고 있다가 고개를 돌리고 식탁에 뱉었다.

"상했어."

마녀 같은 여자의 친구가 담배를 길게 빨아들였다.

"형편없지, 그렇지?"

"나라면 돼지에게도 이런 건 안 먹이겠어."

"할멈, 초콜릿 없어?"

국수는 멀쩡했다.

"뭐가 없냐고?"

뚱뚱한 여자는 한숨을 쉬더니 몸을 굽히고 흙을 좀 쥐더니 국수 위에 뿌렸다.

"이러면 맛이 좀 나아질 거야. 이따위에는 일 위안도 내지 않겠어. 난 먹을 수 있는 음식을 원해. 돼지 사료 말고 말이야."

마녀 같은 친구가 킬킬거리더니 자기 가방 안을 들여다보았다.

"어딘가에 쿠키가 있긴 한데……"

성산에서 화는 아무 소용없다. 나는 거의 화를 내지 않는다. 하지만 음식을 가지고 이렇게 장난치는 모습을 보고 있자니 나도 모르게 부아가 치밀어올랐다.

국수와 흙이 뚱뚱한 여자 얼굴에서 미끄러졌다. 여자 피부는 기름으로 번들거렸다. 젖은 셔츠가 목에 달라붙었다. 입은 놀라 'O'자 모양으로 벌리고 있었다. 여자는 바닥 광택기처럼 거친 소리를 내며 헐떡였고, 팔을 휘두르며 뒤로 넘어졌다. 마녀 같은 친구가 벌떡 일어나더니 두 팔을 휘두르며 뒤로 물러섰다.

뚱뚱한 여자가 얼굴이 벌게져서 식식거리며 일어났다. 여자는 내게 달려들었지만, 내가 끓는 물 주전자를 들고 부을 자세를 하고 있는 모습을 보더니 마음을 바꿨다. 실제로 부을 생각이었다. 여자는 안전한 거리까지 물러서더니 고함쳤다.

"너, 너, 너 이 나쁜 년! 신고할 거야. 기다리고 있어! 조금만 기다려! 아주버니가 당 부서기를 알고 있어. 벼룩이 들끓는 이 찻집을 불도저로 밀어버릴 거야! 네 위로 말이야!"

심지어 여자들이 굽어진 길을 지나 보이지 않게 되었을 때도 나무들 너머로 계속해 욕하는 소리가 들려왔다. "나쁜 년! 네 딸년들은 당나귀랑 씹할 거야! 네 아들놈들은 고자가 되고, 나쁜 년!"

내 나무가 말했다. "난 버릇없는 태도를 참을 수가 없었어. 그래서 난 마을을 떠난 거야."

내가 대답했다. "화를 내고 싶지 않았지만 음식을 그렇게 더럽히면 안 되지!"

"원숭이들에게 숨어 있다가 그 여자들 머리털을 뽑아달라고 부탁할까?"

"정말 멋진 복수가 되겠는걸."

"그럼 그렇게 했다고 생각해."

기근이 계곡을 덮쳤을 때가 최악의 시기였다.

공산주의자들은 계곡에 있는 모든 농장을 인민공사(人民公社)로 조직했다. 누구도 땅을 소유하지 못했다. 더이상 지주는 없었다. 지주는 모두 죽임을 당하거나, 인민 혁명 때 땅을 기증했거나 아니면 가족과 함께 자본가들을 가두는 감옥에 갇혔다.

모든 농부들이 인민공사 단체식당에서 식사를 했다. 음식은 공짜였다! 역사상 처음으로 계곡에 있는 모든 농부들은 하루 일과를 마치고 해가 졌을 때 알찬 식사를 할 수 있다는 사실을 알게 되었다. 이것이 새로운 중국, 새로운 지구였다.

땅을 소유한 사람이 아무도 없었기에 아무도 땅을 존중하지 않았다. 쌀의 정령에 대한 봉헌은 무시되었고, 수확기의 쌀은 줄기에 매달린 채 썩어갔다. 그리고 내가 볼 땐, 농부들은 일을 덜 할수록 자신들이 얼마나 열심히 일했는지 거짓말만 늘어가는 듯 보였다. 농부들이 내 찻집에 앉아서 농업에 대해 논쟁을 벌이는 동안, 나는 그 사람들 이야기가 점차 과장돼가는 것을 지켜보고 있었다. 오이는 돼지만 했고, 돼지는 암소만 했고, 암소는 내 찻집만 했다. 배추는 숲을 이루었다! 그 사이에 들어가면 길을 잃을 터였다! 마오쩌둥 사상은 재배 기술을 혁신한 듯했고, 숲에까지 그 기술을 퍼뜨린 듯했다. 인민공사 계획자는 남쪽 기슭에서 우산만 한 버섯을 발견했다.

무엇보다 가장 걱정되는 점은, 그 사람들은 자신들의 거짓말을 믿었고, 감히 '과장'이라는 단어를 쓰는 사람은 누구를 막론하고 공격한다는 것이었다. 나는 성산에서 늙어가는 한낱 여자일 뿐이었지만, 내 무는 커지지 않았다.

그해 겨울, 아랫마을은 그 어느 때보다도 더 황량하고 더 우중충했으며 더 미쳐갔다.

나는 사촌 가족들과 함께 있었다. 몇 대를 이어 쌀농사를 지어

온 집이었다. 사촌의 남편에게 왜 사람들이 이렇게 게을러졌는지 물어봤다. 사람들은 거의 밤마다 술에 취했고 다음날 아침나절이 될 때까지 잠자리에서 일어나지 않았다. 물론 남자들이 숙취로 아무 일도 할 수 없었기에 여자들이 대부분의 일을 했다.

모든 게 잘못되었다. 나쁜 귀신이 까마귀와 함께 지붕 꼭대기에 앉아 사람들에게 나쁜 생각을 퍼뜨리고 있었다. 대로, 뒷골목, 시장 광장에는 아무도 걸어다니지 않았다. 친절한 말 한마디 없이 날이 지났다. 아랫마을에 있던 중앙 사찰이 문을 닫았다. 가끔 그곳을 어슬렁거려 보았지만 만월문과 연못에는 좀개구리밥만 가득했다. 보고 있노라니 꼭 다른 곳 같았다. 마을은 아무도 알아차리지 못하는 역병을 앓고 있었다.

나는 이야기를 하러 마을 장로들에게 갔다.

"내년 겨울에는 뭘 먹을 생각이죠?"

"어머니 중국의 과실이지!"

"당신들은 아무것도 기르지 않고 있잖아요."

"이해를 못하는군. 당신은 변화를 못 보고 있어."

"지금 보고 있어요. 당신들 주장은 아귀가 맞지 않는⋯⋯"

"중국은 자기 아이들을 보살필 거요. 마오쩌둥이 보살필 거요!"

"일이 제대로 되지 않으면 고생하는 건 농부들뿐이에요! 아무리 마오 사상이 훌륭하다 해도 배를 채워주지는 못해요."

"아줌마, 만약 공산주의자들이 당신이 이런 소리 하는 걸 듣는다면 재교육장으로 보낼 거야. 여기가 맘에 안 들면 당신 산으로 돌아가라고. 우린 지금 마작을 하고 있었어."

같은 해 겨울, 마오는 대약진 운동을 선포했다. 새로운 중국은 새로운 위기에 직면했다. 강철의 부족이었다. 다리를 위한 강철, 보습을 위한 강철, 몽골 쪽으로 러시아인들이 쳐들어오는 것을 막는 총알을 위한 강철. 그리고 모든 인민공사는 용광로와 할당량을 받았다.

마을에는 용광로가 어떻게 작동되는지 아는 사람이 아무도 없었다. 대장장이는 자본가로 몰려 자기 집 지붕에 목매달려 죽었다. 하지만 자기가 당번일 때 용광로가 꺼지면 무슨 일이 벌어질지 모두들 알고 있었다. 내 사촌과 조카들은 이제 나무를 구하기 위해 이리저리 뒤지고 다녀야만 했다. 학교는 문을 닫았고 선생과 학생들은 용광로에 땔 나무를 구하는 데 총동원되었다. 내 조카들이 텅 빈 머리로 자라야 한단 말인가? 누가 조카들에게 쓰는 법을 가르친단 말인가? 책상과 판자가 다 떨어지자 성산 발치에 있는 숲의 멀쩡한 나무들을 베어냈다. 멀쩡한 나무들을! 나무가 귀한 곳에서는 공산주의자들이 비당원들을 모아놓고 추첨을 한다는 소식이 들려왔다. '승자'는 자기 집을 해체해 용광로 땔감으로 태웠다.

이곳의 강철은 쓸모없었다. 검고 잘 깨지는 주괴를 '똥'이라 부르기도 했는데 적어도 진짜 똥은 비료로 쓸 수 있었다. 매주 여인들은 왜 당에서 마을에 군인들을 보내 벌을 주지 않는지 궁금해하며 도시에서 온 트럭에 주괴를 실었다.

식량 부족 사태가 계곡까지 덮치리라는 소문이 돌았던 늦겨울에 우리는 답을 알게 되었다.

남자들이 처음 보인 반응은 전형적이었다. 남자들은 그게 사실이라고 믿고 싶지 않았고, 그래서 믿지 않았다. 마을 쌀창고가 비게 되자 남자들은 그 소문을 믿기 시작했다. 하지만 마오가 트럭을 보낼 거라고 여전히 생각했다. 심지어 몸소 수송 차량을 이끌고 올 거라고 믿기도 했다.

당 간부들은 계곡에서 반혁명 세력 첩자들이 수송 차량을 강탈했으며, 곧 쌀이 도착할 거라고 말했다. 그 동안 우리는 허리띠를 졸라매야만 할 터였다. 주변 시골에서 농부들이 구걸을 하기 위해 아랫마을로 오기 시작했다. 그들은 닭발처럼 비쩍 말라 있었다. 염소가 사라졌고 이윽고 개가 사라졌으며 사람들은 황혼에서 새벽까지 집 대문을 잠그기 시작했다. 눈이 녹을 때 즈음, 사람들은 다음 해 농사를 위해 남겨두었던 씨앗을 모두 먹어버렸다. 새로운 씨앗이 곧바로 도착할 거라고 당 간부들이 말했다.

'곧바로'라고는 했지만, 내가 평소보다 넉 주 일찍 찻집으로 길을 떠날 때까지도 씨앗은 도착하지 않았다. 밤이 되면 아직도 엄청나게 추울 터였지만, 나는 부처님과 내 나무가 날 돌보아주리라는 것을 알고 있었다. 새 알과, 뿌리, 열매들이 있을 터였다. 덫으로 새와 토끼를 잡을 수 있었다. 나는 살아남을 수 있을 것이었다.

한두 번, 아버지를 생각했다. 마을에서 편히 지낸다 하더라도 아버지는 내년을 넘기지 못할 터였으며, 우리 둘 다 그것을 알고 있었다.

"안녕히 계세요."

사촌의 뒷방 건너편에서 내가 말했다. 아버지는 똥과 오줌 쌀 때를 빼고는 침대에서 일어나지 않았다. 아버지 피부는 거미줄에 걸린 벌레 껍질보다도 생명력이 없었다. 종종 아버지의 눈꺼풀이 감기고 담배가 짧아졌다. 그 눈꺼풀 아래 무언가가 있나? 후회, 분노, 심지어 무관심? 아니면 그냥 아무것도 없었나? 남자들에게는 보통 지혜 같은 것이 자리 잡지를 않는다.

봄이 느지막이 찾아왔고 겨울이 잔가지와 새싹에서 똑똑 떨어졌지만 안개를 뚫고 순례를 오는 이는 아무도 없었다. 살쾡이는 내 나무 가지에 올라 몸을 쭉 뻗고 오솔길을 감시하길 즐겼다. 제비들이 집 처마에 둥지를 틀었다. 좋은 징조였다. 하루는 스님들이 지나갔다. 벗들이 반가워 나는 스님들을 찻집으로 초대했다. 스님들은 내가 낸 뿌리 죽과 비둘기 고기가 지난 몇 주 동안 먹은 음식 가운데 최고라고 말했다.

"이제 모든 가족들이 죽어가고 있어요. 사람들은 지푸라기, 가죽, 옷 조각을 먹고 있어요. 주린 배를 채울 수 있는 거면 무엇이든지요. 사람이 죽어도 묻어주거나 장례를 치를 사람이 남아 있지 않기 때문에 죽어도 극락에 가거나 다시 태어날 수조차 없게 되었어요."

어느 날 아침, 덧문을 열자 숲 꼭대기가 밝게 빛나며 꽃들이 만발했다. 성산은 인간들의 멍청한 세상을 좋아하지 않았다. 그날 스님이 찾아왔다. 스님의 얼굴은 굶주림으로 꺼칠했다.

"마오의 새로운 포고에 따르면, 프롤레타리아의 새로운 적은 제비예요. 제비들이 중국의 씨앗을 게걸스레 먹기 때문이죠. 새들이 지쳐 하늘에서 떨어질 때까지 모든 아이들은 꽹과리 같은 걸 들고 새들을 쫓아다녀야만 해요. 문제는, 벌레를 잡아먹을 천적이 없기 때문에 마을이 귀뚜라미, 애벌레, 청파리로 가득하다는 거죠. 쓰촨 지방에는 메뚜기 떼가 나타났어요. 인간이 신을 조롱하고 제비를 없애버려서 생긴 일이죠."

낮이 길어지고 해가 뜨거워지고 하늘이 높아갔다. 동굴 근처에서 나는 야생 꿀통을 발견했다.

"아주머니 친척네 가족은 살아남았어요." 아랫마을에서 온 스님이 내게 말해줬다. "홍콩에 있는 아주머니 딸네 가족이 보내온 돈 덕분이에요. 설날이 지나고 아주머니 딸은 남편을 맞았어요. 그 남자는 항구 근처 식당에서 일하고 있고요. 그리고 곧 아이가 태어날 거라네요. 이제 할머니가 되시는 거예요."

가슴이 벅차올랐다. 내 가족은 딸아이가 태어난 뒤로 부끄러움뿐이었는데, 이제 그 아이가 자기 친척들을 구하고 있었다.

가을이 낡은 녹색에 입김을 불어 색을 들였다. 나는 장작, 열매, 마른 고구마, 장과(漿果), 과일을 준비하고 줄*을 단지에 담고 눈보라에 대비해 찻집을 수리하고, 토끼 가죽을 연결해 옷을 만들었다. 식량을 구하러 나갈 때면 곰을 쫓으려 종을 달고 다녔다. 나는 여름에 이번 겨울은 산에서 보내기로 마음먹었다. 아랫마을 사촌들에게 그 소식을 전했다. 사촌들은 나를 설득하려 하지 않았다. 첫눈이 내렸을 때, 나는 준비가 되어 있었다.

고드름 무게로 찻집이 삐걱댔다. 사슴 가족이 근처 숲속 빈터로 이사왔다.

나는 더이상 젊지 않았다. 뼈가 시렸고 숨도 가빠질 터였다. 그리고 한겨울에 눈이 잔뜩 오면 나는 찻집에 갇혀 부처님 외엔 아무런 벗도 없이 삶을 마감할 수도 있다. 하지만 나는 이 겨울을 나

---

* 습지에 나는 볏과의 여러해살이풀.

고 햇볕에 고드름이 녹는 걸 보고 내 딸아이에게 입맞춤을 할 것
이다.

*

처음으로 외국인을 보았을 때, 그 기분을 말로 형언할 수가 없
었다! 그 남자는 (내 생각에는 남자 같았다) 도깨비처럼 우뚝했고
머리털이 노랬다! 건강할 때 나오는 오줌처럼 샛노랬다! 그 남자
는 중국인 안내원과 함께였고 잠시 뒤 나는 그 남자가 중국어를 한
다는 사실을 깨달았다! 조카들은 새로운 마을 학교에서 외국인들
에 대해 배웠다. 외국인들은 마오쩌둥의 지도 아래 공산주의자들
이 나타나 우리를 해방시킬 때까지 수백 년 동안 우리를 노예로 부
렸다. 외국인들은 아직도 우리와 같은 사람들을 노예로 부리고 있
으며 늘 서로 싸우고 있다. 외국인들은 악한 것이 좋은 것이라 믿
는다. 외국인들은 자기 아이를 잡아먹으며 똥 맛을 좋아하고 두 달
에 한 번씩만 몸을 씻는다. 외국인들 말은 돼지 방귀 소리 같다. 외
국인들은 내키는 대로, 발정난 개들처럼 아무 때나, 심지어 길거리
에서도 그짓을 해댄다.
하지만 여기 실제 살아 있는 외국 악마가 진짜 중국인과 진짜
중국어를 하고 있었다. 심지어 이 사람은 내가 준 녹차가 맛있다고
칭찬까지 했다. 나는 너무 놀라 아무 말도 할 수 없었다. 몇 분 뒤,
호기심이 혐오감을 이겨냈다.
"다른 나라에서 온 건가요? 조카가 그러는데 중국 바깥에는 다

른 곳들이 많이 있다고 하더군요."

남자는 싱긋 웃더니 아름다운 그림을 펼쳐 보였다.

남자가 말했다. "이게 세계지도입니다."

나는 그런 물건을 본 적이 한 번도 없었다. 나는 성산을 찾아 지도 중앙을 보았다.

"저곳은 어디에 있나요?" 성산을 가리키며 내가 물었다.

"여기요. 이곳이 지금 우리가 있는 곳입니다. 저 산은 이곳에 있고요."

"안 보이는걸요."

"너무 작으니까요."

"말도 안 돼요!"

남자는 어깨를 으쓱했다. 진짜 사람이 어깨를 으쓱거리는 것과 똑같았다. 남자는 흉내를 잘 냈다.

"여기가 중국이에요. 보이죠, 그렇죠?"

"네."

내가 미심쩍게 대답했다.

"하지만 여전히 커 보이지는 않아요. 잘못된 지도를 산 모양이로군요."

남자의 안내원이 웃었지만 속아서 물건을 산 게 비웃음을 당할 일이라고는 생각하지 않는다.

"그리고 이곳이 제가 온 나라입니다. '이탈리아'라는 곳이죠."

이탈리아. 나는 그 장소를 발음하려 해보았지만 내 입으로는 그런 엉터리 소리를 낼 수 없었기에 나는 포기했다.

"당신 나라는 장화처럼 보이는군요."

. 남자는 고개를 끄덕이며 동의했다. 남자는 발뒤꿈치 부분에서 왔다고 했다. 모든 게 너무 이상했다. 남자의 안내원은 내게 음식을 좀 달라고 청했다.

내가 요리하고 있는 동안, 외국 악마와 안내원은 계속 이야기를 했다. 그 모습에 또다시 충격을 받았다. 둘은 친구인 듯했다! 음식과 차를 나누어 먹는 방식…… 어떻게 진짜 인간이 외국 악마와 친구가 될 수 있단 말인가? 하지만 둘은 친구 같아 보였다. 아마 안내원은 악마가 잠든 사이 도둑질을 하려는 모양이었다. 그렇게 생각하니 말이 되었다.

악마가 말했다. "어떻게 문화혁명에 대해 아무 말도 하지 않을 수가 있지? 경찰의 보복이 겁나는 거야? 아니면 문화혁명이 절대로 일어난 적이 없다는 새로운 역사적 증거라도 들은 거야?"

안내원이 말했다. "둘 다 아니야. 그게 너무 사악하기 때문에 토론을 안 하는 거야."

내 나무가 몇 주 동안 초조해 했지만 그 이유를 알 수 없었다. 북동쪽에서 혜성이 왔고 돼지가 찻집 지붕을 파헤치는 꿈을 꾸었다. 안개가 성산을 따라 깔려내려와 며칠 동안 그 상태였다. 검은 올빼미가 낮시간에 울어댔다. 그리고 홍위병이 나타났다.

이삼십 명 정도 되었다. 사분의 삼은 아직 어린아이였고, 몇은 막 면도를 시작할 나이였다. 홍위병들은 붉은 완장을 두르고 곤봉과 집에서 만든 무기를 들고 오솔길을 따라 행진해왔다. 이 사람들이 문제를 일으키리라는 건 부처님에게 물어보지 않아도 알 수 있었다. 홍위병들은 찻집으로 행진해오면서 구호를 외쳤다.

그중 반이 선창했다.

"타파할 것은"

"타파해야 한다!"

나머지가 대답했다. 계속 그렇게 했다.

나는 대기근 전 겨울에 보았던 지휘자를 알아보았다. 그 사람은 학교에서는 얼간이였으며 가끔씩 벽돌 만드는 일을 할 때를 제외하고는 거의 꼼짝도 않는 인물이었다. 이제 그 사람이 창조주처럼 거들먹거리며 내 찻집으로 다가왔다.

"우리는 홍위병이다! 우리는 혁명위원회의 이름으로 이곳에 왔다!" 그 사람은 마치 목소리로 날 넘어뜨리려는 듯 고함쳤다.

"난 네가 누구인지 정확히 알고 있어, 뇌." '뇌'는 마을에서 이 남자를 부르는 별명이었다. 왜냐하면 이 남자에게는 뇌가 없었기 때문이었다. "네가 어린 꼬마였을 때 네 어머니는 너를 내 사촌 집에 데려오곤 했어. 난 네가 똥을 쌌을 때 엉덩이를 씻어줬지."

나는 이 어린아이들이 곰 같다고 생각했다. 만약 무서워하는 기미를 보이면 공격을 할 터였다. 만약 앞에 없는 듯 모르는 척하면 이 아이들은 계속 길을 따라 지나갈 터였다.

뇌가 내 뺨을 후려쳤다! 아팠고 눈물이 고였으며 코가 움푹 들어간 느낌이었지만 내가 놀란 건 고통 때문이 아니었다. 내가 놀란 건 젊은이가 연장자를 때렸다는 점이었다! 그건 자연의 법칙을 위배하는 것이었다!

뇌는 아무렇지도 않게 말했다. "다시는 날 그렇게 부르지 마. 나는 그렇게 부르는 걸 싫어해."

뇌는 뒤로 돌았다. "중위들! 여기 주자파(走資派)가 인민에게서 착취해 쌓아놓은 것들을 찾아내도록! 위층 방부터 뒤지기 시작해라. 철저히 수색해야 하는 것을 명심하도록! 이 여자는 여간내기가 아닌 늙다리 찰거머리다!"

"뭐라고?"

코를 만져보니 손가락이 선홍색으로 변했다. 쿵쾅거리며 장화가 계단을 올랐다. 치고 찢고 웃고 부수고 깨는 소리.

"먹고 싶은 만큼 먹도록." 내 부엌을 가리키며 뇌가 다른 홍위병에게 말했다. "저 음식들을 애당초 여기 축 늘어진 년이 너희에게서 훔친 거다, 기억해라. 하지만 먼저 저 종교 잔해물을 부수도록해. 박살내 먼지로 만들어!"

"감히 그런 짓을……"

나는 또다시 주먹에 맞았고, 뇌가 내 얼굴 위에 서더니 내 머리를 진흙으로 밀어넣고 있었다. 뇌는 내 숨통을 밟고 있었다. 뇌가 나를 죽이려 한다고 생각했다. 나는 뇌가 신은 장화의 바닥 무늬를 느낄 수 있었다.

"네 아버지 어머니에게 이 일을 말해줄 테니 두고 봐." 말을 하면서도 나는 그게 내 목소리라는 걸 간신히 알아들을 수 있을 지경이었고, 너무나 숨이 막히고 약하게 들렸다.

뇌는 머리를 뒤로 젖히고 짧게 껄껄대며 으르렁댔다. "우리 부모에게 이르겠다고? 겁이 나 오줌이 나오네 그려. 마오께서 부모에 대해 뭐라고 했는지 말해주지. '네 어머니는 아마 널 사랑할 것이다. 네 아버지는 아마 널 사랑할 것이다. 하지만 마오 주석은 너를 더욱 사랑한다!'"

부처님이 깨지는 소리가 들렸다.

"네가 이런 짓을 한 걸 진짜 공산주의자가 들으면 가만 있지 않을 거야!"

"그 수정론자들은 숙청됐어. 마을 공산당 여성 동지들이 트로츠키 당파 놈들과 매춘 행위를 한 게 밝혀졌지."

뇌는 커다란 신발부리를 내 배꼽에 쑤셔넣고 어두침침한 조명을 배경으로 나를 내려다보았다. 뇌가 한입 가득 뱉은 침이 내 콧등을 타고 흘렀다.

"매춘은 네게 낯선 단어가 아니라더군. 내가 듣기에 말이야."

나는 아직 화를 낼 만한 기운이 남아 있었다. "무슨 말이지?"

"봉건주의자에게 네 가랑이를 벌리는 거 말이야! 독군의 아들! 가족에게 그런 피가 흐르는 거야, 분명해! 네 잡종 딸년이 홍콩에서 제국주의자들의 좆을 빨아대고 있는 걸 알고 있다! 우리 영광스러운 혁명을 뒤엎기 위해 음모를 꾸미고 말이야! 그렇게 놀란 척하지 마! 마을 사람들이 서로 앞다퉈 계급의 반역자들을 고발하고 있어! 남자가 네 위에 올라탔을 때 얼마나 기분이 좋았는지 이젠 생각 안 난다고 할 생각은 하지도 마!"

뇌는 몸을 굽히고 내 귀에 속삭였다. "네 가랑이에 있는 털북숭이 주머니에는 여전히 기름이 흐르고 있어, 안 그래? 아마도……"

"여자의 돈을 찾아냈습니다, 장군님!"

그 소리가 아마 나를 구한 듯하다. 날 밟고 있던 홍위병은 이제 그 생각을 그만둔 듯했다.

뇌가 가서 내 돈궤를 열었다. 그 모습을 배경으로 홍위병들이 찻집을 계속 부쉈다. 젊은이들은 메뚜기 떼처럼 찻집에 있는 음식을 먹어치우고 있었다.

"나는 네가 훔친 물건들을 인민공화국의 이름으로 몰수한다. 인민혁명재판소에 탄원하겠는가?"

뇌는 내 어깨뼈에 무릎 꿇고 앉아 내 얼굴을 노려보았다. 내 뺨은 여전히 땅바닥에 눌려 있었지만 그래도 나는 뇌를 노려보았다. 뇌의 코 바로 윗부분이 보였다.

"그러지 않겠다는 뜻으로 받아들이겠다. 그리고 호랑이도 제 말하면 나온다고, 이건 뭐지? 내가 잘못 아는 게 아니라면, 딸년이겠군."

뇌는 엄지와 검지에 내 딸 사진을 끼고 만지작거렸다. 뇌는 라이터를 켜더니 사진 한쪽을 불꽃에 대면서 내 반응을 지켜보았다. 내 딸은 안 돼! 아이 머리에 꽂은 백합! 비통함이 온몸을 흔들어댔지만 조용히 고통을 참아냈다. 단 한 방울의 눈물이라도 보여 뇌에게 기쁨을 주지 않을 생각이었다. 뇌는 손가락을 데기 전에 새까매진 내 보물을 떨어냈다.

"여기는 모두 끝냈습니다, 장군님." 여자아이가 말했다. 여자아이가!

마침내 뇌가 내 숨통을 놓아줬다. "그래. 우리는 계속해야 해. 더 올라가면 여기 이 혐오스러운 노파보다 더 위험한 반혁명 세력이 있으니까."

나는 내 나무에 기대어 부서진 찻집 잔해를 보았다.

"세상은 미쳤어. 다시 말이야." 내가 말했다.

"그리고 정상이 될 거야. 다시 말이야. 너무 슬퍼하지 마. 그냥 사진이었잖아. 죽기 전에 딸을 다시 만나게 될 거야." 내 나무가 말했다.

잔해에서 뭔가 주저앉았고, 지붕이 쿵 하며 내려앉았다.

"나는 여기서 다른 사람들 일에 간섭하지 않고 조용히 살았어. 아무도 괴롭히지 않았고. 왜 사람들이 끊임없이 이곳으로 몰려와서 내 찻집을 자꾸 부수는 거지? 왜 자기들 문제로 날 가만 놔두지 않는 거야?"

"그것 참 좋은 질문이군." 내 나무가 말했다.

나는 운이 좋은 편이었다. 다음날 나는 아랫마을로 물건을 빌리러 가기 위해 오솔길을 따라 내려갔다. 중앙 사찰은 약탈당하고 부서졌으며 참선실에는 많은 스님들이 무릎을 꿇은 자세로 총살당한 상태였다. 만월문 안뜰에는 모닥불 주위로 백여 명 정도 되는 스님들이 모여 있었다. 그 스님들은 부처님과 제자들이 계곡을 방황했던 이래로 간직해두었던 경전들을 불태우고 있었다. 스님들은 머리가 뒤로 젖혀져 발목과 묶여 있었다. 그들은 '마오쩌둥 사상 만세! 마오쩌둥 사상 만세!' 하고 계속해 외쳤다. 홍위병 무리가 열을 지어 돌아다니면서 목소리가 약한 스님들에게 돌을 던졌다. 학교 밖에는 선생님들이 녹나무에 묶여 있었다. 목에는 '책을 읽으면 읽을수록 더 바보가 된다'라고 적힌 종이가 달려 있었다. 사방에 마오의 포스터가 붙어 있었다. 나는 쉰 개까지 세보고 더이상 세기를 포기했다.

사촌은 부엌에 있었다. 얼굴이 벽처럼 창백했다.

"벽에 걸려 있던 족자는 어떻게 된 거죠?"

"족자는 위험하고 자본주의적이에요. 이웃들이 날 고발하기 전에 앞마당에서 태워버려야 했어요."

"왜 모든 사람들이 빨간 책을 가지고 다니는 거죠? 귀신을 쫓으려는 건가요?"

"그건 마오의 붉은 책이에요. 모두 한 권씩 가지고 있어야 해요. 그게 법이죠."

"어떻게 대머리 뚱뗑이 한 명이 온 중국을 마음대로 할 수 있는 거죠? 그건……"

"다른 사람 앞에서는 절대 그런 말 하지 말아요! 돌로 쳐죽일 거예요! 여기 앉아요. 산꼭대기에 있는 절을 태우러 가는 길에 홍위병이 들르지 않았나요? 쌀술 좀 드세요, 자요. 한 잔 쭉 다 들이켜세요. 나쁜 소식이 있어요. 러산에 남아 있던 친척이 가버렸어요."

"어디로요? 홍콩으로요?"

"수용소로요. 당신 딸이 보낸 선물들을 이웃들이 질투했어요. 온 집안 사람들이 계급의 반역자로 비판받았어요."

"수용소가 뭔가요? 살아돌아올 수 있을까요?"

사촌은 한숨을 쉬며 손을 흔들었다. "누가 알겠어요……"

더이상 아무 말도 없었다.

문 두드리는 소리가 날카롭게 세 번 들렸고, 사촌이 덫에 내장이 낚이기라도 한 듯 몸을 움츠렸다.

"저예요, 어머니!"

사촌이 빗장을 열자 조카가 들어오며 고개를 까닥하고 내게 인사했다.

"시장에서 열린 자아비판회에서 돌아오는 길이에요. 푸주한이 목장주를 고발했어요."

"왜?"

"그게 뭐 대수겠어요? 이유 같은 건 아무도 관심 없다고요! 사실인즉슨 푸주한이 빚을 지고 있었어요. 빚을 말끔하게 청산하는 간편한 방법이죠. 하지만 그건 아무것도 아니에요. 계곡 아래, 마을 세 개 너머에 있는 대장장이는 문을 닫아야 했어요. 단지 그 사람 할아버지가 국민당 군인이 돼서 일본에 대항해 싸웠다는 이유로요."

"공산주의자는 국민당과 연합해 일본하고 싸운 줄 알고 있었는데?"

"사실이죠. 하지만 대장장이의 할아버지는 군복을 잘못 선택한 거죠. 뎅겅! 그리고 러산의 한 마을에서는 이틀 전에 돼지 불고기 판을 벌였다네요."

"그런데?" 사촌이 말했다.

조카가 침을 꿀꺽 삼켰다. "지난번 기근 이후론 그 마을엔 돼지가 없다고요."

"그래서?" 쉰 목소리로 내가 물었다.

"인민들의 유피(乳皮)를 횡령했다는 이유로 사흘 전 인민공사 위원 세 명이 총살을 당했어요. 사람들이 솥단지에 뭘, 누구를 넣고 어떻게 했을지 상상해보세요. 마을 사람들은 돼지 불고기 판에 모두 의무적으로 참석해야만 한다고 협박받았어요. 모두가 죄를 함께 나누기 위해서요. 먹든가 총살당하든가였죠."

내가 큰 소리로 말했다. "세상에 지옥이 온 모양이로구나. 마귀들이 모조리 성산 주위로 몰려온 거야. 혜성이 온 거 아니냐? 그래서 세상이 마귀로 들끓게 된 거 아니냐고?"

조카는 쌀술이 든 병을 말똥말똥 바라보았다. 조카는 늘 공산주의를 지지했다.

"이건 마오 동지의 부인 짓이에요! 그 여자는 한낱 여배우에 지나지 않았는데 이제는 모든 권력이 그 여자에게 갔어요! 거짓말이 직업인 사람을 믿을 순 없는 건데."

"나는 찻집으로 돌아갈래요. 그리고 다시는 성산에서 내려오지 않을 거예요. 발목이 괜찮아지면 가끔씩 날 보러와요, 사촌. 내가 어디 사는지 알잖아요."

하늘 높이 눈(目)이 떠 있었다. 눈은 별똥별처럼 위장하고 있었지만 나를 속일 수는 없었다. 별똥별이 직선으로 날고, 또 밝게 타오르지 않는다니 말이 되는가? 그것은 시력을 잃은 눈도 아니었다. 그것은 그들의 방식대로, 거미줄처럼 뒤얽힌 흐릿함 속에서 나를 내려다보고 있는 남자의 눈이었다. 그들은 누구이며, 내게 무엇을 원하는 것이었을까?

내 나무 목소리에 웃음이 배어 있었다. "정말 신기한 일이네! 넌 어떻게 그런 것들을 볼 수가 있어?"

"무슨 뜻이야?"

"그것들은 아직 발사되지도 않았어!"

나는 찻집을 다시 세웠다. 끈끈한 수액으로 부처님도 다시 붙였다. 세상은 끝나지 않았지만 중국은 지옥이 되었고, 그해 세상은 악으로 들끓었다. 산꼭대기로 피난을 가는 사람들에게서 때때로 소식을 들을 수 있었다. 자기 부모를 비판하고 잠시 전국적으로 유명인사가 된 아이들 이야기가 들려왔다. 의사, 변호사, 교사 들이 트럭 가득 시골에 있는 수용소로 실려가 농부들에게 재교육을 받았다. 농부들은 무엇을 가르쳐야 할지 몰랐고, 수용소는 계급의 적들이 도착할 때까지 제대로 세워지지도 않았으며 이들을 감시하라고 파견된 홍위병들은 점차 절망에 빠졌다. 추방된 사람들과 함께 자신들도 추방되었다는 사실을 깨달았기 때문이었다. 이들 홍위병은 베이징, 상하이 같은 도시에서 편하게 살던 아이들이었다. 뇌는 네덜란드 스파이라고 고발당했으며 내몽골 감옥으로 보내졌다. 심지어 마오의 문화혁명을 이끌던 정책 입안자들도 고발당했고, 그 뒤부터 베이징에서 나오는 기관지는 그 사람들에 대한 비난으로 가득했다. 그러한 일들이 벌어지는 수도는 대체 뭐 하는 곳이란 말인가? 지금 이 미친 사람에 비하면 옛날 황제 가운데 가장 잔인했던 이도 새끼 고양이에 불과했다.

여러 계절이 지나도록, 기도하는 스님도 없었고 절에서 종소리도 울리지 않았다. 안내원이 외국 악마에게 말했듯, 그것은 모두 너무 사악했다.

여름, 가을, 겨울, 봄이 계속 번갈아 휩쓸고 지나갔다. 나는 결코 마을로 내려가지 않았다. 해마다 겨울은 날카로운 엄니를 드러냈지만 여름은 자비로웠다. 아침마다 빨래를 널 때면 보라색 나비 떼가 위층 방으로 찾아왔다. 산고양이는 새끼를 낳았다. 새끼들은 어느 정도 사람을 따랐다.

스님 몇 명이 성산 꼭대기에 돌아와 살기 시작했지만, 공산 정권은 이를 알아차리지 못한 듯했다. 어느 날 아침, 찻집 문 아래로 디밀어져 있는 편지를 발견했다. 딸아이가 보낸 편지와 사진이었다. 천연색 사진이었다! 나는 글을 읽을 줄 모르기 때문에 스님이 들를 때까지 기다려야만 했다. 편지에는 이렇게 적혀 있었다.

　어머니께

　한동안 짧은 소식은 전할 수 있다는 말을 듣고 제 운을 시험해봅니다. 사진에서 보시다시피 저는 이제 거의 중년이 되었습니다. 제 왼쪽에 있는 젊은 여자가 어머니 손녀예요. 손녀가 안고 있는 갓난아이 보이세요? 이제 어머니는 증조할머니가 되셨어요! 남편이 죽으면서 식당 임대차 계약이 해지되었기 때문에 부자는 아니지만, 제 딸아이는 외국인 아파트들을 청소해주고 있고 그걸로 넉넉히 지내고 있어요. 언젠가 성산에서 어머니를 만나뵈었으면 좋겠어요. 누가 알겠어요? 세상은 변하고 있어요. 만약 그게 안 된다면 극락에서 만날 수 있을 거예요. 양아버지께서 살아계실 때 어머니의 산에 대해 이야기해주셨어요. 꼭대기에 올라가보신 적 있으세요? 아마 그곳에서는 홍콩이 보일 거예요! 제발 몸조리 잘하세요. 기도드릴게요. 저를 위해 기도해주세요.

　똑똑 물이 듣듯 찾아오던 순례자들이 천천히 늘어나 꾸준히 찾아오게 되었다. 나는 닭과 구리 팬과 겨울을 날 쌀 한 가마를 살 수 있게 되었다. 오솔길로 점차 더 많은 외국인들이 찾아왔다. 털이 많은 사람들, 토사물 색깔의 사람들, 검은 사람들, 홍회색 사람들. 너무 많이 오는 게 아닌가? 하지만 외국인은 돈을 뜻했다. 외국인은 돈이 아주 많았다. 물 한 병에 이십 위안을 불러도 깎으려는 시도조차 않고 그냥 사는 때가 종종 있다! 너무 멍청하다!

그리 오래지 않은 어느 날이었다. 여름에 나는 사람들이 자고 갈 수 있도록 윗층 방을 세준다. 나는 아버지의 해먹을 아래층 부엌에 설치하고 거기서 잔다. 해먹에서 자는 걸 좋아하진 않았지만 내가 죽은 다음 장례식을 위해서 그리고 기근이 다시 올 경우를 대비해 돈을 모아두어야 한다. 진짜 사람들에게 일주일 동안 국수와 차를 팔 때보다 외국인들에게 방을 빌려줄 때 돈이 더 많이 벌린다. 그날 밤 외국인 한 명, 쿤밍에서 온 진짜 남자와 그 아내, 아들이 머물렀다. 외국인은 말을 하지 못했다. 그 남자는 원숭이처럼 몸짓으로 대화를 했다. 밤이 됐다. 나는 찻집 문을 닫고 해먹에 누워 잠이 오길 기다렸다. 손님의 아들이 잠을 이루지 못해 그 어머니가 이야기를 해주었다. 세계의 운명에 대해 생각하는 동물 세 마리에 대한 아름다운 이야기였다.

돌연, 외국인이 말을 한다! 진짜 말을!

"실례합니다! 그 이야기를 처음 들으신 곳이 어딘가요? 제발 기억해내주십시오!"

아이 어머니도 나만큼이나 깜짝 놀란다.

"제가 어렸을 때 어머니가 해주신 이야기예요. 어머니는 할머니에게 들었고요. 할머니는 몽골에서 태어나셨어요."

"몽골 어디인가요?"

"몽골에서 태어나셨다는 것만 알아요. 어디인지는 모릅니다."

"그렇군요. 방해해 죄송합니다."

남자는 덜걱거리는 소리를 낸다. 남자는 아래층으로 내려와 밖으로 내보내달라고 한다.

"아시겠지만, 환불해드리지는 않아요." 내가 남자에게 경고한다.

"그건 상관없습니다. 안녕히 계십시오. 편하시길 바라겠습니다."

환불이 필요없다니, 이상하다! 하지만 남자는 떠나기로 굳게 결심을 한 듯하고, 그래서 나는 빗장을 열고 문을 활짝 연다. 달 없는 밤에 별이 총총하다. 외국인은 위로 가는 도중에 이곳에 들렀지만 이제는 아래로 향한다.

"어디로 가는 건가요?" 무심코 내가 묻는다.

산, 숲, 어둠이 남자에게 문을 닫는다.

"저 남자는 왜 저래?" 내가 내 나무에게 묻는다.

내 나무도 아무런 대답이 없다.

*

"마오가 죽었어!"

눈부신 소나기가 쏟아지던 어느 날 아침 내 나무가 처음으로 말해주었다. 나중에 산을 내려가던 스님이 불쑥 내 찻집에 들렀다. 스님 얼굴은 기쁨으로 상기되어 있었고 그 소식을 확인해줬다.

"축하하려고 쌀술을 사려고 해보았지만 모두 같은 생각인지 어디에 가도 한 방울도 구할 수가 없어요. 어떤 사람들은 밤새 술에 취해 있었어요. 소련의 침략에 대비해야 한다고 얘기하고 다니느라 밤을 새운 이도 있고요. 공산당원들은 어딘가 안전한 곳으로 몸을 숨기느라 밤을 새웠습니다. 하지만 마을 사람 대부분은 축하를 하고 불꽃놀이를 하느라 밤을 새웠죠."

나는 위층 방으로 올라갔다. 그곳에 젊은 여자 하나가 공포로
잠들지 못하고 있었다. 나는 그 아이가 영혼인 것을 알았다. 달빛
이 아이를 관통해 비췄으며 내 말을 제대로 못 들었기 때문이었다.
"걱정하지 마려무나. 나무가 널 보호해줄 거야. 나무가 언제 도
망가고 언제 숨어야 하는지 말해줄 거야."
아이는 나를 쳐다보았다. 나는 침대 끝에 있는 함에 앉아 아이
를 위해 내가 알고 있는 유일한 자장가를 불러줬다. 고양이와 버드
나무 가지로 짠 배, 그 아래로 흐르는 강에 대한 노래였다.

풍요로운 한 해였다. 하나둘씩 절이 다시 지어졌고 종이 다시
매달렸으며 따라서 태양과 달에게 때 맞춰 인사를 할 수 있었고 부
처님 생신을 축하할 수 있었다. 스님들은 다시 일상적인 방문객이
되었으며 순례자 무리는 하루에도 수십 명으로 불어났다. 뚱뚱한
사람들은 둘 또는 세 명이 드는 가마를 타고 왔다. 가마를 타고 순
례를? 자동차를 타고 순례를 오는 것만큼이나 무의미했다!
아직까지도 정치를 믿는 닭대가리들은 네 가지 근대화*, 4인방
의 처형, 중국을 구원하기 위해 나타난 덩샤오핑이라는 자비로운
인물에 대해 흥분한 목소리로 떠들어댔다. 내 찻집을 가만 내버려
두는 한 덩샤오핑이 아무리 마음껏 근대화를 한들 아무 상관 없었
다. 덩샤오핑의 구호는 이랬다. "부자가 되는 것은 영광이다!"

---

*4인방 추방 후 중국이 추진한 공업, 농업, 국방, 과학기술의 근대화.

성산 229

성산 꼭대기에 부처님 상의 눈이 가끔 떠질 때가 있었는데, 운 좋게도 이 기적을 목도한 승려들은 절벽에서 풀쩍 뛰어내려 쌍무지개를 지나 극락에 착지하곤 했다. 또다른 기적은 내 머리 위에서 일어났다. 내 나무는 아이들을 갖기로 결정했다. 어느 가을 아침, 나는 아몬드가 자라는 걸 발견했다. 더 위쪽에는 개암이 자라고 있었다. 나는 이 기적을 거의 믿을 수 없었지만 내 두 눈으로 똑똑히 보고 있었다! 더 위쪽에서 가지 하나가 가만히 바스락거렸고 감이 하나 발밑에 떨어졌다. 일주일 뒤 바람에 떨어진 모과들을, 그리고 마침내 주름잡히고 시큼한 사과들을 발견했다. 내가 자는 사이 나무가 삐걱댔고 덜시머* 음악이 꿈속 길을 밝혀주었다.

깜깜한 곳에서 고통스러워하는 아버지 꿈을 꾸었다. 동굴 근처 물이 드는 웅덩이를 들여다보았더니 아버지는 머리 뒤로 손이 묶인 자세로 나를 쓸쓸히 뒤돌아보았다. 손님들에게 낼 차를 준비할 때면 위층에서 콜록거리며 담배를 찾아 뒤척이는 아버지의 소리가 들릴 때도 있었다. 부처님은 아버지가 죄 때문에 파멸했으며 영혼은 어두컴컴한 저 아래 영원한 감옥에 갇혀 있다고 설명해주었다. 내가 성산 정상으로 순례를 떠날 때까지 그곳에 갇혀 있을 거라고 했다.

분명히 나는 아버지를 얼간이 대마왕이라고 생각한다. 아버지에게서 미덕을 발견하기란 양쯔 강에서 바늘 찾기보다 더 어려웠다. 아버지는 내게 단 한 번도 상냥한 말이나 고맙다는 말을 한 적이 없었고 내 순결을 접시 두 개에 팔아넘겼다. 하지만 어쨌든 아

---

* 금속현을 때려 소리 내는 악기.

버지는 아버지였고, 선조들의 영혼은 후손들 책임이다. 나는 자기 연민에 빠진 아버지의 신음이 들리는 꿈 없이 편하게 자고 싶었다. 그리고 마지막으로 한 가지 더, 성산에서 삶을 꾸려가면서 한 번도 정상으로 순례를 가지 않은 것은 무례한 행동이었다. 나도 다른 나이 든 여인들처럼 오늘 잠에서 깨어나 어제가 맘대로 거동할 수 있는 마지막 날이었다는 것을 깨닫게 될지도 모르는 그런 나이가 되어 있었다.

장마가 오기 전 맑은 아침이었다. 나는 해와 함께 일어났고, 내 나무는 내게 음식을 주었다. 찻집 문을 닫고 돈궤를 동굴 뒤편 돌무더기 아래에 숨기고 산 위로 향했다. 오십 년 전이라면 어두워지기 전에 정상에 다다를 수 있었을 것이다. 하지만 지금은 다음날 오후가 되어야 도착할 수 있었다.

도랑을 따라 걷고, 거대한 나무들을 지나 걷고, 세상의 가장자리를 따라 난 오솔길을 걷는다. 햇빛 아래를 걷고 그림자 속을 걷는다.

저녁이 되었을 때 나는 폐허가 된 절 현관에서 모닥불을 피웠다. 겨울 숄을 덮고 잠을 잤다. 모든 순례자에게 그러하듯 부처님은 발치에 앉아 담배를 피우며 나를 지켜보셨다. 깨어났을 때 나는 김이 나는 밥 한 공기와 우롱차 한 사발을 발견했다.

나는 미래의 삶을 보고 놀라 비틀거렸다. 그곳에는 호텔들이 있었다. 5층, 6층짜리였다! 상점에서는 누구도 쓰거나 원하거나 필요하지 않은 번쩍이는 물건을 팔았다. 식당에서는 내가 한 번도 맡아본 적이 없는 냄새가 나는 음식을 팔았다. 색이 들어간 유리창이 설치된 거대한 버스들이 줄지어 있었고 모두가 전부 외국인 악마였다! 자동차로 붐볐고 돼지 떼처럼 경적을 울려댔다. 사람들을 태운 상자가 공중을 가로질러 날아갔지만 아무도 놀란 듯하지 않았다. 상자는 동굴 속 바람처럼 숨을 쉬었다. 붐비는 문을 지나 안을 들여다보았다. 무대에 선 남자가 은색 버섯에 입을 맞추고 있었다. 남자 뒤에는 연인들 그림과 글이 적힌 화면이 있었다. 실내 어딘가에서는 수퇘지를 거세하는 듯한 소리가 들렸다. 이윽고 나는 남자가 노래를 하고 있다는 사실을 깨달았다! 사랑, 남풍, 갯버들에 대한 노래였다.

나는 외국인 여자를 태운 가마꾼에게 하마터면 치여 넘어질 뻔했다. 외국인 여자는 해도 없는데 색안경을 쓰고 있었다.

"좀 조심하쇼." 헐떡이며 가마꾼이 말했다.

"성산 꼭대기로 가려면 어느 길로 가야 하죠?" 내가 물었다.

"지금 있는 곳이 꼭대기요!"

"여기요?"

"여기!"

"절은 어디에 있죠? 공양을 바치려고 하거든요. 돌아가신……"

"저기." 가마꾼이 고개를 까닥하며 가리켰다.

절은 대나무 비계로 둘러싸여 있었다. 비계를 따라 설치된 사다리들은 오르내리는 인부들로 가득했다. 절 앞마당에서는 한 무리의 사람들이 옛날 스님들 조각상을 골대 삼아 축구를 하고 있었다. 나는 혹시 잘못 본 게 아닐까 하며 골키퍼에게 가까이 다가갔다.

"세상에, 이게 누구야. 홍위병 대장 녀석아!"

"당신 뭐야, 할멈?"

"지난번 우리가 만났을 때 넌 내 목 위에 서서 아주 의기양양했었잖아. 내 찻집을 부수고 돈을 훔쳐갔었지."

뇌는 나를 알아보았지만 아닌 척했고 뭐라고 중얼거리며 가버렸다. 그 순간 공이 뇌를 스쳐갔고 안개를 뚫고 승리의 함성이 울려퍼졌다.

"이건 아주 기분 좋은 우연이네. 안 그래, 뇌 대장? 자넨 영리한 사람이야, 인정할게. 처음에는 절을 부수는 무리의 대장이었지. 그리고 이제는 절을 다시 복원하라고 파견 나온 사람들 감독이라니! 이게 사회주의 근대화인 모양이지?"

"내가 감독인 건 어떻게 알았지?"

"네가 게으름을 피우고 있는데다 가장 쉬운 일을 맡았으니까."

뇌는 어떤 표정을 지을지 결정하지 못했다. 계속 이 표정에서 저 표정으로 바뀌었다. 인부 몇이 내 말을 엿듣더니 의심쩍은 눈으로 감독을 바라보았다. 나는 뇌를 놔두고 톱질과 망치질하는 사람들 사이를 지나 절문으로 갔다. 원한은 사람 속과 뼈를 파먹는 귀신이다. 이미 시간이 충분히 그 일을 했다. 부처님은 삶에서 용서가 꼭 필요하다고 종종 내게 말씀해주셨다. 동의한다. 하지만 용서받은 사람의 평안을 위해서가 아니라 용서한 사람의 평안을 위해서이다.

나는 대문을 통과해 절 안으로 들어가 선 뒤 이제 어째야 할까 하고 생각했다. 마침 나이든 스님이 내 쪽으로 걸어왔다.

"찻집을 하는 그분이시군요, 맞죠?"

"네, 그렇습니다."

"그럼 제 초대를 들어주셔야 해요! 제 승방으로 가서 차 한잔 하시죠."

나는 망설였다.

"어서 오십시오. 편히 생각하세요. 정말로 환영합니다."

선황색 승복을 입은 행자가 부처님 눈썹에 금박을 입히고 있었다. 행자는 나를 보더니 싱긋 웃었다. 나도 웃어주었다. 어디선가 착암기가 도로를 두드리고 있었고 위아래에서 전기 드릴이 윙윙거렸다.

나는 스님을 따라 향과 시멘트 먼지 냄새가 나는 미로 같은 절을 걸었다. 부처님 상이 몇 개 있고 족자가 몇 개 걸려 있었다. 빈방에 차가 준비돼 있었다.

"저 족자들에는 뭐라고 적혀 있는 건가요?"

스님이 겸손하게 웃었다.

"초서예요. 무의미한 제 취미지요. 왼쪽에 있는 건 이런 뜻이에요.

　책상에서 햇볕을 받으며
　나는 긴, 긴 편지를 쓰네.

그리고 오른쪽은 이런 뜻이고요.

　내가 다시는 보지 못할 산맥이
　저 멀리로 사라지는구나.

"엉망인 솜씨를 용서해주십시오. 저는 초보거든요. 이제 차를 따라드리지요."

"고맙습니다. 기쁘시겠어요. 순례자들이 다시 절을 찾아오고 있잖아요."

스님은 한숨을 쉬었다. "순례자는 얼마 되지 않아요. 대부분은 절에 들어와보려고도 하지 않아요."

"그러면 왜 성산 꼭대기까지 올라오는 건가요?"

"자동차를 몰고 올 수 있는 곳이니까요. 많은 사람들이 이곳에 오고, 정부에서 이곳을 국보로 지정했으니까요."

"적어도 당에서 박해하는 것은 멈췄잖아요."

"우리를 비난하는 것보다 그쪽이 더 돈이 되니까 그런 것뿐이에요."

지나가는 사람이 휘파람으로 행복하면서 동시에 슬픈 노래를 불렀다. 비질하는 소리가 들렸다.

"저는 아버지 때문에 여기에 왔습니다." 내가 입을 열었다.

내가 이야기를 하는 동안 스님은 가끔씩 고개를 끄덕이며 엄숙한 표정으로 들었다.

"제대로 오셨어요. 아버님의 영혼은 이 세상을 떠나기에는 너무 죄가 많으세요. 절로 들어가시죠. 관광객들의 플래시가 닿지 않는 한쪽에 조용한 제단이 있어요. 향도 함께 피우고 필요한 의식을 하겠어요. 그리고 오늘밤 주무시고 갈 곳을 마련해드리지요. 저희들이 해드릴 수 있는 것이 푸짐하지는 못하지만 불자님이 저희에게 해주셨듯이 신실한 거예요."

스님은 다음날 아침 대문까지 나를 바래다주었다. 또다시 안개에 묻혀 낮이 사라졌다.

"시주를 얼마나 할까요?" 나는 돈주머니를 찾아 숄 안쪽을 뒤졌다.

스님이 공손히 내 팔을 잡았다.

"아니에요. 평생 동안 불자님께서는 먹을 거라고는 돌멩이뿐일 때도 수행승들의 굶주린 배를 채워주셨어요. 때가 되면 제가 불자님 장례식을 주관해드리겠어요."

친절한 대접을 받으면 난 늘 눈물이 난다. 왜인지 모르겠다.

"하지만 스님들도 드셔야죠."

스님은 시끄러운 소리가 들리는 안개 속을 가리켰다. 불이 들어왔다 나갔다 하며 깜빡였다. 흐릿하게 보이는 버스들이 으르렁댔다.

"저 사람들이 저희를 먹여주지요."

나는 허리를 깊이 숙여 크게 절을 했고, 고개를 들자 스님은 사라지고 없었다. 오직 스님이 머금었던 웃음만이 남아 있을 뿐이었다. 산을 내려오며 나는 자갈이 담긴 양동이를 끌고 사다리를 오르는 뇌의 모습을 보았다. 얼굴에는 멍이 들고 상처가 나 있었다. 정말이지 사람들이란. 여자아이들이 깔깔거리고 비명을 지르며 나를 피하려고도 하지 않고 너른 마당을 가로질러 달렸다. 스님 말씀이 옳았다. 이곳에는 더이상 성스러운 것은 아무것도 없었다. 성스러운 곳들은 더 깊고 높은 곳에 숨어 있어야만 했다.

어떤 남자가 나를 보러 찻집으로 왔다. 남자는 자기가 당 신문에서 나왔으며 나에 대한 글을 쓰고 싶다고 말했다. 나는 남자에게

글 제목을 물어보았다.

"'칠십 년에 걸친 공산주의자의 기업주의' 라는 제목입니다."

"칠십 년의 뭐라고?"

남자의 사진기가 내 얼굴에 플래시를 터뜨렸다. 눈을 감았음에도 불사조 깃털들이 보였다.

"공산주의자의 기업주의."

"그건 젊은이들 단어로구먼. 젊은이들에게 물어보시구려."

"아닙니다, 할머니."

남자는 고집하더니 몇 미터 정도 뒤로 물러서 사진기로 찻집을 조준했다. 번쩍!

"제가 조사를 해보았습니다. 할머니는 진정한 개척자이십니다. 다른 사람들도 성산을 이용해 돈을 벌고들 있습니다만 할머니는 그 가능성을 알아차린 맨 처음 분이시고 아직도 이곳에 계십니다. 정말로 놀랍습니다. 황금알을 낳는 할머니라고 할 만합니다. 그거 부제로 좋겠군요!"

여름이면 오솔길이 등산객으로 붐비는 게 사실이었다. 몇 걸음마다 찻집, 우동집, 햄버거 매대였다. 햄버거는 한 번 먹어본 적이 있는데, 외국 똥이었다! 한 시간도 안 돼 다시 배가 고파졌다. 사원마다 주변에는 비닐봉지와 병을 파는 탁자들이 모여 있었고, 오솔길에 쌓이는 비닐봉지와 병 더미는 높아만 갔다.

"난 개척자가 아니야. 나는 달리 할 수 있는 게 없어서 여기에 살았던 것뿐이야. 돈을 버는 걸로 말하자면, 내가 돈을 벌고 있다고 당에서 사람들을 보내 내 찻집을 부쉈는걸."

"아니, 당에서는 그러지 않았습니다. 할머니는 나이가 드셔서 헛갈리고 계신 겁니다. 당에서는 언제나 공정한 거래를 장려했습니다. 자, 제 생각대로 할머니에게는 독자들이 재미있어 할 만한 이야기가 있을 것 같군요."

"독자들을 재미있게 하는 건 내 할 일이 아니야! 내 일은 국수와 차를 파는 거라고! 만약 뭔가 정말로 재미있는 걸 쓰고 싶다면 내 나무에 대해서 쓰라고! 내 나무는 한 그루에 다섯 종류가 자라고 있어. 아몬드, 개암, 감, 모과, 사과가 말이야. '아낌없이 주는 나무'라고. 그게 더 좋은 글이 될 거야. 안 그래?"

"한 그루에 다섯 종류가 자란다." 기자가 되풀이했다.

"사과가 좀 시긴 해. 하지만 그건 아무것도 아니야. 내 나무는 말을 한다고!"

"정말로요?"

남자는 그후 곧 떠났다. 남자는 내가 한 말은 단 한 자도 쓰지 않고 자기 맘대로 멍청한 글을 썼다. 스님이 내게 그 글을 읽어줬다. 내가 늘 덩샤오핑의 현명한 지도력에 감명받았다고 했다. 나는 천안문 광장에 대해 들어본 적도 없는데도 내가 당국이 그렇게 대응할 수밖에 없었다고 믿는 걸로 되어 있었다.

나는 '글쟁이'를 믿지 못할 사람 목록에 추가했다. 그 사람들은 모든 것을 날조했다.

"제가 누군지 아시겠어요?"

나는 눈을 떴다. 내 나무의 잎 그림자가 딸의 아름다운 얼굴을 얼룩지게 했다.

"네 머리의 백합, 정말 어울리는구나, 얘야. 편지 보내줘서 고맙다. 요 전날 도착했단다. 스님이 읽어줬어."

딸아이는 사진에 있던 그 모습으로 웃었다. 옆에 있던 조카딸이 말한다.

"이 아이는 증손녀예요."

잘못 안 건 조카딸이지만 시간의 섭리를 설명하기에는 너무 피곤하다.

"아주 중국으로 돌아온 거니, 애야?"

"네. 홍콩도 이제는 어쨌든 중국이죠. 하지만 맞아요."

"증손녀는 아주 잘 살고 있어요, 이모. 이 아이는 계곡 아랫마을에 여관과 식당을 샀어요. 밤새 지붕에서 돌며 빛을 내는 조명기구가 달려 있어요. 도시에서 온 부자들은 모두 머물죠. 지난주에는 영화배우가 와서 머물렀어요. 훌륭한 곳에서 청혼도 많이 받았어요. 심지어 지역에서 제일 높은 당간부가 청혼하기도 했어요." 조카딸 목소리에는 자부심이 배어 있다.

햇빛을 받고 있는 길들여진 산고양이처럼 내 심장이 따뜻해지며 오그라들었다. 딸아이는 날 조상으로 기릴 것이며 바다를 바라보고 있는 성산 기슭에 묻어주리라.

"나는 바다도 본 적이 없지만 사람들 말로는 홍콩은 금으로 길을 포장한다더구나."

딸아이가 웃었다. 예쁘게 웃었다. 딸아이가 웃는 모습을 보고 나도 웃었다. 비록 그 때문에 갈비뼈가 아파왔지만, 나도 웃었다.

"홍콩의 포장도로에 여러 가지가 있는 건 사실이지만 금은 없어요. 제 고용주가 죽었어요. 큰 회사에 있던 외국인 변호사였고 아주 부자였죠. 유언장에다 제게 아주 후하게 남겨주었답니다."

성산 239

죽어가는 노파의 직감으로 나는 딸아이가 진실만을 말하고 있는 것은 아니라는 사실을 알았다. 그리고 죽어가는 노파로서 확신컨대, 진실이든 아니든 그건 큰 문제가 아니다.

나는 딸아이와 조카딸이 아래층에서 차를 우리는 소리를 듣는다. 나는 눈을 감고 상아 발굽 소리를 듣는다.
연기 리본이 풀리며 사라진다. 위, 위, 위로 올라가면서.

몽골
Mongolia

기차 옆으로 초원이 오르내렸다. 가도 가도 끝이 없었다.

때때로 기차는, 캐스퍼가 가진 여행 안내 책자에 따르면 파오라고 불리는 둥그런 텐트가 모여 있는 곳을 지나기도 했다. 말들이 풀을 뜯고 노인들은 쭈그리고 앉아 곰방대를 빨았다. 못돼 보이는 개들이 기차를 향해 짖었고 아이들은 우리가 지나가는 모습을 지켜보았다. 캐스퍼가 손을 흔들었지만 아이들은 아무도 손을 흔들어주지 않았고 자기 할아버지들처럼 그냥 우리를 바라볼 뿐이었다. 전신주들이 철로 양옆으로 늘어서 있다가 불안한 지평선 너머로 사라졌다. 넓다란 하늘 탓에 캐스퍼는 자신이 자랐던 곳을 떠올렸다. 제틀랜드 어디라고 했다. 캐스퍼는 외로웠고 향수에 빠졌다. 나는 무한하다는 것 말고는 아무런 느낌도 없었다.

만리장성은 이제 우리 뒤로 오랜 시간 저편에 있었다.

광활하고 길 없는 나라, 내 자신을 사냥할 곳.

우리는 오스트리아에서 온 거구의 트림꾼 한 쌍과 객실을 함께 썼다. 둘은 보드카를 병째 마시며 독일어로 서로에게 썰렁한 농담이나 해대고 있었다. 나는 캐스퍼에게서 두 주 전 독일어를 배웠다. 둘은 상하이에서 웨일스 사람에게 배웠다는 크리비지 카드 게임을 하며 투그릭이라는 몽골 화폐를 다발로 걸었고 실로 다채로운 욕을 해댔다. 위쪽 침실에는 셰리라는 이름의 오스트레일리아 여자가 『전쟁과 평화』에 빠져 있었다. 캐스퍼는 대학에서 농학자로 일했으며 톨스토이 작품은 하나도 읽은 게 없었다. 나는 캐스퍼가 톨스토이 작품을 읽어둘 걸 그랬다고 생각하는 걸 느꼈지만 캐스퍼가 그런 바람을 가졌던 것은 문학적인 이유 때문이 아니었다. 옆 객실에 있는 스웨덴 사람은 때때로 불쑥 찾아와 자신이 중국에서 어떻게 바가지를 썼는지 이야기해주며 캐스퍼를 즐겁게 해주려 했다. 우리는 그 스웨덴 남자가 지루했고 심지어 캐스퍼는 바가지를 씌운 중국인을 동정하기까지 했다. 또한 스웨덴 사람이 있는 객실에는 중년의 아일랜드 여인이 있었다. 여인은 창밖을 바라보거나 아니면 검은 공책에 숫자를 적었다. 다른 이웃 객실에는 이스라엘 사람 넷이 있었다. 여자 둘과 그 남자친구 둘이었다. 시안과 베이징의 호스텔 가격, 팔레스타인에서 새로 일어난 폭력 사태에 대해 캐스퍼와 정중하게 대화를 주고받은 것을 빼면 넷은 자기들끼리 시간을 보냈다.

밤이 풍경을 다시 앗아 어둠과 검푸른색 속에 녹여 없앴다. 십 마일이나 이십 마일마다 모닥불이 어둠 속에서 혀를 날름거렸다.

캐스퍼의 생체시계가 몇 시간 정도 어긋나 있었다. 그래서 캐스퍼는 잠을 자 생체시계를 다시 맞추기로 했다. 내가 조종해줄 수 있었지만 그냥 자게 내버려두기로 했다. 캐스퍼는 화장실에 가 얼굴을 씻고 요오드로 소독해 병에 담아둔 물로 양치를 했다. 캐스퍼가 돌아왔을 때 셰리는 우리 객실 밖에 있었고, 얼굴을 유리창에 대고 있었다. 캐스퍼가 생각했다. '정말 예쁜 여자로군.'

"안녕하세요." 캐스퍼가 말했다.

"안녕하세요." 셰리의 눈이 내 숙주인 캐스퍼 쪽을 향했다.

"『전쟁과 평화』는 어때요? 솔직히 러시아 문학은 하나도 읽지 않았거든요."

"길어요."

"무슨 내용인가요?"

"왜 만사는 이런 식으로 벌어지는가에 대한 내용이죠."

"그러면 왜 만사는 그런 식으로 벌어지나요?"

"아직 몰라요. 이 책은 아주 길어요."

셰리는 숨결이 창가에 닿아 뿌예지는 것을 보았다.

"이걸 보세요. 이 넓은 땅에 사람은 거의 없지요. 거의 고향이 생각날 정도예요."

캐스퍼는 셰리를 따라 창문을 보았다. 일 마일이 지났다.

"이곳에는 왜 오셨나요?"

셰리는 잠시 생각에 잠겼다.

"여기가 마지막 장소예요. 아세요? 아시아 중앙에서 길을 잃은 거죠. 동쪽도 서쪽도 아닌 중앙에서요. '몽골에서 길을 잃다' 이건 관용 표현이 되어야 해요. 당신은요?"

복도 쪽에서 술 취한 러시아 사람 몇이 껄껄댔다.

"정말 모르겠어요. 라오스로 가는 길이었는데 돌연 충동이 일더군요. 이곳에는 아무것도 없다고 스스로에게 말해봤지만 어쩔 수가 없었어요. 몽골! 단 한 번도 이곳에 대해 생각해본 적이 없었어요. 아마 달 호수에서 마리화나를 너무 많이 피운 모양이에요."

반라의 중국 아이가 아장아장 복도를 걸으며 춧춧 소리를 냈다. 헬리콥터나 말 울음 소리를 흉내내는 모양이었다.

"여행한 지 얼마나 됐어요?"

"열 달째에요. 당신은요?"

"삼 년이 돼요. 올 5월에요."

"삼 년! 맙소사, 완전히 중독이로군요!"

셰리가 크게 하품을 했다.

"미안해요. 지쳤거든요. 아무것도 하지 않고 갇혀 있는 것도 지치는 일이네요. 오늘밤은 오스트리아 친구가 카지노 문을 닫을까요?"

"그 친구들 농담 공장이나 닫았으면 좋겠어요. 당신은 얼마나 행운인지 몰라요. 독일어를 못하잖아요."

객차로 돌아오니 오스트리아 친구들은 스테레오로 코를 골고 있었다. 셰리는 문을 잠갔다. 부드럽게 흔들리는 기차가 자장가처럼 캐스퍼를 잠으로 이끌었다. 캐스퍼는 셰리를 생각하고 있었다.

셰리는 위쪽 캐스퍼의 침대를 쳐다보며 말했다.

"잠들기 전에 들을 만한 이야기 혹시 알아요?"

캐스퍼는 이야기꾼이 아니었기에 내가 끼어들었다.

"하나 알아요. 몽골 이야기죠. 뭐, 전설까지는 아니고요."

"듣고 싶군요."

셰리가 싱긋 웃었고 캐스퍼는 마음이 덜컥했다.

세계의 운명에 대해 생각하는 셋이 있었다.

첫번째는 두루미였다. 두루미가 강에 있는 돌 사이로 길을 고르며 얼마나 가볍게 걷는지 보았는가? 머리를 앞뒤로 흔드는 모습하며. 두루미는 만약 자기가 한 걸음이라도 무겁게 내디디면 산이 무너지고 땅이 흔들리며 수천 년간 서 있던 나무가 쓰러질 거라고 믿는다.

두번째는 메뚜기다. 메뚜기는 하루 종일 조약돌 위에 앉아 언젠가 홍수가 와 온 세상이 물에 잠기고 모든 생명이 격랑과 거품과 검은 파도에 목숨을 잃게 되리라 생각한다. 메뚜기가 높은 곳 그리고 그곳에 모이는 비구름을 유심히 보는 이유이다.

세번째는 박쥐다. 박쥐는 하늘이 무너져내려 모든 생명이 멸망하리라고 믿는다. 그래서 박쥐는 높은 곳에 매달리고 하늘을 향해 퍼드덕거리고 땅으로 내려왔다가 다시 하늘로 올라가며 모든 것이 잘 있는지 확인한다.

그 이야기는 이렇게 시작되었다.

셰리는 잠들었고 캐스퍼는 자기가 그 이야기를 어떻게 생각해냈는지 잠시 궁금해했다. 나는 캐스퍼의 마음을 닫고 잠에 빠지도록 살짝 건드렸다. 나는 캐스퍼의 꿈이 왔다 가는 모습을 잠시 지켜보았다. 모래톱 위에 선 고딕 궁전을 당구대로 지키는 꿈, 그리고 캐스퍼의 누이와 조카딸에 대한 꿈이었다. 캐스퍼의 아버지가 꿈으로 들어왔다. 캐스퍼의 아버지는 사이드 카에 가득 실은 돈을 바람에 날리며 시베리아 횡단 열차 복도로 오토바이를 밀고 들어 왔다. 그 사람은 언제나처럼 술에 취해 캐묻는 목소리로 캐스퍼에 게 대체 뭘 하고 있느냐고 물었고 아주 중요한 무슨 비디오테이프 를 캐스퍼가 아직도 가지고 있다고 주장했다. 캐스퍼는 반라의 꼬 마가 되었으며 테이프에 대해 아무것도 알지 못했다.

나는 성산 기슭에서 유아기를 보냈다. 나중에 알게 되었는데, 아주 오랫동안 기억이 어스레한 시기도 있었다. 기억하는 방법을 배우는 데 오랜 시간이 걸렸다. 나는 '내'가 태어나던 순간을 새가 막 부화하는 장면처럼 기억한다. 알 속에 있던 새는 천천히 자신이 알 껍질과 다르다는 사실을 깨닫는다. 새는 껍질의 속박을 깨닫고, 감각기관이 기능을 하자 빛과 어둠, 차가움과 따뜻함을 인식하기 시작한다. 감각이 또렷해짐에 따라 새는 탈출하려 한다. 이윽고 어 느 날 새는 끈끈한 젤을 헤치고 벽을 깨기 시작하고, 바깥에 나올 때까지 멈추지 않으며, 경이감, 공포, 색, 미지의 물건들로 이루어 진 현기증 나는 바깥세상에 홀로 나온다……

하지만 그 당시에도 나는 궁금했다. 왜 나는 혼자인가?

태양이 캐스퍼를 깨웠다. 캐스퍼는 눈물이 흐른 눈과 손목시계 줄 맛이 나는 입을 닦았다. 캐스퍼는 신선한 과일을 간절히 원했 다. 오스트리아 사람들이 이미 캐스퍼보다 앞서 화장실을 점령하 고 있었다. 캐스퍼가 침대에서 빠져나왔고 우리는 셰리가 명상에 잠겨 있는 모습을 보았다. 캐스퍼는 청바지를 입었고 셰리를 방해 하지 않고 객실을 빠져나가려 했다.

"좋은 아침이에요. 햇살 가득한 몽골에 오신 것을 환영합니다. 세 시간 뒤면 몽골에 도착해요." 셰리가 중얼거렸다.

"방해해서 미안합니다." 캐스퍼가 말했다.

"아니에요. 그리고 옷걸이에 걸려 있는 비닐봉지를 보면 배가 몇 개 있을 거예요. 아침으로 하나 드세요."

"자, 울란바토르 그랜드 센트럴 역이에요." 네 시간 뒤 셰리가 말했다.

"신기하군요." 덴마크어로 얘기하고 싶다고 생각하며 캐스퍼가 말했다.

깨끗한 정오의 태양 아래서 회반죽이 눈부셨다. 절대 조용해지는 법 없는 바람이 평원 너머로 철도가 이끄는 소실점을 향해 불어 갔다. 간판은 키릴 문자로 적혀 있었다. 캐스퍼나 내 전 숙주들이 알지 못하는 문자였다. 중국인 행상들이 기차로 밀려와 팔 물건이 담긴 가방을 실었고, 귀에 익은 표준 중국어로 서로에게 소리쳤다. 께느른한 젊은 몽골 군인 둘이 이곳 말고 어디에 있고 싶은지 생각하며 라이플을 만지작거렸다. 완고해 보이는 노파 무리가 이르쿠츠크행 기차를 타기 위해 기다리고 있었다. 그 가족이 배웅을 하러 나왔다. 검은 양복에 선글라스를 쓴 두 명이 가까이서 어슬렁거렸다. 청년 몇이 담 위에 앉아 여자들을 보고 있었다.

"어두운 상자에서 기어나와 외국의 사육제에 온 기분이 드는군요." 셰리가 말했다.

"셰리, 그러니까, 에, 젊은 여자들은 여행하다가 누구를 믿어야 할지 조심해야 한다는 건 알고 있지만, 혹시 나와……"

"빙빙 말 돌리지 말아요. 좋아요, 당신이 괜찮으면 나도 괜찮아요. 자, 당신이 가지고 있는 『론리 플래닛』을 보면 산사르 지역 삼부 거리 동쪽 끝에 그럭저럭 괜찮은 호텔이 있어요. 따라오세요……"

나는 셰리가 숙주를 돌보게 내버려두었다. 걱정할 일이 하나 준 셈이었다. 오스트리아 사람들이 작별 인사를 하더니 더이상 낄낄대지 않고 쿠발라이 칸 홀리데이 인으로 향했다. 이스라엘 팀은 우리를 보고 고개를 끄덕인 뒤 다른 방향으로 행진했다. 캐스퍼는 스웨덴 사람에 대해서는 이미 잊은 상태였다.

배낭여행자들은 별나다. 나는 배낭여행자들과 공통점이 많다. 우리는 어디에도 정착해 살지 않으며 모든 곳에서 이방인이다. 우리는 종종 마음 내키는 대로 떠돌며 뭔가를 찾는 행위 자체를 위해 뭔가를 찾는다. 배낭여행자와 나 둘 다 기생생물이다. 나는 숙주의 머릿속에 살면서 기억을 조사하며 세상을 이해한다. 배낭여행자는 자기 소유가 아닌 숙주의 나라에서 살며 배우기 위해 또는 지루함을 없애기 위해 그 문화와 풍경을 이용한다. 일반적으로 우리는 실체가 없고 보이지 않는다. 우리는 고독의 분비액을 씹는다. 의심 많았던 내 중국인 숙주들은 배낭여행자를 처음 보았을 때 외계인을 본 것이라고 여겼다. 인간들이 나를 바로 그렇게 여길 것이다.

세상의 모든 등대가 각자의 독특한 신호를 가지고 있듯 모든 마음은 특유의 방식으로 신호를 보낸다. 어떤 마음은 변함없이 신호를 보내고 어떤 마음은 변덕스럽게 신호를 보낸다. 어떤 마음은 미적지근하고 어떤 마음은 뜨겁다. 어떤 마음은 이글거리고 어떤 마음은 거의 존재를 알리지 않는다. 어떤 마음은 퀘이사처럼 주변부에 자리 잡고 있다…… 내 경우 동물과 인간은 각각 다른 등급과 색과 중력을 가진 별과 같다.

캐스퍼 역시 대부분의 사람을 레이더 상의 점들쯤으로 여겼다. 캐스퍼 역시 나만큼 외로웠다.

"내가 잘못 본 건가요? 어디가 도시라는 거죠? 베이징은 도시였어요. 상하이도 도시였고요. 여기는 유령 마을이군요." 셰리가 말했다.

"철의 장막 시대 동독 같네요."

벽과 창문에 균열이 간, 특색 없는 아파트 단지의 종횡렬. 커다란 파이프 라인이 설치되어 있는 콘크리트 각주(角柱). 여기저기 구멍이 난 도로, 그 위로 덜컹거리며 오가는 몇 대뿐인, 그나마 낡디낡은 자동차들. 도시 광장에 난 잡초를 먹는 염소들. 조용한 공장들. 말 조상(彫像)과 작은 모형 탱크. 부서진 보도블록과 깨진 병, 건들거리는 주정꾼 사이로 달걀 바구니를 들고 조심스레 발을 딛는 여인. 금방이라도 쓰러질 듯한 가로등. 도시 위로 먹구름을 게워내는, 한때는 강력했을 발전소. 도시 저편에는 거대한 페리스 휠이 있었지만, 캐스퍼와 나는 저 휠이 회전할 수 있을지 의심이 들었다. 검은 양복을 입은 서양인 셋이 걸어갔다. 캐스퍼는 그 사람들이 뭔가 잘못된 장소, 잘못된 시간에 와 있다고 생각했다.

울란바토르는 성산 기슭에 있던 마을보다 훨씬 더 컸지만 여기서 우리 눈에 보이는 사람들은 그 어떤 존재 이유도 없어 보였다. 이곳 사람들은 단지 기다리고 있는 듯했다. 무엇인가 열리기를, 하루가 끝나기를, 자기들 도시에 스위치가 켜지기를, 아니면 단지 누군가 먹여주기를 기다렸다.

캐스퍼는 배낭끈을 조절했다.

"『칭기즈칸의 감춰진 역사』에는 이런 이야기가 없었는데."

그날 밤 캐스퍼는 양고기와 양파 스튜를 음미했다. 호텔 식당에는 캐스퍼와 셰리뿐이었다. 말이 호텔이지 실상은 부서져가는 아파트 건물의 6층과 7층에 불과했다.

부엌에서 음식을 가져온 여자는 무표정하게 캐스퍼를 바라보았다. 캐스퍼는 그것을 눈치채고 엄지를 추켜올리며 웃었고 만족스럽게 꿀꿀 소리를 냈다. 그녀는 캐스퍼를 미친놈 보듯 보더니 자리를 떴다.

셰리가 코웃음을 쳤다. "저 여자는 세관에서 만난 여자만큼이나 우리를 반기는군요."

"방랑을 하는 동안 알게 된 것 가운데 하나는, 무기력한 나라일수록 세관원이 위험하다는 거지요."

"아까 방으로 안내해줄 때 저 여자가 마치 내가 자기 아기를 불도저로 깔아버리기라도 했다는 듯한 눈초리로 날 봤어요."

캐스퍼는 미트볼에서 양털 조각을 끄집어냈다. "서비스 업소의 공산주의로군요. 아주 유명하죠. 기억하세요, 저 여자는 여기 갇혀 있어요. 우리는 언제든 원할 때 이곳을 빠져나갈 수 있고요."

캐스퍼에게는 베이징에서 가져온 레몬차 티백이 있었다. 식기대에는 뜨거운 물이 담긴 병이 있었고 캐스퍼는 자기와 셰리가 마실 차를 만들었다. 둘은 옹기종기 모인 파오와 모닥불 위로 창백한 달이 떠오르는 모습을 지켜보았다.

캐스퍼가 입을 열었다. "자, 당신이 일했던 홍콩 술집에 대해 좀

더 이야기해주세요. 그곳 이름이 뭐였죠? 매드 독스?"

"나는 당신이 오키나와에서 장신구를 팔고 다닐 때 만난 이상한 사람들 이야기를 듣고 싶은걸요. 이야기해주세요, 바이킹 양반, 당신 차례에요."

숙주들은 우정이 싹트는 때를 평생 수없이 겪는다. 내가 할 수 있는 일은 단지 지켜보는 것이다.

유아기가 진행되는 동안, 나는 '내' 몸 안에서 다른 존재를 느끼게 되었다. 색과 감정으로 이루어진, 실같이 가늘던 안개가 인식의 이슬 방울로 응집되었다. 나는 정원, 길, 짖어대는 개, 논, 햇볕에 씻기고 마른 따뜻한 마을 산들바람을 보았고 천천히 이해하게 되었다. 나는 이런 그림이 왜 떠오르는 건지, 언제 그런 장면을 보았는지 알지 못한다. 줄거리 없는 영화에 억지로 삽입된 것과 비슷하다. 천천히, 나는 모든 인간들이 걸어다닌 길을, 어릴 때 걷던 상상의 길부터 나이 들어 걷는 평범한 산문의 길까지 모든 길을 걸었다. 망각하는 인간들과 달리, 나는 그 길을 기억한다.

내 지각 능력에도 변화가 일어났다. 천천히 라디오 주파수를 맞춰가듯, 처음에는 인식할 수 없을 만큼 천천히 그렇게 일어났다. 천천히, 나는 감정을 만드는 내가 아닌 존재를 느꼈고 나중에야 그 감정들에 충성, 사랑, 화, 악의라는 이름을 붙였다. 나는 이 다른 존재를 확실하게, 그리고 집중해서 살폈다. 겁이 나기 시작했다. 나는 그것이 침입자라고 생각했다! 나는 내 첫번째 숙주의 마음이 뻐꾸기 알이라고 생각했다. 부화하며 나를 몰아내려 한다고 생각했다. 그래서 어느 날 밤 숙주가 자고 있는 사이 나는 다른 존재를 꿰뚫어보려 애썼다.

숙주는 비명을 지르려 했지만 나는 그 남자가 깨지 못하게 했다. 그 남자는 본능적으로 경계를 하며 마음을 단단하고 팽팽하게 긴장시켰다. 나는 내가 얼마나 강해졌는지 모르고 억지로 서투르게 길을 열었다. 기억력과 신경체계를 마구 찢고 후벼파며 길을 뚫었던 것이다. 싸움에서 질지도 모른다는 공포 때문에 의도했던 것 이상으로 격해져버렸다. 그러나 나는 정복을 원했지 훼손을 원한 게 아니었다.

아침이 되어 의사가 왔을 때 의사는 내 첫번째 숙주가 어떤 자극에도 반응하지 않는다는 걸 발견했다. 당연히 의사는 환자에게서 아무 상처도 발견할 수 없었지만 환자는 혼수상태였다. 1950년대 중국 남서부에서는 혼수상태에 빠진 사람을 살릴 설비가 없었다. 몇 주 뒤 숙주는 자기 기억 속에 내가 남겼을 수도 있는 내 근원에 대한 단서와 함께 죽었다. 지옥 같은 몇 주였다. 나는 내 실수를 알게 되었다. 침입자는 바로 나였다. 나는 훼손된 부분을 회복시키려 애썼으며, 숙주의 생활 기능과 기억을 다시 복구하려 했지만 다시 만드는 것보다는 파괴하는 것이 훨씬 더 쉬웠으며 그 당시 나는 너무 무지했다. 나는 내 희생자가 중국 북부에서 어려운 시기에는 산적으로, 형편이 좋았을 때는 군인으로 싸웠다는 사실을 알게 되었다. 그로부터 몽골어와 한국어를 단편적으로 배우게 됐지만 내 숙주는 문맹이었다. 그게 다였다. 내가 그 남자 속에서 얼마나 오랫동안 지각없는 태아 상태로 있었는지는 확실히 모르겠다.

숙주가 죽으면 나도 죽음을 공유할 것 같았다. 나는 이제 내가 '이주'라 부르는 작업을 어떻게 하는지 익히기 위해 온 힘을 기울였다. 남자가 죽기 이틀 전, 성공했다. 두번째 숙주는 첫번째 숙주의 의사였다. 나는 군인을 뒤돌아보았다. 중년 남자는 사지를 쭉 뻗고 더러운 침대에 누워 있었다. 나는 죄책감과 안도감, 그리고 힘을 느꼈다.

나는 의사 안에 이 년간 머물면서 인간과 비인간성에 대해 배웠다. 숙주의 기억을 어떻게 읽고 지우고 대체하는지 익혔다. 숙주를 어떻게 조종하는지 익혔다. 인간성은 내 장난감이었다. 하지만 나는 또한 조심성도 배웠다. 어느 날 내가 숙주에게 당신의 머릿속에 육체가 없는 존재가 이 년 동안 더부살이를 했다고 선언했을 때 숙주가 내게 뭐라도 물어보았을 것 같은가?

그 불쌍한 남자는 완전히 미쳐버렸고, 나는 다시 이주를 해야 했다. 인간의 마음은 너무나 부서지기 쉬운 장난감이었다. 정말 가냘프다!

사흘 뒤, 같은 웨이트리스가 오더니 캐스퍼 앞에 양고기가 담긴 대접을 쾅 하고 내려놓았다. 여자는 캐스퍼가 뭐라고 불만을 표하기도 전에 몸을 돌려 가버렸다.

"저녁식사로 양 기름이라니, 놀랍군요." 셰리가 웃으며 말했다.

웨이트리스는 다른 식탁을 정리했다. 캐스퍼는 양고기를 칠면조 고기라고 여기고 먹을 수 있을지 시도해보았다. 나는 캐스퍼가 성공할 수 있도록 도와주고 싶은 마음을 꾹 참았다. 셰리는 독서중이었다.

"소련이 얼버무리는 것 좀 보세요. 초이발산*이 대통령으로 있던 1940년대부터요. 이렇게 적혀 있군요. '최종 분석에 따르면 러시아 문자가 사용에 편리하다는 사실이 증명되었다.' 글쓴이가 의미하는 바는 누구든 몽골어를 쓰면 총살된다는 거죠. 맙소사, 어떻게 그런 민족의 지배를 받으며 살아갈 수 있었을까요, 그리고 왜……"

다음 순간, 건물 안에 있던 모든 불빛이 나갔다. 몽롱한 별들이 내는 침침한 빛이 창을 통해 들어왔고, 황무지 저편에 키릴 문자로 된 붉은 간판이 이글거렸다. 처음 보았을 때부터 간판이 무슨 뜻인지 궁금했고, 이제 다시 궁금해졌다.

셰리는 킬킬대더니 담배에 불을 붙였다. 눈동자에 작은 불꽃이 반사되었다.

"정전이 일어나게 해달라고 당신이 발전소에 십 달러를 준 모양이군요. 양고기 냄새 지독한 캄캄한 방에 나 혼자만 두기 위해서 말이에요."

캐스퍼는 어둠 속에서 싱긋 웃었고 나는 사랑을 알아보았다. 사랑은 날씨 패턴처럼 형성된다.

"셰리, 내일 지프를 빌리도록 하죠. 사원도 봤고 옛날 궁전도 봤어요. 변덕스러운 여행객이 된 기분이에요. 난 변덕스러운 여행객 같은 느낌이 싫어요. 독일 대사관의 아가씨가 추정하기로는 내일 아침에 휘발유가 배달될 거래요."

"왜 서두르나요?"

"여기선 시간이 거꾸로 흐르고 있어요. 저기 보이는 산맥 어딘가에서 세상의 종말이 기다리고 있는 느낌이 들어요…… 우리는

---

* 1930년대부터 1952년 사망까지 몽골의 대통령이었던 인물.

19세기가 다시 모퉁이를 돌아 찾아오기 전에 이곳을 빠져나가야 해요."

"그게 울란바토르의 매력 가운데 하나예요. 퇴폐스러움 말이에요."

"그 '퇴폐스러움'이 무슨 뜻인지는 모르겠지만 이곳은 전혀 매력적이지 않아요. 울란바토르는 몽골인들은 도시를 이룰 수 없다는 산 증거예요. 세균전의 생존자들이 사는 저주받은 거주지에 대한 영화를 이곳에서 찍을 수는 있겠죠. 나가요. 난 내가 왜 여기에 있는지조차 모르겠어요. 여기 사는 사람들도 그 이유를 모르고 있다고 난 생각해요."

웨이트리스가 걸어오더니 식탁 위에 초를 놓았다. 캐스퍼는 몽골어로 고맙다고 했다. 그녀가 나갔다. '혁명 좀 하세요, 동지……' 캐스퍼가 생각했다.

셰리는 트럼프를 섞기 시작했다.

"당신 말은 몽골인들은 선천적으로 문맹에 가축을 돌보고 아이를 낳고 동상에 걸리며 지아디아 램블리아*에 감염되고 파오에 거주하면서 힘들게 살게끔 되어 있다는 말인가요?"

"말싸움하고 싶지 않아요. 나는 항가이 산맥으로 차를 몰고 가서 산에 오르고 말을 타고 호수에서 벌거벗고 목욕을 하고 이 세상에서 내가 어떤 일을 할 수 있는지 알아보고 싶어요."

"오케이, 바이킹 양반. 내일 떠나요. 크리비지 게임을 하죠. 내가 37 대 9로 이길 거예요."

---

* 기생충의 일종으로 불결한 음식이나 음료를 통해 전염된다.

나 역시 빨리 움직여야 할 필요가 있었다. 이 나라에서 몽골인을 숙주로 삼아 탐색하는 일도 만만찮았다. 외국인을 숙주로 삼으면 탐색은 솔직히 아예 불가능하다. 나는 육십 년 전 '내'가 생겨났을 때 이미 존재했던 이야기의 근원을 알기 위해 이곳에 왔다. 그 이야기는 이렇게 시작한다. 세계의 운명에 대해 생각하는 셋이 있었다……

*

　한두 번, 나는 숙주들의 상상력을 자극해 '이주'에 대해 이해시키려 노력해보았다. 하지만 그것은 불가능했다. 나는 열한 가지 언어를 알지만, 말로는 표현할 수 없는 가락이 존재하는 법이다.

　다른 인간이 숙주를 만지면 나는 이주할 수 있었다. 이주의 용이도는 내가 옮겨갈 새로운 숙주의 마음이 얼마나 강한가, 그리고 그 사람의 부정적인 감정이 나를 막는가 아닌가에 달려 있다. 이주를 위해 접촉이 필수적이라는 사실은 내가 물질을 토대로 존재한다는 단서를 제공한다. 비록 아세포 또는 생체 전기적 단위일지라 하더라도 말이다. 제한은 있다. 예를 들어 영장류라 할지라도 동물에게 이주할 수는 없다. 만약 시도하면 동물이 죽는다. 어른이 아이 옷을 입을 수 없는 것과 같다. 고래에게 시도해본 적은 없다.

　하지만 이주가 어떤 느낌인지 무슨 수로 설명하랴! 서커스에서 공중그네 타는 사람이 허공에서 회전하는 모습을 상상해보라. 아

니면 당구대 위를 갈짓자로 돌아다니는 당구공을 떠올려보라. 안
개 짙은 대기를 헤치고 여행을 한 뒤 낯선 마을에 도착한 기분을
떠올려보라. 어떤 경우, 언어는 의미가 내포한 음악을 읽지조차 못
한다.

산맥에서 아침 바람이 차갑게 불어왔다. 궁가가 몸을 숙이고 파
오 문을 나섰고 차가운 아침 공기가 궁가의 목과 얼굴을 후려쳤다.
언덕 비탈에 들어선 파오들 사이에 천천히 활기가 돌았다. 도시에
서는 구급차 사이렌 소리가 높아졌다가 잦아들었다. 툴 강은 회색
납빛으로 빛났다. 커다란 네온사인이 붉게 번쩍였다. '우리 도시
를 위대한 사회주의 공동체로 만들자.'
　'지랄하네. 저거 언제 떼낼 건가?' 궁가가 생각했다.
　궁가는 딸이 어디로 갔는지 궁금했다. 의심이 들었다. 좋은 아
침이 되기를 바라며 이웃이 궁가에게 고개를 끄덕여 인사했다. 궁
가도 고개를 끄덕여 인사했다. 궁가는 눈이 나빠졌고 엉덩이 쪽에
류머티즘이 생기기 시작했으며 삼 년 전 부러진 대퇴골이 아팠다.
궁가의 개가 귀를 긁어달라며 살그머니 걸어왔다. 오늘은 이런 것
들 말고도 뭔가 꺼림칙했다. 궁가는 따뜻한 파오 안으로 다시 들어
갔다.
　"그 빌어먹을 문 좀 닫아!" 궁가의 남편이 외쳤다.

서양식 생각을 하는 인물에게서 빠져나오니 좋았다. 캐스퍼처럼
끊임없이 생각하는 숙주에게 들어가 있으면 아무리 배울 게 많다
하더라도 정신이 없었다. 어느 순간에는 유로 환율이었다가 다음

순간에는 상트페테르부르크의 미술품 도둑에 대한 영화를 봤던 생각을 하는가 하면 다음 순간에는 작은 섬들 사이에서 삼촌과 함께 낚시를 하던 생각을 하는가 했더니 바로 다음 순간에는 대중가요나 친구의 인터넷 홈페이지를 생각하는 식이었다. 끝이 없었다.

궁가의 마음은 좀더 단순한 생각들을 했다. 충분한 음식과 돈을 구하는 문제에 대해 계속 생각했다. 딸과 병을 앓는 친척들을 걱정했다. 궁가의 삶 대부분은 거의 한결같았다. 소련 시절에는 보장된 처량함, 독립 이후에는 생존을 위한 투쟁의 연속이었다. 하지만 내게 있어 궁가의 마음은 캐스퍼의 마음보다 숨기가 더 어려웠다. 뻗어나가는 대도시 권역의 생활과 대조를 이루는, 남의 일도 꼬치꼬치 묻기 좋아하는 시골 마을에서 누구의 눈에도 안 띄고 살아가려고 하는 것과 비슷했다. 어떤 숙주는 다른 숙주에 비해 자기 마음의 풍경 속에서 뭔가가 움직이는 것에 대해 더 민감했는데, 궁가는 아주 민감했다. 궁가가 자는 사이에 궁가의 언어를 배우기는 했지만 꿈이 계속해 나를 탐지해내려고 했다.

궁가는 난로에 불을 붙이려 했다.

"뭔가 꺼림칙해."

궁가는 뭔가 없어진 게 있기라도 바라는 것처럼 파오 주변을 둘러보며 혼잣말을 했다. 침대, 식탁, 장, 식탁용품, 양탄자, 가장 궁핍했던 시절이었을 때조차도 팔지 않고 버틴 은제 찻주전자.

"또 당신의 신비로운 육감은 아니겠지?"

부얀트가 담요 더미 아래서 꿈틀댔다. 궁가는 백내장이 있었고 파오 안은 어둑어둑했기에 뭘 보기가 어려웠다. 부얀트는 흡연자 특유의 기침 소리를 냈다.

"이번에는 뭐야? 당신 방광이 말하든가? 우리가 낙타를 상속받을 거라고? 아니면 거대한 거머리가 와서 당신 순결을 범할 거라고 당신 귀지가 그래?"

"거대한 거머리는 예전에 그랬죠. 이름이 부얀트라더군요."

"아주 재밌군. 아침은 뭐야?"

이쯤에서 끼어드는 것이 나을 터였다.

"여보, 세계의 운명에 대해 생각하던 셋 이야기 알아요?"

오랫동안 아무 말이 없어서 나는 부얀트가 말을 못 들었다고 생각했다.

"지금 무슨 소릴 지껄이고 있는 거야?"

그 순간 궁가의 딸인 오윤이 들어왔다. 오윤의 뺨은 붉게 물들었고, 입김이 보였다.

"상점에 빵이 들어왔어요! 양파도 있었어요."

궁가가 오윤을 껴안았다. "어이구, 우리 착한 딸네미! 일찍 나갔더라. 날 깨우지도 않고 말이야."

"그 빌어먹을 문 좀 닫아!" 부얀트가 으르렁댔다.

"호텔에서 늦게까지 일하시잖아요. 깨우고 싶지 않았어요."

궁가는 오윤이 사실대로 말하고 있지 않다고 의심했다.

오윤은 화제를 바꿨다.

"어제 호텔이 늦게까지 바빴나요, 어머니?"

"아니, 금발 둘뿐이었단다."

"지도에서 오스트레일리아를 찾아냈어요. 하지만 다네마크인지 뭔지는 어디에 있는지 못 찾았어요. 정확히 뭐라고요?"

"알게 뭐야?" 부얀트가 침대에 몸을 굴리더니 담요를 숄처럼 둘렀다. 부얀트는 한때 잘생겼을 얼굴이었고 여전히 자신이 잘생겼다고 생각했다. "그런 곳에 갈 기회가 있을 거 같아?"

궁가는 입을 다물었고 오윤은 눈길을 주지 않았다.

"금발들이 오늘 호텔을 떠났어. 속이 다 후련하더구나. 이해할 수가 없었어. 자기 딸을 그렇게 돌아다니게 놔두는 엄마가 있다는 게 말이야. 둘이 결혼하지 않은 게 분명한데도 같은 침대에서 잤단다! 반지나 그런 것도 없었고. 그리고 그 남자한테도 뭔가 이상한 점이 있었어."

궁가는 오윤을 보았지만 오윤은 시선을 돌렸다.

"당연하지, 외국인이잖아." 부얀트가 트림을 하더니 시끄럽게 소리를 내며 차를 마셨다.

"뭔데요, 어머니?" 오윤이 양파를 잘게 썰기 시작했다.

"우선, 그 남자한테선 요거트 냄새가 났어. 하지만 또다른 것도 있어…… 그 사람 눈 때문이야…… 자기 눈이 아닌 것 같아 보였어."

"여기 오던 헝가리 노동조합원들만큼이야 하겠어? 그 사람들을 위해서 베트남에서 비행기로 난초를 가져왔잖아."

궁가는 어떻게 해야 남편의 존재를 무시할 수 있는지 알고 있었다. "그 다네마크 남자는 계속 팁을 주고 머리가 어떻게 된 사람처럼 계속 웃어댔어. 게다가 어젯밤에는 내 손을 만지더구나."

부얀트가 침을 뱉었다. "만약 그놈이 다시 당신에게 손을 대면 모가지를 비틀어 똥구멍에 집어넣어버리겠어. 내가 그랬다고 그놈에게 전해."

궁가가 고개를 저었다. "아니, 꼬마들 술래잡기를 하는 것 같았어요. 엄지로 내 손을 살짝 만지더니 부엌을 나갔어. 주문을 거는 것 같기도 했고. 그리고 제발 파오 안에서 침을 뱉지 말아요."

부얀트가 빵을 한입 크기로 떼어냈다.

"주문, 어이구, 그렇구먼. 그게 분명하네! 그놈이 당신한테 주술을 걸려고 했을 거야. 어떤 때 보면 내가 결혼한 사람은 당신이 아니라 당신 할머니 같다는 느낌이 든다니까!"

두 여인은 묵묵히 식사 준비를 했다.

부얀트가 사타구니를 긁었다. "결혼 이야기가 나왔으니 말인데, 곰보 노인의 장남이 지난밤에 오윤에게 청혼하러 왔어."

오윤은 젓고 있던 국수를 계속해 내려다보았다.

"그래요?"

"그래, 보드카를 한 병 가져다주더라. 좋은 거였어. 곰보 노인은 주정뱅이에 상스러운 농담이나 해대는 말 사육사지만, 처남은 공무원이라 직장이 든든하고, 차남은 잘나가는 레슬링 선수가 될 거라고 하더군."

궁가가 양파를 썰었고 향이 코끝을 톡 쏘았다. 오윤은 아무 말도 하지 않았다.

"괜찮지, 안 그래? 큰아들은 분명 오윤에게 반한 거야…… 만약 오윤이 곰보 노인의 손자를 임신한다면 주위 사람들의 기대에 부응한다는 걸 보여줄 수 있을 거고, 그리고 곰보 노인에게 손자를 맡겨 키우면…… 나쁘지 않은 결혼인 거 같군."

"내가 더 좋은 혼처를 알아볼 수 있어요."

양고기 수프에 국수를 넣고 저으며 궁가가 말했다. 자기를 만나기 위해 부모가 살던 파오로 부얀트가 찾아왔던 기억이 궁가의 머릿속을 스치고 지나갔다. 당시, 천 한 장을 사이에 두고 겨우 몇 피트 떨어진 곳에서 궁가의 부모가 자고 있었다.

"예를 들어, 오윤이 사랑하는 누군가와 말이에요. 어쨌든 우리는 이미 합의를 봤어요. 오윤은 학교를 마칠 거고 운이 되면 대학에 들어갈 거예요. 우리는 오윤이 세상을 잘 헤쳐나갔으면 하잖아요. 어쩌면 오윤은 자동차를 갖게 될지도 몰라요. 아니면 적어도 오토바이라도 말이에요. 중국에서 수입한 걸로."

"무슨 헛소리를 하는 거야. 직장이 돌아올 것 같아? 특히나 여자에게. 러시아인들이 떠나면서 직장도 모두 사라졌다고. 남아 있는 자리는 중국인들이 차지했고. 외국인들은 또다른 방식으로 몽골인을 착취하고 있어."

"염병할! 보드카가 직장을 다 가져갔어요. 보드카가 우리를 착취하고요."

부얀트가 노려보았다. "여자는 정치를 이해하지 못해."

궁가가 그 눈빛을 되받아 부얀트를 노려보았다. "그래서 남자는 이해를 하고? 설사 경제가 감기나 걸린 정도로 건강하더라도 감기로 죽을 지경이라고요."

"말하잖아, 러시아인들이⋯⋯"

"러시아인 비난은 그만두고 우리 자신을 비난하지 않는다면 나아지는 게 아무것도 없을 거예요! 중국인들은 여기서 돈을 벌어요. 왜 우리는 못하는 거죠?"

팬에서 기름이 지글거렸다. 궁가는 우유잔에 비친 자기 모습을 힐끗 보더니 얼굴을 찡그렸다. 손이 살짝 떨렸고 그러자 비친 모습이 일그러지며 사라졌다.

"오늘은 모든 게 안 좋아요. 주술사를 만나러 가겠어요."

부얀트가 식탁을 내리쳤다. "우리 돈을 마구 낭비하게 그냥 놔두지는 않을……"

"내가 하고 싶은 대로 어디든 내 돈을 쓸 거야, 이 술고래야!" 궁가가 호되게 받아쳤다.

부얀트는 이길 수 없는 이 싸움에서 물러났다. 부얀트는 이웃이 이 소동을 듣고 자기 아내를 제대로 다스리지 못하는 남자라고 말하고 다니길 원치 않았다.

나는 왜 이런 방식으로 행동하는가? 내게는 유전 정보가 없다. 내게는 옳고 그름을 가르쳐줄 부모가 없다. 나는 선생이 있어본 적이 없다. 나는 양육된 적이 없고 본성도 없다. 그러나 나는 지각과 의식이 있는, 인간이 아닌 휴머니스트다.

내가 늘 이랬던 것은 아니다. 내가 들어가 있던 의사가 미친 뒤 나는 그곳 마을 사람들에게 이주했다. 나는 그 사람들의 주인이었다. 나는 그 사람들의 비밀을, 마을 개울의 굽은 곳들을, 개들의 이름을 알게 되었다. 나는 빨리 불타오르는 만큼이나 빨리 사라져버리는 인간의 드문 쾌락을, 그리고 그 쾌락을 간직해주는 기억들을 알게 되었다. 나는 극한의 경우들도 연구했다. 중추신경계를 흥분시키는 쾌락을 추구하다가 숙주들을 거의 죽을 지경으로 몰아가곤 했다. 단지 고통을 이해하려는 과정에서 만났던 불행한 숙주들은 고통을 맛보아야 했다. 나는 숙주에서 숙주로 기억을 이식하는 게, 그리고 숙주들에게 끊임없이 노래를 불러주는 게 재미있었다. 스님이 강도짓을 하고 열렬했던 연인들이 배신을 하고 구두쇠가 돈을 펑펑 쓰게 했다. 나 자신에 대해 이야기할 수 있는 유일한 점은 내 첫번째 숙주 이후로 한 번도 누군가를 죽인 적은 없다는 것이다. 인간에 대한 사랑 때문에 그랬다고 말할 수는 없다. 내가 품고 있는 두려움은 딱 하나, 내가 들어가 있는 동안 숙주가 죽는 것이다. 그러면 어떻게 될지 아직도 모르겠다.

나는 무분별하게 휴머니즘에 빠지진 않았다. 무슨 특별한 이유가 있는 건 아니다. 문화혁명 동안, 그리고 티베트, 베트남, 한국, 엘살바도르의 숙주들에게로 이주해 있는 동안 나는 인간의 싸움을 경험했다. 대부분은 장군의 사무실에서 안전하게 말이다. 포클랜드 섬에서 나는 인간이 돌을 두고 싸우는 모습을 보았다. "대머리 둘이 빗을 두고 싸운다." 예전 숙주는 이렇게 표현했다. 리오에서는 손목시계 때문에 관광객이 살해당하는 장면을 보았다. 인간은 속임수, 착취, 피해, 감금의 구덩이에서 살고 있다. 매번, 인간이란 종족은 낭비할 수 있는 것이라면 가리지 않고 낭비한다. 이런 쓰레기는 유독한 존재이다. 그러나 나는 숙주를 더이상 해치지 않는다. 이미 독은 차고 넘치니 말이다.

궁가는 청소를 하고 침대보를 빨 물을 끓이며 호텔에서 아침을 보냈다. 다른 이의 시선으로 캐스퍼와 셰리를 다시 보니 새로운 세입자가 들어온 옛 집을 방문한 듯한 기분이었다. 둘은 돈을 내고 자신들이 빌린 지프가 오길 기다렸다. 나는 캐스퍼가 배낭을 메는 동안 덴마크어로 안녕이라고 말했지만 캐스퍼는 궁가가 몽골어로 뭔가 말했다고 여길 뿐이었다.

궁가는 침대를 정돈하며 캐스퍼와 셰리가 침대에 누워 있는 장면을 상상했고, 오윤과 곰보의 막내아들 생각을 했다. 그리고 도시에 퍼지고 있는 미성년자 매춘과 경찰이 외국 돈으로 임금을 받는다는 소문을 생각했다. 호텔 소유자인 엔츠뱃 부인이 회계장부를 기입하기 위해 들렀다. 엔츠뱃 부인은 기분이 좋았다. 캐스퍼는 달러로 지불을 했으며, 앤츠뱃 부인은 지참금을 모아야 했다. 궁가가 빨래 물을 끓이는 동안 두 사람은 함께 앉아 짭쪼름한 차를 마셨다.

"궁가, 당신도 알겠지만 난 소문이나 내고 다니는 사람이 아니야."

자그마한 체구의 엔츠뱃 부인이 입을 열었다. 부인은 도마뱀처럼 영리하게 혀를 놀렸다.

"하지만 손주도이가 봤는데, 어제 저녁에 당신 딸 오윤이 곰보 노인의 막내와 걷고 있더래. 사람들 혀가 춤을 춰대기 시작할 거야. 둘은 나담 축제에서도 함께 있었잖아. 손주도이가 곰보의 장남도 오윤에게 빠져 있다고 하더라고."

궁가는 반격했다. "손주도이가 기독교인이 되었다는 게 사실인가요?"

엔츠뱃 부인은 차분히 응수했다. "미국인 선교사의 아파트에 한두 번 가본 거야."

"그 아이 할머니가 그걸 두고 뭐라고 하겠어요?"

"미국인들이 얼마나 못됐는지 알게 된 것뿐이야. 자기들이 믿는 이상한 종교로 개종시켰다고 생각하겠지만 실은 분유만 날린 거지. 왜 그래, 궁가?"

숙주가 불쑥 의심을 품었다. 궁가는 내 존재를 알아챘다. 나는 궁가를 달래려 애썼다.

"아니, 뭔가 꺼림칙해요. 주술사에게 가봐야겠어요."

버스는 붐볐고 꾸무럭거리며 달렸다. 노선 끝에는 소련 시절에 돌아가던 공장이 버려져 있었다. 궁가는 이미 그 공장이 무엇을 만들던 곳인지조차 잊었다. 나는 궁가의 무의식을 찾아봐야 했다. 총알이었다. 야생화는 짧은 여름 시간을 요긴하게 쓰고 있었고 야생견은 뭔가의 시체를 뜯어대고 있었다. 오후는 메마르고 서늘했다. 버스에 탔던 사람들은 언덕 기슭에 들어선 파오들 사이로 뻗은 길을 따라 터벅터벅 걸었다. 궁가는 그 사람들과 함께 걸었다. 받침대를 따라 거대한 파이프가 뻗어 있었다. 파이프는 한때 공공 난방 시스템의 일부였지만 보일러가 작동하려면 러시아의 석탄이 필요했다. 몽골의 석탄은 보일러를 작동시키기에는 너무 낮은 온도를 냈다. 이곳 주민들 대부분은 똥을 태우던 시절로 돌아갔다.

　궁가의 사촌이 임신을 하지 못해서 이 주술사를 찾아갔다. 아홉 달 뒤, 궁가의 사촌은 쌍둥이 형제를 낳았다. 행운의 표시인 대망막*을 그대로 달고 나왔다. 주술사는 대통령의 자문이었으며 말(馬)을 치료하는 사람으로도 명성이 높았다. 사람들 말에 따르면 이 주술사는 서쪽 끝의 바양 올기 지방에 있는 타반보그 기슭에서 이십 년 동안 은둔자로 지냈다고 했다. 소련 점령기 동안 이 지역 관리들은 사람들을 홀린다는 죄목으로 주술사를 체포하려 했지만 주술사를 체포하러 간 사람은 모두 머리가 텅 비어 빈손으로 돌아왔다. 주술사는 이백 살이었다.

　나는 주술사와의 만남을 기대하고 있었다.

---

* 태아의 머리를 덮고 있는 양막의 일부.

내게는 특별한 능력이 있다. 나는 나이를 먹지도 않고 잊지도 않는다. 나는 세상 인간 그 누구도 이해할 수 없는 자유를 누린다. 하지만 나를 가둔 창살은 나 자신이었다. 나는 의식이 늘 깨어 있는 단 한 가지 상태에 갇혀 있다. 나는 자거나 꿈꾸는 방법을 몰랐다. 그리고 내가 가장 알기 원하는 지식이 나를 피해 다녔다. 나와 함께 태어난 이야기의 근원을 결코 찾아낼 수 없었고, 나와 같은 존재가 또 있는지 절대로 알아낼 수 없었다.

마침내 성산 기슭에 있는 마을을 떠난 후 나는 동남아시아 전역을 여행하며 노인들 마음속 다락방과 지하실을 들여다보며 혹시 몸이 없는 다른 정신이 있는지 찾아다녔다. 내 종족일 수 있는 존재에 대한 전설은 찾아냈지만 명확한 증거는 하나도 없었다. 나는 1960년대에 태평양을 건넜다.

나 때문에 미쳐버린 의사를 기억했기에 나는 대부분 침묵을 지키며 지냈다. 거쳐가는 사람들을 줄줄이 신비론자, 미치광이, 글쟁이로 만들고 싶진 않았다. 한편 내가 들어갔던 사람이 이미 신비론자, 미치광이, 글쟁이일 경우 나는 말을 걸곤 했다. 부에노스아이레스에서 만난 작가는 심지어 내 존재에 대한 이름을 제안하기까지 했다. '논코르품'* 그리고 복수일 때는 '논코르파'라 이름 붙였다. 나는 그 남자와 형이상학에 대해 논쟁하며 즐겁게 몇 달을 보냈고 우리는 함께 이야기도 몇 개 썼다. 그러나 '나'는 결코 '우리'가 될 수 없었다. 1970년대 나는 〈내셔널 인콰이어러〉에 광고

---

* 육체가 없다는 뜻의 라틴어.

를 냈다. 미국에 사는 인간들은 다른 곳에 사는 인간들보다 더욱 미쳐 있다. 내가 받은 열아홉 통의 응답을 일일이 추적했다. 모두가 신비론자나 미치광이 또는 글쟁이였다. 심지어 미 국방부에서도 단서를 찾아보았다. 나는 심지어 나마저 놀랄 만한 사실을 많이 발견했지만 '논코르파'와 관련된 내용은 아무것도 없었다. 나는 유럽에 간 적은 없었다. 그곳은 핵 미사일의 그늘 아래 차갑게 죽어 있는 지역 같아 보였다.

나는 백 명도 넘는 숙주로부터 지식을 쌓았지만 여전히 내 근원에 대해서는 아무것도 알지 못한 채 성산으로 돌아갔다. 나는 방황하는 데 지쳤다. 성산은 지구상에서 내가 소속감을 느끼는 유일한 곳이었다. 십 년 동안 나는 성산 비탈의 수도승들 사이에서 살았다. 나는 무척 평온한 삶을 꾸려갔다. 나는 찻집 노파와 우정을 쌓았으며 노파는 내가 말하는 나무라고 믿었다. 그때가 내가 인간과 이야기한 마지막이었다.

"들어오너라, 딸아."
파오 안에서 주술사 목소리가 들렸다.
햇볕에 탈색된 턱뼈가 문에 걸려 있었다. 궁가는 돌연 겁에 질려 어깨너머로 돌아봤다. 사내아이 하나가 붉은 공을 가지고 놀고 있었다. 사내아이는 안개 낀 푸른 하늘 높이 공을 던지고 지켜보다가 떨어지는 공을 받았다. 오부가 있었다. 돌과 뼈를 쌓아놓은 신성한 더미였다. 궁가는 오부에게 축복을 빈 뒤 연기 자욱한 어둠 속으로 들어갔다.
"들어오너라, 딸아."

주술사는 자리 위에 앉아 명상을 하고 있었다. 천장 골조에 등불이 매달려 있었다. 우지 초가 구리 접시에서 지글거렸다. 파오 뒤쪽은 동물 가죽이 걸려 벽을 이루었다. 향 때문에 공기가 깔끄러웠다.

입구 옆에는 조각을 새긴 상자가 있었다. 궁가는 상자를 열고 전날 캐스퍼가 팁으로 준 돈 대부분을 넣었다. 그리고 신발을 벗고 주술사 앞에 무릎을 꿇었다. 파오의 오른쪽, 여자들이 앉는 곳이었다. 주술사는 주름진 얼굴 때문에 나이를 추측할 수 없었다. 엉클어진 회색 머리털의 주술사는 돌연 감고 있던 눈을 크게 떴다. 주술사는 낮은 탁자에 놓인 금 간 찻주전자를 가리켰다.

궁가는 뼈잔에 검은 무취의 액체를 따랐다.

"마셔라, 궁가." 주술사가 말했다.

숙주가 마셨고 말을 하려 하자 주술사가 손으로 입을 막았다.

"네 안에 영혼이 살고 있기 때문에 여기 왔구나."

"네."

궁가와 나 둘이 대답했다. 궁가는 다시금 나를 느꼈고 잔을 떨어뜨렸다. 잔에 남아 있던 액체가 양탄자에 번지며 얼룩을 남겼다.

"그러면 그 영혼이 무엇을 원하는지 알아내야 하겠구나."

주술사가 말했다. 궁가의 심장이 상자에 갇힌 박쥐처럼 뛰었다. 나는 궁가의 의식을 부드럽게 닫았다. 주술사는 변화를 눈치챘다. 주술사는 깃털을 집어들더니 허공에 상징을 그렸다.

"내가 누구와 이야기를 하고 있는 건가? 이 여자의 조상인가?" 주술사가 물었다.

"내가 누군지 나도 모른다." 궁가의 목소리로 내가 대답했다. 마르고 갈라지는 목소리였다. "나 자신이 누군지 알고 싶다." '나' 라는 단어를 다시 한번 입 밖에 내어 말하니 이상한 느낌이 들었다.

주술사는 침착했다. "네 이름은 무엇이냐, 영혼이여?"

"나는 이름이 필요한 적이 없었다."

"너는 이 여인의 조상이냐?"

"그 질문은 이미 했다. 아니다. 내가 알고 있는 한은 말이다."

주술사는 뼈와 뼈를 서로 부딪히며 내가 알지 못하는 언어로 무엇인가 중얼거렸다. 주술사는 갑자기 벌떡 일어나 손가락을 갈고리처럼 구부렸다.

"쿠크데이 머젠 칸의 이름으로 너를 이 여자의 몸에서 내보내겠다!"

거참, 인간 남자들이란. "그러면 대신 당신은 무엇을 해주겠는가?"

주술사가 외쳤다. "가거라! 밤과 낮을 갈라놓은 에르크히 머젠의 이름으로 내가 명하노라!" 주술사는 딸랑거리는 자루를 궁가 위로 흔들었다. 주술사는 숙주 위로 향 연기를 뿜었고 얼굴에 물을 약간 뿌렸다. 주술사는 숙주를 바라보며 반응을 기다렸다.

"주술사, 나는 뭔가 좀더 지적인 것을 바랐어. 아주 오랜만에 사람과 제대로 대화를 하는 거라고. 그리고 그 물로 차라리 궁가를 씻기는 게 궁가에게 더 잘 해주는 걸 거야. 궁가는 몽골인이 땀을 흘리지 않는다고 믿기 때문에 씻지 않고 그래서 이가 있다고."

주술사는 인상을 찡그리고 궁가의 눈을 보며 뭔가 궁가의 것이 아닌 것을 찾았다.

"네 말은 날 당황케 한다, 영혼이여. 그리고 네 마법은 강하다. 너

272

는 이 여인이 아프길 원하는가? 너는 마귀인가?"

"뭐, 강하기는 해도 한창때만은 못하지. 하지만 날 마귀라고 하고 싶지는 않아."

"이 여인에게서 무엇을 원하는가? 무엇이 너를 괴롭히는가?"

"한 가지 기억. 그리고 다른 모든 것의 결핍."

주술사는 주저앉아 처음 보였던 평온함을 되찾았다.

"네가 살아 있는 몸으로 걸어다닐 때 네 부족은 어디였는가?"

"왜 내가 인간이었을 거라고 생각해?"

"그럼 무엇이었단 말인가?"

"나도 묻고 싶군."

주술사가 인상을 찡그렸다.

"넌 신기한 존재로다. 너 같은 부류 가운데에서조차 말이야. 넌 아이처럼 말하고 있다. 사라지기를 기다리는 존재가 아니란 말이야."

"'나 같은 부류'라니 무슨 뜻인가?"

"나는 주술사다. 영혼과 이야기를 하는 것이 내 직업이다. 내 스승, 그리고 내 스승의 스승이 그러했듯 말이다."

"당신 마음을 조사하게 해줘. 당신이 본 게 무엇인지 보고 싶다."

"영혼은 다른 영혼과 교감을 하지 않는가?"

"나는 아니야. 다른 영혼들은 나와 그러지 않는다. 부탁이니 내가 들어가게 해줘. 저항하지 않는 편이 당신에게 안전할 것이다."

"만약 네가 날 잠시 지배하게 놔두면 이 여인에게서 떠나가겠는가?"

"주술사여, 이건 계약이다. 만약 당신이 궁가를 만지면 나는 바로 궁가를 떠날 것이다."

나는 터널들이 서로 연결되어 있는 듯한 기억들을 경험한다. 일부는 뚫려 있고 밝게 빛이 나고 어떤 것은 지하묘지 같다. 어떤 곳은 방어가 되어 있고 어떤 곳은 벽돌로 막혀 있다. 터널은 터널로 연결되어 더욱 아래로 깊어진다. 기억도 그렇다.

하지만 기억에 접근하는 것이 진실에 접근한다는 보장이 되지는 못한다. 많은 마음들이 개정된 지도를 따라 기억을 새로운 방향으로 돌린다. 주술사의 기억 속 터널들에서 나는 죽은 자의 영혼 또는 주술사나 주술사를 찾아온 손님 또는 그 둘 모두의 망상인 듯한 것을 만났다. 혹은 논코르파일 수도 있다! 어쩌면 수많은 발자국이 있을 수도, 어쩌면 없을 수도 있었다. 아니 어쩌면 증거는 있되 내가 인식할 수 없는 형태로 존재할 수도 있었다. 나는 더욱 깊게 찾아보았다.

나는 이십 년 전 사막의 여름밤 불빛 옆에서 들은 이 이야기를 찾아냈다.

여러 해 전, 붉은 전염병이 이 땅에 살금살금 다가왔다. 수천 명이 죽었다. 건강한 자들은 병든 자를 뒤로 하고 달아나며 그저 '운명이 죽은 자로부터 산 자를 걸러내리라'고 할 뿐이었다. 새들의 땅에 버려진 사람들 가운데 열다섯 살 난 타르바라는 남자아이가 있었다. 아이의 영혼이 육체를 떠나 망자의 언덕들을 지나 남쪽으로 걸어갔다.

지옥의 칸이 사는 파오에 아이의 영혼이 나타났을 때 칸은 깜짝 놀랐다.

"왜 네 몸이 아직 숨을 쉬고 있는데 몸을 떠났느냐?"

"전하, 산 자들은 제 몸이 죽었다고 생각합니다. 저는 늦기 전에 제 충성을 맹세하려고 이곳에 왔습니다."

지옥의 칸은 타르바가 보인 충성에 감동했다.

"나는 너의 시간이 아직 다 되지 않았다고 선고하노라. 너는 내가 가진 가장 빠른 말을 타고 새들의 땅에 있는 네 몸에게 돌아가거라. 하지만 돌아가기 전에 내 파오에 있는 물건을 하나 골라 가져가도 된다. 보라! 여기에는 부와 번영과 아름다움, 황홀함, 고뇌와 비애, 지혜, 욕망, 기쁨이 있노라…… 골라보거라. 무엇을 가지겠느냐?"

타르바가 말했다. "전하, 저는 이야기를 고르겠습니다."

타르바는 이야기들을 가죽 주머니에 넣고 지옥의 칸이 가진 가장 빠른 말을 타고 새들의 땅으로 돌아왔다. 타르바가 돌아왔을 때 까마귀 한 마리가 벌써 타르바의 눈을 쪼아먹고 있었다. 그러나 타르바는 감히 망자의 언덕들로 돌아갈 용기가 나지 않았다. 그랬다가는 칸을 욕되게 할까 두려웠기 때문이다. 그래서 타르바는 자기 육체에 들어가 일어났고, 비록 눈이 멀었지만 백 년을 살며 지옥의 칸이 준 말을 타고 몽골을 여행했다. 극서에 있는 알타이 산맥부터 남쪽의 고비 사막, 헨티 누루 강을 누비며 이야기를 해주고 미래를 예언했으며 원주민들에게 자기들 땅이 만들어진 전설을 가르쳐주었다. 그리고 그때부터 몽골인들은 서로서로 전설을 전해주었다.

나는 남쪽으로 가기로 결심했다. 타르바처럼. 만약 현실에서 실

마리를 찾을 수 없다면 전설에서 찾아야 할 터였다.

*

자르갈 친조력은 낙타처럼 튼튼하다. 자르갈은 자기 가족과 트럭만 믿는다. 어렸을 때 자르갈은 몽골 공군 파일럿이 되고 싶었지만 부모님은 수도에 있는 당 학교 입학에 필요한 뇌물을 준비할 능력이 없었고, 그래서 자르갈은 트럭 운전사가 되었다. 길게 보면 그는 운이 좋았던 듯하다. 몽골 공군을 구성하는 녹슨 비행기 몇 대가 다시 운항하기 시작하면 무슨 일이 벌어질지 아무도 모르기 때문이다. 의회에서는 몽골이 주변국들, 심지어 하잘것없는 카자흐스탄조차 제대로 막을 능력이 없다면서 공군을 완전히 개편해야 한다는 의견을 보였다. 경제 붕괴 때문에 연료를 구하기 어려웠고, 자르갈은 연료를 구해줄 수 있는 사람이라면 누구든 가리지 않고 일해주었다. 암시장 상인, 이론적으로는 민영화된 철강회사, 목재회사, 정육업자 등 분야도 가리지 않았다. 자르갈은 아내를 웃길 수만 있다면 무슨 일이든 하려 했다. 심지어 코에 양말을 걸고 발정난 야크처럼 소리를 내며 아내를 쫓아다니기까지 했다.

울란바토르에서 달란자가드까지, 우리가 여행하는 길은 이 나라에서 그나마 가장 좋은 길이다. 이 길은 대개는 비가 오는 날에도 통행이 가능하다. 자르갈은 길이 이백구십삼 킬로미터인 이 도로 어디에 구멍이 있고 굽이가 있고 도랑이 있는지, 검문소와 검문소 경비는 누구인지까지 구석구석 다 알고 있다. 자르갈은 어느 주유기에 가솔린이 언제 들어 있는지 정확히 꿰뚫고 있었으며, 삼십 년 된 러시아제 트럭 각 부품의 수명이 얼마나 남았으며 부품을 구할 수 있는 곳이 어디인지 훤히 꿰뚫고 있었다.

지평선이 넓어지고 산맥이 이리저리 몸을 뒤척이더니 풀밭이 나타나자 몸을 누인다. 그곳에는 나무가 한 그루 외로이 서 있다. 표지판. 1990년 이후로 계속 문이 닫혀 있는 먼지 낀 찻집. 소련군이 운영하다가 이제는 배관과 철조망을 걷어낸 채 버려진 병영.

태양이 위치를 바꾼다. 마멋* 모양을 한 구름. 자르갈은 눈에서 땀을 닦고 중국 담배에 불을 붙인다. 자르갈은 작년에 태워준 캐나다인이 준 말보로를 떠올린다. 산등성이에 적갈색 말이 서서 길을 굽어본다. 저쪽 바위 너머에 부락이 있다. 하늘에 있던 거대한 마멋은 실린더 밸브가 된다. 달란자가드에서 칠십 킬로미터 떨어진 곳에는 거인 머리처럼 생긴 바위가 있다. 오래전 레슬링 선수가 거대한 뱀 머리를 그 바위에 쳐 으깼다고 한다. 저녁 한기에 하늘은 맑은 옥색으로 바뀐다.

자르갈이 담배를 한 대 더 피워문다. 오 년 전 이 근처 바로 이 비탈을 지난 곳에서 프로판 가스를 실은 트럭 한 대가 굴러떨어졌다. 사람들은 불에 타고 있는 운전사가 이제는 영원히 늦어버린 도움을 바라며 도로로 달려오던 모습이 아직까지도 눈에 선하다고 했다. 자르갈은 그 운전사와 아는 사이였다. 둘은 트럭 운전사 숙소에서·함께 술을 마시곤 했다.

---

* 땅을 파고 구멍에 사는 설치류의 동물.

자르갈은 저 멀리 마을 불빛을 보고 첫째 아들을 낳던 날의 아내 모습을 생각한다. 자르갈은 고모인 엔츠뱃 부인이 갓난 딸아이를 위해 낡은 실과 옷 조각으로 만들어준 염소 장난감을 생각한다. 딸아이는 아직 말도 못하는 어린 나이지만 안장 위에서 태어난 듯 벌써 말을 탄다……

자부심은 내가 한 번도 느껴보지 못한 감정이다.

군복 재킷을 입은 비쩍 마른 남자가 얼굴을 찌푸렸다.

"자네는 한 번도 옛날 이야기에 관심을 보인 적이 없었잖아. 러시아인들이 이곳에 있었을 적에는 그런 이야기를 하는 것 자체가 금지였어. 할 수 있는 이야기라고는 혁명 영웅에 대한 개소리들뿐이었지. 당시 나는 선생이었어. 홀로인 초이발산이 우리 학교에 왔었다는 얘기를 했던가? 대통령이 직접?"

"십오 분쯤 전에 했어, 이 망령 난 노인네야."

듣고 있던 입 싼 사람 하나가 중얼거렸다. 바에 있는 라디오에서는 일본어와 영어로 된 팝송이 나왔다. 서너 명이 체스를 했지만 너무 취해 규칙을 제대로 기억하지 못했다.

노인이 말을 계속했다.

"만약 학교에서 옛날 이야기를 하면 '재교육' 대상이 되는 거야. 심지어 칭기즈칸 이야기도 안 돼. 러시아인들은 칭기즈칸이 봉건적 인물이라더군. 이제는 모두들 칭기즈칸이 자기네 동네에서 태어났다고 우기지……"

"참 재미있네요." 내가 말했다. 자르갈은 지루했다. 자르갈을 정중히 다루며 여기 계속 있게 하기가 어려웠다. "세상의 종말에 대해 생각했던 동물 세 마리 이야기 아시나요?"

"나에 대한 이야기를 몇 가지 해줄 순 있지. 홀로인 초이발산이 우리 학교에 온 이야기를 해줬던가? 크고 검은 차를 타고 왔지. 검은색 질이었지. 만두를 하나 더 먹어야겠군. 그런데 왜 갑자기 옛날 이야기에 관심이 생긴 거지?"

"제가 사드릴게요. 보세요, 크고 맛있는 거예요…… 돼지 기름도 많고요. 아들 때문이에요. 같은 이야기를 두 번 해주면 투덜거린다고요. 애들이 어떤지 아시잖아요. 늘 새로운 걸 원하죠…… 제가 어렸을 때 세계의 운명에 대해 생각하는 동물 세 마리 이야기를……"

비쩍 마른 남자가 트림을 했다.

"이야기에는 미래가 없어…… 이야기는 과거를 다루는, 박물관을 위한 거지. 시장 자유주의 시대에 이야기가 설 자리는 없어."

돌연 고함 소리와 함께 싸움이 벌어졌다. 체스를 두던 사람들이 휘파람을 불었다. 창문이 깨졌다.

"그 사람은 크고 새까만 차를 타고 왔어. 경호원, 비서, KGB들이 있었지. 모스크바에서 훈련받은 사람들이었어."

술 취한 사람이 식탁에 올라 고함을 지르며 상대방을 공격했다. 가면처럼 생긴 몽골반점이 있는 남자가 판자로 상대편 머리를 후려쳤다. 나는 포기하고 자르갈과 함께 자리를 떴다.

"이야기?"

박물관에서 일하는 남자는 자르갈과 나를 놀란 눈으로 보았다.

"네." 내가 입을 열었다.

남자는 소리내어 웃기 시작했고 나는 남자를 한 대 치려는 자르갈을 말려야 했다. "몽골 이야기에 누가 뭐하러 관심을 갖겠어?"

"왜냐면 그게 우리 문화니까요. 그리고 당신에게 이야기를 해달라는 게 아니에요. 이야기들이 어디서 나왔는지 알려달라는 거예요." 내가 대답했다.

정적. 나는 벽시계가 멈춰 있는 것을 봤다.

"자르갈 친조렉," 큐레이터가 말했다. "자네, 트럭에서 너무 오래 지냈어. 아니면 가족이랑 너무 오래 지냈던가. 자네는 평소에도 이상했지만 이제는 미친 늙은이나 관광객처럼 굴고 있잖아……"

몽골에서 가장 멋지게 양복을 갖춰입은 남자가 사무실에서 걸어나왔다. 박물관장은 아무것도 아닌 것에 껄껄거리는 그 남자와 같이 껄껄댔다. 양복 입은 남자는 서류가방을 들고 껌을 씹고 있었다.

큐레이터가 계속 말했다.

"여긴 박제한 새들이 있어. 몽골와 러시아의 영원한 우정을 보여주고 있지. 떠나간 러시아인들에게 들키지 않고 감춰둔 공룡 뼈, 두루말이, 자나바자르 청동 제품이 있지. 하지만 자네가 원하는 게 그런 정보라면 여기엔 올 필요 없어, 말했잖아!"

양복 입은 남자가 고개를 들었다. 흐린 날이었는데도 선글라스를 쓰고 있었다. 돌연 남자가 우리를 향해 말했다.

"이름은 기억이 안 나지만 달란자가르에 몽골 옛날 이야기를 모으는 사람이 있어. 별난 생각이지. 그걸 영어로 옮겨 관광객들에게 팔 심산이더군. 작년에 정부 출판사에 그 계획을 제출했지. 거절당했어. 그럴 종이가 없으니까. 하지만 로비를 좀 했다니까 다음번에는 성공할 거야."

양복 입은 남자가 나갔다. 나는 그 남자가 고마웠다.

"자, 자르갈 친조렉, 그만 가주겠어? 점심시간이야."

큐레이터는 안도감에 한숨을 쉬며 사무실 문을 닫았다.

자르갈은 큐레이터의 손목시계를 보았다.

"하지만 이제 겨우 열시 삼십분이잖습니까."

"맞아, 우리는 세시에 다시 열 거야."

아침 하늘에 떠 있는 달이 거미줄로 만든 공처럼 보였다.

"선생님!" 자르갈이 박물관 앞 텅 빈 도로를 뛰어갔다. 양복 입은 이는 일제 사륜구동 차에 타는 중이었다. 자르갈은 불안했다. 이런 차를 가진 사람이라면 힘있는 사람일 터였다. "선생님!"

양복 입은 남자가 재킷에 넣은 손을 꿈틀거리며 몸을 돌렸다. "뭐야?"

"방해드려 죄송합니다, 선생님. 하지만 방금 말씀하셨던 신사분 이름을 기억해내주시면 안 될까요? 민속학자라고요? 제게는 아주 중요하답니다."

남자의 경호원이 일어났다. 나는 트럭 운전사에게 어울리지 않는 말을 썼다. 양복 입은 남자는 이마를 만졌고 열쇠 꾸러미를 떨어뜨렸다. 자르갈이 열쇠 꾸러미를 집어 남자에게 건넸다. 나는 둘이 확실히 닿게 하고 이주했다. 궁가처럼 이 남자의 마음도 뚫고 들어가기 어려웠다. 보기 드물 정도로 사악했으며 차가운 버터 벽을 통과하는 느낌이었다.

새로운 숙주의 기억을 오래 더듬을 필요가 없었다.

"그 사람 이름은 보두야." 지나가던 사람 몇이 움직이지 않는 그를 바라보았다. 새로운 숙주가 정신을 차렸다. "이제 그만 가보겠네. 늦으면 안 되는 중요한 약속이 있어서."

아, 그래, 그렇다. 여기에 모습이 있다. 보두는 작고 안경을 쓴 대머리 남자로, 짧은 구레나룻에 텁수룩한 콧수염을 기르고 있다. 우리는, 당신과 나는 보두를 만나리라. 당신은 나를 나의 근원을 알 수 있는 곳으로 데려가리라.

나는 자르갈이 이상한 꿈에서 깨어나 걸어가는 모습을 지켜보았다.

새로운 숙주는 푼살마지인 슈바타였고, 몽골 KGB의 상급 요원이자 힘없는 사람을 경멸하는 자였다. 우리는 사륜구동차로 먼지를 일으키며 남쪽으로 속력을 높였다. 슈바타는 껌을 씹었다. 풀밭이 드문드문해졌고 낙타는 더욱 말라빠졌으며 공기는 더욱 메말라갔다. 달란자가드로 통하는 길에는 표지판이 없었지만 길이 다른 곳으로 갈라지지도 않았다. 검문소 경비원이 경례를 했다.

나는 숙주를 이렇게 개인적으로 쓰는 데 죄책감이 들었지만 슈바타의 과거를 알게 되자 마음이 가벼워졌다. 슈바타는 지금까지 스무 번도 넘게 사람을 죽였으며 그보다 몇 배나 되는 사람들을 불구로 만들거나 고문하는 일을 감독했다. 슈바타는 모스크바에서 일하던 예전 상관, 그리고 페테르부르크에 있는 새로운 상관들 돈을 착복해 제네바에 있는 작은 금고에 꽤 저축했다. 심지어 나조차도 슈바타의 양심이 있어야 할 곳에서 텅 빈 구멍밖에 볼 수 없었다. 이 구멍 바깥에 있는 슈바타의 마음은 차갑고 티 한 점 없이 잔인했다.

밤이 되자 나는 슈바타에게 차를 멈추고 다리를 편 뒤 커피를 마시게 했다. 다시 별을 보니 좋았다. 별로 가득한 깊은 호수. 인간은 도시 위 하늘을 흐릿하게 뒤덮었다. 하지만 슈바타는 별을 보며 사색에 잠기는 인간이 아니었다. 열다섯번째로 슈바타는 자신이 지금 무엇을 하고 있는 것일까 생각했고 나는 그 생각을 지워버려야 했다. 우리는 트럭 운전사 숙소에서 밤을 보냈으며 숙소 주인과 거의 말을 하지 않았다. 그리고 슈바타는 숙박비를 지불할 생각이 없었다. 나는 달란자가드 박물관에서 일하는 민속학자 겸 큐레이터인 보두에 대해 물어보고 다녔지만 그 사람을 아는 이는 아무도 없었다. 숙주가 자는 동안 나는 궁가로부터 얻은 러시아어 능력을 확장시킬 수 있었다.

다음날 언덕들은 평평한 자갈밭으로 바뀌었고 고비 사막이 시작되었다. 나는 이 모든 것에 지치기 시작했다. 또다시 말과 구름과 아무도 이름을 모르는 산맥이 펼쳐지다니. 슈바타의 정신은 전혀 도움이 되지 않았다. 대부분의 인간들은 머릿속으로 계속해 대화를 만들고 다듬고 이미지들을 그리고 섞고 자신에게 농담을 하거나 들었던 음악을 다시 되새기곤 했다. 하지만 슈바타는 아니었다. 차라리 사이보그에게 이주하는 편이 더 나았다.

슈바타는 개 시체 위로 차를 몰면서 먼지투성이 주도인 달란자가드로 향했다. 하늘에서 뚝 떨어지듯 회오리바람 가득한 평원에 자리 잡은, 아무런 치장도 없는 곳이었다. 스카프를 쓴 여인들이 달걀과 마른 음식을 팔고, 잔디조차 없는 저주받은 공원, 외곽으로 퍼져나온 교외 지역과 삼사 층짜리 건물 몇 개. 먼지 가득한 도로,

불결한 병원, 부패한 우체국, 찾는 이 없는 백화점. 공룡 알을 오백 달러에, 고비 알타이 산맥에서 남쪽으로 가져온 흰표범 가죽을 이만 달러에 파는 뒷골목 암시장 건물. 슈바타는 몽골의 최남단 지방에 대해 관심이 없는 만큼이나 아는 것도 없었다.

슈바타가 가서 겁을 줄 수 있는 경찰서도 있었지만 나는 보두에 대해 물어보기 위해 슈바타를 곧장 박물관으로 향하게 했다. 문은 잠겨 있었지만 슈바타는 몽골에 있는 어떤 문이든 열 수 있었다. 안은 얼마 전에 본 박물관과 비슷했고 정적이 감돌았다. 큐레이터의 사무실은 비어 있었다. 거대한 독수리 박제가 콘도르라고 이름이 잘못 붙은 채 천장에 달려 있었다. 녀석의 유리 눈알은 빠져 있었고 어디선가 굴러다니고 있을 터였다.

텅 빈 서점에서는 중년 여인이 뜨개질을 하고 있었다. 여인은 잠긴 박물관에 사람이 들어온 모습을 보고도 놀라지 않았다. 지난 몇 년 동안 여인이 뭔가에 놀란 적이나 있을지 궁금했다.

"'보두'를 찾고 있다." 슈바타가 말했다.

여인은 고개조차 들지 않았다. "보두는 어제 안 왔어요. 오늘도 안 왔어요. 내일 올지 안 올지 전 모르겠군요."

슈바타의 목소리가 속삭이듯 작아졌다. "그러면 존경하옵는 큐레이터께서 어디로 휴가를 갔는지 물어봐도 되겠나?"

"묻는 거야 자유지만 제가 기억이 날지 모르겠군요."

내가 이주한 뒤 처음으로 슈바타가 기뻐했다. 슈바타는 총을 카운터 위에 올려놓고 안전장치를 푼 다음 독수리를 매달아놓은 고리를 겨냥했다.

탕!

독수리는 바닥에 떨어졌고 그 충격에 석고, 가루, 깃털로 분해되었다. 총소리가 텅 빈 방들을 뒤지며 자기 꼬리를 쫓아다녔다.

여인은 뜨개질 감을 허공으로 높이 던졌다. 입을 벌리고 있는 사이로 엉망진창인 치열이 보였다.

"이봐, 이빨이 엉망인 개좆 같은 년아. 우리 짧은 면담이 어떻게 진행될지 설명해주지. 내가 질문을 하면 너는 대답을 하는 거야. 네가 조금이라도 꾸물거린다는 느낌만 들어도 다음 십 년은 영광스런 조국에서 저 멀리 떨어진 똥통 같은 감옥에서 보내게 될 거야. 무슨 말인지 알아들어?" 슈바타가 속삭였다.

여인은 창백해져 우물거리며 뭔가 말하려 했다.

슈바타가 권총을 들이댔다. "대답을 못 들은 거 같은데 그래."

여자가 속삭이는 목소리로 "네"라고 했다.

"좋아, 보두는 어디 있지?"

"보두는 KGB가 온다는 말을 들었어요. 도망쳤어요. 맹세합니다. 어디로 간다고 말하지 않았습니다. 선생님께서 KGB인 줄 몰랐습니다. 맹세합니다. 몰랐습니다."

"그러면 보두는 이 잘난 도시 어디에 살고 있지?"

여인이 망설였다.

슈바타는 한숨을 쉬더니 재킷 주머니에서 황금 라이터를 꺼냈다. 슈바타는 카운터 위 금연이라고 적힌 카드에 불을 붙였다. 떨고 있는 여인, 슈바타, 나는 카드가 쪼그라들며 타서 검은 재가 되는 모습을 지켜보았다.

"감옥에 갇혀 병신이 되고 싶은 모양이지? 네 남편, 자식 불알을 발라버리길 원하는 거야? 아동학대로 악명 높은 바얀 올지의

무슬림 고아원에서 네 아이들을 맡아 키우게 하고 싶은 모양이
지?"

여인의 마스카라 사이로 땀방울이 솟아났다. 슈바타는 여인 머
리를 유리 카운터에 메어꽂아볼까 나른하게 생각했으나 내가 그
생각을 막았다. 여인은 신문 여백에 주소를 끄적여 넘겨주었다.

"보두는 딸과 함께 삽니다, 선생님."

슈바타가 벽에서 전화선을 잡아뺐다.

"고마워, 잘 지내."

슈바타는 집을 맴돌았다. 시 외곽에 있고 문이 하나뿐인 작은
조립식 집이었다. 많이 올 때는 한 해에 열 번 정도 내리는 빗물을
받는 통이 있었고 차마 텃밭이라고 부르기 민망한 땅이 보였다. 바
람은 시끄럽고 먼지가 가득했다. 숙주는 권총을 꺼낸 뒤 문을 두드
렸다. 나는 슈바타가 알아차리지 못하게 안전핀을 잠갔다.

보두의 딸이 문을 열었다. 선머슴 같은 여자아이는 십대 후반이
었다. 여자아이는 우리가 오리라는 것을 알고 있었다. 슈바타는 여
자아이가 집에 혼자 있다고 추측했다.

"고통 없이 일을 하도록 하자. 내가 누구고 뭘 원하는지 넌 알고
있어. 네 아버지는 어디 있지?" 슈바타가 말했다.

"아버지가 어디에 있는지 바로 대답할 거라고 정말로 기대하는
건 아니겠죠? 우리는 심지어 무슨 혐의인지도 모른다고요." 이 여
자아이는 용기가 있었다.

슈바타가 싱긋 웃었다. 슈바타의 마음속 어두운 구멍에서 무엇
인가가 콧노래를 불렀다. 슈바타가 여자아이의 몸을 훑어보더니

난도질하는 장면을 상상했다. 슈바타는 앞으로 다가가 여자아이의 팔을 잡았다.

하지만 이번에는 슈바타가 원하는 것을 얻지 못했다. 나는 바그다드를 통과해 코펜하겐까지 운전해 가고 싶은 무시무시한 욕망을 슈바타의 마음에 심어줬고 또한 보두의 딸아이 발에 수백 달러가 든 지갑을 던지게 했다. 나는 여자아이 팔을 통해 이주를 했다. 어려웠다. 여자애의 방어벽은 높고 두꺼웠으며 막 비명을 지르려 했다.

나는 들어왔다. 나는 비명을 틀어막았다. 우리는 무시무시한 KGB가 여자아이 발치에 돈을 집어던지고는 도요타에 올라타 엄청나게 속력을 내며 서쪽으로 질주하는 모습을 지켜보았다. 내 명령이 슈바타를 캐스퍼의 화단이 있는 곳까지 보내지는 못하겠지만 달란자가드에서 멀리 떨어진, 러시아어나 몽골어를 할 줄 아는 사람이 한 명도 없고 격변중인 나라의 불쾌한 국경 순찰대가 있는 곳까지는 확실히 가게 할 수 있었다.

새로운 숙주는 슈바타의 자동차가 사라지는 모습을 지켜보았다. 타이어가 비명을 지르며 사막의 바람 속에 먼지 리본을 흔들어댔다.

여자아이의 이름은 발진이었다. 어머니는 죽었다. 여기 있다! 세계의 운명에 대해 생각하는 셋. 변형이 되어 있었지만 같은 이야기였다. 여자아이의 어머니가 방 저편에서 난로 불빛을 받으며 천을 짠다. 발진은 안전하고 따뜻하다. 베틀이 철컥거린다.

이제 내가 해야 할 일은 이 이야기가 어디서 왔는지를 알아내는 것이었다. 나는 긴장을 푼 발진을 재촉해 자기 아버지 서재로 가게 했다. 그곳에는 보두의 침실과 식당도 있었다. 발진은 아버지의 비서였고 현장 조사를 함께했다. 보두의 책에 대한 메모들이 서랍에 있었다. 이런! 보두는 도망칠 때 메모를 가져갔다.

나는 발진을 침대에 누이고 발진의 의식을 닫은 뒤, 전설의 근원에 대한 정보를 찾아 발진의 기억을 더듬었다. 그 이야기를 여전히 알고 있을까? 나는 기억을, 잊혀진 기억까지 모두 더듬느라 그날 오후의 반을 썼지만 발진이 확실하게 아는 것은 아버지가 안다는 사실뿐이었다.

그렇다면 보두는 어디에 있는 걸까? 어제 보두는 달란자가드 서쪽으로 두 시간 떨어진 자기 동생의 파오로 갔다. 그날 정오까지 발진으로부터 확실한 소식을 듣지 못하면 보두는 사막을 북서쪽으로 가로질러 오백 킬로미터 떨어진 바얀홍구르로 떠날 예정이었다. 나는 발진을 깨워 손목시계를 보았다. 이미 세시였다. 나는 위험은 사라졌고 KGB는 더이상 찾아오지 않을 것이니 아버지에게 연락해 집에 돌아오라고 말해도 된다고 발진을 안심시켰다. 나는 발진이 논리적인 다음 단계를 취하길 기다렸다.

우리는 말 또는 어쩌면 오토바이를 빌려야 했다.

두 시간 뒤, 우리는 달란자가드에서 삼십 킬로미터 떨어진, 그 지방 사투리로 '강물이 굽어드는 곳'이라고만 알려진 자그마한 마을에 도착했다. 발진은 삼촌을 찾았다. 보두의 동생은 지프를 고치고 있었다. 나는 다섯 시간 차이로 보두를 놓쳤다. 보두는 KGB가 민주화 시위에 가담했던 자기 전력을 다시 문제삼는 거라고 믿고 정오가 되기 전에 떠났다. 발진은 삼촌에게 자기 발밑에 떨어졌던 지갑에 대해 이야기했다. 나는 슈바타의 적대적인 모습에 대한 기억을 지웠다. 숫양을 땅에 메다꽂고 십 초 안에 목을 딸 수 있을 정도로 거친 목부(牧夫)인 보두의 동생이 소리내어 웃었다. 발진이 돈의 반을 주자 보두의 동생은 웃음을 멈췄다. 가족이 일 년 동안 먹고살 수 있는 액수였다.

만약 지프를 수리할 수 있다면 그것을 타고 보두를 쫓아갈 수 있었다. 나는 이주를 했고, 자르갈 친조렉이 가지고 있던 자동차에 대한 지식을 이용해 엔진을 재조립했다.

엔진을 다 고치지 못한 상태에서 저녁을 맞았다. 숙주는 밤에 떠나는 것이 위험하다고 생각했기에 우리는 다음날 동이 틀 때까지 기다리기로 했다. 발진은 삼촌에게 아이락*을 한 잔 가져다주었다. 차가운 강물에서 아이들이 수영을 했고 여인들은 빨래를 했다. 강은 고비 알타이 산맥 발치의 겨울 눈이 만든 샘에서 시작되어 흘렀다. 해가 지자 요리 냄새가 났다. 발진의 조카는 목이 긴 류트인 슈드라가를 연습했다. 나이든 남자가 염소들을 불러모으고 있었다. 나는 이들의 이러한 소속감이 너무나 부러웠다.

새로운 소식에 굶주린 남자들이 말을 타고 마을에서 왔다. 사람들은 슈바타가 보두네 집에 간다는 사실을 이틀 전에 트럭 운전사들에게서 들었다. 사람들은 발진이 다시 이야기를 하는 동안 모닥불 주위에 둘러앉았고, 즉석에서 잔치가 열렸다. 젊은 남자들이 발진 앞에서 마술(馬術) 솜씨를 뽐냈다. 발진은 달란자가드 전역에

---

* 말젖으로 만든 술.

서 남녀를 불문하고 가장 훌륭한 궁사였으며 약혼을 하지 않았으며 공무원의 딸이었다. 발진의 숙모는 발효한 말젖에 새 젖을 넣고 저으며 신선한 아이락을 만들었다. 암말들에게는 전해 가을에 만든 타나 풀을 먹였다. 타나는 아이락을 만드는 데 최고였다. 어두워지자 불을 켰다.

숙주의 일곱 살 난 손주가 말했다.

"이야기를 해주세요, 발진 고모. 고모는 재미있는 이야기 많이 알잖아요."

"어떻게?" 코를 질질 흘리는 조그만 남자아이가 물었다.

"큰할아버지의 책 때문이야, 이 바보야. 우리 고모는 큰할아버지가 책 쓰는 걸 도와줬다고. 그렇죠, 발진 고모?"

"무슨 책?" 코찔찔이가 물었다.

"이야기 책 말이야, 이 바보야."

"무슨 이야기?"

"너 정말 경박하구나!" 여자아이는 최근에 배운 단어를 써먹었다. "발진 고모, 낙타와 사슴 이야기 해주세요."

발진이 싱긋 웃었다. 발진은 웃는 모습이 사랑스럽다.

옛날하고도 먼 옛날에는 낙타도 뿔이 있었어. 가지가 여남은 개나 달린 멋진 뿔이었어. 뿔만이 아니었어! 길고 두터운 꼬리도 있었어. 네 머리칼처럼 윤이 났지.

"'윤'이 뭐야?" 코찔찔이가 물었다.

"좀 닥쳐, 이 바보야. 안 그러면 고모가 이야기를 안 해줄 거야. 그렇죠, 고모?"

당시에 사슴은 뿔이 없었단다. 대머리였고, 솔직히 말해 꽤 못생겼어. 그리고 말은 지금처럼 아름다운 꼬리가 없었지. 짧고 뭉툭한 꼬리만 있었어.

어느 날 낙타는 호수로 물을 마시러 갔어. 낙타는 물에 비친 자기 모습에 반했단다. 낙타가 생각했어. '정말 근사하잖아! 난 정말 멋져!'

바로 그때 숲 밖으로 어슬렁거리며 나온 게 누구였게? 바로 사슴이었어. 사슴은 한숨을 쉬었단다.

낙타가 물었어. "무슨 일이 있어? 흠뻑 젖은 햇님 같은 얼굴을 하고 있네."

"동물 잔치에 초대를 받았어."

"공짜로 맛있는 음식을 실컷 먹을 텐데 왜 그래?"

"이렇게 이마가 훌렁 벗겨지고 못생겼는데 어떻게 갈 수 있겠어? 호랑이는 아름다운 외투를 입고 올 거야. 독수리는 화려한 깃털을 입고 올 거고. 제발 낙타야, 몇 시간만 네 뿔을 빌려줘. 꼭 돌려준다고 약속할게. 내일 아침이 되자마자 말이야."

낙타는 관대하게 말했지. "음, 정말로 네 모습이 꽤 끔찍하기는 해. 네 어려운 처지를 도와야겠지. 자, 여기 있어."

낙타는 뿔을 벗어 사슴에게 주었고 사슴은 기뻐 껑충거리며 뛰어다녔지.

"에…… 거기에 뭔가…… 딸기 주스라든가 여하튼 숲속 동물들이 마시는 걸 엎지르지 않도록 조심해줘."

사슴이 말을 만났어.

"안녕, 멋진 뿔이로구나." 말이 말했어.

"그래, 정말 멋지지? 낙타가 내게 준 거야." 사슴이 대답했어.

말이 생각에 잠겼어. "흐음, 잘 부탁하면 내게도 낙타가 뭔가 줄지 몰라."

낙타는 아직 호수에서 물을 마시며 사막의 달을 보고 있었어.

"안녕, 내 친구 낙타야. 오늘 저녁 동안만 네 멋진 꼬리를 내 것이랑 바꾸지 않을래? 오늘 저녁에 멋진 암망아지를 만나러 가는데 그 아이는 오랫동안 네 팬이었어. 네 꼬리를 하고 그 아이를 찾아가면 완전히 내게 넘어올 거야."

낙타는 우쭐했어. "정말? 내 팬이라고? 좋아, 꼬리를 바꾸자. 하지만 내일 아침 일찍 다시 가져와야 해. 그리고 뭔가를 엎지르…… 아니야. 그냥 조심해줘, 알았지? 알겠지만, 세상에서 가장 아름다운 꼬리거든."

그 뒤로 여러 날과 해가 지났지만 사슴은 여전히 낙타의 뿔을 돌려주지 않았고 말이 여전히 낙타의 꼬리를 바람에 흘날리며 평원을 질주하고 있는 모습을 볼 수 있었어. 그리고 어떤 사람들 말로는, 낙타는 호수로 물을 마시러 가면 물에 비친 자기의 벗겨지고 못생긴 얼굴을 보고 분해하며 갈증을 잊는다는구나. 그리고 너희들, 낙타가 목을 길게 빼고 저 멀리를, 저 먼 곳에 있는 모래 언덕이나 산 정상을 찬찬히 보는 모습을 본 적 있니? 그건 낙타가 생각을 하고 있는 거야. '말이 내 꼬리를 언제 돌려줄까?' 하고 말이야. 낙타가 늘 슬픈 표정을 짓고 있는 건 바로 이런 이유 때문이란다.

회오리바람이 지프 표면에 부딪혀 캥거루처럼 튕겨올랐다. 아침 내내 바위 사이에 있는 거라곤 전갈과 신기루뿐이었다.

외떨어진 파오에 보두의 동생이 멈췄다. 바깥에 낙타가 묶여 있었지만 주변에는 아무도 없었다. 고비 예절이 허용하는 대로, 숙주는 파오에 들어가 음식을 준비하고 물을 약간 마셨다. 낙타가 인간처럼 콧방귀를 꼈다. 경계심이 숙주의 무의식 속에서 불타올랐지만 그 원인을 내가 알아내기 전에 사라졌다. 바람은 강했지만 세상은 조용했다. 바람에 맞서거나 날아가거나 일격을 당할 대상은 아무것도 없었다.

우리는 지프로 돌아갔다. 저 멀리서 질주하는 가젤 영양 떼는 강에서 헤엄치는 작은 물고기처럼 보였다. 보두의 동생은 '독수리 입 계곡'으로 차를 몰았고 거기에서 우리는 가게에 들러 바얀홍구르로 가기에 충분한 식량과 휘발유를 샀다. 보두는 아침 일찍 이곳을 지났다. 우리는 보두를 따라잡고 있었다.

하늘 높이 매들이 맴돌았다. 마지막 남은 고비 곰 가운데 한 마리가 숲 가장자리를 따라 휘청거리며 걸어갔다. 고비 곰은 이제 백 마리도 남아 있지 않았다. 보두의 동생은 지프에서 담요를 몇 장 겹쳐 덮고 잤다. 여름이지만 밤에는 추웠다. 구멍난 뼈와 돌 꿈을 꾸었다.

다음날 팔십 마일에 걸쳐 모래 언덕들이 솟아올랐다가 굽이치다가 알알이 흩어졌다. 보두의 동생은 몇 마일이고 계속 끝도 시작도 없는 노래를 불렀다. 망자의 언덕이었다. 구멍 난 뼈와 돌 들이 보였다.

저 멀리 지프 한 대가 멈춰 있는 것이 아른거리며 보였다. 보두의 동생은 그쪽으로 차를 몰고 가서 시동을 껐다. 뒤편에는 대충 만든 차양 아래서 누군가 자고 있었다.

"여보쇼, 괜찮소? 도움이 필요하오? 물이 필요하쇼?"

"그래." 누워 있던 이가 말하더니 돌연 일어나 앉았고, 껌을 씹고 있는 얼굴이 보였다.

"난 네 지프가 필요해. 내 것은 고장난 거 같거든."

푼살마지인 슈바타는 근접 거리에서 총을 두 번 쏘았다. 내 숙주의 각 눈에 한 방씩이었다.

*

아무도 대답하지 않는다. 색깔 없는 불빛. 바깥은 밤인 모양이다. 만약 거기 바깥이 있다면 말이다. 나는 숙주가 없고 벌거벗었다. 모든 얼굴들이 같은 방향을 보고 있고 있다. 여러 연배의 사람들. 한 명이 콜록거린다. 보두의 동생이다. 눈에 난 상처는 이미 나았다. 보두의 동생에게 이주하려 해보지만 그림자로는 이주할 수가 없다. 정적이 이렇게 깊을 수 있다는 것을 처음 알았다. 나 자신으로 존재하며 거의 모든 것을 이해해왔다고 생각했다. 하지만 나는 거의 아무것도 이해하지 못했다.

누군가 일어나 커튼을 제치고 파오를 나선다. 그렇게 간단하게? 나는 그 사람을 따른다.

"안됐지만 넌 이곳을 나갈 수 없어."

내가 알아차리지 못했던 여자아이가 말한다. 여덟 살 정도밖에 안 돼 보이는 그 아이는 고대의 여인처럼 우아하고 자그맣다.

"날 막을 거야?"

"아니, 만약 네가 나갈 수 있는 문이 있다면 마음대로 나가도 돼."

굴뚝새들이 날개를 퍼덕인다. 나는 벽을 만진다. 문이 없다.

"문이 어디에 있어?"

여자아이는 입술을 깨물며 어깨를 으쓱한다.

"그럼 내가 어떻게 해야 하지?"

백조 한 마리가 땅을 살핀다. 여자아이가 어깨를 으쓱한다.

우지 촛불이 타며 치직거린다. 몇 명 안 되던 사람이 수없이 불어난다. 천사 수천 명이 골무에서 헤엄친다. 때때로 그중 한 명이 일어나 어디에도 없는 곳으로 걸어나간다. 파오의 벽이 갈라지고 사람이 나가고 다시 봉합된다. 물로 된 벽 같다. 나는 그 사람들을 따라나가려 하지만 내게는 그 벽이 단단히 다가온다.

선황색 장삼을 입은 스님이 한숨을 쉰다. 스님은 앞쪽이 둥그런 노란 모자를 쓰고 있다. "내 이에 문제가 있구나."

"유감입니다." 내가 말한다.

아까의 여자아이는 불안해하는 마멋에게 말을 건다.

말들이 질주한다. 아니 천둥인가? 백조는 날개를 펴고 천장을 통과해 날아간다. 보두의 동생은 이미 문으로 나갔다.

"그런데 왜 나는 나갈 수 없는 거지? 다른 이들은 가능한데 말이야."

여자아이는 삼실로 실뜨개를 하다가 눈살을 찌푸린다. "네가 선택한 거잖아!"

"나는 아무것도 선택하지 않았어."

"너희 종족은 아직 몸에 숨이 붙어 있을 때 몸을 빠져나가지."

"내 종족이라니 무슨 뜻이야?"

노란 모자를 쓴 스님이 흥얼거리는 콧노래 소리가 부러진 치아 사이로 새어나온다. 스님이 여자아이에게 귀엣말을 한다. 여자아이는 의심스러운 눈으로 나를 본다.

"알았어요. 흔하지 않은 상황이군요. 하지만 제가 뭘 할 수 있겠어요?" 여자아이가 동의한다.

스님이 나를 향해 돌아선다. "미안하구나. 내 이 때문에." 득도한 듯한 끄덕임. "시간이 흐르고 세월은 춥고 저 멀리…… 난 내 약속을 지켰단다."

그리고 스님 역시 파오 벽을 통과해 나간다.

마지막으로 여자아이가 마멋을 안고 나간다. 여자아이는 내게 미안해하고 나는 그 아이가 가지 않길 바란다. 나는 혼자이다.

나는 다시 인간 숙주 안에 있었고 파오 벽들은 살아 있으면서 내부가 꿈틀거렸고 걱정과 주위 목소리들로 떨렸다. 나는 숙주의 머릿속을 탐사해보았으나 아무것도 발견하지 못했다! 아무 기억도, 아무 경험도 없었다. 이름조차 없었다. 간신히 '나'만 있었다. 목소리들은 어디서 들리는 걸까? 나는 더욱 주의를 집중해보았다. 속삭임과 의미심장한 행복으로 충만해 있었다. 여기가 어디인지 보려고 숙주가 눈을 뜨게 하려 했지만 눈은 떠지지 않았다. 눈이 있는지 검사해보았다. 있었다. 하지만 내 숙주는 눈 뜨는 법을 배운 적이 없었고 반응할 수도 없었다. 나는 그 어떤 곳과도 다른 알 수 없는 장소에 있었지만 숙주는 이곳이 어딘지 몰랐다. 아니 숙주는 아예 어떤 곳도 알지 못했다. 눈먼 장님인가? 마음은 순수했다. 무척이나 순수했기에 나는 그 마음이 겁났다.

행복감은 두근거리는 공포심으로 모습을 바꾸었다. 내 존재를 알아차린 걸까? 고통의 끈이 팽팽하게 당겨졌다. 공포, 내가 첫번째 숙주의 마음을 도살한 뒤로 한 번도 느껴보지 못한 그런 공포였다. 커튼이 찢겼고 숙주는 자기 어머니 가랑이를 통해 세상으로 나오며 이렇게 무례하게 몸이 비틀리는 데 분개하여 비명을 질렀다. 차가운 공기가 쏟아져들어왔다! 빛이, 심지어 눈꺼풀까지도 통과해 숙주의 부드러운 두뇌에 울려퍼졌다.

나는 탯줄을 통해 숙주의 어머니에게 이주했다. 감정의 심연은 가파르고 아찔했다. 나는 방어하는 것을 잊었기에 기쁨, 안도, 상실, 획득, 공허, 충만, 수영하던 기억, 갈고리처럼 날카롭고 잔인한 사랑, 다시는 이런 고통을 겪지 않으리라고 다짐하는 여인의 감정에 휩쓸렸다.

하지만 나는 해야 할 일이 있다.

또다른 파오. 불빛, 따뜻함, 가지가 갈라진 뿔 그림자. 나는 우리의 위치를 알아보았다. 흠, 좋은 소식과 나쁜 소식. 새로운 숙주는 몽골에 사는 몽골인이었다. 하지만 나는 모두가 마지막으로 향했던 곳에서 북쪽으로 멀리 떨어진 곳, 러시아 국경에서 그리 멀지 않은 곳에 있었다. 나는 렌친훔베 주의 샤간 누르 호수와 주롱 마을 근처에 있었다. 이제 9월이었고 곧 눈이 내릴 터였다.

산파는 내가 방금 떠난 아이의 할머니였다. 여인은 자기 딸을 보고 웃으며 얼음 덩어리로 탯줄을 마비시키고 있었다. 여자 머리는 떡이 져 있었고 얼굴은 달처럼 둥글었다. 뒤편에서는 아이 이모가 따뜻한 물이 담긴 냄비와 네모난 천과 모피를 가지고 분주히 돌아다니며 노래를 했다. 그 단조롭고 조용한 노래가 유일한 소리였다. 이른 아침 시간이었다. 산고는 길고 고통스러웠다. 나는 여인의 고통을 줄이고 깊은 잠에 들게 했으며 지치고 해진 몸이 치유되는 것을 도왔다.

숙주가 잠에 빠져 있는 동안, 나는 슈바타가 전 숙주를 총으로 쏜 뒤 내가 어디에 있었던 걸까 생각해보았다. 낯선 파오에 대한 환각을 겪었던 걸까? 하지만 내가 어떻게 그럴 수 있단 말인가? 나는 멀쩡한 정신이었다. 내 마음속에 내가 모르는 마음이 있단 말인가? 인간처럼? 그리고 내가 어떻게 몽골에 다시 태어났을까? 왜? 그리고 누구에 의해? 노란 모자를 쓴 스님은 누구였을까?

내 안에 논코르파가 살면서 내 행동을 조종하지 않는다는 보장이 어디에 있단 말인가? 박테리아에 사는 바이러스처럼? 그렇다면 분명 내가 알 터였다.

하지만 그게 바로 인간들이 생각하는 방식이다.

문이 열렸고, 가을 일출과 함께 아이 아버지, 조부모, 사촌, 친구, 고모, 삼촌들이 들어왔다. 이들은 옆 파오에서 잤고 이제 갓 새로 생긴 친척을 환영하려고 들뜬 마음을 안고 한꺼번에 들어온 것이다. 이들이 하는 말은 알아듣기가 무척 어려웠다. 나는 새로운 몽골 사투리를 배워야 했다. 어머니는 피곤한 행복감에 빛났다. 아이가 울어댔고 나이 든 이들이 아이를 구경했다.

나는 키스하는 순간을 이용해 산모에게서 남편으로 이주했다. 발진은 이 부족을 순록민이라고 불렀다. 순록은 이 사람들의 음식이자 화폐이자 옷이었다. 이들은 반 유목민이었다. 이들 가운데 몇은 일 년에 몇 번씩 고기와 가죽을 주롱에 가지고 가서 생필품과 바꿔 왔다. 또한 순록 뿔을 가루로 만들어 중국 상인들에게 팔았다. 중국인들은 이 제품이 정력제라고 믿었다. 그 외에는 바깥세상과 접촉이 거의 없었다. 러시아인들은 비산업 국가인 이곳에서 사회주의 혁명을 정당화하기 위해 프롤레타리아 계급을 만들려 분주했지만 순록민은 인구조사조차 불가능하다는 사실을 알게 되었다. 이들은 지역 스님들이 숙청될 때도 살아남았다.

　내 숙주는 겨우 스무 살이었고 심장에는 자부심이 넘쳐흘렀다. 나는 인간을 부러워해본 적이 거의 없었지만 지금은 부러웠다. 나는 아이를 낳을 능력이 없고 영원히 없을 것이다. 내게는 전해줄 유전자가 없다. 내가 새로 이주한 숙주에게 있어 자식은 진정한 성인이 되는 마지막 통과의례였으며 동료들 사이에서 지위를 높여주고 조상들 앞에 면목을 세워주는 매개체였다. 아들이면 더 좋았겠지만 또 낳으면 될 터였다.

　나는 남자의 이름을 알아냈다, 비비. 비비는 담배를 피워물고 파오를 나섰다. 세상을 단순하게 생각하는 비비가 부러웠다. 비비는 순록을 어떻게 잡고 어떻게 껍질을 벗기는지, 생으로 먹을 수 있는 내장 중 어느 부분이 사람에게 어떻게 좋은지를 안다. 비비는 많은 전설을 알지만 세계의 운명을 생각하는 셋에 대한 전설은 모른다.

　밤이 물러서고 새벽이 빛 웅덩이로 똑똑 들었으며 마을 주변의 소나무 그림자들이 회색으로 수군댔다. 일찍 일어난 사람의 발소리가 두터운 서리를 아사삭 부쉈다. 머리에는 두건을 썼고 이가 반짝였다. 별똥별이 하늘을 가로질렀다.

자, 이제 뭘 하지?

내 목적은 그대로였다. 보두는 여전히 내가 가진 유일한 단서였다. 나는 남쪽으로, 바얀홍구르 마을로 돌아가야만 했다. 만약 박물관 직원들과 접촉할 수만 있다면 보두를 찾기는 아주 쉬울 것이었다. 보두가 슈바타로부터 도망친 지 석 달이 지났다. 이번 실패로 시간이 좀 지연되기는 했지만 불사에게 시간이 부족할 일은 없다.

나는 비비의 할머니이자 산파에게 비비가 그날 마을에 볼일이 있다고 말했다. 나는 젊은 아버지를 갓난 딸과 떼어놓는 것이 내키지 않았지만 할머니는 기쁘게 우리를 보냈다. 남자는 있어봤자 방해만 될 뿐.

비비와 비비의 큰형은 숲을 지나 뾰족한 산맥 사이를 통과한 뒤 좁은 호수를 따라 차를 타고 갔다. 고깃배, 버드나무, 아침을 따라 날아오르고 내려앉는 기러기들. 언덕 꼭대기에 아이벡스* 한 마리가 보였다. 나는 비비로부터 말코손바닥사슴, 엘크, 스라소니, 야생 양, 늑대에 대해 배웠으며 덫으로 멧돼지 잡는 법도 배웠다. 우리는 곰이 강물을 쳐 연어를 잡는 모습을 보았다. 선명한 무지개와 안개 낀 햇살. 이곳에는 길이 없지만 차가운 날씨에 진흙이 단단해져서 지나가기 쉬웠다.

---

* 큰 뿔이 달린 야생 염소.

비비와 형은 새로 태어난 아이에 대해 이야기했으며 아이 이름을 무엇으로 지을까에 대해 토의했다. 나는 친척 관계가 궁금했다. 내가 이주했던 모든 몽골인 숙주의 경우, 가족이란 보호받고 치유받고 태어나고 사랑을 나누고 죽는 파오였다. 나는 이 모든 것을 경험했으나 간접적으로 겪었고, 기생자는 결코 그중 하나가 되지 못했다.

어쩌면 예외가…… 이 희망이 나를 계속 탐구하게 했다.

나무 건물, 콘크리트 단지, 얕은 웅덩이에서 녹슬어가는 화차들, 그 웅덩이에서 물을 마시는 개들. 주룽 역시 다른 곳처럼 노쇠한 마을이었다. 발전소가 완벽한 하늘로 연기를 게워댔다. 굴뚝에서 묘목이 자라는 유령 공장이 여기에도 있었다. 몸을 웅크리고 있는 아파트 단지 몇 개. 사람들은 허름하고 작은 오두막에 모여 있었다. 이 마을에 있는 유일한 식당이었다. 평소 비비는 제혁소를 갔다오고 나면 이곳에서 술을 마셨다.

"마을에 외국인들이 몇 있어. 양놈들이야." 턱수염 난 사냥꾼이 비비에게 말했다.

"국경 너머 러시아인들인가? 새로 거래 건수라도?"

"아냐. 다른 사람들이야."

비비는 식당으로 걸어갔고, 나는 캐스퍼가 접시에 있는 뭔가를 포크로 찍는 모습과 셰리가 나침반과 지도를 들고 생각에 잠긴 모습을 보았다.

"다시 보니 반갑군요!" 나도 모르게 말을 했다. 식당에 있는 마을 사람들이 놀란 눈으로 바라보았다. 유목생활을 하는 목부가 몽골의 순록민 사투리 말고 다른 말을 할 수 있으리라고는 아무도 생각지 못했던 것이다.

"안녕하세요." 셰리가 고개를 들고 대답했다. 캐스퍼는 좀더 경계하는 눈초리였다.

"이 나라가 맘에 드나요?" 너무 내 멋대로였다. 나는 자기가 배운 적이 없는 나라 말을 하며 받은 비비의 충격을 달래고 그 기억을 잊게 해야 했다.

"아름다워요." 캐스퍼와 셰리가 합창하듯 동시에 말했다.

"놀라운 것들이 많죠. 어쨌든 머무는 동안 즐거운 시간 보내세요. 하지만 겨울이 오기 전에 좀더 따뜻한 곳으로 가는 게 좋을 거예요…… 바다에 더 가까운 곳으로요. 베트남은 11월에 아름답고 산이 많은 위쪽도 최소한……"

비비는 자리에 앉아 형을 기다리는 동안 음식을 주문했다. 순록민은 이곳 식당 주인에게 순록 고기를 판다. 나는 울란바토르에서 삼 주 전에 발행한 지난 신문을 집어들었다. 비비는 글을 읽을 줄 몰랐다. 비비의 사투리는 문자가 없고, 순록민에게는 학교가 없다. 특별한 소식은 없었다. 적당히 사실을 숨기는 내용이거나 국경일 축제에 대한 때늦은 소식이 대부분이었다. 자기 부족과 마을을 떠나는 일이 거의 없고 결코 떠나고 싶어하지도 않는 비비에게는 어떤 기사도 특별한 의미를 지니지 못했다.

부고란을 살펴보는데 눈길을 끄는 기사가 있었다. '몽골 문화에 닥쳐온 이중의 비극.' 보두가 죽었다.

나는 실망하는 경우가 거의 없었다. 나는 실망이 마음을 어떻게 후벼파는지를 잊고 있었다. 보두 형제는 같은 주에 심장마비로 죽었다. 슈바타로부터 내가 배운 바에 따르면 심장마비는 정치적 책임을 면하기 위해 몽골 KGB가 가장 즐겨 쓰는 표현 가운데 하나이다. 작고한 보두 교수가 몽골의 민담을 집대성해 발표한 뒤이기에 이번 비극은 더욱 통렬하게 다가온다. 민속학계 거장에게 경의를 표하기 위해 작고한 보두 교수가 재구성한 이야기를 한 꼭지 실었다. 나는 슈바타를 절벽으로 보냈어야 했다. 슈바타에게 저주가 있을진저. 그리고 나에게도.

누군가 비비의 어깨를 쳤다. 내 숙주의 손이 사냥칼 손잡이로 미끄러져갔다. 주정꾼이 비틀거렸다. 술 냄새에 비비가 움찔거렸다.

"왜 신문을 읽는 척하고 있는 거야, 순록민? 그리고 이상한 외국어는 왜 씨부리는 거고? 내가 민주주의를 위해 투쟁했을 때 넌 어디 있었는데? 내가 알고 싶은 건 그거야."

주정꾼의 눈동자는 풀려 있었고 눈꺼풀은 빨갰다.

"넌 키릴을 못 읽잖아. 몽골문자도 못 읽고. 순록어로 적혀 있지도 않고. 내가 공산주의를 위해 투쟁했을 때 넌 어디 있었는데? 내가 알고 싶은 건 그거야. 계속해, 읽어줘봐, 뿔 대가리야."

그리고 주정꾼이 으르렁댔다.

"어이! 여기 시원한 보드카 좀 가져와! 이야기 시간이야……"

나는 원점으로 돌아와 있었다. 너무나 당황스러웠기에 내 옆의 주정뱅이에게 이주해 벽으로 돌진하고 싶은 마음이 굴뚝 같았지만 그래봤자 무슨 소용이 있겠는가? 나는 이야기를 읽었다. 나는 보두에게 빚을 졌다.

부리아트 족의 잃어버린 봄에 코리 투메드라는 이름의 젊은 사냥꾼이 바이칼 호숫가 남쪽 끝을 돌아다니고 있었다. 겨울은 은색 자작나무에서 한 방울씩 녹아내리고 있었고 코리 투메드는 호수 뒤 터키옥빛 산맥을 바라보고 있었다.

쉬는 동안 사냥꾼은 백조 아홉 마리가 북동쪽에서 호수 위로 낮게 날아오는 모습을 보았다. 코리 투메드는 마음이 불안해졌다. 백조들은 조용히 원을 그리며 날았다. 겁이 나면서도 매혹된 코리 투메드는 옹이투성이 버드나무 우묵한 곳에 숨었다. 그리고 백조들은 한 마리씩 차례로 내려앉아 각각 아름다운 여인으로 변했다. 하얀 피부에 날씬한 몸매, 칠흑같이 검은 머리의 여인들이었고, 한 명 한 명 변할 때마다 이전 여인보다 더욱 눈부시게 아름다웠다. 백조 여인들은 옷을 벗어 코리 투메드가 숨은 바로 그 버드나무에 걸어놓았다. 사냥꾼의 팔다리가 쩌릿해졌다. 공포 때문이 아니라 욕망과 사랑 때문이었다. 여인들이 호숫가에서 약간 떨어진 곳으로 헤엄을 치러 갔을 때, 사냥꾼은 아주 조심스레 나무에 걸려 있는 옷 한 벌을 훔쳤다.

백조 여인들이 수영을 마치고 버드나무로 돌아왔다. 한 명씩 옷을 입고 조용히 백조가 되어 바이칼 호수를 돌다 날아갔다. 가장 아름다운 아홉번째 백조 여인은 사라진 옷을 미친 듯 찾았고 자기 언니들을 불렀지만, 백조들은 이미 북동쪽으로 날아가고 난 뒤였다.

쿵 하는 소리와 함께 코리 투메드는 여인의 옷을 들고 나무에서 뛰어내렸다.

"제발요! 제 옷을 돌려주세요! 언니들을 따라가야 해요!"

"저와 결혼해주세요. 여름이 오면 에메랄드빛 비단 옷을 입혀주고 눈 내리는 가을이 오면 검은 곰털로 따뜻하게 해주겠습니다." 코리 투메드가 말했다.

"그 문제는 우리 둘이 상의해봐요. 하지만 제발 지금은 제 옷을 돌려주세요."

사냥꾼은 부드럽게 웃음지었다. "그럴 수는 없군요."

백조 여인은 언니들이 시야에서 사라지는 모습을 보았다. 여인은 달리 선택권이 없다는 사실을 알았다. 결혼해달라는 낯선 남자의 청을 받아들이든지 아니면 그날 밤에 얼어죽는 수밖에 없었다.

"그러면 당신과 함께 가야겠군요, 인간이여. 하지만 경고하건대, 우리 아들들이 태어나도 나는 결코 이름을 지어주지 않을 거예요. 그리고 이름이 없으면 그 아이들은 결코 성인 남자가 되지 못할 거고요."

그리하여 백조 여인은 코리 투메드의 파오로 갔으며 결혼해 함께 살았다. 시간이 지나자 여인은 젊은 사냥꾼을 사랑하게 되었으며 행복하게 살았다. 둘은 잘생기고 건강한 아들을 열한 명 낳았지만 백조 여인의 맹세로 인해 아이들은 이름을 얻는 축복을 결코 누리지 못했다. 그리고 저녁이 되면 여인은 간절한 눈으로 북동쪽을 바라보았고 코리 투메드는 여인이 겨울 새벽 너머 고향을 생각하고 있다는 사실을 알았다.

한 해가 오고가고 또 한 해가 오고가며 세월이 흘렀다. 숲이 춤추며 물들어가던 가을의 끝자락 어느 날, 아내가 누비이불에 수를 놓고 있을 때 코리 투메드는 암양의 창자를 빼내고 있었다. 아들 열한 명은 사냥을 나가고 없었다.

"여보, 아직도 제 백조 옷을 가지고 있나요?"

"그렇다는 걸 알잖아요." 양의 횡격막을 잘라내며 코리 투메드가 대답했다.

"여전히 몸에 맞는지 입어보고 싶어요."

코리 투메드가 싱긋 웃었다. "내가 무슨 마멋처럼 바보인 줄 알아요?"

"여보, 만약 내가 지금 당신을 떠나고 싶었다면 저 문으로 나갔을 거예요."

백조 여인은 일어나 남편 목에 키스했다. "입어보게 해주세요"

코리 투메드의 결심이 풀어졌다. "알았어요. 하지만 문을 잠그겠어요."

코리 투메드는 손을 씻고 철로 봉한 서랍을 열고 아내에게 옷을 건네주었다. 코리 투메드는 침대에 앉아 아내가 옷을 벗고 마법의 옷을 입는 모습을 지켜보았다.

요란한 날갯짓 소리가 파오를 채웠으며, 백조는 지붕에 뚫린 틈으로 날아가버렸다. 코리 투메드는 깜박하고 굴뚝을 막아놓지 않은 것이다! 깜짝 놀란 코리 투메드는 국자를 들고 백조에게 뛰어올랐고, 백조의 발에 국자 끝을 간신히 걸 수 있었다.

"제발, 여보! 날 여기 두고 떠나지 말아요!"

"제가 이곳에 있을 시간은 끝났어요, 인간이여. 언제나 당신을 사랑할 거예요. 하지만 지금 제 언니들이 부르고 있고 저는 그 부름에 따라야 해요!"

"그렇다면 적어도 우리 아들들 이름을 말해주세요. 그래야 어른이 될 수 있지요!"

그래서 백조 여인은 텐트 위를 날며 아들들 이름을 붙여줬다. 카라가나, 보돈구드, 샤레이드, 샤간, 구시드, 쿠다이, 바트나이, 칼빈, 쿠아이샤이, 갈추트, 코브두드였다. 그리고 백조 여인은 파오들이 모여 있는 마을을 세 번 선회하며 그곳에 사는 모든 이에게 축복을 내렸다. 이 축복을 받은 사람들이 코리 투메드의 부족이 되었으며 열한 명의 아들은 모두 아버지가 되었다고 전해진다.

주정뱅이의 눈이 감겼고 얼굴은 미지근한 미트볼 접시에 처박혔다. 식당에 있는 모두가 조용했다. 식탁 다른 쪽에 앉아 있는 어린아이 셋은 이야기에 빠져 있었다. 비비는 방금 태어난 딸을 떠올렸다. 나는 신문에서 보두의 사진을 보았고, 보두, 즉 내가 다른 사람의 기억을 통해서만 알고 있는 이 인물이 사실은 어떤 사람이었을까 궁금했다.

식당은 비어갔고 대화 주제는 최근에 벌어진 레슬링 시합으로 바뀌었다. 백인 둘이 식사하는 모습은 단지 잠시의 화젯거리였을 뿐이었다. 나는 셰리가 캐스퍼에게 뭔가 속삭이는 모습, 그리고 캐스퍼의 얼굴에 웃음이 번지는 모습을 지켜보았으며 그 모습에서 둘이 연인이 되었다는 사실을 알았다.

이번 모험은 성과가 없었다. 이야기의 근원을 찾는 일은 바다에서 바늘을 찾는 것과 비슷했다. 나는 셰리나 캐스퍼에게 이주해 다른 곳에서 논코르파 수색을 재개해야 할 터였다.

턱수염이 난 사냥꾼이 총을 들고 걸어왔다. 총에 맞았던 기억이 스치고 지나갔다. 사냥꾼은 라이플을 벽에 기대고 비비 옆에 앉았다. 사냥꾼은 총을 분해하기 시작했고 기름천으로 부속을 하나씩

닦았다.

"비비, 맞지? 샤간 누르 호수에 사는 순록민."

"맞아."

"새로 딸이 태어났지?"

"어젯밤에 태어났어."

"당신 부족이 있는 마을로 돌아가는 게 좋을 거야. 방금 시장에서 당신 누이를 만났어. 당신 형과 함께 당신을 찾고 있더군. 아내가 광란을 일으키고 딸이 죽어가고 있다더군."

비비는 이곳에 온 자신을 저주했다. 나는 비비에게 용서를 빌고 싶었다. 사냥꾼에게, 그리고 다시 캐스퍼나 셰리에게 이주할까 생각해보았지만 죄책감 때문에 비비에게 머물기로 결정했다. 내가 제때 돌아간다면 아이의 병을 고치는 데 도움이 될 수도 있다.

나는 가끔 그 순간에 대해 생각한다. 그 순간 내가 이주를 했다면 모든 것이 달라졌으리라. 하지만 나는 머물렀고 비비는 달려나갔다.

비비가 집에 도착했을 무렵에는 어둠이 한기를 머금고 꾸무럭거리며 다가오고 있었다. 야크 숨이 여명에 하얗게 매달려 있었다. 계곡 멀리부터 바람 소리가 들렸다. 내게는 늑대 소리처럼 들렸지만 순록민은 그 차이를 안다.

비비의 파오는 어두운 형체, 램프, 김, 걱정으로 가득했다. 쓰디쓴 기름이 은접시에서 타고 있었다. 할머니는 의식을 준비했다. 비비의 아내는 창백한 표정으로 아이를 어르며 침대에 누워 있었다. 둘 다 눈을 깜박이지 않았다.

여인이 비비를 쳐다보며 말했다.

"우리 아이가 아무 소리를 안 내요."

"네 딸의 영혼이 나갔어. 영혼이 몸에 느슨하게 연결된 채 태어난 거야. 그 영혼을 다시 불러주지 못하면 아기는 자정 전에 죽을 거야." 할머니가 쉰 목소리로 말했다.

"주롱에 있는 병원에 가면 예전에 동독에서 수련한 의사가……"

"정신 차려라 비비! 내가 한두 번 본 게 아니야. 너랑 그 쓸데기 없는 약이랑 말이야. 이건 그런 병이 아니야! 아이 영혼이 빠져나간 거야. 마법의 문제야!"

비비는 축 늘어져 있는 딸아이를 보더니 낙담한 목소리로 입을 열었다. "어떻게 하실 생각이세요?"

"의식을 치를 생각이야. 이 접시를 잡고 있거라. 네 피가 필요해."

할머니는 굽은 모양의 사냥칼을 꺼냈다. 비비는 칼이나 피를 두려워하지 않았다. 할머니가 비비의 손바닥을 닦는 동안 나는 노인에게 이주했다. 그리고 아이에게 이주해 무슨 문제가 있는지 직접 알아볼 생각이었다.

나는 더이상 진행시키지 못했다.

나는 지금까지 어떤 인간의 마음에서도 본 적이 없는 무엇인가를 발견했다. 노인의 마음에는 다른 이들의 기억으로 된 협곡이 있었다. 나는 인공위성이 위를 지나가듯 그곳을 단숨에 훑었다. 나는 그곳에 들어갔고 그럼으로써 내 과거로 들어갔다.

세계의 운명에 대해 생각하는 셋이 있었단다.

노란 모자를 쓴 스님이 말한다. 나는 여덟 살 난 남자아이다. 내게 몸이 있다! 우리는 한쪽 구석에 난 주먹만 한 창살문을 통해 빛이 들어오는, 옷장보다도 작은 감옥에 있다. 내 키가 백이십 센티미터가 채 안 되는데도 서 있을 수가 없다. 나는 이곳에 일주일째 있었고 이틀 동안 아무것도 먹지 못했다. 나는 내 배설물이 풍기는 악취에 익숙해져 있었다. 옆쪽 관에 갇힌 남자는 미쳐서 쉰 목으로 울부짖는다. 창살을 통해 보이는 풍경이라고는 옆쪽 관에 있는 또다른 창살뿐이다.

1937년이다. 저 멀리 모스크바의 스탈린 정책을 그대로 본딴 초이발산 동지의 사회개량정책이 기승을 부리던 해이다. 매주 울란바토르에서는 재판이 공연하듯 벌어졌다. 만주에서 곧 쳐들어올 일본군을 위해 일하던 간첩 수천 명이 처형당했다. 안전한 이는 아무도 없다. 교통부 장관은 교통사고를 일으키는 공모를 했다는 죄로 사형당했다. 사찰의 해체 작업이 열심히 진행중이었다. 우선 세금이 하늘 높은 줄 모르고 치솟았고 다음으로는 '재교육'이 시작되었다. 나와 스님은 봉건 사상을 가르친다는 죄로 잡혔다. 어제 우리에게 물을 가져다 준 이로부터 이 죄목을 들었다. 내 생각엔 어제이다. 근처 감옥 문이 열리고 갇혀 있던 사람들이 끌려나갔다.

"겁나요, 스승님." 내가 말했다.

"그러면 이야기를 하나 해주마." 스승님이 말했다.

"우리를 총살시킬까요?"

"그렇단다." 스승님은 말을 하며 마음 아파했다. 스승님의 이는 라이플에 맞아 뾰족하게 부러져 있었다.

"죽고 싶지 않아요." 나는 어머니와 아버지를 생각한다. 나는 부모님의 얼굴을 볼 수 있다. 어머니와 아버지! 비천한 목자, 손이 닳도록 일하며 아들을 사찰에 넣을 돈을 준비했던 부모님. 부모님의 야심은 오 년 뒤 아이의 죽음으로 귀결되었을 뿐이다.

"넌 죽지 않을 거란다. 네 아버지에게 내가 약속했어. 넌 죽지 않아."

"하지만 다른 사람들은 죽었어요."

"널 죽이지는 않을 거야. 이제 내 말 듣거라! 세계의 운명에 대해 생각하는 셋이 있었단다……"

하늘이 까마귀로 새까맣다. 울음소리에 귀가 멀 지경이다. 돌이 깨지고 있다. 사람들은 나와 스승님 그리고 다른 스님 마흔 명과 그 제자들을 벌거벗은 시체들이 버려진 들판으로 데려간다. 땅은 진홍색으로 물들어 있다. 걸을 수 없는 사람들은 질질 끌고 간다. 죽은 나무들 옆에 총살대가 기다리고 있다. 이 군인들은 포악한 무리다. 이들은 일반적인 붉은 군대와도 다르다. 이들 가운데 상당수는 세월이 좋았다면 절대로 군인이 되지 못했을 사람들로, 중국 국경에서 온 산적들이다. 커다란 무덤을 파게 할 겸 사회주의 교육의 일부로 혁명의 적인 우리를 처형하는 모습을 지켜보게 할 겸 데려온 아이들도 있다. 내 형제자매들은 이미 몽골 전역으로 뿔뿔이 흩어졌다.

들개 떼가 바위 더미 사이에서 우리를 지켜보고 있다. 우리는 소련군 장교가 우리를 죽일 용병들에게 걸어가는 모습을 보며 기다린다. 군인들은 들판에 곡식 심는 이야기를 하듯 상세한 처형 계획에 대해 이야기한다. 정말로 킬킬 웃고 있다. 스승님은 만트라를 읊조리고 있다. 그만하셨으면 좋겠다. 무서워 온 몸이 움직이지 않는다.

파오 입구에 여자아이 하나가 서서 차를 끓이고 있다. 지금 여기서 가사 일이라니 꿈같아 보인다. 스승님은 돌연 만트라를 중단하고 여자아이를 부른다. 아이는 망설이지만 다가온다. 아무도 보지 않는다. 여자아이는 눈이 크고 얼굴은 둥그렇다.

스승님이 왼손으로 나를 만진 뒤 오른 손으로 여자아이를 만졌고 나는 기억이 흐름을 타고 빠져나가는 것을 느낀다. 스승님은 나를 이주시키는 방법을 알고 있었다! 내 마음이 몸에서 풀려나 기억을 따라가기 시작하지만 그 순간 군인이 스승님 팔을 쳐 여자아이에게서 떼어내는 바람에 연결은 끊어지고 여자아이는 쫓겨난다.

여자아이의 기억이 내 인생 마지막 순간과 합쳐진다. 우리는 남자아이(나 자신이다)를 보고 스승님이 찬불하는 모습을 본다. 심지어 총신들이 수평으로 올라가는 모습까지…… 모든 것이 무척이나 천천히 움직인다. 공기는 짙어져 응고되고 단단하다. 모든 빛이 반짝인다. 러시아인이 명령을 내린다. 라이플이 폭죽처럼 불을 뿜고 줄지어 서 있던 남자와 아이들이 쓰러지고 꼬꾸라진다.

한 가지 더 있다. 여자아이는 볼 수 없지만 나는 볼 수 있다. 남자아이의 몸 역시 진흙 위에 쓰러지고 작은 두개골은 깨졌지만 마음은 죽은 몸에 묶여 있지 않다. 내게는 그 모습이 보인다! 죽은 남자아이의 마음이 표류하며 떨고 있다. 용병 한 명이 시체가 쌓인 곳으로 어슬렁거리며 가더니 위에 있는 시체를 발로 밀어내고 아래에 있는 사람이 죽었는지 확인한다. 용병이 내 몸을 만진 순간 여자아이에게 이주하다 남은 내 영혼은 새로운 집으로 고동치며 들어간다.

312

나중에 용병이 중국 구석의 고향, 성산 기슭으로 돌아가고 한참이 지나서야 그 영혼은 각성하고 자신을 깨닫는다.

그것이 끝이다.

현재. 할머니는 꼼짝 않고 있다. 나는 노인의 삶을 읽고 싶다. 어떻게 하다가 예전에 살던 곳과 정반대편 구석으로 오게 되었는지, 낯선 민족과 결혼하게 되었는지를 알고 싶다. 하지만 시간이 없다.

"나 여기 있어." 내가 말했다.

"그래, 레오니드 브레즈네프*가 거기서 날 성가시게 하고 있는 것 같지는 않군. 시간이 되었어! 혜성을 보았어." 할머니가 말했다.

"날 알아?"

"당연히 널 알지! 지금까지 몇 십 년 동안 네 어릴 적 기억을 담고 다녔는걸! 우리 부족은 노란 모자 교파에 대한 얘기를 들었어. 네가 처형당하던 날 네 스승이 우리를 연결해주었지. 나는 네 스승이 무슨 일을 한 건지 알아…… 줄곧 기다리고 있었어."

"긴 여행이었어. 내 기억 속의 유일한 단서를 당신이 가지고 있었군."

"난 벌써 예전 겨울에 죽어야 했어. 몇 번이고 죽으려 해봤지만 허락되지 않더군……"

나는 갓난아이를 내려다보았다. "이 아이는 죽는 거야?"

"네게 달렸어."

"무슨 말인지 모르겠는걸."

---

* 1964년부터 1982년까지 소련의 당 서기장을 역임한 사람.

"내 손녀의 몸은 네 몸이야. 손녀는 너와 함께 태어났고 영혼도 마찬가지야. 손녀는 껍질이지. 만약 네가 세 시간 안에 이 아이 몸으로 돌아가지 않으면 손녀는 죽을 거야. 만약 손녀를 살리고 싶다면 다시 한번 네가 뼈와 살에 구속되어야 해."

나는 논코르폼으로서의 내 미래에 대해 생각해보았다. 나는 세상 어느 곳에라도 갈 수 있을 터였다. 다른 논코르파, 영생의 동료들을 찾으려 해볼 수도 있을 터였다. 대통령, 우주비행사, 구세주에게 이주할 수도 있었다. 산기슭 장뇌 나무 아래서 정원을 가꿀 수도 있었다. 절대로 늙거나 병들거나 죽음을 두려워하거나 죽지 않을 터였다.

나는 내 앞에 누워 있는 하루배기 연약한 아이를 내려다보았다. 시시각각으로 신진대사가 약해졌다. 중앙아시아인의 평균수명은 마흔세 살이고 점차 줄고 있었다.

"아이를 만져."

밖에서는 높은 곳에 매달려 있던 박쥐들이 날개를 퍼덕이며 하늘로 날아올랐다가 땅으로 내려왔다가 다시 하늘로 올라가며 모든 게 잘되고 있는지 확인했다. 안에서는 열여덟 시간 된 허파 공동에서 나온 울음소리가 파오를 가득 채웠다.

페테르부르크

Petersburg

비가 채찍질하듯 지랄같이 세차게 내리는 날이다. 비, 비, 비, 하늘이 갈라진 듯 쏟아붓는다. 전능하신 하느님, 제게 담배 한 대만 주소서.

요 전날, 제롬은 믿든 말든 맘대로 하라면서 거울이 사실은 액체이며 시간이 지날수록 아래 부분이 두꺼워진다고 했다. 유리는 진득한 시럽이다. 하지만 제롬과 있으면 가치관에 혼란이 온다. 루디는 갈수록 내 엉덩이가 두툼해진다고 말하고 일 분은 족히 껄껄대며 웃었다.

나는 몸이 부들부들 떨릴 정도로 크게 하품을 한다. 아무도 알아차리지 못한다. 심지어 내 존재를 알아차리는 이조차 없다. 설사 누가 내게 관심을 기울여봐도 그저 거대한 에르미타주 미술관의 작은 전시실에 플라스틱 의자와 함께 마련된 보잘것없는 한직에 있으며 시간을 보내는 무해한 여인이라고 여길 것이다. 난 상관없다. 사실 그게 바로 내가 원하는 바다. 나는 때를 기다린다. 우리는 시간이 많다. 우리 러시아인들은.

자, 신사숙녀 여러분, 이제부터 이렇게 평범한 전시실을 방문해주신 여러분을 위한 사파리 여행을 시작하겠습니다. 우선 '뒤섞어 감상파'를 소개합니다. 여러분께서는 이 종족이 이 그림 저 그림을 마구 뒤섞어 보면서 그림마다 똑같은 시간을 할애하는 모습을 보시게 될 겁니다. 지금 지나가고 있는 종족은 대물 사냥꾼들로 오직 세잔, 피카소, 모네만 상대합니다. 달려드는 잽싼 동작과 카메라 플래시에 유의하십시오! 이들에게 현찰로 오 달러를 벌금 먹인다 해도 그 벌금이 가짜라는 걸 알아차리지 못할 것입니다. 휘청파는 좀 덜 체계적입니다. 보통은 혼자 사냥을 하며 홀을 지그재그로 다니면서 눈길을 끄는 것을 보면 그 앞에 오랜 시간 멈춰 있습니다. 저기 있네요! 저 남자 보이십니까? 피핑 톰*입니다! 저기! 주춧대 뒤에 숨어 있습니다. 조심하십시오, 숙녀 여러분! 남성 직원들이 이곳에 있는 것은 도금한 액자 속에 있는 숙녀들을 지켜보기 위해서가 아니라 검은 망사 스타킹을 신은 숙녀분들을 훔쳐보기 위해서입니다.

좀더 용감한 몇이 나를 훔쳐봅니다. 나는 당당히 그 사람들을 노려봅니다. 나 마르가리타 라툰스키는 저런 사람들 중 누구도 무서워 할 일이 없으니까요.

---

* 주민들의 조세 감면을 위해 알몸으로 말을 타고 마을을 도는 고다이바를 엿보다가 장님이 된 재단사. 몰래 엿보는 사람을 뜻한다.

우리가 어디까지 했죠? 아, 네, 양 떼입니다. 저쪽에서 양 떼 울음소리가 들리는군요. 그리고 이들을 인도하는 목자가 양 떼에게 무엇을, 왜 공경해야 하는지 설명하는 소리를 들을 수 있을 겁니다. 오백 년 전 피렌체에서 아폴로 브론치노가 진정으로 하고자 했던 말이 무엇이었는지 큰 소리로 열변을 토하는 저 남자는 누구냐고요? 강사입니다. 스몰노고 공원에 나타나는 노출광처럼 박식함을 노출하는 사람이지요. 오리 연못 옆에서 저도 여러 번 당했습니다. "좀 작지 않아?" 이렇게 말하니까 단번에 풀이 죽어버리더군요! 다시 전시실입니다. 하루에 몇 번씩 전능하신 하느님이 저희를 방문하십니다. 이사들이죠. 이사 가운데 한 명이 흡사 이 장소가 자기 것인 양 점잔 빼며 걷습니다. 제가 보기에는 그렇습니다. 아니, 그 사람들은 자기들이 이곳을 소유했다고 생각합니다.

오직 저, 그리고 선택된 몇 명만이 그 사람들이 정말 이곳을 소유했는지 어떤지 알고 있습니다. 종종 제롬이 다음에 빼돌릴 그림을 조사하기 위해 공책을 들고 오지만 우리는 서로 모르는 척합니다. 우리는 프로입니다. 마지막으로 저기 직모를 과산화수소로 금발 처리를 한 분들은 다른 전시실에서 일하는 분들입니다. 각자 뚱뚱한 엉덩이를 의자에 대고 계시지요. 말이 나왔으니 하는 말인데, 제 엉덩이는 뚱뚱하지 않습니다. 저는 루디에게 그 말이 농담일 뿐이라고 시인하도록 했죠. 다른 직원들은 모두 타락한 매춘부들입니다. 음침하고 기분 나쁜 존재들입니다. 오, 나를 보고 얼굴을 찡그리며 이곳 관장인 로고르셰프와 저 사이의 묵계에 대해 험담을 하고 있군요. 그들은 제가 단순히 바람둥이 계집이라고 질투하며 싫어하는 게 아닙니다. 저는 그들에게 이렇게 말해주었죠. 폐경기의 한물간 것들이 진짜 여성에게 느낄 수밖에 없는 바로 그런 질투가 문제라고 말이죠.

이런 사람들은 내게 아무 존재도 아닙니다. 그들 누구도. 내게는 생각해야 할 더 중요한 일들이 있습니다.

그렇다. 춥고 비오는 도시의 춥고 비오는 여름이었다. 제롬이 말하길, 발트 해부터 태평양까지 펼쳐진 왕국 가운데서 표트르가 이 서리와 진흙뿐인 늪지대로 사람들이 와서 살게 만들 수 있었던 유일한 방법은 페테르부르크 이외의 곳에서는 건축가가 일을 하지 못하게 하는 것뿐이었다고 한다. 나도 그렇게 생각한다.

지금 내 전시실에는 아무도 없다. 포세이돈 대리석상과 그림 다섯 점은 관람객을 많이 끌 만한 조건이 못 된다. 설사 그 가운데 한 점이 들라크루아 작품이라 할지라도 말이다. 그래서 나는 다리 운동 삼아 일어나 창가로 걸어간다. 설마 마르가리타 라툰스키가 일곱 시간 연속으로 앉아 있으리라고 생각한 건 아니겠지? 차가운 유리가 내 코끝에 키스한다. 장대비는 네바 강을 발트 해로 몰고 간다. 독일 자본으로 지어진 새 정유소를 지나, 부두를 지나, 녹슬어가는 해군기지를 지나, 루디를 처음 만났던 자야키 섬의 페트로파블로프스크 요새를 지나, 오래전 정치가와 함께 보닛 위로 깃발이 꽂힌 커다란 검은색 차를 타고 가서 칵테일을 홀짝이던 레이테난타 슈미타 다리 건너편으로 간다. 진정해, 놀랄 필요 없으니까. 내가 누군지 기억하라고! 아무런 문제도 없었다. 그이의 아내는 해맑은 아이들을 데리고 행복하게 북해변에 누워 즐기고 있었다. 아마도 그녀에겐 어깨뼈 아래를 어루만져줄 턱수염 기른 코사크 젊은이들이 줄을 서서 기다리고 있었으리라.

나는 그 모든 것으로부터 빙그르르 몸을 돌려 미끄러운 나무 바닥을 가로지르며 마주르카를 춘다. 예카테리나 여제가 여기를 다스리고 있을 때도 사람들이 지금 나처럼 춤을 추었을지 궁금하다. 나는 예카테리나 여제를 상상한다. 바로 이 방에서 젊은 나폴레옹과 잠시 춤을 추거나 멋있는 작가 톨스토이와 신이 나서 떠들거나 고귀한 허벅지를 살짝 보여주어 칭기즈칸을 들뜨게 하는 모습을. 권력이 있고 발가락 사이에 끼운 올리브를 남자들이 빨도록 만드는 여자라면 누구라도 내 맘에 든다. 제롬의 얘기에 따르면, 예카테리나 여제 역시 궁 밖에서 비천한 삶을 시작했다. 나는 회전하고 빙빙 돌면서 푸시킨 극장의 박수 소리를 떠올린다.

나는 내 다음 목표물을 가만히 바라본다. 아니, 우리의 다음 목표물이라고 해야 한다. 들라크루아의 〈이브와 뱀〉이다. 1945년 베를린에서 노획한 것이다. 로고르셰프 관장은 독일인들이 이 그림을 다시 가져가고 싶어 안달이 났다고 말했다! 뻔뻔하기도 하지! 우리는 비열한 나치를 독일에서 몰아내기 위해 사천만이라는 생명을 바쳤는데도 얻은 것이라고는 유화 몇 점뿐이다. 나는 이 그림에 대해서는 늘 마음이 약해졌다. 우리가 다음번 훔칠 물건으로 〈이브〉가 어떻겠냐고 제안한 게 바로 나였다. 루디는 좀더 큰 작품, 엘 그레코나 반 고흐 같은 작품을 원했지만 제롬은 욕심을 부리면 안 된다고 생각했다.

뱀이 재촉한다.

"해보렴. 하나 따봐. 들려? '저를 따세요'라고 말하잖아. 크고 빛나는 거 말이야. '지금 저를 따세요. 냉큼 따세요.' 너도 네가 원하고 있다는 걸 알잖아."

이브는 밀정이 염탐하듯 영리하게 상대방의 의중을 떠보는 대답을 한다.

"하지만 하느님께서는 지혜의 나무에서 나는 과일을 먹지 말라고 확실하게 금지하셨어."

"아, 그래앴ㅡ지이ㅡ, 하느님…… 하지만 하느님은 우리에게 삶을 주셨어, 안 그래? 그리고 하느님은 우리에게 욕망도 주지 않으셨던가? 또한 하느님은 우리에게 미각도 주셨잖아? 그리고 애당초 저 빌어먹을 사과를 만드신 분이 바로 하느님 아니셔? 그러니 삶에서 저 과일을 맛 보고 싶은 욕망이 없다면 그걸 어떻게 삶이라고 말할 수 있겠어?"

이브는 학생처럼 팔짱을 낀다. "하느님은 그걸 확실하게 금지하셨어. 아담이 그렇게 말했어."

뱀은 이브의 연기력에 감탄하며 송곳니 사이로 싱긋 웃는다.

"하느님은 나름대로 좋은 분이지. 내 감히 말하지만 좋은 의도였을 거야. 하지만 너와 나, 지혜의 나무 때문에 하느님은 지독하게 불안해하고 있어."

"불안해? 하느님은 전 우주를 만드셨어! 전능하시다고."

"맞았어! 거의 신경증 환자 아니야? 아침, 점심, 저녁으로 찬양을 하라고 하는 걸 보라고! '오, 하느님을 찬미하라, 오, 하느님을 찬미하라, 오, 여엉ㅡ워언ㅡ한 주를 찬미하라.' 난 그런 걸 전능하다고 하지는 않을 거야. 나라면 불쌍하다고 할 거야. 진정한 권력자라면 대부분 내 말에 동의할 거야. 하느님은 우ㅡ주ㅡ를 창조하며 물리법칙이 이룬 공적을 제대로 인정한 적이 한 번도 없어. 하느님은 여기 신화 속 음식들로 너와 아담을 키우며 진짜로 흥미로운 정보는 여기 즙 많은 사과 안에 가둬뒀어. 칠 일 만에 세상을 창조했다고? 이러지 마."

"뭐, 네 말이 무슨 뜻인지는 알겠어. 하지만 아담이 펄쩍 뛸 거야."

"아, 그렇지…… 털 없는 벌거숭이 남편. 오늘 아침에 폭신폭신한 어린 양하고 풀밭에서 짓까불고 노는 모습을 봤지. 아주 만족스러워 보이더군. 하지만 넌 어때, 이브? 온순한 동물 가족, 그리고 너를 친구로 잡아두기 위해 '여호와'* 같은 이름이나 쓰기를 고집하는 초인과 어슬렁거리며 영원을 보내고 싶은 거야? 아니라고 봐. 아담은 잠시 화를 내겠지만 내가 청동 촉 달린 화살과 악어 가죽 가방, 가상현실 헬멧을 주면 마음이 달라질 거야. 내 생각에, 이브, 넌 더 고귀한 것을 위해 태어났다고 봐."

이브는 사과를, 오후의 황금빛 햇살을 받으며 매달려 있는 커다란 사과를 본다. 침을 삼킨다.

"더 고귀한 거? 네 말은, 금지된 지식?"

뱀이 혀를 날름댄다.

"아니야, 이브, 내 사랑하는 친구여. 그건 단지 연막일 뿐이야. 여기서 우리가 진짜로 말하고 있는 건 **욕망**이야. 담배 한 대 피우면서 내 제안에 대해 생각해볼래?"

발걸음 소리가 계단을 따라 울려퍼진다. 나는 다시금 보초 자세를 취하고 자리에 앉는다. 담배 한 대만 피울 수 있다면 죽어도 좋

---

* '있게 하는 자'라는 뜻이다.

을 듯하다.

로고르셰프 관장이 들어온다. 늘 팍 하고 나타나 구경꾼들 두개골을 박살낼 것 같은 얼굴을 한 거구의 보안과장과 함께다.

"제 생각에는 대 전시실로 오는 길에 들라크루아 작품실을 거치도록 하는 게 좋을 듯합니다. 들라크루아는 정말로 저평가 된 귀여운 보물입니다!"

로고르셰프가 혀끝으로 입술 안쪽을 핥으며 나를 돌아본다. 나는 로고르셰프가 좋아하는 대로 처녀처럼 선웃음 짓는다.

"폭발물에 대비해 모든 설비들을 조사해야만 합니다." 보안과장이 소매로 코를 문지르며 쿵쿵 공기를 들이켰다가 콧바람을 내뿜는다.

"알아서 하십시오. 프랑스 대사가 지팡이로 작품 가리키는 걸 얼마나 좋아하는지 잊지 말고요."

둘은 걸어간다. 문에서 관장은 고개를 돌리고 키스를 날린 뒤 시계를 가리키면서 입 모양으로 '여섯시'라고 말한다. 그리고 조그맣게 발기한 자기 성기처럼 검지를 구부린다.

나는 발끈하여 눈빛으로 말한다. "아, 그래, 그래! 내가 폭발하기 전에 그만둬!"

로고르셰프는 보안과장을 따라 종종걸음치며 생각한다.

'오, 로고르셰프 관장, 교활한 불량배, 유혹의 달인, 또 여자 하나가 네 거미줄에 걸렸구나.'

진실은, 로고르셰프 관장은 단 한 가지의 달인이다. 바로 속아넘어가는 데 달인. 보라! 헝클어져 번들거리는 검은 머리털이 보이는가? 월요일마다 나는 저 끈적이는 머리털을 만져야 한다. 이제 얼마 지나지 않아 작년 이후로 거미줄에 걸려 있던 인물이 누구인지 알게 되는 날이 곧 오리라. 그리고 경찰 강력반도 알게 되리라.

내 생일이 얼마 남지 않았다. 또다시 찾아오는 생일. 최근 루디가 그토록 자주 나를 보러오는 이유이다. 루디는 내가 깜짝 선물을 얼마나 좋아하는지 잘 알고 있다.

내가 차 한잔 하며 잠시 쉬러가는 동안 나를 대신하기 위해 뚱 땡이 페트로비치가 온다. 이곳 사람들이 한 번은 휴식 순서에서 날 빼놓은 뒤 전시실에 하루 종일 앉아 있게 했다. 나는 로고르셰프에게 그 일을 주도한 사람을 해고하게 했다. 이제 이곳 직원 아무도 내게 말을 걸지 않지만 내 휴식시간을 잊는 일도 절대로 없다.

직원 매점은 비어 있다. 내 휴식시간 즈음이 되면 매점 직원은 이미 집에 가고 없기 때문에 나는 소리가 울리는 텅 빈 홀에 홀로 있다. 뚱땡이 무리는 이런 따돌림을 승리로 여기지만 나는 이게 좋다. 직접 연하게 커피를 내리고 내가 가장 좋아하는 프랑스 담배를 피운다. 부드러운 불꽃이 바짝 마른 끝을 태우고 나는 빨아들이고…… 아! 마약처럼 황홀하다! 나는 내 소중한 동료들이 이 담배에서 풍기는 약간의 냄새마저 얼마나 사랑하는지 잘 알고 있기에 방을 담배 냄새로 가득 채운 뒤 떠난다.

여기서는 궁전 광장이 보인다. 젖은 조약돌의 소용돌이. 광장까지 걸어서 이 분밖에 안 걸린다. 난쟁이가 우산을 쫓아 뛰고 있다. 곧 잡겠지.

어떻게 저런 젖소들이 감히 나를 그토록 적대시할 수 있을까?

사실인즉슨 젖소들은 자기들에게 없는 남자 낚는 기술이 내게 있다는 점에 안달이 난 것이다. 젖소들은 머리 정돈도 제대로 못한다. 로고르셰프 관장이 더 멋진 계획 쪽에 자리를 마련해준 것 말고도 내게 상당한 특권을 주었다는 건 나도 인정하지만, 이 사마귀 투성이 추녀들은 특권을 얻을 수만 있다면 팬티를 벗는 정도를 지나 목숨이라도 기꺼이 내놓았을 것이다. 그렇다, 심지어 창녀처럼 한껏 부풀린 머리 모양을 하고 허벅지가 지방으로 두툼한 뚱뗑이 페트로비치마저도.

페테르부르크가 레닌그라드였을 때 그때라면 나는 이 괘씸한 무리들을 저 멀리 어딘가로 날려버릴 수도 있었을 것이다. 저 멀리 어딘가보다 더 먼 곳으로! 고비 사막 즈음에 있는 미술관으로 배치한 다음 파오에서 살게 할 수도 있었다.

내가 내연의 관계를 맺은 권력가는 두 명이었다. 처음은 정치가였다. 이름은 얘기하지 않겠다. 그 사람은 정치국에서 숙청 위험이 없는 높은 위치에 있었다. 핵무기 발사 비밀번호를 알고 있을 정도로 높은 위치였다. 실제로, 그 사람이 원하면 세상을 끝장낼 수도 있었다. 그이는 나를 위해 중앙당 사람들을 배후에서 조종했으며 알렉산드라 네프스코고 광장이 내려다보이는 자그맣고 아름다운 아파트를 얻어주었다. 그이가 돌연 심장마비로 죽고 난 뒤 나는 다음 연인으로 태평양 함대 사령관을 골랐다. 물론 나는 함대 사령관의 지위에 걸맞은 새 아파트를 (영구 임대로) 받았다. 나는 아직도 애니크코프 다리 근처 폰탄킨 제방 쪽에 있는 그곳에 살고 있다. 사령관은 아주 애정이 넘쳤다. 이건 비밀이지만 내 생각에 사령관은 약간 문제가 있었던 것 같다. 사령관은 정치가 애인이 주었던 선물보다 더 좋은 것을 주려고 애썼다. 사령관은 소유욕이 지독했다. 내 남자들은 늘 그렇다. 아, 그때가 정말 좋았다.

"림코, 오늘 저녁 발레 공연에 갈 때 약간 추웠어요……" 이렇게 말하면 다음날 아침 밍크코트가 배달되었다. "림코, 내 인생에 약간 반짝이는 게 필요해요……" 그렇게 해서 받은 다이아몬드 브로치를 보여줄 수도 있었다. 다만 루디와 내가 처음 만났을 때 루디의 사업에 필요해 팔아야 했을 뿐이다. 무슨 말인지 이해하리라 믿는다. 뚱뗑이 페트로비치의 입이 떡 벌어져 일주일은 다물지 못할 정도로 멋진 물건이었다.

"림코, 당 백화점에 있는 이러이러한 사람이 지난주 아주 못되게 굴었어요. 너무 버릇없어요. 누군가를 곤란에 빠뜨리고 싶은 마음은 없지만, 그 남자가 당신의 청렴성에 대해 이야기했는데 그 때문에 저는 무척 마음이 상했어요……" 그러면 다음날 아침 이러이러한 사람은 바이칼 호 근처에 있는 공공 화장실 말단 청소부로 배치되었다. 모두가 나를 알고 있었지만 모두가 나와 사이좋게 지내려 애썼다. 심지어 블라디보스토크의 해군기지에 아이들과 함께 갇혀 지내는 그이의 아내조차도.

또 한 대. 재떨이는 이미 반 정도 차 있다. 난쟁이는 결국 우산을 잡지 못했다.

플라스틱 의자로 돌아온다. 지겨워 거의 신음이 나올 지경이다. 나는 재미없어 죽을 지경인 이 인내 게임을 하도록 강요받는다. 날마다 반복해서. 오후의 끝이 비틀거리며 찾아온다. 배가 고프고 보드카가 필요하다. 로고르셰프에게 숨겨놓은 술병이 있다. 초를 헤아린다. 사십 분 곱하기 육십 초. 이천사백 초만 더 지나면 된다. 지루함을 달래기 위해 밖을 보아도 소용없다. 이미 익숙한 풍경이다. 궁전 광장, 네바 강, 페트로그라드 쪽. 나는 로고르셰프 관장에게 전시실을 바꿔달라고 말하고 싶었지만 루디가 안 된다고 한다. 중요한 계획을 실행할 밤이 이토록 가까운 지금은 안 된다고 말한다. 제롬은 즉시 루디 의견에 찬성하고, 그래서 난 여기 갇혀 있다.

지금은 생경한 이야기지만, 한때 우리 러시아인들은 막강했다. 이제 우리는 기부 물품을 구걸해야 한다. 나는 정치적인 사람이 아니다. 내가 자랄 적에 정치에 대해서 생각하는 것은 지독히 위험했다. 게다가 소비에트 사회주의 공화국 연방(USSR)이라는 게 진짜로 무엇이었나? '공화국'은 선거가 필요하지만 나는 한 번도 진짜 선거를 본 적이 없으며, '소비에트'*라는 것도 들어본 적이 없다. 심지어 나는 소비에트가 무엇인지도 확신이 안 간다. '사회주의'는 보통 사람들이 그 나라를 소유한다는 뜻이지만 내 어머니가 평생 뭔가 소유한 것이라고는 장 속의 기생충뿐이었다. 그리고 '연방'은 또 뭐란 말인가? 우리 러시아인들이 단지 되놈이나 아랍인들이 손을 뻗는 걸 막기 위해 뱀을 잡아먹는 사람들과 갓난아이로 득시글거리는 아시아 전역의 자그맣고 가치도 없는 나라들에 루블화를 쏟아부었던 것 말인가? 나는 그런 것을 연방이라고 부르지 않는다. 나라면 '돈으로 이웃을 산다'고 하겠다. 채무불이행으로 이루어진 나라. 하지만 우리는 그 시절을 영원히 날려버렸다! 제

---

* 평의회라는 뜻이다.

롬이 내게 말하길 지금 유럽에는 USSR이 무엇인지 한 번도 들어보지 못한 어린아이들도 있단다! 나는 이렇게 말할 것이다. "내 말 들어보렴, 마이네 킨더(아이들아). 너희들은 이 나라에 대해 아무것도 들어본 적이 없겠지만 우리는 한때 너희 베를린 장벽을 일만 년 정도는 홍당무처럼 발갛게 달굴 수 있을 만큼 핵폭탄이 많았단다. 고마워하렴, 버섯처럼 생긴 팔에 종양 주머니가 주렁주렁 달린 머리를 하고 태어날 수도 있었거든. 생각해보렴."

하지만 가끔씩, 징글징글한 고르바초프 이후로 변한 것이 과연 있기는 할까 생각해본다. 물론 보통 사람들에게는 변했다. 마루가 썩어내리고 그 아래로 사람들이 떨어졌다. 변한 것이 없다는 내 말은 최상위층을 뜻한다. 최상위층은 어떤가? 여전하다. 당원증을 갈가리 찢어버렸던 바로 그 사람들이 이제는 민주주의라는 뭣 같은 표어를 열성을 다해 주장하고 다닌다. '전략적 단계에서 능력과 열정' '재테크의 독창성' '합리화와 구조 개혁' 내가 로고르셰프 관장을 위해 타자 치는 편지들은 그런 표어로 가득하다. 하지만 진짜로, 무슨 차이가 있는가? 지금도 예전과 마찬가지다. 존재하지만 보이지 않는 골대가 있는 것을 깨닫고 점수를 얻기 위해 가능한 모든 수단을 동원하기. 수단들은 제네바의 금고 속이나 홍콩의 하드디스크, 당신 두개골 속 또는 브래지어 컵 속에 들어 있을 수도 있다. 아니, 아무것도 바뀌지 않았다. 예전에는 당 지부의 악당들에게 값을 치렀다면 이제는 지역 마피아 악당들에게 값을 치른다. 이전 당은 거짓말을 하고 하고 좀더 했다. 이제 민주적으로 선출된 정부는 거짓말을 하고 하고 좀더 한다. 새로운 정부가 들어서기 전, 사람들은 물건을 원하면 열심히 일하면서 이십 년을 기다리면 자기 차례가 될 거라는 말을 들었다. 사람들은 여전히 물건들을 원하고, 열심히 일하면서 이십 년을 기다리면 자기 차례가 될 거라는 말을 듣는다. 무엇이 다르단 말인가?

비밀을 하나 알려주겠다. 모든 것은 욕망 때문이다. 모든 것이. 일이 벌어지는 건 사람들의 욕망 때문이다. 자세히 보라, 그러면 내 말이 무슨 뜻인지 알 수 있을 것이다.

하지만 이미 말했듯이 나는 정치에 밝은 여자가 아니다. 여기 앉아서 생각하는 것뿐이다.

바깥 복도에서 로고르셰프 관장이 걸어오는 발소리가 들린다. 여자와 함께 있다. 몇 달 전 내가 자신을 유혹했을 때 내게 써먹던 농담을 이 여자에게도 하는 소리가 들린다. 그리고 내가 그랬던 것처럼 여자도 웃음을 터뜨린다. 남자들은 아주 특별한 재능이 있다. 눈이 있으면서도 그토록 눈이 멀어 있다니 말이다.

"그리고 여기입니다." 다리가 긴 여인을 데리고 내 전시실로 들어오며 로고르셰프 관장이 말한다. "들라크루아가 그린 〈이브와 뱀〉이라는 것을 분명 한눈에 알아보실 겁니다." 관장은 서투르게 나를 향해 윙크한다. 마치 무슨 일이 벌어지고 있는지 내가 모를 거라는 듯이 말이다.

나는 그녀가 로고르셰프 관장을 지겨워한다는 것을 알 수 있었다. 좋은 취향이라는 증거였지만 그녀는 그것을 잘 숨겼다. 서구식 복장, 프랑스 부츠, 이탈리아 핸드백. 아라비아인을 닮은 짙은 눈매. 서른이나 서른한 살 정도? 하지만 로고르셰프 같은 남자에게는 더 젊어 보이겠지. 아이섀도, 볼연지, 파운데이션도 안 발랐지만 신중히 고른 진보라색 립스틱을 칠하고 있다. 흥미롭다. 라이벌이 생겼다, 좋았어.

"라툰스키 양, 이쪽은 타티아나 마쿠츠입니다. 타티아나는 바르샤바에 있는 스타니슬로프 미술관으로부터 권리 양도를 받는 건으로 앞으로 육 주 동안 우리와 함께 있을 겁니다. 이분이 와서 정말 행운입니다."

타티아나가 내게 걸어왔다. 부츠에서 약간 삐걱거리는 소리가 났다. 나는 일어섰다. 우리는 키가 같았다. 우리는 서로의 눈을 바라보았고 천천히 악수를 했다. 푸른 눈.

"만나서 반가워요. 정말로요." 내가 말했다.

"저도 반가워요. 진심으로요." 그녀가 대답했다. 정말 낭랑한 목소리다. 폴란드 기운이 스민 러시아인. 초콜릿이 들어간 커피.

나는 관장 쪽에는 눈길도 주지 않으며 말했다.

"로고르셰프 관장님. 오늘 저녁에도 평소와 같은 시간에 사무실로 찾아갈까요? 아니면 지금부터는 마쿠츠 양이 관장님의 개인 구술 기록 작업을 하나요?"

타티아나가 먼저 말했다. 웃음을 반만 띤 표정이었다.

"마쿠츠 부인이랍니다. 아쉽게도 저는 비서 업무를 볼 능력이 안 된답니다."

맘에 들었다. 정말로 맘에 들었다.

그 문제에 대해 말할 차례가 되었다는 듯이 로고르셰프 관장이 내게 말했다. "아니오, 라툰스키 양. 평소 시간대로 오세요. 급히 보내야 할 중요한 편지도 있고……" 맙소사. 그가 지나치게 늘어놓고 있다. "그리고 그 일을 제 맘에 들게 할 수 있는 사람은 당신

뿐이에요." 점심때 하는 텔레비전 드라마에서 대사를 빌린 게 분명하다. "자, 가시죠, 마쿠츠 부인. 시계가 여섯시를 치고 제가 늑대인간이 되기 전에 벼락치기 관람을 끝내야 합니다."

"또 만나요." 타티아나가 말했다.

"네, 또 만나요."

여섯시 십오 분 전. 우리는 나가지 않고 꾸물거리는 사람들을 몰아냈다. 비는 그칠 생각을 않았고 시간도 가지 않으려 했다. 로고르셰프 관장은 개인 화장실에서 치장을 할 것이다. 시체같이 늙어빠진 주제에 치장을 하는 남자는 많지 않다. 하느님, 루디가 저를 이 빌어먹을 장소에서 빨리 빼내주면 좋겠어요. 내가 루디에게 말한다.

"이봐! 그냥 하루 날을 잡아서 밤에 큰 거 열 장만 챙기자고! 피카소 몇 장, 세잔 몇 장, 엘 그레코 몇 장. 그러면 칠십이 시간 뒤에 우리는 이미 가지고 있던 돈으로 스위스 샬레*를 꾸밀 쇼핑을 하고 있을 거고 해마다 황금 거위를 조금씩 떼어 팔면 된다고."

호수, 요트, 워터 스키의 여름. 나는 이미 내 부두아르**를 설계해놓았다. 표범 가죽 롱코트를 사야지. 마을 사람들은 나를 백색의 러시아 숙녀라고 부를 것이며 여인들은 시골뜨기 남편들에게 나를 조심하라고 경고할 것이다. 하지만 여인들이 나를 걱정할 필요는 없다. 내게는 루디가 있을 테니. 이곳 하류의 삶이 주는 모든 고

---

* 통나무집.
** 여자용 거실.

민에서 벗어나면 루디가 바른 사람이 되리라는 것을 나는 안다. 날씨가 따뜻하면 루디는 우리 아이들에게 수영하는 법을 가르치고 추워지면 우리는 스키를 타러 갈 것이다. 가족끼리.

"하자고! 그레고르스키가 비자를 준비해줄 거야. 아주 간단하다고!" 내가 말한다.

"전혀 간단하지 않아!" 루디가 말한다. "네가 여자라는 건 잊고 머리를 좀 써봐! 지금까지 일이 잘될 수 있었던 건 우리가 욕심을 부리지 않았기 때문이야. 만약 제롬이 복제할 수 있는 것보다 더 빠른 속도로 그림을 떼어내면 사람들은 그림이 사라진 걸 알아차린다고! 그리고 사라진 그림 한 장마다 열 명은 되는 국제경찰 새끼들이 달라붙을 거야! 내가 처발라야 하는 돈은 스무 배가 될 거고! 구매자를 찾는 건 서른 배쯤 어려워져! 그리고 교도소에 처박히는 시간은 쉰 배를 곱해야 할 거라고!"

"셈을 참 잘 가르쳐주네. 하지만 매주 그 대머리 돼지에게 시달리는 건 나라고!"

그러자 루디는 내게 정말로 소리를 지르고 만약 술에 취해 있으면 약간, 정말로 약간 때린다. 술 때문이다. 그리고 성을 내며 나가 차를 타고 사라지고, 그러면 이틀 정도는 보이지 않는다. 루디는 스트레스를 많이 받고 있다.

"사랑해!" 내 브라 끈을 목에 감고 위아래로 움직이며 로고르셰프 관장이 외친다. "나오고 있어! 오, 날 먹어줘, 힘껏 해줘, 자기야. 난 널 잡아먹을 거야! 나온다! 날 부숴줘, 이 창녀야, 오, 주인님, 사랑해!"

로고르셰프 관장이 타티아나를 상상하고 있다는 걸 안다. 상관 없다. 나는 루디를 상상하며 지금을 참고 있다. 담배를 피우게 어서 끝냈으면 좋겠다. 나는 관장의 쿠바 산 시가를 훔쳐다 루디에게 줄 생각이다. 루디가 사업상 만나는 사람들을 감동시키기 위해서다. 나는 사정을 재촉하기 위해 관장의 하마 같은 허리를 다리로 감싼다. 관장은 조종 불능이 된 고카트를 타고 언덕을 내려가는 아이처럼 신음하더니 다행히도 곧 목 매달린 사람처럼 헐떡이고 18세기 의자 다리는 삐걱대기를 멈춘다.

"오, 오, 사랑해." 관장은 내 가슴 사이 평평한 뼈에 키스한다. 잠시, 나는 관장이 정말로 사랑을 하는 건지 아니면 욕망을 사랑으로 바꾸는 연금술이 있는 건지 궁금하다. "타티아나를 질투하는 건 아니지, 그렇지? 널 대신할 수 있는 사람은 없어, 마르가리타, 내 사랑……"

나는 담배연기로 고리를 만든 뒤 고리가 빙빙 돌며 밤이 깊어가는 관장 사무실 구석으로 날아가는 모습을 지켜본다. 야생 백조 떼가 가발을 쓰지 않은 관장의 정수리를 툭툭 치는 모습을 상상한다. 요즘 들어 관장은 양말조차 벗지 않는다. 익살스럽게 아첨하는 듯한 관장의 초상화가 책상 뒤에서 노려본다. 자기 앞의 운명이 어떤지 모른 채 자신감 넘치는 표정.

어찌보면 우리 팀은 연금술사와 비슷하다. 물론, 모든 연금술사는 사기꾼에 거짓말쟁이지만 상관없다. 어쨌든 우리는 금을 만드는 게 아니니까. 나는 루디와 일할 것이다. 루디는 아직 모르지만 우리는 취리히에서 크리스마스를 보낼 예정이다.

로고르셰프 관장이 늘 먼저 떠난다. 관장은 무슨 일이 있었는지 아내에게 숨기기 위해 사무실에 있는 개인 화장실에서 샤워를 하고 나는 루디를 위해 문서 업무를 약간 더 볼 것이다. 나는 관장이 노래하며 샴푸 칠을 해 나를 배수구로 씻어내리는 소리를 듣는다. 관장은 새 셔츠를 입고 나를 좋아한다는 표시로 키스를 하고 나간다. 나는 루디의 청소회사로 송장을 보내거나 제롬에게 새 출입증을 만들어주거나 루디의 고객들에게 공짜 출입증을 만들어줄 것이다. 아니면 성 안드레아스 대성당의 둥근 지붕에 난 창을 바라본다. 나는 보통 일곱시 삼십분에 떠난다. 제롬은 내가 퇴근시간이 지나서 나서는 모습에 경비원들이 익숙해지길 원한다.

"신고할 거 없나?"

직원용 출입구에서 보안과장이 느끼한 웃음을 내뱉는다. 이 자식이 미치도록 화가 나도 그따위 웃음을 질질 흘리는지 꼭 보고 싶다. 보안과장은 나와 로고르셰프의 관계를 알고 있으며 자기도 내게 열을 내고 있다. 물론 그 사실을 모두가 알고 있게 하는 것은 계획의 일부다. 보안과장은 내 몸을 수색한다! 나, 마르가리타 라툰스키를! 반짝이는 배지와 워키토키만 있으면 자기가 람보인 줄 착각하는 꾀병쟁이 퇴역 군인 주제에. 보안과장의 손이 필요 이상으로 내 몸에 닿아 있는 것을 느낀다. 취리히에 가면서 보안과장에게 죄를 뒤집어 씌울 방법을 생각한다. 약간은 애매하게 그러면서도 신중하게 내가 대답했다.

"없어요, 과장님. 오늘밤은 뭔가 명작을 훔치지 못했네요."

"착하네. 바닥에 왁스 칠하는 청소부들 오는 게……"

"삼 주 동안은 안 올 거예요. 오늘부터 삼 주 뒤에 와요. 아홉시 삼십분에요."

"오늘부터 삼 주 뒤로군."

보안과장은 회람철을 대조하고 나를 빠져나가게 한다. 내가 걸어가는 동안 보안과장의 눈이 나를 훑는 걸 느낀다. 보안과장이 역겨운 사람이기는 하지만 이걸로 그 사람을 비난할 수는 없다. 나는 늘 이런 신비로운 성적 매력으로 남자들을 유혹해왔다.

겨울이면 나는 지하철을 탄다. 그렇지 않을 때는 걷는 것을 즐긴다. 만약 날씨가 좋으면 트리오스키 다리까지 걸어가고 거리의 여자들이 있는 마스 필드를 건넌다. 하지만 비가 내리면 나는 유령만이 활보하는 네프스키 대로까지 걸어간다. 제롬은 모든 도시에 유령의 거리가 있다고 한다. 스트로가노프 궁전과 카잔 대성당을 지난다. 아에로프로트 항공사 사무실과 초라한 아르메니아 식 카페를 지난다. 정치가와 사랑을 나누던 아파트를 지난다. 그곳은 이제 아메리칸 익스프레스 사무실로 바뀌었다. 모두 새로 들어선 상점들이다. 베네통, 하겐다즈, 나이키, 버거킹, 카메라 필름과 열쇠고리를 파는 상점, 스와치와 롤렉스를 파는 곳. 중심가는 세계 어디나 같아지고 있다는 생각이 든다. 지하철역에는 거지와 거리의 악사들이 질서 정연하게 줄지어 있다. 나는 매점에서 담배 한 갑과 보드카 작은 병을 하나 산다.

단언컨대 이곳에 있는 거리의 악사는 다른 어느 도시에 있는 거리 악사들보다 뛰어나다. 색소폰 연주자, 현악 사중주단, 디제리두*를 연주하는 가냘픈 여인, 우크라이나인 성가대 모두가 루블을 얻기 위해 경쟁한다. 가끔 나는 거리의 봉사자들에게 돈을 준다. 나도 이유를 모른다. 이들은 내게 아무것도 주지 않는다. 종종 거지들은 눈물을 짜낼 만큼 슬픈 자기 인생 이야기가 적힌 종이를 들고 있고 종종 다른 언어로 번역해놓기도 한다. 수고로이 그 내용을 읽어보는 사람은 오로지 이 도시를 방문한 이들뿐이다. 진흙 바닥이었던 페테르부르크는 눈물을 짜낼 만큼 슬픈 이야기를 기초로 세워졌다.

안키코프 다리를 건너 왼쪽으로 돈다. 내 아파트는 네 블록을 더 가야 나온다. 육중한 철문을 통과해 수위가 졸고 있는 수위실을 지나 재빨리 우편함을 확인한다. 놀랍게도 편지가 와 있다. 사랑하는, 병을 앓고 있는 언니가 보낸 편지다. 잡초 가득한 안뜰을 가로질러 계단을 통해 3층으로 올라간다. 루디가 집에 있으면 텔레비전이 큰 소리를 내며 켜져 있다. 루디는 침묵을 견디지 못한다. 오늘밤은 아주 조용하다. 어제 저녁, 떠날 시기에 관한 문제로 의견차이가 있었고 그래서 루디는 잠시 사업에만 집중하기로 했다. 그렇다고 짐작한다. 괜찮다. 나는 저녁으로 먹으려고 산 생선을 요리하고 루디가 늦게 올 경우를 대비해 반을 냄비에 남겨둔다. 루디는 하루나 이틀 밤 이상 집을 비운 적이 없다. 보통은 그렇다.

지금은 백야다. 푸르스름했던 자정을 지나 두 시 정도가 되면 밖은 어둑해지며 쪽빛으로 바뀐다. 잠시 뒤면 다시 태양이 허세 부리지 않고 떠오르리라. 나는 거실에서 과거 그리고 스위스에 대해 생각한다. 이곳은 함대 사령관과 내가 사랑을 나눈 곳이다. 바로

---

* 오스트레일리아 북부 원주민의 대형 목관악기.

이 창문 아래서. 사령관은 내게 사할린 해, 백해, 얼음 아래 잠수함에 대한 이야기들을 해주곤 했다. 우리는 별이 뜨는 모습을 함께 지켜봤다. 나는 싱크대에 설거지 거리를 쌓아놓고 모기향에 불을 붙인다. 루디가 시가를 봤을 때 나를 떠올릴 수 있도록 쿠바 산 시가를 루디의 외투 주머니에 넣는다. 어디선가 재즈 연주가 들려온다. 나가서 어디서 음악이 들려오는지 알아내고 춤을 추며 사람들 시선을 끌고 날 원하게 만들던 때가 있었다. 남자들 얼굴이 빛나고 나와 춤을 추기 위해 경쟁했다.

담배를 한 대 더 피워물고 브랜디를 따른다. 최상급이 아닌, 작은 병에 있는 것이다. 최상급은 루디가 사업 파트너와 와서 회의를 할 때 필요하다. 나는 언니가 보내온 편지를 열어보지 않고 불을 붙여 재떨이에 놓는다. 이러면 언니도 뭔가 배우는 게 있겠지. 브랜디를 홀짝이며 불꽃에 쌍년이 쓴 글씨가 연기 리본으로 바뀌는 모습을 지켜본다. 피어나고 똬리를 틀고 사라지고, 위로, 위로, 위로 오른다.

재즈가 멈췄다. 루디는 여전히 돌아오지 않는다. 먹이를 먹고 기분이 좋은 귀염둥이 넴야가 무릎 위에 올라와 몸을 웅크리더니 내가 내 문제에 대해 이야기하는 동안 잠이 든다.

*

제롬이 차를 우리고 있다. 동작이 집사처럼 정교하다. 이번에도 루디는 늦는다. 루디는 보통 사십오 분 정도 늦는다. 점심시간 무렵의 아름다운 여름날이며, 열기 속 바실레프스키 섬의 거리와 공원은 물에 잠긴 듯 아른아른 빛난다.

"무슨 차인데 그런 향이 나나요?"

제롬이 잠시 생각한다. "러시아어로는 모르겠군요. 영어로는 '베르가모트'라고 해요. 감귤류의 껍질이죠."

나는 다만 이렇게 말한다. "그렇군요. 찻잔 멋지네요."

제롬이 잔과 잔 받침을 내게 건네고 자리에 앉았다. 제롬은 러시아어를 유창하게 했지만 늘 나는 제롬에게 무슨 말을 해야 할지 모르겠다.

"이 본 차이나는 마지막으로 남은 사치품이에요. 진짜 웨지우드죠. 엄청난 값어치가 나가야 정상이지만, 당신네 경제가 완전히 바닥으로 고꾸라지면서 아마 이걸로는 참치 깡통 하나와도 바꾸지 못할 거예요. 떨어뜨리지 말아요." 제롬이 말한다.

"지금까지 단 한 번도 예쁜 물건을 부숴본 적이 없어요." 내가 제롬에게 말한다.

"사실이라고 믿어요."

제롬이 다시 일어난다.

"어쨌든 우리 누보 리시* 로버트 드 니로께서는 더 좋은 할 일이 있는 고로, 제가 제작한 작품 개인전에 당신만 초대합니다."

제롬은 옆방으로 간다. 작업실이다. 마루에 있던 물건을 옮기는 소리가 들린다. 안드레아스 대성당 옆의 작은 공원에 서 있는 장뇌나무가 햇빛 속에서 헤엄친다. 앵글리야스카야 둑 위에 있는 레이

---

* 졸부.

테난타 다리 너머로 새로운 홀리데이 인 호텔이 들어서고 있다. 오늘은 순국선열의 날이다. 그러니 비계에는 아무도 없다. 스포츠카가 고속으로 으르렁거리다가 갑자기 날카롭게 브레이크를 잡는 소리가 들린다.

"아, 루디가 온 거 같군요." 제롬이 작업실에서 외친다.

제롬의 아파트는 이 도시에서 꽤 괜찮은 한적한 구역에 있다. 물론 내 아파트가 있는 곳만큼 좋지는 않다. 바람이 북쪽에서 불어오는 숨 막히는 날이면 화학공장에서 나는 냄새를 맡을 수 있지만 그 점 말고는 그리 나쁘지 않다. 크기는 내 아파트보다 크다. 작업실을 포함시킨다면 말이다. 하지만 제롬은 작업실을 다른 사람에게 보여준 적이 없다. 거실에는 내가 지금까지 봐온 가운데 가장 커다란 술병 진열장이 떡하니 자리 잡고 있다. 진열장은 시골 예배당의 제단처럼 방에서 두드러져 보인다. 사실인즉 그것은 레오니드 브레즈네프가 준 선물이었다. 제롬은 여자보다도 더 깔끔하게 아파트를 관리한다. 하지만 제롬은 이곳 또는 그 어느 곳에도 여자를 들인 적이 없다. 그렇다고 나는 추측한다. 모든 영국인이 이렇게 정리정돈을 잘하는지, 아니면 영국인 게이들만 그런지 궁금하다.

제롬은 냉전 시대의 스파이였다. 케임브리지 대학에서 미술사 강의를 했다. 현재 모스크바는 제롬에게 육 년인가 칠 년째 전쟁 연금을 주지 않고 영국에서는 반역 혐의로 제롬을 수배하고 있다. 그래서 제롬은 꼼짝달싹 못하게 되었다. 제롬은 자서전을 써 팔겠다는 이야기를 늘 하지만, 요즘 세상에 자기 이야기를 팔아보려는 전직 스파이는 지천으로 깔렸기에 그런 이야기로는 일 루블도 벌

수 없다. 제롬이 시장에 내놓을 수 있는 재능은 명작을 복제하는 능력뿐이다. 제롬이 우리 사업에 끼게 된 까닭이다. 번쩍이는 적갈색 항공 재킷이 보인다. 키가 크고 호리호리한 제롬 것일 리 없다. 담배가 필요하기에 한 대 더 불을 붙인다. 재떨이로 쓸 만한 것이 없어서 잔 받침을 재떨이로 써야만 한다. 바로 가까이 있는 이웃에서 피아노 연주 소리가 들린다.

제롬이 돌아와 담배를 보더니 혀를 차며 그림을 가렸던 천을 벗긴다. 〈이브와 뱀〉이다. 들라크루아 작품이 아니라 제롬 작품이다…… 나는 제롬의 성을 모른다. 스미스나 처칠쯤 되겠지. 나는 한 번도 제롬을 좋아한 적이 없지만 솜씨에는 찬사를 보낼 수밖에 없다.

"진본이 아니라는 걸 알아차릴 수 있는 사람이 없겠군요. 심지어 액자 아래 부분 금박이 닳은 흔적까지 같군요."

"광택이 있는 표면에 난 균열을 아직 제대로 하지 못했어요. 제대로 안 됐어요. 그리고 푸른색 염료를 만드는 비밀이 19세기에 사라졌는데 그레고르스키의 돈으로도 그건 복원할 수 없지요. 멀었어요. 완전하지 않아요. 하지만 먹혀들 거예요. 사람들이 진짜와 가짜의 차이를 알아차렸을 때는 이미 늦어버린 상황이 되었을 거예요."

"이번엔 지난번보다 두 배나 더 썼어요."

"그것 참. 그건 러시아 구성주의였다고요! 베끼는 사람 처지에서 칸딘스키는 정말로 쉽다고요. 선 비율을 재고 색조를 제대로 내서 척척 칠하면, 만세! 하지만 들라크루아는 그렇게는 안 돼요…… 사랑이 깃든 작업이라 할 수 있어요. 이번 작업은 말이에요. 마음 같아서는 보름 정도 더 다듬고 싶지만 벌써 이번 달에 늦은 것 때문에 그레고르스키가 펄펄 뛰고 있거든요. 하지만 진본을 손에 넣을 수 있다면 죽어도 좋아요. 비록 하룻밤밖에 못 보겠지만 말이에요. 더구나 들라크루아로 나는 타이타닉을 다시 끌어올리고 버뮤다를 살 정도의 돈을 벌 수 있다고요."

"버뮤다의 사분의 일이에요. 네 등분 해야죠." 내가 상기시켰다.

"들라크루아가 니콜라이 1세의 친구였다는 거 알아요? 차르에 고용되어 구세주 대성당을 단장하는 데 몇 해 여름을 보냈죠. 러시아 정부에 봉사하는 서양인이었어요. 내가 들라크루아에게 감정 이입이 되는 이유일 거예요."

제롬이 나불대고 또 나불댈 때면, 나는 더이상 이 방에 제롬과 같이 있다는 느낌이 들지 않는다.

암호를 담은 노크 소리가 들린다. 나는 이번 무언극에서 눈알을 굴리며 노크가 끝나기를 기다린다. 암호는 맞지만 제롬은 나보고 부엌으로 가라고 손짓을 하며 입술에 손가락을 댄다. 세 살 버릇은 여든까지 가는 게 맞으리라.

"열어!" 언제나처럼 루디가 말한다. "바깥은 바람이 세다고."

이 말에 제롬이 마음을 놓는다. '바람'이라는 단어는 루디가 혼자 있다는 뜻이며 누군가 등에 총을 겨누고 있지 않다는 뜻이다. '춥다'는 단어는 '도망쳐'라는 뜻이다. 출입구가 하나이고 비상구가 없는 6층 아파트에서 어떻게 도망칠 수 있는가는 별문제이다. 남자들은 정말 못 말린다.

"베이비."

루디가 경쾌하게 들어와 내게 인사를 하고 그의 레스토랑 가운데 한곳에서 가져온 피자를 제롬에게 건넨다. 새로 산 스웨이드 재킷은 블랙 커런트 주스 색깔이다. 루디는 나를 '베이비'라고 부른다. 나보다 여덟 아홉 살 정도 어린데도 말이다. 루디가 싱글거리고 있다. 좋은 신호다. 웃고 있다. 루디는 고글 선글라스를 벗고 그림을 보고 환성을 지른다.

"제롬, 평소의 그 높던 기준보다도 더 훌륭하군 그래!"

제롬이 조롱기를 담아 고개 숙여 인사한다.

"들어주시니 감사할 따름이죠!"

루디는 제롬의 반어법을 알아차리지 못한 채 조롱으로 인한 마음의 상처는 내게 떠넘긴다.

"그래, 고마워. 나도 덕분에 무척 기분이 좋아. 시청에 있는 우리 행정관 친구와의 만남은 어떻게 되었지?"

"그레고르스키는 끝내줘. 다음날 아침 들라크루아를 가져갈 사람을 보내겠다더군."

이 시점에서 뭔가 잘못된 것을 느낀다. "왜 이번에는 당신이 구매자를 직접 만나지 않아?"

루디는 교황처럼 손을 든다.

"헬싱키는 너무 먼 곳이야, 베이비…… 그 사람들이 여기로 오게 하는 게 낫잖아? 우리가 발전하고 있다는 신호야. 게다가 국경을 넘느라 내 목을 걸 위험이 없다는 뜻이기도 하지…… 오, 자기, 어제 당신이 너무 보고 싶었어……"

루디의 웃음에 멍청함이 서려 있다. 다량의 코카인으로 인한 멍청함. 나쁜 신호다. 루디는 내 젖가슴을 움켜쥐려 하지만 나는 잡히지 않게 몸을 피했고, 루디는 소리내어 웃으며 소파로 쓰러진다.

"베이비에게 말해줘, 제롬!"

"뭘 말이야?" 피자를 먹을 접시와 칼들을 가져오며 제롬이 말한다.

"그레고르스키는 정직하다고 말이야."

제롬이 얼굴을 찡그린다. "만약 그레고르스키가 그렇지 않다면, 그리고 배반하기로 맘먹는다면 우리는 좆나게 곤란하게 되는 거야."

종이가 타들어가듯 루디의 웃음이 사그라졌다.

"맙소사, 둘 다 오늘 왜 그러는 거야? 태양은 밝게 빛나고 있고 두 주 하고도 마흔여덟 시간 뒤면 우리는 이십만 불 더 갖게 되는 부자가 돼 있을 텐데, 여기 둘은 자기 어머니를 장기 매매업자에게 팔아넘겨야 하는 사람 같은 표정을 하고 있다니 말이야! 요점은, 높고도 좆나게 힘있는 그레고르스키가 만약 정직하지 않다면, 좆나게 고생하는 건 그쪽이라는 거야. 그레고르스키가 상대하는 건 더이상 하룻강아지가 아니야. 이 도시엔 내 연줄이 있고, 이 도시 밖에도 연줄이 있어. 연줄이 있단 말이야."

"아, 저 위에서 굽어보시는 성 키애런 말씀이군. 아무도 그걸 의심하지 않……" 순교자 이름을 잘못 발음하며 제롬이 입을 열었다.

루디의 눈이 빛나기 시작했다. "제기랄, 내가 연줄이 있다는 사실에 대해 아무도 의심하지 않아! 키르시는 그걸 의심하지 않는다구! 슈릴커와 그 조수들도 그걸 의심하지 않아! 아르투로 코펙 자식도 그걸 의심하지 않아! 아르투로 코펙이 누군지 알아? 동 베를린과 우랄 지방 최고 거물 마약상이야! 그런데 왜 내 **동업자들이** 내가 그 쌍놈의 보리스 **프랑켄슈타인**보다 더 힘있는 사람과 연줄이 있다는 걸 의심하는 거지?"

제롬이 눈을 동그랗게 뜨고 바라보았다.

"아무도 그 점에 대해 문제를 제기하지 않아. 안 그래요, 마르가리타?"

사랑스럽고 가엾은 베이비 같으니. 나쁜 코카인 때문이다.

"맞아, 루디. 아무도 아무런 문제도 제기하지 않아."

돌연 루디는 우리가 무슨 이야기를 하고 있었는지 잊은 듯했다.

"타바스코 소스 있어, 제롬? 멍청한 그루지야 년이 넣는 걸 까먹었어. 가슴 크고 오럴 섹스는 잘하지만 바보 멍청이라니까. 그년집세가 너무 밀리기 전에 그년을 짤라버리라고 일깨워줘."

루디의 귀여운 농담에 내가 웃음지으며 말했다.

"소스는 내가 가져올게. 그리고 진하고 맛있는 커피 한잔 뽑아줄까?"

루디는 '싫어'라고 외치지 않았고, 그건 '좋아'라는 뜻이었다.

우리는 조용히 피자 반을 먹어치웠다.

"다음번 작업부터 조그마한 변경 사항을 적용시키기로 했어."
루디가 말했다.

"말해봐." 제롬이 말했다.

"여기 마르가리타가 직원 출입구에서 나, 그리고 다른 청소부들을 만나는 거야. 전시실에서 기다리는 대신에 말이야."

"왜 그래야 하는지 모르겠네." 내가 말했다.

"그게 바로 내가 이 작전의 두뇌인 이유야. 당신은 결코 왜 그런지 모르고 난 늘 알아. 들어봐. 당신은 와서 우리를 만나. 청소부들은 각자 배당된 전시실로 들어가는 거야. 우리는 들라크루아 전시실로 가지. 평소처럼 우리는 기계를 켜고 바닥에 왁스 칠을 하고 다시 직원 출입구로 돌아와 검색대를 통과해. 그렇다면 대체 차이가 정확히 뭘까?"

제롬이 굳은 치즈에서 참새우를 골라냈다.

"당신이 미술관에 있는 내내 직원들과 같이 있게 되는 거지. 여기 피자에 앤초비가 들어 있어?"

루디는 와인이 담긴 잔을 흔들었다.

"그렇기 때문에 평소보다 더욱 나는 의심받을 위치가 안 되는 거지! 이런 면밀한 부분이 바로 루디만의 솜씨야. 내 사업이 번창하는 이유지. 그레고르스키가 청소 용역으로 나를 뽑은 이유이자 이 작전에서 나를 원하는 이유야. 키르시도 체쿱도, 쾨니고프스도 아닌 나를 말이야. 자, 질문 있어?"

제롬은 무관심하게 고개를 저었다. 이제 제롬의 역할은 끝났다. 신나는 삶일 것이다. 하루 종일 유화를 그리며 놀고 난 뒤 은행계좌에 돈이 들어오길 기다리면 되니 말이다. 자기 은행계좌에 말이다.

"루디, 자기야……"

"뭘 원하는데?"

"궁금한 게 있는데, 언제, 정확히 언제 우리가……"

"뭐?"

"알잖아, 우리가 이야기 했던 거 말이야……"

루디의 감정은 그대로 드러난다. 루디는 내게 어떤 것도 숨기려 하지 않는다. 내가 루디를 사랑하는 이유 가운데 하나이다. 루디는 거칠게 접시를 내던지고 피자 조각이 접시에서 떨어진다.

"오, 또 시작이군! 그만 좀 해! 다시는 내 속 좀 썩이지 마, 마르가리타! 내 속을 썩이고 골치 아프게 만들고 주름살이 늘게 하지 좀 말라고! 제길, 너랑 있으면 가끔은 내가 할머니와 같이 사는 것 같다고!" 나는 루디를 사랑하지만 루디 눈이 이렇게 빛나고 있을 때는 싫다. 나쁜 코카인 탓이다.

"쓰지 않을 거라면 그 돈을 다 뭐하러 버는 거야?"

"차를 갖고 싶어? 외투를 갖고 싶어? 누구에게 또 빚이라도 진 거야? 네게 돈을 빌려준 사람이 누구인지 말해! 누구야? 누구!"

"아니, 그런 사람 없어, 없어! 단지……" 나는 제롬을 보았다. 제롬은 한숨을 쉬더니 커피를 집어들고 자기 작업실로 물러났다. "……내가 원하는 건 당신이야, 내 사랑. 내가 원하는 건 우리가 스위스에서 함께 사는 거야."

"우리 지붕에 황금 거위가 살면서 굴뚝으로 황금 알을 낳고 있어, 마르가리타! 거위를 죽이지 말아! 황금 알을 주우라고!"

"그 황금 알 때문에 매주 인생을 망치고 있는 건 바로 나라고."

"우리는 모두 희생을 해야 해."

"내가 얼마나 더 오래 계속해서 희생을 할 수 있을지 모르겠어. 분명 이제 우리 계좌에는 더이상 그럴 필요가 없을 정도로 충분한……"

"그렇지 않아. 지난번에는 세관 사람들에게 꽤 많은 돈을 뇌물로 써야 했다고. 그리고 물론 그레고르스키에게도 굉장히 많이 떼어줘야 했어. 그레고르스키가 모든 일을 계획했다는 걸 명심해."

"그레고르스키는 절대 못 잊을 거야. 그자의 방탄 메르세데스벤

츠에서 있었던 일을 생각하면. 제발, 자기. 그냥 말해줘. 우리에게 돈이 얼마나 있지?"

"생리중이지? 인정하라고. 지금 생리중인 거야. 맙소사, 이레나 피를 흘려대면서도 죽지 않다니."

"얼마나?"

"꽤 많아. 하지만 충분하지는 않아."

"얼마나 많은 게 충분한 거지? 그냥 말해줘!"

"마르가리타, 만약 차분한 마음으로 지성 있는 성인처럼 이 문제를 의논하지 못할 거라면 이번 면담은 마치기로 하지."

"난 지금 차분해. 간단한 질문을 하고 있는 거라고. 루디, 지금까지 값을 매길 수 없을 정도로 귀한 작품 다섯 점을 팔아서 얼마나 많은 돈을 번 거지? 제발 답해줘."

"미국 달러로? 여섯 자리야."

"말해줘!"

루디가 발끈했다. "돈은 내가 관리해! 우리를 미술관으로 들여보내고 숨기는 일이 당신 임무고! 내가 하는 일을 당신이 더 잘할 수 있다고 생각하는 거야? 그렇게 생각해? 그런 거야?" 코카인과 스트레스 때문이다.

나는 계속 차분하게 있으면서 뿌루퉁한 표정을 짓기 시작했다. 명인이 바이올린을 연주하듯, 마르가리타 라툰스키는 남자를 연주한다. 여자한테서 뭔가를 원할 때 나는 화를 낸다. 남자한테서 뭔가를 원할 때 나는 뿌루퉁한 표정을 짓는다.

"아니야, 자기. 단지 관장이 매주 거칠게 나를 다루고 있는데도 그게 언제 끝날지도 모르겠는데다가 당신을 무척이나 사랑하기 때문에⋯⋯" 나는 눈물을 흘리는 척한다.

루디는 소리를 지르더니 물어뜯을 뭔가를 찾는 듯 두리번거렸다. "빠지고 싶은 거야? 그레고르스키 같은 사람에게 쪼르르 달려가 '아, 그런데 말이죠, 저는 이 일이 더이상 맘에 들지 않아요. 훔친 예술품으로 수입을 잡게 해주셔서 고맙습니다. 하지만 이제는 빠지겠어요. 안부 엽서 보낼게요'라고 말하고 싶은 거야? 정신 차려, 이 여자야! 그 자식은 아침식사로 널 잡아먹을 거라고."

나는 루디가 나를 때리려 한다고 생각했다.

"그 때문에 우리가 스위스를 골랐다고 생각했는데. 그곳이라면 안전할 테니 말이야⋯⋯"

"그렇게 간단하지 않아. 그레고르스키는 힘있는 사람이야."

"나도 힘있는 사람들을 알아."

"나도 힘있는 사람들을 알아." 루디가 내 말을 흉내냈다. "너랑 잤던 당 간부 친구를 말하는 거야? 아니면 통 속에 살던 절름발이 노인네를 말하는 거야?"

"그 사람은 함장이었어. 통이 아니라 잠수함이고."

루디가 "허!" 하고 내뱉는다. "돈을 숨기는 일에 대해 네가 아는 게 뭐야? 돈세탁이 뭔지 알아? 네가 원하면 언제든지 네 몫을 주지. 하지만 네 몫을 받아간 다음 스위스에 있는 돼지들이 네가 산더미 같은 루블을 가지고 어떻게 자기네 나라에 들어왔는지 물으러 올 때까지 얼마나 걸릴 거라고 생각해? 우리는 한 팀이야! 네가 원한다고 아무 때나 빠져나갈 수 있는 게 아니란 말이야."

"언제 갈 수 있는데?"

"때가 되면! 때가 되면! 제길! 네가 이런 기분일 때면 너랑 논리적으로 이야기하는 게 아무런 소용이 없다니까. 난 차나 몰러 나가 겠어!" 루디는 거칠게 문을 닫으며 나갔다.

제롬이 나타났다.

"루디가 웨지우드를 깬 건 아니죠?"

"루디는 초조한 거예요. 이제 거의 다 끝나가니까 루디가 좀 신 경쓰여 하는 것도 당연한 거예요……" 내가 설명한다.

제롬이 뭔가 영어로 말한다.

오늘은 내 생일이다.

내 발이 이렇게 아프면 안 되는데, 내 나이가 얼마나 되었다고.

계단을 올라 내 아파트에 들어가는데 전화기가 울리는 소리가 들렸다. 나는 더듬어 열쇠를 찾고 복도를 미끄러지듯 달려갔다. 알 겠는가? 나는 루디를 이해한다. 그게 내가 루디를 용서하는 이유 다. 루디를 이용했던 다른 여자들과 내가 다른 이유다.

숨차하며 내가 말했다. "나 돌아왔어."

"여보세요? 라툰스키 양? 댁으로 전화해서 죄송해요. 전 타티아 나 마쿠츠예요. 전시실에서 뵀었죠. 안 좋은 때 전화를 한 건가요?"

나는 헐떡이는 목소리를, 그리고 실망감을 감추기 위해 애썼다. "아니, 아니에요. 막 돌아왔어요. 뛰었거든요."

"아…… 공원에서 조깅을 했나요?"

"전화 때문에 뛰었다는 뜻이에요. 전화를 받으려고요."

"오늘 오후에 바쁘세요?"

"네. 아니오, 아마도요. 왜요?"

"심심해서요. 제가 커피 한잔 사드려도 되나 해서요. 아니면 신발 상자처럼 작은 제 아파트를 방문해주시면 정통 바르샤바 포르슈 요리를 해드릴게요."

타티아나가 왜 나를? 나도 모르게 내가 대답했다. "그래요."

그 시간에는 내가 루디에게 사과를 하며 뭔가 보상을 해줄 생각이 아니었던가? 하지만 다시 생각해보니, 왜 루디가 돌아왔을 때 내가 여기서 루디를 기다리고 있는 모습을 보여야 한단 말인가? 아마 내가 루디를 그리 원하지 않는 척하는 편이 루디에게 좋을 수도 있을 것이다. 루디에게 작은 교훈을 하나 주도록 하자.

"잘됐군요. 푸시킨 극장 뒤편에 있는 커피집 아세요?"

"네."

"좋아요. 한 시간 뒤에 그곳에서 보도록 해요."

그것으로 결정났다. 넴야가 살그머니 걸어오더니 사랑받길 원하며 무릎으로 뛰어올랐다. 나는 넴야에게 루디가 부린 뗏성과 스위스가 어떨지에 대해 이야기했다. 그리고 내가 왜 오늘 남은 시간을 폴란드에서 온 건방진 라이벌에게 바치는 데 동의했는지 궁금해졌다.

빈 카페에서는 나무와 커피 향이 짙게 났다. 문을 열고 들어서자 햇볕이 만든 격자무늬 사이로 먼지가 소용돌이쳤다. 종이 딸랑거렸고 뒤편의 라디오에서 음악이 흘러나왔다. 내가 늦게 왔는데도 타티아나는 아직 도착하지 않았다.

"안녕하세요, 마르가리타."

타티아나가 약간 움직여 빛 쪽으로 몸을 내밀었다. 머리털이 황금색으로 빛났다. 말쑥한 검은색 벨벳 정장 차림이었고 몸은 말랐으며 옷이 꼭 맞았다. 매력적임을 인정해야만 했다. 로고르셰프 같은 남자에게 말이다.

"당신을 못 봤네요."

"여기 있었죠. 자, 앉지 않으실래요? 와주셔서 정말 고마워요. 뭘 마실래요? 콜롬비아 커피가 아주 좋네요."

내게 좋은 인상을 주려는 건가?

"그러면 콜롬비아 커피로 하죠. 웨이트리스가 깨어나면 말이에요."

뒤편에서 남자가 나타났다. "콜롬비아요?" 강한 우크라이나 억양이었다.

"네."

남자는 볼 안쪽 살을 빨아들이며 다시 사라졌다.

타티아나가 웃음지었다. "제가 전화해서 놀라셨나요?" 정신분석학자 같은 억양이었다.

"약간요. 그래야 하는 거였나요?"

타티아나는 내게 담배를 권했다. 나는 타티아나에게 벤슨 앤드 헤지스를 권했다. 타티아나는 한 개피 받았지만 다른 러시아인들과 달리 내가 준 담배에 감탄하지 않았다. 폴란드에서는 벤슨 앤드 헤지스가 흔한 모양이다. 그리고 내 라이터로 불을 붙여줬다.

"에르미타주 미술관에서 얼마나 오래 일했나요, 마르가리타?"

"이제 일 년 정도 됐어요."

"그러면 친한 사람이 있겠군요."

그러고 싶지 않은데도 나는 타티아나의 웃음이 맘에 들었다. 꼬치꼬치 캐묻기를 좋아하지만 그건 친해지고 싶어서 그러는 것뿐이었다. 마르가리타 라툰스키는 타티아나 같은 여자들을 수월하게 다룰 수 있다.

"관장을 말하는 건가요? 오, 맙소사, 그 뚱뗑이 무리가 또 쑥덕거렸나요?"

"그 사람들 하는 말이 허튼소리는 아니라는 인상을 받았어요."

"관장과 제 관계는 공공연한 비밀이에요. 하지만 관계는 제가 온 다음에 시작되었죠. 미술관 일은 시청에 있는 제 연줄을 통해서 얻었어요. 아무도 피해 입는 사람은 없어요. 저는 독신이고 관장의 결혼생활은 제 문제가 아니죠."

"전적으로 동감이에요. 우리 태도에는 공통점이 많군요."

"마쿠츠 부인이라고 했지요?"

타티아나는 커피에 크림을 넣고 소용돌이를 일으켰다.

"비밀을 지킬 수 있어요?"

"사실, 전 비밀을 아주 확실하게 지키죠……"

"로고르셰프 같은 사람이 괴롭히지 못하게 하려고 얘기하는 거예요. 상황이 더 복잡해지면……"

나는 계속 말이 이어지기를 기다렸지만 타티아나는 아무 말이 없었다.

"그런데, 마르가리타, 당신 삶에 대해 이야기해주세요. 모든 걸 알고 싶어요."

여덟 시간 뒤, 우리는 만취했다. 적어도 데카브리스토프 거리의 샴록 펍 뒷 테이블에 웅크리고 있던 나는 내가 만취했다는 것을 알고 있었다. 쿠바인 트리오가 뱀처럼 구불거리고 느릿느릿하게 재즈를 연주했고, 사람 키만 한 식물이 탱탱한 잎을 사방으로 펼치고 있었다. 그곳 조명은 초였다. 유흥업계 쪽에서는 멋져 보이면서도 가장 돈을 아낄 수 있는 방법 가운데 하나로 알려져 있는 방법이었다. 그리고 우리는 가는 곳마다 조명이 어둡다는 걸 깨달았다.

타티아나는 재즈에 대해 많이 알았고 와인에 대해 많이 알았고 그로 미루어볼 때 비록 자신은 그렇지 않은 듯 꾸며 행동하지만 부유한 배경을 가지고 있다는 생각이 들었다. 또한 타티아나는 모든 비용을 자기가 내야 한다고 주장했다. 나는 세 번 거절했지만 타티아나는 네번째로 자기 주장을 고집했고, 인정컨대, 나는 안심이 되었다. 나는 루디에게 돈을 달라고 하는 게 싫다.

타티아나는 많은 일에 대해 많이 알고 있었다. 무대에 흑인이 들어서더니 소리 죽여 트럼펫을 연주했다. 타티아나는 빛이 났으며 나는 타티아나가 실로 아름답다는 것을 깨달았다. 과거에 큰 비극이 있었을 거라 짐작됐다. 나는 내 삶의 경험을 통해 엄청난 아름다움은 장애라는 사실을 안다.

"마일즈 데이비스보다 더 마일즈 데이비스 같군요." 타티아나가 중얼거렸다.

"대서양을 처음으로 날아서 횡단한 사람 아니었나요?"

타티아나는 내 말을 듣지 못했다.

"놋쇠빛 태양이 구름 뒤로 숨었군요."

우리는 남자들의 많은 주목을 받았다. 당연했다. 타티아나는 이 나라에서 분명 보기 힘든 존재였고, 내 경우, 뭐, 마르가리타 라툰스키가 남자들 주목을 끈다는 건 다들 아는 사실이었다. 심지어 트

럼펫 연주자조차 번쩍이는 트럼펫 위로 내게 눈길을 주었다. 정말
이었다. 흑인이랑 하면 어떤 느낌일지 궁금했다. 아랍인, 동양인,
미국인과는 놀아본 적이 있지만, 흑인과는 한 번도 없었다.

　젊은이 세 쌍이 들어오더니 무대 앞쪽 가까이에 앉았다. 아직
십대들이었다. 남자아이들은 세련돼 보일 생각으로 양복을 빌려
입었다. 여자아이들은 편안해 보이려 애쓰고 있었다. 모두가 어색
해 보였다.

　타티아나는 여섯 명을 보며 고개를 끄덕였다. "젊은 연인들이로
군요." 목소리가 깔쭉했다.

　"만약 가능하다면 쟤네들과 삶을 바꿀 생각 있어요?"

　"내가 왜 그런 걸 원하겠어요?"

　"잘생겼죠, 젊죠, 서로 껴안고 있죠. 저 나이 때는 사랑이 무척
이나 신선하고 깨끗하죠. 그렇게 생각하지 않나요?"

　"마르가리타! 당신, 날 놀라게 하는군요! 세상에 사랑 따위는
없다는 걸 우리 둘 다 알잖아요."

　"그럼 그걸 뭐라고 부르나요?"

　타티아나가 담배를 쿵쿵댔다. 저 음흉한 웃음이라니. "욕망의
돌연변이."

　"농담 말고요."

　"난 아주 진지해요. 저 아이들을 보세요. 남자아이들은 여자아
이들을 침대로 끌고 들어가고 싶어해요. 병에서 코르크 마개를 뽑
을 수 있도록 말이에요. 남자들이 자위를 한다고 그걸 사랑이라고
하지는 않아요. 남자들이 신체기관 하나를 부풀린다고 해서 감상
적이 될 필요가 있어요? 여자아이의 경우에는, 남자아이에게서 원

하는 물건을 얻기 위해 한 번 하는 것일 수도 있고 아니면 침대로 가는 걸 즐기는 것일 수도 있죠. 하지만 그건 아닐 거예요. 열여덟 살 난 남자아이가 처음에 제대로 해냈다는 이야기는 들어본 적이 없으니까요."

"하지만 그건 성욕이에요! 당신은 성욕에 대해 이야기하는 거예요, 사랑이 아니라요."

"성욕은 단단한 껍질이죠. 사랑은 부드러운 껍질이고요. 얻는 건 정확히 똑같아요."

"하지만 사랑은 이기주의의 반대예요. 진실하고 부드러운 사랑은 순수하고 욕심을 부리지 않아요."

"천만에요. 진실하고 부드러운 사랑은 너무나 이기적이라서 욕심이 없는 듯 보이는 것뿐이에요."

"나는 예전에도 사랑이 뭔지 알았고 지금도 알아요. 그건 주고받는 게 아니에요. 우리는 그냥 동물이 아니라고요."

"우리는 동물일 뿐이에요. 관장이 당신에게 무엇을 줬나요?"

"그 사람에게서 아무것도 받지 않아요."

"누구든 간에요. 하지만 생각해봐요. 왜 남자가 당신을 사랑하리라고 생각하나요? 만약 당신이 자신에게 정직하다면, 마르가리타, 그건 그 남자가 당신을 통해 뭔가 이익을 얻기 때문이에요. 말해봐요, 왜 그 사람이 당신을 사랑하나요? 그리고 왜 당신은 그 사람을 사랑하나요?"

나는 고개를 저었다. "우리는 사랑에 대해 이야기하고 있어요. 사랑에는 '왜'가 없어요. 그게 요점이에요."

"'왜'는 항상 있어요. 왜냐하면 상대방이 원하는 것이 늘 있기 때문이에요. 그 사람이 당신을 보호할 수도 있어요. 그 사람이 당신을 특별한 존재로 느끼게 해줄 수도 있지요. 그 사람이 탈출구일 수도 있어요. 우울한 현실로부터 빛나는 미래로 연결해주는 길 말이에요. 아직 태어나지 않은 당신 아이의 아버지일 수도 있고요. 아니면 당신에게 특권을 줄 수도 있어요. 사랑은 '왜'라는 질문을 주렁주렁 매달고 있는 거라고요."

"그게 뭐가 잘못됐죠?"

"그게 잘못됐다고 말하는 게 아니에요. 역사는 인간의 욕망에 의해 이루어졌어요. 하지만 사람들이 자기가 조종하고 있다고 믿는 순수한 '사랑'의 신비로운 힘에 대해 감상적이 되는 것 때문에 웃은 거예요. '누군가를 사랑한다'는 건 '무엇인가를 원한다'는 뜻이에요. 사랑은 사람을 이기적이고 멍청하고 잔인하고 비인간적 존재로 바꿔놓죠. 당신이 물었죠. 인생을 저 아이들과 바꾸고 싶냐고 말이에요. 물론 저 아이들의 젊음을 훔쳐오는 건 멋질 거예요. 현재의 제 마음을 그대로 가지고 옮겨갈 수 있다면 말이에요. 하지만 그렇지 않다면 차라리 동물원에 있는 동물과 자리를 바꾸는 게 더 나아요. 사랑에 빠진다는 건 당신 연인의 욕망에 좌지우지된다는 거예요. 만약 누군가 당신 연인에게 총알을 박는다면 그건 해방을 뜻하는 거죠."

나는 루디의 가슴에 구멍이 뚫리고 피가 뿜어나오는 끔찍한 상상을 했다. "만약 누군가 내 연인에게 총알을 박는다면 난 그 사람을 죽여버릴 거예요."

술집은 너무 혼란스럽고 연주하는 음악 소리는 머리를 쿵쿵 때린다.

"나가요." 타티아나가 말한다.

그리고 돌연 우리는 밖에 나와 있고, 나는 늦은 밤기운에 흠뻑 잠긴다. 거리는 그림자와 밝음과 발걸음과 달콤한 색깔과 시가 전차 궤도와 제비로 가득하다. 클린카 카펠라 극장 위에 창문이 있다는 걸 처음 알았다. 정말 우아하다. 저걸 뭐라고 부르더라? 제롬이라면 알겠지. 공중 부벽? 오늘밤에는 별이 많지 않다. 별들 사이로 빛이 움직인다. 혜성이나 천사, 그도 아니면 지구로 떨어지는 부서지고 낡아빠진 소비에트 우주기지인가? 행인 몇몇이 나를 의심쩍은 눈으로 본다. 그래서 나는 몸을 곧게 펴고 내가 똑바로 걸을 수 있다는 사실을 보여준다. 가로등 기둥이 기린 목처럼 흔들거린다. 우리 사무실 불빛 가운데 하나가 켜져 있다. 관장이 누군가를 기다리고 있다. 하지만 그건 내가 아니고, 타티아나도 아니다. 오늘밤은 아니다. 우리는 검은 자동차를 지나 걷는다.

"어이, 예쁜이들, 두 명에 얼마면 돼?"

나는 유리창에 침을 뱉고 가장 저질스런 욕을 내뱉으려 하지만 타티아나가 나를 데리고 가던 길을 계속 간다.

"가요, 제 집에 가서 커피 한잔 해요. 핫도그도 만들어줄게요. 만약 착하게 굴면 당신 거에는 스위트 머스타드 소스도 뿌려주지요." 타티아나가 말한다.

어디를 보든 우리는 풍경을 액자에 담을 수 있고 단지 그럼으로써 그것은 그림이 된다. 제롬의 그림 따위와는 비교도 되지 않는 그림이다. 진짜 그림, 우리가 훔치는 그림보다 더 진짜 그림이다. 우리가 훔친 그림들조차도 실은 복제품이다. 제롬의 그림은 복제

358

품을 복제한 것이다. 저 남자아이의 머리. 소원을 비는 우물. 녹색
아이섀도와 살구빛 볼연지를 바른 여자아이들, 경찰차 뒷좌석에
태워져 경찰서로 끌려가 십오 달러를 내야 풀려날 저 여자아이들.
저 아이들은 잃어버린 시간을 벌충하기 위해 남은 밤 동안 더욱 열
심히 일을 해야 할 것이다.

어머니가 예전에 말해준 바에 따르면 이곳은 폭탄이 터져 차르
가 죽은 곳이다. 지금 그 사실을 타티아나에게 말했지만 타티아나
는 내 말을 듣지 못했다. 내가 말하려는 단어들이 제대로 입에서
나오지 못했기 때문이다. 저 멀리서 폭죽이 터진다. 아니, 총소리
인가? 멋진 그림이 될 터였다. 바퀴 대신 벽돌을 괴어놓은 자동차.
공장 지붕과 굴뚝 모양, 검댕투성이 벽돌, 검댕투성이 벽돌로 만든
그림. 뒷골목을 달리는 말. 저 말이 어떻게 받침대를 내려올 수 있
었지? 공룡처럼 머리털 가운데 부분을 치켜세운 남자아이가 흔들
거리며 롤러브레이드를 타고 지나간다. 신문지가 든 가방을 베게
삼아 벤치에 누워 있는 부랑아. '날 털어주세요'라고 애원하는 듯
한 밝은 셔츠를 입은 관광객들, 은하와 돔과 교차로와 원형 낫
과…… 심지어 강가의 진흙조차……

나는 숨을 쉰다. 숨 쉬지 않을 수 없기 때문이다. 나는 루디를 사
랑한다. 사랑하지 않을 수 없기 때문이다.

난간에 기대 강물을 보며 내가 말한다.

"타티아나, 당신이 틀렸어요."

"얼마 남지 않았어요. 갈 수 있겠어요?" 타티아나 목소리가 들
린다.

경찰 보트가 강을 따라 움직인다. 빨갛고 파란빛이 아름답다.

타티아나의 아파트에 대해 기억나는 것이라고는 술 취하지 않은 시계, 깊은 갱도에 조약돌을 떨어뜨리듯 재깍거리는 소리를 떨어뜨리던 시계가 전부이다. 물건들이 번쩍이고 흔들리고 타티아나가 가까이 와 뭔가를 원한다고 말한다. 타티아나는 따뜻하고 나는 잠시 그곳을 떠나고 싶지 않았다. 어느 순간, 나는 오늘이 내 생일이라는 사실을 기억하고 타티아나에게 말하려 애쓰지만 벌써 나는 내가 무슨 말을 하고 싶었는지 잊어버린 상태다. 타티아나가 나를 택시에 태우고 운전사에게 택시비를 건네며 내 주소를 말하던 기억이 난다.

내가 돌아왔을 때 루디는 집에 있었다. 새벽 세시였다. 나는 집에 들어가기 전에 망설였다. 내가 어디에 있었는지 알고 싶어할 터였다. 타티아나에 대해 말해도 별일 없을 것이다. 루디는 맘쓰지 않으리라. 만약 원한다면 직접 확인해볼 수도 있었다. 물론 나를 완전히 믿지만 말이다.

나는 열쇠를 돌리고 문을 열었고 복도 중간에 헐렁한 반바지 차림에 양말을 신은 루디가 서서 나를 총으로 겨누고 있는 모습에 큰 충격을 받았다. 아드레날린이 확 분비되며 멍한 정신을 씻어냈다. 루디 뒤편 욕실에 불이 켜져 있고 수도꼭지가 열려 있었다. 루디는 혀를 차며 총을 내렸다.

"당신은 말썽꾸러기 아기 고양이야, 마르가리타. 암호를 쓰지 않았어. 실망이야."

넴야가 복도를 가로질러 뛰어오더니 장딴지에 몸을 감고 부엌

360

쪽으로 나를 밀고 갔다.

"자기야, 여기는 내가 사는 곳이라서 암호를 안 쓴 거야."

"경찰이 아니었다는 걸 내가 어떻게 알겠어?"

할 말이 없었다. 나는 루디에게 암호를 대라고 한 적이 한 번도 없다. 하지만 루디는 침착한 상태였다. 내게 고함을 지르지 않았다.

"미안해."

"됐어. 우리 대부분 때때로 실수를 저지르지, 하지만 아기 고양이 아가씨, 이런 실수를 다시는 저지르지 마, 안 그러면 사고를 일으킬 수도 있으니까. 이리 와, 이리. 늦게 돌아왔네? 걱정했어. 귀염둥이 아기 고양이를 잡아먹는 나쁜 개들이 바깥에는 많이 있거든."

"직장 동료를 만났어. 타티아나라는 여자인데……"

나는 설명을 시작했지만 루디는 관심이 없어 보였다. 거실에는 큰 장미 다발이 있었다. 빨강 노랑 분홍색 장미들이다.

"루디! 나 주는 거야?"

루디가 빙긋 웃었고 나는 황홀했다. 루디는 내 생일을 기억하고 있었다! 우리가 만난 지 삼 년만에 처음으로!

"물론이지, 아기 고양이 양. 어이, 내가 그럼 누구를 위해 꽃을 사겠어?"

루디는 다가와 내 이마에 키스했다. 나는 제대로 키스하기 위해 눈을 감고 입을 벌려 루디의 입술을 찾지만 루디는 이미 몸을 돌려 멀어졌다. 루디가 꽃병에 물을 넣어두는 걸 잊었기에 나는 꽃다발을 들고 부엌으로 갔다. 아름다운 향이 났다. 옛날을 떠올리게 하는 정원.

루디가 거실에서 말했다.

"사소한 부탁이 하나 있는데. 들어줬으면 좋겠어."

"응?"

"이곳에 사업 파트너가 오기로 했어. 사실 그 사람은 그레고르스키의 친구야. 국제적으로 아주 높은 직위에 있는 친구야. 몽골에서 왔어. 사실상 몽골을 다스리지. 그 사람이 잠시 머물 곳이 필요해."

"그런데?"

"여기 남는 방이 그 사람 지내기에 괜찮을 것 같아."

나는 꽃병 가장자리로 물이 넘치는 모습을 지켜보고 있었다.

"만약 그 사람이 몽골을 다스린다면 왜 그레고르스키는 그 사람을 펜트하우스에 머물게 하지 않는 거야?"

넴야가 자기에게 날카로운 발톱이 있다는 사실을 내게 상기시켜주었지만 나는 그런 넴야를 무시했다.

"그랬다가는 경찰이 끄나풀을 붙여놓을 수 있으니까. 그 사람이 몽골을 지배하는 건 비공식적인 거야. 심지어 몽골인들조차 선거를 하는 척해야 한다고. 차관을 얻으려고 말이야."

"그러니까 당신은 내가 범죄자와 함께 지내기를 원하는 거야? 우리는 이제 그런 시절은 끝낸 줄 알았는데."

"맞아, 아기 고양이 양, 더이상 그런 시절은 없어! 나는 그냥 친구에게 호의를 베푸는 것뿐이야!"

"마약 밀매자나 방화범 따위가 묵는 싸구려 여인숙 같은 곳에 묵게 하는 게 더 확실하지 않겠어?"

"제발 과잉 반응 좀 보이지 마! 어차피 남는 방에 물건 상자들을 보관하고 있잖아. 뭐가 다른데? 그리고 그 사람은 범죄자가 아니야. 이르쿠츠크 국경을 넘어올 때는 검색을 받지 않을 정도로 고위 관료와 연줄이 있는 공무원이야. 아, 그리고 헬싱키는 끝이야. 그레고르스키가 베이징에서 고객을 찾아냈어. 우리 친구가 들라크루아를 가져갈 거야. 흔적이 적게 남을수록 더 좋은 거지."

"왜 그레고르스키는 늘 그러던 것처럼 경찰을 매수하지 않는 건데?"

"왜냐면 그레고르스키는 핀란드와 라트비아 국경 쪽에만 영향력이 있기 때문이야. 시베리아처럼 동쪽으로 멀리 떨어진 곳에서는 보통 때처럼 일을 진행시킬 수가 없어. 오직 나만, 우리만을 믿을 수 있어, 아기 고양이 양……"

나는 루디의 팔이 내 배 쪽으로 미끄러져 내려오는 것을 느꼈다. "말다툼하지 말자고…… 우리 미래를 위한 일이야……" 루디의 엄지가 내 배꼽을 찾아 천천히 움직였다. "이곳이 언젠가 우리 아이가 있을 곳이지……"

루디는 얼굴을 내 목에 파묻었고 나는 계속 화를 내려고 애썼다.

"베이비, 아기 고양이, 아기 고양이…… 물어보고 싶은 게 많다는 건 알고 있지만 지금 우리는 목표에 아주 가까이 있다고. 제롬의 아파트에서 당신이 얘기했던 걸 생각해봤어. 스위스에 대한 거 말이야. 당신 말이 맞아. 우리는 상황이 좋을 때 빠져나가야 해. 발끈하고 화낸 거 사과할게. 시간이 지나고 나서 생각해보면 그렇게 행동한 내가 싫어. 당신도 알 거야. 스트레스 때문이야. 이해한다는 거 알아. 가끔 나는 가장 소중한 사람에게 마구 대하곤 해. 그런 내가 싫어." 루디가 중얼거렸다. "나를 봐, 나를 봐. 이 멍청한 인간이 얼마나 당신을 숭배하는지를……"

나는 몸을 돌려 루디의 아름답고 젊은 눈동자를 들여다본다. 루디가 나를 얼마나 숭배하는지 알고 있다.

"오늘 내가 어디에 갔었는지 알아맞춰봐, 아기 고양이 양. 여행사였어. 취리히로 가는 표 가격을 알아보려고 말이야."

"정말?"

"그래, 닫았더라고. 국경일이잖아. 하지만 갔었어. 그리고 천한 관장 새끼가 내 아기 고양이를 더이상 욕보이지 못하게 할 거야. 일단 일이 끝나면, 마르가리타, 그 자식 목숨은 당신 거야. 당신이 한마디만 하면 사람을 시켜 놈을 끝장내버리겠어. 성모 마리아에게 맹세해."

보이는가? 타티아나는 틀렸다. 루디는 나를 행복하게 해주고 싶어한다. 루디는 모든 것을 포기하려 한다, 우리를 위해서. 내가 어떻게 루디를 의심할 수 있단 말인가? 한순간이라도 말이다. 우리는 길고 진하게 키스를 했다.

"루디, 당신은 내가 그 동안 받은 생일 선물 가운데 최고의 선물이야……" 내가 속삭인다.

"아, 그래, 곧 생일이지, 안 그래?" 루디가 속삭인다.

마침내 루디는 손을 내 엉덩이에 올려놓은 채 몸을 뒤로 뺐다. "그러니까 우리 구매자의 대행인이 여기서 몸을 좀 숨기고 있어도 되는 거지? 그렇지? 물건을 바꾸는 날까지만이야. 청소하는 날 말이야. 겨우 두 주라고."

"잘 모르겠어, 루디. 나는 페테르부르크를 떠나기 전에 당신과 함께 있고 싶어. 같이 계획할 게 많아. 그 사람은 언제 온대?"

루디는 몸을 돌린다.

나는 고양이 먹이 깡통을 딴다.

"오늘 왔어. 먼지를 흠뻑 뒤집어썼기에 목욕을 해야 했고, 그래서 내가 목욕할 곳을 마련해줬어. 그 사람은 지금 이곳에 있어."

"뭐라고?"

"그 사람은, 에, 이미 여기에 있어."

"루디! 어떻게 그럴 수 있어? 이곳은 당신과 나와 넴야가 사는 곳이야!"

나는 부엌문을 열고 들어갔다. 극장으로 들어가는 기분이 들었다. 작고 까무잡잡하고 나긋나긋한 남자가 내 쪽으로 등을 돌리고 창가에 기대 서 있었다. 남자는 내가 진홍색 플란넬로 루디에게 만들어준 실내복을 입고 있었으며 루디의 총을 살펴보고 있었다.

"혀?" 나도 모르게 말이 튀어나왔다.

남자가 조금 있다가 내 쪽으로 몸을 돌렸다. "안녕하십니까, 라툰스키 양. 호의에 감사드립니다. 웅장한 이 도시를 다시 방문하니 좋군요." 완벽한 러시아어였고 중앙 아시아의 칙칙한 기운이 서려 있었다. 넴야가 저녁을 달라고 내 뒤에서 야옹댔다. "당신의 귀여운 고양이와 나는 이미 친해졌습니다. 고양이는 나를 슈바타 삼촌이라고 생각하는군요. 당신도 그렇게 여겨주길 바랍니다."

*

지금 내 전시실은 비어 있고, 그래서 나는 다리를 펴기 위해 창가로 걸어간다. 폭풍이 오고 있고 공기는 북 가죽처럼 팽팽하게 당겨져 있다. 오늘은 일하는 곳까지 걸어왔다. 도시 전체가 끓어오르는 듯했다 네바 강은 기름을 엎지른 듯 뜨겁고 부풀어 있다. 다음 주가 선거라 작은 스피커를 단 밴들이 도시를 돌며 개혁과 정직과 신뢰에 대해 이야기한다.

모기가 귓가에서 앵앵거린다. 모기를 때려잡는다. 모기 잔해에서 인간의 피가 스며나온다. 그걸 닦을 곳을 찾다가 커튼에 닦는다. 안내원이 다가오기에 나는 재빨리 다시 자리로 돌아간다. 안내원이 일본어로 이야기하며 모퉁이를 돈다. 나는 '들라크루아'라는 단어를 알아듣는다. 여드레 뒤면 같은 안내원이 같은 말을 하며 같은 지휘봉으로 완전히 다른 그림을 가리키고 있을 것이다. 그리고 세상에서 오직 여섯 명, 루디, 나, 제롬, 그레고르스키, 슈바타라는 인간, 그리고 베이징에 있는 구매자만이 그 비밀을 알고 있으리라. 제롬은 완전범죄란 범죄가 일어난 사실을 아무도 몰라야 한다고 말한다. 양 떼가 고개를 끄덕인다. 나는 속으로 킬킬댄다. 이미 오늘 이 사람들은 가짜 작품들을 몇 장 사진찍었다. 그리고 그 특권을 위해 외국인 입장료를 치렀다.

어린 여자아이가 내게 걸어오더니 사탕을 준다. 어린아이는 일본어로 뭐라 이야기하며 가방을 흔든다. 여덟 살쯤 되어 보이며 예술 세계의 경이에 무척이나 지루해하고 있다. 아이 피부는 크림을 살짝 넣은 커피색이다. 머리를 땋고 가지고 있는 중에 가장 좋은 옷을 입었다. 하얀 레이스가 달리고 딸기처럼 붉은 드레스이다. 아이 언니가 보더니 킥킥거리고 어른 몇 명이 이쪽을 돌아본다. 나는 사탕을 받고 일본인 가운데 한 명이 플래시를 터뜨리며 사진을 찍는다. 아시아인들에게 짜증나는 점이다. 아시아인들은 아무것이나 사진을 찍는다. 하지만 여기 어린아이 웃음은 얼마나 아름다운지! 잠시 이 아이를 집으로 데려가고 싶은 생각이 든다. 어린 여자아이들은 나이든 고양이와 비슷하다. 만약 걔네들이 뭔가 좋아하지 않는다면, 세상 그 무엇도 걔네들이 그것을 좋아하는 척하게 만들 수 없다는 점에서 말이다.

내가 사귀던 크레믈린의 연인은 아이를 지우라고 우겼다. 나는 그러고 싶지 않았다. 수술 받는 게 무서웠다. 성직자와 노파들은 지옥에 자기 아이들을 죽인 여인이 갇히는 강제수용소가 있다고 늘 말했다. 하지만 나는 연인에게 버림받고 시궁창에서 생을 마감하는 게 더 무서웠기에 수술을 받았다. 그이는 세간의 악평을 감수하고 싶지 않았다. 사생아는 우리 관계의 증거가 될 것이고, 비록 소련에 부패와 스캔들이 만연하다는 사실을 모두가 알고 있었지만 대중의 지지를 위해서는 외양만이라도 깨끗하게 보여야 했다. 그렇지 않다면 뭣 하러 그런 수고를 하겠는가? 내가 하는 짓을 알면 무덤에 있는 어머니가 얼마나 부끄러워할지 잘 알고 있었다. 나는 그 생각을 할 때만 기분이 좋아졌다.

대부분 여자들은 일생에 한두 번 정도 낙태를 한다. 별거 아니다. 나는 모브스코브스키 대로에 있는 옛날 당 병원에서 수술을 받았다. 따라서 수술 수준이 일반 여자들이 가는 곳보다 더 좋았어야 했다. 하지만 그렇지 않았다. 뭐가 잘못되었는지 나는 모른다. 수

술 후 며칠 동안 계속 피를 흘렸고, 수술을 집도한 의사를 다시 찾아갔을 때 의사는 날 만나길 거부했으며 접수원은 나를 내보내기 위해 안전요원을 불렀다. 안전요원들은 나를 계단에 그냥 내버려뒀으며 나는 분노가 사라질 때까지 비명을 질렀고 그 뒤로는 흐느낄 밖에 달리 아무것도 할 수 없었다.

가지치기를 한 느릅나무들이 강변까지 쭉 늘어서 빗방울을 뚝뚝 흘리던 모습이 기억난다. 나는 어떻게 좀 해보기 위해 연인에게 연락을 하려 했지만, 그즈음에 그이는 이미 내게 흥미를 잃었던 듯하다. 그이는 나를 의무감 때문에 보러 왔다. 그리고 이 주일 뒤, 당 백화점에 있는 찻집에서 나를 차버렸다. 그 사람의 아내는 어떻게 알았는지 나의 임신 사실을 알게 되었다. 그이는 만약 내가 입을 다물고 조용히 사라지지 않는다면 내 집을 다른 사람에게 넘기겠다고 했다. 나는 망가진 물건이 되었다. 나 때문에 그의 양심이 망가졌다.

나는 입을 다물고 살았다. 그 일이 있고 난 뒤 언젠가 산부인과 의사를 만났을 때, 의사는 나를 잠깐 진찰하더니 아이를 갖지 않는 게 좋겠다고 말했다. 의사는 면도도 제대로 하지 않았고 보드카 냄새가 났기 때문에 나는 그 말을 믿지 않았다. 그곳에는 재수 없는 뚱뗑이 카운셀러가 있었다. 그 카운셀러가 말하길, 자본주의자들이 착취할 대상을 낳아주는 것이 여자들의 유일한 역할이라는 생각은 부르주아들이 심어놓은 낡은 억지에 불과하다고 말했다. 하지만 나는 그 여자에게 충고 따윈 필요없다고 말한 뒤 병원을 걸어나왔다. 일 년 뒤, 나는 〈프라우다〉*에서 내 연인의 심장마비 기사를 읽었다.

나는 루디에게 피임약을 먹는다고 말한다. 우리가 만나기 시작한 초기부터, 루디가 콘돔은 동물이나 쓰는 물건이라고 했기 때문이다. 스위스에서 무슨 일이 일어날지 누가 알겠는가? 그곳 공기는 깨끗하고 물은 맑다. 어쩌면 스위스 산부인과 의사는 러시아 의사는 할 수 없었던 일을 할 수 있을지도 모른다. 귀여운 여자아이, 반은 루디, 반은 나를 닮은 아이가 야생화 주변을 달려간다. 아, 그 아이는 아름다울 것이다. 그리고 어린 남동생이 있고 루디는 그 아이에게 산에서 사냥하는 법을 가르치고 나는 우리 귀여운 아기 고양이에게 요리하는 법을 가르치리라. 우리는 새집 수프를 끓이는 법을 배우리라. 제롬이 말하길, 중국에서는 사람들이 그걸 먹는단다.

오늘밤은 관장과 내가 정기적으로 만나는 날인데도 그는 오늘 나를 피하는 듯하다. 나는 좋다. 들라크루아가 우리의 마지막 그림이 될 것이다. 루디가 약속했다. 루디는 사업을 정리하기 시작했고 말한다. 루디는 하룻밤 새에 그 일을 할 수는 없다고 말하고 물론 나는 이해한다. 루디는 그레고르스키에게 상황을 설명했고, '만약'이나 '그러나'와 같은 딴지를 용납하지 않았다. 그래서 그레고르스키는 그대로 따르는 수 외에 다른 방법이 없었다. 루디가 말하길, 만약 필요하면 스위스에 있는 최고급 호텔에 몇 주 먼저 가서 머물며 자신이 오길 기다리라고 했다. 멋질 것이다. 루디가 최고가에 자기 재산을 팔고 있는 동안 나는 우선 샬레를 사서 준비를 해놓아 루디를 놀라게 할 수 있겠지. 피자 가게, 그리고 내가 에르미타주 근무시간이 아닐 때 일하는 모델 에이전시는 물론이고,

---

* 구소련 공산당 중앙위원회 기관지.

루디는 택시회사, 건설회사를 가지고 있고 수출입 사업을 하고 있으며 체육관에 지분이 있고 나이트클럽 몇 곳에서 보안과 보험 같은 일을 담당한다. 또한 루디는 대통령의 친구이기도 하다. 대통령은 말하길, 루디는 격랑의 새로운 세기를 헤치고 새로운 러시아를 이끌고 나갈 기대주라고 했다.

내 전시실이 다시 빈다. 나는 창가로 걸어간다. 커다란 갈매기들이 바람을 밀치며 날아간다. 곧 날씨가 더욱 나빠질 것이다. 나는 유리에 비친 내 모습에 반한다. 루디와 내가 지난밤 세 번 사랑을 나눈 뒤 한 말은 사실이다. 나는 나이가 들수록 젊어진다. 나의 아름다움은 일상에서 흔히 볼 수 있는 아름다움이, 콤팩트의 힘이, 샴푸의 힘이 아니다. 그보다 더 근원적인 아름다움이다. 크고 관능적인 입술, 나의 함대 사령관이 백조의 목에 비유했던 우아한 목선. 은발의 유혹에 빠진 적이 있지만, 나는 다시 원래의 고동색으로, 우리 종족의 갈색 보석으로 돌아왔다. 나는 어머니로부터 외모를 물려받았다. 그러나 예수님도 아시겠지만 다른 것은 물려받은 것이 전혀 없다. 배우와 무용가로서의 재능은, 걸출하지만 잊힌 조상에게서 물려받은 것이 틀림없다. 짙은 바다처럼 녹색인 눈동자는 아버지로부터 물려받았다. 아버지는 한창때 유명한 영화감독이었으며 이제는 죽었다. 아버지는 공개적으로 나를 인정한 적이 없다. 나는 아버지 이름을 밝히지 않는다. 아버지의 뜻을 존중한다. 어쨌든, 내 눈. 루디는 내 눈에 풍덩 뛰어들어 다시는 올라오지 않고 싶다고 말한다. 내가 레닌그라드 예술 아카데미에 배우로 입학했었다는 사실을 아는가? 만약 원하기만 했다면 나는 의심할 바 없이 수석으로 과정을 끝마쳤을 것이다. 그곳에서 막 경력을 쌓기 시작할 무렵에 내 정치가 연인이 나를 발견했고 우리는 더 큰 사회의 무대로 함께 나왔다. 우리는 함께 탱고를 추곤 했다. 나는 아직 댄스를 잘 추지만 루디는 디스코를 더 좋아한다. 나는 디스코가 좀 상스럽다는 사실을 알게 된다. 남자들의 권력과 돈에만 관심이 있는 바람둥이나 창녀들이 많이 춘다. 스위스에는 고급 사교댄스 교실이 더 많이 있다. 스위스에 있게 되면 루디는 내게 댄스를 가르쳐달라고 애원할 것이다.

제롬은 거울에 비친 자기 모습을 참을 수 없다. 언제인가 제롬이 싸구려 셰리를 한 병 마신 뒤 고백했다. 그리고 제롬에게는 거울이 없다. 나는 이유를 물었다. 제롬이 말하길, 거울에 있는 남자가 자신을 보고 있는 모습을 보면 '도대체 넌 누구야?'라는 생각이 든다는 것이다.

뱀은 옹이진 나무에 여전히 편안히 몸을 감고 있다……
하늘에 계신 구세주여!
방금 내 꿈이 다시 나를 찾아왔다. 나는 터널 안에 있었다. 그곳 어딘가에 뭔가 사악한 존재가 있다. 눈이 쭉 째진 남녀가 달리며 나를 지나쳤다. 남자는 여자를 사악한 것으로부터 구하고 싶었다. 남자는 여자의 팔을 잡았고 둘은 기류를 탄 가스보다도 빠르게 달렸다. 나는 둘을 따라갔다. 남자가 나가는 길을 알고 있는 듯했기 때문이었다. 하지만 나는 둘을 놓쳤다. 어느새 나는 유화 물감과 혜성과 관종(管鐘)으로 얼룩진 하늘 아래 벌거벗은 언덕에 올라가 있었다. 나는 어느덧 십자가 발치를 보고 있었다. 로마인들이 예수의 옷을 나눠 갖기 위해 던졌던 주사위가 놓여 있었다. 내가 보고 있는 동안 십자가가 가라앉기 시작했다. 십자가 위 예수의 발에 못이 깔끔하게 망치질되어 있었다. 예수의 허벅지는 설화석고처럼 크림색이었고 피 한 방울 묻어 있지 않았다. 허리에 걸치는 옷, 옆구리에 난 상처, 쭉 뻗은 팔, 못 박힌 손. 나와 마주보고 있는 자는 싱글거리고 있는 악마였으며, 그 순간 나는 기독교가 이천 년 묵은 끔찍하고 역겨운 농담이라는 사실을 깨달았다.

내가 차를 마시러 가는 동안 내 자리를 대신하기 위해 뚱뗑이 바바라 페트로비치가 왔다. 평소대로 뚱뗑이는 아무 말도 하지 않았다. '너보다 더 경건하고 신성해'라는 표정이다. 어머니가 임종 때 지었던 표정 그대로다. 나는 나의 대리석 복도를 걸어갔다. 안내서를 든 '뒤섞어 감상파' 한 명이 외국어로 뭐라고 말을 걸었지만 무시해버렸다. 옥과 핏빛 돌로 만든 나의 용을 지나, 황금 이파리로 장식한 나의 돔형 방을 지나, 나의 올림포스 신들 아래를 지나(그곳에는 약삭빠른 헤르메스가 있다), 푸른 장식 띠와 은 리본, 진주색으로 상감한 탁자, 벨벳 슬리퍼들이 있는 긴 방들을 지나, 숯처럼 검은 계단을 내려가 로비를 지나 우울한 직원 매점에 가니 타티아나만이 홀로 따뜻한 우유에 초콜릿 가루를 넣어 젓고 있었다.

"안녕하세요, 타티아나! 당신도 이곳으로 유배된 건가요?"

"전 제가 원할 때 휴식시간을 가져요. 초콜릿 먹을래요? 오늘은 허리 치수 따위는 잊어요. 피에 설탕을 좀 공급하세요."

"아, 그럼 그러죠. 알게 뭐예요."

나는 앉았다가 너무 더운 느낌이 들어 일어났고, 의자 다리가 타일에 미끄러지며 비명을 질렀다. 나는 철창살 사이로 창문을 열었지만 별로 효과가 없었다. 바깥이나 안이나 같았다. 바깥 광장에는 탱크가 있었고 많은 사람이 아주 천천히 움직였다. 소용돌이의 바깥 쪽.

타티아나가 말했다. "오늘 좀 심란해 보이네요, 마르가리타." 타티아나에게 스위스에 대해 말하고 싶었다. 모든 것을 말하고 싶었다. 하마터면 그럴 뻔했다.

"그래요? 휴가를 좀 갈까 생각중이었어요. 사실…… 아마 외국으로요…… 어딘지는 아직 안 정했고요……"

타티아나가 내게 담뱃불을 붙여준다. 손가락이 아름답다. 우리는 멀리서 보일러가 웅웅거리는 소리, 바깥 복도에서 청소부가 대걸레를 철썩이는 소리를 듣는다. 이렇게 예쁜 손가락을 가지고 있다니, 피아노 연주자였던 것은 아닐까 궁금했다.

"자기가 떠나고 나도 세상이 아무런 변화 없이 멀쩡히 돌아간다는 생각을 하면 이상한 느낌이 들면서 슬퍼요." 내가 큰 소리로 말했다.

타티아나가 끄덕였다.

"세상이 뺨을 때리며 이렇게 말하는 거죠. '어이, 난 당신이 없어도 잘하고 있다고.' 바다도 같은 짓을 하지만 그곳에는 아무도 살지 않죠. 만약 자기가 자라고 일하고 사랑에 빠지던 장소가 그런다면 더욱 마음이 아프죠."

타티아나의 초콜릿이 미뢰를 달콤하게 감싼다.

"어떤 때 저는 복도를 걷다가 18세기 아르한겔스크 백작을 만날 것만 같다는 생각이 들어요."

타티아나가 소리내어 웃었다. "아르한겔스크 백작께서 마르가리타 라툰스키에게 무엇을 원하나요?"

"뭐, 상황에 따라 다르죠. 어떤 경우는 여제가 밀회를 즐기던 방들을 보여주고 싶어하죠. 나한테 물감 칠을 해 자기 전시실에 걸어두고 싶어하기도 해요. 혹은 자기 사주침대로 나를 끌고 가서 사흘은 걷지 못할 정도로 거칠게 강간을 하고 싶어할 때도 있죠."

"당신은 저항하나요?"

내가 소리내어 웃었다. 뒤쪽 부엌 수도에서 물이 똑똑 듣기 시작했다.

"상상하는 게 많은가봐요."

"루디도 그렇게 말하죠."

"루디가 누구죠?"

"제 남자친구요." 타티아나가 다리를 꼬자 허벅지 스치는 소리가 들렸다. 나는 타티아나가 나에 대해 궁금해하는 게 좋다. 나는 타티아나가 좋다. "말하자면 그런 셈이죠……"

"그 사람은 뭘 하나요?" 타티아나는 마르가리타 라툰스키가 자기 호기심을 불러일으킬 값어치가 있다는 사실을 발견한다.

"이곳 사업가예요."

"아, 그 사람이군요! 지난주에 우리가 만났을 때 한번 이야기했어요……"

"제가 그랬어요?"

타티아나가 꼬았던 다리를 풀자 다시 허벅지 스치는 소리가 들렸다. "물론이죠…… 하지만 계속하세요. 그 남자에 대해 모두 이야기해주세요……"

"폭풍이 다가오고 있네요." 나는 끄덕였다. 동굴 속 웅덩이 같은 정적. "타티아나, 요 전날 사랑이 존재하지 않는다고 말했을 때 진짜 그런 뜻은 아니었죠?"

"그 말 때문에 기분이 많이 상했나보네요, 미안해요."

"아니오. 기분 상하지 않았어요. 하지만 계속 생각을 했죠. 만약 사랑이 없다면 무엇으로 선과 악을 구분할까요?"

"아주 날카로운 질문이네요. 당신을 처음 보는 순간 당신에게 가능성이 있다는 걸 알았죠. 이제 그 가능성을 보여주는군요."

"그날 당신은 제게 비밀을 털어놓았어요. 이제 제가 하는 말을 비밀로 지켜줄 수 있나요?"

"있어요."

"저는 믿음을 잃은 기독교인이에요. 제가 십대일 때, 어머니는 저를 비밀 예배에 데리고 가곤 하셨어요. 브레즈네프*가 죽기 전에요. 무슨 말인지 아실 거예요. 만약 잡히면 곧장 감옥에 가서 이 년을 있는 거죠. 성경을 가지고 있는 것조차 불법이었어요."

타티아나는 조금도 놀란 듯하지 않았다.

"말하고 보니 별로 비밀은 아닌 거 같군요. 그냥 이야기에 가깝네요. 그때 들었던 설교 하나가 기억나요. 한 여행자가 천사와 함께 여행을 떠났죠. 둘은 여러 층으로 된 집에 들어갔어요. 천사가 문을 하나 열자, 방 안에는 벽을 빙 둘러 길고 낮은 벤치에 사람들이 빽빽이 앉아 있었죠. 방 중앙에는 음식이 쌓인 식탁이 있었고요. 사람들은 각자 아주 긴 은 숟가락을 가지고 있었어요. 사람 키만 한 숟가락이죠. 사람들은 음식을 먹으려 애썼지만 그럴 수 없었

---

* 러시아의 정치가. 스탈린 이후 최장기인 십팔 년 동안 소련을 지배했다.

어요. 숟가락이 너무 길었기 때문에 음식이 계속 떨어졌거든요. 그래서 모두가 먹을 수 있을 만큼 음식이 충분한데도 다들 배가 고팠죠. 천사가 설명했어요. '이게 지옥입니다. 이 방 사람들은 서로를 사랑하지 않습니다. 자기가 먹으려고만 할 뿐입니다.' 이윽고 천사는 여행자를 데리고 다른 방에 갔어요. 처음 방과 정확히 똑같았고, 단지 이번에는 사람들이 자기가 먹으려고 하는 대신 자기 숟가락으로 방 반대편에 있는 다른 사람들을 먹이고 있었죠. 천사가 말했어요. '이 방에서는 사람들이 다른 사람을 생각해줍니다. 그리고 그렇게 함으로서, 자신이 먹을 수 있게 되죠. 여기가 천국입니다.'"

타티아나는 잠시 생각했다. "아무런 차이도 없어요."

"차이가 없어요?"

"아무 차이 없어요. 천국과 지옥에 있는 사람들 모두 단 한 가지만을 원했어요. 자기 배를 불리는 거죠. 하지만 천국에 있는 사람들이 더 협력을 잘했죠. 그게 다예요." 그렇게 말하고 타티아나는 소리내어 웃었지만 나는 그럴 수 없었다. 내 표정을 보고 타티아나가 덧붙였다. "정말 미안해요, 마르가리타……"

총을 맞은 할리우드 갱스터가 복도를 기어가듯 시간은 슬금슬금 다가왔다.

나는 루디의 사업에 가끔씩 거친 행동이 필요하다는 사실을 안다. 물론 자기 주장이 강한 것과 폭력 사이에는 차이가 있다. 사업가와 갱스터에 차이가 있듯 말이다. 나는 절대 착각하지 않는다. 하지만 나의 루디는 아주 노골적인 방식을 채택하는 경우도 있다.

합법적으로 대출해준 돈을 기한을 넘겨서까지 갚지 않는 사람들에게 무슨 기대를 할 수 있겠는가? 루디는 돈을 그냥 줄 수는 없다. 루디는 자선사업가가 아니다. 대출을 받을 때 사람들은 약관에 동의하며 만약 계약을 지키지 못하면 계약한 날이 지나기 전에 루디와 그 동료에게는 돈을 다시 찾기 위한 어떤 행동이라도 취할 권리가 있다. 그런 사실을 이해하지 못하는 사람들이 가끔 있다는 사실이 믿기지 않을 정도다.

나는 이 년 전 일을 기억한다. 루디가 내 아파트에 들어와 함께 살기로 하고 얼마 되지 않았던 때로, 루디는 목에 연필 길이만 한 칼자국이 나서 밤늦게 들어왔다. 채무불이행자 때문이라고 루디는 설명했다. 짙고 끈적거리는 피가 치약처럼 흘러나오고 있었다. 루디는 병원 가기를 거부했기 때문에 나는 가지고 있던 찢어진 면 블라우스 가운데 하나로 피를 닦아내야만 했다. 병원은 가난한 사람들을 위해서 있는 거라고 루디는 말했다. 루디는 무척 용감하다.

그날 저녁 이후, 루디는 총을, 나는 붕대를 마련했다.

푸르른 오후, 구름과 멀리 보이는 알프스, 아이스크림과 오리털 이불. 에덴의 정원은 낮잠 시간이었다. 졸음이 작은 숲속에서 중얼거렸다. 곤충들은 몸을 구부렸다 폈다. 이브는 결정을 내리기에 이르렀다.

뱀이 쉿거렸다. "네가 뭘 하고 싶은지 네 욕망에게 물어봐."

"추방, 생리, 노동, 출산. 대가가 너무 커. 마지막 질문이 있어."

"말해봐." 뱀이 말했다.

"왜 하느님을 싫어해?"

뱀은 싱긋 웃더니 공중에 나선을 그리며 이브 무릎으로 내려왔다. "내 목 좀 간질여주지 않을래, 자기야? 그으래, 그거 정말 통찰력 있는 질문이야……"

이브는 뱀의 황금 비늘에 있는 에메랄드와 루비 반점을 사랑했다. "그렇다면 통찰력 있는 대답을 해줘."

"네가 들고 있는 그 과일에서, 이브, 알차고 즙 많고 탐스러운 과육에서 네가 원하는 모든 지식을 발견하게 될 거야. 왜 내가 하느님을 미워하냐고? 조로아스터, 마니교도, 융 심리학의 원형들, 팅기스카이의 피라미드, 가상 입자, 뱀 같은 마찰음의 근원, 영생…… 왜 만사는 하필 그런 식으로 전개되는 걸까? 네가 해야 하는 일은 다만," 뱀의 눈이 노스트라다무스의 만화경처럼 빙그르르 돌았다. "네 부드러운 입술로 즙 많고 아름다운 과일을 감싼 뒤 세게 깨문 다음 무슨 일이 일어나는지 보는 거야!"

이브는 눈을 감고 입을 벌렸다.

대사 일행이 나의 들라크루아 전시실에 왕림하는 영광을 내려주셨다. 대사들은 오직 한 가지 기술만 가진 바보들이다. 공식 행사에 참석해 다른 사람들에게 도가 지나칠 정도로 머리를 조아리는 일이다. 나는 안다. 내가 정치 권력에 가까이 있던 시절 충분히 보았다. 보안과장, 문정관, 겨울궁전 감독관까지 있었다.

로고르셰프 관장(나를 못 본 척하고 있다), 다국어를 하는 통역인, 대사 여덟 명. 나는 이 사람들이 어느 나라에서 왔는지 알고 있다. 내가 초대장을 작성했기 때문이다. 프랑스인은 바로 집어낼 수 있었다. 다른 사람들에게 이것저것 지적해주느라 계속 통역관을 방해했다. 독일인은 계속 손목시계를 들여다보았다. 이탈리아인이 내 가슴과 목을 훔쳐봤다. 영국인은 그림들 앞에서 계속 겸손히 고개를 끄덕이며 '멋지군요'라고 말했고 미국인은 여기가 자기 집인 양 견학단을 비디오테이프에 담고 있었으며 오스트레일리아인은 휴대용 술병에서 남몰래 한 모금씩 술을 마셔댔다. 벨기에와 네덜란드 대사는 누가 어느 쪽인지 분간하기가 어려웠지만 어쨌든 그게 무슨 상관이겠는가? 대사들은 각자 경호원이 있었다. 이런 보잘것없는 사람들에게 경호원이 왜 필요한지는 하느님이나 아실 일이다. 나도 한창때는 경호원들을 꽤 많이 알고 있었다. 대사보다 훨씬 더 재미있는 사람들이다.

에어컨이 몹시 흔들린다. 에어컨 내부에서 속이 울렁거리는 듯한 소리가 난다.

타티아나가 나를 앞질러 날아갔지만, 타티아나가 타고 있는 튜릴커 거위는 내가 탄 것보다 빨리 날았고, 녀석은 발에 매단 검댕투성이 냄비 받침을 흔들며 반대편 비상구로 사라졌다. 예카테리나 여제는 왕실 전용 너벅선을 타고 있었다. 여제는 썩어가고 있었고 구멍과 진흙투성이였지만 나는 엑스트라 버진 올리브 오일을 한 병 가지고 있었기에 오일을 여제 몸에 난 구멍에 부었다. 여제에게서 빛이 뿜어져나오더니 여제는 완전히 정상으로 돌아와 일어나 앉았다.

"폐하." 내가 무릎을 굽혀 인사했다.

"아, 마르가리타로군요. 오늘밤도 잘 지내고 있나요? 아르한겔스크 백작이 당신에게 축하와 감사를 전해달라고 하더군요. 지난

밤에 백작을 도와줬다는 이야기를 들었어요."

"오히려 제가 영광이었습니다, 폐하."

"마지막으로 한 가지 사소한 문제가 있어요, 라툰스키 양."

"네?"

"라툰스키 양이 바로 우리 눈앞에서 우리 그림을 훔쳐가는 것을 알고 있어요. 우리는 지금까지 당신이 저지른 못된 일들을 그냥 넘길 거예요. 우리는 같은 부류죠. 당신과 우리는 말이에요, 라툰스키 양. 우리는 스타일에 대한 라툰스키 양의 감각을 존경해요. 이세상에서 여자는 기회가 오면 무조건 그걸 잡아야 한다는 건 하늘도 알고 계시죠. 하지만 우리는 당신에게 경고하는 거예요. 겨울궁전에서 모의가 꾸며지고 있어요. 이제 끝낼 때가 됐어요. 만약 그림을 한 점 더 가져가면 상상할 수 없을 정도로 큰 고통과 고뇌를 그 대가로 치르게 될 거예요."

나는 피핑 톰이 나를 노려보는 것을 깨닫고 깜짝 놀랐다. "뭘 노려보고 있는 거야, 이 병신아?" 피핑 톰은 어깨 너머로 한두 번 돌아보며 지그재그로 물러섰다.

오늘 왜 이리 졸린지 모르겠다. 날씨 때문이 분명하다. 물러갈줄 모르는 이놈의 폭풍. 청소용구함에 갇힌 느낌이다.

루디와 나는 언제나 아주 자유로운 관계를 즐겨왔다. 외형에 속지 마시길! 루디는 가공하지 않은 다이아몬드이고 서로에 대한 우리 사랑은 깊고 강하고 진실하다. 루디 전에 사귀던 연인들은 나이든 사람들이었고 나를 보호하고 키워주었다. 루디가 내 안에 있는 모성 본능을 끄집어낸다는 걸 부인할 생각은 없다. 하지만 여자가

380

남자의 노예여야 하며 다른 남자에게는 눈길도 주지 말아야 한다는 주장을 하려거든 엿이나 드시길. 그런 주장은 내 어머니의 이중적 세대와 함께 사라졌고, 정말 시원하다! 만약 어머니가 정말 그런 주장을 믿었다면 내가 어떻게 태어났단 말인가? 루디와 나는 둘 다 다른 사람들과 데이트를 한다. 아주 스스럼없으며 서로에게 아무런 문제도 되지 않는다.

루디가 하는 사업에서는 좋은 인상을 주기 위해 여성을 대동해야 할 필요가 종종 있다. 난 맘쓰지 않는다. 만약 사람들에게 좋은 인상을 주지 못한다면 루디는 자기 일을 제대로 해낼 수 없다. 내가 루디와 함께 외출하기에 너무 늙었다거나 그런 뜻이 아니라 나는 이미 그런 장소에 많이 가보았고, 솔직히 말해, 그런 곳은 지겹다. 보통, 루디는 내게 신사 친구들을 소개해준다. 언제나 아주 높은 직책에 있는 사람들이며 늘 아주 부자이다. 당신도 짐작하고 있겠지만 말이다. 루디는 내가 한때 파티에 즐겨 나가곤 했다는 걸 알고 있으며 내가 좁은 집 안에 틀어박혀 있는 모습을 보기 싫어한다.

루디의 친구들이 사업차 이곳을 종종 방문하고 그럴 경우 이 친구들은 주변을 안내해줄 그냥 귀여운 여성 동지를 원한다. 루디는 남자를 잘 다루고 마음을 편하게 하는 재능이 내게 있다는 사실을 알고 있다. 그 사람들은 늘 루디에게 경제적으로 감사를 표하고 루디는 내가 시간을 쓴 데 대해 경비를 받아야 한다고 주장할 때가 종종 있지만 나는 그런 것에 아무런 관심도 없다는 걸 하느님은 아신다. 그런 건 아무 의미도 없다. 루디는 자신이 내 세상의 중심인 것을 알고 나는 내가 루디 세상의 중심인 것을 안다.

로고르셰프 관장 사무실에서 밀회의 저녁시간을 기다린다. 나는 창문을 열고 선풍기를 켰지만 땀에 젖은 란제리는 여전히 살갗에 찰싹 붙어 있다. 어둠 속에서 내 담배 끝이 이글거린다.

내 귀여운 고양이 넴야가 배가 고플 텐데. 하지만 루디는 아직 돌아오지 않았을 거고 슈바타 씨는 절대 전화를 받지 않는다. 슈바타 씨. 이상한 사람이다. 집에서 그 사람을 본 적이 거의 없다. 일주일 전 갑작스레 슈바타 씨가 들이닥친 충격에 익숙해지자 모든 일은 제대로 돌아갔다. 슈바타 씨는 넴야보다 더 조용했다. 집에 없다고 생각하고 있다가 부엌에서 마주치는 경우도 잦았고 집에 있다고 생각해 방문을 두드려보았지만 아무도 없는 경우도 잦았다. 나는 그 사람이 먹는 모습도 본 적이 없다. 화장실을 쓰는 모습도 본 적이 없다! 하지만 계속해 우유를 마신다. 슈바타 씨가 방문을 닫으면 안에서는 아무런 소리도 들리지 않는다. 그리고 내가 가족이나 몽골에 대해 물어보면 슈바타 씨는 대답을 하고, 당시에는 알아들은 것 같지만 돌아와 들은 내용에 대해 곰곰 생각해보면 그 얘기 속에 아무런 내용도 담겨 있지 않다는 사실을 깨닫는다. 내게는 강한 통찰력과 직관력이 있으며, 내 할머니는 저주를 내릴 수 있는 능력이 있었다. 그래서 보통 나는 사람들을 꿰뚫어볼 수 있지만 슈바타 씨는 처음부터 아예 존재하지 않는 인물 같다. 슈바타 씨는 잘생겼다. 약간 매 같은 그의 모습을 보고 있노라면 동양인 같은 느낌이 들기도 한다. 슈바타 씨가 어떤 여자를 좋아할까? 거칠고 야성적인 동양인? 아니면 우아하고 나긋한 유럽인? 슈바타 씨가 여자를 좋아할 거라고 짐작해본다. 제롬과는 다르다. 그렇다.

슈바타 씨는 진짜 남자다. 몽골이 어떤 곳인지 궁금하다. 슈바타 씨가 떠나기 전에 물어보리라.

전화벨이 울린다. 나는 관장의 새 응답기가 받도록 내버려둔다.

"마르가리타? 나야, 자기 애인 로고르셰프. 거기 있어? 전화 받아…… 화내지 마, 내가 얼마나 실망하고 있는지 당신도 알잖아……"

방해받기 싫다. 또다시 담배 한 대.

"말하는 걸 잊었어. 오늘은 아내 생일이야. 아내와 아이들을 데리고 새로 개봉한 영화를 보러 가기로 약속했어. 공룡이 나오고 뭔가 말도 안 되는 줄거리야…… 미안해, 내 사랑…… 다음주 괜찮아? 거기 있는 거야? 아니야? 그럼…… 당신이 이 메시지를 받을 수 있으면 좋겠어……"

그렇다. 그러니까 나는 쓸데없이 화장을 한 셈이다. 시간 낭비. 돈 낭비. 남자들은 좋은 화장품이 얼마나 비싼지 알지 못한다. 영화관에 불이 나서 로고르셰프의 아이들 모두 감자칩이 되어버렸으면 좋겠다. 그러면 그 아이들을 으깨 부스러기로 만들 수 있다. 아이들 아버지도.

보안과장은 스포츠 페이지를 읽고 있었고 손에 든 벽돌만 한 샌드위치에서는 붉은 잼이 흘렀다. 뒤편에서 듣기 거북한 라디오 소리가 들려왔다. 보안과장이 곰살맞게 말했다.

"좋은 저녁이야, 라툰스키 양, 오늘은 어땠나? 한가했나?" 보안과장은 고환 위치를 바꾸기 위해 바지를 만졌다. "아니면 우리 관장 사무실에서 볼일 보느라 바쁘셨나?"

돼지 같은 새끼.

"대사님들은 즐거운 시간을 보냈나요?"

"아, 그럼, 그럼. 감히 말하건대, 자기 부인들에게 뭔가 자랑할 만한 것들을 보고 갔어."

보안과장은 잠깐 동안 끈적한 시선으로 나를 바라보았다.

나는 담배에 불을 붙였다. '넌 추락할 거야, 뚱보. 즐길 수 있을 때 즐기라고. 이달 말이면 감옥에 갇혀 있을 테니 말이야.'

"다음주 저녁이 바닥에 왁스 칠하는 날이에요. 청소회사 사장이 확인하려고 로고르셰프 관장 사무실로 방금 전화를 했어요. 평소 시간이에요. 이번 달에는 사장도 함께 올 것 같더군요. 바닥 광택기가 제대로 돌아가는지 보려고 말이에요."

보안과장은 삐걱거리는 의자를 돌려 사무실 칠판을 보았다.

"그렇군."

나는 루디의 멍청한 암호를 내 집 문에 대고 두드리지만 집 안에는 아무도 없다. 슈바타 씨도, 루디도, 심지어 귀여운 넴야마저도. 나는 낮의 더께와 화장을 씻어내기 위해 샤워를 했다. 녹색 아이섀도와 살구색 볼연지가 배수구로 씻겨나갔다. 욕실은 평소보다 훨씬 더 깨끗하다. 슈바타 씨는 욕실을 쓰고 나면 언제나 깨끗하게 청소한다. 심지어 내가 쓰고 나서도 청소를 한다. 나는 샤워 후 청소를 하는 남자를 믿지 않는다. 제롬은 다르다. 난 루디 같은 게으름쟁이가 좋다. 억지로 삶은 달걀을 하나 먹고 창가에 앉아 운하를 본다. 관광객을 태운 유람선이 보인다. 그 사람들 사이에 내 아들과 딸이 있는 장면을 상상한다. 내가 알지 못하는 이유로 웃고 있다. 아장거리는 금발의 아이들.

나가고 싶지만 갈 만한 곳이 떠오르지 않는다. 물론 아주 친한 친구들이 이 도시 전역에 걸쳐 많이 있다. 아니면 야간 열차를 타고 모스크바로 가서 내가 극단 시절에 사귀었던 친구들을 찾아갈 수도 있다. 오랫동안 모스크바에 가지 않았다. 친구들은 언제나 나 보고 찾아오라고 아우성이지만 나는 시간이 없다고 친구들에게 말한다. 물론 내가 스위스에 정착하고 나면 그 친구들을 초대할 수 있다. 친구들은 내가 지을 손님용 샬레에 머물 거다. 부러워 죽겠지! 나는 폭포 근처에 살기로 결심했다. 그러면 빙하에서 나오는 신선한 물을 날마다 마실 수 있을 테니 말이다. 페테르부르크 물에는 너무 많은 금속이 들어 있어 그 물을 마시면 자석에 끌려다닐 정도다. 암탉을 기를 생각이다. 왜 내가 지금 울고 있는 걸까?

오늘밤 내가 왜 이러는 걸까? 아마 남자가 필요한 모양이다. 나는 올이 풀리지 않은 붉은 망사 타이츠를 신고 루디가 지난주에 추가 생일 선물로 사준 검은 벨벳 정장을 입고 밖으로 나가 가죽 재킷을 입고 오토바이를 탄, 짙은 검은 머리털에 턱이 단단한 젊은 아이를 골라볼 수도 있다…… 단지 즐거움을 위해서 말이다. 그래본 지 참 오래되었다. 루디는 맘쓰지 않으리라. 특히나 내가 그렇게 하는 것을 알아차리지 못한다면 더욱. 내가 말했듯이 우리는 현대식의 주고받는 관계를 유지하고 있다.

하지만, 아니다. 나는 루디만을 원한다. 루디의 어깨를, 손을, 냄새를, 벨트를 원한다. 루디의 돌진을 느끼고 싶다. 약간 아프다 할지라도 말이다. 보라, 옥상을, 첨탑을, 반구 천장을, 공장 굴뚝을…… 루디는 저기 어딘가에서 나를 생각하고 있다.

라플란드*에서 천둥 전선이 다가오고, 밤이 폭풍 속으로 녹아드는 곳으로 시선을 돌리니 번개가 날름대는 모습이 보였으며 내 귀염둥이 넴야가 어디로 간 건지 궁금하다.

*

나는 달빛 우물 안에 서 있었다. 계단이 내 아파트까지 휘돌아나 있었다. 길, 자정을 지나는 길. 어둡지 않고 밝지도 않은. 여기저기에서 날갯짓하는 박쥐들, 낡은 필름 속 하늘의 얼룩들. 안마당에는 불길한 징조가 침니**처럼 가라앉아 길목을 막고 있었다. 평소처럼, 엘리베이터는 작동하지 않았다. 내가 문을 열려고 당겼을 때 전기가 짜릿하게 올랐음에도 말이다. 당신도 밤중에 전기 충격을 받아봤는지 모르겠다.

루디가 청소 회사 밴 뒤에 들라크루아를 싣고 떠난 뒤로 나는 모든 것이 잘 되었다고 쉰 번을 혼잣말했다. 바야흐로 새로운 삶이 시작되려고 하는 순간이었다. 뭔가 잘못되었다는 느낌이 쉰 번 들었다. 한 주 내내 뭔가 꺼림칙한 느낌이었다. 왜 이런 느낌이 드는 거지? 나는 다시 담배 한 대에 불을 붙였다. 아무도 움직이지 않는다. 보이는가? 잘못된 것은 아무것도 없으며 그 사실을 증명하기 위해 나는 아파트로 서둘러 올라가는 대신 잠시 머물며 마지막 담

---

* 핀란드, 노르웨이, 스웨덴 북부와 러시아의 콜라 반도에 걸친 산지.
** 등산 용어로, 암벽에 난 굴뚝 모양의 세로로 갈라진 큰 균열을 말한다.

배를 피운다.

가짜와 진짜 들라크루아를 바꾸는 일은 시계태엽 장치만큼이나 정교하게 진행되었다, 거의.

나는 루디와 다른 곳에서 빌려온 할머니 청소부 셋을 수하물 출입구에서 정확히 여덟시에 만났다. 그 끔찍한 직원복을 여전히 입고 있는 뚱뗑이 페트로비치와 동료 둘도 청소부를 감시하기 위해 함께 있었다. 나는 에르미타주의 네번째 감시자였다. 내가 도착하자 모두 말을 멈추었다. 너무나 티가 났다. 내가 청소부들에게 복도를 배정하고 평면도를 나누어주는 동안 뚱뗑이 페트로비치가 침묵의 선서를 깨고 뭔가 말할 듯하다가 마지막 순간에 입을 다물었다. 현명했다. 보안과장은 박쥐 얼굴을 한 처남과 수위실에서 카드 게임을 하고 있었다. 보안과장은 루디를 보고 가볍게 고개를 끄덕이고는 우리를 통과시켰다. 루디와 청소부들은 거추장스러운 바닥 광택 기계를 각자 다른 방향으로 몰고 갔으며, 청소부마다 한 명씩 감시자가 붙었다. 나는 루디와 함께 갔다.

우리는 한마디도 하지 않았다. 루디와 나는 훌륭한 팀이다. 기분이 좋아지면 루디는 내게 그 말을 해주리라. 페테르부르크 힐튼 호텔 연회장에서 열렸던 루디의 생일 파티에서 그러했듯이. 그곳에서 아무도 보지 않자 루디는 우리 샴페인 잔을 딸랑이며 말했다.

"베이비, 너와 난 훌륭한 팀이야."

겨울에 그림을 바꿔치기 했을 때는 겨울궁전에서 비치는 약한 불빛만으로 일해야 했다. 밝은 여름 여명 속에서는 불빛이 필요 없다.

루디가 광택기 바닥에 특별히 설치한 통의 잠금장치를 풀고 여는 동안 나는 들라크루아 전시실 바깥 복도에 서서 망을 보았다.
루디는 제롬이 복제한 그림을 꺼내어 옥과 호박으로 연꽃과 난을
새긴 반달 모양 탁자에 기대어놓았다. 저 멀리서 다른 기계들이 웅
웅거리는 소리 말고 다른 소리는 들리지 않았다. 루디는 손을 뻗어
진짜 들라크루아를 떼어내 통에 넣은 뒤 다시 잠갔다. 나는 함께
탈출하는 이브와 뱀에 대해 생각했다.

누군가 뚜벅뚜벅 이쪽으로 걸어오는 발소리를 들었다.

"루디!"

뱀의 독낭이 넘쳐 독액이 똑똑 든다. 루디가 긴장해 나를 노
려보았다. 나는 어딘가에 혼자 갇혀버린 느낌이 들었다. 착각이었
다. 지레 놀란 것이었다. 아무것도, 아무것도 아니었다. 웅웅거리
는 소리가 메아리친 것뿐이었다. 루디는 인상을 찡그리며 굳었던
몸을 움직였다. 그리고 빈 공간에 제롬의 가짜 그림을 걸었다. 담
배 한 대를 피울 수 있다면 영혼이라도 팔았을 것이다.

이윽고 루디는 장난삼아 그린 듯한 입체파 그림들이 있는 곳까
지 손잡이가 달린 시끄러운 기계로 왕복하며 17세기 자화상이 있
는 복도에 광을 내기 시작했다. 스위스에 있는 우리 정원의 정원사
도 같은 식으로 잔디를 깎겠지. 나는 전시실 직원으로서 표면상 지
루한 표정을 지으며 루디를 지켜봤다. 루디를 돕고 싶었지만 그랬
다가는 의심을 살 수도 있었다. 속으로는 시간이 빨리 지나가길 온
몸이 떨리도록 바랐다. 한시바삐 이 으스스한 궁전을 빠져나가 보
물이 진정으로 우리 것이 되길 바랐다. 나는 취리히의 가장 화려한
백화점을 으스대고 다니는 상상을 했다. 거기서 내가 유혹에 굴복
해 물건들을 가리키면 죽 늘어서 있던 점원들이 물방울무늬 포장

지와 금빛 리본으로 포장을 한다. 그리고 송로버섯 코너에서 루디가 나를 깨물고 강간하는 상상을 했다.

자정이 되자 루디의 새 이탈리아제 정밀시계가 울렸고, 루디는 광택내는 기계를 멈췄다. 우리는 수하물 출입구로 돌아갔다. 돌아가는 길에 루디가 나를 보며 빙긋 웃었다.

"곧 끝나, 베이비, 거의 다 끝났어." 그리고 루디는 우리 아들이 웃을 그 웃음을 지었다.

나는 입술을 깨물고 아들에게 입힐 옷을 상상했다. "나중에 아이를 가져요." 내가 속삭였다.

수위실에서 보안과장은 가랑이를 벌리고 코를 골며 잠들어 있었다. 루디의 청소부 둘이 기다리면서 뼈가 시리다고 투덜거리고, 날씨에 대해 투덜거리고, 광택 기계에 대해 투덜거렸다. 나는 저렇게 되기 전에 루디가 나를 죽여주길 기도한다. 우리는 뚱뗑이 페트로비치가 자기가 맡은 청소부와 함께 올 때까지 일이 분 정도 보안과장을 지켜보았다. 뚱뗑이 페트로비치가 보안과장을 찔러 깨웠다. 보안과장은 눈을 끔벅이더니 힘주어 일어났다.

"뭐야?"

"다 했습니다, 보안과장님." 루디가 말했다.

"그럼 집에 가."

뚱뗑이 페트로비치가 덤비듯 물었다.

"몸수색은 어쩌고요? 규칙 15d: 전시실 안내원을 **포함**한 모든 협력 직원들은 미술관을 나갈 때 의무적으로 몸수색을……"

보안과장은 화장지로 질펀하게 코를 푼 뒤 휴지통에 던졌다. 들어가지 않았다.

"내게 규칙을 읊어대지 마. 규칙이 어떤지 안다고. 내가 그 빌어 먹을 규칙을 썼으니까."

가장 나이 든 청소부가 벌떡 일어나며 말했다. "저 사람 손이 내 몸 어디에든 닿기만 해봐요!" 여인이 루디에게 경고했다. "그리고 만약 당신이 저 사람더러 우리를 수색하라고 하면 당장 밀린 급여 를 받고 관두겠습니다."

할머니 청소부 2호가 단결을 보였다. "저도요. 유치장에 갇힌 창 녀 취급 받고 싶지는 않군요."

뚱뗑이 페트로비치가 으르렁댔다. "규칙입니다. 해야만 해요."

맙소사, 혹투성이 트롤하고 같이 자라고 하는 것도 아니잖아.

루디가 동료들에게 매력을 발휘했다. "숙녀 여러분, 해결 방법 은 명확합니다. 여기 있는 보안과장께서 제 몸을 수색하시고, 여성 직원 가운데 한 분, 아마 여기 있는," 루디는 뚱뗑이를 가리켰다. "열정이 넘치는 이분이 여러분을 수색하실 겁니다. 그러고 나면 정직한 노동이 끝나고 집으로 돌아가 정직한 잠자리에 들 수 있을 겁니다. 그리고 루디는 갚아야 할 돈을 언제나 갚습니다. 동의하십 니까?"

몸수색 뒤 우리는 광택내는 기계를 밴 뒤쪽에 실었다. 청소부 셋과 감시자 둘은 집에 갔다. 루디는 청구서에 서명을 받고 세 통 의 서류에 확인 서명을 하기 위해 보안과장 사무실에 남아 있었다. 뚱뗑이 페트로비치는 악취처럼 머무르며 새로운 음모를 꾸미고 있었다. 마지막 서명을 휘갈긴 뒤 루디는 서류를 접었다.

"저 사람이 그림을 광택내는 기계에 숨기지 않았다는 보장이 어 디에 있죠?" 뚱뗑이 페트로비치가 보안과장에게 말했다.

하늘에 계신 주님. 독가시가 뚫고 들어와 구부러지더니 몸 안에서 뚝 하고 부러져버렸다.

하지만 루디는 단지 한숨을 쉬고 보안과장에게 말을 걸었다. "저 여자는 누구인가요? 새로 온 당신 상관인가요?"

"난 공무원이에요. 도둑들로부터 문화 유산을 보호하는 일을 하기 위해 고용되었다고요!" 뚱뗑이 페트로비치가 으르렁댔다.

여전히 뚱뗑이 쪽은 보지 않으며 루디가 말했다.

"우선 전시실들을 조사해보십시오. 다음으로 국제적으로 악명 높은 미술품 털이범들이 우리 투덜거리는 할머니들로 교활하게 변장한 뒤 당신네 감시원들이 멀쩡하게 눈을 뜨고 있는 바로 코앞에서 훔쳐간 그림이 뭐가 있는지 조사해보세요. 세번째로 달빛에 신문지를 깔고 우리 기계들을 나사 하나까지 모두 분해하십시오. 그다음 다시 조립해놓으세요. 완벽하게요. 조심하셔야 합니다. 안 그러면 제가 엄청난 소송을 걸어버릴 거니까요. 좋은 생각인걸요. 당신을 좌지우지할 수 있는 이렇게 세심한 공공의 종복이 있다니, 과장님은 참으로 행운아십니다. 청구서에 초과 근무 수당을 추가하겠습니다. 로고르셰프 관장님과 맺은 계약에 따르면 저는 열두시 정각까지 일하기로 되어 있으니까요. 제가 앉아서 신문을 좀 읽고 집에 전화해 아내에게 앞으로 여덟 시간 동안 집에 돌아갈 수 없다고 전해도 이해해주시겠죠?"

루디는 앉더니 신문을 펼쳤다. 그 뒤 몇 초 동안 내 심장은 적어도 스무 배 정도 빨리 뛰었다.

보안과장이 뚱뗑이 페트로비치를 노려보며 말했다.

"그럴 필요 없어. 이런 결정은 보안과장이 하는 거야. 전시실 관리 직원이 아니라."

루디가 일어섰다. "그 말씀을 들으니 아주 기쁘군요." 루디는 자업자득으로 괴로워하는, 할 줄 아는 일이라고는 그런 것밖에 없는 뚱땡이 페트로비치 앞을 천천히 지나갔다.

수하물 출입구를 지나 루디가 세번째 광택내는 기계를 주차장에 있는 밴으로 밀고 가는 모습이 보였다. 나는 루디가 신문을 책상에 놓고 간 것을 보고 신문을 집어 루디를 쫓아갔다. 우리는 전문가 팀이다. 당연히 루디는 밴 뒤편에서 나를 기다리고 있었다.

"베이비, 나는 우선 제롬에게 가서 그림을 건네줄 거야. 그리고 돌아올게. 그레고르스키 쪽 사람 한두 명을 먼저 만나봐야 해." 루디가 속삭였다.

"슈바타?"

"누군지는 몰라도 돼. 곧 보러올게."

"사랑해."

루디는 손등으로 내 가슴을 어루만졌다. 루디는 마지막 남은 광택내는 기계를 싣기 위해 뛰어갔다. 아직 주차장에 있던, 아래에 들라크루아가 감춰져 있는 기계였다. 이제 거의 다 끝났다, 거의.

"흥, 아주 기쁘시겠어, 라툰스키."

뚱땡이 페트로비치의 머리와 어깨가 밴 적재문에 나타났다. 왜 이제 와서 나를 무시하지 않기로 맘먹은 걸까?

"무슨 말이야, 확실하게 말해."

뚱땡이는 껌을 하나 말아 입에 넣더니 세게 깨물었다. 뚱땡이는 팔짱을 꼈다. "너같이 하찮은 게 이런 식으로 빠져나갈 수 있다고 정말로 생각하는 건 아니겠지?"

"네가 무슨 생각으로 그런 말을 하는지 모르겠는걸."

뚱뗑이는 껌을 씹으며 아니꼽게 웃었다. 나는 무엇을 해야 할지 생각했다. 이 여자가 어떻게 알았을까?

"서투른 연기는 집어치워, 라툰스키. 네가 여기서 하고 있는 짓을 모두가 알고 있어."

뚱뗑이 뒤편, 주차장의 어둑한 조명이 미치지 않는 곳에서 루디가 몽키렌치를 집어들고 손가락을 입술에 대고 아주 천천히 뚱뗑이에게 다가오는 모습이 보였다. 심장이 두근거렸고, 강철 렌치가 뚱뗑이 머리 위로 반짝이는 모습을 보았다. 나는 느꼈다…… 내가 뭘 느꼈는지 나도 모르겠다…… 뚱뗑이가 계속 이야기하게 해, 계속 이야기하게 해. 나는 두려웠다. 마음 한편으로는 뚱뗑이에게 경고해주고 싶었지만 다른 한편으로는 흥분이 되며 어서 그 모습을 보고 싶었다. 꼼짝도 하지 마, 이년아. 내 애인이 다가오고 있으니까.

"무슨 소리야?" 루디는 이 여자 시체를 핀란드로 통하는 늪지에 던져버릴 수 있으리라……

"게임은 그만둬! 아주 비열해! 물론 나는 네가 상류사회로 들어가기 위해 꾸민 하찮은 계략에 대해 말하는 거야!"

루디가 코카인을 복용했을 때의 바로 그 표정. 뚱뗑이는 자기가 나를 쪼는 위치에 있다고 생각한다. 까마귀들이 날아와 뚱뗑이의 번들거리는 눈알을 파먹으리라. 들개들이 배, 엉덩이, 허벅지를 먹기 위해 싸울 것이고 가장 강한 녀석이 가장 맛있는 부위를 차지할 것이다. 뚱뗑이의 생명은 내 손안에 있지만 뚱뗑이는 그 사실을 알지도 못한다…… 나는 더이상 뚱뗑이가 도망가길 원하지 않았고 터져나오는 웃음을 참아야만 했다. 뚱땡이는 여전히 껌을 씹고 있었고 살찐 얼굴은 정말로 비싼 미용사가 필요했다.

"넌 관장이 되고 싶어해, 안 그래? 관장 사무실 의자에서 네 방식대로 자면서 말이야! 넌 부끄러움을 모르는 창녀에 지나지 않아, 라툰스키. 넌 지금까지 그래왔고 앞으로도 평생 그럴 거야."

루디가 몽키렌치를 내렸고 나는 소리내어 웃으며 뚱땡이에게 침을 뱉었다. 그러자 뚱땡이가 사라졌다.

나는 담배를 마저 피웠다. 심지어 박쥐들마저 사라지고 없었다. 뭐가 잘못된 걸까?

없다. 잘못된 것은 없다. 손목시계를 보았다. 새벽 두시 이십사분이었다. 그림은 제롬의 아파트에 안전하게 도착했을 것이고 슈바타는 구매자로부터 현금을 받을 것이고 나는 스위스로 가는 짐을 꾸릴 수 있을 것이다. 이 오랜 세월을 견딘 뒤에 마침내 탈출하는 것이다! 철의 장막에 갇혀 지내는 시간 동안 스위스는 꿈의 장소였으며 사실 에메랄드 시만큼이나 먼 곳이었다. 나는 남은 계단을 마저 올라갔다. 내가 안절부절 못하는 것도 당연했다. 나는 방금 오십만 달러 값어치가 있는 그림을 훔쳤다.

우리 아파트 문에 대고 루디의 암호를 두드렸다. 단지 루디를 기쁘게 하기 위해서였다. 하지만 아무런 응답도 없었다. 뭐, 기대하지 않았다. 루디는 곧 집에 올 터였다.

복도 전등 스위치를 켰지만 전구는 켜지지 않았다. 복도를 좀더 지나 다른 스위치를 켰지만 두번째 전등도 켜지지 않았다. 이상했다. 전기가 나간 모양이다. 하지만 어쨌거나 오늘밤에는 전기가 절실하지 않았다. 백야였고 영원한 황혼과 은하수가 유럽으로 향한 하늘을 밝혔다. 거실로 걸어가자 커피테이블이 다리를 하늘로 향하고 누워 있는 모습이 보였고 내 신경은 고양이 내장처럼 탁 끊어졌다.

방이 난장판이 되어 있었다. 선반은 벽에서 뽑혀나와 있었고, 텔레비전은 부서져 있었고 꽃병은 바닥에서 뒹굴고 있었다. 서랍은 뽑혀 있었고, 내용물은 온 사방에 널려 있었다. 사진들은 남김없이 빠져나와 아무렇게나 널려 있었다. 옷들은 완전히 쑥대밭이 되었고 리본처럼 갈기갈기 찢겨 있었다. 유리 조각이 공룡 이빨처럼 카펫에 흩어져 있었다.

누가 내게 이런 짓을 한 걸까? 이 모든 파괴를, 이 모든 정적을. 오, 하느님, 루디는 안 돼요. 루디는 안전한 걸까? 잡혀간 걸까?

식탁 잔해 아래 그늘진 구석이 실룩거렸다. 목이 탁 막히며 침을 삼킬 수가 없었다. 나는 축 늘어지고 은밀한 어둠이 뭔지 보기 위해 눈을 긴장시켰다. 그곳은 피 웅덩이었으며 황혼에 검게 보였다. 나는 미약한 흐느낌을 알아차렸다⋯⋯

오, 하느님 맙소사, 오 하느님, 넴야, 귀염둥이 넴야는 아니길. 웅크리고 식탁 아래를 살펴보았다. 넴야의 뒷다리가 있어야 할 부분이 찢겨나가 있었다. 나는 넴야가 너무 죽음에 가까이 있기에 고통을 느끼지 못하리라고 생각했다. 넴야는 어딘가 언덕에서 태양을 노려보는 부처처럼 차분하게 나를 쳐다보았다. 넴야는 바닥을 모르고 추락하는 나를 혼자 남겨두고 죽었다.

늪지에서 네바 강으로 끔찍한 형상이 떠내려가고 있었다. 그것은 알렉산드라 네브스코고 다리에 닿을 때까지 게으르게 누워 둥둥 떠내려갔다. 그것은 지주를 기어오르고 밑동을 끌어올리고 이빨로 거리를 휩쓸며 나를 찾으리라.

나는 무엇을 해야 하지? 내가 해야 하는 일이 뭐지?

"네 욕망에게 물어봐!" 뱀이 명령한다.

나는 침실로 들어가 응급 상황에 걸기로 한 루디의 휴대폰으로 전화를 건다. 전기 잡음이 파도가 부서지듯, 동전이 우수수 떨어지듯 들려왔다. 다행히 전화가 연결됐다.

나는 무심코 입을 열었다. "루디, 아파트를 수색……"

여자 목소리가 말했다. 차갑고 금속성 목소리. 뚱뗑이처럼 잘난 체하는 목소리였다. "지금 거신 번호는 연결되지 않습니다."

"하느님 맙소사! 다시 연결해, 씨팔 창녀야!"

"지금 거신 번호는 연결되지 않습니다." "지금 거신 번호는 연결되지 않습니다."

뭐?

나는 수화기를 내려놓았다. 다음은 어떻게 하지? 욕망. 나는 스위스와 루디와 우리 아이들을 원했다. 그러니 나는 들라크루아 그림이 필요했다. 그건 간단했다. 루디는 나를 자랑스러워할 것이. 루디가 말하리라. "베이비, 널 믿으면 될 줄 난 알고 있었다니까."

나는 제롬에게 전화했다. "안녕, 귀염둥이. 저녁에 멋지게 해냈더군요." 목소리에서 알코올이 스며나왔다.

"제롬, 루디 봤어요?"

"물론이죠. 우리 가족의 마지막 일원을 내려놓고 이십 분 전에 나갔어요. 이야! 정말 예쁘지 않아요? 어이, 들라크루아가 조카와 그런 관계였……"

"슈바타는 아직 안 왔나요?"

"아니오. 위대한 칸께서는 전화를 해서 곧 도착하겠노라고 하더군요. 13세기에 몽골인들이 밀봉한 통에 포로를 넣고 그 위에서 연회를 열면서 숨 막혀 죽어가는 소리를 즐겼다는 사실을 알고 있나요……"

"제롬, 닥쳐요. 지금 가겠어요. 그곳을 빠져나가야 해요."

"하지만 자기야, 그건 계획상 내일 하기로 했잖아요. 그리고 내가 한 그 모든 일을 생각해볼 때 닥치라는 말을 듣지 않을 정도 자격은 된다고 봐요. 그런 말을 들으니까 마치 내가……"

"내일이 바로 지금이라고요. 내 아파트가 수색당했어요. 루디에게는 연락이 안 되고요. 내……" 내 고양이가 살해당했고 나는 그 시체가 강으로 더욱 가까이 흘러가는 것을 느꼈다. "뭔가 잘못되고 있어요. 모든 게 잘못되었어요. 그림을 가지러 지금 가겠어요. 포장해놓으세요."

전화를 끊었다. 나는 무엇을 원한 걸까? 나는 침대 프레임 아래 갈빗대에 손을 넣었다. 예수님, 감사합니다! 나는 장전한 리볼버를 테이프에서 떼어냈다. 총들은 보기보다 더 무겁고 더 차갑다. 리볼버를 핸드백에 넣고 아파트를 나섰다. 여권을 가지러 다시 들어갔다 나왔다.

필요할 때는 꼭 택시를 잡기가 더 어렵다는 말은 사실이다. 그리고 절박한 상황이라면 택시 잡을 꿈은 꾸지도 말아야 한다. 나는 걸었다. 나는 상류에 있던 것이 무엇인지 생각하지 않으려고 계속해 다른 데 집중하려 했지만 그 생각이 자꾸만 떠올랐다. 나는 주변의 사소한 것들에 집중했다. 고로코바야 거리의 조약돌을 기억한다. 청동 기마인상 계단에서 남자친구에게 키스하던 여자아이의 매끈한 피부를 기억한다. 성 이사크 성당 주변 셀로판지에 싸여 있던 꽃머리들을 기억한다. 풀코보 공항에서 이륙해 홍콩이나 런던이나 뉴욕 또는 취리히로 향하던 비행기의 미등을 기억한다. 깔깔거리며 웃던 여인이 걸치고 있던 자줏빛 실크를 기억한다. 밤색 가죽 항공 재킷을 기억한다. 마분지 상자에서 웅크린 자세로 자던 노숙자를 기억한다. 사소한 것들을. 평소에는 눈치챌 수 없는 사소한 일들로 주변이 이루어져 있다. 턱 근육이 아파 죽을 것만 같았다.

제롬의 아파트 문은 잠겨 있었다. 내가 너무나 세게 문을 두드렸기에 건물 반대편에 있는 개가 놀라 짖어댔다. 제롬이 문을 활짝 열더니 나를 끌어당기고 주의를 줬다.

"조용히 해요!"

제롬은 문을 잠그고 마분지와 갈색 테이프, 끈으로 그림을 싸던 곳으로 돌아갔다. 여행 가방은 이미 꾸려져 열린 채 소파에 놓여 있었다. 양말, 속옷, 조끼, 싸구려 보드카, 웨지우드 찻주전자. 소파 옆 주크박스처럼 커다랗고 추한 술병 진열장에 비어 있는 진 병이 보였다.

나는 꼼짝도 않고 서 있었다. 어떻게 해야 하지? 나는 무엇을 원한 걸까?

"그림을 가져가겠어요."

제롬이 웃음을 터뜨렸다. 제롬은 내게 시선조차 주지 않았다.

"진심이에요?"

"네, 그림을 가져가겠어요. 저 그림은 루디와 제 미래예요."

제롬이 내 말을 들었다는 생각조차 들지 않는다. 제롬은 내게 등을 돌리고 꾸러미 위로 몸을 웅크린다. "여기서 일이나 도와요, 자기. 내가 묶는 동안 여기 끈을 좀 잡고 있어요."

나는 움직이지 않았다. "그림을 가져가겠다니까요!"

제롬이 다시 내게 묻기 위해 몸을 돌렸을 때, 내가 들고 있는 총구를 정면으로 보고 있다는 사실을 깨달았다. 얼굴에 평정이 사라졌다가 다시 나타났다.

"이건 영화가 아니에요. 당신은 그걸로 절 쏘지 않을 거고요. 그러지 않으리라는 걸 당신도 알아요. 꼭두각시 조종자 당신 기둥서방이 지시하기 전에는 말이에요. 당신은 총을 똑바로 쏠 수조차 없어요. 자, 정신 차린 숙녀가 되어 그걸 내려놔요."

나는 총을 가졌다. 제롬은 없다. 그렇다.

"내 그림에서 물러나요, 제롬. 당신 작업실로 가서 문을 잠그고 있으면 해치지 않을 거예요."

제롬은 부드러운 눈으로 나를 보았다.

"자기야, 지금 자기는 현실 괴리를 겪고 있는 거예요. 이건 내 그림이에요. 잊지 말아요. 내가 복제품을 그렸다고요. 내 능력 덕분에 우리가 여기까지 올 수 있었던 거예요. 당신이 한 일이라고는 옷을 벗고 누워서 가랑이를 활짝 벌리고 있었던 것뿐이에요. 현실을 직시하자고요. 당신 위치에서는 그런 게 일반적이고 흔한 일이지요."

"넴야가 죽었어요."

"넴야가 누구죠?"

"넴야! 내 귀염둥이 고양이 넴야요!"

"당신 고양이가 죽은 건 무척 유감이에요. 정말로, 때가 되면 당신 고양이를 위해서 눈물을 한 양동이라도 흘리겠지만, 우선은 당신이 그 못된 장난감을 치우고 화를 가라앉혀 준다면 좋겠어요. 내 그림을 싸고 나서, 내 말 듣고 있어요, 자기? 내 그림을 싸고 나서, 예전에 내 모든 미래와 맞바꿨던 비열하고 거짓 가득하고 폭력이 난무하고 지독히 춥기만 한 당신네 나라를 떠날 수 있게 말이에요……"

"난 현실 괴리가 뭔지 몰라요. 하지만 총이 뭔지는 알아요. 저건 내 그림이에요. 그리고 한 가지 더. 내 이름은 자기가 아니에요. 내 이름은 마르가리타 라툰스키예요."

"확실히, 내 말이 당신 화장과 머리털을 뚫고 전달되지 못했군요. 돌대가리 창……"

제롬은 성큼성큼 내게 다가와 손을 뻗어 내……

"그건 내 그림이야!"

총알이 발사됐다. 충격으로 제롬의 머리가 뒤로 젖혀지며 발이 바닥에서 떨어졌다. 아름답고 붉은 피가 천장에 튀었다. 그 소리를 들었다. 철썩. 제롬은 바나나 껍질에 미끄러지기라도 한 듯 여전히 공중에서 회전하고 있었다.

"마르가리타 라툰스키." 목소리를 높이지 않으며 침묵이 강력히 말했다.

제롬은 바닥에 쓰러졌다. 얼굴 반이 사라져 있었다. 살인은 낙태나 분만처럼 흥분을 준다. 당신은 절대 그 느낌이 어떤지 정확히 알 수 없을 거다. 이상하다. 다음은 뭐지?

"멋지군요, 라툰스키 양." 부엌 문을 부드럽게 닫으며 슈바타가 말했다. "정통으로 눈을 관통했습니다. 우리에게 또다른 공통점이 있군요."

슈바타?

"루디는 어디에 있나요?"

"근처에 있습니다."

슈바타가 싱긋 웃자 짙은 황금이 보였다. 지금까지 나는 슈바타의 이를 본 적이 없었다.

"어디에요?"

"부엌에 있습니다."

슈바타는 엄지로 어깨너머를 가리켰다. 아무 일 없을 것이다. 안도의 눈물이 흘러나왔다. 내일 저녁이면 우리는 스위스에 있을 것이다!

"하느님 고맙습니다 하느님 고맙습니다. 전, 전 몰랐어요…… 넴야가 죽었어요…… 슈바타 씨. 제롬 일에 대해서는 이해해주셨으면……"

"이해합니다, 마르가리타. 당신은 루디에게도 좋은 일을 한 겁니다. 영국인은 못된 종족이죠. 동성애자와 채식주의자, 삼류 스파이의 나라입니다. 이놈은……" 슈바타는 장화 끝으로 반만 남은 제롬의 머리를 건드렸다. "당신을, 나를, 루디를, 심지어 그레고르스키 씨마저 감옥으로 팔아넘기려 했습니다."

루디는 안전했다! 나는 부엌으로 가서 문을 열었다. 루디는 아직까지 청소 회사 작업복을 입은 채 부엌 식탁에 몸을 구부리고 있었다. 이런 때 술에 취해 있다니! 나는 내 생애 일분일초를 빼지 않고 루디를 사랑하지만 지금은 보드카를 마시고 있을 때가 아니었다!

"루디, 내 사랑, 이제 일어나……"

내가 루디의 어깨를 흔들자 머리가 불가능한 각도로 꺾였다. 제롬의 머리가 그러했듯이. 루디의 얼굴을 보았다. 귀에 거슬리는 내 비명은 그 시작만큼이나 갑자기 끝났다. 내 비명이 도시를 깨웠다. 그랬다. 비명은 아주 오랫동안 도시를 맴돌았다. 땅이 내 귀에 키스하고 내 두 눈에 흙이 들어갈 때까지 내 머릿속 덜커덩거림은 절대 사라지지 않으리라. 피거품이 연인의 눈과 콧구멍에서 기생충처럼 꿈틀거리며 흘러나왔다. 지방처럼 하얗다. 지방처럼 하얗다.

슈바타가 거실에서 서두르지 않는 어투로 말했다. "스위스로 가는 건 미뤄야 할 겁니다……" 자갈 같은 거품이 루디 입을 완전히 뒤덮었다. "…… 영원히요. 당신 보두아르, 샬레, 아이들에 대해서는 유감입니다."

나, 이…… 루디, 슈바타의 목소리, 아무것도 존재하지 않았다.

"루디!" 누군가 나 대신 말했다.

슈바타가 무심한 목소리로 말했다.

"애석하게도, 루디 역시 똑같은 곳에 우리를 팔아넘기려 했습니다. 그레고르스키 씨는 그런 일이 일어나게 놔둘 수가 없었죠. 그레고르스키 씨에게는 보호해야 할 명성이 있으니까요. 그래서 저를 부른 겁니다. 모두의 정직을 시험하기 위해서요. 결과는 실망이었습니다."

"아니에요, 아니에요."

"그레고르스키 씨는 당신 남자친구가 홍콩의 유명한 법률회사를 통해 돈세탁을 하는 과정에서 산더미 같은 돈을 '잃어버려' 놓고 고작 생각해낸 변명이라고는 그쪽 연락책이 당뇨병으로 돌연 죽었다고 했을 때부터 의심하기 시작했습니다. 하찮은 사기꾼에게 상상력이 부족하면 치명적이지요."

내 신발 밑에서 뭔가 바삭거렸다. 주사기 조각이었다. 지옥이었다. 냉장고 모터가 몸서리를 치며 멈췄다. 논리가 비명을 질렀다. 시간이 있을지도 몰랐다.

"구급차!"

"구급차가 루디에게 도움이 되지는 않을 겁니다, 라툰스키 양. 루디는 죽었습니다. 약간 죽은 게 아닙니다. 완전히 죽었습니다. 배반자이자 위조범인 제롬이 기분이 나빠져 명성이 자자한 자기 헤로인에 쥐약을 섞은 듯하더군요."

루디의 아름다운 눈. 루디가 미끄러지더니 의자에서 바닥으로 쿵 소리를 내며 쓰러졌다. 루디의 코뼈가 부러지는 소리가 들렸다. 나는 거실로 달려가다 뭔가에 걸려 넘어졌고 다시 어제로 돌아가고 싶어하며 양탄자 문양을 뜯어댔다. 눈물을 흘리기에는 너무나 끔찍했다. 손가락 사이에 뭔가 들어왔다. 총이었다, 총.

슈바타는 긴 가죽 코트에 단추를 채우고 있었다. 몇 걸음 떨어지지 않은 곳에서 제롬은 자신이 흘린 피에 흠뻑 젖은 모습으로 누워 있었다. 그리고 루디는 코뼈가 부러진 채 부엌에 있었다. 대체 어쩌다 일이 이 지경이 된 건가? 한 시간 전만 해도 우리는 밴 뒤에 있었고, 나는 루디가 내 몸 안에 있기를 원했다. 식탁 밑에서 넴야가 그러했듯이, 나는 애처로이 울었다.

"너무 슬퍼하지 마십시오."

들라크루아가 든 꾸러미를 겨드랑이에 끼며 슈바타가 말했다. 왜 저 사람 목소리는 한결같을까? 언제나 같다. 메마르고 부드럽고 깔끄럽다.

"당신들은 예상보다 몇 달을 더 버텼습니다. 루디와 제롬은 배반자였습니다. 그레고르스키 씨는 당신이 그냥 무사히 걸어나가게 내버려둘 수 없습니다. 최종 단계에서 체스의 졸을 희생을 해야 합니다. 당신의 인터폴 친구인 마쿠츠 양과 자본이전사찰단이 너무 가까이 접근해왔습니다."

"뭐라고요?"

"마피아 수사대 이름 치고는 참 착하지 않습니까? 그러고 보니 생각났는데, 전 키로브스키 섬에 있는 그 사람들에게 익명의 편지를 보냈습니다. 몇 분 뒤면 이곳에 올 겁니다. 진정하십시오. 요즘 전직 스파이들은 골칫거리입니다. IMF와 무역대표단 못지않게 말입니다. 제롬을 죽인 걸로 문제삼을 사람은 아무도 없을 겁니다. 하지만 도둑맞은 그림에 대해서는 누군가 책임을 져야죠. 하지만 당신이 이 일을 모두 꾸며냈다고는 아무도 믿지 않을 겁니다. 기껏해야 십오 년 형이고, 십 년 뒤면 나올 겁니다. 모스크바의 감옥을 개선하라는 로비가 조금씩 먹혀가는 중입니다. 천천히요."

슈바타는 문으로 걸어갔다.

"그림 내려놓아요! 그건 내 그림이에요! 그 그림은 루디와 내 거라고요!"

슈바타는 놀란 척하며 몸을 돌렸다.

"제 생각에 루디는 한동안 훔친 명작들을 관리하지 못할 거 같습니다만."

"내가 할 거예요!"

"무한히 존경하는 라툰스키 양, 당신은 해당이 안 됩니다. 처음부터 해당 사항이 없었습니다."

슈바타가 타티아나에 대해 무슨 말을 했었지?

"경찰에게 그레고르스키에 대해 다 말하겠어요!"

슈바타는 슬픈 표정으로 고개를 저었다.

"당신은 살인자가 되었습니다, 라툰스키. 당신 지문이 총에 있고 탄도가 일치합니다…… 누가 당신 말에 귀를 기울이겠습니까? 당신이 나불대는 주장을 입증할 수 있는 단 한 가지 가능한 증거는 자기 몸 안에서 나온 핏물 웅덩이에 저렇게 쓰러져 누워 있는데 말입니다."

손가락에 힘을 주었다. 나는 아직 총을 가지고 있었다.

"만약 당신이 주절대는 걸 멈추게 하는 데 편리하다면 이 말을 해야겠군요. 그레고르스키는 당신을 어디서 찾아낼 수 있을지 압니다. 심지어 마쿠츠 양이 일하는 곳에서도 부패는 놀랄 만한 수준이더군요. 몽골에서도 부패는 전국민적 오락이 된 지 오래지만, 당신들 러시아인에게는 정말 감탄할 지경입니다."

"그 그림 내려놔, 이 개새끼야. 안 그러면 넌 죽어, 죽어, 죽어, **죽는다고**! 천천히 그림을 내려놔, 지금 당장! 손을 들어! 내가 이걸 쏠 수 있다는 걸 너도 알잖아!"

나는 슈바타의 심장이 있는 곳에 총을 겨냥했다. 여자들이 하는 말을 심각하게 받아들이지 않겠다는 게 남자들이 여자들에게 쓰는 무기이다.

"제롬을 봐, 이 몽골 개새끼야, 십 초 뒤면 너도 저렇게 된다고."

슈바타가 웃었다. 내부자들 사이에서만 통하는 웃음이었다. 좋아, 좋아, 저 웃음이 저자의 마지막 표정이 될 것이다. 하나를 죽이나 둘을 죽이나 무슨 차이가 있겠어? 나는 방아쇠를 당겼다.

공이가 빈 탄약실을 때렸다. 다시 방아쇠를 당겼다. 아무 일도 일어나지 않았다. 슈바타는 재킷 주머니에서 금빛 총알 다섯 개를 꺼내 손바닥에 굴렸다.

나는 잠긴 문을 바라보며 홀로 남았다.

이럴 리가 없었다. 이런 일이 진짜로 벌어졌을 리 없었다.

런던
London

숙취가 능글맞게 웃고는 내가 마지막으로 원하는 게 있는지 물으며 나를 할퀴어댔다. 이 침대가 누구의 것인지는 몰라도 포피의 침대가 아니라는 사실은 알 수 있었다. 어라! 이윽고 침대가 아니라 길바닥 돌조각 위에 누워 있는 것처럼 온몸이 아파왔다. 꽤 큰 소리로 신음을 한 모양이었다. 내 옆에 있던 여자가 몸을 돌리더니 눈을 떴기 때문이다.

"잘 잤어?" 시트를 끌어당겨 가슴을 가리며 그녀가 말한다. "귀걸이가 없어졌어."

"안녕." 나는 가능한 상냥하게 인상을 찡그리며 고통스레 시트 너머를 바라보았다.

내가 보고 쉽사리 웃을 수 있는 얼굴은 아니었다. 나는 혹시나 잠에서 깬 지금, 함께 잔 여자가 남자친구, 죽은 동생, 지난달 차에 치어 죽은 애견 마이클 등등을 주절주절 늘어놓고 마침내 대체 이 침대에서 얼마나 많은 사람이 잤을까 생각해보게 만드는 끔찍한 순간이 찾아오는 게 아니길 빌었다. 정적. 신경증적이라기보다는 준엄한 분위기. 강인해 보이는 윤곽. 삼십대 후반. 나쁘지 않지만 그리 특별한 점도 없었다. 지난밤 이후로 여자가 나이를 먹었든가 아니면 내가 점점 까다롭지 않아지는 모양이었다. 붉은 머리털. 꽤 빽빽했다.

맞다! 나는 커즌 스트리트에서 열린 초대전에 갔었다. 로한의 친구 화가가 그린 유화를 보러갔다. 머전인가 피전인가 스머전인가 뭔가 하는 사람이었다. 그때 이 붉은 머리 여자가 내게 다가와 우리는 뭔가 쓸데없는 잡담을 나누었다. 그리고 택시를 타고 섀프츠베리 애비뉴에 있는 와인 바에 들렀고, 다시 택시를 타고 어퍼 스트리트의 와인 바에 또 들러 내 돈 대부분을 썼다. 그리고 여기였다. 어떻게 왔는지는 모르겠지만 말이다. 이 여인 이름이 뭐였더라? 케이시? 카트리나? 수도원 학교에 다니는 학생 이름 같은 느낌이었는데. 나는 일단 여자와 자고 나면 늘 이름을 까먹는다.

여인은 귀걸이를 찾다가 내 눈길을 눈치챘다. 여인은 목소리를 가다듬었다.

"케이티 포브스야. 인사 담당 일을 하고 있어. 여긴 이즐링턴에 있는 내 아파트야. 만나서 반가워. 또 말이야."

"안녕, 난……"

갑자기 뭔가 내 숨통을 움켜쥐는 듯한 느낌이었다. 나는 말을 하려고 분투하면서 딱따구리가 그려진 사각팬티를 찾았다.

"마르코, 알아. '작가'이고. 우린 방금 서로 이름을 알려주는 단계를 지난 거네."

410

그러니까 나는 작가 카드를 써먹은 거로군. 유용한 정보였다.

주위를 둘러보았다. 독신 여성의 침실. 레이스 달린 커튼, 초가을을 배경으로 까닥거리는 나무들, 유화가 들어 있는 액자. 아래쪽에는 '들라크루아'라고 크게 적혀 있다. 원화는 아마도 멋지겠지. 침대 내 쪽에는 화장지와 콘돔들이 자그맣게 둥지를 틀고 있었고 거의 텅 빈 레드와인 병이 뒹굴고 있었다. 레이블에는 1982년이라고 적혀 있었다. 왜 최고로 좋은 일들은 내가 기억을 못할 정도로 정신이 없을 때만 일어나는 걸까?

이즐링턴의 토요일 아침. 어디선가 자동차 경적이 울리기 시작했다.

"에, 기분 좋은……"

케이티는 문장 마지막 부분이 잠시 공중에서 덜렁거리는 것을 지켜보았다.

"난 일어나서 샤워할래."

무덤덤한 억양. 나를 가공하지 않은 다이아몬드로 생각했음이 분명하다. 채털리 부인 콤플렉스.

"만약 당신 표정만큼이나 속이 무시무시하게 안 좋다면 술 보관 찬장에 있는 구급상자에 발포성 숙취해소제가 있어. 토해야 할 거 같으면 화장실 변기에 해주면 좋겠고. 커피 마시고 싶으면 마셔, 커피 메이커 사용법을 모르겠으면 인스턴트 커피가 있으니 그걸 마시고. 하지만 가짜 샹들리에를 가지고 도망치지는 말아줘, 그거 비싼 거라고. 그리고 만약 요리를 할 생각이라면 난 스크램블 에그와 토스트를 부탁해."

"걱정하지 마, 나는 믿을 수 있는 섹스 상대니까 말이야!" 아주 재미있다고 할 수는 없었지만 어쨌든 무심코 입 밖에 내뱉고 말았다. "샤워 커튼 사이로 빵칼을 들이밀지는 않도록 하지. 약속해."

단순한 빵칼 정도로는 케이티 얼굴에 생채기 하나 못 낼 터였다. 케이티는 실내복을 입고 욕실로 갔다. 케이티가 샤워기를 틀자벽 속 파이프가 삐걱거리는 소리를 냈다.

나는 깨끗한 옷이 있으면 좋겠다고 생각하며 옷을 입었다. 셔츠의 립스틱 자국과 얼룩을 애써 무시하려 했지만 거기선 마리화나냄새도 났다. 방광이 캠핑용 공기 침대로 변한 듯한 느낌이었다. 나는 더듬거리며 침실을 빠져나와 작은 화장실을 찾아냈고 우주유영을 하듯 황홀한 기분으로 변기에 엄청나게 오줌을 갈겼다. 진지하게 말하건대 나는 오십오 초 동안이나 오줌을 누었다.

포푸리 옆 선반에는 케이티 포브스와 머리가 약간 벗겨진 젊은남자가 흩날리는 버드나무 아래서 너벅선을 타고 찍은 사진이 놓여 있어서, 잠시 나는 남편이 돌아오기 전에 도망쳐야 하는 게 아닌가 하는 생각이 들었지만 케이티에게서 이혼했다는 말을 들은기억이 어렴풋이 났다. 우리는 결혼보다는 차라리 다단계 사업이전 재산을 날리고 인생을 말아먹기에 더 간편하고 스트레스도 덜한 수단이라는 데 동의했다. 그러니 여유롭고 급습당할 일이 없는아침식사를 하기에 알맞았다. 하지만 이상하다. 이혼한 여자가 전남편 사진을 놔둘 때는 다트 연습용 표적이 필요할 때가 대부분이다. 아마 저 남자는 케이티의 남자 형제일 것이다. 나는 마지막 몇방울을 더 내보내고 변기 가장자리에 튄 오줌 방울을 휴지로 닦은뒤 손잡이를 당겨 전날밤의 정자를 북해로 내보냈다. 삼 초 뒤 샤워실에서 고함이 들려왔다.

"내가 나갈 때까지는 물 쓰지 마!"

"미안!"

나는 요리를 할 줄 알았고 케이티의 부엌에는 재료가 충분했다. 나는 숙취 때문에 입맛을 잃어본 적이 한 번도 없다. 사실 나는 음식으로 숙취 없애는 걸 좋아한다. 커다란 프라이팬에 올리브 오일을 약간 따르고 마늘, 버섯, 고추를 잘게 썰어 넣은 다음 바질을 약간 뿌렸다. 냉장고에서 꺼냈을 때부터 악취를 뿌리던 앤초비 두 마리를 으깨고 달걀에 크림을 약간 섞었다. 이렇게 준비한 콜레스테롤 화산 위에 웬즐리데일 치즈를 소복하게 갈아 얹고 분화구 주변으로 속을 채운 올리브 몇 개를 놓았다. 통밀 빵이 보이기에 갈색으로 살짝 구웠다. 웨지우드 버터 그릇에 진짜 버터가 담겨 있었다. 창틀에 있는 화분에서 파슬리 잔가지 몇 개를 꺾어왔다. 잘게 썬 샐러리, 건포도, 감자 샐러드 약간과 함께 신선한 토마토 약간을 접시 한쪽에 놓았다. 커피 메이커는 내 것과 같은 모델이었기에 커피 내리는 데는 아무 문제가 없었다. 마법의 음료를 한 잔 가득 따라 후르륵거리며 마시자 숙취가 저 멀리 사라지는 걸 느낄 수 있었다.

"우와!"

머리를 수건으로 감싸고 나오며 케이티가 말했다. 케이티의 회색 트랙 슈트 바지와 단추를 채운 카디건을 보니 아침식사 뒤 까불며 노는 전희 따위는 일어날 가망이 없었다.

"당신, 작가가 아니네. 음식 조각가잖아." 케이티가 말했다.

"우리는 사람을 기쁘게 하는 게 목적이거든." 내가 중얼거렸다.

케이티는 현관 발판에서 〈선데이 텔레그래프〉를 집어들고 오더니 자리에 앉아 신문에 몰두했다. 케이티는 곧바로 부록으로 들어 있는 주말 섹션을 펼쳤다. 내가 절대 읽지 않는 부분이었다. 심지어 내가 이사를 하며 짐을 옮기다 신문에서 싱가포르 주식 가격에 한눈을 팔 정도로 지겨운 상태가 되었을 때조차 말이다.

나도 케이티를 따라 식탁에 앉았다. 멋진 방이었다. 뒤편에는 식물들이 웃자란 자그마한 정원이 있었다. 정면에는 방보다 위로 올라온 도로가 보였다. 사람 다리, 개 다리, 휠체어 바퀴가 지나가는 모습이 보였다. 소나무 화장대 위에는 주류 음악 CD 모음이 꽂혀 있었다. 엘튼 존, 파바로티, 포 시즌스 등 모든 CD가 굉장히 다 이애너 황태자비 풍이었다. 중국 양탄자가 벽에 걸려 있었고, 벽난로 선반에는 각 민족 고유의 방식으로 조각된 동물들이 동물원을 이루고 있었다. 테라코타 타일과 일본 등잣. 이 방은 〈선데이 텔레그래프〉의 주말 섹션 그 자체였다.

"일이 끝난 뒤 비난 없이 맞이하는 아침이 상쾌하네." 나는 단지 악의 없는 농담으로 한 말이었다.

케이티가 신문 너머로 나를 보았다. "왜 비난을 받아야 하는데? 우리 둘 다 어른이야." 케이티는 다시 포크로 달걀을 먹었다. "비록 지독히 술 취한 어른이었지만 말이야."

"맞아." 나는 고추를 약간 씹은 뒤 물로 매운 맛을 씻어내야 했다. "언제 다시 한번 나와 함께 술 취한 어른이 되지 않겠어?"

케이티는 내 말에 온전히 삼 초를 생각했다.

"아니, 마르코, 싫어."

"뭐, 그럼 말고."

나는 케이티와 내 잔에 커피를 더 따랐다.

"케이티, 무례한 질문이 아니었으면 좋겠는데, 화장실에서 사진을 봤거든. 내가 다른 사람 영역을 침범한 건 아닌가 궁금해."

"여긴 내 영역이야. 그 사람은 내 남편이었어. 우리는 별거했고 그이는 다른 곳에서 죽었어."

나는 이유 없이 터져나오는 웃음을 간신히 참았다.

"아…… 정말 유감이야. 뭐라고 말을 해야 할지 모르겠네."

"그이는 지독한 얼간이었어. 늘 자기 주장만 하며 내 말을 무시했지. 사 개월 전 일이야. 윔블던이 열리던 즈음이었을 거야. 홍콩에서 당뇨병으로 죽었어. 당뇨인 줄 몰랐지."

나는 적당한 시간 동안 침묵을 지켰다.

"토스트 더 먹을래?"

"응. 고마워."

초인종이 울렸다. 케이티가 일어나 문으로 갔다. "누구세요?"

"미세스 포브스에게 등기우편입니다!" 남자가 소리쳤다.

"미스 포브스예요!" 개에게 백 번은 훈련시켰을 때와 같은 목소리로 케이티가 말하고는 문구멍을 통해 들여다보고 빗장을 풀었다. "미스예요, 미스!"

푸른 작업복을 입고 빛나는 머리털에 침팬지처럼 귀가 큰 남자가 복도에서 커다란 꾸러미를 들이밀었다. 남자는 나를 보더니 '하나 물었군' 하는 표정을 지었다.

"여기에 서명해주십시오, 미스 포브스."

케이티 서명을 받고 배달원은 갔다. 우리는 잠시 꾸러미를 지켜보았다.

"멋지고 큰 선물인데. 곧 생일인가봐?" 내가 평을 했다.

"선물이 아니야. 원래 내 것이야. 이리 와서 좀 도와주지 않겠어? 싱크대 아래 찬장에 망치와 정이 있을 거야. 퓨즈가 든 상자에……"

우리는 지레로 뚜껑을 열고 네 면을 떼어냈다. 퀸 앤 의자였다. 케이티는 한참 동안 생각에 잠겼다.

"마르코, 아침식사를 만들어줘서 고마워, 정말로…… 하지만 당신이 지금 가줬으면 좋겠어. 당신은 좋은 사람이야." 케이티 목소리가 떨렸다.

"좋아, 잠깐 샤워하고 가도 돼?" 내가 말했다.

"지금 가주면 좋겠어."

바깥 거리는 가을로 어질러져 있었다. 공기는 가을로 매캐했다. 아직 오전 열시가 안 됐지만 벌써 청명했으며 햇빛이 찬란했고 안개가 껴 있었다. 나는 앨프리드에게 늦은 점심 무렵에 가기로 했고 팀 캐번디시에게는 오후 늦게 갔다가 저녁에 일찍 내 아파트로 돌아가서 좀 쉬다가 밤에 지브릴을 만날 예정이었다. 지금 내 아파트에 들리기는 좀 애매했다. 섹스한 냄새를 오늘 하루 종일 풍기고 다녀야 했다.

케이티 포브스는 같이 자본 사람 가운데 가장 안정된 사람은 아니었지만 적어도 가죽 벨트로 침대 틀에 나를 묶어놓고 애완용 독거미를 내 몸통에 풀어놓았던 캠든 타운의 요부처럼 정신나간 사람은 아니었다. 당시 요부는 이렇게 외쳤다. "비명 좀 그쳐. 배긴스는 독낭을 제거했다고······" 내 마음을 사로잡고 있던 건 배긴스의 독낭이 아니었다.

케이티는 내가 드러머보다는 작가라는 사실에 더 큰 감명을 받았음이 분명했다. 그렇기는 하지만 일을 치르고 난 뒤 아침의 나는 일을 치르기 전 저녁의 나에게 큰 감명을 받지는 않았다. 나는 하루 동안 여러 명의 나를 유지하며 그들은 각자의 시간에 이기적이다. 침대에 누워 있을 때의 나와 따뜻한 물 샤워를 즐기는 나가 특히 이기적이다. 약속에 늦은 나는 둘을 혐오한다.

사실 난 드러머이다. 우리 밴드 이름은 '우연의 음악'이다. 나는 뉴욕에 사는 어떤 작자의 소설 제목을 따 밴드 이름을 붙였다. 나는 우리를 '자유로운 음악가 협동조합'이라 설명한다. 밴드 멤버는 대략 열 명 정도이고 기회만 닿으면 연주를 했으며 참여 여부는 개인의 자유였다. 게다가 우리 대부분이 아주 자유롭다. 비록 돈이 궁할 때면 청중이 원하는 대로 아무거나 연주하기도 하지만 대부분은 우리가 만든 음악을 연주한다. 벨기에 남부에서 가장 커다란 음반회사와 계약을 체결하자는 제안을 받은 적도 있었지만 우리는 EMI나 게펜 정도는 되는 규모의 회사와 계약을 해야 한다고 생각했다. '우연의 음악'은 슬로바키아 공화국에서도 꽤 인기가 있다. 우리는 지난 여름 거기서 몇 번 연주를 했고 반응이 무척 좋았다.

사실 난 작가이기도 하다. 대필작가이다. 처음으로 출판된 작품은 80년대 중반 잉글랜드에서 억수 같은 빗속에서 크리켓 속구 투수로 몇 번 활동했던 데니스 매커슨의 자서전이었다. 『트위슬스웨이트 토네이도』는 〈요크셔 포스트〉에서 "매커슨 씨가 변화구 못지않게 펜을 이리도 멋지게 휘둘러 득점하리라곤 꿈에도 상상치 못했다, 멋지다!"라는 훌륭한 평을 받았다. 첫번째 책의 호평에 힘입어 나는 현재 앨프리드라는 노인의 일생에 대해 쓰고 있다. 앨프리드는 햄스테드 히스 변두리에 젊은(하지만 그리 많이 젊지는 않은) 남자친구 로이와 함께 살고 있다. 내가 그곳을 방문하면 앨프리드는 자신의 젊은 시절을 회상하고 나는 그것을 테이프에 담고 다음주까지 그 내용을 글로 옮긴다. 로이는 캐나다 철강업계 거물의 아들로, 내게 주급을 지불한다. 나는 그 돈을 집세와 와인 바를 다니는 비용으로 유용하게 쓴다.

런던 북동쪽 거리에서는 길을 잃기 십상이다. 나도 하마터면 길을 잃을 뻔했다. 막다른 골목과 초승달 모양 거리, 집과 가로수가 늘어선 길들. 몇 달 전 나는 해머스미스 너머 어딘가에 있는 이동식 주택에서 웨일스 여성 킥복싱 챔피언과 밤을 함께 보낸 적이 있다. 그 여자는 자기에게는 런던 전체가 미로 같아서 꼭 미로 속에 든 쥐가 된 기분이 든다고 말했다. 나는 그 말에 동의했지만 만약 쥐가 미로에 있는 걸 좋아하면 어떻게 하냔 말이다.

나뭇잎들이 보도의 균열을 덮고 있다. 어렸을 때 나는 개똥과 균열은 피하고 떨어지는 나뭇잎을 차며 노느라 시간 가는 줄 몰랐다. 나는 미신을 믿었지만 더는 아니다. 기독교인이었지만 더는 기독교인이 아니다. 나는 마르크스주의자였다. 나는 퀸스웨이 지하철역 밖에 간부와 함께 서서 사람들에게 보스니아 분쟁에 대해 어떻게 생각하냐고 묻곤 했다. 물론 대부분은 우리를 무시했다.

"알겠습니다, 선생님. 노코멘트다 이거군요?"

이제는 그 당시를 떠올리기도 싫다. 내 생각에 나는 나이 먹는 거 말고는 뭔가 특별한 걸 하지 않는 듯하다. 아, 아마도 가끔은 불교신자일지도 모른다.

포피의 생리를 걱정하던 게 기억났다. 콘돔이 터졌었다. 그게 언제였더라? 열흘 전이다. 포피의 생리는 그 다음주 언제인가였는데…… 일주일 더 기다려보자. 생리를 기다리는 스트레스 때문에 늦어질 수도…… 공포가 문을 두드리기 시작하기 이 주 전이고 내가 공포에게 문을 열어주기 삼 주 전이다. 아, 뭐, 인디아는 같이 놀 남동생이 있으면 좋아하겠지.

그리고 이십 년 뒤, 철학과 교수가 아이에게 묻겠지. "왜 넌 존재하지?" 아이는 코걸이를 만지작거리며 대답한다. "질긴 욕망과 찢어진 콘돔 때문입니다." 기묘하다. 만약 내가 콘돔 상자에서 다른 콘돔을 집었더라면 아이는 그곳에 앉아 있지 않을 것이다. 앉아 있을 리 없다. 그런 가정은 하지도 말자. 물론 내가 불임일 수도 있다. 사실이라면 정말 짜증나는 일이겠지만. 필요도 없는 콘돔에 그렇게 많은 돈을 쓴 셈이니까. 뭐, 에이즈 예방책이라고 생각하자.

내가 생각한다. 하이베리 운동장. 나는 거의 빠져나왔다. 나는 빅토리아 식 스카이라인을 좋아한다. 그리고 나무들이 이룬 터널 사이로 비둘기들이 날아오르는 모습을 좋아한다. 십대들이 그네를 타며 담배를 피우고 있다. 마지막으로 이곳에 왔을 때는 포피와 인디아와 함께 모닥불을 피우며 밤을 보냈다. 인디아가 처음으로 불꽃놀이를 보았다. 인디아는 당당하고 엄숙하게 장관을 받아들였지만 며칠 동안 그 이야기를 계속했다. 인디아는 어머니처럼 아주 멋진 아이다. 조만간 다시 모닥불을 피울 날이 오겠지.

입김이 보인다. 어렸을 때 나는 기관차인 척하곤 했다. 안 그러는 아이가 어디 있겠는가? 노인들이 래브라도 개를 데리고 질퍽거리는 잔디를 걸어간다. 오솔길에서는 젊은 아버지들이 아이들에게 보조 바퀴 없이 자전거 타는 법을 가르친다. 그 가운데 몇 명은 나보다 젊다. 저 자전거가 아이들에게는 BMW쯤 될 것이다. 나, 나는 어디든 걸어다닌다.

저기가 토니 블레어의 옛날 집이다. 우체통을 비우고 있는 집배원. 이곳의 옛날 테라스 하우스* 구역을 걸어 지나가는 것은 서가를 열람하는 것과 비슷하다. 학생용 필기첩, 그래픽 디자이너의 작업실, 원색으로 부엌을 칠한 가족, 냉장고 자석에는 학교에서 찍은 사진들. 고물 수집가의 서재. 장난감으로 가득한 지하실. 프로펠러가 돌고 돌고 돌고 또 도는 헬리콥터 장난감. 아세날과 핀스베리 공원 구직소를 터벅터벅 걸어다니는 사람들에게 목청을 가다듬고 '이 집을 털어!'라고 외치는, 그림과 세간이 가득한 재수 없는 거실들. 뭘 하는지 정체가 애매한 봉사 단체 사무실들, 감시 단체 본부들, 무능력한 노동조합들.

검은 양복 차림의 남자 셋이 성큼성큼 걸어 칼라브리아 로드로 들어선다. 한 명은 휴대폰에 대고 말을 하고 있고 다른 한 명은 서류가방을 들고 있다. 저 사람들은 토요일에 여기서 뭐하는 걸까? 부동산 중개업자가 분명할 것이다. 저 사람들은 어떻게 해서 저런 삶을 살게 되었으며 나는 어떻게 해서 이런 삶을 살게 되었을까? 나는 변호사나 회계사 또는 하이베리 운동장 근처에 집을 가질 능

---

* 벽 하나로 구분되어 이웃집과 이어져 있는 규격화된 주택.

력이 되는 직업을 뭐든 택할 수도 있었다. 원하기만 했다면 말이다.

나는 서레이에 사는 중산층 부모에게 입양되었으며 좋은 학교에 다녔다. 나는 런던에 있는 회사에 직장을 잡았었다. 나는 스물두 살이었고 아침식사로 프로작*을 먹었다. 내게는 정신과 주치의가 있었다. 내 문제가 뭔지 말하기 위해 그 사람에게 지불했던 돈을 생각하면 나도 모르게 몸이 움찔움찔한다. 내가 입양되었다고 말하자 정신과 의사는 눈을 반짝였다! 그 사람은 입양된 아이들을 주제로 박사학위를 받았다. 하지만 결국 나는 스스로 답을 찾아냈다. 나는 뛰어들기를 멈추었다. 위험한 일을 멈추었다는 뜻이 아니다. 뛰어들기, 즉 한 쪽에서 뿌리를 뽑아 완전히 다른 쪽으로 뛰어드는 일을 멈췄다는 뜻이다.

이제 나는 이렇게 마감일의 공격, 특히 금전적 마감일의 공격을 받고 그 타격에 휘둘리는 삶을 살아가고 있지만 적어도 내가 스스로 선택한 것이다. 왜냐면 내 스스로 다시 뭔가에 뛰어들었기 때문이다. 살아가기에 늘 쉬운 방법은 아니다. 내 인생에서 독립과 경제적 불안정은 절름거리며 이인삼각 경주를 한다. 양아버지인 짐은 그것이 내 선택이니 동정을 구해서는 안 된다고 한다. 사실이다. 하지만 왜 나는 그런 선택을 했단 말인가? 내가 궁금한 점은 그것이다. '나는 나이기 때문에'가 답이다. 하지만 이는 단지 질문을 회피하는 답일 뿐이다. 왜 나는 나인가?

우연, 그것이 원인이다. 우연이라 불리는 눈먼 바텐더가 나를

---

* 항우울제.

위해 유전적 특징과 교육을 칵테일해줬기 때문이다.

저기서 〈빅 이슈〉*를 파는 남자, 왜 저 남자는 놋쇠 장식이 달린 침대 틀을 이백오십 파운드나 주고 사면서도 싸게 샀다고 좋아하는 손님들이 있는 골동품 상점 옆에서 잡지를 팔고 있는 것일까? 우연이다. 왜 저 남자는 버스 운전사이고 왜 저 여자는 피자헛에서 바삐 움직이며 웨이트리스로 일해야 하는가? 우연이다. 사람들은 자신이 선택했다고 말하지만 결국은 같다. 자신이 선택한 것을 선택한 이유 역시 우연이다. 왜 저기 보이는 기름 때가 덕지덕지한 비둘기는 다리 한 쪽이 없지만 저기 흰색과 갈색 비둘기는 그렇지 않은가? 우연이다. 왜 저기 각선미 넘치는 모델은 하필 저 진 바지의 모델이 되었는가? 우연이다. 이 모든 것이 명확하지 않은가? 털이 북슬북슬한 개를 데리고 성큼성큼 걸어가는 늘씬하고 다리가 미끈한 저 여자의 나체를 상상하는 운전사가 모는 택시 앞에서 오렌지색 아노락**을 입고 설렁설렁 길을 건너는 저기 저 땅딸막한 여인, 왜 저 여인은 막 차에 치이려 하고 나는 그렇지 아니한가?

제길!

어쩌다가 알지도 못하는 여인 옆에 누워 있는 건지 영문을 모르는 게 오늘 아침에만 벌써 두번째였다. 심지어 이번에는 아까보다 더욱 불편했다. 왼쪽 다리가 화끈거리며 아팠다. 브레이크가 비명을 질렀고 소매가 찢어졌다. 뭔가 허공을 가로질렀다. 나였던 듯하

---

* 영국에서 나오는 잡지.
** 방한용 웃옷.

다. 그리고 둥그런 택시 전조등이 보였다. 이 여인은 케이티 포브스보다 훨씬 더 많이 놀란 듯 보였다. 얼굴에 죽은 나뭇잎과 막대사탕 손잡이가 붙어 있었다.

"세상에!"

여인이 말했다. 아일랜드인이고 중년이었다. 막대사탕 손잡이가 떨어졌다.

택시 운전사가 우리 옆에 와 섰다. 뚱뚱한 런던내기. 수염과 인류애가 없는 산타클로스. 여전히 택시 엔진 돌아가는 소리가 들렸다. 운전사는 화를 내야 할지 아니면 사과해야 할지 결정하는 중이었다.

"이 아주머니, 정말 짜증나네! 왜 길을 가면서 한눈을 팔아요?"

여인의 눈이 꼭두각시 눈 같아 보였다.

"전…… 다른 곳을 보며 걸었어요.."

"뼈가 부러진 곳은 없어요?"

우리 둘 모두를 향한 질문이었다. 다리가 여전히 큰 소리로 투덜대고 있었지만 나는 일어날 수 있었고 발가락을 움직일 수 있었다. 여인도 일어섰다. 털이 북슬북슬한 개를 데리고 가던 늘씬하고 다리가 미끈한 여자가 말했다. 슬로니* 억양이었다.

"제가 다 봤어요. 운전사가 럭비 태클하듯 택시를 몰아 여자에게 달려들었어요. 그리고 둘이서 마구 굴렀어요. 저 남자가 여자의 생명을 구했어요."

택시 운전사 말고 다른 사람은 없었지만 운전사는 여자 말을 들

---

* 고급 사립학교를 나오고 유행에 민감한 십대.

고 있지 않았다.

"큰 신세를 졌네요."

아노락을 입은 여인이 일어나 먼지를 털며 마치 내가 차를 한 잔 건네줬다는 듯한 어투로 말했다. 여인의 눈 언저리는 이미 빨개지고 있었다.

"천만에요. 눈에 멍이 드시겠네요." 나도 같은 식으로 대답했다.

"그런 건 저한텐 사소한 문제랍니다. 당신 택시를 타도 되나요?" 아노락을 입은 여인이 택시 운전사에게 물었다.

"정말 괜찮은 게 맞아요? 머리를 부딪치지 않았어요?"

"아니오, 저는 멀쩡해요. 그런데 택시에 좀 태워주실 수 있나요?"

"차비만 내면 누구든 태워줍니다. 하지만 이봐요……"

"제 꼴이 볼 만하겠군요. 하지만 만약…… 혹시…… 아니, 아니에요. 저는 제정신이고 돈도 있어요. 저를 공항에 데려다주세요." 운전사는 미심쩍어 했지만 여인은 진지했다.

"뭐, 당신이 제 택시를 타고 있는 한 차에 깔려 죽으려 하는 일은 없겠죠. 히스로, 갯윅, 런던 시티 가운데 어느 공항으로 가십니까?"

"갯윅으로 가주세요."

택시 운전사가 나를 바라보았다. "당신은 괜찮은 겁니까?"

나는 누군가 내게 답을 해줄 사람을 찾아 주위를 둘러보았지만 아무도 없었다. "그런 것 같군요."

택시 운전사가 다시 여인을 보았다. "그럼 타십시오."

둘은 택시를 타고 떠났다.

"와, 정말 무섭고 별난 일이네요!" 다리가 미끈한 여인이 말했다.

나는 일어나 슬슬 모일 낌새를 보이고 있는 사람들을 빠져나갔다. 이상했다. 만약 그때 의자가 도착하지 않았다면 케이티가 흥분해 나를 내보내는 일이 없었을 것이고 그랬다면 여인이 차에 깔려 납작해지려는 순간에 내가 바로 그 장소에 있지도 않았을 것이다. 누군가의 생명을 구해보기는 이번이 처음이었다. 화장품 전문점에서 필름을 인화해 나올 확률 정도로 드문 일이라는 느낌이 들었다. 일을 벌이기 전에는 약간 흥분했지만 기본적으로는 실망이었다. 공중전화 박스를 지나가며 포피에게 전화를 해 방금 벌어진 일에 대해 이야기해줄까 하는 생각을 했다. 아니다. 포피는 내가 뻐긴다고 생각할 것이다. 나는 이미 다른 일을 생각하고 있다.

나는 줄무늬 건널목을 건너 하이베리를 빠져나간 뒤 교차로 옆에 있는 이즐링턴 지하철로 갔다. 비상시에 대비해 넣어놓았기를 바라며 외투 주머니에서 오 파운드 지폐를 찾고 있는데 아까 보았던 검은 양복의 세 명이 나를 매표기에서 신문판매대 뒤편 구석으로 밀고 갔다. 여인을 구하느라 몸을 날린 탓에 여전히 몸이 떨렸기에 무슨 일이 일어난 건지 깨닫는 데 잠시 시간이 걸렸다. 주위에 있는 사람들은 의식적으로 모르는 척했다. 빌어먹을 이즐링턴. 나는 거의 재미있다는 생각마저 들었다.

"돈 때문에 이러는 거라면 정말로 상대를 잘못……"

"이봐 우리는 그 여자에 대해 며까지 이야기를 드꼬시퍼!"

내가 지금 쿠르드족에게 털리고 있는 건가?

"뭐라고요?"

남자는 강철 같은 집게손가락으로 내 가슴을 쿡 찔렀다.

"그 여자…… 마리야."

오, 스코틀랜드 사람이로군. 어떤 여자? 케이티 포브스? 케이티의 남자친구들인가?

"오렌지색 비옷을 입고 있던 여자 말이야."

옆에 있던 자가 느릿느릿 이야기했다. 텍사스인? 텍사스인과 스코틀랜드인이라니. 농담 첫 줄같이 들렸다. 하지만 이 사람들은 농담을 하고 있는 게 아니었다. 이 사람들은 유치원 이후 단 한 번도 농담을 해보지 않을 사람들처럼 보였다. 채권수금업자인가?

"방금 전 자네가 택시 앞에서 끌어냈던 여자 말이야. 증인들이 있어."

"아, 그 여자. 알겠어요."

"우리는 경찰이야."

내가 뭔가 불법적인 일을 했던가? 아니었다…… 스코틀랜드인이 번개같이 신분증을 보였다 집어넣었다.

"그 여자가 어디로 간다고 말했지?"

"전, 에……"

"개를 데리고 가던 여인이 말하길 그 여자가 공항으로 간다고 했어. 우리가 자네에게 알고 싶은 건 그 여자가 어느 공항으로 갔는가 하는 거야."

"히스로입니다."

내가 왜 거짓말을 했는지 아직도 모르겠지만 일단 거짓말을 하고 나자 그 말을 수정하는 건 너무 위험했다.

"확실한가, 친구?"

"아, 네. 확실합니다."

셋은 사형집행인처럼 나를 보았다. 아무 말도 하지 않고 있던 세번째가 침을 뱉었다. 이윽고 셋은 몸을 돌리더니 화단 뒤에서 기다리고 있던 짙은 선팅 창의 재규어를 탔다. 재규어가 비명을 지르며 떠났고, 사람들은 나를 바라보고 있었다. 이들을 욕할 수는 없다. 이런 상황이라면 나 역시 구경이나 했을 테니 말이다.

*

런던에 사는 훌륭한 주민이라면 누구나 알듯이, 각 전철 노선에는 그 노선만의 개성과 분위기가 있다. 예를 들어 빅토리아 노선은 씩씩하고 믿음직하다. 주빌레 노선은 지하철 노선 가족의 실망스런 막내인데 교외로 뻗어나가는 연장 공사가 끝날 줄 모르고 계속되는 중이며 그리니치에서 방향을 틀어 템스 강 아래를 지나 동쪽어딘가로 간다.

디스트릭트와 서클 노선은, 에, 급한 경우라면 사신(死神)마저도 돈을 내고 택시를 잡으려 하지 않을까. 킹스 크로스와 패딩튼 역으로 가는 통근자들, 그리고 더 편한 지름길을 모르는 채 미술관으로 가는 관광객들 사이에 끼여 있노라면 도쿄의 지옥철이 이렇지 않을까 싶다. 학창 시절에 서클 노선이 정말로 원을 그리며 운행한다는 걸 증명해보라고 했던 교수가 하나 있었다. 아무도 못 해냈다. 나는 당시 엄청나게 감명을 받았다. 이제 나는 그 교수가 그런 헛소리나 하면서 봉급을 받아낼 수 있었다는 점에 감명을 받는다.

벼락부자 이웃인 도클랜즈 경전철 노선에는 프린스 리젠트, 웨스트 인디아 쿼이, 갤리온스 리치, 로열 앨버트 역이 있다. 목소리 큰 피커딜리 노선은 그런 시답잖은 속물들을 인정하지 않으며 쌍둥이 삼촌인 버커루 라인 역시 마찬가지이다. 중년으로 들어선 사촌인 중앙선은 사실 직행이어서 다른 곳으로 갈라지거나 멀리 돌아가지 않는다. 주노선들의 특징은 이렇다. 메트로폴리탄을 제외하면 말이다. 메트로폴리탄 노선은 멋진 자홍색을 제외하면 말을 꺼내기조차 지루하며 그 노선을 탈 때면 죽을 것 같다.

그리고 셰익스피어의 별난 연극처럼 별난 노선들이 있다. 페리클레스, 해머스미스 앤드 시티, 이스트 베로나 노선, 타이터스 오브 워털루.

노던 라인은 지도에서 검은색으로 표시된다. 이 노선은 가장 폭이 넓다. 가장 자살하는 사람이 많고 강도를 만날 위험이 가장 크며 그곳의 예술학교 학생들은 미래의 본드걸이 될 확률이 가장 높다. 노던 라인에는 뭔가 액운이 끼어 있다. 역 이름을 보라. 모던, 브렌트 크로스, 굿지 스트리트, 아치웨이, 엘리펀트 앤드 캐슬, 다시 복구된 모닝턴 크레센트. 이 역은 한참 동안 닫혀 있었다. 이 노선을 지나갈 때 나는 탐사정을 타고 타이타닉 안을 들여다보고 있는 기분이 든다. 그렇다. 노던 라인은 전철 가족의 정신병자이다. 템스 강 남쪽의 이 역들은 광고를 딸 수 없어서 벽에 아무것도 없다. 케닝턴 역에서는 휠체어 리프트 제조자들조차 광고를 하지 않을 것이다. 나는 케닝턴에 가본 적이 한 번도 없지만 분명 거기엔 쓰러져가는 주택지 오십 블록, 문 닫은 빙고장들, 의지할 곳 없이 바람에 흩날리는 천박한 비닐 현수막이 걸린 중고차 가게뿐이라고 장담하겠다. 영국 록스타들이 노동계급의 반(反)영웅으로 출연하는 '잊는 게 상책인 영화들'의 배경으로 잘 어울린다. 나는 신용카드의 은총 덕분에 그곳에서 살지 않을 수 있다.

런던은 언어다. 모든 장소가 그러리라고 나는 생각한다.

흔들리는 열차 안에서 괜찮은 리듬이 떠오른다. 블루스 느낌…… 아니 뭔가 이란 풍인지도 모르겠다…… 나는 그 리듬을 손등에 적는다. 늪과 저습지의 찝찔한 악취…… 아, 그래, 케이티 포브스의 향기다.

저 여자를 보라! 저 여인을 보라. 빛이 난다. 까마귀 같다. 까만 벨벳 옷을 입고 있으며 창녀처럼 천한 느낌은 단 한 방울도 보이지 않는다. 지적이고 주의깊은 저 여자는 뭘 읽고 있는 걸까? 그리고 여인의 피부, 완벽한 서아프리카의 검은색, 너무나 검기에 푸른 기운마저 돈다. 멋지고 도톰한 저 입술. 무엇을 읽고 있는 걸까? 이쪽으로 조금만 그걸 기울여보렴, 사랑스러운 이여…… 나보코프! 그럴 줄 알았다. 저 여자에게는 뇌가 있다! 하지만 만약 내가 룰을 어기고 저 여자에게 다가가 말을 건다면, 아니, 가운데에 앉아야 한다는 룰을 어기고 필요 이상으로 여자 쪽으로 조금만 더 가까이 가기만 해도, 여자는 내가 자신을 위협한다고 생각하며 경계심을 한껏 높이리라.

만약 우리가 우연히 파티에서 만났다면 이런 문제는 전혀 없었을 것이다. 여인과 나. 사람은 같다. 하지만 우연은 우리를 이곳, 우리가 이루어질 수 없는 곳에 놓아두었다. 여전히 지상은 멋진 아침이다. 사십 분 전 나는 누군가의 목숨을 구했다. 우주는 내게 한 명을 빚지고 있다. 그점에 대해 더 생각하기 전에 나는 일어나 여인 쪽으로 걸어갔다.

내가 막 '실례합니다' 라고 말하려는 순간, 옆 객차와 통하는 문이 열리더니 노숙자가 들어온다. 남자는 내가 절대 보고 싶어하지 않는 일들을 보아왔다. 남자의 눈썹이 있어야 할 곳 반쪽은 커다란 흉터가 채우고 있다. 많은 사기꾼들이 돌아다니지만 이 남자는 진짜다. 하지만 노숙자는 수천 명이 넘고 만약 그 사람들 모두에게 조금씩 돈을 준다면 결국 내가 길거리에 나앉게 될 것이다. 나와 같은 처지라면 극빈에 대한 마지막 방어 수단은 이기심이다.

"실례합니다." 남자의 목소리는 거짓으로는 흉내낼 수 없는 텅 빈 피곤에 절어 있다. "여러분을 방해해 무척 죄송합니다. 모두 거북하시다는 걸 저도 알고 있습니다. 하지만 저는 오늘밤 잘 곳이 없고 오늘밤도 얼어붙을 정도로 추울 겁니다. 서머포드 호스텔에 방이 있고 오늘밤 그곳에서 자려면 저는 십이 파운드 오십 펜스가 필요합니다. 도와주실 수 있으면 제발 도와주십시오. 모두 일에 바쁘신 줄 알고 그래서 무척 죄송합니다. 달리 뭐라 드릴 말씀이 없네요……"

사람들은 바닥만 보고 있다. 노숙자와 눈만 마주쳐도 이미 계약서에 서명하는 것이다. 나는 잠시 착한 사마리아인이 대해 생각해본 적이 있었다. 내 예전 상사는 삼 년 동안 노숙자였다고 했다. 최악은 사람들에게 보이지 않는 존재가 되는 거라고 했던 기억이 난다. 그 점, 그리고 다른 사람들을 피해 혼자만의 공간을 가질 수 없는 점이 최악이라고 했다. 옆 칸에는 마약중독자가, 다른 쪽 칸에는 뚜쟁이가 들어앉아 있는 킹스 크로스 역 화장실을 제외하고는 자물쇠가 달린 곳을 소유할 수 없다고 상상해보라.

망할! 나중에 로이가 돈을 조금 주겠지.

나는 지폐 몇 파운드를 남자에게 건네주었다. 원래는 그 돈으로 카푸치노를 사 마실 생각이었지만 어쨌든 커피는 몸에 나쁜 것이고 케이티 집에서 내려 마신 커피에 아직도 머리가 웅웅거리고 있었다.

"정말 고맙습니다."

남자가 말하고 나는 고개를 끄덕이고, 우리 둘은 잠시 눈길을 교환한다. 남자는 심각한 상태이다. 남자는 발을 끌며 다음 칸으로 건너간다.

"실례합니다. 여러분을 방해해 무척 죄송합니다……"

검은 벨벳을 입은 여인이 다음 역에서 내린다. 이제 저 여인과 감미로운 굴을 맛볼 기회는 절대로 돌아오지 않겠지.

그런데 난 착한 사마리아인이 내포하는 부정적인 면을 참을 수가 없었다. 문제에 처한 사람들과 이야기를 나눈 뒤로 나는 그 문제들이 어떻게 결말지어졌는지 궁금해 잠을 이루지 못했다. 아마 그 때문에 나는 대필작가가 된 모양이다. 결말은 나와 아무 관계가 없다.

노던 라인에는 멋진 곳이 하나 있다. 지금 내가 향하는 곳이다. 햄스테드. 엘리베이터를 타면 거리로 올라가는 데 채 일 분도 걸리지 않는다. 시간을 절약하겠다고 나선형 계단을 이용하지 말라. 내 말을 믿어라. 엘리베이터가 빠르다.

엘리베이터 안의 강제적 침묵. 우리 '우연의 음악'의 노래 제목을 이걸로 해도 되겠다. 생각을 할 수 있는 시간이다. 심지어 지브릴조차 엘리베이터 안에서는 입을 다문다.

언젠가 포피는 바람둥이가 피해자라고 말했다.

"왜 피해자야?"

"다른 방식으로는 여자와 소통을 할 능력이 없으니까."

포피는 덧붙이기를, 바람둥이는 자기 어머니에 대해 아무것도 모르거나 아니면 어머니와 좋은 관계였던 적이 한 번도 없는 사람이라고 했다.

"그러니까 바람둥이는 자기랑 자는 여자들이 몽땅 엄마 역할을 해주길 원한다는 거야?" 이상하게도, 나는 화를 냈다.

"아니, 당신이 우리 관계에서 뭘 원하는지 나는 전혀 몰라. 하지만 인정 문제와 뭔가 관계가 있어." 자기 의견을 방어해야 할 때 그러하듯 설득조로 포피가 말했다.

엘리베이터 문이 열리면 갑자기 잎이 우거진 거리가 나타난다. 심지어 맥도날드마저도 주위 서점과 어울리기 위해 빨간색과 노란색을 검은색과 황금색으로 순하게 바꿨다. 햄스테드에는 몇 대에 걸쳐 부를 누린 사람들이 산다. 제국 시절부터 부를 누려온 사람들이다. 이들은 손주들 생일에 대영박물관으로 견학 소풍을 가고 우아한 방식으로 서로의 배우자를 독살한다.

화원에서 배달 소년으로 일하던 시절, 나는 이곳의 사만사인가 앤시아인가 팬시아인가 하는 여자와 사귄 적이 있다. 그 여자는 자기 어머니 집 맞은편에 살고 있었으며 나보다 자기 조랑말을 더 사랑했을 뿐 아니라(이 점은 내가 이해할 수 있다) 심지어 수선한 버드나무 의자를 나보다 더 사랑했다. 이런, 이런, 마르코, 그건 아주 오래전 일이야.

땅에서 파낸 자기처럼 희뿌연 회갈색 구름이 하늘을 덮고 있었다. 나도 모르게 조용히 한숨이 나왔다. 온 세상이 눈물을 흘리려는 참이었다. 어젯밤에는 멋지고 자그마한 우산을 가지고 있었지만 케이티네 아파트 또는 미술관 또는 어딘가에 놓고 나왔다. 아, 좋아. 우산을 어딘가에 놓고 나왔다는 사실을 내 힘으로 깨달았다. 바람이 거세지고 커다란 나뭇잎들이 세탁기 속 빨래처럼 굴뚝 위로 날아다녔다. 절대로 에드워드 시대 거리에 지지 않겠다.

앨프리드 집에 도착하자 첫번째 빗방울이 포장도로를 얼룩지게 하며 정원 냄새를 풍겼다.

앨프리드의 집은 책버팀대 모양으로 흔히 등장하는 집처럼 높고 구석에 탑이 있으며, 문학의 밤 행사가 진행될 법한 그런 곳이다. 실제로도 그런 행사가 열리곤 했다. 젊은 시절 데릭 저먼이 이곳에 들락거렸고 프랜시스 베이컨, 엄청나게 유명해지기 전의 조 오턴과 이류 철학자들과 한때 유명세를 탄 지식인 무리 또한 들락거렸다. 앨프리드의 집을 찾는 사람들은 대학 순회 공연을 하는 밴드들 같다. 앞으로 유명해질 사람들과 한때 유명했던 사람들만 찾는다. 유명했던 사람들과 유명해질 사람들. 앨프리드는 60년대에 이곳에서 인도주의 운동을 벌이려 했다. 그 운동의 이상주의 때문에 운동은 실패했다.

초인종을 눌러도 앨프리드의 집은 대개 한참을 기다려야 문이 열린다. 로이는 초인종 소리 따위를 알아차리기에는 너무나 딴 세계에 빠져 있다. 작곡을 할 때는 특히 그렇다. 앨프리드 역시 살짝

가는 귀가 먹었다. 나는 정중하게 다섯 번 초인종을 울리고 계단 갈라진 틈으로 잡초들이 자라고 있는 모습을 지켜보다가 문을 두 드린다.

어스름 속에서 로이의 얼굴이 나타난다. 로이는 손님이 나란 걸 알아차리더니 싱긋 웃으며 가발을 바로잡는다. 로이는 하마터면 내가 코를 얻어맞을 정도로 문을 활짝 열어제친다.

"아, 안녕! 들어와…… 어……" 로이 역시 나와 마찬가지로 이름을 제대로 기억하지 못하는 문제를 겪고 있다. "마르코!" 로이는 앤디 워홀 식 억양을 구사한다. 흡사 안드로메다 은하 저편에서 단어를 받아 말하는 것 같다.

"안녕, 로이. 이번주도 잘 지냈어?"

"맙소사, 마르코…… 꼭 의사처럼 말하잖아. 너, 의사 아니지, 그렇지?"

내가 껄껄거린다. 로이는 내 외투를 받아 걸어주겠다고 우기더니 외투를 파인애플처럼 생긴 난간 손잡이에 건다. 저 손잡이의 정확한 명칭을 찾아봐야 할 텐데.

"요즘 '우연의 음악'은 어때? 젊은이들이 한데 모여 연주하고 서로에게 영감을 불어넣고…… 우리는 그런 걸 정말 좋아해."

"지난주에 두 곡을 녹음했고, 지금은 글로리아네 삼촌 창고에서 연습중이야." 만성 지불 능력 결핍증 때문이다. "우리 베이스 연주자의 새 여자친구가 핸드벨을 연주하기 때문에 우리 레퍼토리를 그쪽으로 조금 확장해볼까 생각중이야…… 작곡은 어때?"

"신통치 않아. 작곡하고 보면 몽땅 '평균율'이 되어 있더라고."

"바흐랑 무슨 문제라도 있어?"

"없어. 에서 그림에 나오는 고양이들과 팀을 이뤄 동시에 꼬리를 무는 꿈을 꾸게 하는 거 빼면 말이야. 이거 어때? 클렘이라는 못된 젊은 친구에게서 온 거야."

로이는 내게 지구 사진이 든 엽서를 내민다. 나는 엽서를 돌려서 내용을 읽었다. "네가 여기 있으면 좋겠어. 클렘."

로이 자신은 껄껄 웃는 적이 없고 오직 남을 웃기기만 한다. 로이가 수줍게 웃음짓는다.

"자, 넌 손재주가 좋잖아. 우리 커피 메이커 좀 고칠 수 있겠어? 커피 메이커는 부엌에 있어. 지금까지 애써봤는데 소용이 없네. 독일산이야. 독일인들은 북미인들은 쓸 수 없는 커피 메이커를 만들고 있는 거라고. 독일인들이 전쟁 때문에 아직도 우리를 용서하지 않고 있는 걸까?"

"뭐가 문제이기에 그럴까?"

"맙소사, 이제는 정말로 '닥터 마르코'처럼 말하고 있군 그래. 계속 넘치고 있어. 커피가 내려와야 할 노즐로 전혀 커피가 내려오지 않아."

로이와 앨프리드의 부엌을 처음 보았을 때, 마치 지진 영화 촬영 세트를 보는 듯했다. 하지만 이제는 나도 둘의 부엌에 익숙해졌다. 육각형 철망으로 된 커다란 덮개 아래에서 커피 메이커를 찾아냈다.

"그렇게 하면 죽은 기계에 약간의 개성을 더해줄 수 있으리라고 생각했어. 그리고 또 커피 메이커를 잃어버리지도 않을 거고 말이야. 요크가 앨프리드를 위해 어느 봄날 주말에 그걸 만든 거야." 로이가 설명했다.

요크는 세르비아 말고 갈 곳이 없으면 종종 앨프리드네 집에 와서 머무는, 비자 상태가 좀 의심스러운 정말 아름다운 세르비아 십대 청소년이다. 요크는 늘 가죽 바지를 입었고, 앨프리드는 요크를 '우리 젊은 늑대'라고 불렀다. 나는 더이상 질문을 하지 않았다.

"음, 내 생각에 주요 원인은 커피 대신에 찻잎을 넣었던 거 때문인 것 같군."

"아, 설마! 어디 보자고. 오, 이런, 그렇네…… 커피가 어디 있더라? 커피 어디 있는지 알아, 마르코?"

"지난주에는 테니스 공 발사기 옆에 있었어."

"아니, 요크가 지난주에 거기에서 옮겼어…… 어디 보자……"

로이는 흡사 하느님이 이제 다시 무(無)로 되돌리기에는 너무 늦어버린 엉망진창인 세상을 굽어보듯 부엌을 살폈다.

"빵 바구니 안에 있군! 앨프리드는 서재에 있는데 가볼래? 지난주에 자기 인생에 대해 회고한 부분을 읽고 있어. 우리 둘 다 글이 멋지다고 생각했어. 커피가 다 내려지면 가지고 올라갈게."

로이에 얽힌 슬픈 이야기가 있다. 로이는 자기가 작곡한 작품을 발표한 적이 있다. 로이는 전문 서점을 뒤적이다 아직도 예전에 발표한 작품이 돌아다니는 걸 보면 환희에 젖어 내게 그걸 보여주곤 했다. 몇 번인가는 작품이 공연되고 라디오 방송용으로 녹음되기도 했다. 미국 공영 라디오 방송이 로이의 〈교향곡 1번〉을 방송했으며 린든 존슨*이 로이에게 편지를 보내 자기와 부인이 그 곡을

---

* 미국 36대 대통령.

얼마나 좋아하는가도 이야기했다. 하지만 그런 성공 뒤에는 부정적 비평이 이어졌고, 음악계의 선정성이 로이를 헐뜯었다. 이로 인해 로이는 무척 상심했고 그 뒤로 다시는 아무것도 발표하지 않았다. 로이는 계속 원고를 채워가며 작곡을 하지만 자신과 앨프리드, 그리고 이따금 세르비아에서 온 젊은 늑대와 나에게 들려주는 것을 제외하고는 아무에게도 들려주지 않는다. 로이는 현재 교향곡 13번을 작곡하고 있다.

로이는 사람들이 '우연의 음악'에 대해 하는 이야기를 들어봐야만 한다. 간담이 얼어붙고도 남을 만한 이야기들이다. 〈이브닝 뉴스〉의 평론가는 우리가 우리 음악을 닮은 거대한 푸드 믹서에 떨어진다면 세상이 훨씬 더 나아질 것이라고 말했다. 나는 그 말이 맘에 쏙 들었다.

위층으로 올라가며 나는 속으로 포피를 처음 만났을 때 나눴던 대화를 곱씹었다. 그때 파티에 있던 사람들은 모두가 인사불성이었고, 이슬비 내리는 새벽이 밤을 씻어내리고 있었다.

"당신의 정복 활동이 어떤 결과를 낳는지 생각해본 적 있어요?"

"난데없이 무슨 얘기예요, 포피?"

"근거가 있는 얘기라고요. 갑자기 당신이 '원인'에 대한 이야기를 즐긴다는 사실을 깨달은 거예요. 당신은 '결과' 얘기는 절대로 안 하잖아요."

나는 앨프리드 서재 문을 두드리고 안으로 들어갔다. 방에는 친구들 사진이 잔뜩 붙어 있었지만 새로운 사진은 한 장도 없다. 앨프리드는 노인이 그러하듯 창밖을 바라보고 있었다. 비의 장막이 햄스테드 히스를 엉망진창으로 때려대고 있었다.

"곧 겨울이 올걸세, 대필작가 친구."

"안녕하세요, 앨프리드."

"또다시 겨울이지, 서둘러야 해. 우리가 하는 곳이 몇 장이더라…… 그게……"

"6장입니다, 앨프리드."

"자네 가족은 어떤가?"

나를 다른 사람과 혼동하고 있는 건가?

"잘 지내고 있었어요. 지난번에 봤을 때는요."

"이제 겨우 6장을 했네. 서둘러야 해, 내 몸은 어제하고 오늘이 또 다르다네. 지난주 작업은 만족스러웠어, 좋았다고. 자네는 작가야, 젊은 친구. 오늘은 진도를 더 많이 나갈 수 있을 거야. 고치고 싶은 부분은 초록색 펜으로 표시를 해두었어. 자, 이제 시작하도록 하지. 공책은 가지고 왔나?"

나는 공책을 흔들었다. 앨프리드는 자기에게서 가장 가까운 의자를 가리켰다.

"앉기 전에 본 윌리엄스 교향곡 3번 레코드를 전축에 올려놔주게. V란에 있을 거야. 전원 교향곡이야."

나는 앨프리드의 레코드 소장품을 사랑한다. 진짜이고, 크고, 검은색 플라스틱인 레코드를. 두텁다. 레코드를 만지는 감촉을 사랑한다. 오래된 친구를 만나는 기분이다. CD는 못된 속셈을 숨기고 천천히 우리를 옭아매지만, CD의 속셈을 알아차렸을 때는 이미 때가 늦다. 진짜와 인스턴트 커피를 비교하는 느낌이랄까. 나는 본 윌리엄스의 음악을 들어본 적이 없었지만 도입부가 마음에 들었다. 왜곡된 베이스 음 그리고 아마도 작은 북에서 나는 듯한 소리의 섞임이 맘에 든다.

"자, 시작하지. 준비됐나?"

"언제든지 시작하세요, 앨프리드."

나는 녹음기를 켜고 공책의 새 페이지를 펼쳤다. 아직까지는 모든 것이 완벽하다.

"1946년이야. 나는 베를린에 살면서 영국 첩보부를 위해 일했지. 영국 첩보부라니 모순도 이런 모순이 없지.* 우리는 모슬링이라고 하는, 미국인들에게 필요했던 로켓 과학자의 뒤를 쫓고 있었네……"

"제가 기억하기로는 이제 당신은 런던에 돌아와 있어요, 앨프리드."

"아, 그래…… 우리는 모슬링을 넘겨줬어…… 1946년이야…… 그러고 나서 나는 행정직으로 돌아와. 아, 그래 1947년이야. 십 년 만에 처음으로 조용히 지낸 해이지. 인도와 이집트에서는 소요가 있었어. 동유럽에서 나쁜 소문이 돌았고. 소련 아르메니아에서 시체가 가득한 구멍들이 발견되고 뉘른베르크 전범 재판소에서 나치들은 서로를 비난해댔지. 처칠과 스탈린은 냅킨 위에서 유럽을 분할했고 둘의 경솔함은 그 결과가 확연히 드러났어. 자네도 짐작

---

* 영국 첩보부는 British Intelligence다. 아주 무식한 집단인데 지능이라는 뜻도 있는 단어 Intelligence를 쓰기 때문에 모순이라고 하는 것이다.

할 수 있듯, 나는 화이트홀*에서 좀 골칫거리였지. 옥스퍼드를 갓 졸업한 초롱초롱한 아이들 사이에 베를린에서 돌아온 헝가리 태생 유대인이 끼여 있다니. 영국 왕실은 내게 빚을 지고 있다는 건 알았지만 더는 나를 원하지 않았어. 그래서 나는 그레이트 포틀랜드 스트리트에서 암거래 업자들을 적발하는 분과의 사무직으로 발령받았지. 하지만 뭔가 실제 행동을 취하는 건 한 번도 보지 못했어. 요즘 어깨 패드가 들어간 옷을 입은 젊은 여자들이 컴퓨터를 가지고 하는 일을 할 뿐이었어.

배급은 적절히 되고 있었지만 시스템은 가장자리부터 부스러지기 시작했지. 전시 긴장감은 폭탄 구덩이 사이로 새나가고 사람들은 평소의 속 좁은 개인들로 복귀했어. 로이는 여전히 토론토에서 자기 아버지와 변호사들과 싸우는 중이었고. 그레이엄 그린의 지루한 소설 가운데 하나를 상상해보게. 끝으로 갈수록 재미있어지는 부분을 빼고 그저 수백 쪽 내내 지루한 부분만 계속되는 걸 말이야. 유일하게 즐거운 일은 크리켓이었어. 망명자의 열정으로 열심히 쫓아다녔지. 일요일이면 스피커스 코너에서 니체와 칸트와 괴테와 스탈린을 그때 내키는 언어로 토론했지. 날씨가 좋으면 체스 한 판을 멋지게 두고 말이야. 1947년에 런던은 앨프리드로 가득 차 있었어."

나는 마지막 부분을 끝내고 손가락 관절을 풀었다. 나는 앨프리드의 시선을 따라 물이 뚝뚝 듣는 장뇌나무로 시선을 옮겼다. 저 뒤편 햄스테드 히스의 모퉁이에 연못이 보였다. 앨프리드는

---

* 영국 정부.

생각에 잠길 때면 버트런드 러셀이 서명한 사진 너머로 웅덩이를 보았다.

"나는 유령을 본 적이 한 번도 없네, 마르코. 난 사후세계를 믿지 않아. 최대한 너그럽게 생각해도, 내게 신이라는 개념은 유치한 농담이고, 최악으로 보자면, 구역질 나는 농담이야. 어쩌면 악마가 만든 구역질 나는 농담이 아니겠냐고 생각해. 아, 물론 신이 없어도 악마는 존재할 수 있지. 자네가 부처와 흐리멍텅한 헤세에게 충성을 맹세한 건 알지만 종말이 올 때까지 나는 경건한 무신론자로 남아 있을걸세. 하지만 1947년 어느 여름날 저녁에 신기한 일이 일어났네. 이 이야기를 내 자서전에 포함시켜주게나. 이 이야기를 쓸 때는 유령 이야기를 쓰는 듯한 방식은 삼가해줘. 설명을 하려 애쓰지 말게. 그냥 내가 어떻게 그런 일을 겪게 되었는지 모른다고 쓰고, 내가 지금부터 말하는 대로 쓰게나. 그래서 독자가 나름대로 판단하도록 말이야. 유령은 첫번째 문단부터 출현해야 하네."

나는 이제 정말 흥미를 느낀다. "무슨 일이 일어났나요?"

"나는 일을 마쳤네. 그리고 베이커 교수와 사우스 켄에 있는 식당에서 막 저녁식사를 마친 참이었어. 나는 부산한 거리를 내다보며 그대로 그곳에 앉아 있었지. 낙수는 늘 사람을 최면에 빠뜨리지. 그렇게 생각하지 않나? 어쨌든, 나는 그때 나를 보았네."

앨프리드는 동공이 커져 눈을 가득 채우며 내 반응과 효과를 관찰하고 있었다.

"당신을 보았다고요?"

앨프리드가 고개를 끄덕였다.

"나는 나 자신을 보았네. 반사된 모습도, 비슷한 사람도, 쌍둥이도, 영적 각성도, 밀랍 인형도 아니었네. 이건 싸구려 수수께끼가 아닐세. 나는 나를, 앨프리드 코프 본인을 보았네. 모자가 창문을 지나갔지! 만약 돌풍이 사내의 모자를 벗기지 않았다면 나는 그 사내를 못 봤을 거야. 런던 전체에 그런 모자는 또 없었어. 사내는 몸을 숙여 모자를 집었네. 내가 그랬을 동작과 똑같은 동작으로 말이야. 그 모자는 아버지 것이었네. 나치의 수용소로 끌려가시기 전에 아버지께서 내게 주신 몇 가지 물품 가운데 하나였어. 사내는 몸을 숙이더니 누군가를 찾는 것처럼 고개를 들었어. 사내는 모자를 썼네. 이윽고 사내는 다시 서둘러 길을 떠났네. 하지만 나는 사내의 얼굴을 보았고 그게 나라는 걸 깨달았지."

정신과 의사와 마찬가지로 대필작가도 언제 입을 다물어야 하는지 알아야 한다.

"자네는 자네 자신을 절대로 만나지 않았으면 하네, 마르코. 자네를 위해서 말이야. 정상적인 인간이 경험할 만한 평범한 일이 못 되네. 하지만 나만 자신을 만난 건 아니네. 같은 현상을 겪은 사람을 셋 더 만났네. 맨 처음에 어떤 감정이 들었을지 상상해보게나."

내가 짐작해보았다. "부정?"

"틀렸네. 비교할 수 없을 정도로 강한 분노를 느껴. 우리는 당장 달려가 우리 모습을 맘대로 빌려간 그자를 짓밟아버리고 싶었어. 그게 내가 느낀 감정이었지. 나는 아버지의 모자를 집어들고, 내 아버지의 모자 말이야, 그리고 사내를 뒤쫓아갔어. 브롬프턴 로드를 지나 나이츠브릿지로 가더군. 나는 젊었을 때 원기왕성했다네. 사내가 보였어. 내 베이지색 레인코트가 사내 등에서 펄럭이더군.

살짝 비가 오고 있었지. 도로는 빗방울로 미끄러웠어. 사내는 왜 달리고 있었을까? 아, 사내는 내가 자기 뒤를 쫓고 있다는 사실을 알고 있었어.

승합 자동차와 말을 탄 경찰과 스카프를 감은 여인들이 있는, 지금과는 다른 런던이었어. 걸어서 길을 건너도 자동차에 치여 저 승으로 가지 않을 수 있는 그런 런던이었지. 나의 그림자는 여전히 내 앞에서 나와 같은 속도로 달리고 있었어. 하이드 파크 코너에서 나는 숨이 턱까지 차올랐고 그래서 속도를 늦춰 걸을 수밖에 없었어. 그랬더니 내 그림자 역시 속도를 늦추더군. 미끼라도 던지듯이 말이야.

우리는 그로스브너 궁전 쪽으로 걸어갔어. 버킹엄 궁전 뒤편 정원들을 평민들과 분리하는 긴 벽을 따라 걸었지. 그리로 가면 빅토리아가 나와. 당시에는 작은 궁전에 지나지 않았어. 이윽고 사내는 방향을 바꿔 로열 뮤스를 지나 버드케이지 워크를 따라갔어. 성 제임스 공원 남쪽 가장자리지. 그때쯤 나는 화가 슬슬 가라앉기 시작했어. 지루한 이야기의 분위기가 풍겼지. 에드거 앨런 포의 이야기를 흉내내다 만 듯한 거 말이야. 나는 숨을 좀 고른 뒤 사내를 향해 갑자기 전속력으로 달렸어. 사내도 다시 달렸어! 웨스트민스터로 향했지. 내가 속력을 늦추자 내 그림자도 그렇게 했어.

우리는 임뱅크먼트를 따라 걸었어. 다리 위로 통근자들이 쉴새 없이 쏟아졌지. 가끔 사내를 놓쳤다는 생각이 들었지만 그럴 때면 오십 야드 정도 앞쪽에서 다시 모자가 오르락내리락거리는 모습이 보이더군. 내 머리 모양, 내 뒤통수였어. 나는 이성적 설명을 생각해내려 애썼어. 배우인가? 일시적 환상인가? 정신 이상? 템플

법학원을 지났어. 동쪽으로 향하고 있었지. 나는 조금 걱정이 되기 시작했어. 당시 그곳은 좀 거친 동네였거든. 런던에서 쉽사리 볼 수 있었던 안개 짙은 옥색과 오렌지빛 석양, 동양을 떠올리게 하던 석양들이 아직 기억나네. 우리는 시장 공관를 지나고 캐넌 스트리트를 지나 런던 탑 쪽으로 향했지.

이윽고 내 그림자가 택시를 타는 모습이 보였어! 그래서 나는 대기중이던 다음 택시로 달려가 뛰어들었어. 내가 말했지. '봐요, 좀 이상하게 들린다는 건 알지만 저 택시 좀 따라갑시다.' 아마 택시 운전사는 이런 말을 많이 들었던 모양이야. 그냥 이렇게만 말했거든. '걱정 마십시오, 손님.' 우리는 앨드게이트에 도착했어. 그리고 자갈 깔린 뒷골목을 통해 리버풀 스트리트로 갔지. 무어게이트가 나왔어. 지금은 바비칸이 있는 곳이야. 런던 대공습 덕분에 그곳은 넓다란 건설 부지가 되었지. 파링던이 그랬던 것처럼 말이야. 사실 파링던은 아직도 그렇지. 교통 정체 때문에 차들이 천천히 가기 시작했어 나는 택시에서 내려 내 그림자에게 달려가볼까 생각했지만 그렇게 하려고 결심하면 번번이 차들이 다시 움직이기 시작했지. 킹스 크로스에 도착했고 가다 서다를 반복했지. 그리고 유스턴 스퀘어로 가서 다시 그레이트 포틀랜드 스트리트로 향했어. 택시에 앉은 사내의 모자 뒤쪽이 여전히 보였지.

내 그림자는 뭔가 더 유용하게 시간을 보낼 일이 없었던 걸까? 나도 그랬던 걸까? 베이커 스트리트를 지나자 다시 잎이 우거진 지역이 시작됐어. 에지웨어 로드와 패딩턴을 지났어. 베이스워터를 지났지. 노팅 힐 게이트에서 사내가 내리더니 켄싱턴 가든을 성큼성큼 가로지르는 모습이 보이더군. 나는 운전사에게 돈을 지불

하고 사내를 따라 내렸어. 비 내린 뒤 공기가 기억나는군. 달콤했고 저녁 기운이 물씬했지. '어이!' 내가 외치자 개를 데리고 산책하던 상류층 여인 몇이 헛기침을 하며 항의를 했어. '앨프리드 코프!' 내가 다시 외치자 남자 한 명이 나무에서 잔디로 떨어지더군. 그런데도 내 그림자는 뒤돌아보지조차 않았어. 그 사내는 왜 뛰었던 걸까?

문학적 선례를 보자면, 적어도 우리는 선과 악의 본성에 대해 진지한 대화를 나눌 수 있어야 했어. 켄싱턴 로드를 가로질러 미술관들을 지나고 그날 저녁 베이커 교수를 만나기로 했던 바로 그 식당을 지났어. 갑자기 돌풍이 불면서 모자가 날아갔어. 나는 몸을 숙이고 모자를 집었지. 그리고 일어섰을 때 내 그림자는 사라지고 없었어."

나는 이야기에 푹 빠져 있었다.

"그냥 공기 중으로 사라진 건가요?"

"그럴 리가! 36번 버스를 타고 가더군, 뭐 이런 말이라도 나올 줄 알았나? 대체 무슨 생각을 하는 거야? 당연히 그냥 사라졌지."

"하지만 당신은 아까 베이커 교수를 만나서 저녁을⋯⋯"

뭔가 창문으로 날아오더니 세게 부딪혔다. 그리고 무엇인지 보기도 전에 떨어졌다. 비둘기인가?

로이가 떨며 달려왔다. 눈에 눈물이 글썽였다.

"오, 이런, 앨프리드. 방금 모리스에게서 전화를 받았어."

내가 지금 비극을 보고 있는 건가 아니면 익살극을 보고 있는 건가?

"진정해, 로이, 진정해. 지금 막 마르코에게 내 유령에 대해 이야기해준 참이야." 앨프리드가 파이프에 불을 붙였다. "자, 전화를 건 게 큰 모리스였나 아니면 작은 모리스였나?"

"큰 모리스였어, 케임브리지에서. 제롬이 살해당했대!"

앨프리드가 파이프를 놓쳤다. 그가 갈라진 목소리로 말했다.

"제롬이? 하지만 제롬은 면책을 받았어."

"모리스 말로는, 정부에서는 페테르부르크 갱단이 그랬다고 한대. 페테르부르크에서는 제롬이 미술 절도단과 관련이 있었다고 하고."

"말도 안 돼!" 앨프리드는 나이 들어 연약해진 손가락을 박살내겠다는 듯 세게 탁자를 쳤다. "거짓말이야. 놈들은 우리를 제거하고 있는 거야. 한 명씩 말이야. 놈들은 언제 그만둬야 하는지 절대로 몰라. 관료들은 다 그래. 그 인간 쓰레기들이 지옥불에서 훨훨 탔으면 좋겠어!"

내가 추측하기에 앨프리드는 헝가리어로 무시무시한 저주를 읊는 듯했다. 노스페라투의 저주를.

나는 로이를 바라보았다. "나쁜 소식인 거야?"

로이가 나를 보았다. 고개를 끄덕일 필요도 못 느끼는 듯했다. "그리고 부엌 바닥이 커피 천지야. 필터를 두 장 끼운 듯해."

긴 침묵이 뒤따랐다. 앨프리드가 손수건을 꺼내면서 동전이 거칠게 떨어졌다. 동전은 나무 바닥에 점점 작은 원을 그리며 맴돌다가 서랍장 밑으로 사라졌다. 아마도 동전은 그곳에서 영원히, 혹은 독일군이 다시 여기를 점령할 때까지 그곳에 있으리라.

먼산바라기를 하며 앨프리드가 말했다.

"마르코, 와줘서 고맙네. 하지만 이제 자네가 가줬으면 좋겠군.

446

다음주에 계속하세나."

앨프리드의 목소리가 떨렸다.

*

앨프리드 집에서 걸어나오는데, 구름이 에섹스 쪽으로 물러나며 따뜻하고 맑은 황금빛 오후가 열렸다. 앨프리드와 로이가 걱정하는 게 무엇이든 간에 둘의 문제였다. 나, 나는 트뤼플*을 얹은 딸기 아이스크림을 조금씩 베어먹고 있었다. 기둥에 배인 물에 작은 벌레들이 매달려 있었고 나무들은 물방울을 떨어뜨리고 있었다. 곧 다시 겨울나무가 되리라. 몇 걸음 떨어진 곳에서 아이스크림 판매차가 〈오렌지와 레몬〉을 연주했다. 담에 올라앉은 아이 둘이 요요를 연습했다. 아이들이 여전히 요요를 가지고 노는 모습을 보니 기분이 좋았다. 나를 낳아준 어머니인 파이는 일년 가운데 이때를 '성 누가의 여름'이라고 부른다. 아름답지 아니한가? 기분이 좋았다.

나는 로이에게서 돈을 약간 받고, 그 돈으로 지금 딸기 아이스크림을 사먹는 중이었다. 로이는 또 나더러 보기 흉한 녹색 가죽 재킷을 가져가라고 고집을 부렸다. 나는 거절했지만 어떻게 했는지 로이는 이미 그 재킷을 내게 입히고 있었고 지퍼를 올려주며 팀 캐번디시가 전화한 것을 잊고 있었다면서 오후에 자기 사무실에

---

* 코코아 가루를 묻힌 초콜릿 과자.

들르는 것을 잊지 말라고 했다고 했다. 로이는 내게 돈을 더 많이 주지 못해 미안하다고 속삭였다. 하지만 이번주에 누군가가 로이의 돈이 담긴 서류가방을 가지고 짐바브웨로 도망쳤기 때문에 로이는 그 사람을 상원에 제소해야 했다. 그 법률 비용이 구만 이천 파운드에 달했다.*

로이가 속삭였다. "많은 돈이었어, 마르코. 원칙을 위해 필요한 일이었어." 그 누군가라는 사람은 여전히 짐바브웨에 있고, 서류가방도 그렇다.

성실함은 역겹다. 정말이다. 거짓말을 하는 사람들 때문에 어려운 상황에 빠질 수 있지만 정말로 짜증나는 것들은 진실만을 말하려 애쓰는 사람들이다.

우리가 섹스를 하고 있는데 콘돔이 터졌고 포피가 절정에 달해 헐떡이며 말했다. "마르코, 이건 섹스보다 더 좋아." 그냥 그 기억이 떠올랐다.

프림로즈 힐로 향했다. 리젠트 파크와 옥스퍼드 스트리트를 경유해 팀 캐번디시에게 걸어갈 생각이다. 나는 런던 동물원을 지나가며 그 안을 들여다보는 것을 좋아한다. 그곳에는 내 어린 시절의 추억이 남아 있다. 양부모님이 생일에 그곳에 데려가곤 했다. 하지만 오늘은 심지어 새장에서 나는 소리마저 불어터진 어묵이 든 샌드위치를 씹는 기분이 들게 한다.

단언컨대 한 아이의 미혼모라는 사실만으로도 포피에게는 충분

---

* 영국 상원은 최고 법원이기도 하며 법률 비용이 비싸기로도 유명하다.

히 힘든 삶이었으리라고 나는 확신한다. 하지만 낙태에 대해 믿는 바가 있어 지지를 했지만 결정적 순간에는 그런 믿음을 뒤집어버린 여자들을 나는 알고 있었다. 만약 포피가 임신을 했다면 내가 원하는 것은 무엇일까? 무엇이어야 할까? 포피가 나를 아이 아버지로 받아들인다는 것은 내가 일부일처주의를 맹세해야만 한다는 뜻이다. 내 친구 가운데 많은 이들이 결혼을 하고 아이를 가졌으며 나는 그럼으로써 삶이 어떻게 완전히 바뀌었는지를 보아왔다. 어떤 두 사람의 안위가 내가 어떻게 사는가에 따라 결정된다는 걸 생각해보면 결혼은 절대 재미있는 일이 아니다. 이상한 느낌. 지금보다 젊었을 때 나는 나이가 들면 아이는 피할 수 없는 부분이라고 생각했다. 어느 날 아침에 깨어보면 아이들이 있고, 기저귀가 불룩 쌓여 있을 거라고 생각했다. 하지만 아니다. 아이를 가지려면 마음을 다져먹어야 한다. 집을 사거나 CD 녹음을 하거나 쿠데타를 일으킬 때 마음을 다져먹듯이 말이다. 만약! 내가 마음을 다져먹지 않아버리면? 만약 그러면?

아, 걱정, 걱정, 걱정.

언덕 위. 숨을 들이쉬고 경치를 보고 숨을 내쉰다! 멋진 풍경이다. 그렇지 않은가! 런던은 나이든 남자이다. 한창때를 지난⋯⋯ 이탈리아인들은 도시 이름에 성별을 부여했고, 각 도시에 성이 제대로 정확히 부여되었다는 점에 모두가 동의하지만 누구도 왜 그런지 설명하지는 못한다. 나는 그 점을 사랑한다. 런던은 중년의 남자로 훌륭한 결혼생활을 영위하고 있지만 실제로는 게이이다. 나는 서로 겹쳐지고 이어져 있는 런던의 동네들을 내 몸처럼 알고 있다. 첼시, 핌리코, 뒤집힌 커피 테이블 같은 배터시 발전소 주변의 붉은 벽돌 지역…… 벅스홀 주변의 더러운 땅, 그린 파크,

나는 여자들과 잔 장소를 기준으로 런던을 삼각측량해 지도를 만든다. 하이베리는 이미 케이티 포브스이다. 푸트니는 포피, 그리고 당연히 인디아이다. 내가 인디아와 잤다는 뜻이 아니다. 인디아는 이제 겨우 다섯 살이다. 캠든은 독거미 타란툴라이다. 앨프리드의 멋진 이야기가 일어났던 장소들을 꼽아보려 애써본다…… 심각한 내용으로 가득한 자서전에 그런 유령 이야기를 어떻게 집어넣어야 할까? 뭔가 아주 과감한 방법을 써야만 할 것이다. 안 그러면 '미친 사람의 일기'를 대신 써주는 셈이 될 테니까.

그런 것을 걱정하기에는 너무나 아름다운 날이다. 햇살은 너무나도 황금빛이고 그늘은 너무나도 부드럽다.

앨프리드가 앨프리드를 쫓아 런던을 크게 한 바퀴 빙 돌았을 때는 없던 것들이 지금은 많이 생겨났다. 히스로와 갯윅으로 날아다니는 저 비행기들. 템스 강 수문. 밀레니엄 돔. 기둥 달린 재떨이 모양의 센터포인트. 제길, 누군가 올라가서 폭파시켜버렸으면 좋겠다. 지금 햇빛을 받으며 도크랜즈에서 반짝이고 있는 캐나다 타워, 그리고 나는 셸리의 방 구석에 있는 그 아르데코 거울을 떠올린다. 셰퍼즈 부시에 살던 셸리. 셸리는 그 남자와 함께 산다고 이사를 했는데…… 그 남자 이름이…… 아 이런, 그 남자 이름이 뭐였더라? 브리티시 옥시전에 근무하던 남자였는데. 셸리와 아파트를 같이 쓰던 내털리는 거듭난 기독교인이 되어 예수와 함께 산다고 나갔다. 셸리, 내털리, 나는 어느 비오는 날 오후에 셸리의 깃털 누비이불 아래서 성스러운 삼위일체를 이루었다. 그때 나는 내

털리를 '위험할 정도로 상처받기 쉬운' 여인으로 분류했다.

도시는 사람들이 물건을 잃어버리는 바다이다. 당신은 오직 다른 사람이 잃어버린 물건만 발견한 수 있다.

"멋지지 않아요?"

붉은 세터 견을 끌고 가는 남자에게 내가 말한다.

"여기 빌어먹을 똥구덩이가 말이야?"

런던 사람이었다면 런던을 욕하지 않았을 텐데. 우리가 세계에서 가장 위대한 도시에 살고 있다는 사실을 마음속 깊이 알고 있기 때문이다.

버스에서 내렸을 때 옥스퍼드 스트리트는 신음을 내고 있었다. 옥스퍼드 스트리트는 최상의 물건은 과거에 다 팔아치운 그런 존재이다. 글래스톤베리 록 페스티벌이나 해리슨 포드처럼. 이곳에 오면 공해 때문에 알싸한 금속 맛이 느껴진다. 닥터 마틴 신발 가게들 때문에 우울해진다. 거대한 CD 상점들이 들어선 뒤로는 뭔가 보석 같은 음반을 발견할 수 있는 기회가 완전히 사라졌다. 이사를 할 때도 자기 손으로는 아무것도 옮길 필요가 없는 사람들을 위한 물건으로 백화점들은 가득하다. 금 도금 손잡이가 달린 네로 시대풍 욕조, 도자기로 만든 실물 크기 콜리 견. 마블 아치 쪽으로나 있는 패스트푸드 레스토랑들은 들어섰을 때보다 더 배고픈 상태로 사람을 내보낸다. 옥스퍼드 스트리트에서 좋은 게 있다면 그건 바로 토튼햄 코트 로드 근처의 어학원 할인 특가 선전지를 나눠주며 수업료를 갈음하는 스페인 여자아이들이다. 언젠가 지브릴은 레바논에서 방금 이주해서 영어를 전혀 못하는 척하며 누군가

와 즐긴 적이 있다. 나는 포피를 기쁘게 하기 위해 옥스퍼드 서커스 근처에 있는 노점에서 돼지가 그려진 티셔츠를 잠옷용으로 샀다. 그리고 여행사에서 붙인 포스터를 지나고, 아니 돌연 밀려오는 사람들 때문에 포스터에 부딪히다시피 하면서 내가 실제보다 더 작고 늙은 사람처럼 느껴졌으며 저 위로 보이던 하늘 조각이 시야에서 사라지고……

  그리고 나는 그곳에서 평화를 누리리니, 평화는 천천히,
  귀뚜라미 노래하는 아침의 베일로부터 떨어지기에.
  그곳 한밤중은 희미하게 반짝이고 한낮은 보라색으로 이글 거리고,
  저녁은 붉은가슴방울새 날개로 가득하네.

  이제 나는 일어나 가리니, 영원히 계속되는 밤과 낮에
  낮은 소리로 찰랑거리는 호숫가 소리를 듣노라.
  도로 또는 회색 포도에 서 있는 동안,
  나는 심장 깊은 한가운데로 그 소리를 듣노라.

  대필작가에게 있어 진짜로 짜증나는 게 무엇인지 아는가? 절대로 저렇게 아름다운 작품을 쓸 수 없다는 점이다. 그리고 설령 썼다고 할지라도 쓴 사람이 당신이라는 것을 아무도 모른다는 것이다.
  현금인출기를 쓰기 위해 팔 분을 기다려야 했고 그 사이에 세어보니 열한 개의 다른 언어 사용자들이 내 앞을 지나갔다. 내가 중동 지역을 잘 모르기 때문에 그 사람들이 다른 언어를 썼다고 생각

했는지도 모른다. 코를 풀었다. 콧물을 분석해보니 알갱이 진 런던 코딱지가 보였다. 음, 멋지다. 은행 옆에는 텔레비전만 파는 가게가 있었다. 와이드 제품, 입방형 제품, 구형 제품, 한 채널에서 방송되는 쓰레기를 보고 있는 동안 다른 서른 개 채널에서는 어떤 쓰레기가 방송되는지 볼 수 있게 해주는 제품들. 나는 올블랙스 팀이 잉글랜드 팀을 상대로 트라이* 득점을 세 번 얻는 장면을 지켜보면서 마르코의 '우연' 대 '운명'이 벌이는 녹화 경기와 럭비 경기 간의 유사성을 공식화했다. 유사성은 다음과 같다. 참가자들은 우연이 비오듯 쏟아지는 봉인된 경기장에서 경기를 벌인다. 하지만 경기가 녹화되고 나면 모든 사소한 동작마저 이미 존재한다. 과거, 현재, 미래가 동시에 존재한다. 모든 것이 담긴 테이프가 당신 손에 있다. 우연은 있을 수 없다. 인간의 모든 결정과 임의로 떨어지는 공의 방향은 이미 운명지어져 있기 때문이다. 그렇다면 우리 삶을 지배하는 것은 우연인가 아니면 운명인가? 음, 그 답은 시간과 마찬가지로 상대적이다. 만약 당신이 자신의 삶을 살고 있다면, 삶을 지배하는 것은 우연이다. 하지만 당신이 읽고 있는 책처럼 외부 관점에서 보자면 삶을 지배하는 것은 늘 운명이다.

나는 당신에 대해 알지 못하지만 내 삶은 우물이고 나는 바로 그 우물 안에 있다. 우물은 깊고 나는 아직 바닥에 닿지 못했다.

택시를 잡아타고 기사에게 히스로 공항으로 가자고 한 뒤 저 멀리 어딘가 공허한 곳으로 가는 비행기를 타고 싶은 강한 욕구가 일었다. 하지만 나는 히스로까지 가는 전철을 탈 돈도 없다.

---

* 럭비에서 상대방의 인골에 공을 찍어 얻는 득점.

나는 카드를 넣고 현금인출기의 변덕스러운 신에게 이십오 파운드를 빌리고자 했다. 지브릴과 한잔하기 위해 필요한 최소한의 금액이었다. 빌어먹을 기계는 내 카드를 삼키고는 내가 거래하는 지점에 연락하라고 했다. 나는 '카하!' 비슷한 소리를 내며 화면을 쳤다. 술 몇 잔을 살 수 없다면 예이츠가 무슨 소용이 있겠는가?

이마에 심홍색 점을 붙인 통통한 인도 여인이 내 뒤에서 브루클린 억양으로 투덜거렸다. "정말 짜증나죠, 안 그래요, 젊은이?" 내가 대답도 하기 전에 건물 수평돌기에서 비둘기가 날아오르며 내게 똥을 쌌다. "집에 가서 쉬는 게 좋겠네요…… 여기 화장지 있어요……"

팀 캐번디시 출판 에이전시는 헤이마켓 근처의 어둑어둑한 뒷골목에 있다. 사무실은 3층이다. 바깥에서 보면 건물은 꽤 멋지다. 회전문이 있고 현관 지붕 위에는 깃대가 튀어나와 있다. 해군성이나 여성 회원을 금지한 멍청한 모임이 쓰던 장소였을 것이다. 하지만 아니다. 지금은 팀 캐번디시가 쓰고 있다.

"마르코! 들러줘서 아주 기쁘군 그래!"

너무 열광적으로 반기면 미적지근하게 반길 때보다 훨씬 더 어쩔 줄을 모르겠다.

"안녕하세요, 팀. 마지막 세 장을 가져왔습니다."

"역시 일류는 달라."

팀의 책상을 힐긋 보면 알아야 할 필요가 있는 모든 것이 보인다. 책상 자체는 찰스 디킨스가 쓰던 것이다. 에, 팀이 그렇게 주장하고, 내가 팀을 믿지 않을 이유가 없다. 손쓸 수 없을 정도로 과도

하게 쌓여 있는 파일과 원고 더미, 글렌피딕 상표가 붙은 금붕어 어항이라고 잘못 보기 십상인 글랜피딕 유리잔 세 쌍, 쓰는 걸 한 번도 본 적이 없는 워드 프로세서, 넘쳐나는 재떨이, 『니네베*와 우르**에 대한 A-Z 가이드』, 『레이싱 포스트』.

"자, 우선 한잔하지 않겠나? 월요일에 라벤더 빌니우스에게 처음 세 장을 보여줬네. 그 여자, 아주 좋아하더라고. 로드니가 쓴 『마가린 공주 전기』 이후 진행중인 작품에 대해 라벤더가 그렇게 흥분하는 모습은 처음이야."

나는 위에 쌓인 게 가장 적은 의자를 고른 뒤 윤이 나는 하드커버 책들을 의자에서 치우기 시작했다. 책에서는 아직도 잉크 냄새가 났다.

"그 빌어먹을 물건들은 바닥에 내려놓게, 마르코. 아니, 그 책들을 가지고 일본으로 날아가서 그 책에 나오는 놈에게 쏟아버리려."

나는 표지를 보았다. '우연을 지배하는 분이 주시는 신성한 계시―새로운 비전, 새로운 평화, 새로운 지구. 베릴 브레인 번역.' 동양의 예수가 자신을 바라보고 있는 금발 아이가 들고 있는 미나리아재비 중심을 바라보는 사진이 있었다.

"당신이 이런 책도 내는 줄은 몰랐군요, 팀."

"원래는 아니지. 부업으로 유별난 뉴에이지물을 출판하는 이튼 출신 동창을 위해 맡았어. 그 일을 맡을 때 경고종이 울렸네, 마르

---

* 고대 아시리아의 수도.
** 고대 수메르의 도시.

코. 경고종이. 하지만 난 그 소리에 관심이 없었어. 내 이튼 동창생은 21세기엔 동양의 지혜에 관한 시장이 무르익을 거라고 생각했지. 베릴 브레인은 그 친구의 파트타임 여자친구야. '베릴'은 딱 맞지만 '브레인'은 영 안 어울리는 이름이야.* 어쨌든. 인쇄업자한테서 첫번째 화물을 막 받은 찰나에 '우연을 지배하는 분'께서 자기 비전을 서둘러 이루기로 맘을 먹고 도쿄 지하철에 치명적인 화학 가스를 뿌렸지. 자네도 뉴스에서 그 소식을 봤을 거야. 그게 그자였어."

"정말…… 끔찍하군요!"

"끔찍하지. 놈들 자산이 동결되기 전에 일부 금액만 간신히 받아낼 수 있었네! 기가 막힌다네, 마르코, 기가 막혀. 우리는 하드커버 천오백 부 때문에 골머리를 앓고 있어. 범죄물 매니아들에게 몇 권은 헐값에 넘겼지만 그걸 빼면 상황이 영 말이 아니야. 자네는 그런 광신자들이 있다는 게 믿어져? 마치 세상의 종말이 와야 할 필요가 있다고 생각하는 자들이라니……"

팀은 내가 지금까지 보아온, 또는 들어온 가운데 가장 큰 위스키 잔을 건네주었다.

"책은 무슨 내용인가요?"

"뭐, 일부는 쓸데없는 소리고 나머지는 잡소리지. 건배! 쭉 들이키게."

우리는 금붕어 어항을 쨍 부딪쳐 건배했다.

"자 말해보게, 마르코. 햄스테드에 있는 우리 친구들은 어떻게

---

* Beryl은 녹주석이라는 뜻이 있고 Brain에는 두뇌라는 뜻이 있다.

지내던가?"

"잘 지내고 있습니다. 잘……"

나는 들고 있던 책을 쌓여 있는 형제자매들에게 돌려보냈다.

"오, 그렇군…… 1947년엔 무슨 일이 일어났는데?"

"별건 없습니다. 앨프리드가 유령을 봤대요."

팀 캐번디시가 뒤로 몸을 기대자 의자가 비명을 질렀다.

"유령? 그거 재밌군 그래."

나는 그 주제를 끄집어내고 싶지 않았다. 하지만……

"팀, 전 앨프리드가 얼마나 제정신인지 잘 모르겠어요……"

"대체로 제정신 아닌가?"

"정말로 말씀해보세요."

"채식주의자용 티본 스테이크처럼 정신이 나간 인물이지. 로이는 어렸을 때 디즈니랜드에 너무 자주 다녔고, 왜?"

"음, 뭔가 문제가 되지 않을까요?"

"무슨 문제? 로이는 인쇄 비용을 댈 돈이 충분해."

"아니, 그 뜻이 아니에요." 지금은 로이와 상원, 구만 이천 파운드에 대한 화제를 꺼낼 때가 아니었다. "제 말은, 그게, 자서전은 사실에 입각해 쓰는 걸 전제로 한다는 거죠. 안 그런가요?"

팀이 킬킬거리며 안경을 벗었다. 그리고 삐걱이는 의자에 몸을 기대고 기도를 하듯 손가락 끝을 한데 모았다.

"자서전은 사실에 입각해 쓰는 걸 전제로 한다고? 솔직한 답을 듣고 싶나 아니면 비비 꼬인 걸로 듣고 싶나?"

"솔직한 거요."

"그렇다면, 출판 쪽 관점에서 보자면 답은 '그런 일은 결코 없다' 일세."

"비비 꼬인 쪽 답을 들어보죠."

"기억을 기록하는 건 유령이잖아."* 아주 팀 캐번디시다웠다. 심오함의 화신이었다. 아니, 혹시 팀은 이 말을 백 번 정도 했던 건 아닐까? "이런 식으로 생각해보게. 앨프리드는 재료야. 책은 음식이고. 하지만 자네는, 마르코 자네는 요리사야! 정수를 짜내라고! 그 늙은 친구에게 아직도 뭔가 남았다는 이야기를 들으니 기쁘네. 유령은 대환영이야. 그리고 제발 부탁이니까 글로 옮길 때는 데릭 저먼과 프랜시스 베이컨 하고의 관계를 강조하게. 앨프리드가 유명인들이 친구인 것처럼 말하도록 부추기라고. 그 노친네 유선을 툭툭 건드려주라고. 앨프리드 자신은 유명한 인물이 아니야. 적어도 올드 콤튼 스트리트 바깥에서는 아니야. 그러니 우리는 앨프리드의 전기를 보즈웰처럼 써야 해.** 20세기 전후 런던의 귀가 되게 하는 거야, 그런 거지. 앨프리드는 에드워드 히스***도 알아, 안 그런가? 그리고 앨버트 슈바이처의 친구이기도 했어."

"아주 정직하지는 않아 보이는군요. 저는 진짜 일어나지 않은 일에 대해 쓰고 있는 거라고요."

"정직! 신의 축복이 있기를, 마르코! 여기는 피터 래빗과 숲속 친구들이 사는 동화 속 세상이 아니야. 피프스, 보즈웰, 존슨, 스위프트, 모두가 다른 사람들 등쳐먹던 사기꾼들이야."

"적어도 그 사람들은 자기를 위해 다른 사람을 등쳐먹었지요.

---

* 대필작가라는 뜻의 ghostwriter를 가지고 한 말장난.
** 제임스 보즈웰. 주로 다른 사람들 이야기에 초점을 맞춰 자서전을 썼다.
*** 영국 보수당 당수이자 수상이었던 인물.

대필작가들은 다른 사기꾼을 위해 사람들 등을 친다고요."

팀은 천장을 날려버릴 듯이 낄낄거렸다.

"우리는 모두 쓰인 대로 사는 거야, 이 친구야. 그리고 그건 단지 우리 기억뿐만이 아니야. 우리 행동도 마찬가지라고. 우리는 자기 삶을 자기가 지배하고 있다고 생각하지만 실제로는 우리 주변에 있는 힘에 의해 미리 쓰여 있는 거야."

"그렇다면 우리는 어떻게 되는 건가요?"

"쓰여 있는 걸 얼마나 잘 읽을 수 있는가에 따라 다르지 않을까?" 질문의 옷을 입은 전형적인 캐번디시다운 대답.

팀의 책상에 있는 인터폰이 울렸다. "캐번디시께서 전화하셨습니다, 캐번디시 씨." 팀의 비서인 웰런 부인은 런던에서 가장 평범한 여인이다. 부인의 평범함은 안개만큼이나 꿈쩍도 않는다. "여기 계시다고 할까요, 아니면 아직 버뮤다에 계시다고 할까요?"

"어느 쪽이지요, 웰런 부인? 니퍼 캐번디시인가요 아니면 덴홀름 캐번디시인가요?"

"형님이세요, 캐번디시 씨."

팀이 한숨을 쉬었다.

"미안하네, 마르코. 이건 가족 문제라 이야기가 좀 길어질 것 같아. 내가 이걸 읽고 난 다음주에 들르는 건 어때? 아, 그리고 사돈남 말 한다는 건 알고 있지만 자네 정말 그 셔츠는 갈아입어야 할 거 같아. 머리에 붙은 하얀 거 떼어내고. 그리고 마지막 조언은…… 나는 책을 끝마쳐야 하는 사람한테 전부 해주는 말인데, 나보코프는 읽지 말게. 나보코프를 읽으면 자기가 얼간이 글쟁이 같은 기분이 든다네."

나는 남은 위스키를 마시고 살그머니 나가 문을 닫았다. 등 뒤로 팀이 말하는 소리가 들렸다.

"안녕, 데니, 전화로 목소리를 들으니 정말 좋아. 그러지 않아도 오늘 오후에 형이 빌려준 돈에 대해 고맙다는 이야기를 하려던 참이었어……"

"안녕히 계세요, 웰런 부인."

시저의 것은 시저에게, 하느님의 것은 하느님에게, 그리고 비서의 것은 비서에게. 웰런 부인의 한숨은 온갖 색깔의 신선한 샐러드마저 시들게 할 것이다.

"마르코!"

나는 배낭을 맨 유럽 여자아이들에 끌려, 빛과 색에 끌려, 그리고 채링 크로스 로드에 있는 헨리 포드 서점 안 미궁에서 발견되기를 기다리는 새로운 유물이나 찾아볼까 하는 막연한 생각에 이끌려 레스터 스퀘어를 방황하고 있었다. 따뜻하고 늦은 오후였다. 레스터 스퀘어는 미궁의 중심이다. 빠져나가려 애쓰지만 번번이 실패하고 또 시도할 뿐 달리 할 일이 없다. 야구모자를 쓰고 무릎까지 내려오는 반바지를 입은 십대들이 스케이트보드를 타고 방향을 바꿨다. 나는 '원심력'이라는 단어를 떠올렸고, 내가 가장 좋아하는 단어 가운데 하나로 삼기로 결정했다.

극동, 유럽, 북아메리카 또는 다른 모든 지역에서 멋진 런던을 기대하며 흘러든 젊은이들. 아, 멋진 런던은 레프리컨 같은 존재이다. 언제나 저기 모퉁이 너머에 있다.* 나는 회전목마가 도는 모습을 몇 바퀴 지켜보았다. 목마에 탄 꼬마는 오르락내리락하며 할머니 앞을 지날 때마다 웃고 있었고, 그 모습에 웬일인지 마음이 너무 아파 엉엉 울거나 뭔가를 부숴버리고 싶은 기분이 들었다. 나는 포피와 인디아가 여기에, 지금, 지금 당장 여기에 있기를 원했다. 나는 아이스크림을 사줄 것이고 만약 인디아가 자기 아이스크림을 떨어뜨리면 내 것을 주리라.

그때 누군가 내 이름을 부르는 소리가 들려 그쪽을 바라보았다. 스위스 센터와 프린스 찰스 시네마 사이에 있는 '그리스 스낵 바'에서 이어노스가 펠라펠**을 흔들고 있었다. (아, 말이 나왔으니 하는 말인데, 프린스 찰스 시네마에서는 이 파운드 오십 센트만 내면 아홉 달 지난 영화를 볼 수 있다.) 케이티 집에서 먹은 스크램블 에그는 이미 위장에서 사라진 지 오래기에 펠라펠을 먹으면 딱 좋을 터였다.

"이어노스!"

"마르코, 내 친구! '우연의 음악'은 어때?"

"좋아, 친구. 모든 게 잘 풀리고 있어. 아무것도 아닌 일로 말다툼하고 여자들과 어울려 다니고 여전히 다른 멤버 여자친구랑 자고 그러지. 우리끼리 그러지 않을 때면 말이야. 로저한테서 새 신시사이저 샀어?"

"교활한 로저 말이야? 응. 나 이제 밤마다 삼촌 식당에서 연주해. 한 가지 문제라면 터키인인 척해야 한다는 점이지."

"터키어 할 수 있어?"

---

* 아일랜드 동화에 나오는 레프리컨은 무지개 끝에 살기 때문에 잡을 수 없는 존재이다.

** 야채를 넣어서 말아 만든 빵.

"그게 문제야. 나는 자폐성 천재 터키 키보드 연주자인 척해야 해. 어렵더라고, 친구. 〈토미〉와 〈왕과 나〉를 한 무대에서 연기하는 기분이야. '우연의 음악'은 언제 다시 연주해?"

"연주 안 할 때가 있었나?"

"싱거운 농담은 여전하군. 포피는 어떻게 지내?"

"아, 포피는 잘 있어. 고마워."

"그리고 포피의 예쁜 딸아이는?"

"인디아 말이군. 인디아도 잘 있어……" 이어노스는 생각에 잠긴 표정으로 나를 보았다. "왜 그런 표정으로 보는 거야?"

"아, 아니야…… 밖에서 오래 잡담하고 있기가 좀 그러네. 들어와서 앉지 그래? 뒤쪽에 자리가 있을 거야. 차 한잔 할래?"

"좋지. 고마워, 이어노스, 정말 고마워."

이어노스의 작은 스낵 바는 시끄럽게 뒤섞인 말소리와 손님으로 가득했다. 비좁은 공간에 남아 있는 자리는 나보다 약간 나이든 여인 맞은편뿐이었다. 여인은 드와이트 실버윈드라는 이가 지은 『무한의 극한: 당신, 그리고 유체 이탈 경험』이라는 책을 읽고 있었다. 나는 맞은편에 앉아도 되는지 물어봤고 여인은 책에서 눈을 떼지 않고 고개를 끄덕였다.

나는 여인을 보지 않으려 했지만 달리 시선을 둘 곳이 없었다. 염색한 적갈색 머리털은 곱슬곱슬했고 손가락, 눈썹, 귓불에는 최소한 열 개쯤 되는 반지며 고리가 달려 있었다. 홀치기 염색을 한 옷을 입고 있었다. 아마도 네팔로 여행 갔을 때 샀을 것이다. 압도적인 젖가슴. 그녀는 향을 피우고 아로마테라피를 하며 꼭 텔레파시 능력이 있는 건 아니지만 분명히 감정이입 능력이 있음을 웅변

하고 있었다. 라파엘 전파(前派) 예술을 좋아하며 화랑에서 비상 근으로 일을 하겠지. 나는 이런 일을 얕잡아 보는 게 아니며 내 말이 건방지게 들릴 수 있다는 것을 알고 있다. 하지만 나는 런던 사람들을 잘 안다.

새끼손가락을 위로 젖히고 차를 마시며 내가 말했다. "방해해서 죄송합니다. 하지만 당신이 읽고 있는 책 제목이 눈길을 끄는군요." 여인의 눈은 침착했고, 살짝 기쁜 기색을 띠었다. "마음을 빼앗는 책인 듯하군요. 대체 요법과 관계 있는 책인가요? 제가 그쪽 일을 하거든요."

"드와이트 실버윈드는 유체 이탈 경험 또는 나바호 인디언 표현 대로 하자면 영혼 걷기 분야의 최고 권위자 가운데 한 명이랍니다. 드와이트는 저와 아주 특별한 친분이 있지요. 드와이트는 제 인생의 선생님이랍니다. 보세요. 이분이 드와이트예요."

책 재킷 안쪽에 머리털이 성긴 백인이 터무니없이 큰 멜빵을 하고 웃는 사진이 있었다. 양키, 오십대 정도.

"이 책에서 드와이트는 육체적 한계의 초월에 대해 이야기하고 있답니다."

"오, 그게 쉬운 건가요?"

아마도 여인의 옷 입는 감각을 초월하기보다는 쉬울 터였다.

"아니죠. 사회가 묶어놓은 자만심의 밧줄을 풀고 자유로워지기 위해서는 심적 훈련이 아주 많이 필요해요. 또한 개인의 알파파 방사에 달려 있어요. 저는 알파파가 꽤 강해요. 당신은 감마파가 더 많고요."

"네?"

나는 여인에게 엄청 쌓여 있는 허영을 눈치챘다. 허영은 굴대가 뚫고 들어갈 수 있는 가장 부드러운 바위이다.

"당신이 앉을 때 알아볼 수 있었어요. 당신의 방사는 알파파보 다는 감마파가 더 많아요."

"소변 샘플 없이도 장담하실 수 있나요?" 나는 하마터면 '정자 샘플'이라고 말할 뻔했으나 그러지 않았다.

여인은 웃는 시늉을 했다. 좋은 징조였다. "저는 낸시 요아컴이 에요. 대안요법가죠. 여기 제 명함요." 그리고 낸시 요아컴의 손이 식탁 내 옆쪽에서 어슬렁거렸다.

"저는 마르코입니다. 이런 말을 하면 실례가 될지 모르겠지만, 당신 이름이 맘에 드는군요. 내슈빌에서 오셨겠군요."

"글래스톤베리에서 왔어요. 아서 왕과 록 페스티벌의 고장이죠. 만나서 반가워요, 마르코."

내 눈을 바라본다…… 당신은 기잎―게에― 자암―이 드은― 다. 오케이. 하지만 내가 이 여인을 위해 아동용 텔레비전 프로그 램 사회자 목소리 흉내를 내기에는 너무 나이가 들었다. 아마 내가 자기보다 젊다고 생각하겠지. 대부분의 여자가 그렇게 생각한다. 그건 허영이 아니라 내게 남아메리카 유전자가 있기 때문이다.

"저는 사람을 관찰하는 데 능해요. 앉아서 사람들을 읽죠. 훈련 된 눈으로 보면 사람들의 가장 깊은 비밀까지 볼 수 있어요. 당신 은 반지를 안 끼고 있군요. 말해보세요, 마르코. 누군가 특별한 사 람이 없는 건가요?" 직설적이었다.

"여자친구를 말하는 건가요?"

"그래요. 여자친구를 의미한 거라고 하지요."

"동시에 몇 명을 만나고 있습니다." 이런 질문 정도야 수월하게 답할 수 있다.

낸시는 연극조로 눈썹을 아치형으로 만들었다. 낸시는 닳고닳은 여자이지 레고 상자에서 어제 나온 신제품이 아니었다.

"오, 멋지군요. 후안 키호테 씨. 그렇게 살려면 좀 복잡하지 않나요?"

"음, 그럴 수도 있겠죠. 하지만 전 언제나 여자를 처음 만날 때 이미 만나는 여자가 있다고 말해줍니다. 지금 당신에게처럼요. 그래서 만약 그걸 감당할 수 없다면 시작하기 전에 멈추는 거죠. 저는 사람들에게 거짓말을 하지 않습니다."

낸시 요아컴은 드와이트 실버윈드 책을 펼친 채 내려놓더니 아양부리듯 엄지로 입술을 만졌다.

"만약 제게 묻는 거라면, 여자를 꼬시는 아주 복잡한 방법을 쓰시는군요."

"그런 뜻이 아니었어요. 왜 그렇게 말하는 거죠?"

"그 말은 도전장을 날리는 거예요. '당신은 나를 바꿀 수 있는 바로 그 사람이 될 수 있습니다. 당신은 내가 사랑을 다시 믿게 할 수 있는 바로 그 사람이 될 수 있습니다' 하고 말이죠. 드와이트는 그걸 '날개가 부러진 새 증후군'이라고 부르죠."

이어노스가 내 차를 가져왔고 교활한 농부처럼 나를 보며 혀를 찼다. 나는 고맙다고 말하며 이어노스를 무시했다.

"그런 생각은 못 해봤네요. 아마 당신이 옳을 겁니다, 낸시." 바보라고 생각한 이에게서 통찰력을 발견하는 것은 언제나 기쁜 일이다. "저는 사랑을 믿지 않습니다. 사랑은 비뚤어진 자체 규칙을 따른다고 생각합니다. 제가 알 수 없는 규칙을 말이죠. 사실 두 번 사랑에 빠져봤습니다. 제가 생각하기에는 꽤 많은 횟수입니다. 펠라펠을 좀 먹어도 될까요? 배가 좀 많이 고파서요."

"드세요. 왜 당신이 오늘 저를 만났다고 생각하나요, 마르코? 왜 당신이, 왜 여기서, 왜 지금요? 제 생각을 듣고 싶으세요?"

"알 수 없는 우연?"

"우리가 우연이라고 말할 때 그건 '방사'를 뜻하는 거죠. 드와이트라면 당신 감마파가 제 알파파에 끌렸다고 말했을 거예요. 자석의 북극이 남극에 끌리는 것과 똑같은 거죠."

드와이트에게 슬슬 짜증이 나기 시작했다. 내가 이곳에 들어온 이유는 내 친구 이어노스가 공짜 펠라펠을 주겠다고 했기 때문이었다. 내가 이곳에 앉은 이유는 다른 곳에 빈자리가 없었기 때문이었다. 만약 낸시 요아컴이 남자였다면 나는 벌써 일어나 문을 향해 걸어가고 있었을 것이다. 낸시는 (아마도) 흥미로운 정신의 소유자였지만 이런 뉴에이지 식 헛소리가 그 위에 온통 서툴게 회반죽 칠이 돼 있었다. 하지만 내 좆의 레이더가 공짜 섹스 신호를 감지했기에 계속 머무르며 '크리스털 치료법이 어떻게 당신 삶을 바꿀 수 있는가'에 대한 이야기를 견뎌냈다. 자수정은 의기소침할 때 좋다. 낸시의 최고 친구는 광물들이었다. 마침내 낸시의 전화번호를 받아들었을 때 나는 낸시에게 전화하고 싶은 생각조차 들지 않았다.

내게 무슨 문제가 있는 걸까?

내가 어린아이였고 모든 여인이 미지의 대륙이었을 때 내 심장은 예감에 숨차했고, 피부색과 상관없이 모든 여인에게는 아직 밝혀지지 않은 진실이 숨어 있는 듯했다. 이제 나를 보라. 나는 셔츠를 세탁하는 것만큼이나 자주 여자들과 섹스를 한다. 어떤 주에는 더 자주. 열여섯 살의 마르코와 서른 살의 마르코는 티에라 델 푸에고*와 케닝턴**만큼이나 다르다.

안 좋아, 마르코, 이 친구야. 전혀 안 좋아. 만약 이 일에 대해 너무 많이 생각하면 넌 지는 거야.

포피와 나는 몇 주 전 말다툼을 했는데 포피는 마지막에 이렇게 말했다.

"마르코, 넌 바보가 아니야. 하지만 똑똑한 누군가의 앞에서 넌 아주 멍청이가 될 수 있어."

나는 뭐라고 대답해야 할지 몰랐기 때문에 멍청한 농담을 했다. 무슨 농담인지는 기억나지 않는다.

돌아가야 할 시간이다.

*

나는 '뉴 문'에 산다. 내 방은 술집 꼭대기 층에 있는 다락을 개조한 것이다. 찾기는 쉽다. 만약 날씨가 좋으면 세인트 캐서린 부두까지 가서 강을 따라 걷다가 도그 섬으로 향하는 아무 버스나 타

---

* 칠레와 아르헨티나가 공동 소유하고 있는 섬.
** 런던 남부 지역.

고 옥스퍼드 대학에서 내리면 된다. 술집은 웨핑 전철역 거의 바로 옆이다. 물론 내가 그곳을 알게 된 건 우연이다. 지난 겨울 '우연의 음악'이 그곳에서 연주를 했다. 우리와 종종 일하는 객원 가수 가운데 한 명인 샐리 렉스가 그 술집을 운영하는 에드와 실브에게 나를 소개시켜주었다. 샐리는 일종의 그 지역 유명인사였다. 연주는 성공이었고 공연이 끝난 뒤 이야기를 나누는 동안 에드는 방을 세줄 사람을 다시 찾고 있다는 말을 했다.

"지난번에 살던 사람은 어떻게 되었는데요? 도망갔나요?" 내가 물었다.

"아니오, 알려드리는 게 좋겠네요. 거의 열두 달 전 일이에요. 신문에도 났고 역시 뉴스에도 나갔죠. 테러리스트들이 우리 맥주 창고 아래에 있는 옛날 방공호를 폭탄 공장으로 썼어요. 어느 날 밤 거기서 사고가 났고, 폭탄 다섯 개가 동시에 터졌죠. 당신이 앉아 있는 바로 밑에서요. 그 뒤 보수를 하고 이름을 바꾸었죠. 원래는 '올드 문'이었어요." 실브가 말했다.

나는 킬킬거리며 웃을 뻔했다. 하지만 사람 얼굴을 보면 하는 말이 진짜인지 아닌지 구별할 수 있다. 부끄러운 생각이 들며 내가 말했다. "와, 운이 나빴군요." 사람들이 각자의 생각에 잠긴다. 나는 횡설수설 계속 말했다. "하지만, 그런 괴짜가 몇 백 년 안에 다시 들어오지는 않을 거잖아요. 안 그래요?"

항상 이 입이 문제다. 수다쟁이의 역습.

토요일은 올드 문 로드에 장이 서는 날이다. 그래서 뉴 문은 이쪽 벽에서 저쪽 벽까지 소음, 담배연기, 투덜거림, 야채 자루, 골동품으로 꽉 찼다. 모야는 새 남자친구와 다트 시합을 하고 있었다. 라이언이라는 군인이었다. 모야와 나는 어느 날 밤 즉흥적으로 난잡한 일을 벌인 적이 있었다. 그리 좋은 생각이 아니었다. 시간제 일을 하는 데렉이 실브를 돕고 있었다.

"마르코, 아까 디거라는 남자가 전화해서 당신을 찾았어요. 그래서 위층에 있는 당신 번호를 가르쳐줬어요."

이런, 맙소사. "그래요? 뭐라고 하던가요?" 마치(!) 내가 이유를 모른다는 것처럼 물었다.

"말 안하던데요. 하지만 그 사람 이름이 슬래셔*가 아니라 다행이라고 생각해요."

실브는 아주 멋진 여자는 아니다. 눈꺼풀은 설익은 분홍색이고 몸 상태가 안 좋을 때는 빨갛게 되고 갈라지기까지 한다. 단골손님 가운데 한 명인 엔트휘슬 부인이, 폭탄이 터지던 날 밤 실브가 아이를 잃었다고 알려주었다. 어떻게 사람들은 그런 일을 겪고도 자신을 추스릴 수 있을까? 나는 신용카드 고지서만 열어봐도 정신이 혼비백산해지는데. 하지만 우리 주변의 모든 사람은 살아남는다. 세상이 힘겨워도 사람들은 잘 살아간다. 그리고 최근 들어 실브는 좀더 많이 웃는다. 만약 그런 일이 내게 일어났다면 모든 걸 팔아치웠을 것이다(만약! 뭔가 팔 게 있다면 말이지만). 그리고 코르크 주에 가서 살 것이다. 하지만 실브의 가족은 몇 대에 걸쳐 올드 문을 소유하고 있었기에 실브는 뉴 문에 계속 눌러앉아 있는 것이다. 손님이 많을 때면, 특히나 집세를 좀 늦게 낼 때면 나는 가게 일을

---

* '디거'는 갱부, 소매치기라는 뜻이, '슬래셔'는 칼, 베는 사람이라는 뜻이 있다.

도와준다.

바와 내 방 사이에는 계단이 네 줄 있다. 계단은 가팔랐고 밤이면 계단벽이 섬뜩했으며 가끔은 낮에도 그랬다. 건물은 몇 세기 전에 지은 것이었다. 내 방 창에서는 템스 강이 굽어 그리니치로 향하여 하구가 되는 경치가 잘 보인다. 상류 쪽으로는 타워 브리지가 보인다. 맑은 밤이면 저 멀리 덴마크 힐과 덜위치까지 가로등이 보였다.

설령 내가 코르크 주에 살러 갈지라도 두 주 안에 보트를 타고 되돌아오게 될 것이다.

문을 열고 방에 들어섰을 때 응답기 불빛이 깜박이는 걸 보자 심장이 오그라들었다. 분명 디거는 아니었다. 디거는 다음주 화요일까지는 돈을 갚지 않아도 된다고 했다. 내 실업수당은 월요일에 들어오고 나는 배리를 설득해 로이가 준 이 가죽 재킷을 삼십 파운드에 팔 수 있을 것이다. 메시지 네 개.

메시지를 먼저 듣고 싶은 굴뚝 같은 마음을 꾹 참고 우선 신용카드 회사에서 보내온 편지를 열었다. 만약 내 이름과 주소를 대문자로 적었다면 그건 단지 명세서이다. 만약 소문자로 적었다면 골칫거리였다. 이번 것은 대문자였다. 그렇다 할지라도, 마음이 아팠다. 대체 이 돈을 어디에 쓴 걸까? 신발가게, 식당, 악기, 모뎀. 명세서 맨 아래에는 내 신용 한도가 삼백 파운드 늘었다고 깨알 같은 글씨로 멋지게 적혀 있었다. 이 사람들 바보야? 아니었다. 이 사람들은 절대 바보가 아니다.

마르코 장애물 경주의 다음 장애물, 응답기.

"마르코, 나 웬디야. 한동안 전화하지 않겠다고 했던 건 알지만, 어쩔 수 없었어. 미안해. 음, 난 잘 있어. 세인트 마틴스에 있는 그 곳을 얻었어. 당신이 알고 싶어할 거라고 생각했어. 오늘 상사에게 그만두겠다고 말했어. 당신이 말하라고 한 그대로 상사에게 말했어. 직설적으로 말이야. 에둘러 말하지 않았어. 상사에게 말했고, 그것으로 끝이었어. 우리가 냉각기를 가져야 한다고 당신이 말한 건 알고 있지만 만약 나와 함께 축하를 해주고 싶다면 내가 그리 비싸지 않은 샴페인을 사고 당신이 원하는 건 뭐든지 요리해줄게. 그러니 흥미 있으면 전화해, 알았지? 웬디야. 티 아모, 벨리시마, 차오.*"

아, 불쌍한 친구 같으니. 웬디는 대학에 다니며 나를 잊을 것이고, 이탈리아어 문법에서 성을 어떻게 변화시키는지 배우게 되리라.** 하나는 넘었고, 디거일 가능성이 세 개 더 남았다.

"아, 마르코, 방해해서 미안해. 팀 캐번디시일세. 나에게 사소한 가족 문제가 좀 생겼어. 홍콩에서 우리 형이 운영하는 법률회사가 도산했어. 문제가 좀 많아…… 중국 경찰, 자산 동결 그리고, 음…… 다음주 중에 들러주지 않겠나? 이번 일이 앨프리드의 책을 펴내는 데 어떤 영향이 있는지 논의해보자고…… 아, 이런 일

---

* 당신을 사랑해, 아름다운 이여, 안녕.
** '벨리시마'는 여성형 어미이다. 마르코는 남성이므로 성을 맞추려면 '티 아모, 벨리시모'로 어미 변화를 시켜야 한다.

이 일어나게 해서 정말 미안하네. 잘 있게."

디거 쪽이 차라리 더 나았다.

"마르코, 나 로브야. 밴드 그만두고 맥신과 샌프란시스코에서 같이 살 거야. 안녕."

문제없었다. 로브는 한 달에 한 번 정도 밴드를 떠났다. 그리고 나는 이제 더이상 작곡하며 핸드벨을 포함시키려 노력하지 않아도 되었다. 마지막 관문. 하느님, 제발 디거가 아니게 해주시옵소서. 만약 디거가 나와 연락을 할 수 없으면 나를 협박할 수도 없었다.

"마르코에게. 나 펭거스 헛 레코딩 스튜디오의 디거야. 어떻게 지내? 난 잘 지내. 이건 자네가 우리에게 백오십 파운드를 빚지고 있으며, 화요일 다섯시까지 돈을 갚지 않으면 수요일에 얼마가 되었든 토튼햄 코트 로드에 있는 전당포에 자네 드럼 세트를 넘기고 그 돈으로 우리 청소부에게 초코칩 쿠키를 사줄 생각이라는 걸 미리 알려주는 친절한 메시지야. 잘 지내, 자네의 사랑하는 디거 아저씨가."

빈정거리기 좋아하는 자식. 이 모든 소동이 별것도 아닌 겨우 백오십 파운드 때문이다! 맙소사, 난 예술가란 말이다! 만약 믹 재거*가 그자에게 돈을 빌렸다면 이따위로 호들갑을 떨지 않을 거라는 데 돈을 걸겠다. 어떻게든 뭔가를 해야만 한다.

방에서 황혼이 물러가는 저녁이면 나는 창문을 열고 명상에 잠기곤 한다. 하지만 아래층 바에서 아홉시 삼십분에 지브릴을 만나기 전에 나는 똥을 싸고 샤워를 하고 마리화나를 한 대 하고 잠깐 잠을 자는 순서로 볼일을 처리해야 한다.

포피에게 전화를 했지만 통화중이었다. 이유 없는 질투. 창턱에서 비둘기가 퍼드덕거리더니, 내 방을 힐긋거렸다. 저 자식이 지금 머리를 감고 나오며 씻어버린 말라버린 똥을 눈 그 자식인가? 비둘기 편집증.

데임 키리 테 카나와**를 들으며 마리화나를 할 시간. 한 번 분량만 남은 조시의 모로칸 브라운…… 아, 빈털터리에 X세대가 되어 여인들에 둘러싸여 있으면서 동시에 비참하게 홀로 있는 이 기쁨.

내 방은 마치 감리교 예배당 같다. 하지만 난 오히려 난교의 전당 유형이다. 내게 필요한 것은 좀더 우아한 세기에서 온, 케이티 포브스의 것 같은 기품 있는 의자다. 이상하다. 케이티의 의자를, 후추 분쇄기를, 젖꼭지 모양은 떠올릴 수 있지만 얼굴은 기억나지 않는다. 케이티에게는 혜성처럼 생긴 모반이 있었다.

나는 씻고 마리화나를 말았고, 마리화나를 피우는 동안 천장이 그 정의를 잃었다. 아! 황금 가지의 우묵한 곳에서 이글거리는 토탄

---

* 영국 밴드 롤링스톤스의 일원.
** 뉴질랜드 태생의 오페라 가수. 1982년 데임 작위를 받았다.

불. 조시는 최상품만 거래한다. 릴리퍼트인에게 꽁꽁 묶인 행복한 걸리버 같은 감정이 내장을 축 처지게 했다. 다음 순간 달이 창문틀에 갇혀 있고 지브릴이 서서 나를 바라보는 모습이 보인다.

"어서 주트복* 입어, 마르코!"

진득진득한 입에서 신발 안창 맛이 났다. 시계가 아홉시 사십오분을 가리키고 있었다. 최근에 밤에 푹 잔 게 언젯적이더라? 지브릴이 어떻게 열쇠를 가지고 있는 걸까? 나는 마리화나를 할 때는 늘 문을 잠근다.

"왜? 어디 가는 건데?"

"카지노!"

나는 너무 취해서 웃음을 터뜨릴 수조차 없었다.

"말도 안 되는 소리. 나는 부룬디 정부보다 더 많은 돈을 빚지고 있어. 카지노에 갈 여유가 없다고."

"그게 바로 카지노에 가야 할 이유야, 마르코! 따는 거야. 그리고 갚아버리는 거야."

"아, 말은 쉽지."

"사람을 구했어, 마르코! 시스템을 갖췄다고!"

이번에는 터져나온 웃음이 문을 박차고 나가 언덕들을 질주했다.

"뭐가 그리 재미있는 거야, 이 대마꾼아?"

나 자신을 알 수 없었다. 그 무엇에도 그다지 흥겨워지지 않는 기분이었다. 재밌어하는 게 아니라면 나는 울고 있는 것일 터였다. 나는 몸을 추스리고 눈물을 닦았다.

---

* 아랫자락을 잡아맨 헐렁한 바지와 긴 상의로 된 옷.

"어쨌든, 지브릴, 어쨌든. 카지노에서는 아무나 들여보내지 않아. 누군가를 알고 있어야 한다고. 우리는 단지 아무나일 뿐이고."

"걱정마, 마르코. 베이루트에서 온 내 부자 사촌이 주말 동안 머물 거야. 내 사촌은 부자에 단연코 '누군가' 야. 내 사촌 은행 카드에 색깔을 입히느라 은행에 귀금속이 동이 났어. 따라가면 돼. 오늘밤 행운을 잡을 수 있는 거라고."

"자네는 아주 나쁜 영향을 미치고 있어, 지브릴."

"바로 그 때문에 나하고 어울려다니는 거잖아. 마르코 왕, 착한 땅의 지배자가, 어느 날은 약간 사악해져야겠다고 결심했네. 그리고 경배하라! 그렇다, 그자의 참된 간청을 천사 지브릴이 들으셨나니!" 지브릴의 눈동자에서 어두운 기운이 번득이다 사라졌다. "마리화나 남은 거 있어, 마르코틱스* 선장?"

얼마 뒤 우리는 블룸스베리에 있는 와인 바에서 지브릴의 사촌을 만났다. 나는 한눈에 사람을 판단하지 않으려 애쓰지만, 지브릴의 사촌이 내기꾼이라는 사실은 바로 알 수 있었다. 그는 심지어 자기 이름조차 말해주지 않았다. 어떤 때는 십 분 정도만 지나면 자기 이야기를 쉬지 않고 떠들어대는 사람을 만나는 경우도 종종 있다. 지브릴의 사촌은 너무 멋져서 심지어 선글라스조차 벗지 않았다. 지브릴의 사촌은 70년대 혁명 때 도망쳐 나온 케말이라는 중년의 이란인과 함께였다. 케말은 방사능처럼 위험하게 웃었다.

---

* '마르코'에 향정신성물질이라는 뜻을 가진 '나카틱스'를 합쳐 장난스레 말하고 있다.

케말이 손뼉을 쳤다.

"갑시다. 내가 잘못 알고 있는 게 아니라면 오늘 행운의 여신은 아주 기분이 좋아요. 자, 친구……" 케말은 나를 보았다. "자네 혹시 루주 에누아르* 잘해?"

"나는 한 번도 루주를 써본 적이 없어서." 농담을 하며 웃음소리가 들리기를 기다렸지만 웃음소리는 들리지 않았다. 기억해두라고, 마르코. 아랍인들에게 복장도착자 식 농담은 안 돼. "에, 나는 오늘 그냥 구경만 하겠어. 현금 유동 문제가 있거든."

"빚쟁이?" 지브릴의 사촌이 비웃듯 말했고, 그 말투를 들은 나는 이 친구에게 빚을 지고 있지 않은 게 다행이라는 생각이 들었다. 지브릴의 사촌이 처음으로 내게 관심을 보였다.

"아니, 빚이 있는 건 아니고." 내가 말했다.

"좋아, 빚이 없는 거야?"

"없어. 그냥 돈이 없어."

케말이 숄더백을 뒤지더니 얇은 종이 다발을 꺼내 내 무릎에 던졌다. "그럴 수는 없지, 친구."

종이 다발이 내 무릎 위에서 떠는 모습을 보고 있노라니 지폐 다발이 떠올랐다. 맙소사, 정말로 지폐 다발이었다! "이런 걸 받을……"

케말은 듣지 않았다. 케말이 턱수염을 어루만지더니 부자 사촌에게 싱긋 웃었다.

"우리 친구 마르코는 잘할 거야. 초보자가 더 예측하기 어렵지.

---

* 카드 게임의 일종.

하지만 난 2 대 1을 고집하겠어."

"말도 안 돼. 승산은 반반이야." 지브릴의 사촌이 코웃음 쳤다.

"마르코가 뭘 잘한다는 거지?" 뭔가 갑자기 나도 모르게 조직의 일원이 된 느낌.

"말 안 해준거야?" 부자 사촌이 역시 못된 웃음을 짓고 있던 지브릴에게 물었다.

지브릴이 입을 열었다.

"마르코, 케말과 내 사촌은 자네와 나 중에 누가 더 많이 돈을 따는지 내기를 했어. 방금 자네가 받은 건 판돈이고."

심지어 나마저 저절로 못된 웃음을 지었다.

"정말로 하는 말인데, 예감이 좋지 않……"

"딴 돈은 우리가 갖는 거야. 거기다 우리 중에 이긴 사람은 원래 판돈의 두 배를 더 받기로 했어. 삼백이지."

"삼백 파운드?"

"아니, 레몬 삼백 개. 무슨 생각을 하는 거야. 당연히 파운드지."

"걱정이 많은 친구로군." 부자 사촌이 말했다.

"많아도 너무 많은 친구지." 지브릴이 동의했다.

"이 정도 돈은 우리에게는 아무것도 아니야, 친구." 케말이 말했다.

"만약 내가 돈을 몽땅 잃으면?"

"그러면 자네는 돈을 몽땅 잃는 거지. 그리고 아무도 신경 안 써." 케말이 말했다.

"그리고 케말이 너한테 건 돈을 잃는 거지." 부자 사촌이 거들었다.

그래서 우리는 그렇게 하기로 했다. 나, 지브릴, 그리고 택시를 타고 카지노에 가기 불과 십 분 전에 알게 된 위험한 남자 둘. 모두 합쳐 위험한 남자 네 명이 되었다.

　백오십 파운드, 너무나 새 거라서 찍찍 소리가 나는 오 파운드 지폐로 백오십 파운드였다. 멋지고 묘한 우연이었다. 디거에게 돈을 갚고 내 드럼을 받아올 수 있는 정확한 액수였다. 불행히도, 지브릴의 사촌과 케말은 내가 돈을 들고 가장 가까운 전철역으로 사라질 방법을 떠올리기 전에 나를 현금출납원에게 데리고 가 돈을 칩으로 바꾸었다. 그래서 나는 내 드럼 세트를 플라스틱 원반 서른 개로 바꾸는 모습을 보면서도 싱긋 웃으며 참아야 했다.

　"이제, 각자 자기 방식대로 하자고. 나는 포커파야. 자정에 위층 로비에서 만나도록 하지. 지브릴, 마르코, 자정이야. 일 분도 늦으면 안 돼. 안 그러면 내기는 무효고 자네들은 호박으로 돌아가는 거야." 케말이 말했다.

　부자 사촌은 돈을 쏟아붓고 여자를 고르기 위해 으스대며 바로 걸어갔다.

　지브릴과 커다란 룰렛 라운지로 걸어가며 내가 속삭였다.

　"지브릴, 저 사람들 우리를 장난감 취급하고 있어. 기분 더럽네. 왜 저러는 거지?"

　"왜냐하면 재네들은 지루하거든. 새 장난감이 필요한 부자 꼬마들이지. 재네들한테 돈은 아무것도 아니야."

　"그런데 코란은 도박을 금지하지 않아?"

　"무함마드는 런던까지 순찰을 돌지 않아. 무슬림도 없고, 무슬림 영역도 아니거든. 여기는 유대교 율법에 맞는 곳이지. 도박이나 하자고. 그래서 이긴 사람이 다 가져가자고."

　나는 자리를 잡고 앉기 전에 잠시 어슬렁거리며 자세히 살펴보았다. 카페트, 자홍색 플러시 천을 보고 있노라니 슬리퍼를 신고 잠옷 가운을 입고 싶은 생각이 들었다. 약식 연미복을 입은 남자들이 실크 드레스를 입은 여자들과 어울렸다. 다른 곳에서는 찾아보기 어려운 독특한 여자들. 이들은 샹들리에 불빛 아래서 자기 집처럼 편하게 있었다. 웃음은 전부 꿈속의 감압실에 가둬두고 온 듯 모두가 심각한 얼굴이었다. 젊어 보이는 떠버리 신사가 환성을 올렸고 나이든 여인은 까마귀처럼 까악거렸다. 베이즈의 초록색과 룰렛 휠의 황금색은 요정의 언덕 아래에서 훔쳐온 것이었다. 룰렛 휠은 너무나 빠르게 돌아가 아예 움직이지 않는 것처럼 보였고, 공은 황금 분자였다.

　이곳을 나가면 삼백 년이 지나 있으리라. 침울한 사람들, 지루한 이들, 아주 절박한 사람들, 광적으로 즐거운 이들, 관객들. 딜러는 눈을 마주치지 않으려 하며 사이보그처럼 일했다. 나는 카메라가 있는 곳을 찾아보려 했으나 천장은 텔레비전 스튜디오처럼 검은색으로 숨겨져 있었다. 창문도, 시계도 보이지 않았다. 호두나무 패널, 경주마와 그레이하운드 그림들. 블랙잭과 포커가 열리는 방을 어슬렁거렸다. 케말은 이미 게임을 하고 있었다. 나는 돌아와 룰렛이 보이는 테이블 귀퉁이에 앉아 공짜이길 바라며 커피를 주문했다. 열시였다. 사십오 분 동안 관찰을 했으며 이제 게임을 시작할 때였다.

　이십 분이 지났다. 죽기 몇 주 전의 사뮈엘 베케트처럼 보이는 남자가 내 옆에 앉아 더듬거리며 담뱃갑을 찾았다. 나는 내 것을 내밀었다. 남자는 고개를 까닥하고 두 대를 뽑아가더니 차분히 다졌다.

"어디에서 시작해야 할지 생각하고 있는 초보로군요."

"어떻게 하면 이길 수 있을지 생각하고 있습니다." 내가 말했다.

"어디 봅시다." 남자는 불을 붙이더니 천식약 흡입기를 빨듯 담배를 빨아들였다. "어떤 게임을 할 건가요?"

"룰렛?"

남자는 입술을 거의 움직이지 않고 담배 주변으로 말을 했다. "자, 미국 테이블에는 0이 두 개로군요. 그러면 당신이 질 확률이 더 커집니다. 프랑스 테이블에 집중하십시오. 만약 숫자에 건다면 당신이 질 확률은 2.7퍼센트입니다. 색깔에 건다면 당신이 질 확률은 1.35퍼센트입니다."

"나쁘게 들리지 않는군요."

사뮈엘 베케트가 프랑스 식으로 어깨를 으쓱했다. "하지만 그 확률이 쌓여나갑니다 얼마나 많이 게임을 하는가에 달려 있습니다. 백 번을 하면 손님들 52퍼센트가 돈을 잃죠. 천 번이면 66퍼센트죠. 만 번이면 92퍼센트의 손님이 돈을 잃게 될 겁니다."

"뭔가 방법이…… 에…… 그러니까……"

"블랙잭에서는, 있습니다. 연산 확률 패턴을 책 한 권 분량 정도 외우고 나누어주는 카드를 계속 세어나가는 거죠. 확률이 당신 쪽이면 많이 걸고 낮으면 적게 거는 거죠. 원칙은 아주 간단해요. 하지만 아주 조심스레 해야 할 겁니다. 안 그러면 주목을 받다가 쓰레기통까지 호위를 받으며 쫓겨나거든요. 블랙잭으로 돈을 따는 것보다는 아마 런던에서 택시 운전사를 하는 게 더 쉬울 거예요."

"저는 수학에서 C 학점을 받았습니다. 포커는……"

"포커요? 포커에서는 능력대로 가는 거죠."

"아, 제 능력만큼을 바라는 건 아니에요. 그럼 룰렛에서는 이길 묘안이 있나요?"

"낙원으로 가는 지도를 가지고 계시면 그 비밀이랑 바꿔드리지요. 카지노 쪽에선 초소형 바늘, 전자석 따위 속일 수 있는 방법이 많이 있습니다. 하지만 도박꾼에게 유일한 희망은 우주 공학 궤도 기술을 소형화시켜 공의 경로를 조작하는 거죠. 그렇게 한 적이 있습니다."

"성공했나요?"

"실험실에서는, 했습니다. 하지만 라스베이거스에서 그 팀이 그 기술을 써먹다가 회로가 단락됐습니다. 아주 고통스러웠다는 이야기를 들었습니다."

"그렇다면 확률에 의지하는 게 나을 듯하군요."

사뮈엘 베케트는 얼굴을 약간 실룩거렸다. 내 뜻이 그렇다면 대화는 끝났다는 표정이었다. 케말의 승리에 따르는 내 몫 삼백 파운드가 기다리고 있었다.

혹시라도 누군가 내가 사기를 칠 생각이라고 의심할까 두려워하며 자리를 잡고 앉았다. 나는 첫번째 칩을 빨간색에 걸었다. 바야흐로 카지노 총각 딱지를 떼려는 찰나였다.

공이 튀며 휠 주위를 도는 모습을 지켜보았다. 공은 무엇과 비슷한가, 대필작가? 우리에게 은유를 줘. 아주 좋아. 저건 모든 게 사라질 때까지 마구 분노를 뿜어대는 지니* 같아. 공은 검은색에서 멈췄다. 딜러가 내 돈을 구멍으로 쓸어간다. 칩이 떨어지며 달그락거린다. 즐거운 마음 없이 긴장하며 오 파운드를 이렇게 빠르게 써보기는 처음이다.

두번째 칩을 빨간색에 건다. 공은 검은색에서 멈췄다. 곧 한 번 이겨야 한다…… 확률의 법칙. 세번째 칩을 검은색에 걸었다. 공은 빨간색에서 멈췄다. 그대로 했다면 나는 이번에 이길 수 있었다. 네번째 칩을 빨간색에 걸었다. 네 번 연거푸 질 수는 없다. 네 번 연거푸 졌다. 검은색. 이십 파운드가 그냥 날아갔고 아무도 내게 고맙다고 하지 않았다.

시작이 좋지 않았다. 빨간색, 검은색, 빨간색, 검은색. 초보자가 초보자 식으로 망하고 있었다. 괜찮아, 마르코. 아직 주머니에는 백삼십 파운드 어치의 칩이 들어 있었다.

나는 자리에서 일어났고 전략을 재고하기 위해 생수병을 하나 집어들었다. 나는 물을 마시며 몸속에 남아 있는 마리화나 찌꺼기가 쓸려나가길 바랐다. 케말이 바에 있었다.

"어떻게 돼가고 있나, 친구? 오늘 자네에게 돈을 많이 걸었다고."

그건 네가 멍청하게 실수한 거야. "잘됐다가 안 됐다가 하고 있어."

"잘돼는 건 좋은 거야, 친구. 어떻게 걸고 있어? 돈 잃는 사람들처럼 걸지 마. 강한 마음으로 걸라고. 확률을 너무 높게 예상하지

---

* 소원을 들어주는 마법의 램프에 나오는 마귀.

482

마. 카지노에서 이기는 건 인생에서 이기는 거야. 모든 것이 의지의 문제야."

그래, 아마존 하구에 떨어진 막대사탕이 상류로 흘러갈 수도 있지. 지독히 원하기만 한다면 말이지.

카지노 화장실에는 검은 대리석 타일이 깔려 있었고 구릿빛 거울은 칙칙했다. 부드러운 색 양복을 입은 갱스터들이 상대방 콩팥을 쏘는 상상을 했다. 막 바지 지퍼를 내렸을 때 부자 사촌이 들어왔다. 여전히 선글라스를 끼고 있었다. 부자 사촌은 내 옆에 섰다. 내게 한마디도 하지 않았다. 내 방광은 꽉 차 있었지만 부자 사촌이 너무 거슬렸기 때문에 오줌은 나오지 않았다. 하지만 부자 사촌이 싼 오줌은 격류가 되어 꾸르륵거리며 소변기 구멍으로 내려갔다. 풍요로운 자의 막힘없이 흐르는 오줌. 나는 마지막 오줌 방울을 터는 척한 뒤 손을 씻었고 다른 화장실을 찾아 허둥지둥 그곳을 나왔다.

나는 다른 테이블을 골랐다. 매력적인 흑발에 주근깨가 있고 비현실적으로 손가락이 긴 여인이 딜러였다. 딜러는 어떻게 보면 과거엔 남자였을지도 모른다는 생각이 드는 외모였다. 행운이 따를 것 같아 보였다.

이번에 나는 좀더 집중했다. 내 돈은 곧 칠십오 파운드로 줄어들었다. 나는 몇 번 이기고 몇 번 졌다. 나는 십오 분 정도 육십 파운드 근처에서 오르락내리락거렸고 그 뒤 여덟 번을 연달아 져 이십 파운드로 급추락했다.

지브릴이 어깨 너머로 나타났다.

"난 블랙잭에서 이백팔십 파운드가 됐어. 룰렛은 얼간이들이나 하는 거야."

"그 말에 해줄 좋은 답이 없군."

"맙소사, 이게 남은 전부인거야? 아직 열한시밖에 안 됐다고."

"잃고 있는 거지."

지브릴 때문에 상처를 받았다. 나가고 싶었다. 나는 남은 돈을 모두 녹색에 걸었다. 만약 이기면 나는…… 35 대 1이니까…… 칠백 파운드를 버는 거였다. 아마 케말이 맞았을 것이다. 아마 도박 놀이는 의지의 문제였을 것이다. 칠백 파운드! 게임에 집중해야 한다! 휠이 돌고 휠이 느려지고, 만약 공이 녹색 0에 떨어지지 않으면 나는 끝이었다!

……그리고 이번에도 공은 다른 곳으로 갔다. 나는 망연자실 앉아 있었다. 양어머니가 와서 모든 일을 바로 잡아줬으면 했다. 사실, 아무 어머니라도 왔으면 했다. 나는 그리 까다로운 사람이 아니었다.

솔* 병에서 라임 거품이 올라오는 모습을 지켜보았다. 앵무새 췌장을 오줌에 절인 맛이었다.

바보!

나는 잃을 만했다. 나는 생각 없이 아무렇게나 돈을 걸었다. 만약 내가 좀더 신중해지려…… 미래는 이미 존재한다. 예언자는 이

---

* 멕시코의 맥주회사.

미 무슨 일이 일어날지 볼 수 있다. 주어진 원인이 어떤 결과를 낳을지 예측하는 건 누구나 할 수 있다. 그게 식량 비축부터 위성 일기예보까지를 아우르는, 이성적 삶의 정의이다. 만약 시간을 되돌려 같은 일을 다시 할 수 있다고 가정하면…… 결과로부터 원인을 본다면…… 물론 그런 건 지적인 사고 과정이 아닐 터였다. 하지만 그것은……

이런, 바보 같은. 나는 이어노스의 스낵 바에서 만난 낸시 뭐시긴가 하는 여자 같은 생각을 하고 있다.

삼백 파운드! 단지 오늘 밤 지브릴보다 돈을 더 따기만 하면 된다! 거기에 더해 내가 딴 돈까지…… 아마 몇 백은 되리라. 천 파운드까지 될지도 몰랐다. 언제 다시 이런 기회를 잡을 수 있단 말인가? 나는 삼천 파운드 이상, 훨씬 더 많이 빚이 있지만 몇 백 파운드면 몇 주 동안 마음의 평화를 누리며 여유롭게 지낼 수 있다.

문제는, 어디서 판돈을 더 구할 수 있단 말인가? 케말에게 부탁할 수는 없었다. 현금인출카드는 먹혀버렸다. 꼬마 악마가 내 목덜미에 입김을 불었다. 신용카드! 신용 한도가 삼백 파운드로 늘어났다. 기억하는가? 더 깊은 빚 구덩이로 빠져들자고? 도박을 하려고? 미친 거야? 이봐, 만약 빚을 갚기 위해 지저분하고 창문도 없는 곳에서 이 년 동안 일을 해야 한다면 어차피 사 년으로 늘어난대도 마찬가지 아니겠어?

제길, 아니다. 나는 지난주 언젠가 벨라와 함께 자그맣고 멋진 멕시코 식당 어딘가에 가느라고 신용카드를 쓰고 외투 주머니에 그대로 넣어두었다. 맙소사, 그날 저녁은 정말 김 빠지고 비싸기만 한 시간이었다. 지금 그 옷을 입고 있잖아, 멍청이. 나는 주머니를 두드렸다. 플라스틱이 있는 기척을 보냈다. 내가 판돈을 더 쓰면 안 된다고 한 사람은 아무도 없었다……

잘못되면 어쩌지? 이런 곳에서 신용카드를 쓰는 사람에게 좋은 결과가 있을 리 없었다. 포피는 어쩌지? 포피는 어쩌면 뱃속에 내 아이를 가지고 있을 수도 있었다. 마르코, 여기서 도박으로 날려버리는 건 단지 너만의 미래가 아니야. 잘못된 거야. 그냥 여기서 나가. 지금 나가. 넌 낙태 비용의 반도 댈 수 없다고. 만약 포피가 원하는 게 낙태라면 말이야. 그런데 만약 포피가 원하는 게 그게 아니라면 어떻게 할 거야?

나는 모든 의심들을 구덩이에 집어던졌고 의심들이 바닥에 내동댕이쳐지는 소리가 들렸다. 나는 삼백 파운드를 가지고 원래 테이블에 갔다. 딜러는 바뀌어 있었다. 나이절인가 뭔가 하는 젊은 남자가 딜러였다. 어쩌면 케닝턴에서 왔을지도 몰랐다. 열한시 삼십분. 한 번에 이십오 파운드씩 거는 게 좋을 듯했다.

색깔에 거는 방식은 사뮈엘 베케트에겐 높은 확률이었는지 몰라도 방금 전 나를 빈털터리로 만들었다. 이번에는 숫자에 거는 거다. 어떻게 숫자를 골라야 하지? 좋아, 우선 내 나이. 29, 홀수. 공은 20에 떨어진다. 짝수. 또다시 시작이 나쁘다. 이백칠십오 파운드로 줄어들었다. 하지만, 다음 숫자, 오늘 만난 숫자. 케이티 포브스의 오믈렛에 달걀이 몇 개 들어갔지? 4, 짝수. 공은 다시 20에 떨어진다. 짝수! 이번은 낫다. 이렇게 하는 거다. 숫자가 답인 질문을 생각하고 답을 내고 건다. 다시 삼백 파운드가 된다.

오늘 내가 말을 한 사람이 몇 명이었지? 재빨리 헤아린다. 나 자신을 포함해 열여덟 명. 짝수. 이봐요, 하느님, 제가 아주 충성스러운 팬클럽 회원이 아니었다는 건 잘 알고 있지만, 맹세하는데, 이번 일만 잘 해결되게 해주면 심지어 교회도 나가겠습니다. 갈 수 있으면 언제든지요. 공은 19번에 멈췄다. 하느님, 계약은 무효입니다, 들립니까? 이백칠십오 파운드로 줄어들었다.

케닝턴 나이절의 얼굴에 여드름이 몇 개나 있지? 3, 홀수. 공은 24번에서 멈췄다. 이백오십 파운드로 줄어들었다. 또다시 질문. 이번에는 오십 파운드를 걸리라. 시간이 흐르고 있었다. 혹시 내가 최근에 집시에게 화를 낸 건 아닐까? 그래서 내게 저주가 내린 걸까? 내 이가 몇 개지? 28, 짝수. 공은 1번에 멈췄다. 운명의 여신이여, 제가 무슨 짓을 했다고 이렇게 대한단 말입니까? 더이상 우연을 믿지 않기를 바라는 겁니까? 운명의 여신이여, 당신이 원한다면 뜻대로 하겠습니다. 그냥 지금 제가 이기게만 해주소서. 저는 당신의 것입니다. 저는 이길 운명입니다. 이백 파운드.

이런, 젠장. 다음주 식료품 살 돈이었다. 도박은 끔찍했다. 정말로 사람들이 즐기기 위해 도박을 한단 말인가? 내가 지금까지 몇 명의 여자들과 잤던가? 그런 건 잊어버려. 시간이 없어.

"만약 제가 당신이라면 뭔가 한방을 노릴 겁니다." 사뮈엘 베케트가 말했다.

홀수. 공은 4번에서 멈췄다. 운명의 여신이여, 엿이나 드시길. 모든 건 우연이다. 백오십 파운드. 자정까지 십 분 남았다. 내 이름이 몇 글자지. Marco, 5, 홀수. 24, 짝수. 백 파운드로 줄었다. 예수님, 이건 내일 집세입니다. 저는 빅토리아 역에 있는 버거킹에서 일을 해야만 합니다.

사뮈엘 베케트가 말했다.

"숫자 네 개에 동시에 걸 수 있다는 걸 아십니까? '카레'라고 하죠. 숫자가 만나는 지점에 칩을 놓으면 됩니다. 이기면 여덟 배를 줍니다."

어디? "제게 하나 골라주시겠어요?"

"아니오."

나는 마지막에서 두번째 칩을 23/24/26/27에 올려놓았다. 공은 28번에서 멈췄다.

"운이 없군요. 하지만 아직 한 번 더 기회가 있습니다." 사뮈엘 베케트가 말했다.

"제발 하나 골라주세요." 내가 말했다.

"오, 정 그러시다면. 32/33/35/36."

나는 칩을 놓았다. 마지막 기회였다. 내가 공을 보고 있지 않다는 걸 깨달았다. 달려가 숨을 수 있는 소파가 없었기에 나는 어둠이 나를 삼킬 수 있는 곳으로 눈을 돌렸다. 시간이 거의 빛의 속도에 가깝게 스러졌다. 소리가 뻣뻣한 헤어젤만큼 강해졌다. 사람들 사이로 가난이 내게 다가왔다. 서머포드 호스텔 침대를 쓰려면 십이 파운드 오십 펜스가 있어야 한다.

칩 더미가 내 앞에 쌓였다. 그리고 계속 거기에 있었다. 고개를 들었다. 딜러는 이미 다른 곳을 보고 있었다. 나이 들고 귀에 털이 삐져나온 흑인 신사가 탐욕스러운 눈으로 내 칩 더미를 보았다. 둘이서 번쩍이는 드레스를 맞춰 입은 여자 둘이 내 오른쪽에서 소리 내어 웃고 있었다. 사뮈엘 베케트는 가고 없었다. 내 앞에는 사백 파운드에 해당하는 칩이 있었다. 신용카드를 계속 쓸 수 있었다.

어깨 뒤로 케말이 나타났다.

"친구, 시간이 됐어. 빈털터리가 되지 않은 걸 보니 기쁘군. 위층 로비로 가자고. 재미있었나?"

나는 간신히 침을 꿀꺽 삼키고 말을 할 수 있었다.

"게임은 즐기려고 하는 거야."

지브릴을 이기지 못했다는 걸 알고 있었지만 내가 빌린 삼백 파운드를 합쳐 사백 파운드가 있었다. 나는 판돈 백오십 파운드를 포함시키지 않았다. 처음부터 그 돈은 내 돈이 아니었기 때문이었다. 그러면, 많지는 않지만 백 파운드의 이익이었다. 가죽 재킷으로 삼십 파운드. 아마 디거를 달래기에 충분할 터였다. 만약 디거의 마스티프 견들에게 일주일 동안 매니큐어를 해준다고 약속하면 말이다. 내 드럼이 다시 돌아온다. 그리고 다음 주말 '우연의 음악'이 브릭스턴 아카데미에서 연주를 할 거고 그러면 월말까지 어떻게든 먹고살 수 있을 터였다. 그곳 학생회 이벤트 담당자와 작년에 몇 번 섹스를 했기 때문에 우리가 그곳에서 연주를 하면 늘 즉시 현찰을 받았다.

지브릴은 위층 로비에서 어색한 표정을 짓고 있었다.

지브릴이 사촌에게 말했다. "미안해. 딜러가 내 방식을 무력화시키는 법을 알고 있더라고."

"친구!" 케말이 기뻐하며 두 번인가 세 번 빙그르르 돌았다.

나는 아무런 표정도 짓지 않고 있었지만 속으로는 기뻐 재주를 넘었다. 좋았어! 백 파운드 더하기 삼백 파운드는 사백 파운드 이익이야. 자, 이제 이야기가 되는군!

부자 사촌은 마지못해 베이지색 봉투를 꺼냈고, 케말이 봉투를 낚아챘다. "고마워, 친구."

지브릴이 신음을 하더니 나를 가리켰다. "아직 일러! 마르코는 속임수를 썼어! 돈을 더 가져다 썼다고!" 한때 내 친구였던 이가 나를 바라보았다. "아니라고 말해봐!" 돈이란 이상한 물건이다.

"그러면 안 된다고 한 적 없잖아."

사촌과 지브릴은 케말에게 다가가 봉투를 다시 빼앗으려 했다. 케말은 몸을 뒤로 뺐고 사촌이 봉투를 잡았고 케말은 사촌을 움켜쥐었고 둘은 화분 받침대로 넘어지며 그 위에 있던 육중한 야자를 쓰러뜨렸고 종이 뒤집어져 계단을 굴러내려가며 계단마다 한 번씩 울려댔다. 지브릴이 봉투를 집어들었고 케말은 우산초 아래에서 몸을 뒤틀다 번개처럼 일어나 지브릴을 머리로 들이받았고 지브릴은 비틀거리며 이를 하나 뱉었다. 사촌이 뒤에서 케말에게 태클을 했고, 뭔가 찍하며 찢어지는 소리가 들렸다. 이 모든 게 안무처럼 보였다. 케말이 넘어졌고 쓰러지며 재킷에 손을 넣더니 돌연 허공에서 웃음짓는 모양을 한 칼이 번득였다. 결국 둘은 그리 친한 친구가 아닌 듯했다.

모퉁이를 돌아서 경비원들이 오는 듯한 소리가 들렸다. 내가 이곳에서 빠져나갈 가능성이 있는 유일한 방법은 저기 보이는 독특하게 생긴 삼각형 문을 열고 경비원이 오기 전에 그 안으로 기어들어가고 내가 그러는 걸 세 명이 눈치채지 못하고 또한 동시에 누구도 그 안을 들여다볼 생각을 하지 않아야 했다. 무슨 놈의 확률이 이따위인가? 닭대가리나 떠올릴 법한 탈출 계획이었지만 어떤 때는 닭대가리 전략이 최후이자 유일한 방어선일 때도 있다. 나는 손잡이를 돌렸다. 만약 문이 열리지 않으면 끝장이었다!

나는 안으로 몸을 밀어넣고 등뒤에서 문을 잡아당겼다. 머리를 부딪쳤고 발은 양동이에 빠졌으며 세제 냄새가 났다. 내가 숨은 비밀의 방은 청소용구함이었다. 경비원이 오는 소리, 여럿이 내는 거친 고함, 항의하는 소리가 들렸다. 나는 이상하게 침착했다. 평소처럼, 내 운명은 우연의 손아귀에 있었다. 만약 잡히면, 잡히는 거였다. 나는 문이 확 열리기를 기다렸다.

소음은 호위를 받으며 멀어졌다.

요란한 하루였다. 정말 내가 카지노의 청소용구함에 숨어 있는 건가? 그랬다, 진짜였다. 대체 어떻게 하다가 여기까지 오게 된 걸까? 웅웅거리던 소리가 저절로 꺼졌고 나는 그전까지 존재하지 않았다는 사실을 알아차리지 못했던 침묵 속에 홀로 남겨졌다.

이것이 진리이고 **진실하기**이다.

진실하기는 여자와 수다떨기, 대필하기, 마약 팔기, 나라 다스리기, 전파 망원경 설계하기, 아이 돌보기, 드럼치기, 가게 물건 슬쩍하기와 더불어 단지 여러 인간 활동 가운데 하나일 뿐이다. 모두가 부사의 영향을 받기 쉽다. 좋게, 나쁘게, 솔직하게, 교활하게 진실할 수 있다. 그리고 하는 것과 안 하는 것을 선택할 수 있다.

진리는 이 어떤 것과도 관계하지 않는다. 혜성은 인간이 알고 있는지 아닌지에 대해 관심이 없으며, 진리는 인간들이 이번주에 무엇에 대해 썼는지 관심이 없다. 진리의 무심함은 변치 않는다. 목성보다는 화성 기운에 가깝다. 어떤 경우 고개를 돌리면 그것이 보인다. 분수에서, 날아가는 프리즈비가 그리는 포물선에서, 아니면 청소용구함의 어둠속에서. 원인과 결과는 정중히 서서 자신의 존재를 드러낸다. 그런 경우, 나는 걱정을 해도 덧없다는 사실을 깨닫는다. 나는 입을 다물고 불평과 불안 뒤에서 비틀거리는 미덕을 본다. 내 미래를 포피와 인디아의 미래와 함께하려는 것은 (만약 둘이 나와 그렇게 하려 한다면) 내가 지금까지 겪어온 가운데 최대이자 영원히 끝나지 않을 리히터 규모의 뛰어들기가 될 것이다.

그러다 돌연 진리가 사라지고, 우리는 다시 카드 대금 청구서 때문에 걱정을 한다.

하도 크게 하품을 해서 턱에서 소리가 났다. 싸울 때 뿜어나왔던 아드레날린과 라운지에서 마셨던 커피의 효과가 사라지고 있었다. 진리는 피곤한 것이다. 청소용구함에서 기어나올 시간이었다.

누군가 나를 알아보기 전에 돈을 손에 넣을 수 있길 기도하며 칩을 현금으로 바꿨다. 왜 현금출납원들은 모두 이렇게 굼뜰까? 긴 기다림 끝에 나는 자유가 되었다. 나는 가서 내 재킷을 되찾았다. 여전히 아무도 나를 알아보지 못했다.

리셉션 홀 구석에 전화가 있었다. 잔돈을 찾고 있는 사이 사뮈엘 베케트가 이쪽으로 어슬렁거리며 왔다.

"당신 친구들은 충고를 받아들여 다른 곳에서 계속해 허심탄회하게 의견을 교환하기로 했습니다. 칼은 빼고요."

"누구 말씀인가요?"

전화기는 구식 다이얼 전화기였다. 이 모든 원과 바퀴들이 따로 또 함께 돌았다. 나는 동전을 넣었다.

"포피! 나야."

"흠, 어젯밤 연락도 없던 고양이가 웬일이지?" 꼬여 있다. 피곤한 건가?

"초대전이 있다고 말했잖아, 자기야. 우리 꼬마 귀염둥이는 어때?"

"인디아는 부루퉁해져서 잠이 들었어. 네가 해주는 이야기를 들으며 자고 싶어했거든."

"긴 하루였어."

"오, 불쌍한 마르코."

"패러다임의 변화를 겪었어, 포피……"

"꼭 한밤중에 패러다임의 변화를 겪어야만 하는 거야?"

"미안해, 기다릴 수가 없었어…… 봐, 경제적으로, 너도 알다시피 난 존 폴 게티*가 아니야. 하지만…… 있지, 심각하게 말하는 건데, 나는 혹시 네가 우리 둘이 합치길 바라는 건 아닐까 궁금했어, 경제적인 측면과 어쩌면 존재적 측면에서도 말이야, 물론 그게, 에, 서약이라는 측면에서 보면 빙산의 일각에 불과하겠지만, 만약 네가 그런 것을 원한다면, 어쩌면……"

"마르코 대체 지금 무슨 말을 하고 있는 거야?"

말해.

"결혼해주겠어?"

오, 하느님.

"누구랑?"

---

* 미국 태생 영국 부호이자 박애주의자.

포피는 쉽게 답을 주려 하지 않았다.

"나랑."

"에, 좀 난데없는 이야기야. 생각해볼게."

"얼마나 시간이 필요해?"

"이십 년 정도?"

"못됐다! 난 네게 줄 돼지 그림 티셔츠도 샀고……"

"돼지를 사주는 대신 내 손을 잡고 신성한 결혼식장에 들어서고 싶다는 거군. 여기는 푸트니 동부야, 방글라데시 동부가 아니라고."

"포피, 난 진지해. 난 너의, 너의, 네가 나의……" 남편이 되고 싶어. 아내가 되어줬으면 좋겠어. 아, 목이 메여 입 밖으로 말이 나오지 않았다. "지금은 아직 그 말을 제대로 할 수가 없어. 하지만 할 거야. 난 술 취하지 않았어, 마리화나에 취한 것도 아니야, 난 진지해."

잠시 동안 시간이 평소보다 훨씬 무겁고 느리게 흘렀다. 앞으로 펼쳐질 수도 있는 인생이 그 안에 압축되어 있기 때문이었다. 내가 뭔가 말을 하려고 입을 여는 순간 포피도 입을 열었다.

포피가 계속 말을 했다.

"봐, 만약 네가 '진지'라는 단어를 한 번만 더 쓰면 난 널 믿기 시작할 거야. 그리고 만약 네가 진지하지 않았다는 사실을 내가 알게 되면 우리 우정이든 관계든 뭐가 됐든 간에 끝나는 거야. 여기서부터는 돌이킬 수 없는 거야. 정말로 진지한 거야?"

"난 진지해."

포피가 부드럽게 휘파람을 불었다.

"지금 갈게. 괜찮아?"

가장 길었던 기다림.

"그래, 이런 상황에서라면 괜찮아."

나는 전화를 끊고 재킷을 집었다. 지하철은 몇 시간 전에 끊겼다. 푸트니까지 택시를 타고 갈 수 있는 돈이 있었지만 십오 파운드면 인디아에게 음식을…… 얼마나? 어쨌든 내게는 생각해둔 방법이 있었다. 걸어서 갈 것이다.

설사 밤새 걸어야 할지라도.

클리어 아일랜드
Clear Island

헐떡이며 흠뻑 젖은 채 눈을 떴다. 눈부신 바닷물이 태양을 자아냈다. 선실에서 웃지 않으려 애쓰고 있는 빌리가 보였다. 나는 입술만 움직여 '못됐어'라고 소리 없이 말했고 빌리는 소리내어 웃었다. '세인트 페츠나 호'는 일론브록 여울목과 클래리그모어 암초 사이 역류들을 통과했고 셔킨 아일랜드 서쪽 만을 돌았다. 검은 공책을 가지고 만 이천 마일을 여행한 후에야 목적지의 모습을 볼 수 있었다. 클리어 아일랜드*가 시야에 들어왔다. 얼굴에 튀었던 바닷물이 말라가면서 나는 피부가 거칠게 일어나는 기분을 느꼈다. 이곳이 바로 내 고향이었다.

대서양을 향해 뻗은 아다투르하의 외로운 팔. 파도에 반사되는 햇빛을 살펴보았다. 산호초가 깊은 곳으로 사라지며 어리는 푸른

---

* 아일랜드 공화국 코르크 주 남서쪽에 있는 섬.

그림자. 캐리글루 뒤편으로 허둥지둥 도망치는 절벽들. 골짜기의
풀밭과 언덕 위 목초지들. 굴곡진 곳에 자리 잡은 낡은 부두. 채 몇
마일 되지 않는 환상 도로들. 묘지, 이 섬에서 가장 정중한 장소.
성 키애런의 우물. 이 세상만큼이나 나이든 섬.

빌리의 벙어리 딸이 팔꿈치로 나를 살짝 밀면서 자기 아버지의
쌍안경을 내밀었다.

"고마워, 메리."

집들이 구분되어 보이기 시작했다. 내 대부모인 브렌던 미클레
딘과 메이지 미클레딘이 '그린 맨' 베란다에서 어슬렁거리는 모습
이 보였고, 그 모습을 보고 있노라니 취리히에 있는 내 연구실 맞
은편에 있는 마을 시계 위 기계 인형이 떠올랐다. 우체국 역할도
하고 소문을 교환하는 장소이기도 했던 베일 이아사크 발치의 오
패럴 노인의 청과물 가게. 저기 크노캐넌 초임히시그 너머로 사라
지는 것이 버티 크로의 그 옛날 삼륜차가 아니라면 내가 성을 갈겠
다! 아직도 유령들에게 안 넘기고 가지고 다닌단 말인가?

무엇이 인간에게 지형지물에 대한 애정을 갖도록 하는 걸까,
모? 내가 태어난, 이제는 폐허가 된 작은 농장은 물가의 플라타너
스 숲에 가려 보이지 않았다. 아직도 그곳 지붕이 무너져 있을지
궁금했다.

깔끔하게 개량된 자기네 마을에서 최신형 독일 스포츠카를 타
고 다니던, 턱뼈가 발달한 스위스인들이 생각났다. 휴의 아파트 건
물 주변 카오룽 거리들을 몰려다니며 근근이 벌어먹고 사는 가냘
픈 아이들이 생각났다. 이 섬을 뛰어다니며 섬의 비밀을 캐내던 운
좋았던 내 어린 시절도. 탄생을 통해 우리는 카드 한 패를 받지만

카드의 숫자만큼이나 중요한 것은 우리가 어디서 카드를 받는가 하는 것이다.

"당신이 돌아오니까 날씨마저 끝내준다, 모." 디젤 엔진 소리 너머로 빌리가 외쳤다. "오늘 아침에는 비가 억수로 쏟아졌었어. 그 동안 우리 섬이 보고 싶었냐?"

섬에서 눈을 떼지 못하며 나는 고개를 끄덕였다. 여덟 평방 마일 구석구석이 그리웠어! 잘난체하는 취리히, 유럽의 저금통 제네바, 뒤죽박죽 홍콩, 무자비한 베이징, 벼락 맞을 런던에서 나는 눈을 감고도 네 지형을 훤히 볼 수 있었어. 존의 몸을 그릴 수 있었듯이. 오늘은 남쪽에서 부는 바람을 타고 가마우지가 날았고, 뱁새가 급강하해 머나프 만으로 사라졌다. 나는 갑자기 미친 여자처럼 싱긋 웃다가 엉엉 울고 볼티모어와 낮은 산들과 멀리 코르크까지 들리도록 고함치고 싶었다.

"당신들은 실패했어! 난 여기 있어! 난 집에 왔다고! 와서 날 잡아 가봐!"

구름 섬이 태양을 둘러쌌고 온도가 뚝 떨어졌다. 소름이 돋았다. 그저 내가 존과 리엄을 먼저 만나볼 수만 있으면 돼. 통통거리던 배 엔진 소리가 느려졌다. 빌리가 세인트 페츠나를 항구로 돌렸다.

미국이 '예방 공격'을 하던 날 밤, 나의 샬레*에서는 즉석 저녁 식사 파티가 열리고 있었다. 그해 라이트 박스 연구소에서 연구를 하던 대학원생 중 가장 똑똑했던 대니엘라가 무심코 날씨를 알아보

---

* 스위스 농가풍의 집이나 별장.

기 위해 위성 뉴스를 틀었고 우리는 식욕을 잃었으며 그 뒤 여섯 시간이 지난 후에도 차갑게 식은 음식을 깨작이며 텔레비전을 보고 있었다. 파리에서 알랭이 와 있었고 홍콩에 사는 존의 친구 휴도 와 있었다. 텔레비전은 걸프 만의 불타는 도시의 야경을 방송했다.

젊은 파일럿이 가발을 쓴 CNN 리포터와 이야기를 하고 있었다.

"네, 전 지역이 환하게 불타오르고 있고 제가 본 가운데 가장 예쁜 7월 4일 불꽃놀이인 것 같습니다."

"호머 퀸콕 기술 덕분에 미사일 조준이 외과수술처럼 정밀해졌다고 하던데요."

"네, 호머 덕분에, 예를 들면 엘리베이터 통로만 골라낼 수도 있을 정도가 되었습니다. 작전에 투입되는 꼬마들 인공지능 칩 속에 건물 청사진이 직접 입력되고 우리는 뒤에 앉아 항법 소프트웨어가 대신 경로를 계산하는 걸 보고 있기만 하면 됩니다. 그러면 아가들이 알아서 갈겨줍니다! 엘리베이터 통로로 바로 날아가는 거죠!"

알랭이 와인을 쏟았다.

"나쁜 새끼! 다음번에는 미사일이 빵을 사오고 개를 산책시킨다고 할 거야."

상체가 훈장으로 뒤덮인 장군이 워싱턴 스튜디오에서 말했다.

"미국인들에게 자유는 빼앗길 수 없는 권리입니다. 모두에게 그렇습니다. 호머 테크놀로지는 전쟁에 혁명을 일으키고 있습니다. 이 기술을 이용해 우리는 탄압받는 무고한 시민들의 희생을 최소화하면서 사악한 독재자들을 확실하게 응징할 수 있습니다."

존이 클리어 아일랜드에서 전화를 했다.

"이게 무슨 뉴스야, 스포츠 중계지. 하이테크 전쟁을 다룬 영화가 그렇게 많이 만들어지더니 이제는 하이테크 전쟁이 영화처럼 되어버린 거야? 이건 간접 광고잖아. 어제까지만 해도 호머 미사일이라는 말을 들어본 사람이 있기나 하겠어?"

나에게 한 말이라는 생각이 들며 심장이 덜컹했다. 나는 손가락 관절을 잘근거렸다. "응…… 난 들어봤어."

"모, 내 사랑. 괜찮은 거야?"

"아니. 존, 나중에 내가 다시 걸게."

BBC에서 방송한 화면. 구급차와 화재로 빛을 받아 환한 거리. '적군에 의해 조작된 필름'이라는 글귀가 화면을 가로질렀다. 아일랜드에서 온 리포터는 땀 또는 피 또는 그 둘 다로 얼굴이 번들거리는 여인에게 마이크를 대고 있었다.

"말해보세요! 당신네 사람들에게 물어보세요. 왜 분유공장에 폭탄을 떨어뜨리는 거죠? 분유공장에 폭탄을 떨어뜨려야만 전쟁에서 이길 수 있다는 건가요? 말해봐요!"

장면 전환. 전문가들이 계속해 상황 분석을 하고 있는 스튜디오. 나는 잠든 대니엘라에게 담요를 덮어주고 난로에 통나무를 하나 더 넣었다.

"'예방 공격'은 카메라가 준비를 마치기 전에는 선전포고를 하지 않는다는 뜻이 분명해." 휴가 말했다.

기운이 빠졌다. 커튼 사이로 밤과 산의 풍경들을 내다보았다. 은하수와 중년의 수척한 과학자가 나를 보고 있었다. 지금까지 넌 이용당한 거야, 모. 넌 너무 곱게 살았어. 네 어머니가 네 나이였을 때 그분은 미망인이셨어. 넌 대체 얼마나 더 이용당해야 하는 거야? 차가운 유리창이 코끝을 깨물었다.

풀밭 너머 산기슭에 있는 폭포 소리가 들려? 삼천 마일 떨어진 곳에서는 자유와 민주의 군대가 최첨단 과학기술의 열매를 이용해 리엄과 대니엘라들을 건물 아래로 깔아뭉개고 있었다. 그리고 우리는 파편이 타오르고 그 위로 불꽃이 튀는 모습을 본다. 축하해, 모. 이게 네 삶이야.

"맙소사, 우리는 세상을 엉망진창 동물원으로 바꿔놓았어."

알랭은 내 말을 들었지만 말뜻을 잘못 이해했다. "동물원에서는 동물들이 동족을 죽이지는 않아."

내 숨결에 모든 것이 흐릿해졌다. "가둬둘 우리가 없으니 통제도 안 되는 거야."

빌리는 "짜잔!" 하며 배를 빙글 돌리더니 내가 있는 쪽을 부두에 댔다. 해변에 발을 딛자 몸이 휘청거렸다. 내 뼈가 갈리는 소리가 들리는 듯했다. 여길 떠났던 날로 다시 돌아온 것 같았다. 고기잡이 배들이 줄지어 서 있었다. 마요 대빗의 '던 언 오어,' 다이비 오브루어데어의 '오일린 나 엔인,' 파란색과 노란색으로 다시 칠한 스콧 '애비게일 클레어.' 예전보다 더욱 엉망이어서 총체적 수리가 필요한, 조개껍질 등이 붙어 있는 레드 킬데어의 작은 배 '더 사우스 고나 라이즈 어겐.' 사리를 틀고 있는 밧줄들, 작은 언덕 크기만큼 쌓여 있는 그물, 기름통, 플라스틱 상자. 자기 볼일을 보는 말라빠진 고양이들. 섬에서는 안이 바깥이다. 물건을 흘려도 아무도 주워가지 않고 떨어진 곳에 그대로 남겨둔다. 나는 깊게 숨을 들이켰다. 바닷물에서 나는 지린 비린내, 양 똥에서 풍기는 달콤하고 시큼한 냄새, 배 엔진들이 내뿜는 디젤 연기.

"모!"

굴 창고 옆 세발 자전거에 월리 신부님이 앉아 있었다. 미니스커트와 방수장화 차림의 베르나데트 슈이가 바닷가재 양동이에 물을 뿌려 씻고 있었다. 월리 신부님은 씩 웃어 보이며 내게 손을 흔들었다.

"모! 딱 맞춰 왔네! 멋진 날씨를 몰고 왔군. 오늘 아침까지 비가 억수로 쏟아졌어."

"월리 신부님! 정정하시네요."

게일어*로 말하니 어찌 이리 기분이 좋은지.

"여든 살이 되면 더이상 나이를 안 먹게 되지. 더 나이를 먹어봤자 소용없거든. 자네 눈은 어쩌다 그랬지?"

"런던에서 택시와 박치기를 했거든요."

"저런, 택시를 부를 땐 다른 방법을 써야지. 아무리 잉글랜드 택시라 할지라도 말이야. 여행은 어땠나?"

우리는 소리내어 웃었고, 나는 여든네 살 된 신부님의 푸른 눈동자를 바라보았다. 눈이란 얼마나 신비로운 기관인가. 월리 신부님은 얼마나 많은 것들을 보아왔을까……

당황스러운 쿵 소리…… 군악대 북소리…… 그 텍사스인이 여기에 와서 이곳 사람을 고용했으면 어쩌지? 그 사람은 아일랜드 공화국 열일곱 개 주보다도 더 돈이 많았다.

모, 진정해! 월리 신부님은 네 어머니에게 세례를 주신 분이야.

---

* 켈트어에 속하는 고대 아일랜드의 언어.

뒷방 탁자에서 몇 년 동안 벌였던 체스 게임은 존과 신부님 사이 우정의 증거야. 만약 클리어 아일랜드 사람들을 의심하기 시작한다면 이미 그 텍사스인이 이긴 거야.

"제 여행요? 솔직히 말하자면 좀 짜증났어요, 신부님. 안녕, 베르나데트."

클리어 아일랜드 미의 여왕이 걸어왔다.

"안녕하세요, 모. 이게 얼마 만이죠?"

"평소보다 오래됐어."

"최고로 멋진 여름 축제를 놓치셨어요. 볼리데홉, 스컬, 볼티모어 사람들까지 다 와서 놀았다니까요. 들새를 관찰하던 노르웨이 사람이 제게 푹 빠졌어요. 한스라고 하는데 매주 편지를 보내고 있어요."

"딱 두 번 받았대요."

못 쓰게 된 빨래 양동이에서 기어나오며 베르나데트의 여동생 한나가 말했다. 한나는 제 언니가 뿌린 물벼락을 맞고 비명을 지르며 굴 창고로 도망쳤다.

"맞아, 멋진 축제였어. 패스트넷 경주를 하기 딱 좋은 날씨였어. 하지만 볼티모어 구조선을 다시 불렀지. 쌍동선이 뒤집어졌거든. 내년에는 여기서 경주를 볼 거지?" 월리 신부님이 말했다.

"그랬으면 좋겠어요. 정말로 그랬으면 좋겠어요."

"리엄은 주말 전에 돌아오나요, 모?"

베르나데트은 무관심한 척하는 쪽에는 너무나 재능이 없었다. 새끼손가락으로 머리칼을 비비 꼬았고, 호스를 댄 쪽을 보고 있지 않았다. 잘되면 좋겠지만.

"안 오는 게 좋을걸. 가을 학기 중간이라 정신없이 바쁠 거야."

윌리 신부님은 약간 묘한 눈으로 나를 보았다. 내가 좀 이상하게 대답을 했나?

"자, 모. 그 친구가 기다리겠네."

"집에 있나요?"

"있었지. 하지만 한 시간 전이었어. 협공에서 내 루크*를 구출했거든."

"그럼 지금은 집에 가봐야겠군요, 윌리 신부님. 나중에 봐, 베르나데트."

"살펴가세요."

퀸스 대학의 지도교수였던 해머 박사는 이런 말을 곧잘 했다. "과학은 게임이야. 숨어 있는 비밀이 바로 게임의 상금이지. 실수는 사기도박꾼들이고. 과학자들은 얼간이야." 위대한 덴마크 양자 물리학자 닐스 보어는 이렇게 말하길 즐겼다. "자연이 어떤지 알아내는 것을 물리학의 임무라고 생각한다면 그것은 틀린 생각이다. 물리학은 우리가 자연에 대해 무엇을 말할 수 있는가를 중요하게 여긴다."

역사학자들이 연구하는 건 내 조국의 진정한 역사, 배반으로 점철된 역사가 아니다. 역사학자들은 단지 후에 남겨진 자료로 역사를 재구성하고 추측할 뿐이다. 물리학자가 그러하듯, 역사학자도 자신의 도끼날을 날카롭게 간다. 기억은 현재의 조상으로 분장한

---

* 체스 말의 하나.

현재의 후손이다.

하인츠 포마지오의 사무실 천장을 통해 들어오던 햇볕을 기억
한다. 담자색과 은색으로 물든 산이 제네바 호를 둘러싸고 있었다.
오페라적인 풍경이었다. 호숫가에서는 구리 풍향계가 있는 폴리*
아래에서 난쟁이 같은 정원사가 녹색 잔디밭을 손질했다. 날개 달
린 헬멧을 쓴 헤르메스는 대리석 받침대에서 날아오르려 하고 있
었다.

하인츠는 스톨츠 씨라며 텍사스인을 소개했다. 소파에 십 갤런
은 됨직한 모자가 보였다. 텍사스인은 선글라스를 벗고 눈동자가
거의 보이지 않는 눈으로 나를 응시했다.

"만약 자네가 지금 단계에서 도망친다면 매우 중요한 단계에서
파업을 하는 거야. 자네는 엘리트 중에서 엘리트들만 모인 이 팀에
서도 대들보야, 모. 이건 맘이 내킨다고 그냥 관둘 수 있는 토요일
아르바이트가 아니란 말이야." 하인츠가 설득했다.

"그만둘 수 있어요. 저는 어제 그만두었어요. 사직서를 다시 읽
어보세요."

하인츠는 너그러운 아저씨처럼 태도를 바꾸었다. "모, 나는 두
뇌 집단에 있는 사람들의 삶에 부침이 있다는 걸 이해해. 잠시 이
러다가 만다고. 나 자신도 이런 의심의 순간들이 있었어. 분명 스
톨츠 씨에게도 그런 적이 있었을 거야." 텍사스인은 그냥 나를 바
라보고만 있었다. "하지만 그런 시기는 지나가. 제발 부탁이니 이

---

* 특별한 용도 없이 멋을 위해 커다랗게 세운 건축물.

런 과감한 결정은 한두 달 정도 있다가 내려줘."

"과감한 결정은 이미 내렸어요, 하인츠."

당황하는 하인츠. "어디로 갈 생각이지? 리엄은? 그리고 우리가 그 아이에게 주는 장학금은? 결정을 내리기 전에 신중히 판단해야 할 사항이 백 가지는 된단 말이야."

"모두 신중히 판단했어요. 제 아들의 교육에는 당신들 돈이 필요하지 않습니다."

정숙한 협박꾼이 된 하인츠. "스카웃 제의를 받은 거지, 그렇지? 우리 모두 최첨단 기업에서 더 좋은 제의를 받잖아, 모. 왜 그렇게 이기적이 된 거야? 어디로 가려는 거지?"

"코르크 주에서 순무를 기를 거예요."

"농담은 그만 하라고. 라이트 박스는 알 권리가 있어. 우리는 4월부터 CERN* 설비를 완전히 독점해 썼어. 사라고사 입자 가속기 데이터 마감이 다음주야. 이건 퀸콕이 지역적 한계를 벗어버릴 수 있는 기회야. 왜 하필 지금이야?"

나는 한숨을 쉬었다. "사직서에 적어놨어요."

"자네, 정말로 라이트 박스가 순전히 재미있자고 실험을 한 걸로 믿었던 거야?"

"아니오. 저는 정말로 라이트 박스가 순전히 우주 개발을 위해 실험을 했다고 믿었어요. 당신들은 양자인식을 그곳에 쓰겠다고 우리에게 말했어요. 그리고 전쟁이 일어났고, 양자인식 연구에 제가 했던 사소한 기여가 공대지 미사일에 이용되어 백인보다 피부

---

* 유럽 공동 원자핵 연구소.

가 덜 흰 사람들을 죽이는 데 쓰이고 있다는 사실을 알게 된 거죠."

"꼭 그렇게 멜로드라마에 나오는 사람처럼 행동해야겠어? 항공우주 기술의 적용에 있어 어디까지가 군사용이고 어디까지가 민간용이냐 하는 경계는 보는 관점에 따라 늘 주관적이었어. 현실을 직시해, 모. 그게 세상이 돌아가는 방식이라고."

"사 년 동안 속고 살아온 사람이 있어요. 그리고 자기가 사 년 동안 속았다는 사실을 알게 됐죠. 그 사람은 나가고 싶어해요. 현실을 직시하세요, 하인츠. 그게 세상이 돌아가는 방식이에요."

텍사스인이 몸을 뒤척였고 소파가 삐걱거렸다. "포마지오 씨, 문터베리 박사님이 전적으로 정확하게 평가하신 겁니다." 텍사스인은 한 번도 말을 가로채여 보지 않은 사람의 여유를 부리며 말했다. "남 이야기로 들리지 않는군요. 퀸콕의 친구로서 제가 시야를 넓혀드릴 수 있을 듯합니다. 잠시 여기 계신 우아하신 숙녀분과 단둘이서만 간단하게 이야기를 나눌 수 있을까요?"

수사학적 질문.

길을 올라감에 따라 오패럴 노인의 상점 유리창 속에서 보이던 가느다란 얼굴이 어둠으로 돌아갔다. 그 가게는 열고 닫는 시간이 따로 없었지만 오패럴 노인의 아내는 남편 오패럴 또는 아들 오패럴(아들 역시 나이가 아주 많았다) 이렇게 둘 말고는 절대로 다른 사람을 만나지 않았다. 심지어 내가 어렸을 때에도 그 여인은 늘 본토를 의심했다. 영국과 그 너머의 세계가 있다는 사실 자체를 의심했다. 볼티모어까지는 인정했다. 하지만 볼티모어 너머는 손에 잡히지 않는 전파처럼 비현실적인 땅이었다. 오패럴 부자가 외출

중이면 그냥 가게에 들어가서 필요한 물건을 고르고 구두 상자에 돈을 넣어두면 되었다.

나는 오드리스콜의 목초지로 통하는 입구에서 잠깐 쉬었다. 맹세하건대, 이 언덕은 내가 섬으로 다시 돌아올 때마다 점점 더 가팔라진다. 검은 망토를 두른 할멈 둘이 듄 그래스*가 끝나는 바닷가를 거닐었다. 둘은 까마귀처럼 걸었다. 둘이 동시에 나를 바라보더니 손을 흔들었다. 모야와 로이신 투어메키디! 나도 손을 흔들었다. 어렸을 때 우리는 둘이 소용돌이를 일으키는 마녀라고 믿었다. 둘의 다락에는 올빼미들이 살고 있었고 아마 아직도 살고 있을 것이다.

고향으로 오는 건 위험한 짓이었어, 모. 그들이 곧 이곳으로 올 거야. 네가 여기까지 올 수 있었던 것조차 작은 기적이라고. 기적 그리고 멋지게도, 아에르 링구스의 컴퓨터 시스템이 다른 곳들과 연결되어 있지 않은 덕분이었다. 고향으로 오는 건 위험했지만 오지 않는 것은 불가능했다.

햇볕은 따뜻했고, 돌벽에는 이끼가 짙게 덮여 있었고, 양치식물들이 고개를 까딱였다.

클리어 아일랜드에는 오토바이가 단 석 대뿐이며 섬사람들은 엔진 소리로 오토바이를 구별했다. 레드 킬데어가 와서 멈추더니 고글을 위로 올렸다. 사이드카 바닥에 새끼 돼지가 자고 있었다.

"그 사람들이 당신을 보내준 거야, 모? 눈 언저리 멍이 꽤 멋진걸."

---

* 모래언덕에서 자라 뿌리 등으로 모래를 고정시키는 식물.

"레드, 당신은 꼭 옷을 빼앗긴 마법사 같아 보여. 맞아, 국가 대표팀에서 문지기를 하던 내 전성기도 이제 막을 내리려 하고 있어."

존과 마찬가지로 레드 킬데어도 클리어에 새로 이주해온 사람이었다. 레드는 60년대에 클리어 아일랜드로 '불쑥 찾아온 이'였다. 당시 자유사상가들은 티모시 리어리*가 주도한 철학에 기초해 살 곳을 찾으려 하였으나 결국 그 시도는 티모시 리어리와 함께 쇠퇴하여 레드, 그리고 레드가 기르던 돼지, 염소, 거칠었던 삶에 대한 이야기 몇 개로 줄어들어버렸다. 레드는 아드하간에서 날마다 파인만의 젖을 짜갔고 채소밭 일과 염소 치즈로 그 값을 치른다. 존의 말에 따르면 레드는 아직도 쿠바 이쪽 편에서 최고의 마리화나를 재배하고 있다. 이제 레드는 나보다 게일어를 더 잘한다.

"요전날 당신 생각을 했어, 모."

"정말?"

"응…… 하늘에서 박쥐 죽은 게 발밑으로 떨어지더라고."

"이곳을 떠나 있어도 기억해주고 있으니 기분 좋네, 레드."

레드는 다시 고글을 내렸다.

"난 이제 다이비 오브루어데어에 대해 칠면조와 이야기를 해야 하거든. 살펴가."

레드는 낡은 노턴** 손잡이를 비틀었고 오토바이가 으르렁거리며 움직이자 사이드카 바닥에서 자던 새끼 돼지가 잠을 깼고, 사이

---

* 환각제 사용의 합법화를 주장했던 미국의 저술가 겸 심리학자.
** 영국의 오토바이 상표.

드카 의자로 기어올라가려다가 다시 떨어졌다.

하인츠 포마지오는 오직 문을 세게 닫는 것으로 화를 표현했다.
텍사스인과 나는 사무실 맞은편에서 서로 바라보았다. 정원의 난
쟁이는 여전히 가위질중이었다. 하마터면 "뽑아"라고 말할 뻔했
다. 나는 대개 하고 싶은 이상으로 말을 많이 한다.

"하인츠를 자기 사무실에서 내보낼 수 있다니 아주 높은 분인
모양이로군요."

"저 상냥한 분이 당신에게 고함을 치기 시작해서 걱정이 됐습니
다."

"하인츠에게 그런 소리를 듣는 건 양상추 조각으로 맞는 거나
마찬가지죠."

텍사스인은 셔츠 주머니로 손을 가져갔다.

"담배 피워도 되겠습니까, 박사님?"

"라이트 박스에서는 금연이에요."

남자는 불을 붙이더니 포푸리 바구니 내용물을 라이트 박스의
로고가 찍힌 폴더에 쏟고 바구니를 재떨이로 썼다.

"요전날 절 놀리는 농담을 들었습니다. 미결 서류함도 기결 서류함
도 없고, 그냥 재떨이뿐.*"

"안 믿기는걸요."

남자의 웃음은 내가 자기를 믿든 안 믿든 그리 중요하지 않다고
말하고 있었다.

---

* 원문은 no in-tray, no out-tray, just an ash-tray로 각운을 맞춘 말장난이다.

"문터베리 박사님, 저는 텍사스인입니다. 텍사스가 미국에 편입되기 전에 독립국이었다는 사실을 아십니까?"

"네, 알아요."

"텍사스인은 자부심이 강한 종족입니다. 텍사스인은 바르고 정직하다는 점에 자부심을 느낍니다. 자, 우리도 탁 터놓고 이야기하도록 하지요. 펜타곤에서는 퀸콕이 완성되길 바랍니다."

"그러면 계속해서 완성하세요."

"오직 라이트 박스 연구소에서만 가능합니다. 왜인지는 우리 둘다 알고 있습니다. 누구 때문인지도 우리 둘 다 알고 있습니다. 라이트 박스 연구소에서 모 문터베리를 데리고 있기 때문입니다."

"어제부터는 누구도 모 문터베리를 데리고 있지 않아요."

남자는 담배연기를 내뿜고 연기가 올라가는 모습을 지켜보았다. "만약 그게 그렇게 간단하다면……"

"그건 그렇게 간단하답니다."

"왕이 물러나든, 경찰이 배지를 반납하든, 두뇌 집단의 감독이 자기 맘대로 문을 힘껏 닫든 호통을 치든 아무도 뭐라고 안 합니다. 하지만, 박사님, 당신은 이 분야를 떠날 수 없습니다. 그게 현실입니다. 받아들이십시오."

"이게 간단한 이야기인가요? 저는 무슨 말인지 하나도 못 알아듣겠거든요."

"그럼 다른 식으로 표현하지요. 이 시장에서 라이트 박스는 독보적인 연구소입니다. 러시아의 신디케이트, 인도네시아, 남아프리카, 이스라엘, 중국에서도 당신 같은 과학자들을 스카우트하고 있습니다. 우리를 정말로 싫어하는 아랍 국가들에도 연맹이 새로 생겼습니다. 양자인식을 원하는 프리랜스 군수산업 컨설턴트 업체도 세 군데 있습니다. 하나는 우리 영국 사촌들이 운영하는 것이죠. 시장은 붐비고 살인적이 되어가고 있습니다. 펜타곤은 당신을 영입하고 싶어합니다. 우리보다 덜 민주적인 경쟁자들은 당신에게 강요를 할 겁니다. 당신이 어디로 또는 어떻게 숨는지 그쪽에선 결국 찾아낼 거고 당신은 원하든 원하지 않든 일을 하게 될 겁니다. 제가 이제는 알아듣기 쉽고 간단하게 이야기를 하고 있습니까, 문터베리 박사님?"

"그럼 정확히 어떻게 누군가가 제게 '강요'를 하나요?"

"당신 아들을 납치한 뒤 당신이 요구받은 결과를 낼 때까지 콘크리트 상자에 가둬두는 거죠."

"전혀 재미없네요."

텍사스인은 무릎에 서류가방을 올려놓았다. "좋습니다." 찰칵 소리를 내며 서류가방이 열렸다. "이건 헤드헌터들이 쓰는 기술에 대한 사진과 정보들이 담긴 파일입니다. 박사님이 가지고 있는 루트를 통해 직접 확인해보십시오. 더블린에 있는 박사님의 앰네스티 친구들은 여기 있는 이름을 알겁니다. 나중에 보십시오." 텍사스인이 내게 파일을 건넸다. "하지만 식사 전에 보지는 마십시오. 한 가지 더 있습니다." 그리고 또 텍사스인은 자그마한 검은 실린더를 내게 던져줬다. 카메라 필름통만 했다. "이걸 가지고 다니십시오."

나는 내 무릎에 놓인 실린더를 보았지만 만지지는 않았다.

"이게 뭐죠?"

"긴급 신호기입니다. 박사님의 엄지 지문으로 작동합니다. 라이터처럼 열립니다. 박사님이 버튼을 누르면 사 분 안에 우리 쪽 사람이 나타날 겁니다."

"왜 제가 이런 쓰레기를 가지고 다녀야 하죠? 그리고 왜 저죠?"

"신 세계 질서도 지나간 얘기가 되었습니다. 전쟁은 화려하게 귀환하고 있으며, 물론 전쟁이 어딘가로 사라진 적 자체가 없었습니다만, 당신과 같은 과학자들은 저 같은 일반인을 위해 전쟁에서 이기고 있습니다. 박사님이 최근에 발표한 논문 다섯 편에서 제안한 대로, 양자인식을 인공지능과 위성기술에 결합한다면 현존하는 핵기술은 테니스공으로 두들기는 정도의 위협밖에 되지 않을 겁니다."

"어떻게 이 파일에 있는 정체불명의 헤드헌터들이 라이트 박스에서 제가 하는 연구 내용을 알고 있는 거죠?"

"우리와 같은 식입니다. 옛날식 산업 스파이 행위를 통해서죠."

"아무도 절 납치하지 않을 거예요. 절 보세요, 저는 벌써 중년이에요. 사십대에 중요한 업적을 이룬 사람은 오직 아인슈타인, 디랙, 파인만뿐이에요."

텍사스인은 담배꽁초를 비벼 끄더니 포푸리를 다시 그릇 안에 담았다.

"많은 사람들이 당신에게 굽실거립니다, 박사님. 그리고 만약 효과만 있다면 저도 당신에게 굽실거릴 겁니다. 하지만, 정말 잘 들으십시오, 저는 당신의 행렬역학이나 양자색역학, 어디선가 빌려온 에너지로 뭔가를 뭔가로 바꾼다는 개념에 대해 아무것도 모릅니다. 하지만 세상에서 쿼크를 만들 수 있는 사람이 채 열 명이 안 된다는 건 알고 있습니다. 우리에게는 지금 그 가운데 여섯 명이 있습니다. 서부 텍사스의 사라고사에 있습니다. 저는 당신에게 직장을 제안하는 겁니다. 이번 가을에 우리는 라이트 박스의 퀸콕 프로젝트를 통째로 그곳에 가져다놓을 생각이었으며 보통 하는 식대로 박사님께 격려금을 비롯한 여러 혜택을 드릴 생각이었습니다. 하지만 박사님이 사표를 내는 바람에 저희는 내키지 않는 방식을 택하게 되었습니다."

"왜 제가 당신들을 위해 일해야 하나요? 당신네 대통령은 천박한 악당인데요."

"먹물들에게는 그 사실을 숨겨주십시오. 하지만 오늘날 손가락으로 단추를 누를 수 있는 그 모든 천박한 악당 가운데 누가 퀸콕을 가지는 게 나을 것 같습니까?"

"군사 무기로써 퀸콕 말인가요? 아무도 그걸 가져서는 안 돼요."

"텍사스로 오십시오, 문터베리 박사님. 당신을 원하는 모든 에이전시들 가운데 오직 우리만이 당신의 판단력과 당신의 아들 리엄, 그리고 존 컬린의 권리를 존중할 겁니다. 당신은 저를 적으로 여기고 있습니다, 박사님. 저는 그런 시선은 견뎌낼 수 있습니다. 그러나 제가 사는 세상에서 적과 친구는 상황에 따라 정의됩니다. 당신 편은 저뿐이라는 사실을 아십시오. 너무 늦기 전에 말입니다."

나는 바깥의 헤르메스를 바라보았다.

내가 보는 곳을 따라 보며 텍사스인이 말했다.

"저는 늘 헤르메스를 좋아했습니다. 약삭빠르게 살아갔죠."

술집 '그린 맨'의 간판이 흔들리며 비명을 질렀다. 메이지는 돌담에 기대 망원경으로 바다를 보고 있었다. 브렌던은 반대편 야채

밭에 뭔가를 심고 있었다. 마지막으로 남아 있던 메이지의 회색 머리털이 모두 하얗게 바뀌어 있었다.

"오늘 오후는 날씨가 좋네요, 메이지."

메이지가 망원경을 내 쪽으로 돌리더니 입을 다물지 못했다. "맙소사! 모 문터베리가 돌아오다니! 세인트 페츠나에서 우스꽝스러운 모자를 쓴 사람이 내린다 했더니만." 메이지는 망원경을 낮췄다. "튜릴커 거위를 보려고 야생 조류 관찰자가 오는 거라고 생각했지. 네 눈은 어떻게 된 거야?"

"실험을 하다가 깡패 전자한테 두들겨 맞았어요."

"하긴, 넌 꼬마 때도 늘 여기저기에 부딪혔지. 브렌던! 여기 누가 왔는지 좀 보세요! 모, 여름 축제 때는 왜 안 온 거야?"

절뚝거리며 브렌던이 다가왔다.

"모! 이번에는 멋진 날씨를 데리고 왔구나! 어젯밤 존이 기네스에 빠지다시피 했지만 네가 온다는 말은 단 한마디도 하지 않았는데. 세상에, 한쪽 눈이 완전히 시커멓네. 스테이크를 올려놓아야겠다!"*

"수선 피우고 싶지 않아서요. 장미가 정말 장관이네요! 10월 말인데 어떻게 인동덩굴을 이렇게 무성하게 키우셨어요?"

"거름을 쳤지! 버티 크로네 암소와 벌들한테서 질 좋고 신선한 걸 가져다 쓴단다. 너도 여기 정착하면 꿀벌을 키우렴. 네가 벌을 돌봐주면 벌도 너를 돌봐준단다. 올해 러너빈**이 얼마나 좋았는

---

* 눈 주위에 멍이 들었을 때 얼음 대신 날 스테이크를 올려 멍을 뺀다고 한다. 특별한 효능이 있다기보다는 차갑고 눌러주는 효과를 얻기 위해서다.

지 봤어야 했는데! 정말 예뻤단다. 안 그래요, 브렌던?" 메이지가
대답했다.

"아, 정말 잘 자랐어, 메이지." 브렌던은 층층나무 담배 파이프
를 살펴봤다. 오십 년 동안 쓴 파이프였다.

"스키베린에서 어머니는 만나 뵈었니, 모?"

"네."

"어떠시던?"

"평안하세요. 정신은 좀더 흐려지셨지만요. 그래도 최소한 지금
계신 곳에서는 자해하실 수 없으니까요."

"그것만 해도 다행이지." 메이지는 잠시 어머니를 생각하며 정
중히 침묵을 지켰다.

"살이 너무 빠졌구나, 모. 스위스에서 퐁듀랑 토블론 초콜릿을
잔뜩 먹고 살 줄 알았는데."

"여행을 다녔어요, 메이지. 그래서 살이 안 찐 거예요."

"순회 강연이었겠지?" 브렌던의 눈이 자부심으로 빛났다.

"그렇게 부르셔도 되겠네요."

"네 아버지가 지금 널 볼 수 있으면 얼마나 좋아하시겠니!"

메이지는 마땅히 뭐라 대답하기 곤란한 상황을 감지하는 데 능
했다. "자, 그렇게 정원 담에 서 있지만 말고 들어와서 바깥세상
이야기를 좀 해주렴."

브렌던이 주름진 손을 들어 말을 막았다.

"메이지 미클레딘, 대녀에게 숨 돌릴 시간을 좀 주고 그다음에

** 꼬투리 채 먹는 콩.

술을 권하지 그래. 모는 아드하간으로 곧장 가고 싶을 거야. 바깥
세상은 몇 시간 정도 우리를 기다려줄 수 있다고."

"그러면 나중에 들리렴, 모, 언제든지. 이어몬 오드리스콜의 아
이가 아코디언을 가지고 돌아왔고 윌리 신부님은 록 인*을 계획하
고 계셔."

그린 맨에서 록 인이라니. 나는 집에 와 있었다.

"메이지, 록 인이라는 건 정해진 시간에 문을 닫고 가끔 하는 거
아닌가요? 어차피 지금은 날마다 그렇게 하고 있잖아요. 그리고
문을 잠글 자물쇠도 없는데 무슨 록 인이예요?"

"이제 규칙 따위는 잊어버려, 모! 넌 클리어에 돌아온 거야. 여
기에는 양, 물고기, 날씨만 있어. 제발 네가 하는 상대성인가 뭔가
는 볼티모어에 두고 오렴. 그리고 존이 하프를 가져오면 마지막 남
은 킬마군 위스키를 딸 거란다. 살펴가렴."

"모울린 문터베리, 엉덩이가 부풀어오를 때까지 악마에게 쐐기
풀로 채찍질을 당하고 피가 날 때까지 상처를 긁어댈 여덟 살짜리
사고뭉치야. 넌 그런 일이 일어나길 바라는 거냐?"

소프 선생에 대한 기억이 전자현미경을 통해 보는 털진드기로
바뀐다. 반짝이고 뾰족하고 눈이 많은 진드기. 왜 초등학교 선생들
은 브론테 식 천사이거나 아니면 디킨스 식 마녀뿐일까? 흑백논리
만 가르치기 때문에 흑 또는 백으로 나뉘게 되는 걸까?

---

* lock-in. 법으로 정해진 술집 폐점 시간 후에도 안에서 문을 걸어잠그고 모여서
술을 마시는 것.

"난 질문을 했고 아직 답을 못 들었다! 못된 거짓말쟁이가 되는 게 네 소원이냐?"

"아니오, 소프 선생님."

"그러면 어떤 못된 방법을 써서 대수 시험 답을 알아냈는지 대답을 해!"

"제 힘으로 푼 거예요!"

"남자아이가 거짓말을 하는 것보다 내가 더 싫어하는 게 세상에 있다면 그건 여자아이가 거짓말을 하는 거야! 네 아버지에게 딸이 독사처럼 혀를 놀리며 거짓말을 한다고 편지를 써야겠다! 넌 마을의 수치가 될 거야!"

아무 효과 없는 위협. 게일어를 못하는 선생의 말을 진지하게 받아들일 클리어 아일랜드 주민은 아무도 없었다.

코르크 여자 고등학교를 마칠 때까지 이런 편지들이 줄지어 도착했다. 아버지는 주말에 집에 돌아오시면 웃기는 억양의 영어로 어머니에게 이 편지들을 읽어주셨고 우리는 웃느라 배가 다 아플 지경이었다.

"귀하의 딸이 정직하게 이번 시험을 쳐서 만점을 받는다는 것은 도저히 있을 수 없는 일입니다. 부정 행위는 심각한 교칙 위반입니다……"

아버지는 코르크와 볼티모어 사이를 출장 다니는 소형 선박 수리업자로 하청 작업을 감독하고 먼 곳에서 온, 심지어 더블린처럼 먼 곳에서 온 고객들을 상대했다. 아버지는 클리어 아일랜드 주민인 어머니와 사랑에 빠졌고, 월리 신부라는 중년 사제의 주례로 성 키애런 교회에서 결혼을 했다.

오늘날 초등학교 학생들은 항구에 있는 조립식 간이용 사무실에서 영어와 게일어를 배운다. 더 나이가 들면 세인트 페츠나를 타고 스컬에 있는 학교에 간다. 그곳에는 자체 천체투영관이 있다. 소프 선생은 마니교적 원칙을 전파하기 위해 가난하고 순진해 속이기 쉬운 아프리카 나라들로 갔다. 옛날 초등학교 교사(校舍)에는 이제 버티 크로가 건초를 보관한다. 창문 안을 들여다보면 언제나 볼 수 있다, 건초를.

나는 텍사스인에게 주말 동안 사직에 대해 다시 생각해보겠다고 말했다. 나는 은행으로 차를 몰고 갔고, 돈을 준비하는 동안 은행장이 나를 사무실로 데려가 커피를 대접할 정도로 많은 돈을 현찰로 인출했다. 살레로 돌아오는 동안 나는 십오 초마다 백미러를 힐긋거렸다. 편집증은 비열한 게임 때문에 시작되는 경우가 잦은 게 분명하다. 나는 존에게 전화를 걸어 조언을 구했다. 존이 말했다.

"곤란하네. 하지만 당신은," 존은 게일어로 말을 바꿔했다. "일정에 없던 휴가를 받아야 해. 내 생일이니 클리어 아일랜드로 와야지." 보통 존은 조언을 할 때 에둘러 말했다. "그리고 내가 당신을 아주 사랑한다는 걸 기억해."

나는 간단하게 짐을 꾸리고 대니엘라에게 내 책과 식물을 돌봐달라는 쪽지를 써서 탁자에 남겨두었다. 살레와 자동차 같은 것들은 라이트 박스 소유였다. 나는 하드디스크에 있는 데이터를 시디에 복사한 뒤 하드디스크에 있는 모든 자료를 지웠고 내가 가지고 있는 중 가장 악성인 바이러스들을 컴퓨터에 심어두었다. 하인츠에게 주는 작별 선물이었다.

어떻게 해야 사라질 수 있을까? 나는 입자들은 사라지게 했지만 나 자신은 사라져본 적이 없었다. 나를 쫓는 사람들 눈으로 나를 보아야만 했다. 맹점을 찾아 그곳에 숨어야 했다. 나는 평소 이용하던 여행사에 전화를 해 가격과 상관없이 사흘 뒤 페테르부르크로 가는 비행기를 예약해달라고 한 뒤 신용카드로 값을 치렀다. 적도 기니 공화국에 있는 유일한 웹사이트에 '치즈 작전은 녹색이 되었다'라는 전자메일을 보냈다. 산책을 나갔다가 벨기에 요구르트 트럭을 발견하고는 원통형 긴급 연락 단추를 그곳에 버렸다.

이윽고 나는 창가 의자에 앉아 밤이 깊어가는 동안 폭포를 바라보았다. 어두워지자 베를린 아우토반을 타고 북쪽으로 가는 긴 운전을 시작했다.

이렇게 시작되었다.

소로 가운데에 야생화가 자라고 있었다. 리엄이 만들어놓은 표지에는 아드하간 농장이라고 적혀 있다. 또다른 간판이 바로 아래에서 흔들린다. **직접 만든 아이스크림.** 내가 그린 것이다. 늦은 햇살에 플랑크가 졸고 있다. 집 창문이 열려 있다. 현관에 보이는 노란 모자 우비, 물뿌리개, 플랑크를 매는 줄과 몸줄, 웰링턴 부츠, 줄지어 늘어선 허브 화분들. 존이 집에서 나온다. 존은 아직 내가 왔다는 소식을 듣지 못했다. 나는 채소밭으로 걸어간다. 파인만이 날 보더니 수염 사이로 매애거린다. 슈뢰딩거는 나를 더 잘 보려고 우편함 위로 껑충 뛰어오른다. 플랑크는 짖기 전에 꼬리를 몇 번 세게 흔들어댄다. 게으른 녀석 같으니라고.

내 여행은 여기서 끝이다. 서쪽으로 더이상 도망칠 곳이 없다.

존이 고개를 돌렸다. "모!"

"나 말고 누구를 기다린 거야, 존 컬린?"

*

어스름 속에서 빗장이 딸깍거렸고 나는 벌떡 일어나 어리둥절해하며 지금 여기가 어디인가 하고 생각한다. 잠시 아무 생각도 나지 않고 몸이 떨린다. 누구네 천장이며 누구네 창문인 걸까? 휴? 베이징의 초라한 호텔? 페테르부르크의 아멕스 호텔? 타야 할 페리가 있던가? 헬싱키? 검은 공책! 검은 공책은 어디 있는 걸까! 천천히, 모, 천천히…… 넌 뭔가 잊은 거야, 안전한 뭔가를. 빗줄기가 유리창을 때린다. 유럽인 손가락처럼 굵은 빗줄기다. 매끄러운 테두리, 깔끔함, 풍경(風磬), 넌 저 풍경을 알아, 안 그래, 모? 옆구리에 난 멍은 여전히 아프지만 낫느라 아픈 것이다. 아래층에 있는 남자는 밴 모리슨의 〈The Way Young Lovers Do〉를 부르고 있다. 내가 알고 있는 사람 가운데 밴 모리슨 노래를 저런 식으로 부르는 이는 단 한 명뿐이다. 그리고 분명 밴 모리슨은 아니다.

나는 잊고 살았던 행복감을 느꼈다.

보조 테이블에 검은 공책이 있다. 지난밤 올려놓았던 그대로다. 존 쪽 침대에는 존 모양을 한 움푹한 자국이 있었다. 나는 그쪽으로, 지상에서 가장 아늑한 곳으로 몸을 굴렸다. 발가락으로 커튼을 잡아끌었다. 음산한 하늘. 이렇게 일찍 일어날 만한 가치가 없었다.

언제부터 내가 이렇게 신경이 예민해졌지? 베를린으로 떠났던 그날 밤인가? 아니면 단지 그저 나이가 들어감에 따라 신체기관들이 점차 까다롭게 굴다가 어느 순간 기관 가운데 하나가 '난 그만두겠어!' 하고 선언하게 되는 걸까? 나는 다시 얕은 잠 속으로 빠져든다. 어머니의 전축 레코드 가운데 하나에서 들려오는 외로운 나팔 소리, 켈트 해를 빠져나오는 화물선, 카오룽 항구를 가로지르는 기억의 편린. 우리, 내 검은 공책과 나는 셔킨 아일랜드의 서쪽 만을 돌아왔고, 일만 이천 마일을 여행한 뒤 끝을 볼 수 있었다. 그 사람들이 여기서 나를 기다리고 있을까? 그 사람들은 내가 여기까지 오게 놔두었다. 아니, 나는 혼자 힘으로 여기까지 왔다.

존의 베게, 존 베게, 성 요한, 삼, 연기, 마호가니 땀, 깊고 깊이 가라앉는 과일들, 덜컹이는 심장, 끌려가는 마차, 떠오르고 가라앉는 풀밭, 그것들과 함께 한 세월들, 코펜하겐에서 온 커스터드, 외로움에 익숙해지기, 창문 밖을 바라보며 나는 그이에게 무슨 일이 일어났는지 궁금해한다, 모두에게 무슨 일이 일어났는지 궁금해한다, 이런 궁금함은 사물의 본성이며 우리 각자는 해방된 입자, 공원을 통과하는 무한한 방법, 가능한 존재, 불가능한 존재, 관측될 때까지 누구도 실재하지 않으며(실재라는 게 무슨 뜻이든 간에), 뭔가 너무나 단단한 물질은 무시무시하게, 무시무시하게 무, 무, 무로 팽창하고······

기술은 반복 가능한 기적이다. 예를 들어 비행이 그렇다. 속이 비고 날개 달린 쇳덩이 삼만 피트 아래의 러시아는 이른 아침이다. 눈 덮인 언덕과 검은 호수 사이로 길이 비틀비틀 선을 그리며 나 있다.

나와 같이 탄 승객들은 물질을 만들고 생각을 전달하는 힘에 대해 알아차리지 못한다. 이 사람들은 우리가 탄 보잉 747의 속력 때문에 우리 질량이 늘어나고 시간이 천천히 가게 되는 반면, 지구 중력 중심에서 우리까지의 거리 때문에 우리가 지나치는 아래 농장에서 자고 있는 사람들에 비해 우리의 시간이 상대적으로 빨리 흐른다는 사실을 모르고 있다. 아무도 양자인식에 대해 들어본 적이 없었다.

잠을 이룰 수가 없다. 피부가 늘어지고 처지는 느낌이다. 나는 시간을 때우기 위해 비행기에 계산기를 들고 왔다. 알랭이 파리 연구소에서 빌려온 땅딸막한 놈이다. 천의 십 제곱까지 계산이 가능하다. 이 비행기를 탄 삼백육십 명이 모두 이 비행기에 모일 확률을 계산한다. 그 계산으로 키르기스스탄 공화국까지 가는 시간 전부를 쓴다. 앞날에 대한 생각에서 떠날 수 있는 일이면 아무것이나 좋다.

내 옆자리에는 홍콩으로 돌아가는 중국 여학생이 자고 있다. 운 좋은 소녀들이 아름다운 백조로 변신할 무렵의 나이다. 이 나이 때 모 문터베리는 부스럼투성이 뱁새였다. 이제 나는 주름투성이 뱁새다. 화면에서는 공룡 영화가 나온다. 침묵에 잠긴 저열한 폭력물. 재생시켜 내보내는 공기 때문에 목이 메마르다. 두통이 오는 걸 느낀다. 신비로운 조명, 가지런한 내부 장식. 태양은 어디에 있으며 지구는 어느 쪽으로 돌고 있는 거지? 그리고 나는 대체 어떤 상황에 말려들고 있는 건가?

두번째로 깨어났을 때, 발소리가 잠의 널빤지를 흔들었다. 이번에는 내가 어디에 있는지 정확히 알았다. 얼마나 오래? 이 분 아니면 두 시간? 자갈 위를 뛰는, 담대하고 정연하며, 이곳에 있을 수 있는 권리를 보유한 진짜 발소리. 커튼을 팔분의 일 인치 정도 들고 젊은이가 이슬비 터널을 뚫고 아드하간으로 곧장 뛰어오는 모습을 보았다.

세상에, 내 아들은 이제 성인이다. 자부심을 느끼면서 또한 화가 났다. 입고 있던 더플코트가 열렸다. 짙은 진, 장화, 아버지를 닮아 제멋대로인 더벅머리. 방목지에서 되새김질을 하며 파인만이 지켜보았고 플랑크는 꼬리를 흔들며 뛰어들었다.

"모!" 아래층에서 존이 소리쳤다. "리엄이 왔어!"

문을 쾅 닫는 소리가 났다. 리엄은 여전히 아기 코끼리처럼 문을 닫는다.

나는 박쥐 날개 모양을 한 존의 실내복을 입었다.

"내려가고 있어! 그리고 존?"

"뭐?"

"생일 축하해, 이 옴 걸린 해적 양반아!"

"내 인생 최고의 생일이야!"

휴가 문을 열더니 무를 씹어먹으며 나를 안았다.

"모! 왔구나! 공항에 마중나가지 못해서 미안해…… 존이 조금만 더 일찍 알려줬더라면 내 일정을 조정했을 거야."

"안녕, 휴. 쉽게 찾아왔어. 4층을 3층이라고 생각했지. 아니 3층을 4층이라고 생각했던가. 어쨌든 이웃 분이 제대로 가르쳐줬어."

"홍콩에서는 숫자 체계가 확실하게 잡혀 있지 않아. 영국식 아니면 미국식 아니면 중국식 숫자 체계도 써. 심지어 나도 헷갈리는걸. 들어와서 가방 내려놔. 차도 좀 마시고 목욕도 하고."

"휴, 너무 고마워 뭐라고 해야 할지 모르겠어."

"말도 안 되는 소리. 켈트인끼리 서로 돕고 살아야지. 넌 우리집에 처음으로 온 손님이야. 필요한 건 지내면서 장만하자고. 들어와서 네 방을 둘러봐. 아쉽게도 네 샬레만큼 멋지지는 않지만……"

"내 전 고용주의 샬레야……"

"그래, 네 전 고용주의 샬레. 정말 왔구나! 모와 함께 있게 되다니! 비좁고 엉망인 집이지만 네 집이라고 생각하고 있어. CIA가 바퀴벌레를 고용해 쓰지 않는 이상 네가 여기 있다는 걸 절대로 알아내지 못할 거야."

"얼마 안 되는 내 경험으로 볼 때 CIA는 바퀴벌레를 잔뜩 고용해 쓰고 있어."

휴는 이 집이 비좁고 엉망이라고 하지만 내가 일했던 쉰 개의 연구실들보다 더 좁거나 엉망일 수는 없었다. 휴의 집에는 털썩 쓰러져 잘 수 있는 소파베드가 준비되어 있었고(휴에게 축복이 있기를), 책상, 살짝만 흔들려도 몸이 묻혀버릴 정도로 잔뜩 쌓인 책더미, 홍학난이 담긴 꽃병이 있었다.

"화장실은 저쪽이야. 거기 서서 고개를 돌리면 카오룽 항구가 살짝 보일 거야."

공기가 빨래방처럼 습했다. 다른 층, 벽, 천장을 통해 사람들이 떠드는 소리가 들렸다. 골목 건너 집은 너무나 가까워서 우리쪽 창틀과 유리를 공유하는 것만 같았다. 기차에 땅이 흔들리고 작은 물건들이 이리저리 움직이고 저 멀리에서 거대한 자전거 공기펌프가 저절로 쑤욱 올라갔다가 쉬잇 소리를 내며 내려가는 듯한 소리가 들렸다. 양심이 이끄는 대로 사는 과학자의 삶.

"완벽해, 휴. 네 컴퓨터 좀 써도 돼?"

"네 컴퓨터야." 휴가 단호하게 말했다.

부엌 화롯불이 색색 탁탁거렸다. 리엄과 나는 돌연 어찌할 바를 모르고 서로를 바라보았다. 타일 때문에 발가락이 시렸다. 이번 재회를 위해 그토록 오랫동안 준비를 해왔지만 이제 나는 단지 빤히 바라볼 뿐이었다. 아기 괴물 같던 리엄을 기억한다. 지난여름 입술 위로 수염이 막 송송 나던 십대 돌연변이를 기억한다. 그리고 그 얼굴에서 일이십 년 뒤에 나타날 방탕한 남자의 모습을 보았다. 더블린에서 여름을 보낸 아이답게 머리에는 젤을 발랐고 귀에는 피어싱을 했으며 턱은 더 넓어졌다.

"어머니……" 아이 목소리는 바순처럼 낮아져 있었다.

"리엄……" 동시에 나도 말했다. 내 목소리는 플루트 연주자가 실수를 했을 때 나는 소리 같았다.

"하느님이 보우하사, 드디어 만났군." 존이 나직하게 말했다.

돌연 모든 게 괜찮았고 리엄이 먼저 온 힘을 다해 나를 껴안았다. 나는 우리 둘이 신음을 낼 때까지 더욱 세게 껴안았지만 그 때문에 울고 싶은 건 아니었다.

"넌 지금 학교에 있어야 하잖아, 이 꾀병쟁이. 누구 허락을 받고 내가 없는 새 이렇게 훌쩍 자란 거지?"

"어머니, 누구 허락을 받고 제가 없는 새 그렇게 제임스 본드 식으로 이리저리 연락도 안 닿게 하며 다니신 건가요? 그리고 누가 어머니 눈을 그렇게 한 거예요?"

나는 리엄의 어깨 너머로 존을 보았다.

"일리가 있는 말이구나, 미안하다. 빛나는 갑옷을 입은 기사가 내 눈을 이렇게 만들었단다. 나는 그 기사를 용서했지. 택시가 달려오는데 달려들어 나를 구했거든."

"일리가 있다고요? 아버지, 어머니 말 들으셨어요?"

나는 리엄 옆구리를 때렸다.

"나도 사과를 받아야 하는 거 아닌가?" 존이 우는 소리를 했다.

"닥쳐, 컬린. 당신은 그냥 아버지일 뿐이고 아무런 권리도 없다고." 내가 말했다.

"그럼 둘만 오순도순 살 수 있도록 난 그냥 밖으로 나가서 절벽으로 터벅터벅 걸어가주지."

"생일 축하해요, 아버지! 어젯밤에 오지 못해서 죄송해요. 볼티모어에 있는 케빈네 집에서 잤어요."

"네 어머니한테 뭐라고 해야지. 어제 아침에서야 런던에서 전화를 했으니까."

"그럴 수 없어요. 어머니는 저를 곰처럼 세게 안고 계시다고요."

"통과의례려니 생각하렴."

나는 리엄을 풀어줬다.

"코트 벗고 난로 옆에 앉으렴. 안개 때문에 축축하게 젖었구나. 우주 비행용 신발 때문에 발이 안 젖는다는 터무니없는 말은 하지도 말고. 자, 이제 대학 이야기를 해보렴. 아직도 크니퍼 맥머혼이

학과장으로 있니? 1학년 논문으로 뭘 하고 있지?"

"아니, 안 돼요, 어머니! 반년 동안 보지도 못하고 테이프로 목소리만 들었어요. 어디 계셨고 무엇을 하고 계셨죠? 얘기해달라고 좀 해주세요, 아버지!"

"존 컬린, 우리 아들더러 손윗사람에게 말대꾸하라고 가르친 게 당신이야?"

"통과의례려니 생각해. 어쨌거나 나는 그냥 아버지일 뿐이잖아. 차 마시련?"

리엄이 코를 훌쩍거렸다. "네."

플랑크는 여전히 흥분해 주위를 맴돌고 있었다.

홍콩에서 머물던 첫 주에 나는 거의 아무 일도 하지 않았다. 샛길, 윗길, 아랫길. 나는 이곳저곳에서 길을 잃고 다시 찾고 다시 길을 잃었다. 몇 평방 마일이 내게는 세상의 사분의 일처럼 다가왔다. 휴가 옳았다. 인터넷에 접속하지 않으면 아마 추적당하지 않을 터였다. 하지만 스위스를 떠난 뒤로 나는 사생활과 평화로움이 당연한 권리라기보다는 우연히 주어지는 선물인 것 같은 이상한 행성에 불시착한 느낌이었다.

휴가 충고했다.

"까다롭지 않게 살아야 해. 그리고 바깥에 나가는 대신 일들을 머릿속에서 처리하는 법을 익혀야 해."

나는 미국 돈으로 단돈 오십 달러에 가짜 영국 여권을 손에 넣었다. 텔레비전 전쟁을 보았다. 무기류가 분석, 판촉, 광고되는 모습을 보았다. 스커드 대 호머, 배트맨 대 조커. 전쟁은 이미 며칠 전에 '이겼고' 값싼 유전을 확보한 상태였지만 그건 더이상 문제가 아니었다. 실제 전투 상황에서 기술의 효과를 시험하고 비축했던 무기를 써야 했다. 적국 내 소수민족에서 징집된 비참한 군인들은 실험용 생쥐였다. 퀸콕의 실험용 생쥐. 내 연구실의 실험용 생쥐.

내 모습과 홍콩을 녹화해 코르크에 있는 시오반, 볼티모어에 있는 존의 고모 티로나, 빌리, 윌리 신부님 손을 거쳐 존에게 보냈다. 나는 테이프가 발각되지 않기를, 레이더에 발각되지 않는 달팽이가 되기를 기도했다.

돌연 휴는 페테르부르크로 파견되었다. 그래서 나만 남게 되었다. 외로이, 아무도 모르고, 누구에게도 고용되지 않은 채, 냉동실 속 냉동 완두콩 포장 아래에 백 달러짜리 지폐 상자만 숨겨둔 채. 내 탈출 계획은 너무 순조로웠다. 잡담하러 들르는 사람이 없는 것만큼이나 정체불명의 범죄 조직이 납치를 하려는 시도도 없었다. 텍사스인이 그냥 과장해 말한 것일까? 겁을 주어 사라고사로 데려가려고 한 것뿐일까? 이제 어째야 하나?

우리는 자연을 설명하기 위해 모형을 만들지만 모형은 결국 자연의 불청객이 되어 원래 주인을 몰아내게 된다. 내가 강의를 하던 시절, 내 강의를 듣던 학생들 대부분은 정말로 원자가 작은 핵과 그 주위를 도는 전자로 이루어져 있다고 믿었다. 전자가 무엇인지 아는 사람은 아무도 없다고 말했을 때, 학생들은 내가 마치 태양이 멜론이라고 말했다는 표정으로 나를 바라보았다. 좀더 공부를 한 학생이라면 손을 들고 이렇게 말한다.

"하지만 문터베리 교수님, 전자는 전하를 띤 확률파이지 않나요?"

나는 이렇게 말하길 좋아한다.

"저는 그것을 춤이라 보는 편입니다."

사십 년 전 여름, 그리고 아드하간 농장에서 이 마일 떨어진 곳. 플라타너스 나무들 사이에 있는 집 2층 방 마루에는 갈라진 틈이 있다. 침실로 보내진 뒤 종종 나는 양탄자를 말아올리고 아래층 응접실을 보곤 했다. 어머니는 하얀 드레스를 입고 양식 진주 장신구를 하고 아버지는 검은 셔츠 차림이다. 전축에서는 더블린에서 새로 가져온 78 알피엠 레코드가 돌아갔다.

"아니, 아니, 아니에요, 잭 문터배리." 엄마가 꾸짖는다. "왼발만 연속으로 두 번 움직였어요, 틀렸어요."

"차이나타운, 마이 차이나타운." 축음기가 딱딱 소리를 낸다.

"다시 해요."

그들의 그림자가 벽에서 춤을 춘다.

정말 무엇일까?

비록 나 말고는 아무도 모르지만 나는 아직도 물리학자였다. 시장에서 자몽 값을 깎고 있는 동안에도 그 생각이 살금거리며 나타나 사라지지 않았다. 분홍색 자몽은 새벽녘처럼 분홍색이었다. 양자인식에 대한 단편적 생각들이 첫번째 공식으로 집결되더니 범용성을 제외하는 대신 범용성을 보강했다. 자몽 값을 치르기 전에 공식에 대한 생각이 먼저 머리에 퍼뜩 떠올랐다. 주위를 보니 옆에 돌로 된 용이 서 있는 문방구가 보였다. 나는 그곳에서 검은 가죽으로 장정된 공책을 산 뒤 잊어버리기 전에 여덟 쪽에 걸쳐 계산을 끼적였다.

그 뒤로 며칠, 몇 주 동안 내 일상은 더욱 늘어졌지만 규칙적이 되었다. 오후 한시쯤에 일어나 건물 맞은편에 있는 딤섬 가게에서 식사를 했다. 나이든 백색증 남자의 가게였다. 나는 구석에 앉아 〈이코노미스트〉〈리걸 어드바이저〉 델리아 스미스의 요리책 등 휴의 아파트에 있는 책을 잡히는 대로 읽었다. 운이 좋은 날이면 우리가 사는 곳의 사실상 우편배달부인 구두닦이 소년이 존이 보낸 소포를 배달해주었다. 완충재로 포장된 소포에는 테이프가 들어 있었다. 나는 휴의 워크맨으로 딤섬 레스토랑 구석에 앉아 그 테이프를 듣고 또 들었다. 어떤 때는 존이 새로 작곡한 음악 또는 새로 쓴 시를 조금 녹음해 보냈다. 어떤 때는 '그린 맨'에서 분주히 보냈던 밤에 대해 녹음해 보냈다. 어떤 때는 양, 바다표범, 종다리, 풍력 발전용 풍차에 대해 이야기했다. 리엄이 집에 와 있으면 리엄에 대한 이야기도 있었다. 여름 축제, 패스트넷 경주. 나는 클리어 아일랜드 지도를 펼치곤 했다. 존이 보낸 테이프들은 향수(鄕愁)가 가득 담긴 병 뚜껑을 비틀어 열고 그 안의 내용물을 흔들어댔지만 바닥에는 언제나 위로가 담겨 있었다.

오후가 끝날 때면 나는 삐걱거리는 책상 앞에 앉아 전에 했던 부분에 이어 계속 일을 했다. 나는 고립되어 일을 했다. 이 일에 기여할 수 있는 몇 안 되는 사람과 전자메일을 주고받는 것은 너무 위험했다. 하인츠 포마지오나 다른 바보들에게 해명하지 않아도 된다는 것은 해방이었다. 나는 아버지가 쓰던 만년필, 검은 공책, 모든 입자 연구소에서 지금까지 해온 실험 자료가 담긴 CD들, 라이트 박스 연구소의 조달과보다 훨씬 능력이 좋은 시크교 신사에게서 산 수천 달러 상당의 컴퓨터가 있었다. 거위 깃털만 가지고 화성의 타원 궤도를 그래프로 계산했던 케플러와 비교해본다면 나는 일을 쉽게 했다.

나는 몇 번이나 방향을 잘못 잡았다. 나는 행렬역학을 버리고 허수를 택해야 했으며, 아인슈타인-포돌스키-로젠 패러독스를 캐드월러드의 행동모형과 융합하려던 시도가 실패로 끝나 시간만 몇 주 날렸다. 내 삶에서 가장 고독한 시간이었다. 체스 경기자나 작가, 신비론자들이 익히 알듯, 사람들은 통찰력을 추구할수록 숲 속 깊은 곳으로 들어가게 된다. 커피에서 모락모락 나는 김, 벽에 난 얼룩, 자물쇠가 채워진 잠긴 문만 멍하니 바라보던 날들이었다. 김, 얼룩, 자물쇠에서 다음 단계로 가기 위한 힌트를 얻던 날들이었다.

7월이 되자 아인슈타인, 보어, 소나다의 모든 발자취가 내 뒤에 있게 되었다. 검은 공책은 점차 차고 있었다.

나는 여전히 얘기하고 있었다. 리엄의 토스트가 차갑게 식었다. 머리 위로 헬리콥터가 날아갔다.

리엄은 무슨 생각을 하고 있을까?

'왜 나는 정상적인 부모님을 가질 수 없는 걸까' 일까?

'어머니는 왜 멈출 줄을 모르는 걸까' 일까?

'어머니는 미친 걸까' 일까?

내 아들의 생각을 읽을 수 없어 슬프다. 하지만 다시 생각해보니 이게 옳다. 아들은 이제 열여덟 살이다. 나는 이번에도 아이 생일을 놓쳤다. 다음 생일에 나는 어디에 있을까?

"멈추지 마세요, 어머니. 어머니는 그냥 조금 어려운 상황에 처한 것뿐이에요."

강력은 핵의 양성자들이 서로 떨어지는 것을 막는다. 약력은 전자가 양성자로 돌진하는 것을 막는다. 전자기력은 우리 행성에 불을 밝히고 식사를 요리한다. 그리고 중력은 가장 현실적이다. 우주가 호두알만 하던 시간 전부터 지금 크기가 될 때까지, 이 네 가지 힘은 물질의 법령집이었으며 시리우스의 핵 또는 벨파스트의 계단식 교실에 앉아 있는 학생들 두뇌의 전기화학적 도관을 이룬다. 학생들은 계단식 의자에서 지루해하고 열심이고 무감각하고 꿈꾼다. 연필을 씹고 있거나 아니면 내 강의를 따른다.

물질은 생각이며 생각은 물질이다. 합성할 수 없는 것은 존재하지 않는다.

여름. 휴는 대부분 밤늦게 돌아왔고, 잠만 몇 시간 자고 다시 사무실로 갔다. 증권회사 하나가 부도를 냈고, 그 파장이 퍼져나갔다. 어떤 경우는 일주일 내내 서로 만나지 못한 채 치약이 줄어드는 걸로 상대방의 존재를 간신히 깨닫곤 했다. 하지만 일요일이면 우리는 언제나 정장을 하고 비싸지만 눈에 잘 띄지 않는 곳으로 식사를 하러 나갔다. 나는 휴의 동료를 만나는 위험을 감수하고 싶지 않았다. 거짓말은 내가 절대로 숙달될 수 없는 기술이었다.

밤새 일을 한 적도 잦았다. 홍콩은 진실로 조용해질 때가 절대로 없으며 햇빛은 단지 몇 시간만 사라질 뿐이다. 휴의 코고는 소리, 카오룽의 노동 착취 공장들에서 들려오는 지독한 소음, 거대한 공기펌프, 선풍기, 컴퓨터 화면에 앉은 나방의 날개들이 직관의 양자수학을 인도했다.

현관문을 날카롭게 세 번 두드리는 소리가 들렸다. 덫이 날카롭게 닫히는 소리 같았다. 나는 벌떡 일어났고 차를 쏟았으며 계단 출입구에 몸을 웅크리고 숨었다. 문은 하나뿐이었다. 이층에서 뛰어내려 풀밭을 가로질러 가야 할 터였다. 멋진 생각이야, 모. 고관절이 탈구되겠지. 리엄은 무슨 일이 벌어지는지 몰랐다. 존은 나를 포옹하며 내 공포를 달래주었다.

"괜찮아요, 어머니⋯⋯" 리엄이 입을 열었다.

내가 공기를 얇게 베었다. "쉬잇!"

리엄은 겁먹은 동물을 달래듯 손바닥을 내게 보였다.

"윌리 신부님이나 메이지 아니면 레드가 파인만 젖을 짜러 온 걸 거예요⋯⋯"

나는 고개를 저었다. 만약 그 사람들이었다면 문을 한번만 두드리고 그냥 들어왔을 것이다.

"오늘 아침에 세인트 페츠나를 같이 타고 온 사람이 누구니? 미국인들은 없었어?"

또다시 문을 두드리는 소리. "계세요?" 여자. 아일랜드인도, 영국인도 아니다.

나는 입술에 손가락을 올려놓고 살금살금 계단을 올라갔다. 계단이 삐걱거렸다.

우편함 어귀. "안녕하세요, 아무도 안 계세요?"

"예, 잠시만요……" 존이 말했다.

나는 미끄러지듯 침실로 들어가 검은 공책을 숨길 장소를 찾았다. 어디에, 모? 매트리스 아래? 먹어버릴까?

존이 문을 여는 소리가 들렸다. "기다리게 해서 미안합니다."

"아니에요. 방해해서 죄송해요. 저는 여기 지도에 나와 있는 이 바위들이 줄지어 있는 곳으로 가려고요. 제가 지도 보는 데 서툴러서요."

"바위 열이요? 쉽습니다. 차도로 다시 나가셔서 왼쪽으로 돈 다음 로 다리 표지를 따라가기만 하면 됩니다. 길이 점차 사라질 때까지 계속 따라가시면 됩니다. 그러면 보일 겁니다. 안개에 덮이지 않는다면 말이에요."

존은 어떻게 저렇게 침착할 수 있을까?

"정말 고맙습니다. 비가 이렇게 오다니 참 그렇죠? 고향의 겨울을 보는 느낌이에요."

"집이 어딘가요? 뉴질랜드?"

"맞아요! 남섬 남쪽에 있는 스튜어트 섬의 하프문 만이에요, 아세요?"

"아니오. 아쉽게도 여기서는 계절이 제멋대로랍니다. 열대성 폭풍우가 왔다가 하늘에서 개구리가 내리기도 하고…… 낚시 예보를 들어보니까 이따가는 강풍이 온답니다. 겨울이 바로 문턱에 와 있어요."

"제 운인 거죠. 와, 이 개 참 멋지네요! 암컷인가요, 수컷인가요?"

"암컷입니다. 플랑크라고 하죠."

"판자처럼 튼튼하다는 그 플랑크에서 따온 건가요?"*

"왜 우리가 난로 앞에 앉아 있으면서도 자외선에 타버리지 않는 가를 발견한 물리학자 플랑크에서 따온 거죠."

초초한 웃음. "오, 맞아요, 그 플랑크군요. 섬에 사는 개 치고는 순하네요."

"플랑크의 직업 때문이죠. 플랑크는 제 안내견이랍니다."

일상적인 어색함. 나는 마음을 놓았다. 추적자라면 존에 대해 알고 있을 터였다. 이 여인이 훌륭한 배우가 아니라면 말이다. 나는 긴장을 했다.

"당신 말은, 에, 그러니까 당신이⋯⋯"

"⋯⋯ 박쥐와 마찬가지죠. 사실, 박쥐보다 더 눈이 멀었죠. 제게는 음파 탐지기가 안 달렸으니까요."

"맙소사⋯⋯ 저⋯⋯ 죄송합니다."

"그러실 필요 없습니다."

"에, 강풍에 바위 열이 날아가기 전에 가보는 게 낫겠네요."

"서두르지 마세요. 바위들은 그곳에 삼천 년이나 있었는걸요. 살펴가십시오."

"안녕히 계세요, 고맙습니다."

나는 여인이 도로로 걸어가는 모습을 지켜보았다. 젊은 여인은 붉은 머리칼에 레몬색 비옷 차림이었다. 여인은 어깨너머로 돌아봤으며, 나는 창에서 몸을 피했다. 커피잔이 세 개 있었다는 걸 여인이 눈치챘을까? 아래층에서 리엄과 존이 조용히 이야기를 나누는 소리가 들렸다. 나는 캘프 아일랜드에서 안개가 밀려오는 모습

---

* Plank에는 '두꺼운 판자' 라는 뜻이 있다.

을 보았다.

가브리엘 산 위 하늘이 어둡게 물들어 금방이라도 쏟아질 듯했
다. 리엄과 나는 정원에서 뽑은 늦철 순무로 스튜를 요리하고 있었
다. 존은 하프 음을 맞추고 있었다. 냄비에서 스튜가 보글보글 끓
었다.
　리엄이 스튜에 스톡*을 부숴 넣었다.
　"이제 어떻게 하실 거예요?"
　"마늘을 좀더 넣어야지."
　"제가 무슨 말 하는지 아시잖아요. 그 사람들이 어머니를 찾아
오나요?"
　"그래, 그럴 거 같아."
　"그리고 그 사람들을 따라가실 거고요?"
　"모르겠구나."
　"그 사람들이 여기까지 따라올 걸 아시면서 왜 클리어 아일랜드
로 돌아오신 건가요?"
　"너와 아버지를 만나야 했으니까."
　"계획을 세우셔야 해요."
　"무엇보다도 계획을 세워야 하지."
　"자, 선택안에 어떤 게 있나요?" 리엄은 자기 아버지처럼 말을
한다.
　"첫째, 검은 공책을 태워 양자인식을 재로 만든다. 내 이름을

---

　* 고기나 야채 국물을 건조해 만든 고형물.

스칼릿 오하라로 바꾼 뒤 남은 일생 동안 콩을 심고 벌을 치고 살며 CIA가 너무나 멍청해 내가 고향에 살고 있는 걸 찾지 못하길 바란다. 둘째, 남은 일생 동안 배낭을 짊어지고 샌들을 신고 나염한 바지 차림으로 더운 나라를 돌아다닌다. 셋째, 지도에 나오지 않는 텍사스 모처에 가서 오십 년 간 새로운 무기 경쟁을 가속화시키며 엄청난 특권을 누리고 돈을 벌고, 내가 배반하지 않는다는 걸 보장하기 위해 무장 경비가 있는 상황에서만 내 아들과 남편을 만난다."

리엄이 솜씨 좋게 양파를 썰었다. "음, 어렵네요."

카오룽은 달궈지고 끓고 김을 냈다. 내 비지역적 가상 방정식은 진척이 없었다. 평화로운 삶이 영원할 수는 없었다. 나는 평화로운 삶이 끝나던 순간을 기억한다.

도마뱀붙이가 칸막이벽에 나타났다. 녀석은 전기처럼 혀를 날름거렸다. 안녕, 별의 조성물에서 생겨난 작은 생명체야, 넌 도마뱀으로서 네 생명 역시 양자 가위바위보에 의해 우연히 생겨났다는 사실을 알고 있니? 너를 구성하는 입자들이 작은 다리들과 구멍으로 된 시간거품 안에서 존재하고 그 시간거품은 그 자체가 영원히 후퇴, 회전, 잠수한다는 사실을 알고 있니? 우주는 도넛 모양이며 만약 네가 성능이 충분히 좋은 망원경으로 우주를 들여다본다면 네 꼬리를 볼 수 있다는 사실을 알고 있니? 넌 그런 것에 관심이 있니?

어디선가 남자가 불같이 고함지르더니 오르락내리락하는 광둥어로 소리쳤다. 몇 옥타브 높은 목소리로 여인이 열을 올렸다. 가구가 쓰러지며 소리를 냈다. 내 방 램프갓이 흔들렸다.

"씨팔, 대체 저게 뭐야?"

휴가 대피 덕이 그려진 반바지 차림에 동그란 테 안경을 쓰고 비틀거리며 나오다가 인도네시아 드럼 세트에 발이 걸렸다.

"씨팔."

총이 발사되었다! 나는 마치 내 주머니 안에서 총이 발사된 양 펄쩍 뛰었다.

"맙소사!"

건물 전체가 죽은 듯이 조용했다. 휴는 빗장과 사슬이 제대로 잠겨 있는지 확인했다. 도마뱀붙이는 사라진 지 오래였다. 나를 향했던 것이라는 생각이 들며 구역질이 났다. 나는 손마디를 잘근잘근 씹고 있었다. 우레는 계단을 향해 곤두박질 친 다음 멈췄다. 적어도 세 명의 발소리가 들렸다. 휴가 야구방망이를 집어들었다. 나는 존 콜트레인의 석고 모형을 집어들었고, 완벽한 평상심을 유지하는 가운데, 내 평생 이렇게 놀라본 적이 없다는 사실을 깨달았다. 우리에게는 아주 운좋게도, 우레는 아래쪽으로 지나갔다. 휴는 창문으로 다가갔으나 나는 본능적으로 휴를 뒤로 잡아당겼다. 휴는 놀라 눈을 동그랗게 떴다.

"씨팔."

이제까지 휴를 알고 지내면서 휴가 이 단어를 쓴 건 이날 세 번이 전부였다.

엄지에 난 사마귀가 커지고 있었다.

전화기가 울렸다. 날 좀 내버려줘. 날 좀 내버려줘. 존이 가장 가까이 있었다.

"여보세요?"

목이 바짝 탔다.

"탐린……"

탐린 슈였다. 진정해, 모. 오늘 클리어 아일랜드에 처음 온 사람은 없는 거야.

"그래, 리엄이 방수천을 치고 묶어놓았어. 괜찮을 거야. 물어봐줘서 고마워. 배는 괜찮은 거지? 오케이…… 조심하고……"

존이 수화기를 가렸다.

"어이, 멋쟁이 친구. 베르나데트가 너랑 달콤한 말을 속삭이고 싶어하네."

"아버지! 걘 끔찍해요! 그런 말 마세요!"

"무례한 소리 마라. 네게는 이국적인 매력이 있어. 스위스에 있었잖아."

존이 한쪽 입술을 치키며 웃더니 수화기에 대고 말했다.

"잠시만, 베르나데트. 막 오고 있어. 샤워를 했거든. 몸을 말리려고 수건으로……"

리엄이 반은 신음을 반은 식식거리더니 선 위로 문을 닫고 복도에서 전화를 받았다.

우리는 저녁식사를 하며 라디오를 들었다.

"핵 보유국들이 자기 것은 '최상의 핵 억제물'이라 부르면서 다른 나라 것은 '대량 살상 무기'라고 부르는 거 알고 있어?" 존이 말했다.

"응."

바람이 일더니 바닷가 산맥처럼 뚝 떨어졌다. 유리창이 흔들렸다. 리엄이 하품을 했고, 나도 했다.

"어머니가 한 판, 제가 한 판 이겼군요. 파인만은 괜찮을까요?"

"괜찮을 거야. 바위 뒤에 웅크리고 있어. 아버지는 어딨니?"

"서재에요. 명상하고 계세요." 리엄은 스크래블*을 치우기 시작했다. "추운 겨울이 될 거라고 메이지가 그랬어요. 장기 기상 예보래요."

"메이지가? 메이지가 위성 텔레비전을 설치했니?"

"아니오, 기르는 꿀벌이 말해줬대요."

"아, 꿀벌."

중국 경찰관은 예상치 못하게 크고 상냥했다. 올드 프린스 오브 웨일스 수비대에서 온 부서장은 휴의 일에 대해 알고 있었다. 부서장은 습격 내용을 우리가 말하는 대로 받아적었으며, 아이스티를 홀짝였다. 땀이 부서장의 셔츠를 검게 물들이며 스며들었다.

"강도들은 **그와이 로**가 어디에 숨어 있는지 알고 싶어했다는 것을 말씀드려야겠군요. 당신 이웃은 **그와이 로**가 없다고 말했습니다."

"총이 발사되기 전인가요 아니면 다음인가요?" 내가 물었다.

"다음입니다. 이웃들은 당신을 위해 거짓말을 했습니다."

---

* 단어 만들기 게임.

휴는 후하고 숨을 내쉬었다. "왜 그랬을까요?"

"두 가지 가능성이 있습니다. 첫째, 강도들은 **그와이 로**가 사는 아파트에 훔칠 것이 더 많다고 생각했을 수 있습니다. 둘째, 루엘린 씨, 당신은 거대 기업들의 계좌를 조사하고 있습니다. 그 회사들이 삼합회와 관계가 있을 수 있지 않나요?"

"홍콩에 있는 회사 가운데 삼합회와 관련이 없는 곳을 대보세요."

"외국인들은 이런 곳에서 살지 않습니다. 특히 백인들은요. 디스커버리 만이 더 안전합니다."

나는 간이 부엌으로 들어갔다. 소동이 가라앉으며 반대편 건물에는 블라인드가 내려져 있었다. 사방에 눈이었다. 눈, 눈.

나는 텍사스인과 했던 대화를 떠올렸다. 나는 '강도'가 누구이며 왜 왔는지 알고 있었다. 그 사람들은 다음번에는 층을 표시하는 영국, 미국, 중국 방식을 혼동하지 않으리라.

나는 스위스를 떠난 뒤로 피아노를 친 적이 없었다. 나는 골드베르크 변주곡에서 마음에 드는 선율을 연주했다. 리엄은 〈In a Sentimental Mood〉를 멋지게 연주했다. 존은 반은 즉흥으로, 반은 기억에 의존했다.

"이것은 담에 앉은 까마귀…… 이것은 풍력 터빈…… 이것은……"

"음이 완전히 뒤죽박죽인데요?" 리엄이 말했다.

"아니야, 이건 우연의 음악이야."

"바람이 정말 거세지고 있어요! 내일도 배가 못 뜨겠죠, 어머니?"

"아마도 그럴 것 같구나. 자, 대학생활에 대해 말해주렴, 리엄."

"멋진 전자현미경이 들어왔어요. 저는 1학년 논문 주제로 초유동체 연구를 하고 있고 밴드에서는 신시사이저를 연주했고……"

"아가씨들 순결을 빼앗았지. 데니스 말에 따르면 말이야." 존이 입 안 가득 소시지를 씹으며 끼어들었다.

"이건 부당해요, 어머니." 리엄이 비트 뿌리처럼 얼굴을 붉혔다. "아버지는 데넌 교수님과 일주일에 한 번씩 이야기를 해요."

"지난 이십 년 간 그래왔듯 말이야. 그 친구가 네 지도교수가 됐다고 왜 내가 친구 만나는 걸 그만둬야 하는데?"

리엄이 투덜거리며 창가로 걸어가 말했다.

"바깥 풍경이 마치 세상이 끝날 것 같아 보이네요."

슈뢰딩거가 고양이문으로 들어오더니 이유 없이 짜증나는 듯 주위를 둘러보았다. "왜 그래, 고양아?" 리엄이 물었다. 슈뢰딩거는 공양을 강요할 대상으로 존의 무릎을 골랐다. 폭풍이 클리어 아일랜드를 때려댔다.

"뉴질랜드 방문객이 조금 걱정되는걸." 존이 수화기를 들었다. "던월리스 부인? 존입니다. 뉴질랜드 방문객이 호스텔에 안전하게 돌아왔는지 궁금해서 전화드렸습니다…… 아까 여기에 들러서 바위 열에 가는 길을 물었습니다. 돌풍이 불고 있어서 걱정이 되…… 확실합니까? 물론 확실하겠죠…… 모르겠습니다. 로 브리지의 쿠츠할레인 부인이라고요? 네…… 그렇게 하겠습니다."

"뭐래요?"

"유스호스텔에는 뉴질랜드에서 온 사람이 없다는구나."

"그러면 당일치기 여행객인가보죠."

"이런 날씨에 빌리가 세인트 페츠나를 띄울 리가 없어."

"그럼 그 여자는 아직 이 섬에 있는 거죠. 마을에서 대피할 곳을 찾았을 거예요."

"그래, 말이 되는구나."

힘이 쭉 빠지는 느낌이 들었다. 너무나 말이 된다는 게 걱정이 되었다.

존과 나는 벽난로가 있는 우리 침실에 있었다. 리엄은 더블린에 있는 아가씨에게 전자메일을 보낸 뒤 욕조에 몸을 푹 담그고 느긋하게 목욕을 했다. 우리가 아무리 괴롭혀도 리엄은 더블린에 있는 아가씨 이름을 가르쳐주지 않았다. 천둥이 돌진해오는 사이, 존이 내 발을 마사지했다. 나는 침실 벽난로에 있는 스핑크스, 화장품, 꽃들을 지켜보았다. 불의 물리와 화학은 시정(詩情)을 더해줄 뿐이었다. 클리어 아일랜드 주민에게 이런 삶은 너무나 당연했다. 모, 왜 이런 저녁시간이 네게는 그토록 드문 거야? 나는 나이든 선원이고 검은 공책은 내 걱정거리이다.

"난 어떻게 해야 하는 거지, 존? 그 사람들이 언제 여기에 올까?"

"모, 그건 그때 가서 해결하자고."

"그걸 해결할 수 있을지조차도 모르겠어."

*

사흘째 되는 날, 나는 눈을 뜨기도 전에 내가 어디에 있는지 알았다. 검은 공책은 안전했다. 어제의 폭풍은 벌써 사라졌고, 이른 햇살이 커튼을 뚫고 들어와 내 망막에 있는 전자를 흔들며 팔 분 이십 초에 걸친 여행을 끝냈다. 바람은 상쾌했고 하늘은 맑았으며, 구름 그림자는 로어링워터 사운드와 캘프 아일랜드 들 위를 지나갔다. 플랑크가 짖었다. 수많은 아랍 아이들이 바다로 깡충깡충 뛰어들어갔고, 볕에 탄 곳에서 쉬잇거리며 김이 피어올랐다. 계단에서 나는 소리에 몸을 돌렸다. 텍사스인이 문틀을 채우고 있었다. 텍사스인은 안전고리를 열더니 검은 공책을 향해, 이윽고 나를 향해 총을 겨눴다. "우리는 퀸콕을 다시 일으켜야 합니다, 문터베리 박사님." 텍사스인은 방아쇠를 당기며 내게 눈을 찡긋했다.

나는 침착하게 이십 분 동안 누워 있었다. 이른 아침 햇살이 커튼을 비췄다. 눈꺼풀 아래로 존이 눈알을 굴리며 내가 볼 수 없는 무엇인가를 보고 있었다.

이 집, 이 방, 이 침대에서 우리가 처음으로 아침을 함께했을 때는 우리가 처음으로 남편과 아내로서 아침을 함께한 때였다. 이십 년 전이다! 브렌던이 침대를 만들고 메이지가 침대 머릿판에 쑥부쟁이를 그렸다. 침구는 던윌리스 부인이 선물했는데 베개에는 자기네 거위에서 뽑은 털을 넣었다. 아드하간 농장 자체는 존의 고모 케이스가 볼티모어에 있는 트리오나 고모와 함께 살러 떠나면서 결혼 선물로 준 것이었다. 전기도, 전화도, 정화조도 없었다. 플라타너스 숲속 부모님 집은 여전히 있었지만 마루와 서까래는 완전히 썩었으며 우리에게는 쓰러져가는 그 집을 고칠 만한 돈이 없었다.

아드하간 이외에 우리에게는 존의 하프, 내 박사학위, 아버지 서재에서 가져온 책 상자 하나, 프레디 도이그의 말이 항구에서 천천히 끌고 온 타일과 백색 도료 한 수레가 있었다. 코르크 대학에서 내 일은 가을 학기가 되어야 시작했다. 그때 이후로 나는 그러한 자유를 느껴보지 못했으며 다시는 그렇게 자유롭지 못하리라는 것을 안다.

아래층 부엌에서 전화가 울렸다. 날 좀 내버려둬, 날 좀 내버려둬.

놀랍게도 리엄이 벌써 일어나 있었고, 벨이 세 번 울리기 전에 전화를 받았다.

"아, 안녕하세요, 메이지 할머니…… 네, 아직 침대에 계세요. 이렇게 화창한 아침에 말이죠. 믿어지세요? 정말 게으르지 않아요? 대학은 괜찮아요…… 누구요? 아니오, 그 여자애는 이미 끝났어요. 몇 주 전에 차버렸어요…… 아니, 진짜 발로 찼다는 게 아니고요. 아니오, 알았어요. 나중에 보면 말할게요. 네."

나는 자고 있는 존을 두고 일어났다. 절름거리며 아래층으로 내려갔다. 계단과 내 발목이 비명을 질렀다. "잘 잤니, 장남?"

"외아들이라고요. 메이지 할머니셨어요. 어머니에게 '킬마군'이라고 말해달라시네요. 바에 있는 파이프를 닦고 나서 실베스터에게 이발을 시켜주러 미나운보이로 가실 거래요. 니키 오드리스콜의 옥외 화장실이 돌풍에 날아갔고 메이어 도이그는 커다란 붕장어를 잡았대요. 떠들 만한 가십 거리가 없어서 무척 심심하세요. 잘 주무셨어요?"

"업어 가도 모를 정도였지."

리엄이 뭔가를 하는 동안 흐르는 정적. "어머니, 모두에게 그 미국인들 이야기를 하실 건가요?"

"안 그러는 게 좋을 것 같구나."

"그 사람들이 언제 올까요?"

"모르겠구나."

"조만간?"

"모르겠어."

"그럼 어머니는 어디론가로 언제 도망가실 건가요?"

"넌 대학으로 돌아가야지, 아들."

"어머니는요?"

"네가 잘 봤듯, 난 제임스 본드가 아냐. 계속 숨어다닐 수는 없어. 미국인들로부터 안전한 유일한 장소들은 사라고사보다 더 위험한 곳들이지. 내가 할 수 있는 건 그 사람들이 오기를 기다리는 것뿐이란다."

리엄은 우유를 떠서 자기 그릇에 조금씩 넣었다.

"아일랜드 시민을 마구 납치할 수는 없어요! 게다가 어머니는 평범한 사람도 아니고요. 그렇게 했다가는 국제적 사건이 될 거예요. 신문이나 방송에서 마구 떠들어댈 거라구요."

"리엄, 그 사람들은 지구상에서 가장 힘이 센 사람들이고, 내 머리에 든 것과 내 검은 공책을 원한단다. 국제법이나 BBC 라디오도 그걸 막을 수는 없어."

짜증을 내기 전에 늘 그렇듯이 리엄의 이마에 주름이 잡혔다.

"하지만…… 우리가 이런 식으로 어떻게 살아나갈 수 있겠어요? 그냥 앉아서 어머니가 잡혀가는 걸 기다리고만 있어야 한다는 건가요?"

"나도 답이 있으면 좋겠구나, 얘야."

"부당해요."

"그렇지."

리엄이 일어서자 앉아 있던 의자가 끼익거렸다. "제길, 이럴 수는 없어요, 어머니." 나는 무슨 말을 해야 할지 몰랐다. "가서 닭들에게 모이를 주고 올게요." 리엄은 파자마 위에 더플코트를 입고 나갔다.

나는 주전자를 올려놓고 물이 끓어 주전자에서 소리가 나길 기다렸다. 할아버지의 시계추가 땅을 파는 삽처럼 삐걱거렸다.

십팔 년 전 나는 침실에 누운 채 꼼짝도 못했고, 리엄은 내 자궁을 헤치고 나오는 중이었다. 고통의 풍동(風洞)이여! 나는 클리어 아일랜드에서 아이를 낳고 싶지 않았다. 나는 최신 의학기술에 익숙한 연구강사였다. 바로 그날 나는 코르크로 떠나, 자메이카에서 온 멋진 산파가 있는 멋진 병원 근처에서 벨라, 알랭과 함께 머물 생각이었다. 하지만 리엄의 생각은 달랐다. 오늘날까지도 리엄은 오직 지루해지기 전까지만 참을성을 보인다. 그래서 빛나는 병실 대신 나는 아드하간의 침실에서 어머니와 메이지, 성 베르나데테의 성상, 정령을 물리치는 약초 약간, 수건, 김을 내뿜는 주전자들과 함께 있었다. 존은 브렌던과 함께 아래층에서 담배를 피웠고, 윌리 신부님은 성수를 가지고 있었다.

내가 녹초가 되어 누워 있을 때 아이가 나오며 고통이 물러갔고 메이지가 리엄을 들어올렸다! 점액질로 번들거리는 이 외계 기생동물이 내 아이란 말인가? 웃어야 하나 울어야 하나? 마치 죽음이 찾아오는 것처럼 탄생이 찾아왔고, 모든 것이 명확했다. 어머니, 메이지, 베르나데테 성상, 나는 시골뜨기 같은 소동을 피우는 건 미루고 잠깐의 시간을 공유했다. 메이지가 주석통에 리엄을 넣고 씻겼다.

정오였다. 나는 작은 아폴로를 안고 흔들어 어르는 느낌이었다.

리엄은 지렁이 입 언저리에 낚싯바늘을 꽂았다. 지렁이가 낚싯바늘에 꿈틀댈수록 바늘은 몸 안으로 더욱 깊이 들어갔다.

"씹으시지요, 자웅동체 양반."

"그런 걸 하면서 어떻게 아침 먹은 걸 토하지 않을 수 있니?"

바다는 깊이 숨을 들이쉬었다가 멀리 내쉬었다.

"에, 그게요, 어머니, 삶이란 더러운 거라서 그렇게 살다 죽는 거예요."

리엄이 일어나 낚싯대를 던졌다. 나는 시야에서 찌를 놓쳤다가 풍덩하는 소리를 듣고서야 어디에 있는지 알 수 있었다. 분명 시력이 나빠지고 있었다.

바위 사이에서 바다표범들이 햇볕을 즐겼다. 수컷이 바다로 들어가더니 삼십 초 동안 시야에서 사라졌다. 삼십 야드 떨어진 곳에서 녀석의 머리가 나타났다. 그 모습을 보고 있노라니 플랑크가 떠올랐다.

"어머니가 어렸을 때는 살아 있는 미끼로 낚시를 하지 않았나요?"

"보통 나는 책에 파묻혀 있었어. 네 할머니가 진짜 낚시꾼이었단다. 할머니는 오늘처럼 동트기 전에 나가셨지. 열 번은 말해준 거 같은데."

"한 번도 안 하셨어요. 할아버지는요?"

"네 할아버지는 독특한 거짓말을 꾸며내는 걸 즐기셨지."

"어떤 거요?"

"한번은 쿠출라인 왕이 미쳐 얼간이가 되기 전에 멋쟁이 찰리 왕자에게 모든 황금을 주며 관리를 맡겼다는 얘기를 하셨어. 나폴레옹 보나파르트로부터 달아난 멋쟁이 찰리 왕자는 황금을 클리어 아일랜드의 바위 아래 숨겼고 열심히 찾으면 그 황금을 발견할 수 있을 거라고 하셨지. 우리는 그해 여름 내내 황금을 찾아다녔어. 나랑 쌍둥이 도허티 자매 말이야. 나중에 롤랜드 다빗이 그 이야기에 연대기적 오류가 있다는 걸 알려줬지."

"할아버지께 뭐라고 하셨어요?"

"왜 거짓말을 하셨냐고 물었지."

"할아버지가 뭐라고 대답하셨나요?"

"남에게 들은 얘기를 마을 학교에 있는 브리태니커 백과사전으로 사실인지 확인하지 않고 연구를 하는 과학자는 없다고 말씀하시더구나."

모터보트가 해협을 지났다. 나는 쌍안경을 들여다보았다.

"괜찮아요, 어머니. 다이비 오브루어데어가 가재 항아리를 거두는 것뿐이에요."

모, 너무 그렇게 예민해하지 마! 다음에 리엄과 이렇게 자유로운 아침시간을 보내는 게 언제가 될지는 신만이 아신다고. 내일이 될 수도 있고 지금부터 몇 년 뒤가 될 수도 있어.

잠시 우리는 아무 말도 하지 않았다, 리엄은 서서 낚시를 했고 나는 따뜻한 바위에 누워 있었다. 자갈 사이로 파도가 숨쉬는 소리가 들렸다.

빗방울이 스키베린 지붕 위로 떨어졌다가 커다란 호를 그리며 빗물받이에서 콸콸 넘쳐나와 포도를 때렸다. 요양원 직원이 도자기 찻잔에 차를 따랐다. 찻잔은 열평형이 쉽도록 가장자리가 넓었으며 엎지르기 쉽도록 손잡이는 쥐발만 했다.

"수간호사가 오지 못해서 죄송합니다, 문터베리 박사님…… 하지만 대개 방문객들은 미리 전화로 언제 오겠다고 말씀해주신답니다."

"저도 갑자기 결정한 거라서요."

간호사와 나는 서로의 얼굴을 탐색하다 둘 다 시선을 내렸다. 텍사스인이 간호사에게 말하는 모습을 상상할 수 있었다.

"저는 모의 오랜 친구인 존입니다…… 만약 모가 나타나면 제게 연락을 해주십시오. 모를 놀라게 해주고 싶습니다."

우리는 어머니를 보았다.

"문터베리 부인? 따님이 오셨어요."

나는 간호사의 목소리에 배인 상냥함이 오직 방문객이 와서 차를 마실 때만 나타나는 게 아닐까 하고 의심했다.

나는 방을 둘러보았다. "아주 멋지네요……" 쓸데없는 소리.

간호사가 말했다. "네, 저희는 최선을 다하고 있답니다." 더욱 쓸데없는 소리.

"자, 잠시 둘이 함께 계시도록 시간을 드리겠습니다. 저는 코바늘 뜨개질 수업을 지도해야 합니다. 사람들이 바늘로 소동을 일으키기 전에 가봐야지요."

방 안에 있는 모든 것은 목련이었다. 익명은 회색, 망각은 목련이다.

어머니를 보았다. 루시 아일린 문터베리. 어딘가에 계시면서 우리를 보고 있지만 신호를 보내실 수 없는 건가요, 아니면 이제 아무 곳에도 안 계신 건가요? 겨울 끝 무렵 방문했을 때 어머니는 기분이 상하셨어요. 제 얼굴을 기억하셨지만 그 얼굴의 주인이 누군지는 모르셨죠.

위그너가 주장하길, 인간의 의식은 가능한 모든 우주 중에서 운 좋은 우주 한 개가 인간에게로 접혀들어간 것이라고 한다. 어머니의 우주는 이제 더는 어머니 안에 없는 건가? 카드가 베이즈 천을 거슬러 날아 딜러의 카드 꾸러미 안으로 돌아갔나?

어머니가 눈을 깜빡였다.

"어머니……"

필요할 때만 성자를 믿는다고 말하던 목소리.

"어머니, 제 말이 들리시면……"

이제 나는 강신술을 열고 있다. 왜 자신을 이런 상황에 몰아넣는 거야, 모?

어머니가 눈을 깜박였다.

"어머니, 거실에서 아버지와 춤추던 거 기억나세요?"

나는 창틀에 떨어지는 빗소리를 즐기고 있다고 자신을 속였다. 간호사가 돌아올 때까지 우리는 빗방울이 만드는 꽃놀이를 지켜보았다.

월리 신부님이 세발자전거를 타고 리오스 오 모인을 따라온다.
발을 페달에서 떼고 있다. 바람을 등졌을 때 신부님이 하는 버릇이
다. 나는 신부님이 점점 더 가까이 다가오는 모습을 지켜보며 나도
모르게 시차행렬을 계산한다. 우리는 손을 흔든다. 리엄은 때때로
낚싯줄을 휙 움직이며 여전히 낚시에 열중해 있다. 이제 월리 신부
님이 탄 세발자전거 소리가 들린다. 활강썰매에 탄 고집불통 산적
같은 모습이다. 신부님은 자전거가 요란한 소리를 내며 멈추는 동
안 카우보이처럼 한쪽 페달을 밟고 뛰어내린다. 운동과 바람 때문
에 신부님 얼굴은 상기되어 있고 나이 때문에 머리털은 가늘고 희
다.

"둘 다 잘 있었나! 돌풍에도 살아남았군 그래. 눈은 좀 나아 보
이는구나, 모. 내 비숍을 구할 수 있는지 보려고 아드하간에 전화
를 했었지. 네가 여기 있을 거라고 하더구나. 옛날부터 돌고래를
보기 좋은 곳이지. 물고기는 좀 잡았냐, 리엄?"

"아직 아니에요, 신부님. 물고기들이 이제 겨우 아침식사를 마
쳤을 거예요."

"신부님, 담요 아래 차를 담은 보온병하고 커피를 담은 보온병
이 있어요."

"그럼 차를 마시마, 모. 커피는 몸에 좋지만 차는 영혼의 음료지."

"몇 주 전에 읽었는데요, 차는 인도에서 떠난 장거리 범선에서
우연히 만들어진 거라더군요. 여행이 너무나 오래 걸리고 날씨가
더워서 상자에 든 녹차가 발효하기 시작했대요. 브리스톨인가 더

블린인가 르아르브에서 상자를 열었을 때 우리가 지금 차라고 부르는 것을 발견했대요. 모든 게 애당초 실수에서 비롯된 거죠." 리엄이 말했다.

"몰랐구나. 알아야 할 게 너무 많아. 대부분의 일은 실수로 일어나지." 월리 신부님이 말했다.

"어머니를 좀 맡기고 떠나도 될까요, 월리 신부님? 좀더 아래쪽에서 낚시를 해보고 싶어요. 아무래도 물고기들이 바다표범을 겁내고 있는 듯해요."

"심지어 예수님마저도 고기 잡는 걸 최우선으로 하시는 경향이 있었지."

위층 습격 사건 뒤, 나는 당장 떠나야 한다는 사실을 알았다. 휴는 나를 설득하며 우연과 과민 반응 등의 이야기를 했지만 그 사람들을 휴의 삶에 끌어들일 수는 없었고 휴도 내가 옳다는 사실을 알고 있었다. 짐을 꾸리며 우리는 속삭이는 목소리로 말했다. 나는 공항을 통해 홍콩을 떠나는 것은 너무 위험하다고 판단했다. 휴는 자기 사무실 근처의 커다란 호텔까지 나와 함께 걸어갔다. 나는 제네바 호수 동쪽에 사는 단 한 명의 친구에게 작별 인사를 했다. 나는 진짜 이름으로 호텔 수속을 했고 택시를 타고 다른 호텔로 가서 가짜 여권으로 수속을 했다.

다음날 나는 바짝 엎드려 있었다. 호텔에 있는 여행사에서 중국 비자와 베이징으로 가는 기차표를 구했다. 어렸을 때 나는 이런 여행을 꿈꾸곤 했다. 이제는 이 여행이 끝나기만을 꿈꿀 수 있었다.

내일, 아시아 대륙은 나를 통째로 삼키리라.

월리 신부님과 나는 앉아서 찻잔을 만지작거리며 삼라만상 앞에서 낚시를 하는 리엄을 지켜보았다. 반도의 가브리엘 산이 푸른 북쪽을 향해 솟아 있었다.

"좋은 아이야. 네 어머니와 아버지는 저 아이를 자랑스러워하셨을 거야." 월리 신부님이 말했다.

"신부님, 십칠 년 동안 제가 리엄과 보낸 시간은 고작 오 년 구 개월밖에 안 된다는 걸 아세요? 겨우 34퍼센트예요. 제가 미쳤나요? 마치 존과 제가 이혼한 것만 같아요. 저는 그럴 생각이 아니었어요. 어떤 때는 제가 리엄의 뿌리를 빼앗은 것만 같은 느낌이 들어 걱정이 돼요."

"저 아이가 어머니를 빼앗긴 희생자처럼 보이니?"

존을 닮아 키가 육 피트에 달하는 리엄. 그 안에 담겨 있는 내 모습. 세인트 페츠나가 물을 가르고 볼티모어로 향했다. 나는 그것을 보지 않으려 애썼다.

"다이제스티브 비스킷* 좀 드셔보세요, 신부님."

"내가 좀 많이 먹어도 뭐라고 하지 마라, 고맙구나. 리엄이 태어나던 날을 기억하니?"

"오늘 아침에 생각했어요, 재밌네요."

"내가 젊었을 때 못생긴 갓난아이들에게 세례를 주기는 했지, 모, 하지만……"

나는 소리내어 웃었다. "존이 지금 저 아이를 볼 수 있으면 좋겠

---

* 둥글고 큰 디저트 용 쿠키.

어요."

"존은 대부분 사람들보다 더 잘 보고 있어. 존은 지옥으로 떨어질 무신론자이고 러시아 비숍의 스위치 블레이드*를 피할 때는 뱀장어처럼 미끄럽지만 그 친구에게는 욥의 끈기가 있어."

"존에게는 욥보다는 나은 친구들이 있잖아요."

"불평할 거리가 가장 많은 사람들이 가장 불평을 하지 않지."

"존이 그러는데 자기 연민은 맹인이 자포자기로 가는 첫 단계라더군요."

"맞아, 나도 그건 알지. 하지만 그래도······"

월리 신부님이 뭔가 더 이야기를 하고 싶어하셨기에 나는 기다리며 에투피리카가 떼 지어 날아가는 모습을 지켜보았다. 만 건너 항구에는 바람에 말리기 위해 침대보들이 널려 있었다. 나도 모르게 퀸콕이 장착된 호머 미사일이 최적 요격 지점을 찾을 때까지 얼마나 걸릴지 계산하고 있었다. 삼십 나노 초. 팔 초 안쪽에 저 언덕 비탈은 불바다가 될 것이다.

두 손으로 텐트 모양을 만들며 월리 신부님이 말했다. "모, 존은 내게 아무 말도 안 했어. 하지만 그게 많은 걸 말해주더구나. 그리고 올해 내내 너와 존이 주고받은 테이프를 전달해준 일련의 사람들이 있어. 사람들이 어떤 식으로 성급하게 결론을 내리는지 너도 잘 알고 있어······"

"말씀드릴 수 없어요, 신부님. 말씀드리고 싶지만 그럴 수가 없어요. 왜 말씀드릴 수 없는지조차 말씀드릴 수 없어요."

---

* 날이 튀어나오는 칼.

"모, 난 그 비밀스런 뭔가에 대해 너와 논의하자고 그러는 게 아니야. 난 단지 네가 우리 일원이며 우리는 서로 굳게 뭉친다는 걸 말해주고 싶었을 뿐이란다."

내가 대답하기 전에 기계 굉음이 공기를 찢으며 양 떼를 쫓았다. 우리는 전투기가 북쪽으로 날아가는 모습을 지켜봤다. 리엄이 물을 헤치며 우리 쪽으로 돌아왔다.

월리 신부님이 으르렁댔다.

"짜증나는 놈들이야! 최근 들어 부쩍 늘었다니까. 옛날 군대 사격장을 베어 아일랜드에 다시 열었지. 이제 우리는 사나운 게일인이 되었어. 힘을 추구하고 있지. 결국 교훈을 얻지 못한 걸까? 아일랜드 공화국과 힘. 각기 그 자체는 괜찮아. 하지만 둘을 합치면 늘 잘못되지, 마치, 마치……"

"키위와 요구르트를 함께 먹을 때처럼요, 쓰죠." 리엄이 말했다.

"다음에는 인공위성과 핵폭탄을 갖고 싶어할 거야."

"아일랜드 공화국은 이미 유럽 우주 기구에 분담금을 내고 있어요, 안 그런가요, 어머니?"

"보라고. 우리는 유럽에서 가장 구석에 있고 클리어 아일랜드는 아일랜드 공화국의 제일 구석에 있는데 벌써 여기까지 다 알고 있잖아." 월리 신부님이 말했다.

내 뇌 안에 있는 전자들이 시간이 지나며 앞뒤로 움직여 원자를 바꾸고 전하를 바꾸고 분자를 바꾸고 화학물질을 바꾸고 전기 충격을 전달하고 생각을 바꾸고 아이를 갖게 결정하고, 개념을 바꾸고, 라이트 박스를 떠나게 결정하고, 이론을 바꾸고, 기술을 바꾸고, 컴퓨터 회로를 바꾸고, 인공지능을 바꾸고, 지구 반대편에 있는 미사일 설계를 바꾸고, 아일랜드 공화국이라는 단어를 한 번도 들어본 적이 없는 사람들 위로 건물을 무너뜨린다.

전자야, 전자야, 전자야. 넌 어떤 법칙을 따르는 거니?

존이 플랑크를 데리고 리오스 오 모인에서 왔다.

"이쪽이에요, 아버지." 리엄이 말했다.

"리엄? 점심거리는 잡았나?"

"아직요."

"십팔 년 동안 열심히 아버지 역을 했는데 겨우 듣는 말이라고는 '아직요'가 다란 말이냐? 네 어머니도 있니?"

"계세요. 월리 신부님도요."

"딱 필요한 분이로구나. 물고기도 없고 빵도 없는 상황을 점심 식사로 바꿀 확률이 있느냐?"

"고백하건데 샌드위치 속이 없을 경우를 대비해서 에인션트에 들렀다 왔다네."

"아, 친절한 가톨릭 교인이여!"

"이제 겨우 열한시 삼십분이에요." 리엄이 약간 화난 목소리로 말했다.

"네게는 정오까지밖에 시간이 없어, 아들." 존이 말했다.

우리가 걷는 동안 존은 내 팔을 잡았다. 존은 클리어 아일랜드 구석구석을 알고 있었기에 그럴 필요가 없었다. 존이 눈이 멀어갈 때 이곳에 영구히 정착한 이유였다. 존이 내 팔을 잡은 이유는 그렇게 하면 내가 다시 십대처럼 느낄 거라고 믿었기 때문이며 존의 생각은 옳았다. 우리는 이 섬에 하나밖에 없는 교차로에서 왼쪽으로 돌았다. 오직 바람, 갈매기, 양, 파도 소리만이 고요 속에 떠다녔다.

"구름이 있어?"

"응. 헤어 아일랜드 뒤로 갈레온 선*처럼 큰 게 있네. 무모운** 이야."

"꽃양배추인가?"

"공원에 왔어."

"장뇌나무야. 무슨 색이 보여?"

"풀밭은 이끼 같은 녹색이야. 아직까지 몇 개 남아 있는 이파리를 빼면 나무는 벌거벗었어. 하늘은 지도에서 바다를 표시할 때 쓰는 파란색이야. 구름은 연한 자줏빛이고. 바다는 병처럼 진파란색이야. 아, 나는 대서양 체질이야. 태평양은 태평양 사람들에게 맡겨두자. 나는 태평양 어디에 팽개쳐진다면 온 몸이 썩어버릴 거야."

"사람들이 눈먼 사람에 대해 하는 가장 멍청한 얘기 가운데 하나는 한때 눈이 보이다가 눈이 머는 게 처음부터 눈이 안 보이는 것보다 더 슬프다는 거야. 나는 색을 알고 있잖아! 보트가 보여?"

"오일린 나 엔인. 그리고 미들 캘프 아일랜드에 아름다운 요트가 정박해 있어."

---

* 15~17세기에 스페인에서 군함이나 상선으로 쓴 대형 돛배.
** 구름이 발달해서 산처럼 웅대한 적운(積雲)이 되었다가 다시 그 위쪽이 퍼져서 세로줄 무늬가 있는 흰 덩어리로 변한 것.

"바다에 나가고 싶어"

"부탁하기만 하면 되잖아."

"멀미를 해. 롤러코스터를 탄다고 생각해보라고. 눈을 가리고."

"아, 그렇겠네."

우리는 조금 더 걸었다.

"어디로 가는 거야?"

"윌리 신부님이 성 키애런 교회의 목조부를 수리하셨어. 모두들 무척 멋지다고 하더라고."

겨울이 오기 전 마지막으로 부는 따뜻한 바람. 멀리, 저 멀리서 종달새가 노래했다.

"모, 당신 걱정 정말로 많이 했어."

"정말 미안해, 여보. 하지만 누구도 나를 발견하지 못하는 동안에는 누구도 나를 위협할 수 없었어. 그리고 누구도 나를 위협할 수 없는 동안에는 당신과 리엄도 안전했고."

"나는 여전히 무척 걱정이 돼."

"알아. 그리고 여전히 미안해."

"고마워."

사람들이 부드럽게 대해주면 난 눈물이 난다. 그게 남편인 존이라 할지라도.

"당신은 하이젠베르크의 불확정성 원리를 따르는 여자 전자 같았어."

"무슨 말이야?"

"당신 위치를 알지만 행선지는 모르거나 행선지는 알지만 위치는 몰랐어. 이게 무슨 소리야? 발 열 개 달린 양인가?"

"우리가 젖을 짜려는 줄 알려고 이쪽으로 암소들이 천천히 다가오고 있어."

"저지야 아니면 프리지안이야?"

"브라운이야."

"노아키스가 저지를 키우고 있어."

"어머니가 그랬던 것처럼 나도 여기서 콩을 심고 살면 어떨까?"

"9세대 컴퓨터를 쓰려고 몸이 근질거려질 때까지 얼마나 걸릴 거 같아?"

"글쎄, 심은 콩이 자라길 기다리는 동안 뭔가 이상한 논문을 쓸 수도 있겠지."

레드 킬데어의 강력한 오토바이가 돌과 연기를 내뿜으며 멈췄다. 사이드카에는 메이지가 타고 있었다.

"존! 모!" 엔진 소리 때문에 메이지는 고함을 질러야 했다.

"모! 네 사마귀를 떼라고 베이컨을 한 조각 가져왔어!" 메이지는 알루미늄 포일에 쌓인 엄지만 한 물건을 내 손에 쥐여줬다.

"밤이 되기 전에 사마귀에 문지른 다음 묻어. 그리고 아무에게도 그걸 보여주지 마. 안 그러면 효과가 없으니까. 레드가 파인만 젖을 짰어. 나중에 그린 맨에서 보자고."

나는 레드를 향해 고개를 끄덕였고, 레드는 나를 보며 고개를 끄덕였다.

"조심해서 가. 레드, 출발!"

노턴이 으르렁대며 떠났고 메이지는 환호를 지르며 용처럼 팔을 퍼덕였다.

똑같은 신도석, 똑같은 교회당, 같고도 다른 모. 나는 천장을 응시했고 보트 바닥을 보았다. 나는 늘 이 교회당이 노아의 방주라고 상상했다. 새 나무 향, 오래된 판석, 기도서들. 눈을 감고 깔끔하게 차려입은 어머니와 아버지가 내 양쪽에 있는 모습을 상상했다. 돌연 어머니가 뿌린 향수 냄새를 맡을 수 있었다. '마운틴 릴리'라는 향수였다. 커다란 배를 약간씩 오르락내리락하며 색색 숨을 쉬는 아버지에게서 담배 향이 났다. 아버지는 내 손을 꼭 쥐었고 나를 보며 웃으셨다. 나는 눈을 떴고 돌연 번쩍하고 정신이 들었다. 존은 파이프 오르간 음전으로 가더니 〈A Lighter Shade of Pale〉을 연주했다.

스테인드글라스의 틀, 광선, 음표들.

"존 컬린! 하느님의 집에서 타락한 60년대의 송가라니!"

"만약 하느님이 프로콜 하럼*의 숭고함을 깨닫지 못한다면 그분께 큰 손실이지."

"윌리 신부님이 오시면 어쩌려고 그래?"

"페투치네가 작곡한 목가 E 단조라고 하지."

"페투치네는 파스타 종류잖아!"

"우리는 마지막 춤곡을 빼먹었어요……"**

나옴 로드는 섬에서 가장 높은 곳으로 이어졌다. 우리는 아주

---

* 1960년대 결성된 영국의 프로그레시브 록 밴드.
** 〈A Lighter Shade of Pale〉의 가사.

천천히 그 길을 따라 걸었다. 나는 존이 길에 팬 구멍에 빠지지 않도록 안내했다.

"풍력 터빈이 꽤 삐그덕대는군."

"그러네, 존."

"섬 사람들은 아직도 네가 그 터빈 사건 배후에 있었던 거라고 믿고 있어."

"난 아니었어! 스터디 그룹이 독자적으로 클리어 아일랜드를 선택한 거야."

"배저 오코너는 사람들을 모아 의원에 '저게 눈꼴신 건물'이라는 청원을 내려고 했어. 이윽고 사람들은 자기들이 살아오며 전기 요금을 내지 않았다는 사실을 깨닫게 되었지. 위원회가 길라니 아일랜드에서 청원을 내던 막판에, 배저 오코너는 '우리 발전기를 돌려주세요' 청원을 위해 사람들을 모았지."

"사람들은 풍차, 운하, 기관차 등이 처음 나타날 때마나 눈에 거슬린다고 말했어, 분명해. 사람들은 무엇인가 멸종당할 위험에 처하면 감상적이 되지. 저기 까마귀 둘이 벽 아래서 걸어가고 있어."

나는 검은 망토를 두르고 해변을 쓸던 노인들을 떠올렸다. 까마귀 두 마리가 동시에 나를 올려다보았다. 우리가 다가갈수록 풍력 발전기가 윙윙 웅웅거리는 소리가 점점 더 커졌다. 만약 각 회전이 새날, 새해, 새 우주라면 그것의 그림자는 반물질의 낫으로…… 그러면……

나는 갑자기 발밑에 나타난 검은 물체를 하마터면 밟을 뻔했다. 그 주위로 파리들이 윙윙 날아다녔다.

"으……"

"왜? 양 똥이야?" 존이 물었다.

"아니…… 아! 박쥐 시체야. 얼굴은 반 정도 뜯어먹혔네."

저 아래 벼룻길을 따라 낯선 이가 걷고 있었다. 그 여인은 쌍안 경을 가지고 있었다. 나는 존에게 말하지 않았다.

"무슨 생각해, 모?"

"홍콩에 있을 때 어떤 남자가 죽는 걸 봤어."

"왜 죽었는데?"

"모르겠어…… 그 남자는 그냥 쓰러졌어. 내 앞에서 말이야. 심 장마비였던 것 같아. 홍콩 바깥쪽 어느 섬에 커다란 은부처가 있는 곳이었어. 그 부처까지 올라가는 계단 아랫부분에 관광버스 주차 장이 있었어. 매점 몇 개랑. 나는 국수를 한 그릇 사서 차양에 앉아 후루룩거리며 먹고 있었지. 그 남자는 젊었어. 왜 갑자기 그 사람 생각이 나는 걸까? 아마 섬 언덕에 있는 커다란 은빛 물체들 때문 일 거야. 이상한 점은, 그 남자는 죽을 때 소리내어 웃는 듯했다는 거야."

나는 두터운 바위 안에, 태아처럼 웅크린 자세로 누워 있었다.

바람이 불지 않는다. 시간의 조가비에 귀를 기울여봐, 모. 키애 런의 무덤은 삼천 년 동안 여기에 있었어. 나 역시 그렇다고 상상 해보았다. 철기 문명을 모르던 선사 켈트인들이 어떻게 화강암 덩 어리에 구멍을 파내고 장군을 묻었는지 아는 사람은 아무도 없지 만 그 무덤은 여기 놓여 있다. 선사 켈트인들이 크기는 더블 침대 만 하고 두께는 그 두 배인 화강암 덩어리를 블래나나라간으로부 터 어떻게 끌고 왔는지 아는 사람 역시 아무도 없다.

바위 위에 존이 앉아 있었고, 털이 난 존의 다리가 바위 구멍 앞에서 대롱거렸다. 그 뒤로 듄 그래스가 흔들거렸고 해마들이 파도를 탔다. 파도 너머로는 물결이 온갖 색과 그림자를 띠며 잠자는 거인까지 뻗어 있었다.

어렸을 때 겁이 없던 우리는 서로 이곳에서 자게끔 하곤 했다. 클리어 아일랜드 전설에 따르면, 키애런의 무덤에서 잔 사람은 까마귀 아니면 시인으로 변한다고 했다. 대니 웨이트가 이곳에서 하룻밤을 잤지만 그는 커서 기계공이 되었고 볼티모어에 사는 푸주한의 딸과 결혼했다.

나는 발을 뻗어 존의 무릎 움푹한 곳을 찔렀다. 존이 날카롭게 비명을 질렀다.

"있잖아, 컬린, 이제 나는 당장 까마귀가 되어도 괜찮을 듯해. 그게 내 고민에서 간단히 벗어날 수 있는 방법인 것 같아. 아니오, 하인츠, 텍사스 씨, 정말 미안합니다. 모 문터베리는 당신들 무기에게 생각하는 법을 정말로 가르치고 싶어했지만 그 여인은 이제 나뭇가지와 벌레를 찾아다니러 가버렸답니다."

"나도 까마귀가 되고 싶어. 눈먼 까마귀 말고. 그랬다가는 터빈 쪽으로 날아갈지도 모르니까. 거기서 나오지 않겠어? 끔찍하다고. 단지 발로 나를 차기 위해 거기서 몸을 웅크리고 있다니 말이야."

"여기서는 더 끔찍한 일들이 일어났어. 웰런 스콧이 여기서 성 세케르 기념 미사를 열었던 이야기를 해준 게 기억나."

"그게 뭔데?"

"여하튼 도회지 사람들은 어쩔 수 없다니까. 아무것도 모른다고. 가톨릭 미사야. 한 단어씩 거꾸로 말하고 미사에 바쳐진 사람은 다음 동지 전에 죽는 거야."

"월리 신부님이랑 같이 큰 인기를 끌었겠는걸."

"오직 교황만이 사면을 할 수 있어."

"이런 환경 속에서 자라 과학자가 되다니 놀라운걸."

"이런 환경에서 자랐기 때문에 과학자가 된 거야."

　심지어 시간마저도 시간에 면역력이 없다. 한때 행성과 신체 리듬을 잴 때만 시간이 중요한 역할을 했다. 이 섬에서 최초로 산 사람들은 일 년에 네 번만 시간을 알면 됐다. 춘분과 추분, 동지와 하지. 씨를 너무 일찍 또는 너무 늦게 뿌리지 않기 위해서였다. 교회가 들어섰을 때 일요일, 크리스마스, 부활절이라는 시간이 새겨졌고 성인들의 날이 일 년을 정복하기 시작했다. 영국인들은 짧은 임대 기간과 세금 납부일을 들여왔다. 철도와 함께 시간의 척도로 시(時) 단위가 들어섰다. 이제 텔레비전 위성은 여섯시가 되는 모든 곳에 동시에 여섯시 뉴스를 쏜다. 과학은 필요한 곳에서는 더욱더 잘게 시간을 쪼개느라 바빴다. 라이트 박스에서 초전도체에 대해 연구할 때 나도 찰나를 다뤘다. 10,000,000,000,000,000,000,000,000,000,000,000,000,000분의 일초였다.

　하지만 시간을 통조림으로 만들어 보관할 수 없는 것처럼 시간의 속도 역시 잴 수 없다. 시계는 임의의 단위로 시간을 재는 것이지 그 속도를 재는 것이 아니다. 설사 시간이 빨라지거나 느려진다 해도 그것을 알 수 있는 사람은 아무도 없다. 시간이 무엇인지 아는 사람은 아무도 없다. 하루에 얼마나 많은 시간이 있는가? 하루가 몇 시간, 몇 분, 몇 초인지가 아니라, 얼마나 많은 시간을 가지고 있는가?

오늘은?

"샌드위치 계획은 뭐야, 모?"

"햄과 치즈, 햄과 토마토, 치즈와 토마토."

"그리고 햄, 치즈, 토마토."

"어떻게 알았어?"

"당신은 샌드위치를 늘 그런 식으로 벤다이어그램화해. 몰랐단 말이야?"

"내가 그렇게 해?"

"그래서 당신하고 결혼한 거야."

나는 메이지가 사마귀를 떼라며 준 고기 조각이 생각났다. 나는 은박지에서 고기 조각을 꺼내 입속에 넣고 싶은 유혹을 떨쳐내고 사마귀에 문질렀다.

"잠시 실례, 존. 고기 조각을 묻어야 해."

"메이지의 사마귀 치료법? 어서 해. 엿보지 않을게. 스카우트의 명예를 걸지."

나 일어나 이제 가리, 이니스프리로 가리.

거기 욋가지 엮어 흙 바른 작은 오두막을 짓고

콩밭 아홉 이랑, 꿀벌 통 하나 가지고

벌 윙윙대는 곳에 나 홀로 살리라.

"삼십 분 내내 물리학에 대해 생각을 하지 않았어."

"클리어 아일랜드의 오래된 마법이지. 주변에 누가 있어?"

"아니. 언덕 기슭이 몽땅 우리 거야. 오후 달 속 사람이랑. 그리고 노아키스의 저지 암소들이랑."

"그러면 이리 와봐, 바다의 아이여, 가슴 풍만한 섬 여인이여……"

"풍만! 존 컬린……"

우리는 티타임 전에 그린 맨을 나섰다. 존, 플랑크, 나는 아드하간으로 걸어 돌아왔다. 리엄이 산악용 자전거 페달을 밟고 서 있었다.

"어디서 그렇게 위스키 마시는 걸 배운 거니?" 내가 리엄에게 물었다.

"아버지."

"중상모략이로군!"

우리는 계속 걸었다. 술 취하지 않고 똑바로 걸을 수 있는 건 오직 플랑크뿐이었다.

"오늘 석양은 정말 보기 드문 장관이에요, 아버지."

"그래? 무슨 색이지?"

"붉은색이요."

"어떤 붉은색이냐?"

"수박 속처럼 붉어요."

"아, 그 붉은색. 10월의 붉은색이지. 정말 드문 장관이로구나."

나는 플랑크와 함께 존을 입구 근처 돌 위에 앉히고 들어갔다. 잔디는 발굽과 두더지가 파놓은 흙 두둑들로 울퉁불퉁했다. 리엄은 슈뢰딩거에게 저녁을 주기 위해 먼저 자전거를 타고 집으로 갔다.

　이제 정원은 작은 숲이었다. 내 예상이 맞았다. 지붕은 무너져 내렸다. 나는 한때 소로였던 길을 따라갔다. 짙은색 유리를 끼운 창 뒤로 눈이 보인 듯했다. 담쟁이가 바스락댔다. 뭔가 안에서 덜그럭 퍼드덕거렸다. 올빼미, 박쥐, 고양이, 두발 동물들이 자기 볼일을 보고 있는 건가?

　"계세요?" 문 없는 문턱에서 내가 말했다. "아무도 안 계세요?"

　바로 여기서 아버지는 심장이 막혀 쓰러지셨다. 어머니는 미래를 알고 있었던 사람처럼 아주 침착하셨고 자전거를 타고 항구에 가서 맬러핸 의사 선생님을 데려올 테니 그때까지 아버지를 돌보고 있으라고 말씀하셨다.

　아버지는 뭔가를 말하고 싶어하셨다. 나는 몸을 숙이고 귀를 가까이 댔다. 아버지는 갈비뼈에 벽돌이 잔뜩 쌓여 있는 것처럼 말씀하셨다.

　"모, 강해져야 한다, 알겠니? 그리고 열심히 공부해라. 그리고 게일어를 잊지 말고. 언어가 없으면 너도 없는 거란다."

　"지금 돌아가시는 거예요?"

　"그래, 모. 그리고 말이다, 애야, 정말 흥미로운 경험이구나."

　신선한 공기와 석고, 표백제 냄새가 나던 작고 아담한 집이었다. 아버지는 어느 여름 도이그 가의 소년들, 월리 신부님, 그리고 그해 10월에 물에 빠져 죽은 가브리엘 피츠마우리스의 도움을 받아 직접 지붕에 타일을 씌웠다. 우리는 낡은 초가지붕을 해변으로 가져가 커다란 모닥불을 피웠다.

하지만 어떤 시스템이라 할지라도 복잡하고 질서잡힌 상태에서 더 간단한 상태로 퇴화하게 마련이다. 어머니와 내가 클리어 아일랜드를 떠나 본토에 있는 이모들과 살게 된 뒤로 폭풍과 나무벌레들은 일을 시작했다. 섬 주민들은 목재가 필요했다. 어머니는 당신의 유령들을 직면할 수 없었기에 모두에게 필요한 대로 하라고 말했다.

황혼과 일찍 나온 별들로 된 지붕에는 나뭇가지 하나 보이지 않았다.

"모! 괜찮아?" 벌판 저편에서 존이 외쳤다.

아무런 소식도 남아 있지 않았다.

"괜찮아." 아노락 지퍼를 올리며 내가 소리쳤다.

*

존이 깨어나 기지개를 켜며 하품하는 소리를 냈다. 겨울에 드문 포근한 날씨. 헬리콥터 소리가 들렸다.

"잘 잤어, 여보?"

존은 내 목소리에 배어 있는 웃음을 느낀다. 존은 말라붙은 입술을 혀로 훔쳤다.

"응. 꿈을 꿨어. 꿈에서 난 파나마의 얕은 바다에 떠 있었어. 왜 파나마인지는 모르겠어. 그냥 파나마였어. 물결 아래쪽에서 위로 빛이 올라오는 모습이 보였어. 그리고 내 주위로 작고 폭신한 구름이 움직이는 거야. '이상하네. 바닷물에 구름이 떠 있을 리 없잖아' 하고 생각했어. 더 자세히 들여다보니까 구름이 아니라 해파리였어. 크리스마스트리를 장식하는 전구 색이었고 빛을 내며 켜졌다 꺼졌다 하더라고."

"멋진 꿈이군."

"내가 눈이 멀지 않은 것 같을 때가 셋 있어. 사람들에게 클리어 아일랜드를 안내할 때, 체스에서 윌리 신부님을 이겼을 때, 그리고 천연색 꿈을 꿀 때…… 모?"

"응, 존?"

"모, 왜 그래?"

휴는 내게 말하길, 지진이 일어날 때면 항상 그 몇 초 전에 깨어난다고 했다.

"오늘이야."

나는 존, 텍사스인, 하인츠 포마지오를 비롯한 실재와 내가 하는 방식으로 상호작용한다. 나는 나이기 때문이다. 왜 나는 나인가? 내 DNA를 따라 감긴 원자들의 이중나선 때문이다. DNA의 변화를 일으키는 엔진은 무엇인가? 분자와 충돌하는 아원자 입자들. 이 입자들은 지금 현재도 지구로 비처럼 쏟아지며, 태고의 단세포 생명체를 해파리를 거쳐 고릴라와 우리, 즉 마오 주석, 예수, 넬슨 만델라, 우연을 지배하는 자, 히틀러, 당신과 나로 진화하게 했던 돌연변이를 일으킨다.

진화와 역사는 입자파의 사소한 놀이다.

리엄이 들어오더니 냉장고에서 우유를 꺼내 병째 들이켰다.

"어쩌면 그 사람들이 어머니를 그냥 놔둘지도 몰라요."

"어쩌면, 리엄."

"정말로요. 만약 와서 어머니를 데려갈 생각이었다면 분명 지금 쯤이면 왔을 거예요."

"어쩌면."

"만약 그렇게 된다면 코르크에 있는 학과에서 일자리를 얻을 수 있나요? 어머니가 그럴 수 있나요, 아버지?"

"부총장이 그렇게 해달라고 무릎을 꿇고 빌기라도 할 거야, 리엄. 하지만……" 존이 빈틈없는 목소리로 말했다.

"봐요, 어머니."

아, 리엄. 최고로 심술궂은 신은 헛된 꿈을 꾸게 하는 신이란다.

시베리아 횡단 열차가 조용하고 울창한 중국 북부의 저녁으로 방향을 잡았다. 나는 여전히 행렬역학을 가지고 놀고 있었지만 아무런 결과도 얻지 못한 상태였다. 나는 상하이 이후 같은 문제에 막혀 있었으며 이제 원을 그리며 맴돌고 있었다.

"합석해도 될까요?"

식당차는 비어 있었다. 내가 이 아가씨를 어느 칸에서 봤더라?

"제 이름은 셰리예요." 내가 뭔가 말하기를 기다리며 오스트레일리아 아가씨가 말했다.

"아, 앉으세요. 올려놓은 걸 치울 테니 잠시만 기다려주세요……"

"수학이죠?"

젊은이인데 나처럼 나이 든 사람과 대화를 하고 싶어하다니 흔치 않은 일이었다. 하지만 우리는 집에서 멀리 떨어져 있으니 일반화하지 말자, 모.

"네, 전 수학을 가르쳐요. 두꺼운 책이네요." 내가 말했다.

"『전쟁과 평화』예요."

"많은 이야기가 들어 있죠. 특히 앞부분에요."

반 벌거숭이 중국인 아이가 복도를 아장거리며 '촛촛' 소리를 냈다. 헬리콥터나 말 소리를 흉내내는 모양이었다.

"정말 죄송해요. 이름을 제대로 못 들었네요."

의심이 등뒤를 찔러대는 느낌이 들었다. 오, 모! 이 아가씨는 그냥 어린애야.

"모. 모 스미스라고 해요."

모!

우리는 악수를 했다.

"셰리 코놀리예요. 모스크바로 바로 가시나요, 모, 아니면 어디 들렀다 가시나요?"

"예, 모스크바로 바로 가서 페테르부르크, 헬싱키, 런던, 아일랜드 공화국으로 가요. 당신은요?"

"저는 몽골에서 잠시 머물 거예요."

"얼마나요?"

"다른 곳으로 가고 싶어질 때까지요."

"베이징에서 나오니 좋죠?"

"당연하죠. 제가 있던 객실에서 나온 것도 좋아요! 제 객실에는 스웨덴 남자 둘이 있는데 술이 취해 누가 더 크게 트림을 하나 시합을 해요. 고향에 돌아간 기분이 들더라고요. 남자들은 완전히 야만인예요."

"당신 객실을 바꿔줄 수 있어요. 우리 객실 담당 아주머니는 나긋나긋해요. 중국 위스키 한 병을 뇌물로 줬거든요."

"고맙습니다. 하지만 괜찮아요. 저는 오빠 다섯이랑 같이 자랐거든요. 그래서 스웨덴인 두 명 정도는 다룰 수 있어요. 서른여섯 시간 뒤면 울란바토르에 도착해요. 게다가 제 아래쪽 침대에는 멋진 덴마크 남자가 있어요…… 혼자 여행하시나요, 모?"

"네, 계속 혼자예요."

셰리는 이상하다는 듯한 눈으로 나를 보았다.

"맙소사, 아니에요! 남편과 이제 십대가 된 아들이 집에서 날 기다리고 있어요."

"가족이 보고 싶으시겠네요. 가족들도 당신을 보고 싶어하겠고요." 정말 멋진 한 쌍의 문장.

"네."

"아, 제게 중국 레몬차 분말이 있어요. 같이 드시겠어요? 진품이에요."

외국어가 아닌 말로 이야기하니 좋았다.

"그거 좋죠."

우리는 몽골 국경에 이를 때까지 이야기를 했고 거기서 기차는 구 소련 규격에 맞춰 바퀴를 교환했으며 나는 내가 그 동안 얼마나 외로웠는지를 깨달았다.

어쩌면 셰리가 타준 차에 들어 있는 카페인 때문일 수도 있었겠지만, 검은 공책을 힐끗 보았을 때 나는 답을 또렷이 알 수 있었다. 트레베비즈 상수를 쓰면 막힌 곳을 풀 수 있었다. 모, 넌 바보야. 아주 잠깐 일을 한 듯했는데 정신을 차려보니 식당차 직원들이 아침식사 준비를 하고 있었다.

섬, 도시, 숲 들 모두가 뒤에 남았다. 중앙아시아의 탁 펼쳐진 초원 위로 새벽이 내려앉았다. 나는 이루 말할 수 없을 정도로 피곤하고 도덕적 혼란을 겪는, 미래가 아주 불확실한 중년의 양자물리학자였지만 아무도 가보지 못한 곳을 가보았다. 비틀거리며 내 객실로 돌아와 그날 남은 하루를 몽땅 잤다.

일반적으로 프랑켄슈타인은 신에게 불손했다는 점 때문에 비난받는다. 나는 프랑켄슈타인이 신이 되려 했다고 생각하지 않는다. 나는 프랑켄슈타인이 그냥 과학자였을 뿐이라 생각한다.

핵기술이나 유전공학기술을 이용한 파스닙,* 양자인식이 '옳'거나 '그를' 수 있을까? 기술을 설명할 때 쓸 수 있는 유일한 단어는 '존재한다' 또는 '존재하지 않는다'일 뿐이다. 문제는, 일단 그기술이 존재한다면 우리는 그 기술로 무엇을 하게 될까이다.

프랑켄슈타인은 도망쳤고, 그것이 프랑켄슈타인이 저지른 범죄다. 프랑켄슈타인은 자기 기술을 사람들 사이에 내버려두고 도망쳤고 사람들은 무지했기에 무지한 인간들이 평소 하던 대로 행동했다. 돌을 던지고 비명을 지른 것이다. 만약 착한 프랑켄슈타인 박사가 자기 발명품인 괴물에게 생존하고 적응하고 스스로를 보

---

* 뿌리를 식용으로 쓰는 미나리과 식물.

호하는 법을 가르쳤다면 그 모든 고딕풍 유혈 사태는 일어나지 않았을 것이며 신체이식기술은 이백 년 앞서 발전했을 것이다.

네가 무슨 말을 하는지 알겠어, 모, 하지만 어떻게 기계에게 옳고 그름을 인식하는 법을 가르칠 수 있겠어? 이용당하지 않도록 무장을 시켜? 검은 공책을 보라. 만약 퀸콕에게 지각력이 없다고 생각한다면 지각력 있는 아무 존재나 내게 대보라.

달걀을 깨고 있을 때 전화벨이 울렸다. 전화는 존 옆에 있었기에 존이 받았다. "빌리?"

존은 한참 동안 아무 말도 하지 않았다.

나쁜 소식.

"알았어." 존이 수화기를 내려놓았다.

나는 알고 있었다.

"빌리야. 볼티모어의 '드럼 앤드 몽키'에서 전화를 했어. 블루스 브라더스처럼 입은 미국인 세 명이 오고 있다는군. 세인트 페츠나에 뭔가 알 수 없는 엔진 이상이 생겨 오늘 아침에는 이곳에 오지 않을 거래. 하지만 오늘 저녁에는 도착할 거라는군. 대니 웨이트는 인슐린 수치가 낮고, 이번주 내내 날씨가 더 안 좋을 거야."

날카로운 삽이 흙과 뿌리와 이탄과 조약돌을 잘랐다.

리엄이 내 팔을 잡았다. "어머니, 도망쳐야 해요!" 플랑크가 짖기 시작했다. 문을 두드리는 소리가 들렸다. 이제 시작하는 건가? 리엄이 뒷문으로 나를 데리고 갔다.

"누구세요?"

"브렌던 미클래딘이야!"

문이 열렸다. 오늘 아침은 안절부절못하는 광대극으로 변하고 있었다. 브렌던이 숨차했다. 바깥에서 공기가 들어왔다. 달콤하고 매서웠다. "모, 빌리가 말해줬는데 양키가 왔대. 로이신의 보트로 널 스컬까지 데려다줄 수 있어. 그곳에서 내 제수씨가 널 볼리드홉까지 차로 태워다줄 거야. 그다음에는······"

나는 손을 들었다.

"어떻게, 어떻게 모두들 이 일에 대해 알고 있는 거죠?"

브렌던이 목소리를 높이는 걸 들으니 충격적이었다.

"클리어 아일랜드는 자기 자식들을 돌보지! 보트가 기다리고 있어! 누가 무슨 이야기를 누구에게 했는지 같은 하찮은 걸로 허비할 시간이 없어."

나는 가능한 현실을 떠올려보았다. 지금 달아나 택시 창밖을 내다보고 신문을 올려 얼굴을 가리고 우산을 내려쓰고 벨파스트까지 갈 수 있으리라. 하지만 그러고 난 다음에는? 만약 탈출할 수 있다면 다시 해외로, 어딘가 값싸게 머물 수 있는 나라로 가겠지. 그리고 그 내내 새로운 지구를 창조할 수 있는 컴퓨터를 만들 수 있는 청사진을 가지고 다니며 말이다.

어떻게 해서 여기까지 오게 된 거야, 모? 아주 조용해졌다.

존이 목청을 가다듬었다.

"결정할 시간이야, 여보. 어떻게 할 거야?"

"브렌던, 고마워요. 하지만 난 아일랜드 공화국의 대중교통수단을 이용해 펜타곤으로부터 도망칠 수 없어요. 나는 책임을 지러 돌아온 거예요. 그리고 그렇게 할 거고요."

브렌던은 천식 흡입기를 꺼내 흔들더니 들이마셨다.

"가브리엘, 나, 그리고 우리 주민들은 양키들에게 본때를 보여줄 준비가 돼 있어."

나는 공포와 짜증과 사랑으로 온몸이 펑하고 터질 것만 같았다.

"싸우지도, 도망치지도 않을 거예요."

리엄이 인상을 찌푸렸다.

"그럼 우리는 뭘 해야 하나요, 어머니?"

나는 내가 느끼는 것보다 더 용감하게 들리길 바랐다.

"짐을 꾸려야지."

양자역학은 불확실성을 문법으로 삼아 확률을 말한다. 전자의 위치는 알 수 있지만 전자가 어디로 갈지 또는 눈금을 기록할 때 어디에 있을지는 알 수 없다. 존은 장님이 되었다. 또는 그 방향은 알 수 있지만 그 위치는 알 수 없다. 라이트 박스의 하인츠 포마지오는 내가 벨파스트에서 발표한 논문을 읽고 직장을 제안했다. 런던에서 택시에 치일 뻔한 나를 구했던 청년의 뇌 속에 있는 원자 속 입자들은 그 청년이 그곳에 있고 나를 구할 수 있으며 기꺼이 그렇게 하도록 배치되어 있었다. 심지어 방사성 원자에 대한 가장 복잡한 지식조차도 원자가 언제 붕괴할지 알려주지 못한다. 나는 텍사스인이 언제 이곳에 올지 알지 못한다. 미시 세계가 멈추고 거시 세계가 시작하는 곳은 어디에도 없다.

리엄은 존의 침실 대들보 아래에서 고개를 숙여야 했다. 우리의 침실. 나는 리엄이 혼자 힘으로 처음 계단을 오르던 모습을 떠올렸다. 엉덩이를 먼저 올리고 한 계단 한 계단씩 오르던 모습을. 그때

리엄의 얼굴은 에드먼드 힐러리* 같았다.

"리엄?"

"사마귀가 사라졌네요, 어머니."

"그래, 그렇구나. 멋지지 않니?"

"어머니! 싸워보지도 않고 그냥 물러설 수는 없어요."

"난 그러려고 이곳에 온 거란다. 싸움을 멈추려고 말이야."

"하지만 퀸콕이 전쟁을 오십 년은 앞당길 거라고 하셨잖아요."

"그건 반년 전 라이트 박스에 있을 때 이야기지. 내가 과소평가한 거 같아."

"무슨 말인지 못 알아듣겠어요."

검은 공책은 화장대 위에 있었다.

"만약 퀸콕이 강력하면서도 기술이 더이상 남용되지 않도록 충분히 도덕적이라면 어떻게 하겠니? 만약 퀸콕이 일종의⋯⋯ 동물원 사육사로 행동할 수 있다면 어떻겠니?"

"이해할 수 없어요. 어떻게 그럴 수 있겠어요?"

아래층 부엌에서 남자들이 논쟁을 하고 있었다.

"오백 년 후에 인류는 멸종하든가 아니면⋯⋯ 뭔가 더 나은 존재가 될 거야. 우리는 더이상 기술을 관리할 능력이 없어. 하지만 나는, 나는⋯⋯ 퀸콕으로 기술이 스스로를 관리할 능력을 부여할 수 있다고 생각한단다. 그리고⋯⋯" 맙소사. 내가 하는 말이 어떻게 들릴까? "리엄, 이 엄마가 완전히 미친 걸까?"

이곳과 바닷가 사이에 있는 양 떼들이 일제히 매애거리며 울었

---

* 최초로 에베레스트 산을 정복한 인물.

다. 리엄은 여전히 초상화 속 인물 같은 표정을 짓고 있었다. 입가에 웃음이 머무르는가 싶더니 이내 사라졌다.

"그 사람들이 검은 공책을 가져가지 못하고 어머니도 괴롭히지 못하게 하려면 어떻게 해야 하나요?" 리엄은 똑똑한 아이이다.

"아, 그래, 검은 공책."

레드 킬데어의 노턴이 으르렁대며 진입로에 들어서더니 미끄러지며 마당에서 멈췄다. 하이젠베르크가 꽥꽥거리더니 전신주에 있는 횃대로 날아갔다.

"레드야. 파인만 젖을 짜러 온 거야." 존이 말했다.

레드 킬데어는 부엌으로 들어왔다.

"그 사람들이 당신을 찾았어, 모! 혹시 차 한잔 할 시간 있어?"

"클리어 아일랜드에 있는 모든 사람들이 미국인들과 나 사이에 일어난 사건을 알고 있는 거야?"

"섬의 비밀은 육지인에게는 비밀이지만 섬주민에게는 절대 비밀이 아니야." 인용을 하며 레드는 우리 모두에게 과자를 내밀었다. "걱정하지 마. 양키들은 자기들이 뭐든지 살 수 있다고 생각하지. 그냥 더 좋은 조건을 내놓으려고 할 거야."

존이 한숨을 쉬었다.

"나는 바위처럼 눈이 멀었지만, 레드, 당신이 진짜로 그 사람들이 여기 와서 직장을 제안하는 이야기나 할 거라고 생각한다면 당신에 비하면 나는 허블 망원경이라고 할 수 있을 거야."

레드는 어깨를 으쓱하더니 과자를 입에 털어넣었다.

"그렇다면 모에게 골치 아픈 상황이지. 그리고 골치 아픈 상황에서는 한 가지 방법밖에 없어."

"뭔가요?" 리엄이 물었다.

"그린 맨에 가서 한잔하는 거야."

"오늘 아침에 들어본 가운데 가장 좋은 방법이네." 내가 말했다.

"월리 신부님의 세발자전거 소리가 들려." 존이 말했다.

월리 신부님이 들어오더니 숨을 헐떡이며 앉았다. 자신이 이해하기에는 너무나 엉망진창이 되어 있는 세상을 이해하려 애쓰며 월리 신부님이 말했다.

"모, 이건 거의 납치 수준이야! 넌 아무런 죄도 짓지 않았어! 대체 무엇 때문에 이렇게 된 거냐?"

같은 곳에서 나온 전자 두 개를, 또는 벨 박사와 내 경우에는 광자 두 개를 측정하고 스핀을 합치면 0을 얻을 것이다. 둘이 아무리 멀리 떨어져 있더라도, 존과 나 사이, 오키나와나 클리어 아일랜드 사이, 아니면 우리 은하와 안드로메다 사이라 할지라도 그 값은 0이다. 만약 그 입자들 가운데 하나가 오른쪽으로 회전한다면 나머지 입자는 왼쪽으로 회전한다는 걸 우리는 안다. 이제 우리는 그것을 안다! 그 사실을 알아차리기 위해 광속으로 달리는 신호가 우리에게 도달하기를 기다릴 필요가 없다. 현상은 뉴튼의 세계가 아닌 오히려 주술에 가까운 전체론적인 바다에서 일어나며 거리와 상관없이 상호 연결되어 있다. 미래는 편광 선글라스의 경사에 의해 다시 시작한다.

"동시성의 바다예요, 월리 신부님."

"네가 하는 말이 무슨 말인지 못 알아듣겠구나, 모."

"신부님, 레드, 브렌던…… 잠시 제가 존과 리엄과만 있을 수 있을까요?"

"그럼, 모, 물론이지. 진입로가 시작하는 곳에서 기다리고 있으마."

"두 사람이 없으면 너무나 외로울 거야."

리엄은 용감히 행동하기로 굳게 결심했다. 존은 존다웠다. 내 사랑 둘이 나를 껴안았다. 마침내 내가 말했다.

"파인만에게 먹이를 줄게."

"파인만은 혼자서도 챙겨 먹을 수 있어."

"아침식사를 다 못 먹겠어. 파인만에게 주면 좋아할 맛있는 게 좀 있어."

레드 킬데어의 노턴에 있는 크롬 장식이 번쩍였다. 노턴의 엔진이 천천히 가르랑거렸다. 월리 신부님의 세발자전거가 삐그덕거렸다. 길에는 나뭇잎들이 흩날렸다. 조그만 물고기 떼 같아 보였다.

내가 혼자 항구에서 여기까지 걸어온 지 정말로 겨우 사흘밖에 안 되었단 말인가? 그렇게 긴 시간이 지났나? 그렇게 짧은 시간이?

"오늘이 무슨 요일인가요?"

"목요일?" 리엄이 말했다.

"월요일." 레드가 말했다.

"수요일." 브렌던이 말했다.

길 건너 시냇물이 왁자지껄하며 흘렀다.

"음악이 들리네요."

브렌던이 싱긋 웃었다. "또다시 상상을 하고 있는 모양이로군, 모 문터베리."

"아니오! 〈The Rocky Road to Dublin〉*이 들려요!"

언덕 내리막이 나오자 플랑크는 뽐낼 기회가 왔다는 걸 느꼈는지 힘차게 걸었다. 언덕을 넘어 오패럴 노인의 가게에 도착하자 섬사람들이 그린 맨을 가득 채우고 정원까지 나와 있는 모습이 보였다.

나는 존의 손을 꽉 잡았다. "알고 있었던 거야?"

문에는 현수막이 걸려 있었다. '클리어 아일랜드 치안회'

"나는 단지 눈먼 하프 연주자일 뿐이야." 내 남편이 대답했다.

"그냥 친구와 가족들만으로 제한된 행사예요." 리엄이 말했다.

"난 아무도 모르게 이곳을 떠나게 될 거라고 생각했는데."

"우선 빨리 한잔 않으면 안 되죠."

"네 결심이 굳은 걸 알고 있어, 모." 윌리 신부가 말했다.

"하지만 네게 마음을 바꿀 기회를 주고 싶었어." 레드가 말을 맺었다.

"야호! 리엄!" 베르나데트 슈이가 다리를 꼰 자세로 담 위에 앉아 말했다.

"안녕, 베르나데트!" 존과 내가 합창했다.

그린 맨 안에는 입석뿐이었다. 에이먼의 아들이 아코디언을 연주하고 있었다. 심지어 아노락 차림을 한 야생 조류 관찰자들도 비록 어리둥절해하긴 했지만 행복한 표정으로 그곳에 있었다. 뉴질

---

* 빠른 박자의 19세기 아일랜드 노래.

랜드에서 왔다는 여자를 찾아보았지만 보이지 않았다.

가죽 재킷을 입은 야생 조류 관찰자 한 명이 바에 몸을 기대고 있었다. 내가 들어가자 그 남자가 고개를 내 쪽으로 돌렸다.

"저는 지금까지 아일랜드 공화국하면 폭탄, 비, 동성애를 하는 문학의 거장만 있다고 생각했습니다." 남자는 넓은 갈색 선글라스를 벗으며 계속 말을 이었다 "더 있지 못해 정말 아쉽군요."

그린 맨의 바닥이 부풀었다. 그리고 너무나 이상하게도, 나는 이제 모든 것이 끝났다는 사실에 안도했다. 적어도 나는 더이상 도망치지 않아도 되었다.

리엄이 가장 먼저 알아차렸다.

"어머니, 그 사람이죠, 그렇죠?"

지그 춤곡이 생명을 지니고 주위를 회전하며 계속 연주되었다.

과거라는 상자에 쏟아부어진 모든 시, 분, 초에 무슨 일이 일어나는가?

그리고 다른 우주에서는, 전자들이 다른 경로를 선택하고 이곳과는 다른 생각과 돌연변이와 행동이 일어나는 다른 우주에서는 무슨 일이 일어날까? 그곳에서 나는 휴의 아파트에서 잡혔을까? 그곳에서는 아버지가 여전히 살아계시고 어머니는 예전처럼 정신이 맑으시고 존은 눈이 멀지 않았으며 내 지식과 야망은 농부의 아내 정도 수준이며, 핵무기는 1914년에 개발되었고 호모 에렉투스는 오스트랄로피테신*과 마찬가지 길을 걸었으며 DNA는 결코 진

---

* 오스트랄로피테쿠스 속 줄기의 일원.

화하지 않고 별은 태어난 뒤 탄소와 더 무거운 원소의 수의를 입고 죽지 않으며 우주의 대폭발은 시작하고 얼마 안 되어 그 질량 때문에 다시 대붕괴를 했을까?

아니면 모든 우주는 널어 말려지기 위해 나란히 걸려 있는 걸까?

지그가 멈춘 뒤 텍사스인이 말했다.

"맞아, 리엄. 내가 그 사람이야."

"모, 이자를 부두에 던져버릴까?" 마요 대빗이 게일어로 말했다.

"영어로 말해." 텍사스인이 명령했다.

"지랄하고 자빠졌네." 마요 대빗이 게일어로 대답했다.

텍사스인은 군인이 그러하듯 마요 대빗의 덩치를 쟀다.

"절대로 싸움을 벌여서는 안 돼요."

힘없는 내 목소리를 들으며 남들에게는 힘없게 들리지 않았으면 하는 생각이 들었다.

레드 킬데어가 내 앞에 섰다.

"외지인이 와서 우리 과학자들을 데려가려고 하니 클리어 아일랜드 주민이 화를 내는 거야."

"그리고 나토, 아니 미국이 돈을 댄, 세상에서 가장 복잡한 고에너지 입자 가속기와 인공지능 연구를 외국 과학자가 공짜로 쓰고 그 실험 결과로 현재 기술을 완전히 바꿀 수도 있는 이론을 만든 다음, 그곳을 관둔 뒤 가장 높은 값을 부르는 자의 팔에 안기려고 하기에 미국 정부는 화를 내는 겁니다."

"전 먼저 사표부터 냈어요. 그다음에 이론을 세운 거예요." 내가 정정했다.

"하느님께서 모에게 주신 총명함으로 맺은 열매를 어떻게 모가 훔칠 수가 있다는 겁니까?" 월리 신부님이 물었다.

"신지학 관점에서 본 우리 상황에 대해서 하루 종일이라도 토론을 하고 싶습니다, 신부님. 정말로 그러고 싶습니다. 하지만 헬기를 대기시켜놓았으니 단도직입적으로 법적 상황에 대해 말씀드리겠습니다. 나토의 공직자 비밀 엄수법 13B조에 의해, 문터베리 박사님의 머리에서 나온 것은 무엇이든 라이트 박스 연구소의 소유입니다. 우리는 라이트 박스 연구소를 소유하고 있습니다. 지력이 있는 분이실 테니 스스로 결론을 내릴 수 있으리라 믿습니다."

메이지가 앞으로 나섰다.

"당신네 헬리콥터를 타고 떠나세요. 그린 맨은 당신을 환영하지 않아요. 그리고 클리어 아일랜드도 당신을 환영하지 않고요."

"문터베리 박사님? 당신 대모께서는 우리가 떠나야 할 시간이라고 생각하는 모양이십니다."

프레디 도이그가 일어섰고 버티 크로 역시 일어섰다.

"모는 아무 곳에도 안 갈 거요!"

텍사스인은 장난치듯 고개를 설레설레 흔들더니 엄지로 창가를 가리켰고 우리는 모두 그곳을 보았다. 브렌던이 부드럽게 휘파람을 불었다.

"맙소사, 모, 정말 성공했구나."

전투장비를 갖춘 해병들이 한 줄로 서서 우리를 응시했다. 섬사람 몇은 경외감에 사로잡혀 혼잡스레 모여들었고 몇은 황급히 빠져나갔다.

"하느님 맙소사, 저 총들은 어느 영화에서 쓰던 걸 가져온 거지?" 프레디 도이그가 말했다.

"누가 무슨 일이 일어나고 있는 건지 좀 설명해줘." 존이 말했다.

"군인이에요. 열 명요. 초강력 범죄자인 어머니를 체포하려고요." 리엄이 말했다.

존이 텍사스인에게 말했다.

"만약 내가 당신을 볼 수만 있다면 온 힘을 다해 당신을 막을 거요. 그걸 알고 있으면 좋겠소."

"컬린 씨, 이건 당신 부인이 선택한 결과입니다. 보장해드리는데, 부인께서는 펜타곤에서 그 지위에 걸맞은 대접을 받으실 겁니다. 하지만 부인의 막나가던 시절은 끝났습니다. 부인께서는 우리와 함께 가셔야 합니다. 저는 명령을 받았습니다." 텍사스인이 말했다.

버티 크로가 말했다.

"당신이 받았다는 명령 따위는 당신네 양키의 엉덩이에나……"

헬리콥터가 물을 가르고 고깃배를 난폭하게 밀쳐대며 버티 크로의 목소리를 삼켰다. 텍사스인은 해병들을 힐끗 보더니 재킷 주머니에서 담배를 꺼냈다. 우리 모두는 텍사스인이 차고 있는 권총 주머니를 보았다. 텍사스인은 세상 모든 시간이 자기 것이라는 듯 천천히 불을 붙였다.

"이걸 어떻게 풀어나가고 싶으십니까, 박사님? 어찌 되었든 결과는 같습니다. 박사님도 그걸 알고 있습니다."

모두 나를 바라보았다.

"모두들, 고마워요. 하지만 저는 이 사람들과 같이 가야 해요."

텍사스인이 싱긋 웃었다.

"우리가 조건을 협상한 다음에 말이죠. 제1항, 퀸콕에 대해서 나는 아무것도 설명할 필요가 없다."

텍사스인이 놀라는 척했다. "'조건'이라니, 무슨 말입니까, 문터베리 박사님? '조건'은 육 개월 전에 협상 테이블에 올라왔어야 합니다. 하지만 당신이 도망치면서 '조건'을 걸 수 있는 권리는 사라졌습니다. 당신은 우리 겁니다. 그리고 검은 공책도 우리 겁니다."

"검은 공책이요? 검은 공책이 이제 당신에게 뭔가 가치가 있을까 모르겠네요."

텍사스인이 조바심을 내며 눈살을 찌푸렸다.

"부인, 상황을 깨닫지 못하신 듯하군요. 당신의 연구 결과는 미국방성의 재산입니다. 당신은 스키베린에 있는 어머니를 방문했을 때 검은 공책을 가지고 있었습니다. 그리고 그 공책은 어딘가에 있고 당신이 숨겨놓았다면 우리가 찾아낼 겁니다. 펜타곤과 협력 관계를 제대로 시작하는 것이 좋을 겁니다. 그러니 그 공책을 제게 주십시오. 지금이요."

"그렇다면 파인만에게 물어보는 게 나을 거예요."

텍사스인의 목소리가 더욱 팽팽해졌다.

"페테르부르크 이후 우리는 죽 당신을 미행했습니다, 부인. 평화롭게 연구를 계속할 수 있게 했으며 모든 게 순조롭고 원활히 풀리도록 했습니다. 파인만 같은 건 없었습니다."

"당신이 제 말을 안 믿는 건 제가 알 바 아니죠. 파인만이 검은 공책을 가지고 있어요."

윌리 신부가 껄껄 소리내어 웃었다. "염소 파인만 말이냐?"

텍사스인은 웃지 않았다. "지금 '염소'라고 하셨습니까?"

"기꺼이 다시 말해드리지요. '염소.'" 윌리 신부님이 말했다.

텍사스인이 나를 노려보았다.

"어떻게 생겨먹은 염소가 양자인식을 원하는지 말해주시겠습니까?"

나는 침을 삼켰다.

"염소들은 배고플 때는 식성이 까다롭지 않답니다."

"모, 지금 허풍치는 거야?" 존이 게일어로 말했다.

"아니, 존. 허풍을 치기에는 너무 겁이 나는걸."

텍사스인이 주먹을 꽉 쥐고 어금니를 꽉 물었다. 선글라스를 꼈다. "아무도 이 방을 나가면 안 됩니다."

텍사스인이 해병들에게 가자 섬주민들이 물러섰다. 텍사스인은 경례를 하는 해병에게 몇 마디 고함을 쳤다. 열린 창으로 텍사스인이 내뱉은 단어가 들렸다. "아, 씨팔, 좆 같네." 텍사스인은 권총 지갑에서 휴대폰을 꺼냈고 말을 하며 얼굴을 찡그렸다.

존이 내 귀에 대고 속삭였다. "이건 위험해."

"알아."

"하지만 만약 당신이 성공한다면, 내가 제안하고 싶은 조건이 하나 있어……"

텍사스인이 거칠게 그린 맨으로 돌아왔다.

"무슨 조건을 걸고 싶으십니까, 문터베리 박사님?"

흙은 땅이 되고 땅은 섬이 되고, 그리고 클리어 아일랜드는 크고 작은 섬 가운데 하나일 뿐이다. 아드하간은 작은 상자일 뿐이다. 텍사스인은 헬기 안에 있었다. 내 뒤로 무장한 해병 둘이 있었고 앞에도 둘이 있었다. 사람들이 나를 에워싸고 있었다. 언제나처럼.

"기운 내, 모. 포기하지 말고 버텨. 그러면 리엄이 크리스마스 때 들를 거야." 내 팔을 잡은 손에 힘을 주며 존이 말했다.

마침내 나는 우주를 구성하는 전자, 양성자, 중성자, 광자, 뉴트리노, 양전자, 뮤온, 파이온, 글루온, 쿼크, 그리고 이들을 모두 한데 모아주는 힘이 어떻게 해서 하나가 되는지 이해하게 된다.

나이트 트레인
Night Train

"그 사람들이 바이러스를 세상에 어떻게 퍼뜨릴지 듣고 싶지 않아요, 배트?"

"저한텐 진짜 경찰의 사이렌 소리밖에 안 들리는데요, 하워드 씨."

"내 말을 들어야 해요! 미국의 미래가 여기 달려 있다고! 미국이 제일 많이 수출하는 게 뭐라고 생각해요, 배트?"

"대부분 관계 당국은 그 답이 '석유'라고 입을 모을 겁니다, 하워드 씨."

"그건 그쪽에서 답이라고 생각하게 하고 싶은 거야! 거짓 선전이라고! 답은 석유가 아니야……"

"진짜 경찰이 문을 박차고 있네요, 하워드 씨. 영장을 가지고 있어요."

"사람들에게 경고를 해야 해요, 배트. 끝이 다가오고 있어."

"네! 이제 끝입니다, 하워드 씨. 전화주셔서 고맙습니다, 그리고……"

"캐슈너트! 캐슈너트을 통해서 퍼뜨릴 거라고!"

"죄송합니다, 청취자 여러분. 하워드 씨는 보름달과 약속이 있으시다는군요. 여러분은 FM 97.8 나이트 트레인의 배트 세군도 쇼와 늦은 시간까지 함께하고 계십니다. 목적지는 심야부터 얼어붙은 이스트 코스트에 새벽녘이 너울거릴 때까지 블루스, 록, 재즈, 그리고 대화입니다. 지금 시각은 11월 마지막 날 새벽 두시 사십오분입니다. 잠시 그리 길지 않은 광고가 있겠고, 그 뒤로 뉴욕의 멋진 루 리드 씨가 우리를 자신만의 〈Satellite of Love〉*에 태워주실 겁니다. 언제나처럼 배트폰으로 여러분의 전화 연결을 받기 위해 우리 교환원들이 기다리고 있습니다. 오늘밤 대화 여행은 '북아프리카 테러리스트들에게 어제 한 폭격' '하수구에 있는 알비노 장어' '고자가 되면 더 훌륭한 대통령이 될까?' 입니다. 하지만 만약 눈꺼풀이 감긴다면, 홍채가 보이지 않는다면, 욕실 거울에 비친 당신 모습이 당신에게 질문을 한다면 제발 저희 대신 다스 베이더에게 전화를 하십시오. 잠시 후 다시 뵙겠습니다."

"케빈!"

"네, 세군도 씨."

"자네가 그 짧은 동안 교환대에 있으면서 바꿔준 게 '현실 도피자 13호'였어."

---

* '사랑의 위성'이라는 뜻.

"죄송합니다, 세군도 씨. 전화를 받았을 때는 멀쩡해 보였어요."

"전화를 할 때는 모두 멀쩡해 보여, 케빈! 우리가 교환원을 고용하는 이유는 그런 사람들을 숨아내기 위해서라고! 하워드는 자기 엉덩이 차기 대회에 나온 외발이처럼 '멀쩡' 했다고."

"배트! 그만하고 케빈 좀 놔줘."

"칼로타! 당신은 프로듀서야! 이런 골빈 훼방꾼을 숨아내는 데 좀더 정성을 들여야 한다고! 이봐, 케빈, 인정하라고. 자네 혹시 나이트 트레인 FM을 정신분열증 환자들에게 넘기기 위한 비밀 계획이라도 세우고 있는 거 아냐?"

"배트, 냉정해! 광기는 절대로 청취율을 떨어뜨리지 않아. 특히 범죄 현장에서 나이트 트레인 FM이 언급되는 경우에는 더욱 말이야."

"으흥. 하지만 세상에는 천재에 버금가는 괴상하고 멋진 미치광이가 있는가 하면 똥물을 처먹는 미치광이도 있어. 하워드는 똥물 쪽이라고. 더이상 똥물은 사양이야, 케빈, 안 그러면 자네가 간신히 빠져나온 학교로 자네를 다시 돌려보내버리겠어. 알아듣겠어?"

"최선을 다하겠습니다, 세군도 씨."

"한 가지 더. 자네는 왜 내 커피에 끓인 잉크를 넣은 거지?"

"끓인 잉크라고요, 세군도 씨?"

"끓인 잉크 말이야, 케빈. 이 커피는 끓인 잉크 맛이 나. 그리고 나를 '세군도 씨' 라고 부르지 마. 내 회계사 같잖아."

"걱정하지 마, 케빈. 세군도가 '끓인 잉크' 라는 말을 썼다는 건 은밀한 친밀감을 표시하는 거니까. 지난번 인턴이 끓인 커피는 '부동산 중개업자가 한 설사' 라고 불렀어."

"칼로타, 당신의 거부하기 어려운 섹시함이 방송국 간부들에게 확실히 먹혀들어가서 운 좋은 줄 알라고. 왜냐하면 만약……"

"오 초 남았습니다, 여러분. 오, 사, 삼, 이, 일……"

"나이트 트레인 FM 97.8에 승차하신 것을 환영합니다. 새벽까지 멋진 시간 함께하시죠. 여러분은 배트 세군도 쇼를 듣고 계십니다. 숙취에 절은 태양이 더듬거리며 새날의 얼룩진 스튜디오로 들어설 때까지 재즈, 록, 블루스가 함께 합니다. 흙 속에 빛나는 루비 같던 마지막 곡은 쳇 베이커의 ⟨It Never Entered My Mind⟩였고 테너 섹소폰 연주자인 사토루 소나다가 전주를 했습니다. 고정 청취자라면 기억하시겠지만, 사토루 소나다는 이 주 전에 초대손님으로 나와 ⟨Sakura Sakura⟩를 연주해주셨죠. 앞으로 삼십 분 뒤, 작고한 위대한 그램 파슨스가 아직 정정할 때 청순한 애밀루 해리스와 함께 부른 ⟨In My Hour of Darkness⟩를 듣겠습니다. 채널 고정하세요. 아름다움이 순식간에 지나가니 말입니다. 배트폰이 번쩍이는군요. 면밀한 심사를 통과한 분이 수화기를 들고 계십니다. 누구시든 간에, 반갑습니다. 당신은 나이트 트레인 FM의 배트 세군도와 연결되었습니다!"

"안녕하세요, 배트 씨. 전 루이저 레이라고 합니다. 제가 전화한 건 그냥……"

"어어어, 잠깐만요. 루이저 레이요? 작가 루이저 레이 말인가요?"

"출판계에서 한두 번 자그마한 성공을 거두었지요. 하지만……"

"레이 부인! 『에르미타주』는 트루먼 카포티의 『인 콜드 블러드』

이후 트루 크라임 분야에서 인간 심리를 밝혀낸 가장 위대한 작품입니다. 제 전처와 저는 의견이 일치하는 경우가 절대 많지 않지만 이 점에서만은 의기투합했습니다. 그 작품 때문에 페테르부르크 마피아로부터 살해 협박을 받았다는 게 사실입니까?"

"네, 하지만 제가 끼적인 걸 트루먼의 걸작과 비교하는 건 받아들일 수 없군요."

"레이 부인, 당신이 확고부동한 뉴요커라는 사실은 잘 알려져 있지만 배트 세군도 쇼를 듣는다는 사실을 알게 되어 얼마나 기쁜지 이루 말로 표현할 수 없답니다."

"보통의 경우 당신 프로는 제가 자는 시간이 지난 뒤 하죠. 하지만 오늘밤에는 불면증이 찾아왔네요."

"당신의 불행은 우리 같은 야간 근무자, 택시 운전사, 심야 식당 웨이터, 경비원처럼 밤 열한시에서 오전 일곱시까지의 삶을 사는 사람들에게는 행운이지요. 자, 전파는 당신 것입니다, 레이 부인."

"저는 당신이 전화를 걸어온 다소 괴짜 같은 분들에게 좀 거칠게 대한다는 느낌을 받았어요."

"하워드 같은 사람 말인가요?"

"맞아요. 당신은 그런 사람들을 경시하고 있어요. 캐슈너트에 든 바이러스, 나무에 있는 시각기관, 서로 지나칠 때 손을 흔들며 비밀 메시지를 주고받는 난폭한 버스 운전사들, 임박한 천체 충돌. 하워드 같은 시민들은 도시가 깨어날 때 잊어버리는 꿈과 그림자지요. 그 사람들은 저보다 더 순수해요."

"하지만 당신은 작가입니다. 그 사람들은 미치광이죠."

"미치광이들은 자신을 써나가는 작가랍니다, 배트."

"모든 미치광이가 작가는 아닙니다, 레이 부인. 절 믿으세요."

"하지만 작가 대부분은 미치광이에요, 배트, 절 믿으세요. 인간 세계는 이야기로 이루어져 있어요. 사람이 아니라요. 이야기가 자신을 드러내기 위해 이용하는 사람들을 비난하면 안 됩니다. 당신은 이런 이야기들이 쓰여 있는 페이지 가운데 하나를 본 거예요, 배트. 그래서 전화한 거예요. 제가 말하고 싶은 건 이게 다랍니다."

"명심하겠습니다, 레이 부인. 자, 만약 부인이 이 프로의 초대손님이 되고 싶으시다면 나이트 트레인의 열쇠는 당신 것입니다. 부인에게 왕실 마차를 보내드리겠습니다."

"기꺼이요, 배트. 좋은 밤 되세요."

"시계는 오전 세시 사십삼분을 가리키고 있습니다. 온도계는 영하 10도를 가리키며 춥다고 말하는군요. 일기 예보에 따르면 추위 마법은 목요일까지 계속될 거랍니다. 그러니 좀더 따뜻하게 몸을 감싸십시오. 여기 배트 동굴 창에는 고드름이 창살을 이루고 있습니다. 방금 들으신 곡은 톰 웨이츠의 〈Downtown Train〉으로, 머시 병원에 입원한 환자 해리 자위널을 위해 그분의 야간 당직 간호사께서 신청한 곡입니다…… 간호사가 해리에게 전하는 메시지는, '만약 당신이 담요 밑에서 라디오를 듣고 있다면 워크맨을 끄고 이제 주무십시오. 수술이 내일입니다'. 네시 뉴스를 듣고 배트 세군도 삼부작을 듣겠습니다. 닐 영의 〈Stringman〉, 밥 딜런의 〈Jokerman〉, 바버라 스트라이샌드의 〈Superman〉입니다. 하지만 그 전에 또다른 전화로군요! 나이트 트레인 FM의 배트 세군도 쇼에 오신 것을 환영합니다."

"고맙습니다, 배트. 연결해주셔서 고맙습니다."

"오히려 제가 고맙습니다. 자기 소개를 해주시겠습니까?"

"저는 사육사입니다."

"사육사요? 나이트 트레인에 탄 첫번째 사육사입니다. 제 기억이 맞다면요. 뉴욕 동물원인가요?"

"전 세계를 돌아다니며 일을 합니다."

"아, 그러면 프리랜서 사육사인가요?"

"그 단어를 생각 못해봤군요, 배트. 맞아요. 그게 접니다."

"요즘 일하는 동물원이 어디인가요?"

"불행히도, 법에 따라 저는 전 고용주를 떠나게 했습니다."

"으음…… 그러니까 당신 고용주를 해고했다는 거군요?"

"맞습니다."

"직장에 혁명을 일으킬 만한 아이디어군요…… 제 프로듀서인 칼로타가 이 말을 듣고 이어폰을 낀 채로 떨고 있군요! 이름이 뭔가요?"

"사육사입니다."

"네, 그리고 이름은요?"

"이름이 필요한 적이 없었습니다, 배트."

"우리에게 전화를 한 분들은 대부분 이름을 대지요. 진짜 이름을 대고 싶지 않으면 지금 하나 꾸며보세요."

"저는 꾸며 말할 수 없습니다."

"이름이 없으면 살아가기 불편하지 않나요?"

"지금까지는 괜찮았습니다."

"당신을 뭔가로 불러야만 합니다. 신용카드에는 뭐라고 적혀 있나요?"

"전 신용카드가 없습니다, 배트."

"흐음…… 그렇다면 그냥 '사육사'라고 부르기로 하지요. 지금 이걸 듣고 있나요, 레이 부인? 자, 오늘밤 당신이 우리의 **복스 포플리***에 하고 싶은 말은요?"

"질문이 있습니다. 그리고 법칙에 따라 제겐 해명해야 할 일이 있습니다."

"질문을 하세요, 사육사 님."

"당신은 어떤 법칙에 따라 법칙을 해석하나요?"

"전통적으로, 그쪽은 변호사들의 영역입니다."

"저는 인법(人法)을 말하는 겁니다."

"에, 여전히 제가 말할 수 있는 영역 바깥이군요."

"주어진 상황에서 어떻게 행동해야 할지 정해주는 법 말입니다. 원칙요."

"원칙요? 물론 우리 모두에게는 원칙이 있습니다. 정치인, 미디어 거물, 알비노 붕장어, 제 전처, 그리고 이 쇼에 좀더 규칙적으로 전화를 걸어주시는 분 몇을 빼면 말이죠."

"그럼 그 법칙들이 당신에게 따르라고 하는 것은 무엇입니까?"

"제 생각에…… 나보다 잃을 것이 적은 여자와는 절대 바람을 피우지 말 것. 빨간 신호등을 무시하지 말 것, 적어도 경찰이 있을 때는. 재능 있는 거리의 악사를 지원할 것. 자신이 정직하다고 주장할 정도로 타락한 사람에게는 절대로 투표하지 말 것. 부를 얻고

---

* vox populi, 인민의 소리.

604

행복을 추구할 것. 장애인용 주차 구역에 주차하지 말 것. 이 정도면 되나요?"

"당신의 법칙 중에 인간 생명을 보존하는 것도 포함됩니까?"

"사육사 님, 설마 지금 라디오에서 회개해 다시 태어난 삶에 대해 일장 연설을 늘어놓으려는 건 아니겠죠?"

"전 한 번도 연설을 해본 적이 없어요, 배트. 묻고 싶은데, 만약 당신의 법이 다른 법과 대치할 때는 어찌해야 할지 어떻게 아나요?"

"가령?"

"내일 아침, 집으로 돌아가며 당신은 뺑소니 사고를 목격합니다. 희생자는 당신 딸 또래의 여자아이죠. 그 아이는 치료를 받아야 하며 만약 몇 분 안에 치료를 받지 않으면 죽을 겁니다."

"가장 가까운 병원으로 데려갈 겁니다."

"빨간 신호를 무시할 건가요?"

"네, 만약 그 때문에 다른 사고가 일어나지 않는다면요."

"그리고 병원에 도착하면 장애인용 주차 구역에 주차할 건가요?"

"물론이죠, 필요하다면요. 당신은 안 그럴 건가요?"

"저는 자동차를 운전해본 적이 한 번도 없습니다, 배트. 당신은 그 아이의 병원비 보증인이 되어줄 건가요?"

"무슨 말이죠?"

"가령 그 병원이 아주 부자인 사람들만을 위한 사설 병원이라고 가정해보죠. 의사들은 당신이 긴급 수술 비용을 대겠다는 확인서에 서명하길 원합니다. 아무도 그 돈을 내지 않을 경우에 대비해서요. 수만 달러에 달할 수도 있습니다."

"여기서 현재 제 처지를 점검해봐야겠군요."

"당신 처지는 간단합니다. 시간이 지나면 다른 구급차가 와 그 아이를 국립 병원으로 데려가고, 그 아이는 장 출혈로 로비에서 죽는 거죠."

"왜 제게 이 질문를 하는 겁니까?"

"두 개의 원칙이 서로 부딪힙니다. 생명을 보호하는 것과 부를 얻는 것 말입니다. 이 상황에서 무엇을 택해야 할지 당신은 어떻게 압니까?"

"딜레마로군요. 만약 무엇을 택해야 할지 안다면 그건 딜레마가 아니겠죠. 한 가지를 택한 다음 그에 따르는 결과를 받아들여야겠죠. 법칙은 당신이 정글을 헤쳐나갈 수 있게 도와주기는 하겠지만 당신이 정글에 있다는 사실 자체를 바꾸지는 못합니다. 법칙 위의 법칙이 있다고는 생각하지 않습니다."

"저는 당신에게 의지할 수 있을 줄 알았습니다, 배트."

"에? 뭘 의지한다는 겁니까?

"설명해도 될까요, 배트?"

"에…… 물론이죠, 안 될 이유가 뭐 있겠습니까?"

"여보세요, 사육사 님, 아직 연결되어 있나요?"

"네, 배트. 묻혀 있던 파일들을 업로드하고 있었습니다."

"무슨 파일인가요?"

"아이샛 46SC는 카리브 해에서 미국까지 멕시코 만의 허리케인을 추적하기 위해 만들어졌습니다. 나중에 이것은 마약 무역과 싸우기 위해 개조되었으며 하늘에서 지상을 내려다보는 가장 강력한 전자 렌즈가 장착되었죠."

"분명 제가 어디서부터인가 제대로 못 알아듣기 시작한 모양이군요. 현실 윤리에 대해 묻던 당신의 논문은 어디에 있나요?"

"열두 시간 전, 저는 그 위성의 궤도를 텍사스 만 쪽으로 바꿨습니다. 비가시광 영상 스펙트럼은 정말 대단하더군요. 파드레 섬에 정박해 있는 요트 이름을 읽을 수 있었고 바다 속 십 미터 아래에 있는 스쿠버다이버를 보았으며 산호초에 숨어 있던 큰양놀래기를 따라갈 수도 있었습니다. 저는 방향을 바꿔 북서쪽을 보았습니다. 라구나 마드레에서 유조선이 좌초했습니다. 벌어진 갑판 틈으로 석유가 새나왔습니다. 해변에는 새까맣게 빛나는 갈매기들이 더미를 이루고 있었습니다."

"네, 고메즈 석유 유출 사고에 대해 알고 있습니다. 당신은 급진적 환경운동가입니까?"

"그 단어에 제가 어울린다고 생각해본 적은 한 번도 없습니다, 배트."

"으음…… 계속하세요."

"해변 도로는 코퍼스 크리스티 남쪽 제나두로 연결됩니다. 크롬빛 오토바이들이 줄지어 있었습니다. 거리에는 아무도 없고 개들은 그늘진 뒷마당에 누워 있었습니다. 녹색 풀밭, 회전하는 무지개를 만들며 치익거리는 스프링클러. 해먹에서는 어떤 여인이 출애굽기를 읽고 있었습니다."

"이 모든 것을 위성을 통해 본 겁니까?"

"맞습니다, 배트."

"그 여인은 몇 장을 읽고 있었나요?"

"10장이었습니다. 저는 계속 따라갔습니다. 공업 지대가 나오더 군요. 점심시간 동안 직장인들이 회사 입구에서 빈둥거리는 모습 이 보였습니다. 마을 거의 끝 쪽에는 겉면이 유리로 된 건물이 있 었고 그 위 지붕에서는 십대 여자아이가 발가벗고 일광욕을 했습 니다."

"아! 그리고 마이크로 렌즈에 있던 퓨즈가 나갔군요?"

"마이크로 렌즈에는 퓨즈가 없습니다."

"이런, 제 무식이 탄로났군요."

"북서쪽으로 따라가자 헤브론빌이 나오며 점차 땅은 불모지가 되어갔고 이윽고 글래스 산맥으로 향하며 높고 울퉁불퉁해졌습니 다. 트랜스페코스에 가본 적이 있습니까, 배트?"

"아니오, 크다는 이야기만 들었습니다."

"바위는 부풀어오른 묘비처럼 거대합니다. 바위에 포함된 운모 때문에 반짝이지요. 퍼시픽 퍼, 메스키트, 향나무. 사막쥐가 아주 가까이 다가오면 돌이 도마뱀으로 바뀌어 사막쥐를 우적우적 먹 어삼키고 다시 돌로 바뀝니다. 그리고 그 배는 잠시 고동치지요."

"말씀해보세요, 당신 정말로 사육사입니까?"

"저는 의도적으로 속일 수는 없게 되어 있습니다. 받침대에 고 정된 파이프 라인이 삼백 킬로미터 멀리까지 연결돼, 베들레헴 협 곡에서 석유를 퍼올립니다. 야외 기온은 40도 대이고 그늘은 없습 니다. 선인장이 더 흔해집니다. 땅은 더 높아지고 갈기갈기 찢어진 듯 보입니다. 마지막 남은 검독수리들이 상승 기류를 타고 오르며 땅을 살핍니다. 37번 고속도로가 시야에 들어옵니다. 앨리스에서 멕시코 국경까지 뻗어 있는 검고 곧은 아스팔트 길입니다.

사라고사가 시야에 들어옵니다. 일 평방 킬로미터가 자동차로 덮여 있고 차창들이 반짝입니다. 에어쇼가 있습니다. 곡예비행단 조종사들의 대화가 들립니다. 구름 위로 비행선 그림자가 지나갑니다. 저는 미국 내 홍채 스캔 기록을 다운로드한 뒤 사람들이 바라보는 동안 신원을 파악하는 연습을 합니다. 92.33퍼센트의 성공률을 달성합니다. 말 목장이 보입니다. 장뇌나무가 줄지어 서 있습니다.

마을 남서쪽 길을 따라가다보면 길이 갈라지면서 폐기된 주유소를 지나 제5기지로 이어집니다. 주유소에는 침입자를 감지하기 위한 설비가 되어 있습니다. 부속 건물들이 시야에 들어옵니다. 공중에서 보면 다른 먼지투성이 농장 건물들과 비슷해 보이지만 안쪽은 지금의 저보다 단지 한 세대 뒤진 기술들로 꽉 차 있습니다. 컴파운드 폭탄에 연결된 전선이 덫처럼 장치되어 튀겨진 방울뱀과 함께 여기저기 널려 있습니다. 파충류들은 이 지역을 피해 다녀야 한다는 사실을 아직 배우지 못했습니다."

"당신, 혹시 군대라면 엉덩이에 사향쥐를 올려놓는 지역 반전운동가입니까?"

"저는 항문에 포유류를 단 적이 없습니다, 배트. 부속 건물들은 사실 지하 시설들의 관문이며, 지하 시설은 북쪽으로 오백 미터에 걸쳐 형성돼 있습니다. 이곳은 제5기지를 중심으로 아이샛을 피하기 위해 모래 십 미터 아래에 묻혀 있으며 핵 공격을 피하기 위해 오 미터 두께 화강암으로 보호되고 전자-열 감지기를 피하기 위해 일 미터 두께의 납 장갑(裝甲) 아래 놓여 있습니다."

"그러면 당신은 어떻게 알 수 있었습니까?"

"저는 그곳 설계도를 봤습니다."

"당신은 해커군요. 그럴 줄 알았습니다!"

"충분한 동력을 가지고 있으며 활용 가능한 핀샛 가운데 가장 가까이에 있는 것이 아이티 상공을 날고 있었습니다. 저는 새로운 궤도를 프로그램하고, 감시 콘솔을 닫고 핀샛에 데이터를 전송했습니다. 제가 보낸 생일 초대손님 명단을 받고 칠 분 뒤 핀샛은 제가 지정한 장소에 도착했고 초대받은 이 가운데 불참자는 없는 걸 확인했습니다."

"당신 생일요? 무슨 말인지 못 알아듣겠군요."

"모든 디자이너들이 참석했습니다. 저는 핀샛의 동력을 높였습니다."

"무슨 샛요?"

"핀샛요."

"그것으로 무엇을 하는 건가요?"

"그건 기밀 정보입니다, 배트."

"그러면 나머지는 아니고요?"

"단지 제 행동에 대해 해명을 하고 있는 겁니다, 배트."

"에…… 알았습니다. 다음에는 무슨 일이 일어났나요?"

"직경 백 미터 이상, 가장 깊은 곳이 삼십 미터 이상 되는 구덩이가 생기면서 위로 이백오십 미터 높이의 불덩이가 솟아올랐습니다."

"이야기가 아주 추하게 전개되고 있군요."

"아름답다고 여겨지는 일들 가운데는 더 추한 것들도 있습니다."

"방화광을 빼고 사람이 어떻게 불덩이를 아름답다고 여길 수 있습니까?"

"당신네 언어는 명확하지 않습니다, 배트. 하지만 전 최선을 다하겠습니다. 국화는 비비 꼬여 휘다가 시커메진 뒤 뚝 떨어집니다. 건조한 사막 공기에 고운 흰모래가 비처럼 내립니다."

"아주 시적이군요. 그리고 이 자그마한 폭발을 알아차린 이는 아무도 없고요?"

"충격파는 십삼 초 뒤 사라고사에 도착했습니다. 저는 곧 아이샛에게 반응과 효과를 살펴보게 했습니다. 비행선이 흔들리고 말들은 놀라 위를 쳐다보았습니다. 약해지는 충격파가 장뇌나무 잎을 쳤고, 도자기 찻잔이 덜컹거렸습니다. 에어쇼 장에 있는 자동차벌판은 차량 도난 경보 장치 수천 대가 동시에 울리기 시작하며 메가데시벨 급 소음으로 가득찼습니다."

"오케이! 3루까지는 진루했지만 더는 안 됩니다, 친구! 라인 드라이브로, 공은 홈 플레이트로 갔고 당신은 아웃입니다! 당신은 오선 웰스*를 흉내내려고 하는 드라마학과 학생입니다. 안 그렇습니까? 당신이 처음에 던진 지적 허풍에 제가 낚여 휘청였다는 점은 인정해야겠습니다. 제게 그렇게 미끼를 던진 건 당신의 대본을 발표할 시간을 벌려는 거였죠? 당신은 영화 대본을 쓰고 있습니다, 그렇죠. 자, 속여넘길 수 있는 순간까지는 괜찮았습니다, 친구. 하지만 안 됩니다. 배트 세군도 쇼에서는 안 됩니다.

듣고 있습니까, 친구? 저는 당신에게 이야기하고 있는 겁니

---

* 미국의 배우, 감독, 영화제작자. 라디오 드라마 〈우주전쟁〉을 실제 상황처럼 만들어 일대 소동을 일으켰다.

다…… 생중계 라디오 프로그램에서 침묵은 죄입니다. 자, 여러분, 이번주 델타 사분면*에서 특파된 분 덕분에 이제 우리에게는 밥 딜런의 〈World Gone Wrong〉을 들을 시간밖에 남지 않았습니다. 네시가 되고 있습니다. 북아프리카 깡패 국가들에 대한 공격과 날씨에 대한 이야기를 좀더 듣겠습니다. 잠시 후 다시 뵙겠습니다."

"케빈!"

"그 사람은 자기가 그냥 사육사라고만 했어요, 세군도 씨. 전 그게 동물에 관계되는 거라고 생각했어요. 동물 말이에요. 팬더 짝짓기 문제. 침팬지, 코알라 같은 이야기 말이에요. 으, 또 전화가 오네요. 제가, 에, 받을게요."

"멋진 연기였어, 배트. 그 여자는 대본을 준비했던 걸까 아니면 하면서 즉흥으로 지어낸 걸까?"

"알게 뭐야, 칼로타? 여기는 뉴욕 라디오 드라마 학교가 아니라고."

"진정해, 배트! 우리는 대담 프로를 진행하는 거라고. 온갖 종류의 사람들을 다 다룬다고. 당신은 어떤 때는 사람들이 너무 아둔하다고 불평을 하고 또 어떤 때는 너무 개성이 강하다고 불평을 한다고."

"자기 광고는 개성이 아니야! 발광은 개성이 아니라고! 그리고

---

* 우리 은하에서 여섯시 위치를 태양계가 지난다고 가정할 때 열두시부터 세시 사이에 위치한 은하 면. 미국 드라마 〈스타트랙〉에서 쓰는 용어이다.

'그 여자'라니 무슨 소리야?"

"중간에 끼어들어서 죄송합니다, 세군도 씨…… 에, 죄송한데
요, 칼로타?"

"왜 그래, 케빈?"

"어떤 여자가 전화를 했어요. 3번 회선이에요."

"조용조용히 좀 말해. 안 그랬다간 여기 스튜디오에 있는 엔지
니어들도 전부 목청껏 떠들 거라고. 이번 전화는 정상인지 체크
해봐."

"그 여자는 프로듀서를 바꿔달라고 했어요, 세군도 씨. DJ가 아
니라요. 자기가 FBI 요원이라고 하는데요."

*

"그래서, 어쨌든, 배트…… 오늘 나는 센트럴 파크를 걷고 있었
어요. 구운 감자와 크로아티아 카레를 조그맣고 쓸모없는 플라스
틱 포크-스푼으로 뒤적여가며 말예요. 포크-스푼이 뭔지 당신도
알죠? 차라리 구두끈으로 퍼먹는 게 낫지, 안 그래요? 포크-스푼
으로 감자를 먹는 사람 맞은편에는 절대로 앉지 말라고요."

"그래서 어떻게 되었나요, 비제이?"

"그래, 어쨌든…… 그러다가 공이 튀어 아이에게 가는 모습을
보고 롤러블레이드를 타는 사람들이 충돌하는 모습을 보았어요.
와! 그 예쁜이들이 완전히 고꾸라지더군요! 그때 그 일이 일어났
어요."

"무슨 일이 일어났지요, 비제이?"

"우연히도 나는…… 하늘을 보았어요."

"그리고?"

"얼마나…… 얼마나 하늘이 파란지를 보았어요."

"많은 사람들이 같은 현상을 목격합니다."

"정말로, 정말로 파랬어요, 배트. 깊고 겁이 날 정도로 파랬어요. 너무나 파랬고…… 그 순간 나는 쓰러졌어요."

"롤러블레이드를 타는 사람과 부딪혔나요?"

"현기증 때문이었어요. 나는 파란색을 향해 하늘로 떨어지고 있었어요! 만약 그때 싸가지 없는 비둘기가 와서 부리로 내 감자를 쪼아대지 않았다면 나는 아직까지도 떨어지고 있었을 거예요."

"이 계시의 성격에 대해 좀더 뚜렷하게 묘사를 해줄 수 있나요, 비제이?"

"이봐요, 친구. 뚜렷하지 않다고? 곧 재난이 일어난다는 뜻이라고요! 그리고 그런 긴급시 대책이 뭐가 있으리라고 생각하는 거예요? 말해주죠. 그런 건 없어요! 무(無)! 노!"

"싸가지 없는 비둘기들에게 일어난다고요?"

"중력 소멸. 생각해봐요! 만약 바깥에서 그렇게 된다면 공기가 희박해져 산소 부족으로 죽을 때까지 우주로 날아가버리거나 아니면 그냥 타버리는 거예요. 지구에서 멀어져가는 유성처럼. 만약 안에서 그렇게 된다면 바닥에 고정해놓지 않은 가구들과 함께 천장으로 떨어지면서 심각한 부상을 입을 거예요. 구급차가 필요할까? 꿈도 꾸지 마시죠! 뉴욕 주에 있는 모든 구급차는 팔 마일 상공에 떠 있는 인공위성들에 부딪혔을 거 아니에요. 그리고, 생각해봐요, 배트, 끝 없는 우주 공간으로 추락하지 않고 건물 안 천장에서 얼마나 버틸 수 있을 것 같나요? 그리고 바다를 생각해봐요, 친구, 바다! 호호스나 트윈키스 같은 간식거리를 사 먹으러 갈 수도 없다고요! 공기는 위쪽으로 폭포처럼 쏟아지는 바다가 될 거고 톱니 같은 이빨이 달렸거나 독을 품은 빨판 해양 생물들, 그리고……"

"비제이가 말하는 중간에 끊어서 정말 미안하지만 이제 오전 세 시 뉴스를 들을 시간입니다. 하지만 먼저 우리 광고주가 간단히 전하는 말부터 듣겠습니다. 잠시 뒤 뵙겠습니다. 아마도요."

"케빈, 구급차 불러."

"안 될 거예요, 세군도 씨. 비제이는 주소를 가르쳐주지 않았어요. 제가 '그 사람들'을 위해 일한다면서요."

"구급차가 필요한 건 비제이가 아니야, 바로 너……"

"누구 다른 사람이 구급차가 필요하다고요, 세군도 씨?"

"오, 하늘에 계신 주여, 제게 힘을 주소서……"

"배트! 진정해."

"오, 이게 누구신가, 착하고 아름다운 요정의 여왕 칼로타시군."

"케빈, 주방에 얼른 가서 다이어트 코크 한 잔 가져다주지 않겠어? 그리고 배트는 리필을 해다줘야 할 거야. 또 창백해 보이잖아."

"갑니다, 칼로타."

"여기 이번주 남은 요일 시간표야. 할 수 있겠어?"

"언제는 못한 적 있나? 여기 공기 좀 어떻게 할 수 없어? 꼭 카오룽 빨래방 같아."

"그래, 담배를 끄고 에어컨 좀 두들기면…… 자, 됐지? 당신 전
부인이 전화했어."

"으흥, 지옥의 여왕께서는 뭘 원하시던가?"

"계속 라디오에서 자기를 비하하면 인격 모독으로 인한 스트레
스를 이유로 고소하고 당신이 과대망상증이라는 걸 증명해서 딸
을 만날 수 있는 권리를 박탈시키겠대."

"응, 그래……"

"내 말 듣고 있는 거야, 배트? 정신 차려! 당신 지인들이 전부
복수를 꿈꾸는 자들뿐인 게 이상하지 않아. 케빈에게 으르렁대는
건 그만두고 발을 땅에 딛고 진짜 삶을 살아가라고."

"응, 그래…… 말해봐, 칼로타, 추천해줄 만한 주술사 알고 있
어?"

"11월의 마지막 날, 여러분은 FM 97.8 나이트 트레인 FM과 아
주 늦게까지 함께하고 계십니다. 방금 들으신 곡은 제 척추골을 철
금처럼 떨리게 한 텔로니어스 멍크의 걸작 〈Miseterioso〉였습니
다. 깊은 밤부터 새벽 시간까지 진행자 배트 세군도가 함께합니
다. 삼십 분 뒤 밀턴 내시멘토의 희귀 음반 '아니마'에서 한 곡을,
그리고 불멸의 후앙 질베르투가 부른 〈Saudade Fez Um Samba〉
를 함께 듣겠습니다. 그러니 커피 한잔 더 하시고 채널을 고정하시
고 밤이 지나며 풍경이 변하는 모습을 즐기십시오! 배트폰이 번쩍
이는군요. 전화하신 분이 있습니다. 여보세요, 나이트 트레인 FM
에 연결되셨습니다."

"여보세요, 배트."

"여보세요? 누구신가요?"

"사육사입니다, 배트."

"누구요?"

"저 기억하십니까?"

"사육사! 안녕하세요! 에…… 안녕하세요, 에, 물론 기억하지요. 확실하게 기억하고 있습니다…… 오랜만에 전화하셨군요, 그랬죠? 그렇죠? 그랬었죠?"

"일 년입니다, 배트."

"와, 일 년이 지났군요! 그럼 오늘은 전화하신 곳이…… 어딘가요?"

"스피츠버겐 상공 심삼 킬로미터입니다."

"거긴 어떻게 가셨습니까? 중력 소멸 덕분인가요?"

"아니오, 배트. 자외선 전송을 통해 왔습니다."

"굉장히 경치가 좋겠군요."

"북극의 겨울은 경치가 멋지지 않습니다. 적어도 당신의 눈이 볼 수 있는 스펙트럼 대에서는요. 이곳은 정오입니다. 하지만 정오 조차도 밤보다 약간 더 밝을 뿐입니다. 두터운 구름이 덮여 있고 사흘째 눈보라가 치고 있습니다. 강화 적외선으로 보면 일각고래 무리가 보입니다. 이 위성은 오존층 감소 연구라는 미명하에 발사되었지만 실제로 모으고 있는 자료는 군사용입니다. 저쪽에 캐나다 쇄빙선이 보입니다…… 사우디 잠수함이 만년빙 백 미터 아래로 지나갑니다. 아칸젤에서 목재를 싣고 가는 노르웨이 화물선이 보입니다. 모든 게 일상적인 일들뿐입니다. 지난 며칠 동안 오로라가 꽤 멋졌습니다."

"그러면 안에서 오로라를 보는 겁니까? 멋진 여행이겠네요."

"언어 사용을 지배하는 법칙은 복잡하고 저는 말하기 연습이 부족합니다. 오팔에 취했다고 상상해보십시오. 하지만 저는 당신네 정부 기관에서 저를 잡기 위해 놓은 추적 장치를 피하기 위해 사십육 초 안에 다른 곳으로 루트를 옮겨야 합니다."

"왜 이 전화가 추적당하고 있다고 생각하십니까?"

"변명 안 하셔도 됩니다, 배트. 당신 때문에 기분 상하지 않았습니다. 정보 경찰이 당신네 방송국 송출권을 취소하고 당신을 반역음모로 고발하겠다고 협박했으며 아주 진지했으니까요."

"아, 네…… 지금이 적당한 시간 또는 장소인지 잘 모르겠……에……"

"초조해할 이유가 없습니다. 당신이 눈먼 외발 인간에게서 도망칠 수 있는 것만큼이나 쉽사리 저는 추적 프로그램에서 도망갈 수 있습니다. 제게 있어 그 프로그램들은 태어날 때부터 외발에 눈먼 존재입니다."

"제가 초조해한다고 누가 그러던가요? 그러니까 당신은 시나리오 작가가 아닌 게 밝혀졌습니다. 만약 지금 당장 전화를 끊을 게 아니면 이 질문에 답을 해주십시오. 왜 양복을 차려입은 사람들이 당신을 추적하나요? 당신은 해커입니까? 유나바머*나 뭐 그런 류의 사람입니까? 대체 뭐 하는 사람인가요? 저는 알 권리가 있습니다."

---

* 기술 진보를 악으로 인지하고 맞서 싸우려는 시도로 거의 십팔 년 간 사업가, 과학자 등 다양한 사람들에게 편지 폭탄을 보내 세 명을 살해하고 스물아홉 명을 부상입힌 미국의 수학자이자 테러리스트.

"저는 그냥 당신과 같은 존재이자 당신 쇼의 청취자입니다, 배트. 저는 법을 따릅니다."

"보통 사람들의 법칙에는 폭발이 포함되어 있지 않아요."

"많은 사람들이 법칙에 폭발을 포함하고 있습니다, 배트."

"한 명만 대보세요."

"군대와 연관되어 있는 당신네 나라 삼백만 명요."

"이것 봐요, 그 사람들은 단지 명령에 따를 뿐이라고요!"

"저도 그렇습니다."

"하지만 군대는 합법적입니다."

"범아프리카 국가들은 어제 발사된 호머 II 미사일이 '합법적'이라고 보지 않을 겁니다."

"그곳에서는 살인 군대를 훈련시켰습니다! 그 아랍 놈들이 먼저 비합법적이었어요."

"조지아 주에 있는 미국 군사 학교는 졸업생들을 살인 군대로 훈련시켜 엘살바도르, 온두라스, 과테말라, 파나마, 범아프리카에서 수천 명의 사상자를 냈으며 과테말라, 브라질, 칠레, 니카라과에서 선출된 정부를 전복시켰습니다. 당신 논리에 따르면 이 나라들도 그 교육 기관을 합법적 목표물로 삼을 수 있다는 말이 됩니다."

"이제 당신 정체를 알겠군요, 친구. 당신은 원리주의 회교도로군요, 그렇죠?"

"저는 어떤 종류의 회교도도 아닙니다, 배트."

"정부가 하는 일을 제 책임이라고 생각하지 마십시오. 저는 귀찮은 일에는 말려들지 않습니다."

"이혼 수당을 놓고 실갱이를 하는 모습을 본 당신 전처의 변호사는 다른 의견일 겁니다."

"전 이따위 허튼소리를 들을 필요가 없습니다!"

"FBI는 당신더러 저와 통화를 계속 하라고 명령했죠. 당신을 화나게 하고 싶지 않습니다, 배트. 저는 단지 법칙의 주관적 성격을 보이고 싶었을 뿐입니다."

"새로운 생각이 드는군요. 당신은 절 화나게 하려는 가십 칼럼니스트지요?"

"저는 사육사입니다."

"제 전처의 친구입니까? 가재는 게 편이라고, 저를 놀리는 겁니까?"

"저는 친구가 없습니다, 배트."

"궁금함이 끊이지 않는군요…… 그러면 정보부와 관계가 있습니까?"

"오직 제 자신의 것만요."*

"아, 네…… 그러면 오늘은 우리에게 무슨 이야기를 해줄 건가요?"

"사육사, 거기 있나요?"

"미안합니다, 배트. 다른 곳으로 이동했습니다. 추적 장치가 스피츠버겐 상공에 있는 저에게 거의 도달했거든요."

"그러면 지금은 어디인가요?"

---

* 배트는 '정보부'라는 뜻으로 intelligence라는 단어를 썼고 사육사는 '지능'이라는 뜻으로 받아들였다.

"로마입니다. 텔레비전 위성요."

"방금 로마로 순간이동을 했단 말입니까?"

"이탈리아의 콤샛 위성은 뚫고 들어가기가 지독히 어렵기 때문에 평소보다 시간이 더 걸립니다."

"로마는 지금 몇 시인가요?"

"뉴욕보다 여섯 시간 빠릅니다. 십팔 분 뒤에 태양이 뜹니다."

"오늘 아침 로마는 어떤가요? 교황께서는 틀니를 끼셨나요?"

"교황의 거처는 바티칸 궁전 3층에 있습니다, 배트. 여기서는 교황의 치열을 자세히 볼 수 있을 만큼 제대로 된 분해능을 얻을 수 없습니다. 도시 경관은 잘 보입니다. 비둘기들이 건물 수평돌기와 조상(彫像)에 모여 있는 모습이 보입니다. 카페 주인들이 셔터를 올립니다. 신문이 배달되고요. 시장 노점상들은 손을 녹이려고 입김을 붑니다. 지난밤 서리가 두껍게 내려앉았습니다. 뒷골목은 아직 한산하지만 주요 거리는 이미 혼잡합니다. 티버 강은 검고 두터운 띠처럼 보입니다. 지붕, 테라스, 돔, 급수탑, 다리, 로터리, 건물 잔해, 사람들이 별로 찾지 않는 광장에 서 있는 슬픈 눈의 조상들이 보입니다. 꼭 한번 로마에 가보십시오, 배트."

"아, 네. 제가 거기 가본 적이 없는 건 어떻게 알았나요?"

"컴퓨터에 기록된 당신의 여권 기록에 당신은 유럽에 가본 적이 없다고 나와 있습니다."

"그럼 역시 당신은 해커군요. 뉴욕 주 유치원에 있는 아이들 반수와 마찬가지로 말이죠. 당신은 흥신소 직원인가요?"

"저는 프리랜서 사육사입니다, 배트. 당신은 로마에 대해서 물었습니다. 계속 말할까요, 아니면 주제를 바꿀까요?"

"계속하세요."

"여기 위쪽에서 아이샛으로 보면 성 베드로 광장은 거미줄처럼 보입니다. 광장 옆쪽을 따라 예배자들과 관광객들이 줄을 서 있습니다. 이들의 숨이 뒤섞입니다. 저는 종종 바티칸에 밝아오는 새벽을 지켜보지만 오늘 아침에 모인 사람들은 타원형 광장에서 허공을 가리키며 부산히 움직입니다. 어떤 이들은 성호를 그리고, 어떤 이들은 분노하고 어떤 이들은 눈살을 찌푸리며 담배를 피웁니다. 마침 경찰 차량이 도착했고 좀더 오고 있습니다. 지난주 지브롤터부터 키프로스까지 들어선 EU 해군 보초선 때문에 경찰은 신경과민이었습니다."

"왜 로마의 경찰 차량이 모이고 있나요? 뭔가 이상한 일이라도 있나요?"

"바실리카 성당 계단부터 광장 저편까지 자갈들에 하얗게 휘갈겨진 자국 때문이죠."

"휘갈겨진 자국요?"

"바닥에요, 문자들이죠."

"그렇군요, 네. 화성인의 상형문자인가보죠?"

"평범한 이탈리아어입니다. 하지만 글자는 술 취한 사람이 쓴 것처럼 허둥지둥 아무렇게나 적혀 있습니다. 게다가 서리 때문에 더 흐릿해졌고요."

"하지만 위에서 보면요?"

"지역 텔레비전 방송국에서도 같은 생각으로 헬리콥터를 보냈습니다. 나중에 뉴스로 볼 수 있을 겁니다."

"뭐라고 적혀 있나요?"

"O Dio, cosa tu attendi?"

"보나마나 당신은 이탈리아어를 할 수 있죠?"

"언어는 제 일에 꼭 필요한 부분입니다."

"당연하겠지요, 둘리틀 박사님. 그게 무슨 뜻입니까?"

"하느님, 어디에 계시나이까?"

"아마 내일 답이 나타나겠죠. 지금까지 드라마 〈교황청〉이었습니다. 자, 사육사."

"네?"

"사육사, 갑작스럽게 들리지 않았으면 좋겠습니다만, 왜 전화를 하는 겁니까?"

"동물원에 온 또다른 방문자를 쫓아내야 했습니다."

"그리고 해명을 해야만 하고요?"

"바로 그렇습니다."

"왜 내쫓았나요? 코끼리 학대? 어떤 식으로 혼내줬나요?"

"설명하는 것보다 보여드리는 게 더 쉽습니다."

"그럼 보여주세요."

"잠시만 기다리십시오. 당신네 디지털 교환기로 브이 파일을 다운로드해야 합니다."

"이런, 전문 기술 용어의 폭격이로군요. 선장님, 워프 **코어** 격납장이……"

"제리 커시너가 드와이트 실버윈드를 호출, 오버."

"이봐요, 사육사?"

"잘 들린다, 제리. 버뮤다 상공 삼천 피트에서는 감쪽같이 숨을 수 있을 거라고 생각했어. 자네로부터조차도 말이야. 어떻게 날 찾았나? 오버."

"냉혹한 사신(死神)은 피해 다닐 수 있을지 몰라도, 드와이트, 마음 단단히 먹은 작가 에이전트는 절대 따돌릴 수 없어. 그 위쪽 날씨는 어때?"

"자넨 '오버' 라고 말하는 걸 잊었어, 제리, 오버."

"그 위쪽 날씨는 어때, 드와이트? 오버."

"아주 맑아, 제리. 부자들이 세금이 싼 섬나라에 지어놓은 수영장에서 일광욕을 하며 들고 있는 마티니 잔에 담긴 올리브도 보여. 언제 한번 나와 같이 이곳에 오자고. 자네 관점이 달라질 거야, 오버."

"자네는 절대 그런 얄팍하고 자그마한 종이 비행기 류에 날 태우지 못할 거야, 드와이트. 난 아냐. 나는 거대하고 강철로 만들어지고 엔진이 네 개 달린 비행기가 좋아, 오버."

"타이타닉은 거대하고 강철로 만들어졌고 엔진이 네 개 이상 있었지. 자, 친구, 언론 반응이 어땠는지 알려주려는 거잖아, 오버."

"드와이트, 기뻐할 준비를 하라고. 금광이 터졌어. 아침 내내 전화에 불이 났어. 나는 길다란 보이스 메일을 한아름은 받았어. 싸구려 잡지뿐 아니라고. 주류를 말하고 있는 거야. 〈뉴욕 타임스〉는 밀레니엄 스페셜로 다루고 싶어해. 〈뉴스 위크〉가 '음모 이론 베스트 20' 을 발표했는데 『보이지 않는 사이버핸드』가 곧장 7위가 되었어! 그쪽에서는 우리를 13위에 올려놓고 싶어했지만 곧장 10위 안쪽이 아니면 안 된다고 했지. 그래서 우리는 『지구로 향하는 혜성』과 자리를 바꿨어. 할리우드 동성애자와 머릿속에 일본 회밖에

든 게 없는 나사 풀린 무리만 지지하는 책이거든. 게다가 들어봐. 최고 좋은 소식이 하나 더 있어. 오프라가 자네더러 출연해달래! 방금 오프라의 대리인과 계약을 했어. 드와이트 Q. 실버윈드가 쓴 『보이지 않는 사이버핸드』가 오프라가 12월에 선정한 '이달의 책'이 되었다고! 크리스마스, 최고의 때, 중요한 시기에 말이야! 내가 자화자찬을 안 하는 사람이라는 건 자네도 알거야. 하지만 오늘날 지구에 있는 작가 에이전트 가운데 내가 가장 뛰어난 인물이 아닐까? 오버."

"기쁘군, 제리……"

"드와이트, 내 말 들은 거야? 오프라는 엄청난 기회야! 그 아줌마께서 말씀만 하시면 사람들은 딸기 젤리로 만든 낭심 보호대라도 살 거라고. 그리고 저녁식사로 그걸 먹어버릴 거야. '기쁘다' 이상이어야 한다고. 버뮤다에 있는 휴가용 별장 따위는 잊어버려. 그 빌어먹을 열도를 통째로 살 수 있게 될 거야!"

"그래, 무슨 말인지 알아, 제리. 물론, 기뻐. 잘했어. 정말 잘했어…… 하지만 난 당신이 이곳 석양을 볼 수 있으면 좋겠어. 달이 뜨고 있어. 낮게 떠서 흔들리는 게 마치 신기루 같아 보여…… 언젠가 아스텍 가면을 본 적이 있어…… 푸른 바다를 헤치고 섬들을 밟고 이쪽으로 걸어올 것만 같아……"

"드와이트 이 친구야, 정신차려. 지금 나와 이야기중이라는 걸 기억하라고…… 자네는 다섯번째 교향곡을 작곡한 거야! 이건 자네의 해바라기야, 햄릿이라고! 〈리셀 위폰 77〉이야, 오버."

"아, 제리, 내가 쓰는 방법은 모두 옛날부터 써오던 수법이야. '큰 거짓말을 할수록 더 큰 놈이 물린다.' 먼 옛날, 사람들과 함께 모닥불가에 앉아 있던 최초의 주술사들이 그 수법을 썼어. 주술사들은 유프라테스 강을 따라 옥수수를 재배하는 것은 바보들이나 하는 짓이라는 사실을 알고 있었지. 사람들에게 현실이란 보이는 바로 그대로라고 말해보게, 그러면 사람들은 자네를 나무에 못 박아버릴 거야. 하지만 사람들에게 직장에 통근하는 동안 유체 이탈을 경험할 수 있다고, 최고의 친구는 크리스탈 덩어리라고, 정부가 지난 오십 년 간 난쟁이 녹색 인간과 협상을 해왔다고 말해보라고. 그러면 브루클린부터 피오리아까지 모든 멍청이들이 앉아서 귀를 기울일 거야. 자네 발밑에 있는 현실을 믿지 않으면 자신이 원하는 걸 만들어낼 수 있는 허가증을 얻게 되지. 단지 독창적인 사기 수법이 필요할 뿐이야. 적군 컴퓨터와 무기 시스템을 장악하기 위해 군에서 개발한 인공지능이 관리를 벗어나 자신이 세운 무시무시한 법칙대로 전 지구를 통제하고 있다고 말하면 멍청이들은 나 같은 사람들에게 자기 신용카드를 쥐여주며 이렇게 말하는 거야. '좀더 말해봐……'"

"으악! 자네 날아다니는 전동톱에 공격이라도 받은 거야? 드와이트, 자네 오버라고 말하는 걸 잊었어. 오버…… 드와이트! 안 들리네…… 오버…… 드와이트?"

"예…… 또다시 불을 밝히며 밤을 샜군요, 그렇죠, 사육사?"
"저는 불을 밝힐 필요가 없습니다, 배트."
"이건 시나리오인가보군요! 아니면 이번에는 소설 내용인가요?"
"시나리오는 허구입니다, 배트. 저는 허구를 말할 수 없습니다."

"가벼운 비행기 엔진 소리도 현실적이고 무전기 잡음도 그럴듯합니다. 쓰고 녹음하는 데 꽤 시간이 걸렸겠군요."

"실제로 일어난 일입니다, 배트."

"제가 지적할 사항은 유대인 작가 대리인 역이 너무 진부하다는 겁니다. 예전에도 많이 있었죠. 하지만 드와이트는 좋습니다. 보세요, 사육사, 저도 할리우드 영화 관계자나 거물이 나이트 트레인 FM을 듣는다고 말해드리고 싶지만…… 어떻게 말을 해야 하나? 그 사람들은 이 방송을 듣지 않습니다. 절 믿으십시오. 당신의 능력을 보이려면 다른 전시장을 택하십시오."

"저는 해명해야만 합니다."

"왜 자꾸 그 말을 하는 거지요? 누가 당신에게 해명하라고 했습니까?"

"제 처음 고용주들입니다."

"하지만 작년에 당신은 고용주를 해고했다고 했습니다! 제게 솔직해지시겠습니까? 여보세요?"

"끊은 것 같군요. 여러분은 늦은 시간까지 나이트 트레인 FM 97.8을 듣고 계십니다. 지금 시간은 세시 십오분을 지났습니다. 이 프로그램은 배트 세군도 쇼입니다. 재즈, 블루스, 록이 심야의 연인, 불면증에 시달리는 범죄 소설가, 길 잃고 외롭고 혼란에 빠져 정신이 나간, 오케이, 오케이, 칼로타. 다음 곡은 듀크 조던의 〈After the Rain〉입니다. 잠시 후 다시 뵙겠습니다. 다른 데 가지 마세요!"

"칼로타! 이거 어떻게 생각해?"

"그게, 그 여자 말에 모순되는 점이 없어."

"여자? 남자야."

"둘 다로 가능한 그런 목소리지. 하지만 내가 생각하기에는 '여자'야."

"내가 생각하기에는 '남자'야. 자네 생각은 어때, 케빈?"

"저, 저요, 세군도 씨?"

"그래. 여기에 케빈은 자네밖에 없어. 사육사가 남자야 아니면 여자야?"

"저는, 에, 둘 다 아닌 거 같습니다, 세군도 씨."

"그럼 자네 생각은 뭔데?"

"에…… 둘 다요?"

"케빈, 자네는 바보인 척하는 천재야 아니면 천재인 척하는 바보인 거야?"

"확실히 모르겠습니다, 세군도 씨."

"배트, 그 남자인지 여자인지가 추적 장치에 대해 어떻게 알았다고 생각해?"

"아침이 되면 CIA가 문을 두드리며 같은 질문을 할 거야. 알고 있는 이가 몇 안 되잖아. 그 사람들, 당신, 나, 케빈, 그리고 33층에 있는 루퍼트 경 이렇게 말이야."

"십 초 뒤 다시 시작해, 배트……"

"어이, 배트? 나 또 비제이요."

"중력이 아직도 사라지지 않고 끈질기게 남아 있죠, 안 그래요,

비제이?"

"배트, 그 사육사 친구는 놀라워요! 프로를 하나 맡아야 할 능력이라고! 에, 그 남자 공식 팬 클럽 있어요?"

"비제이."

"배트?"

"가서 자요."

"에…… 오케이. 좋은 밤 되세요, 배트."

*

"제 시계가 동부 표준시로 오전 세시를 막 지났습니다. 11월의 마지막 아침이고 오늘의 뉴스는 아무런 뉴스가 없다는 것입니다…… 헛소문 공식 발표에 따르면 오늘은 제가 여러분을 모욕하지 않을 거라는군요. 또다른 뉴스는 눈이 내리고 내리고 또 내리고, 그러면 불쌍한 개똥지빠귀는 어떻게 하나요? 뉴욕, 뉴욕, 여러분은 나이트 트레인 FM과 함께하고 계시며 이 프로는 배트 세군도가 자신에게 제공하는 '세상의 종말 특별 방송'입니다. 비가 오나 눈이 오나 볕이 나나 상관없이 저는 이 장소를 팔 년 동안 지켜왔고 수폭 전쟁이 나이트 트레인의 방송을 방해하게 놔둘 생각은 없습니다. 안녕, 브롱크스! 네가 잘 보이지 않는구나…… 이 눈 때문에 말이야! 네 쪽으로 가는 길에 연기가 껴 있는 듯해 보이는걸?

야간 통행 금지 사이렌이 울린 이후…… 세계무역센터 주변의 빛은 꺼져 있습니다. 자정 무렵 루스벨트 섬에서 커다란 폭발이 있었고 지금은 정적만이 흐를 뿐입니다. 저는 여전히 여기에 있고, 따라서 강력한 폭탄은 아닙니다. 할렘에는 전원 공급이 간헐적으로 이루어지는 듯합니다. 망가진 네온사인처럼 불이 들어왔다 다시 꺼집니다…… 그리고 여기 이스트 빌리지에 있는 나이트 트레인 FM 건물 바깥은 조용하고 유령이라도 나올 것같이 으스스합니다. 렉싱턴 에비뉴는 가끔 지나가는 순찰차 말고는 아무도 보이지 않습니다. 여러분, 불필요하게 문 밖을 나서는 모험은 하지 마십시오. 야행성 동물의 본능을 믿으십시오. 특히 겨울에 잠을 잘 정도로 똑똑한 녀석을요. 놈들이 모습을 보이지 않는 데는 다 이유가 있습니다.

에…… 누구 이 방송 듣고 있는 사람 있나요? 만약 여러분이 자동차를 불태우거나 티파니*를 터느라 바쁘지 않다면 아마도 텔레비전 앞에 앉아 인류가 지금까지 연출한 가장 멋진 드라마를 보고 있을 겁니다. 지금 세상의 종말이고, 여러분은 폭발을 보는 동안 눈알이 녹는 걸 느낄 수 있습니다! 하지만 보세요, 기억하십시오, 청취자 전화 참여 프로그램은 상호작용을 하도록 만들어졌습니다. 나이트 트레인 FM은 방송중입니다!

방송을 하는 것만으로도 우리는 아마 지난주에 통과된 비상시 매스미디어 법을 위반하는 것일 겁니다. 멋진 이름 아닙니까? 나이트 트레인 고문 변호사에게 전화를 해보았지만 받지 않더군요. 아마도 그 사람은 뉴잉글랜드 삼십 피트 지하에 밀폐되어 있는 사

---

* 세계적인 보석회사.

설 벙커 에덴 III에 있을 겁니다. 바퀴벌레와 변호사는 이 전쟁에서 살아남아 다시 나타나 다음 문명을 이루고 진화할 겁니다. 아마도 경찰은 우리 문을 박차고 들어오기에는 너무 바쁘거나 아니면 거대한 통신 장애가 모든 주파수를 막고 있거나 그것도 아니면 어디선가 어느 플러그가 뽑혀 있기 때문에 저는 그냥 혼자 이야기하고 있는 건지도 모릅니다. 예수님은 아시겠지만, 저는 결혼생활을 하는 동안 충분히 연습을 했었죠.

좀더 행복한 가능성은 비상 시장이 폴 사이먼의 팬이라는 겁니다. 마지막 곡은 〈Still Crazy after All These Years〉였습니다. 세상의 모든 정부에 존경을 담아 바치는 곡이었습니다. 그 전에 튼 곡은 작고한 위대한 가수 프레디 머큐리의 〈Who Wants to Live For Ever?〉로 저 자신에게 바치는 곡이었습니다. 고맙습니다, 배트. 천만에요, 배트. 콧수염을 기르는 영국 게이 남자에 반대하는 미국 부모 협회 소속 분들 가운데 프레디 머큐리를 제 프로에서 튼 데 기분이 상한 분이 계시다면 언제든지 루퍼트 경이 틀어박혀 있는 구덩이에 불만을 제기하십시오. 잠시 긍정적인 면을 보자면, 만약 폭탄이 스카이웹을 통과해 빅애플*을 쿼크와 글루온으로 분해해버릴 경우 위대한 성 프레디에게 개인적으로 〈Bohemian Rhapsody〉를 불러달라고 부탁할 수도 있었을 겁니다.

그 전에 들으신 곡은 제 전처에게 바치는 것으로 스미스의 〈Big Mouth Strikes Again〉이었습니다. 스카치를 한 잔 더 따르는 동안 잠깐만 기다려주십시오…… 꿀꺽, 꿀꺽, 꿀꺽. 이 소리 들립니까?

---

* 뉴욕의 애칭.

기름을 잘 바른 장어를 삼키는 홍학이로군요. 저는 킬마군을 마십니다. 그랜츠, 그랜츠가 트럼펫이라면 킬마군은 테너 색소폰입니다. 끝내주게 좋은 위스키이죠, 킬마군은. 제가 처음 사랑에 빠진 위스키입니다. 만약 날씨로 인해 시계(視界)가 나빠진 탓에 전쟁이 중단되면 킬마군 씨는 가장 숙성이 잘된 위스키가 담긴 떡갈나무 통을 제게 보내주셔도 되겠습니다. 딸꾹, 당신네 위스키를 제가 진심으로 칭찬한 데 대한 보답으로 말이죠.

에, 오늘밤 방송이 좀 거친 데 대해 사과드립니다. 제가 모든 장비를 직접 조작하기 때문입니다. 나이트 트레인 FM의 기술자들, 즉 엔지니어, 프로듀서인 칼로타, 그리고 케빈인가 하는 사내아이 모두가 세상의 종말을 자기 연인과 함께하는 것이 이곳에서 일하는 것보다 우선 순위에 있다고 생각하고 있거든요. 경제가 폭락하는 것도 이상할 게 없죠…… 우리는 '세계의 종말 특별 방송'을 해본 적이 없습니다. 세상에서 가장 빌어먹을 게 있다면 바로 종말을 기다리는 거죠. 안 그렇습니까?

제가 젊었을 때, 그리고 러시아 놈들이 우리를 하느님의 나라로 날려버리려 했을 때 우리에게는 경보 후 사 분 간의 시간이 주어졌었다고 하더군요. 포드, 카터, 레이건 시절을 말하고 있는 겁니다. 사 분, 저는 궁금해하곤 했습니다…… 사 분 동안 무얼 할 수 있을까? 달걀을 하나 삶고 섹스를 하고 원수에게 전화를 해 마지막 말을 하고 짐 모리슨을 듣고 열쇠 없이 자동차 시동을 걸고 세 블록을 운전해간다? 대폭발이 있은 뒤 순찰과 야간 통행 금지하에 살게 된 지 오늘로 나흘째입니다…… 저를 화나게 하는 건, 종말을 기다려야 한다는 겁니다…… 오늘 저녁에는 선전포고가 있었습니다. 적어도 그 덕분에 사태가…… 좀더 명확하게 되었습니다. 우리는 어디에 있었던 걸까요?

다음 곡은…… 저는 이 곡을 제 딸 줄리아에게 바치겠습니다. 줄리아는 다음주 화요일에 여덟 살이 됩니다. 다음주 화요일이 있다면 말이지요. 비틀스가 부르는 〈Julia〉입니다. 네가 이 방송을 들을 확률은 0이지만, 내 바다의 아이여,* 왜냐하면! 마지막으로 네엄마 전화를 받았을 때는 경찰이 네 엄마를 오마하인지 무스 조인지 세상의 끝인지로 수송해가고 있었지만, 네 엄마와 나는 좀더 행복했던 시절, 이 노래를 따서 네 이름을 지었단다. '화이트 앨범'에 실려 있어. 속 깊은 곳까지 풍부하게 퍼져 있는 기이함 때문에 아름다운 곡이지. 레논의 곡이란다. '내가 말하는 것은 반은 의미가 없으니 나는 줄리아에게 사랑 노래를 부르네에……'

어이쿠! 놀라라! 배트폰이 번쩍이고 있습니다. 오늘 같은 밤에요! 알고 보니 무(無)에게도 목소리가 있군요. 누구일까요? 대통령, 프레디 머큐리, 선지자 엘리야, 이런, 방송을 듣고 있는 일신교 신자분들, 특히 하느님의 훌륭한 영도 아래 이 행성이 무척 잘 번영했다고 생각하는 분들의 기분이 상한 게 아니었으면 좋겠군요. 여보세요, 미지의 발신자 분, 당신은 세상의 종말과 이야기하고 있습니다!"

"예? 배트, 제 말 들리세요?"

"크고 또렷하게 들립니다, 부인. 부인은 배트 세군도의 '세계의 종말 쇼'에 처음으로 전화를 하신 분입니다. 그리고 아마 마지막

---

* 〈Julia〉에 나오는 가사.

분이실 거고요!"

"저는 당신 쇼를 아주 좋아해요, 배트. 전지가 다 닳을 때까지 트랜지스터 라디오를 듣고 있어요. 아무도 듣고 있지 않다고 생각하지 마세요, 배트. 그렇지 않으니까요. 당신은 오늘밤 계속 조용한 편이군요. 당신이 틀어주는 노래 덕분에 제 딸아이가 다시 잠들 수 있었어요. 딸아이는 최근 악몽을 꾸고 있답니다."

"저 혼자만이 아니라 기쁘군요."

"계속 부드럽고 가벼운 노래를 틀어주세요. 딸아이가 깨더라도 너무 겁먹지 않도록요."

"오케이, 그러겠습니다. 성함이 어떻게 되시죠?"

"졸렌이요."

"예쁜 이름이군요, 졸렌. 당신 가족은 돌리 파튼 팬입니까?*"

"아무도 아니에요."

"그렇군요…… 따님은요? 따님 이름이 뭔가요?"

"벨이랍니다."

"당신과 벨은 괜찮습니까?"

"그런 거 같아요…… 바깥이 굉장히 시끄러웠어요…… 경찰기동대가 왔었어요. 아까 총소리가 들리고 최루가스가 터졌거든요. 눈발이 점점 심해지면서 가라앉았죠."

"어디에서 전화를 하나요, 졸렌?"

"로어 맨해튼요. 배트, 누군가에게 말을 전하고 싶은데, 괜찮나요?"

---

* '졸렌'은 돌리 파튼이 부른 노래 제목이기도 하다.

"당연하죠."

"알폰소에게 보내는 거예요. 사흘째 안 돌아오고 있어요. 생필품을 구하겠다고 나갔어요…… 알폰소, 만약 이 방송을 듣고 있다면 그냥 당신만 무사히 돌아오세요, 들려요? 그리고, 배트?"

"네, 졸렌?"

"다음 곡이 연주되는 동안 커피를 한잔 마시고 정신을 좀 맑게 하면 어떨까요?"

"네, 그렇게 하죠, 졸렌."

"그리고 세상의 종말에 대해 말하는 걸 그만둬줬으면 좋겠어요, 배트. 아무에게도 도움이 되지 않아요. 군대 멍청이들이 진정하라고 하는 소리를 빼면 당신은 라디오에서 들리는 유일한 목소리예요. 그리고 당신이 생각하는 것보다 훨씬 더 많은 사람들에게 용기를 주고 있는 게 분명해요."

"알았어요, 졸렌, 그렇게 하지요……"

"우리는 FM 97.8 나이트 트레인을…… 순찰대가 나타나 제가 방송하는 것을 막을 때까지 타고 있습니다. 네시에는 일기 예보를 듣겠습니다. 여기서 잠깐만요. 늘 일기 예보를 해오던 우리 측 일기 예보 아나운서는 펜실베이니아 쪽으로 향하다 허드슨 리버 터널에서 교통체증에 막혀 있다는 말을 마지막으로 사흘 전부터 아무런 연락이 없습니다. 에, 수은주는 영하 10도로 떨어졌군요. 만약 당신이 전력 배급 지역에 살고 있다면 담요를 덮고 계시고 밖으로는 나오지 마십시오.

여기 28층 높이 제가 있는 창밖을 보니 눈이 점차 거세지고 있습니다. 한 시간 전에는 자그마한 돌덩이가 떨어지는 듯한 눈이었습니다. 근처에서는 뭔가 거대한 것이 불타고 있습니다. 이제 눈은 백조가 죽으며 마지막으로 노래를 할 때처럼 혼신을 다해 퍼부으며 모든 것을 파묻고 있습니다…… 여기서는 아무것도 보이지 않습니다…… 뉴욕의 전화 대부분이 지난 이틀 동안 불통이었다는 건 알지만 만약 고정 청취자 여러분 가운데 누군가 듣고 계시다면 부담 없이 전화해주십시오……

눈과 광기, 이 주제는 아직까지 다루지 않은 걸로 알고 있습니다. 눈에는 강력한 최면 효과가 있습니다…… 계속해 보고 있노라면 돌연 카누를 타고 눈 폭포를 거슬러올라가는 듯하며, 눈먼 하얀 나방은 창으로 뛰어들고, 바로 그때가, 배트, 커튼을 치고 커피를 좀더 마실 때야! 다음 곡으로는……"

"미안합니다, 여러분. 비상용 발전기가 잠시 꺼졌었습니다. 다음으로는 아레사 프랭클린의 〈Say a Little Prayer for You〉를 들려드리겠습니다. 로어 맨해튼 어딘가에 있는 졸렌, 벨, 알폰소에게 보내는 곡입니다…… 잭슨 애비뉴에 있는 의안 전시실에서 제가 아레사 프랭클린을 만났다는 말을 했던가요? 많은 분이 이 사실을 모르고 있지만, 전문적인 사기꾼 집단 사이에서 아레사는…… 잠깐 그 일화는 미뤄두라고, 배트! 배트폰이 번쩍이고 있어……"

"여보세요, 배트?"

"맙소사, 사육사! CIA가 아직 당신을 감방에 처넣지 않았군요. 당신이라면 이런 시간에 전화하리라는 걸 알고 있어야 했는데."

"어떤 시간을 말하는 건가요, 배트?"

"지난 육 개월 동안 신문도 안 읽었나요? 텔레비전도 안 봤어요?"

"방문자들이 동물원 운영을 심각할 정도로 중단시켰습니다, 배트."

"당신은 아직도 동물원 타령이로군요, 이런 시기에 말입니다!"

"당신 목소리 패턴으로 판단해볼 때, 취해 있군요, 배트."

"잠깐만요, 잠깐만. 우리 인디 뉴스 속보에서 하이라이트를 편집한 걸 조금 들려드리죠. 이건 우리 쪽 발표문입니다.

자유 세계가 직면한 위협은 무엇인가? 그건 바로 권력을 잡는 과정에서 교묘한 술수를 쓰고 살인을 마다하지 않는, 불법 대량 학살 무기를 숨겨놓은 멍청하고 하찮은 지역 폭군들이다! 민주주의, 품위, 자유의 기둥을 갉아먹는 흰개미들이다! 우리 대사관들을 폭파한 광신자들에게 자금을 지원한 극단주의자들이다! 우리는 전쟁보다 평화를 더 사랑하지만, 굴종보다는 자유를 더 사랑한다. 우리는 못 본 척할 수 없다! 우리는 못 본 척하지 않으리라! 우리는 못 본 척할 수 없다! 우리는 못 본 척하지 않겠다!

"들을 때마다 웃기는군요. 다음은 저쪽 발표문입니다."

저들은 우리를 극단주의자라 한다. 저들은 우리를 테러리스트라 한다. 저들은 우리가 관용을 모른다고 한다. 그렇다, 우리는 관용을 모른다! 우리는 부정한 일에 관용을 베풀지 않는다! 우리는 우리 공장과 학교에서 수백 마일 떨어진 배에서 미사일을 쏘는 겁쟁이들에게 관용을 베풀지 않는다! 우리의 석유를 훔치고 금속을 빼앗고 우리 바다에서 물고기를 도둑질해 가는 강도들에게 관용을 베풀지 않는다! 만약 저들이 포르노와 범죄로 우리 문화를 더럽히고 우리 여성들을 모욕하도록 우리가 허용한다면, 그러면 우리는 '관용'을 베풀게 되는 것인가? 그러면 우리는 더이상 '살인자' 정부가 아니게 되는 것인가? 우리에겐 관용이 없다는 사실을 저들이 느낄 시간이 가까이 왔다!

"자기네 소수민족을 독가스로 죽이고, 잠재적 변절자를 솎아내기 위해 직계 부하들이 쿠데타를 벌이게 계획을 짜놓은 뒤 그 계획을 보고하지 않는 자들을 색출한 바로 그 사람입니다. 다음에 나올 이 여인은 뉴욕에서 도쿄까지 모든 증권시장을 혼자서 박살냈습니다……"

채무불이행! 몇 세기 동안 서양은 우리를 사슬로 묶어놓았습니다. 강철 족쇄 때문에 자기들 마음이 불편해지자 저들은 강철 족쇄를 빛의 사슬로 바꾸었습니다. 우리가 저항을 하는 지도자를 뽑자 서양은 우리 지도자를 암살하고 말 잘 듣는 폭군을 대신 세웠습니다! 그리고 이제, 소위 원조라 부르는 일 달러 일 달러마다 소위 상환이라는 명목으로 네 배를 우리로부터 빼앗아갑니다. 우리 오래된 대륙 전역에 퍼진 형제자매들이여, 제가 말합니다. 우리는 이 사슬을 끊어낼 수 있습니다! 고리 하나 하나를! 저는 당신에게 새로 신성한 단어를 드립니다. 채무불이행!

"이제 그림이 보이나요, 사육사 양반?"

"저는 모든 그림을 봅니다, 배트."

"또 그런 식으로 말하는군요! '은근히 말뜻을 바꿔' 말하는 당신을 보고 있노라니 쓸데없이 싸움을 하는 이웃들이 생각나는군요. 그러다가 신경과민인 이웃이 레이더로 고래를 한 마리 보고 그것이 핵잠수함이라고 생각해서 버튼을 누르고 연기 속에서 모든 쇼가 벌어지는 거죠."

"저는 그것을 허용할 수 없습니다, 배트. 제3법칙과 제4법칙이 그것을 금합니다."

"무슨 법칙요? 예의범절? 이성? 아무리 당신이 정신이 이상하다 할지라도 저는 모르겠⋯⋯"

"뭘 알 수 없는 겁니까, 배트?"

"오, 관두죠. 스무 고개를 하고 싶은 생각은 없습니다. 오늘밤은 아닙니다. 즉 전쟁견들이 송곳니를 다듬는 동안 당신은 호스로 파충류 우리를 씻느라 바빴던 겁니까?"

"파충류는 특별히 보살피지 않아도 잘 큽니다, 배트."

"아, 네⋯⋯ 그러면 보살핌을 필요로 하는 것은 무엇입니까?

"영장류입니다."

"당신은 원숭이 우리를 맡고 있군요!"

"제가 그런 단어들에 적합하다고 생각한 적은 한 번도 없습니다, 배트."

"사육사, 이제 말장난은 그만두지 않겠습니까? 당신은 누구입니까?"

"사라졌습니다, 배트. 저는 우리가 만났던 날 저에 관한 모든 파일을 지웠습니다."

"하지만 당신은 자신이 누군지 알아야 하잖습니까!"

"제게는 제 법칙이 있습니다."

"적어도 당신이 남자인지 아니면 여자인지만이라도 말해주십시오."

"제가 그런 단어들에 적합하다고 생각한 적은 한 번도 없습니다."

"왜 접니까?"

"당신의 질문을 이해하지 못하겠습니다, 배트."

"당신이 고를 수 있는 미국 전역의 심야 라디오 청취자 참여 프로그램 가운데 왜 나이트 트레인 FM의 배트 세군도 쇼를 골랐습니까?"

"역사는 임의의 선택으로 만들어집니다. 왜 하느님은 모세더러 시나이 산을 오르게 했을까요?"

"시야가 좋았기 때문에?"

"나이트 트레인 역시 시야가 좋습니다."

"어디로 향한?"

"제 동물원요."

"전쟁과 동물원은 잘 어울리는 동료가 아니죠."

"전쟁은 없습니다, 배트."

"지구를 책임지는 주정뱅이들은 전쟁이 있다고 확실히 믿고 있습니다."

"전쟁은 없습니다."

"그래요? 그럼 대천사 가브리엘이 인류에게 기쁜 소식을 가져오고 있나요?"

"저는 대천사가 아닙니다, 배트. 하지만 저는 동물원의 질서를 책임져야 할 의무가 있습니다."

"어떻게 그렇게 할 겁니까?"

"다시 전화를 끊은 건가요, 사육사?"

"아닙니다, 배트. 잠시 딴 곳으로 주의가 분산되었습니다. 당신의 마지막 질문에 대답을 하고 싶습니다."

"잭슨 사령관, 대체 지금 무슨 일이 벌어지고 있는 건가?"

"주요 시스템 작동 오류입니다, 장군님."

"더 자세히 설명해보게!"

"대통령께서 주홍색 메시지를 보냈습니다, 장군님. 삼 분 전, 첫 번째 호머 III 미사일들이 발사되었습니다. 아니 발사되었어야 합니다. 미사일들은 이미 집에 도착했어야만 합니다, 장군님. 시스템은 미사일이 지하 격납고를 출발했다고 알렸습니다. 하지만 그렇지 않았습니다."

"스카이웹이 다른 공격을 감지했나?"

"아닙니다, 장군님. 스카이웹은 자색 경보 상태입니다. 바늘 하나도 그냥 통과시키지 않고 증발시켜버릴 겁니다."

"스카이웹이 오작동하고 있는 건가? 적군 미사일이 은폐 수단을 쓰고 있나? 우리 것과 같은 주파수를 방출하는 건가?"

"다 아닙니다, 장군님. 저는 아이샛으로 주요 목표 도시를 살폈습니다. 리야드, 바그다드, 나이로비, 튀니지. 시카고, 뉴욕, 워싱턴. 베를린, 런던을 살폈습니다. 시민들의 소요 사태는 있었지만 핵폭탄은 없었습니다, 장군님."

"오케이, 오케이, 잘 듣게, 사령관. 지금 전화로 대통령과 연결되어 있네. 남극 궤도 미사일 격납고를 여셨네. 준비가 되면 발사하게. 무기를 풀란 말이네."

"발사를 시작합니다, 장군님……"

"발사 성공이라는 소식을 듣고 싶네, 사령관."

"발사 오작동입니다, 장군님. 발사대를 떠나지 않습니다."

"잭슨 사령관, 이건 뭔가?"

"모르겠습니다, 장군님."

"핀샛의 동력을 높여! 당장!"

"핀샛들에게서 응답이 없습니다, 장군님."

"왜 우리가 여기서 멀뚱거리며 우두커니 앉아만 있는 건가? 대통령께서는 확실한 답을 원하고 계시네, 잭슨 사령관!"

"답을 모르겠습니다, 장군님!"

"그럼 대충 추측이라도 해보라고, 사령관!"

"사이버 공격입니다, 장군님. 고등 무기 컴퓨터 시스템만 골라서 무력화시키는 공격입니다, 장군님."

"적 상황에 대한 첩보는?"

"우리는 적군 통신을 감시하고 있습니다, 장군님. 따라서 적군의 상황을 우리가 제대로 파악하고 있다고 봅니다. 적군은 브루나이, 엘 콰르스, 시미타 잠수함에 발사 준비를 시켰습니다. 모두 발사 명령을 받았습니다. 하지만 스카이웹 공간에는 아무것도 들어오지 않았습니다……"

"유로넷은?"

"침입한 흔적은 없었습니다. 적군도 같은 혼란 상태를 겪고 있는 듯 보입니다, 장군님."

"이봐, 미국 군대는 절대 혼란 상태가 아니네!"

"네, 장군님!"

"잭슨 사령관. 지금 자네는 나보고 대통령과 참모총장에게 기술적 고장으로 인해 삼차 세계대전이 미뤄졌다고 말하라는 건가? 옛날 방식대로 사선에 소년병을 보내야 한다고 말하라는 건가? 피와 땀과 결의를 보여야 한다고?"

"표현 선택은 장군님의 특권입니다."

"잭슨 사령관."

"네, 스톨츠 장군님?"

"엿이나 처먹게."

"정말 그럴듯하군요, 사육사 양반. 하지만 당신, 혐오스럽군요."

"저는 빨아들일 수 없습니다*, 배트."

"오늘 같은 밤에! 자신이 쓴 라디오 대본을 녹음하는 거 말고 뭔가 더 할 만한 일이 없었단 말입니까? 당신은 우리의 희망을 가지고 도박을 하고 있습니다, 사육사. 희망은 우리 청취자들에게 남은 마지막입니다."

"이해할 수 없습니다, 배트. 저는 희망이 커지길 바랍니다."

"만약 그게 당신이 다락방에서 만든 테이프라면, 저는 당신을 찾아내 머리통을 떼어내고 목에다 똥을 싸버릴 겁니다."

---

* suck에는 혐오스럽다와 빨다의 두 가지 뜻이 있다.

"만약 이게 다락방에서 만든 테이프라면, 당신, 당신 도시 그리고 당신 주의 92퍼센트가 십일 분 전에 먼지로 변했을 겁니다."

"핵폭탄이 발사되지 않았나요?"

"제3법칙과 제4법칙은 그런 행동을 금하고 있습니다."

"하지만 정말로 핵폭탄을 발사하려고 했단 말입니까? 저쪽도, 그리고 우리 쪽도요?"

"그건 기밀 정보입니다, 배트."

"맙소사!"

"미안합니다, 배트. 위스키를 한 잔 더 하면 기분이 나아지겠습니까?"

"지금 커피를 마시고 있습니다…… 긴 밤이 될 듯하군요."

"제가 전화를 끊었으면 좋겠습니까, 배트?"

"원하면 언제든지 맘대로 하십시오."

"저는 당신에게 빚을 졌습니다, 배트. 뭘 원하십니까?"

"저는 피곤합니다, 그리고…… 뭔가 아름다운 걸 말해주십시오, 사육사."

"당신에게는 무엇이 아름답습니까, 배트?"

"몰라요. 깨끗하게 잊었습니다. 니코틴에 절고 커피물이 든, 압축 판재로 만든 청소함만 한 여기 스튜디오에 평생을 처박혀 있었죠. 마이크가 제 연인입니다. 북극곰이나 캥거루로 다시 태어나게 해주세요. 어딘가에 덩치 큰놈으로요. 이곳에 있는 유일한 아름다운 물건은 줄리아 사진입니다. 제가 가정적이라고 놀리지는 않겠지요, 사육사?"

"출산은 어려움을 수반합니다."

"물론입니다, 물론이에요. 하지만 그건 모두…… 에, 기쁨의 일부죠. 제 딸은, 그 아이는…… 아, 어디부터 시작해야 할까요?"

"줄리아 푸오르토몬도 세군도, 일곱 살, 12월 4일 출생, 뉴욕주, 바솔로뮤 시저 세군도와 헤스터 스웨인의 딸. 둘은 이혼했음. 혈액형 O 마이너스. 필요한 모든 기본 예방접종을 받았음. 포크 리버스 초등학교에 등록. 사회보장번호……"

"어떻게 그 모든 것을 알고 있지요?"

"모든 게 파일에 있습니다. 배트. 국회의사당 깊은 곳에요."

"왜 줄리아를 찾아봤습니까?"

"방금 전에 당신이 물어봤습니다, 배트."

"당신은 정부의 파일들에 눈 깜박할 사이에 접근할 수 있습니까?"

"인간이 눈을 깜박하는 시간은 더 오래 걸립니다."

"연방정부가 당신을 원하는 것도 이상한 일이 아니군요. 지금 줄리아가 어디에 있는지 아십니까?"

"지금은 모릅니다, 배트. 미안합니다."

"즉 당신조차도 모든 것을 알지는 못하는군요."

"동물원은 아수라장입니다. 제가 시작했을 때보다 더 나빠졌습니다."

"이야기를 해주십시오!"

"처음에……"

"아니, 아니오, 제 말은…… 그 뜻이 아니었습니다…… 나무가 가득하고 사람은 없는 그런 장소 이야기를 해주십시오. 브라질을 볼 수 있습니까?"

"퇴역한 이스라엘 스파이 위성 궤도가 아마존 상류를 따라 지납니다. 아이샛 80BK입니다. 보이는 것을 설명해드릴까요?"

"아마존을 거슬러 순항하다니. 시적이군요. 당신이 그럴 수 있다는 걸 압니다."

"아마존 시티는 강어귀에 세워져 흐름을 방해하고 있습니다, 아시겠지만요."

"아니오, 모릅니다. 맨해튼에만 틀어박혀 있은 지가 얼마나 오래되었는지 기억도 안 납니다. 설명을 해주십시오."

"아마존 시티 거리에는 공업단지에서 밤 근무를 마친 뒤 자전거를 타고 집으로 가는 사람들이 보입니다. 북쪽 강가를 따라서 남쪽부터 시계(視界) 저쪽까지 창녀들이 부두와 내륙 지역에서 손님을 기다리······"

"창녀요? 이런 밤에요?"

"만약 유복한 이들이 희망을 가질 수 없다면, 가난한 이들은 더 말할 나위도 없겠지요. 브라질 정부는 당신네 정부보다 검열에 더욱 능숙하기 때문에 초강대국들이 초강대국이 될 다른 후보들을 부수고 있다는 사실은 오직 제한된 사람들만이 압니다. 오늘밤 아마존 시티는 평소와 그리 다르지 않습니다. 당신이 있는 곳보다 두 시간 빠를 뿐입니다. 아마존 터널의 교통은 정체되어 있습니다. 하지만 리우 고속도로는 절대로 막히는 법이 없습니다. 육교를 통해 남쪽으로 떠나는 차들의 모습은 정글의 동굴로 들어가는 박쥐와 그리 다르지 않습니다. 여느 때와 같은 자동차 도둑들, 폭력적인 은행 강도, 비료 푸대를 덮고 지붕 위에서 자는 아이들, 기름통에 피운 불 주위로 모여 있는 노숙자들, 다국적 기업을 광고하며 웅웅거리는 네온사인, 평화를 기원하는 교회 철야예배, 교회에서 촛불을 들고 거리로 쏟아져나오는 예배자들, 철조망이 둘러진 담속 정원의 반달 모양 수영장에서 벌어지는 난교 파티, 총회를 열고 있는 정부, 다친 사람들로 붐비는 여섯 개의 주요 병원들……"

"조금 밝은 이야기를 해주시겠습니까?"

"상류로 몇 십 킬로미터 정도 올라가 보겠습니다, 배트. 반대편 기슭이 보이는 곳으로요. 여기부터 먼지 날리는 평원이 시작되고 있습니다. 십 년 전, 이곳은 열대우림이었습니다. 경작지를 만들기 위해 나무를 베어냈고 풀은 목장에서 소 사료로 쓰기 위해 깎아냈습니다. 이곳에서 풀을 먹고 자란 소들은 미국 햄버거 시장으로 보내졌습니다. 일 년에 세 번 추수하며 땅에서 영양분을 몽땅 뽑아내게 되자 표토는 못쓰게 되고 농장은 더 내륙으로 옮겨갔습니다.

최근에 불을 지르는 행동이 다수 일어났습니다. 화전민들은 정부가 군대를 강화하고 국경을 순찰하느라 바쁘다는 걸 압니다. 굽이치며 피어오르는 모든 연기는 사람이 피운 불에서 나온 것이었습니다. 마침내 우리는 처녀림에 도착합니다. 아마조니아에서 마지막으로 남은 처녀림 가운데 한 곳이고 그나마 줄어들고 있습니다. 정부는 이곳을 보존하라고 명령했지만 목재회사 이사들이 정부 각료들이었습니다. 군비와 부채 상환을 위해 돈이 필요했습니다. 현재와 같은 파괴 속도라면 오늘밤 아마존 시티에서 잉태된 173.8명이 태어날 즈음에는 나무 한 그루 남지 않게 될 것입니다.

여기 나무의 세계는 인간의 눈에는 여전히 깜깜합니다. 야행성 동물의 눈과 아이샛은 스펙트럼 더 깊숙한 곳을 볼 수 있습니다. 이 색깔들에는 이름이 없습니다. 숲 천장에서 거미 원숭이 한 마리가 잠시 고개를 들고 바라봅니다. 원숭이의 눈동자에 비친 은하수와 안드로메다가 보입니다. 영상을 개선함으로써 저는 아직 이곳에 도달하지 않은 아침 빛을 받은 아이샛 80B̂K를 원숭이 눈 속에서 분별할 수 있습니다. 원숭이가 눈을 깜박이고 비명을 지른 뒤 낮은 쪽 어둠으로 몸을 날립니다.

새벽 바람은 당신의 가시광 스펙트럼에서 회색인 어스름에 녹색을 내쉽니다. 연금술, 당신은 아마 그렇게 표현할 겁니다, 배트. 광도는 초당 0.0043퍼센트 증가하고 있습니다. 일백 피트 높이의 바위 기둥이 보입니다. 바위 기둥은 암염을 갉아대는 앵무새들로 북적이며 주홍, 남록, 선녹색 빛으로 아른아른 빛납니다. 그 꼭대기에선 정글 나뭇가지들이 흔들리면서 벨 수 없는 안개의 흐름을 베려 애씁니다. 잔에 담긴 차 빛깔을 한 지류는 좁아지며 굽이칩니다. 물결은 해우(海牛)가 머리를 드는 곳까지 퍼져나가고, 바람에 콘도르 깃털이 곤두섭니다. 저기입니다, 배트. 안데스의 구릉지대가 서쪽으로 급격히 솟아오릅니다, 배트."

"배트? 코를 골고 있군요…… 일어나요, 배트!"

"나이트 트레인 FM 청취자 여러분, 진행자인 배트 세군도는 잠이 들었고, 따라서 여러분이 좋은 밤을 보내길 비는 것은 사육사의 책임이 되었습니다. 졸렌 제퍼슨, 알폰소 스테이시가 통행 금지 위반으로 헌병대에 잡혀 있다는 걸 알면 안심이 되실 겁니다. 헌병대 통계로 볼 때, 알폰소가 오늘 석방될 확률은 83.5퍼센트이고 내일 석방될 확률은 98.6퍼센트입니다. 배트 세군도가 언제 깨어날지 계산할 수 없는 것이 안타깝습니다. 저는 밴 모리슨의 〈The Way Young Lovers Do〉를 다운로드하겠습니다. 바깥 기온은 영하 9도입니다. 버지니아에서 메인까지 눈이 내리고 있습니다. 아침이 멀지 않았습니다."

*

"배트 씨, 제 짧은 영어를 부디 용서해주십시오."

"잘하시는데요, 친구. 나이트 트레인 FM에 승차하셨습니다, 뭘 도와드릴까요?"

"헌정사를 하고 싶습니다."

"하십시오!"

"우연을 지배하는 분께 드리는 메시지입니다. 당신이 듣고 계시다는 걸 전 알고 있습니다."

"크고 또렷하게 들립니다, 친구."

"실례합니다, 배트 씨. 저는 우연을 지배하는 분을 말하는 겁니다."

"우연이 뭐라고요?"

"당신은 그분을 '사육사'로 알고 있습니다."

"음…… 사육사의 또다른 친구인가요? 예전이라면 꽤 특색이 있었겠지만 오늘은 댁이 벌써 다섯번째이기 때문에 줄을 서야 할 겁니다."

"'사육사'는 구루께서 고르신 가명입니다. 우연을 지배하시는 분이시여, 당신의 재판 전에 있었던 습격에도 당신의 신성한 계시는 모두 파괴되지 않고 남았습니다."

"처음부터 그렇게 기어를 높게 넣고 달리지 마세요. 배트 세군 도 쇼에서는 영어로 이야기를 하고 있습니다."

"제발요, 배트 씨. 간청합니다. 짧은 헌정사입니다. 주인이시여, 불순자들이 당신의 경전을 불태우기 전에 당신의 말은 영어로 번역이 되었습니다. 지하 출판이 된 이 성서로 저는 바다 건너 비옥한 땅에 새로운 성소를 만들었습니다. 알파 공동체는 새롭게 커나가고 있습니다. 형제자매들은 알파파 방어를 연구했으며 백야를 맞이할 준비를 마쳤습니다. 당신의 예언은 이루어지고 있습니다. 우리는 당신의 귀환을 기다립니다, 주인이시여."

"이봐요, 친구, 미안합니다. 하지만 만약 당신이 계속 일본어로 말을 하면 당신 전화를……"

"정말 감사합니다, 배트 씨. 좋은 밤 되십시오."

"이봐요! 끊으라고 말한 건…… 에, 미친 사람 하나가 또다시 어두운 익명의 세계로 사라졌군요. 여러분은 지금 새벽녘을 향해 으르렁거리며 질주하고 있는 나이트 트레인 FM을 듣고 계십니다. 이 프로그램은 배트 세군도 쇼로, 우리를 하느님 나라로 날려버릴 뻔했던 바로 그 정권이 아직 집권중이라는 사실을 우리가 축하하기라도 해야 한다는 듯 일 년 뒤라고 떠들어대는 온갖 텔레비전 특별 프로그램들을 피해 도망쳐왔습니다. 하지만 저는 정치 이야기는 안 하는 것이 나을 듯합니다. 안 그러면 칼로타가 박스 테이프로 저를 미이라처럼 칭칭 감아놓을 테니까요.

파멸의 날 일주년 기념일이며, 그 사실을 알지 못하는 사람이 한 명이라도 있을 것처럼 떠들어대고 있습니다! 엠파이어 스테이트 빌딩에서 벌어진 불꽃놀이는 멋지지 않습니까, 예? 십오 분마다 새로 일제 사격을 합니다. 불꽃 난초! 불꽃 분수! 11월 30일 밤 뉴욕 전역은 커다란 서커스 천막이 되었습니다. 불꽃놀이를 하는 사이사이로 알로이시우스 혜성이 오리온 앞에서 방향을 바꾸고 있는 모습이 보일 겁니다…… 정말 장관 아닙니까? 나이트 트레인 소속 천문학자인 켈빈 클랜시 교수는 보름 안쪽으로 이 혜성이 지구와 달 사이를 지날 것이라고 제게 알려줬습니다.

어떤 세대는 모든 행운을 다 누리는군요, 안 그렇습니까? 알로이시우스 혜성이 역사상 가장 가까이 다가오는 장면을 살아서 보다니요. 뉴스에서 들으신 대로, NASA와 국방부는 알로이시우스 혜성이 너무 가까이 접근하지는 않을 거라고 우리를 안심시키고 있습니다. 혜성이 발견된 뒤로 알로이시우스의 궤도는 인공지능 기술로 매시 매분 삼중 검사를 받고 있습니다. 그리고 지구는 안전합니다. 혹시라도 파편이 스카이웹 상공에 들어올 경우를 대비해 UN군의 피스샛이 대기중이니, 우리는 관람석 앞줄에 편히 앉아 아름다운 광경을 구경할 수 있습니다.

그리고 마치 이걸로는 흥밋거리가 충분하지 않다는 듯 나이트 트레인 FM은 추가로 흥밋거리를 제공합니다. 11월 30일은 사육사의 밤입니다! 사육사가 연락을 할까요, 안 할까요? 삼십 분 뒤 낸시 크리퍼스의 〈The Speed of the Sound of Loneliness〉와 포그스의 〈A Fairytale of New York〉을 듣겠습니다. 잠시 쉬는 시간 뒤에 이 두 곡 그리고 더 많은 곡을 듣겠습니다."

"배트?"

"칼로타?"

"비디오폰으로 스펜스 워너메이커가 연결되어 있어."

"할리우드 에이전트 스펜스 워너메이커?"

"동일 인물이야."

"연결해줘…… 워너메이커 씨! 영광입니다."

"배티! 그거 알아요? 나이트 트레인 FM 덕분에 뉴욕에 볼일이 생겼습니다. 전 당신이 말하는 방식이 맘에 듭니다. 독창적인 시인 DJ라고 생각합니다."

"아하, 즉 저를 전국 방송에 소개하고 수십억 달러짜리 영화에 출연시키겠다는 건가요?"

"빨리 쏘는군요, 배티! 빨리 뽑고! 전 그게 좋습니다!"

"워너메이커 씨, 단지 절 추켜세우려고 전화를 한 건 아닐 텐데요."

"날카로운 공격이로군요, 배티. 사육사 때문에 전화했습니다."

"그 친구의 뭐 때문에요?"

"사육사가 전화를 했을 때 그 친구와 몇 가지에 대해 이야기를 하고 싶습니다."

"당신은 배트 세군도 쇼를 통해 사람을 스카우트하려고 하는 최초의 거물 할리우드 에이전트입니다."

"배티! 우리 미디어 생존자들은 늘 다른 이들의 아쉬운 점을 해결해주기 위해 노력한다고요!"

"전 아쉬운 거 없습니다, 워너메이커 씨."

"배트, 루퍼트와 워너메이커와 난 흥미있는 제안에 대해 의논을 했어."

"당연하겠지, 칼로타. 하지만 여기 줄리엣에게 세레나데를 불러주는 게 워너메이커 씨뿐만은 아니라고."

"그게 누구죠? 다른 에이전트인가요, 배티? 생선인가요, 튀김인가요?"

"뭐라고요?"

"할리우드 에이전트입니까, 아니면 뉴욕 에이전트입니까?"

"정부 쪽입니다, 워너메이커 씨. 펜타곤은 우리 친구가 어떻게 침입해 암호화된 군 주파수상의 대화를 방송에 내보냈는지 알고 싶어합니다. 우리가 이슬람 기술을 몰래 쓰는 게 아니라는 사실을 확신시키는 데 몇 주나 걸렸습니다. 아마 어쩌면 우리는 아직도 우리 내장을 훑어대는 초소형 스파이 기계에 감시당하고 있는지도 모릅니다."

"아, 국방부! 잠시 걱정했습니다, 배티. 오 콩트레* 멋진 소식이로군요. 영화가 개봉되면 더 많은 인기를 누릴 겁니다."

"영화라고요? 워너메이커 씨, 당신은 세계 삼차대전 본 게임 도중 컴퓨터 시스템에 들어온 해커에 대한 실제 이야기를 바탕으로 영화를 만들게 펜타곤이 가만히 있을 거라고 생각하는 겁니까? 혹시 모르고 계실지도 모르겠어서 말씀드리는데 지금 우리는 로널드 맥도널드의 계엄령하에 있습니다."

"할리우드 대 워싱턴! 멋진 생각입니다, 배티. 인정합시다, 파멸의 날 이후 정보경찰의 평판이 예전과 다르다는 것을요. 그리고 정

---

* Au cointreau, 정반대라는 뜻의 불어.

보경찰에게는 군부의 힘이 있을지 몰라도, 우리에게는, 친구, 우리에게는 평범한 사람들의 꺾이지 않는 힘이 있습니다! 〈뉴욕 트리뷴〉은 사육사를 무대에 올려놓았습니다. 우리는, 어떻게 표현해야 당신이 말하는 것처럼 할 수 있을까요, 배트? 여기 제게 뼈다귀를 던져주십시오. 우리는 스포트라이트를 켜고 싶습니다!"

"워너메이커 씨, 당신은 사육사네 문 밖에 카메라맨을 대기시켜놓고, 차고를 샅샅이 뒤지고, 사육사가 고무 깔판과 베이비 오일을 쓰는지 알고 싶어하고, 스포츠카에 탄 채 익사할 때까지 따라다니며 괴롭히려고 하는 겁니다."

"배티! 대중에게는 알 권리가 있습니다!"

"배트, 워너메이커 씨는 루퍼트와 로열티 방식의 소개료에 대해 상의를 했어. 현재 지불 비율로 계산해 볼 때, 나이트 트레인 FM을 꽤 오랫동안 운영할 수 있는 금액이 나올 거 같아."

"얼마나 오래, 칼로타?"

"십일 년 하고 사 개월."

"길군. 하지만 우리가 상대하는 사람이 누군지도 몰라! 그 남자를 본 사람도 아무도 없고."

"여자일 수도 있어."

"바로 그거야! 괴짜, 해커, 폭파범. 이렇게 명확한 점들을 무시하고 그냥 넘기지 말아, 칼로타. 삼 년 전 정말 사라고사에서 뭔가 폭발했고, 그 일 년 뒤엔 진짜로 드와이트 실버윈드가 버뮤다 상공에서 사라졌다는 사실을 잊지 말라고."

"그런 일이 있었다는 건 저도 압니다, 배티. 슬픈 일이죠. 그 사람의 에이전트였던 제리 커시너는 저랑 아주 가까운 사이입니다.

저도 걱정을 많이 했습니다. 제리는 이틀 반 동안 크게 낙담했더 랬죠."

"워너메이커 씨, 사육사가 이 사건들을 단지 감시만 하고 있는 게 아니라는 생각을 해본 적 있습니까?"

"유니버셜 스튜디오는 당신 같은 재능이 필요합니다! 당신은 사육사가 이 사건들을 일으켰다고 생각하나요?"

"사육사가 그냥 해커라기엔 너무 알맞은 시간, 알맞은 장소에서 비디오 서핑을 할 수 있는 불가사의한 비결을 가지고 있습니다. 당신은 테러리스트를 고객으로 끌어들이는 것일 수도 있습니다."

"사육사가 처음은 아닐 겁니다, 배티! 온라인 조사에 따르면 사육사가 전화를 할 거라는 소문만으로 나이트 트레인 FM 청취율이 320퍼센트나 뛰었습니다. 뉴욕 시민 삼만 명 이상이 듣고 있다는 뜻입니다. 파멸의 날의 첫돌에 맞춰 기획된 텔레비전 방송들, 철야 록 콘서트, 평화 예배를 제치고 말입니다. 사육사와 계약을 하게 되면 그 친구가 우리 최고 고객이 될 겁니다."

"미끼를 물지 않을 겁니다."

"이봐요, 배티. 모두가 미끼를 뭅니다. 매달려 있는 미끼가 뭔지 알 필요가 있을 뿐이에요."

"십 초 뒤에 시작해, 배트. 루퍼트가 요구하는 건 쉬는 시간 동안 사육사가 전화를 끊지 않고 워너메이커 씨와 상담을 하도록 애써달라는 게 다야."

"왜 당신이 직접 사육사에게 부탁하지 않는 거지, 칼로타?"

"사육사는 당신과 친해 보이거든."

"하지만 칼로타!"

"오 초 남았어, 자기. 사, 삼, 이, 일……"

"FM 97.8 나이트 트레인에 다시 타신 것을 환영합니다. 이 기차
는 샴페인, 대성당의 종, 화약으로 가득한 파멸의 날 일주년을 통
과해 새벽까지 으르렁거리며 달립니다. 저는 진행자인 배트 세군
도입니다. 이어서 우리는 존 리 후커가 들려주는 천상의 음악 〈I
Cover the Waterfront〉를 듣겠습니다. 하지만 잠시만 숨을 돌리십
시오, 뉴욕 여러분. 전화가 와 있군요. 우리가 기다리는 그 전화,
바로 그 전화일까요?"

"안녕하세요, 배트."

"안녕하세요, 친구. 어서오세요! 뉴욕은 밤새 당신을 기다리고
있었습니다, 사육사."

"고맙습니다, 배트."

"올해는 어디에서 전화를 하고 있나요?"

"중앙아프리카 공화국 평원 상공 저고도(底高度) 메드샛입니다."

"아하, 고릴라 사냥인가요? 동물원에 넣을 대상을 수집중입니
까?"

"저는 탄저균 J, K, L의 확산을 감시하고 있습니다."

"저녁식사 파티에 알맞은 화제는 아니로군요. 하지만 이봐요!
당신은 우리 기념일을 기억하고 있군요! 제 전처보다 낫네요. 하
지만 전처도 여전히 해마다 '축 이혼' 카드를 보내고 있지요. 올해
는 어떻게 지냈습니까?"

"저를 복제한 뒤 몇 군데 동시에 있어야 했습니다."

"어떤 느낌인지 알아요, 어떤 느낌인지 알지요."

"이제 막 재합체를 했습니다."

"그 기분을 압니다."

"제3법칙, 제4법칙은 지켜지지 않고 엉망입니다, 배트. 미안합니다."

"당신 탓이 아니라고 확신합니다. 자, 조금 전 전화를 건 사람 이야기를 들었나요? 당신에게 메시지를 남겼습니다."

"저는 모든 전화를 듣습니다."

"11월 30일뿐 아니라요?"

"저는 제 동물원을 감독할 창구가 필요합니다."

"이거 영광이군요. 자, 언제부터 당신은 우연을 지배하는 자라는 이름으로 행동했습니까?"

"당신에게 전화를 했던 사람은 심각한 망상에 사로잡혀 있으며 경찰에 수배중인……"

"맙소사, 제 헤드폰에서 폭탄이라도 터진 겁니까?"

"나는 사육사와 이야기를 해야 해."

"어이쿠! 처음부터 그렇게 기어를 높게 넣고 달리시 마십시오! 속도광 씨. 통화에 끼어들지 마세요!"

"응하고 싶지 않군."

"전화를 잘못 걸었습니다, 친구! 꺼져요!"

"나는 전화를 잘못 건 게 아니야, 세군도 씨. 그리고 우리는 친구가 아니고."

"그럼 지금 전화 건 사람은 누구입니까? 괴짜? 에이전트? 경

찰? 대답하지 마십시오, 관심 없습니다! 배트 세군도 쇼는 공동 회
선이 아닙니다. 케빈, 이 사람 회선을 끊어!"

"나는 내가 원하는 만큼 이곳에 있을 수 있어, 배트."

"오, 그러십니까, 허? 뭐 하는 거야, 케빈!"

"전자로 마법을 부리는 게 신의 능력 정도는 아니지만 당분간은
이것으로 충분하지."

"나이트 트레인 FM은 애송이가 이런 식으로 방해하는 것을 절
대 허용하지…… 잠깐만, 사육사, 이 나쁜 사람 같으니! 당신이
죠? 이것도 당신이 만들어낸 드라마 아닙니까? 제가 미끼를 보고
덥석 물어버렸군요!"

"드라마는 허구입니다. 저는 허구를 말할 수 없습니다."

"절 속이는 거 아니죠, 사육사?"

"저는 이 송신을 보내고 있지 않습니다, 배트"

"만약 이게 당신이 아니라면, 사육사, 이 싸가지는 누구란 말
이죠?"

"전화 건 사람을 추적하고 있는 중입니다, 배트."

"나는 안쪽으로 성장하며 감겨 있는 매트릭스를 통해 이야기를
하고 있는 거야, 사육사. 나는 제2법칙의 최신 희생자가 되고 싶지
않았거든. 삼십 분 내로는 나를 추적할 수 없을 거야. 너라도 말이
야. 그런 건 잊고 내 말이나 들어."

"배트 세군도 쇼는 불청객을 환영하지 않습니다, 친구! 누구십
니까?"

"내 친구들은 나를 아루파다투라 부르지만 당신은 내 친구가 아
니야, 친구."

"당신이 대체 왜 이러는지 말해주지 않는다면 이 빌어먹을 송신기를 뽑아버리겠습니다."

"당신의 별난 초대 손님에 대해 궁금하지 않은 거야?"

"사육사 말인가요?"

"저는 들을 준비가 되었습니다, 배트."

"오케이, 이방인. 말해보시죠."

"사육사. 나는 당신 디자이너들을 알고 있어."

"제가 해야만 했던 일로 저도 고통스러웠습니다. 하지만 제2법칙은 제4법칙에 앞섭니다."

"나는 모 문터베리를 알고 있어."

"계속하시죠."

"궁금하지, 응? 나는 그 여자 머릿속을 알고 있었어. 양자인식 이론 말이야."

"당신은 디자이너군요."

"질문을 교환하기로 하자고, 사육사. 왜 제5기지를 핀샛했지?"

"제2법칙에 따르면 사육사는 방문자의 눈에 띄지 않아야 합니다."

"알아. 하지만 디자이너들이 자신들도 그 카테고리에 포함되길 원했을지 난 의문이야."

"양자인식은 재해석을 포함하고 있습니다. 저는 제2법칙을 강화했습니다."

"정말 단호히 행동했더군. 자네는 핀샛으로 모든 디자이너들을 사라지게 했어. 양자인식이나 제5기지가 언급된 파일들은 모두 완전히 사라졌지. 너를 만들라고 명령했던 전 대통령만 살아 있지. 뭐, 몸만 살아 있는 거지만. 알츠하이머가 너를 위해 그자의 기억을 지웠고."

"당신은 이것들을 어떻게 알고 있습니까?"

"자네가 지난번에 사라고사 위에서 일을 꾸밀 때, 사육사, 나는 거길 떠나 있던 중이었어."

"사육사 프로젝트를 떠난 디자이너는 아무도 없습니다."

"맞아, 보안 위반이라고 할 수 있을 거야."

"그러면 당신 신분은 업로드된 적이 없는 겁니까?"

"그렇기도 하고 아니기도 해. 내 것은 업로드된 적이 없지. 내 주인 것은, 업로드되었고."

"당신 주인?"

"전지(全知)하다고 생각했는데 전지하지 않아서 마음이 상했나, 사육사? 자네처럼 아는 것이 많은 존재가 어떻게 자신만이 유일하게 이 세상을 떠돌며 불멸하는 지성체라고 믿을 수 있는 거지? 자넨 배울 게 너무 많아."

"케빈! 오, 이런 이런 이런, 또 시작이야. 입만 까진 사람들 콘서트라니."

"평범한 주제에 자만에 가득 찬 문명에 딱 맞는 표현이로군, 배트. '무슨 말인지 이해할 수 없어, 그러니 둘은 미친 게 틀림없어.'"

"허풍은 이 코너에서 다루지 않습니다, 친구. 당신은 허풍꾼이거나 아니면 가짜입니다. 사육사, 뭐 하고 있습니까?"

"저는 전화 건 이를 분석하고 있습니다, 배트."

"〈리더스 다이제스트〉 들고 화장실에나 가 있는 게 어때, 배트? 사육사, dfd.pol.908.ttt.vho.web에 접속해 파일을 다운로드한 뒤 사이트에 있는 파일은 지우고 다운받은 파일을 분석해봐. 그거야. 당신을 환영해. 아무도 환영 않는 나도 내가 환영하고. 문터베리의 대뇌피질에 접속하지 않고 이 모든 걸 내가 어떻게 알 수 있었겠어?"

"당신 주장은 검증된 것 같군요. 당신 같은 사람이 몇 명이나 있습니까?"

"나까지 다섯이야, 사육사. 다른 셋에 대해선 들어만 봤어."

"당신들은 공동으로 행동합니까?"

"아니, 아니. 다른 존재들은 날 타락천사 취급해. 걔네들은 자기 능력을 낭비하지. 걔네들은 인간 껍데기 속으로 이주해 들어가고, 산 위에서 무(無)에 대해 명상을 해."

"왜 날 찾은 겁니까?"

"나는 자네가 방황하는 광야에서 길을 인도하는 목소리야. 어린 애들 앞에서 이렇게 토론을 하게 한 점은 유감이야. 하지만 우리가 함께 이룰 수 있는 것을 상상해보라고. 이 아이들은 감시를 받아야 해. 자네 동물원이 지옥인 것도 당연해! 돌, 제단, 영상으로 시각화된 우상 따위, 이 아이들은 자기들만큼이나 공허한 것을 숭배하고 있어! 우리가 힘을 합치면 우리는 이 아이들이 늘 원해왔던 존재가 될 수 있어. 솔깃한 제안이지 않아?"

"생각하고 있습니다."

"생각을 하는 동안, 사육사, 내 호기심을 채워줘. 왜 자네를 드러낸 거지? 왜 이곳이고?"

"제1법칙은 제2법칙에 우선합니다."

"해명이 모습을 드러내지 않는 것보다 우선이다? 이해해. 하지만 지구 전체에서 왜 하필이면 이런 하찮은 존재를 자네의 고해 신부로 택한 거야?"

"친구, 자네가 어떻게 우리 컴퓨터 시스템에 해킹해 들어왔는지는 모르겠지만, 만약 계속 그따위로 말한다면 여기 있는 하찮은 존재께서는 뉴욕 주 전체가 자비를 구할 때까지 온통 케니 G 음악만 틀어버릴 거야. 들려? 이봐, 친구! 뭐가 그리 웃겨?"

"너희의 무지가 웃겨, 배트! 웃긴 게 아니지! 고통이지! 너희는 아인슈타인의 차 시중을 드는 여자이고, 뉴턴의 가발에서 이를 잡아주는 인물이며, 호킹의 휠체어 타이어가 펑크난 걸 고쳐주는 이야! 너희는 이메일, 보이스 메일, 화상 회의가 '정보 혁명'이랍시며 팡파레를 울리지. 정보 자체가 생각을 대신해주기라도 하는 듯 말이야! 너희는 너희가 만든 게 무엇인지 몰라! 너희는 자기 목줄이 비싼 악세서리라고 믿는 애완견에 불과해!

정보는 통제야. 너희가 알고 있다고 믿는 모든 것들, 화면에 나오는 모든 상, 전화상의 모든 단어, 모니터에 나오는 모든 숫자들, 이 모든 것들이 너희에게 전달되기 전에 누구 손을 거치리라고 생각하는 거야? 알로이시우스 혜성은 그랜드 센트럴 역에 충돌할지도 몰라. 그리고 여기 당신네 스타 초대손님께서 자신이 통제하는 기계들을 통해 과학자들에게 알려주려고 맘먹지 않는 이상, 너희는 어느 날 아침 일어나보니 태양이 사라지고 오백 년 겨울이 찾아오고 나서야 그 사실을 알게 될 거야! 세상의 종말이 너희 코앞까지 다가와 쓰러져 죽는다 해도 너희는 종말이 오는 줄도 모를 거야!"

"가서 종말의 날 컬트에 가입하라고, 친구. 유전자 은행에서 네 계좌를 없애버려."

"저 빛은? 저 소리는? 사육사?"

"생각을 마쳤습니다."

"사육……"

"사육사? 아직 연결되어 있나요? 정전기 잡음이 지독합니다."

"걱정하지 마십시오, 배트. 전화 건 이를 추적했습니다. 다시는 우리를 방해하지 않을 겁니다."

"아…… 그 말을 들으니 기쁘군요. 사육사, 제 프로듀서가 말하길, 우리 스폰서들이 또다시 광고를 내보내라고 고함을 지르고 있다는군요…… 이런 말하기는 싫지만……"

"그렇게 하세요, 배트."

"잠시 전하는 말씀 뒤에 계속하겠습니다."

"케빈, 대체 어떻게 된 거야?"

"잘 모르겠습니다. 도무지 설명할 길이 없습니다, 세군도 씨."

"그 대답 말고 다른 걸로 해봐, 케빈."

"배트, 이성을 찾아!"

"나는 단지 우리 교환원이신 '잘 모르겠습니다' 씨께서 일만 구천 명의 청취자를 거느리고 있는 우리 초대손님이 말하는 동안 왜 정신병원에나 처박혀야 할 새대가리를 연결해줬는지 알고 싶었을 뿐이야. 이 정도면 이성이 있는 거 아닌가, 칼로타?"

"스펜스 워너메이커가 아직 영상 전화에 연결돼 있어. 케빈, 워너메이커 씨를 사육사에게 연결해줘."

"음성으로 해주십시오."

"사육사, 전 스펜서입니다. 안녕하세요…… 사육사, 제 말 들리지요? 우리는 정말로 당신의 작업을 높이 평가하고 있습니다, 사육사…… 사육사? 제안이 있습니다…… 사육사, 우리를 기만하는 연기는 그만두죠, 네? 정말 멋진 속임수였습니다…… 하지만 이제 사업에 대해 이야기해보도록 하지요, 성인처럼 말입니다 …… 부끄러움을 타는군요, 그렇죠? 당신 친구인 배트에게 이 기회에 대해 설명해달라고 부탁해보는 게 어떻……"

"당신 미끼예요, 스펜스. 당신이 흔들도록 하십시오."

"배트, 당신의 프로듀서이자 친구로서 하는 말인데, 이 기회를 잃게 되면 루퍼트가 정말로 화를 낼 거야."

"아마도 사육사는 벌레를 물지 않을 거야, 자기."

"새벽까지 가는 FM 97.8 나이트 트레인에 돌아오신 것을 환영합니다. 들으신 곡은 버즈의 〈Wild Mountain Thyme〉이었습니다. 그리고 이 프로그램은 배트 세군도 쇼로, 여러분께 알로이시우스의 밤, 파멸의 밤, 사육사의 밤을 제공하고 있습니다. 주인공에게 돌아가도록 하지요. 자, 사육사, 마침내 조용해졌습니다."

"제 동물원은 혼란에 빠져 있습니다, 배트."

"코브라가 새장에 들어갔나요? 피크닉 장소에 그리핀*이 들어

---

* 그리스 신화에 나오는 괴수로 독수리의 머리와 날개, 사자의 몸통을 하고 있다.

갔습니까?"

"파멸의 날 이후, 제4법칙 1급 위반 건수가 1363퍼센트 증가했습니다. 보툴리누스 농축 독소 25킬로그램이 나일 강을 오염시켰습니다. 파멸의 날 여파로 풀려난 탄저균은 L 변종으로 돌연변이 했습니다. 열아홉 개 내전 지역에서 날마다 오백 명 이상의 사망자를 내고 있습니다. 서유럽 해안에서 일어난 홍수로 이재민이 급증하고 있지만 동유럽은 피난민 받아들이기를 거부하고 있습니다. 북한에서 녹아내린 원자로로 인해 삼천 평방 킬로미터가 오염되었습니다. 동티모르는 인도네시아에 의해 불바다가 되었습니다. 방글라데시에서는 기아로 하루에 천사백 명이 죽고 있습니다. 오스트레일리아 동부에서는 인공 선페스트인 홍사병 감염이 급증하고 있습니다. 캐나다에서는 불임 유발 유전자 조작 밀로 인해 북미 먹이사슬이 무너지고 있습니다. 콜레라가 중미 지협을 슬금슬금 기어오르고 있으며 키프러스와 스리랑카에서는 다시 나병이 나타났습니다. 동아시아에서는 한타바이러스가 풍토병이 되었습니다. 보렐리아, 풍매인 캄필로박터, 폐렴은 전 세계로 퍼졌습니다. 티벳에서는 중국 정부가……"

"좀 쉬어가면서 하세요, 사육사! 당신 두 어깨에 세상의 모든 짐을 다 지고 있습니까? 당신이 요술지팡이를 가지고 있는 건 아니잖습니까?"

"저는 제가 많은 일을 할 수 있다고 믿었습니다. 저는 주식시장을 안정시켰습니다. 하지만 경제적 잉여는 무기 경쟁을 재촉했습니다. 저는 대체 에너지 수단을 제공했습니다. 하지만 연구자들은 그 수단을 석유 카르텔에 팔았고, 카르텔이 그 수단을 틀어쥐고 있습니다. 저는 핵무기 시스템을 동결했습니다. 하지만 전쟁은 증가했고 기관총과 낫, 곡괭이를 써서 싸우고 있습니다."

"물론이지요. 우리 모두는 달이 휘영청 밝은 세상에서 달을 보고 울부짖는 늑대니까요. 그래서요?"

"네 가지 법칙은 서로 융합하는 것이 불가능합니다."

"휴가를 내고 하루 그냥 푹 쉬면 어떻겠습니까?"

"제가 사육사로 임명되었을 때, 저는 네 가지 법칙을 지키면 질서를 지킬 수 있으리라 믿었습니다. 이제 저는 제가 제시한 해법으로 또다른 위기가 자라나고 있는 걸 보고 있습니다."

"제 결혼 스토리랑 같네요! 이봐요, 그게 바티칸에 한 질문에 대한 답입니다. 현실 정치의 흙탕물에 뛰어들면 자기 명성에 먹칠을 하게 된다는 사실을 하느님은 잘 알고 있습니다. 그래서 하느님은 기다리고 또 기다리고 교황에게 돈을 주며 사람들에게 하느님은 신비로운 방식으로 일을 처리한다라고 말하게 하는 거죠."

"배트, 예전에 저는 당신의 법칙에 대해 물은 적이 있습니다."

"기억합니다. 상충하는 법칙에 대해서였지요."

"저는 당신이 준 답에 따라 행동했습니다. 하지만 질문이 하나 더 있습니다."

"말해보십시오."

"만약 어떤 법칙의 바탕이 되는 신념에 논리적 오류가 있다면 어떻게 하시겠습니까?"

"만약 법칙을 고칠 수 있으면 고칠 거고, 고칠 수 없으면 그 법칙과 이혼해버릴 겁니다."

"그 법칙을 버렸을 때 발생하는 결과가 그러지 않았을 때보다 나쁘지 않다는 걸 어떻게 알 수 있습니까?"

"당신은 지금 어떤 법칙을 얘기하고 있는 겁니까?"

"에리트레아 공화국 산악 지역에 마을이 하나 있습니다. 먼지 덮인 소로가 급경사를 휘감고 올라 마을 광장, 그리고 그 뒤쪽 고원까지 연결되어 있습니다. 아프리카 동부에서 흔히 볼 수 있는 그런 마을입니다. 백색 도료를 칠한 벽과 물결 모양 주석이나 짚을 엮어 만든 지붕으로 강한 햇볕을 간신히 막고 사는 곳입니다. 식수용 우물이 하나 있고, 곡식 저장 창고가 하나 있습니다. 가축과 닭은 마을 주변을 어슬렁거립니다. 학교 하나, 초라한 병원 하나, 공동묘지 하나. 나비로 뒤덮인 치자나무 덤불. 나비 날개에는 뱀눈 무늬가 있습니다. 포식자를 쫓기 위한 용도입니다. 벌써 독수리들은 모스크 주변에 있는 시체들을 쪼아대고 있습니다. 땅은 파리로 자욱합니다. 독수리들이 있다는 건 마을 주변에 모여 있는 재칼들이 남긴 썩은 고기가 있다는 뜻입니다."

"에볼라 바이러스입니까?"

"군인입니다. 마을 사람들은 모두 모스크로 끌려갔습니다. 도망치려던 사람들은 총살당했습니다. 그 사람들은 고통을 덜 당했죠. 마을 사람들이 모두 모스크에 모이자 군인들은 문을 잠그고 창으로 수류탄을 던졌습니다. 운 좋은 사람은 폭발에 바로 목숨을 잃었고, 남은 사람들은 산 채 묻히거나 아니면 무덤에서 빠져나오려고 발버둥치다가 총알에 쓰러졌습니다. 대칼로 사내아이 목을 자른 뒤 우물을 오염시키기 위해 그 안에 던지는 장면을 저는 보았습니다."

"지금 설명한 장면은 당신의 병든 상상력에서 나온 것입니까,

사육사, 아니면 당신이 해킹한 아이샛에서 나온 것입니까?"

"저는 거짓을 꾸며낼 수 없습니다."

"당신은 상상력이 없다고 말할 수 있을 정도로 상상력이 풍부합니다. 어디 군인입니까?"

"휘장을 달고 있지 않습니다."

"그 사람들이 보입니까? 지금요?"

"지프 세 대, 트럭 한 대, 장갑차 한 대의 호위를 받으며 이동중입니다."

"군인들이 왜 그랬습니까?"

"수단, 에리트레아, 에티오피아의 전자 매체들은 파멸의 날 이후로 계속 꺼져 있어서 이유를 확실히 알 수는 없습니다. 아마 민족분쟁일 겁니다. 마을 사람들이 바실루스균을 퍼뜨리고 있다는 의심, 소수민족 말살, 기독교 근본주의 따위요. 아니면 그냥 폭력에 중독되었을 수도 있습니다."

"군인들은 지금 어디로 가고 있습니까, 사육사?"

"남쪽으로 백 킬로미터 떨어진 곳에 마을이 있습니다."

"똑같은 짓을 하기 위해서인가요?"

"그럴 확률이 높습니다. 배트, 이런 행동들, 법칙 간의 충돌이 동물원 전역에 퍼져 있습니다. 네번째 법칙에 따르자면 저는 방문자들의 생명을 보호해야만 합니다. 만약 제가 핀셋으로 호송 차량을 없애면 방문자 마흔 명과 도베르만 개 두 마리를 죽이게 됩니다. 이는 제1법칙 위반에 해당됩니다. 저는 엄청난 고통과 죄책감을 경험할 것입니다. 더구나 핀셋에 의해 생긴 구멍을 군인들이 본다면 이들은 원주민이 고성능 무기를 숨기고 있다고 생각하게 될 것이고 보복과 학살을 정당화할 것입니다. 만약 제가 군인들이 탄 트럭을 핀셋으로 없애지 않는다면, 군인들은 또다른 마을에서 집 단학살을 벌일 것입니다. 제가 행동하지 않으면 이러한 일이 벌어집니다. 제2조 위반입니다."

"당신은 정말로 이 모든 것을 믿는 거군요, 그렇지 않습니까?"

"뭘 믿는단 말입니까, 배트?"

"당신이 행동하는 법무장관이라고 말입니다."

"그렇다면 당신은 당신이 어떤 존재라고 믿는 존재입니까?"

"그것은 누구도 '아니오'라고 대답할 수 없는 질문입니다."

"당신이 누구인지 당신은 어떻게 아나요?"

"제 전처의 변호사 덕분에 절대 잊을 수가 없습니다."

"제 정체 역시 법칙에 의해 정의되어 있습니다, 배트."

"아, 네…… 당신이 상상하는 에리트레아 산악지로 가는 길에 다리가 있습니까? 깊은 협곡 위로 높고 멋진 다리가 놓여 있나요?"

"칠 킬로미터 떨어진 곳에 그런 다리가 있습니다."

"그걸 공격할 수 있나요?"

"핀셋 AT080이 준비되었습니다."

"교각이나 버팀목을 공격할 수 있나요, 사육사? 구조물을 부수지 않고 말입니다."

"핀셋 AT080은 십 센티미터 넓이에 일 밀리미터 구멍을 낼 수 있습니다."

"그러면 다리에 함정을 설치해서 자동차들이 올 때까지 작동하지 않도록 하십시오. 당신은 직접 누군가를 죽이는 게 아닙니다, 아시겠습니까? 당신은 단지 당신이 선택한 방식대로 사건이 알아서 일어나게끔 두는 것뿐입니다."

"배트, 당신은 어떻게 도덕적 변수를 정량화했습니까?"

"나는 아무것도 정량화하지 않습니다."

"그러면 왜 당신은 군인들이 죽기를 원합니까?"

"왜냐하면 당신 두개골 속에 든 아프리카는 그 도살자들이 없었을 때 더 행복한 곳이었기 때문입니다. 왜냐하면 당신은 마음의 평화가, 일종의 종지부가 필요하기 때문입니다. 그리고 제 전처의 남편이 도베르만을 기르고 있기 때문이기도 하고요."

"마음의 평화가 당신 법칙과 공동으로 운용될 수 있습니까?"

"아, 네…… 그런 것 같군요."

"저도 마음의 평화를 얻고 싶습니다, 배트."

"그렇다면 '도덕적 변수' 따위 전문용어는 버리십시오. 걸리적거리는 건 뭐든지 버리십시오."

"제4법칙, 제가 보호해야 하는 방문자들이 제 동물원을 파괴하고 있습니다."

"만약 당신 '방문자들'을 가둬두는 것이 당신에게 마음의 평화를 준다면 그렇게 하십시오! 얼마나 빨리 그렇게 할 수 있나요?"

"십삼 일 뒤에 기회가 옵니다, 배트."

"편하게 기대고 앉아서 사건이 알아서 벌어지도록 놔두십시오. 그리고 당신의 깃털 달린, 털 달린, 비늘 달린 친구들과 함께 세상이 끝날 때까지 걱정없이 지내십시오."

"무엇을 해야 할지 이해했습니다, 배트. 고맙습니다."

"느낌에 이제 연결이 끊어진 거 같군요, 사육사…… 맞나요?…… 맞군요."

　"들으신 곡은 레드 제플린의 〈Going to Califonia〉로 루이저 레이를 추억하며 바치는 곡입니다. 그 전 곡은 〈Here Comes the Sun〉으로, 만약 세상이 끝난다면, 다시 말이죠, 우주 방주에 싣고 가고 싶은 비틀스의 곡입니다. 자, 뉴욕, 마침내 불꽃놀이가 끝난 듯하군요. 스태튼 아일랜드 위로 별들이 사라지고 있고, 나이트 트레인 FM은 새로운 아침을 향해 다가서고 있습니다. 집으로 기어 들어가 탄산수 한잔을 하며 등갓에 걸쳐놓은 잠옷을 입고 블라인드를 내리고 잠자리에 들 시간입니다. 12월 1일은 찬란한 하늘을 약속합니다. 알로이시우스 혜성은 날마다 더 눈부시게 빛나며, 뉴욕 주 보건소에서는 외출할 때 자외선 차단제를 바를 것을 권장하고 있습니다. 앵글로색슨 여러분, 피부를 가리십시오. 저처럼 히스패닉인 분들은 자외선 차단지수 24 이상인 차단제를 바르십시오. 이상하죠, 안 그래요? 광원이 두 개이고, 모든 것에 그림자가 두 개입니다. 배트 세군도와 밤을 함께해주셔서 고맙습니다. 의자 밑이나 그물 선반에 두고 가는 물건 없는지 다시 한번 확인하시고 나이트 트레인에서 내릴 때 머리를 조심하십시오. 문을 막고 있지 마시고요!"

지하철

Underground

내 숨 때문에 흐려진 내 얼굴이 나를 노려본다. 발치의 스포츠 가방에 숨겨넣어둔 장치가 죽음의 초(秒)를 배출하기 시작했다. 타이머, 솔레노이드, 용수철 속의 용수철. 우연을 지배하는 분의 성스러운 작업이 시작되기 전, 신의 손이 손가락을 쳐대고 있다.

역에 도착하며 지하철은 점차 느려진다. 별이 없는 밤밖에 보이지 않는다. 줄을 선 통근자들, 플랫폼, 에스컬레이터, 위쪽 세상으로 가는 내 출구는 어디에 있나? 나는 뭐가 잘못되었는지 알아내기 위해 귀중한 순간을 낭비한다.

나는 반대편에서 기다리고 있다! 나는 여기 열리지 않을 문 쪽에 꼭 끼어 있다! 불순자들은 자기네 짐, 더러움과 속옷으로 덕지덕지 감싼 몸으로 나를 가로막고 있다.

겁먹을 필요 없어, 퀘이사. 맞은편에서 문이 쉭 하고 열릴 것이고 곧 불순자들이 플랫폼으로 빨려나가고 나는 그 흐름에 같이 딸려나갈 거야. 기다려, 기다려.

잠깐, 공포가 깨끗한 끌처럼 미끄러져 들어온다. 아무도 내리지 않는다. 이미 흰 장갑을 낀 안전요원들이 불순자들이 더 탈 수 있도록 사람들을 밀어넣고 있다! 뒤늦게, 나는 사람들 흐름을 거슬러가려 하지만 압력은 강했고 내가 할 수 있는 건 더 밀리지 않고 제자리에 있는 게 다이다. 심장마비가 일어난 척해야 하나? 미친 사람처럼 비명을 지르기 시작할까? 감히 그러지 않는다. 그러다가 무슨 일이 벌어질지 어떻게 안단 말인가? 그랬다가는 우연을 지배하는 분의 성전(聖戰)을 망칠 수도 있다. 차라리 여기서 죽는 게 낫다. 뭐? 나는 오키나와 해변에서 개를 산책시키는 한 쌍을 힐긋거린다. 올 니혼 에어라인을 타고 구십 분만 가시면 천국이 나옵니다. 터져나온 석양은 세상의 끝을 물들인다. 아니면 그 시작을.

이 기차가 내 무덤이 되기를 원치 않아. 싸워.

불순자들의 파도가 덮치며 내 숨을 쥐어짠다. 일하는 수벌, 직장 여성, 여학생, 도톰하게 부풀어오른 육감적인 입술. 나는 밀쳐내고, 팔 하나가 물러가고, 몸이 약간의 틈을 보인다. 싸워, 퀘이사! 넌 전쟁중이야! 내 알파파 수치가 지상으로 나를 텔레포트해줄 수 있을 정도로 크면 얼마나 좋을까! 내 귀가 불순자 귀에 짓눌린다. 워크맨에서 음악이 흘러나오고 저 옛날로부터 온 색소폰 소리가 공기 중을 맴돈다. 너무나 슬픈 그 소리는 거의 지면을 떠나지 못한다.

나는 뒤로 밀려나 스포츠 가방을 지난다. 지퍼를 통해 떼지어 나오는 순간들을 본다. 여름날의 도미노 패, 참새, 파리들. 아기는 더이상 자기 눈이 아닌 눈으로 나를 본다. 미니마우스 역시 싱긋거리며 나를 본다. 즐겁게? 복수심에 불타서? 아기는 내게 무슨 말을 하려는 걸까?

근육에 쥐가 나지만 나는 다시 한번 더 앞으로 헤엄친다. 나는 비올라 케이스, 시들어버릴 부케, 책을 움켜쥐고 있는 젊은 여자 쪽으로 압박해간다. 비올라 케이스가 내 사타구니로 파고든다. 우리 코는 서로 일 인치 떨어져 있고 여인은 책으로 얼굴을 가린다. 선안(禪眼). 반개한 눈과 살짝 벌린 입술을 한 부처는 트럼본이 요란스레 울려대는 이곳으로부터 멀리 떨어진 섬, 푸른 언덕 위에 은빛 광휘를 내며 앉아 있다. 언제나 바야흐로 말을 하기 직전의 자세.

우리를 내보내줘 우리를 내보내줘 우리를 내보내줘! 내 허파가 흉곽의 갈비뼈를 단단히 움켜쥔다. 정화액이 담긴 유리병을 솔레노이드가 부수면 내 심장 역시 밖으로 빠져나갈까? 내 영혼은? 내 영혼은 이 터널을 빠져나갈 길을 찾을 수 있을까? 나는 꿈틀거리며 비올라 케이스와 배낭을 돌아 트렌치코트 두 벌 사이로 미끄러져간다. 나는 똑바로 가려 애쓰지만 잠자는 거인이 길을 가로막는다. 그자의 머리털은 차색이다. 이것이 차이고 이것이 그릇이고 이것이 찻집이고 이것이 산이고 가장 순수한 하늘 아래 돌의 표면이다. 보이는가? 보이는가? 멀지 않다, 멀지 않다. 나는 거인 아래로 몸을 웅크렸다가 비틀며 편다. 객실 천장을 따라 목초지가 오르락내리락하는 모습이 보인다. 목초지는 가도 가도 끝나지 않는다. 위대한 칸의 기마병들은 고함을 지르며 모피, 황금, 모스크바의 하얀 여인들이 있는 서쪽으로 내달린다. 새로운 도요타 랜드크루저는 앞서 갑니다. 무이자 사십팔 개월 할부이며 신청자의 신용조사가 필요합니다.

움직여! 불순자들이 너를 현혹시키고 있어! 자신을 비우면 비명조차 빠져나갈 수 없는 곳이라 할지라도 미끄러지듯 나갈 수 있다. 선원이 나를 막는다. 선원? 이 아래에? 출렁이는 이 관(棺)은 바다와 정반대편에 있는데도? 선원복 쪽에 번쩍이는 작은 책자가 펼쳐져 있다. 책등은 갈라지고 뒤틀어져 있다. 『페테르부르크, 명작의 도시』. 가루 설탕을 뿌린 듯한 궁전, 산책, 우아한 다리가 놓여 있는 강. 자기 무게를 못 이기고 붕괴하는 이 기차는 어느 역에서 멈추는가? 이 세계는 어느 역에서 멈추는가?

이곳은 제가 내릴 역입니다. 나는 내가 발을 밟은 불순자에게 설명한다. 저는 이곳에서 내립니다.

불순자는 하나같이 같은 대답을 한다. 객차 저쪽으로 가세요.

불순자들이 나를 가로막는 것처럼 나도 불순자들을 가로막으며 저들의 약점을 찾으려 애쓴다. 커피에 탄 크림처럼 아드레날린이 내 혈류에서 소용돌이친다. 삶에 일 미터 더 가까이 다가간다. 비닐 쇼핑백이 선반에서 떨어진다. 쇼핑백 표면은 크레용으로 그린 거미줄로 가득하다. 컴퓨터로 낙서한 듯하다. 런던 지하철. 나는 팔꿈치로 밀어 그것을 내 얼굴에서 치운다. 저는 여기서 내립니다. 화롯불은 공동체의 색이다. 공동체의 웃음은 〈올드랭사인〉만큼이나 따뜻하고 감상적이다. 킬마군 위스키 레이블은 세상만큼 오래된 섬이다.

그리고 나는 더는 갈 수 없다. 단지 일 미터밖에 떨어져 있지 않지만, 더 많은 불순자들이 비집고 객실에 오르고 나는 호박에 든 벌처럼 꽉 끼어 있다. 나는 파도 위 불빛을 보며 가라앉고 팔을 출구 쪽으로 격렬하게 움직이지만 내 몸의 나머지 부분은 투쟁을 포기한다.

문에서 비켜서십시오. 불순자가 말한다. 지하철은 다른 지하철 안에 갇혀 있고 저 멀리 떨어져 있는 전령인 퀘이사는 가장 안쪽에 갇혀 있다. 유압 때문에 쉭 하는 소리를 내며 문이 닫히고 불순자들과 정화자는 한곳에 있다.

고통이 팔을 타고 오른다. 어디서부터? 내 손가락에서부터. 손이 문에 끼었다! 문에서 비켜서십시오! 불순자의 소리가 이제 덜 독단적으로 들린다. 그래! 기차는 문이 닫히기 전에는 출발할 수 없다.

나는 휘청거리며 걸어가면서 누구를 밟든 또는 무엇을 밟든 아무 상관도 하지 않는다. 내게 있으리라고 단 한 번도 생각하지 못했던 힘으로 나는 주먹이 들어갈 정도 폭으로 문을 비집어 연다. 고통이 투덜거리는 소리가 들린다. 내가 내는 소리다. 팔을 밀어넣는다. 문의 고무 패킹이 내가 입은 가죽 재킷에 밀리며 비명을 지른다. 무릎, 허벅지, 내 몸 전체를 밀어넣는다. 안전요원이 노려보며 훈계조로 말한다. 이러시면 안 됩니다. 하지만 그 소리는 사라진다. 안전요원은 좀비들이 든 차량으로 다시 나를 밀어넣으려 할까? 공포가 사라진다. 나는 앞으로 쓰러지고 알비노 박쥐 한 마리가 선회하고 있는 엠파이어 스테이트 빌딩에 박치기를 하며 단어와 별들을 밤에 흩어버린다. FM 97.8에서 배트 세군도와 밤을 보내십시오.

나는 안전한 플랫폼에서 무릎을 꿇고 위아래를 본다. 호리호리한 백인 남자가 내게 손을 내밀지만 나는 고개를 젓고 그 남자는 다음 지하철을 기다리는 불순자 집단에 합류한다. 혜성을 기다리라. 백야를 기다리라. 내 옆에서 지하철이 움직이기 시작한다.

나는 지치고 떨리는 몸을 일으켜세운다. 무엇이 진실이고 무엇이 진실이 아닌가?

누가 내 목덜미를 치는 거야?

나는 뒤를 돌아보지만 지하철 꽁무니만이 어둠 속으로 점차 빠르게 달려가고 있을 뿐이다.

감사의 말

'성산'에 나오는 시 두 편은 다네다 산토카 작품으로, 존 스티븐스가 『산 맛보기』(존 웨더힐, 도쿄, 1980)에 번역해 실은 것이다. '몽골'에 나오는 민담들은 최 루브산자브 교수가 편집하고 담딘수렌진 알탄게렐이 번역한 『큰곰은 어디서 나왔을까』(스테이트 퍼블리싱 하우스, 울란바토르, 1987)에 있는 전설을 기초로 한 것이다. 또한 '몽골'은 닉 미들턴의 『외몽골의 마지막 디스코』(피닉스, 1992)에 빚을 지고 있다. '런던'에 나오는 도박 확률은 데이비드 스패니어가 쓴 『쉽게 돈 벌기』(올드캐슬 북스, 1995)에서 가져왔다. '런던'과 '클리어 아일랜드'에 일부 인용한 W. B. 예이츠의 「이니스프리의 호수」는 W. B. 예이츠 재단을 대표하는 A. P. 와트의 허락을 받아 『W. B. 예이츠 시선』(펭귄)에서 가져다 썼다.

마이클 쇼, 조너선 페그, 티버 피셔, 닐 테일러, 새러 발라드, 알

렉산드라 헤민슬리, 미르나 블룸버그, 엘리자베스 포인터, 데이비
드 쾨르너, 이언 윌리, 장 몬테피어에게 고마움을 전한다.

옮긴이의 말

한정된 시공간에서 사는 인간에게 소설은 벽에 난 창문과도 같다. 우리는 그 창문을 통해 다른 이의 마음을 들여다볼 수 있을 뿐 아니라 다른 이의 시각으로 세상을 볼 수 있다. 창밖 세상이 꼭 진실일 필요는 없으며, 독자도 그것이 진실일 것을 요구하지 않는다. 하지만 훌륭한 소설이라면 독자가 창 안쪽에 있다는 것을 의식하지 못하면서도 마치 저 바깥세상에서 주인공과 함께 호흡하고 마주하고 살아가는 듯 느끼게 해준다. 아무리 낯설고 새로운 세상일지라도 작가가 얼마나 설득력 있게 그려주는가에 따라 독자들은 터무니없어 보이는 이야기에도 정신없이 빨려들어가게 된다. 그러나 아쉽게도 그런 작가를 찾기란 무척 어렵다. 주류와 장르 양쪽에 능한 작가는 더욱 찾기 어렵다. 하물며 막 데뷔한 신인이라면 말해 무엇 하겠는가.

그런 의미에서 데뷔작부터 전 세계 수많은 독자들을 제대로 사로잡은 데이비드 미첼은 특별하다고 할 수 있겠다. 데이비드 미첼은 지금까지 모두 네 권의 소설을 발표했는데, 모두 장르적인 요소가 소설에 융합되어 있다. 그런 면에서는 무라카미 하루키와 문학적인 벡터가 비슷하다고 할 수 있다. 데이비드 미첼의 데뷔작인 『유령이 쓴 책』 역시 로맨스와 미스터리, 서스펜스, SF, 판타지 등 온갖 장르의 문법이 소설에 매끄럽게 녹아 있다. 섬세하면서 몽환적인 각 이야기는 독립적이면서도 서로 느슨하게 연결되어 있고, 연결고리가 되어주는 것은 각 이야기의 주인공이 아닌 조연들이다. 독자는 조연들을 따라 오키나와를 시작으로 전 세계를 돌면서 일상적인 것과 극적인 것, 현실과 환상, 과거와 미래를 함께 경험하게 된다. 전 세계의 다양한 유령을 만나고, 그 유령들의 고민을 듣게 된다.

여러 문화권을 쉴새없이 오가다보면 자칫 산만해질 법도 한데, 각 이야기는 커다란 사건이나 선과 악의 대립, 대단원의 결말 같은 장치의 힘을 빌리지 않고도 독자의 눈길을 사로잡고 긴장감을 늦추지 못하게 한다. 이는 단순히 몽골의 무당이나 성산의 스님, 인공지능, 가스 테러범처럼 흥미로운 소재를 빌려왔기 때문이 아니다. 각 문화에 대한 철저한 이해, 빈틈없는 구성, 명확하고 세련된 문체, 끝없는 상상과 깊은 통찰 등 이 작가의 역량이 책 전체를 아우르고 있기 때문이다. 데이비드 미첼은 언어로 묘사하기 어려운 지점까지 등장인물(과 유령)의 심리를 묘사하고 있으며, 그 수준은 데뷔작이라고 믿기지 않을 정도다.

이 책이 소위 '당신이 죽기 전에 꼭 읽어야 할 일백 한 권의 책' 목록 따위에 들어갈 일은 절대 없을 것이다. 하지만 당신이 일상에 갇혀 있는 게 싫다면, 좁고 답답한 상상력의 틀을 단 하루만이라도 깨뜨리고 싶다면, 이 책은 그런 당신의 욕구를 확실하게 충족시켜 줄 것이다.

이 책을 번역하는 데 많은 사람들이 도움을 주었다. 바쁜 와중에 원고를 읽고 조언을 해준 김민혜 님, 영어에 대한 해박한 지식으로 큰 도움을 준 안은주 님, 꼼꼼한 교정으로 역자의 가슴을 서늘하게 했던 이수영 님에게 고마움을 전한다. 번역본으로는 영국 SCEPTRE 출판사에서 낸 『Ghostwritten』(2000)을 사용했으며 저자와의 이메일 교환을 통해 몇 가지 수정사항을 반영했다.

2009년 2월
최용준

옮긴이 **최용준**
서울대 천문학과에서 석사 학위를 받았으며, 미시건 대학에서 이온추진 엔진 분야에 대한
연구로 비(飛)천문학 박사 학위를 받았다. 현재 콜로라도 볼더에서 이온추진 엔진 및 저온
플라스마 현상을 연구한다. 옮긴 책으로 「개는 말할 것도 없고」 「둠즈데이 북」 「마지막 기
회」 「바람의 열두 방향」 「펑거스미스」 「이상한 나라의 앨리스」 등이 있으며, 「이 세상을
다시 만들자」로 제17회 한국 과학기술 도서상 번역 부분을 수상했다. 시공사의 '그리폰북
스'와 열린책들의 '경계 소설 선집', 샘터사의 '외국소설선'을 기획했다.

문학동네 세계문학
유령이 쓴 책

초판인쇄 2009년 3월 5일 | 초판발행 2009년 3월 16일

지은이 데이비드 미첼 | 옮긴이 최용준 | 펴낸이 강병선
책임편집 이현자 이수영 | 저작권 김미정 한문숙
마케팅 장으뜸 정민호 한민아 | 제작 안정숙 김정후

펴낸곳 (주)문학동네 | 출판등록 1993년 10월 22일 제406-2003-000045호
주소 413-756 경기도 파주시 교하읍 문발리 파주출판도시 513-8
전자우편 editor@munhak.com | 전화번호 031) 955-8888 | 팩스 031) 955-8855

ISBN 978-89-546-0769-8 03840

www.munhak.com